Rongfen Wang

Steinway

Mithilfe der Verfasserin aus dem Chinesischen
übersetzt von Lao Men

Matthes & Seitz Berlin

In memoriam meiner Leidensgenossinnen

INHALT

~ Prolog ~

Die Kulturrevolution laut den Klassikern

Ein ausländischer Experte schreibt, in der Kulturrevolution seien zwei Millionen Menschen umgekommen. Das hat mich erschüttert. Auch wenn dieser Experte das mit aller Bestimmtheit behauptet, hatte ich doch meine Zweifel. Zwei Millionen Menschen sollen so einfach verschwunden sein? Die zwei Atombomben von Hiroshima und Nagasaki haben 150 000 getötet, mit den später im Zusammenhang damit noch umgekommenen 80 000 bis 90 000 sind es 240 000. Entsprach die Kulturrevolution also acht Atombomben? Zwei Millionen innerhalb von zehn Jahren? Auch im dicht besiedelten Europa gilt ein Ort mit zwei Millionen Einwohnern als Großstadt.

Ich rechne: Wenn man innerhalb von zehn Jahren alle Menschen in einem solchen Ort töten wollte, müsste man täglich 548 Menschen töten, zehn Jahre lang, Tag für Tag, erst dann hätte man die zwei Millionen alle umgebracht. Das geht nicht so im Handumdrehen.

Im Netz gehen manche noch weiter, ein Professor aus den USA spricht sogar von sieben Millionen! Die Mehrzahl indessen hält zwei Millionen für verlässlich.

Die Verfasser offizieller Annalen beim Zentralkomitee von Chinas KP gewähren verlässlichste offizielle Angaben: »Im Mai 1984 wurde beim ZK der KPCh eine zwei Jahre und sieben Monate dauernde umfassende Untersuchung und Nachprüfung abgeschlossen. Sie ergab nunmehr die folgenden einschlägigen Zahlen zur Kulturrevolution: Mehr als 4,2 Millionen Menschen wurden festgesetzt und überprüft. Über 1,728 Millionen Menschen sind irregulär zu Tode gekommen und über 13 000 Menschen sind als aktive Konterrevolutionäre zum Tode verurteilt worden. Im bewaffneten Kampf sind weitere rund 237 000 Menschen umgekommen. Die Zahl der Versehrten übersteigt 7,03 Millionen. Mehr als 71 200 Familien sind völlig vernichtet worden.«

Nun ja. Rechnet man alle zusammen, die so oder so oder so umgekommen sind, kommt man auf mindestens 2,085 Millionen. Das scheint eine allgemein akzeptierte Zahl.

Albtraum

Meine Oma mütterlicherseits ist Buchhalterin gewesen. Nichts ist ihr vertrauter als Zahlen. Wie andere am *Traum der Roten Kammer*, so berauscht sich Oma an den *Jahrbüchern*, die das Statistische Amt ihrem zweiten Mann schenkt. Mein Stiefopa ist ein guter Arzt, er hat eine alte Dame vom Tinnitus befreit. Ein älterer Bruder des Mannes der älteren Schwester der Schwiegertochter dieser alten Dame ist stellvertretender Büroleiter im Staatlichen Amt für Statistik der Volksrepublik China. Freundlicherweise hat er den Namen meines Stiefopas danach auf die Liste der Empfänger von Freiexemplaren des Jahrbuchs gesetzt. Das ist die Quelle der *Statistischen Jahrbücher* im Haus meiner Oma, und nicht nur kommt Jahr für Jahr das Freiexemplar, Stiefopa hat auch noch die Exemplare für die Jahre vor der Behandlung des Tinnitus jener alten Dame nachgeliefert bekommen.

Als meine Oma von mir hört, in der Kulturrevolution seien insgesamt zwei Millionen und fünfundachtzigtausend Menschen umgekommen, schaut sie verächtlich und wirft hin: »Zwei Millionen fünfundachtzigtausend? Heute sterben in China jährlich 900 000 Menschen eines nicht natürlichen Todes. In zehn Jahren sind das neun Millionen. Und in der Kulturrevolution nur 200 000 im Jahr? Dann war die Kulturrevolution ja eine Zeit himmlischen Friedens. Oder durchleben wir jetzt eine Hungerkatastrophe? Heute bringen sich hier jedes Jahr fast 300 000 Menschen um. Und damals? Sich dem Volk entziehen, nannte man das. Wie es heute heißt, dieser ist auf Dienstreise, jener ist im Urlaub, so hieß es damals doch täglich, nur viel häufiger, der und der und der und der hat sich dem Volk entzogen! Rechnet man, dass sich damals allein doppelt so viele umbrachten wie heute, also 600 000 im Jahr, dann waren das in den zehn Jahren sechs Millionen. Da sind die bei Kritik und Bekämpfung Erschlagenen noch gar nicht mitgerechnet, nicht die in bewaffneten Kämpfen Umgekommenen, nicht wer zu Tode gequält wurde oder in Haft gestorben ist, nicht die Verschwundenen und die, von denen man nicht weiß, wie sie umgekommen sind. Ein Menschenleben war damals keinen Pfifferling wert, es war zehnmal leichter, einen Menschen zu töten als ein Schwein.«

Mich schaudert, ich stehe mit offenem Mund da und frage dämlich: »Wirklich?«

»Was soll das heißen, wirklich? Hat deine Oma dich jemals angelogen? Eine derartige von Menschen produzierte Katastrophe soll nur eine Sache von ganzen zwei Millionen sein? Kannst du nicht rechnen? In den drei Jahren Hungersnot von 1959 bis 1961 sind fünfundfünfzig Millionen verhungert, in unserer Kornkammer Sichuan mehr als die Hälfte der Einwohner. Nach den Zahlen des Statistischen Amts hat die Bevölkerung in diesen drei Jahren um über vierzig Millionen abgenommen, um durchschnittlich mehr als dreizehn Millionen pro Jahr.

Das galt als Naturkatastrophe, der Himmel war so freundlich, die Verantwortung zu übernehmen. Die Kulturrevolution aber, die war ein Mörderspiel. *Ochsenteufel und Schlangengeister wegfegen. Überprüfung gemäß Weisung vom 16. Mai. Dreifacher Schlag. Säuberung der Klassenreihen* … Alles Kampagnen zur Menschenvernichtung. Das war von Menschen organisiert, ein gewolltes Verhängnis, ein gewolltes Chaos, um zu prügeln, um zu morden. Wie hätten da weniger Menschen umkommen können als in einer Naturkatastrophe? Und wenn es so wenige waren, warum hat dann das Staatliche Amt für Statistik keine Zahlen veröffentlicht?«

Das stimmte ja, gewiss. Zu viele Tote, nicht einmal statistisch mehr zu erfassen, geschweige denn klar auszudrücken, was kann man da überhaupt noch sagen?

Also sagt man gar nichts.

Oma weiter: »Zu der von Menschen organisierten Katastrophe kamen ja noch tatsächliche Naturkatastrophen. Wie viele kamen beim Erdbeben von Tangshan um? Dazu gibt es ja eine Statistik: 240 000. Wer's glaubt. Frau Zhu, die Direktorin von der Schule deiner Mutter, die ist aus Tangshan. Ihre ganze Familie ist umgekommen. Sie sagt, von gut einer Million Menschen haben nur wenige überlebt. Die dem Beben untern Tisch gefallen sind, so nennen sie die in Tangshan. Die

Statistiken, wie viele in der Kulturrevolution umgekommen sind, die glaub ich erst recht nicht. Das sind alles Schätzungen ins Blaue hinein. Der große Deng hat es noch am ehesten vernünftig ausgedrückt: Wie viele letztlich umgekommen sind, ja das wird sich nie klar sagen lassen.«

Meiner Oma zufolge waren womöglich auch dreißig Millionen noch nicht genug.

Ich glaube das nicht und frage: »Weißt du denn, wie viele Einwohner wir 1965 hatten?«

Meine Oma zuckt nicht mit der Wimper, ihre Antwort kommt sofort: »725 Millionen 380 Tausend.«

Egal, ob das stimmt, ich frage also weiter: »Und 1976?«

»932 Millionen 670 Tausend.«

»Hast du nicht gerade gesagt, in der Kulturrevolution sind dreißig Millionen umgekommen? Wie kommen dann am Ende 200 Millionen mehr raus?«

»Willst du dich wirklich mit deiner Oma anlegen? Hast du eine Ahnung, wie hoch die Geburtenrate damals war? Durchschnittlich sechsunddreißig Prozent! Bei einer Mortalität unter acht Prozent macht das ein Wachstum von immer noch achtundzwanzig Prozent, natürlich hat die Bevölkerung zugenommen. Heute hat man die Geburtenrate bis auf 0,6 Prozent senken können, und das ist immer noch ein Problem. China verdankt dieses Problem Mao Zedong, der hat alle ermuntert zum Kinderkriegen!«

Das stimmte ja. Viele Menschen, hatte Mao gesagt, das ist gut, viele Menschen, das heißt großer Eifer, große Kräfte. Nur hatte er Menschen nicht als Menschen behandelt, hat so viele Menschen umgebracht, dreißig Millionen!

Gegen die Zahlen meiner Oma komme ich nicht an.

Ich sage: »Die Nazis haben sechs Millionen Juden ermordet. In der Kulturrevolution wurden fünfmal so viele Chinesen zu Tode gebracht. Schon wenn ich an die Gaskammern nur denke, wird mir schlecht.«

Oma schnaubt verächtlich durch die Nase. »Lässt sich das vergleichen? Wenn das Durchschnittsopfer in die Gaskammer kommt, ist die Sache in fünfzehn Minuten erledigt. Liu Shaoqi hingegen starb zweieinhalb Jahre lang. Die letzten sechs Monate war er zur Mumie geworden, in die Kehle hatten sie eine Röhre eingeführt, um Schleim abzusaugen, in die Nase eine, um ihn dadurch zu ernähren, und er war ans Bett gebunden. Als er starb, waren Kehle, Nase und Mund verfault, sein weißes Haar bald einen halben Meter lang. So starb der Staatspräsident, er ist wenigstens nicht geschlagen worden, es haben sich noch Leute um ihn gekümmert, ihn gefüttert, getränkt, behandelt. Tiefer unten gab es das alles nicht. Die Erste, die in der Kulturrevolution ums Leben kam, Bian Zhongyun, Direktorin des Mädcheninternats an der Pädagogischen Hochschule, die ist von ihren Rotgardisten-Schülerinnen totgeprügelt worden, in schwüler Hitze einen ganzen Sommernachmittag lang, bis sie ihre Exkremente nicht mehr halten konnte, wurde dann auf einen Müllkarren geschmissen, eine Wandzeitung drüber, darauf einen großen Kehrbesen, eine Soße aus Scheiße und Urin tropfte an den Seiten runter ...«

Ich atme tief durch. Warum war die Direktorin ihren Schülerinnen so verhasst?

»Woher kam diese scheußliche Bosheit?«, frage ich.

»Das waren keine gewöhnlichen Schülerinnen mehr, das waren Rotgardistinnen. Warum ihnen die Direktorin verhasst war, fragst du. Die drei Anführerinnen waren alle Parteimitglieder. Bei ihrer Aufnahme in die Partei hatte die Direktorin für sie gebürgt. In ihrem Tagebuch hat sie damals geschrieben: Sie setzen direkt die Revolution fort. So hat in alter Zeit der große Pferdekenner Bo Le unter vielen Fohlen die jungen Tausendmeilenrenner erkannt. Die Direktorin war der Bo Le dieser Mädchen, und ihre Tausendmeilenrenner haben diesen Bo Le totgetrampelt, um ihre großen Pläne zu entfalten, mit einem Sprung in höchste Höhen aufzusteigen.«

»Derart böse waren doch nicht mal die Nazis, oder?«

»Du kannst das eine nicht mit dem anderen vergleichen, aber es gibt immer noch bösere. Auch Sha Ping, Direktorin des 3. Mädchengymnasiums, wurde von Rotgardistinnen getötet, nachts geprügelt, tags bekämpft, also gezwungen, einen Spucknapf auszutrinken, drei ganze Tage und Nächte lang gequält und tot noch in eine kleine dunkle Kammer geworfen, in der größten Sommerhitze, die Leiche faulte und stank, und die anderen Lehrer mussten einer nach dem anderen in die Kammer und die Tote abtasten. Diese Schülerinnen haben zwei Ziegelsteine an die beiden Enden eines dünnen Drahts gebunden, Lehrerinnen um den Hals gehängt, und so mussten sie dann über Glassplitter kriechen.«

Mir sträuben sich die Haare, als ich das höre. Waren das überhaupt noch Menschen? Selbst wenn man die Natur des Menschen für böse hält, so wohl doch nicht für derart böse.

»Und es gab noch bösere«, sagt meine Oma. »Gymnasiasten in Guangxi haben ihren Direktor totgeschlagen, ihm das Fleisch von den Knochen gekratzt und ihm Herz, Leber, Milz, Lunge und Nieren ausgenommen, alles kleingeschnitten, zu kleinen Klößen zusammengeknetet und geschmort und mehrere Tage lang gegessen. Grillparty!«

Genau so hat es meine Oma beschrieben. Es handelte sich um das Gymnasium von Tongling, Kreis Wuxuan, Autonome Region Guangxi, und der Direktor hieß Huang Jiaping, hatte sich noch früher der Revolution angeschlossen als meine Oma. Das Auffressen des Direktors ist in der Kreischronik verzeichnet. Diese Geschichte hat meine Seele mehr erschüttert, als mehrere Generationen buddhistischer Predigten es vermocht hätten – seitdem bin ich überzeugter Vegetarier, wenn ich Fleisch nur sehe, wird mir übel.

An diesem Abend habe ich im Traum einen Haufen weißer Knochen gesehen. Über die weißen Knochen war die Parteifahne gebreitet. Die Parteifahne fing an zu brennen, die Flammen loderten hoch, die weißen Knochen brannten zu schwarzer Asche und schwarzer Rauch zog über den ganzen Himmel …

Meine Oma sagt, ich hätte noch nichts erlebt.

Diesen Albtraum träume sie seit 40 Jahren.

Ein Stück mit dreieinhalb Weibern

Meine Oma hat viel gesehen, Gott und die Welt kennengelernt, um drei, vier Ecken so manche Interna erfahren. In intensivem Selbststudium ist sie mehr oder weniger zur Expertin für die Kulturrevolution geworden; abgesehen von dem, was sie selbst erlebt hat, stützt die alte Dame sich großenteils auf verlässliche, oft schriftliche Quellen.

Was sie zur Kulturrevolution sagt, hat alles Hand und Fuß, Zweifel sind nicht möglich.

Die Kulturrevolution ist heute das Objekt internationaler Forschung. Historiker, Soziologen, Politologen – besonders, wenn sie sich mit internationalen Beziehungen befassen – und natürlich Sinologen, alle erforschen sie die Kulturrevolution, jeder hat da seine eigene Theorie, die einmalige Kulturrevolution, die zweimalige Kulturrevolution, Liu Shaoqis Kulturrevolution, Mao Zedongs Kulturrevolution, gar die Kulturrevolution des Volkes ...

Nach Ansicht meiner Oma war diese zehnjährige Katastrophe schlicht und einfach gegen das Volk gerichtet, es war die Kulturrevolution der Kommunistischen Partei. Mao Zedong, Lin Biao, Zhou Enlai, Liu Shaoqi hatten jeder seinen Anteil daran, und deshalb nahm keiner von ihnen ein gutes Ende. Lin Biaos Flugzeug ist abgestürzt, ohne Überlebende zerschellt, sein Schädel liegt bis heute in irgendeinem ausländischen Geheimarchiv. Liu Shaoqi ist auf Haut und Knochen abgemagert gestorben, nach seiner Rehabilitierung hat die Familie die Asche irgendeines Fremden beerdigt. Mao Zedong, Brust- und Bauchhöhle ausgeweidet, Herz und Lunge herausgerissen, ist eine gegen Geld zu besichtigende Wachspuppe geworden, ein stinkender Ledersack im Kristallsarg, so höhnt das Volk. Nur der große Weise Zhou Enlai ist diesem Heldenfriedhof entronnen, hat sich im Weltmeer verborgen und so postmortal eine letzte Katastrophe vermieden.

Zum Anlass der Kulturrevolution haben die Experten unterschiedliche Ansichten. Nach den einen war das ein Volksaufstand gegen die KP. Nach anderen hat damals Mao das Volk gegen Bürokratie und Korruption mobilisiert. Oder wieder anderen zufolge: Er habe ein Chaos entfacht, um alle Abweichler zu vernichten und die absolute Macht zurückzugewinnen. Manche sehen den Anlass auch in Liu Shaoqis Versuch, das Land unter Kontrolle zu bringen und die *Erfahrungen im Pfirsichgarten* und den Klassenkampf in die Städte zu tragen. Das bezog sich natürlich alles nur auf die Anfangsphase der Kulturrevolution.

Meine Oma hat den Anlass der Kulturrevolution sehr viel klarer zusammengefasst, in zwei Sätzen: Ein Stück mit dreieinhalb Weibern. In einem Theater zweier großer Nichtstuer.

Das war nur ihr persönlicher Blickwinkel. Der hatte aber einiges für sich. Ich versuche hier mal, ihre Ansichten zusammenzufassen. Wenn es stimmt, hat sie das Urheberrecht, wenn nicht, bin ich schuld.

Drei von den dreieinhalb Weibern, Wang Guangmei, Jiang Qing, Ye Qun, sind tot, das halbe, Zhang Yufeng, lebt noch. Die zwei Nichtstuer waren der Pensionär Mao Zedong und der krankfeiernde Lin Biao. Von den drei Weibern waren zweieinhalb die von den beiden Nichtstuern: Ye Qun war mit Lin Biao verheiratet, Jiang Qing mit Mao, dessen spätere Privatsekretärin Zhang Yufeng war. Von der dritten aber nahm das Unheil seinen Ausgang. Damit meinte meine Oma aber nicht, dass diese dritte, also Wang Guangmei, der große Schurke hinter der Kulturrevolution gewesen sei, sondern dass sie den Samen des Unheils gelegt habe. Wang Guangmei hatte einen Sohn und zwei Töchter, liebende brave Kinder, in deren Augen die Mutter eine gütige und gute Frau gewesen ist, die viel gelitten hat. Das ist auch alles nicht falsch, aber bevor sie so viel gelitten hat und eine so gütige, gute Frau gewesen ist, da hat es noch eine andere Geschichte gegeben, über die zu reden ist: eine Geschichte zwischen ihr und Chinas Bauern und »vierfach gesäuberten« Dorfkadern.

Die Kulturrevolution, hat meine Oma gesagt, nahm ihren Ausgang von Wang Guangmei. Denn Wang Guangmei hat diese *Erfahrungen im Pfirsichgarten* ausgekocht und damit ungestraft die Leute zu Tode gesäubert; und fast noch widerlicher fand meine Oma, dass Wang Guangmei sich bis zu ihrem Ende dieses ihres Meisterwerks auch noch voll Stolz gerühmt hat.

Wang Guangmei, hat meine Oma gesagt, sah blendend aus, hielt sich kerzengerade, sprach fließend Englisch, war mit Gästen und auf Staatsbesuchen die vollendete erste Dame des Landes; weiß der Himmel, in welcher Faser ihres Wesens da etwas nicht stimmte, das sie dazu gebracht hat, ihre Aufgabe fahren zu lassen und sich unter anderem Namen, das halbe Gesicht von einem Mundschutz bedeckt, im Dorf Pfirsichgarten bei Beidaihe fünf Monate lang einzunisten, »Wurzeln zu schlagen und Verbindungen aufzunehmen« und »Klassenkampferfahrungen« zu sammeln, alles unter dem lieblichen Namen von: *Erfahrungen im Pfirsichgarten*. Dieses exquisite Spielchen der Bauernsäuberung hat Liu Shaoqi dann landesweit auf alle Dörfer ausgedehnt, zur »Vierfachen Säuberung« – der Arbeitspunktberechnung, der Bücher, der Lager, der Finanzen. Und dann auch noch auf die Städte, nunmehr unter dem Namen »Sozialistische Erziehungsbewegung«, da säuberte die »Vierfache Säuberung« dann Politik, Wirtschaft, Denken und Organisation. »Sauber« war da schon lang kein gutes Wort mehr, Menschen wurden bereinigt, bekämpft, festgenommen, umgebracht, all das war »Säubern«; wer zum »Säuberungsobjekt« wurde, war erledigt. Nicht nur in den Dörfern gab das viele Tote. In den Städten wurden die Personalakten »gesäubert«, gegen zahlreiche Menschen wurden die von ihnen selbst ehrlich ausgefüllten Personalakten jetzt zur Waffe, mit der sie »gesäubert«, »bereinigt« wurden.

Meine Oma war in den 1950ern pensioniert worden, musste nun aber ebenfalls zur Versammlung in der Großen Halle des Volkes, auf der Liu Shaoqi über die *Erfahrungen im Pfirsichgarten* berichtete. Liu, überaus glücklich mit dem Meisterwerk seiner Gattin, lief auf dem Podium hin und her, redete und redete und redete, sagte alles wohl zehnmal, aber über den Lautsprecher kam mal nur ein halber Satz durch, mal gar nichts; die Leute unten im Saal verstanden nur Bahnhof. Meine Oma hat gesagt, er habe da nicht mehr normal gewirkt, wie von allen guten Geistern verlassen, zappelte herum grad so wie in der Pekingoper der bettelarme Student Fan Jin, der, zwanzigmal durchgefallen, im Alter von fünfzig Jahren doch noch die Staatsprüfung besteht … Wang Guangmei hingegen sei gelassen und selbstsicher aufgetreten, begrüßte die geehrten Gäste, vom Allchinesischen Frauenverband, von den Behörden der Zentralregierung, eilte von Einheit zu Einheit, um ihre *Erfahrungen im Pfirsichgarten* vorzustellen: Wie sie ins Dorf gekommen war, wie sie Wurzeln geschlagen, Verbindungen aufgenommen hatte, wie sie mutige Elemente genutzt, wie sie die vierfach unsauberen Kader herausgeholt, wie sie die Klassenbataillone neu organisiert, wie sie die Macht ergriffen hatte … Als wäre sie in weißes Gebiet unter die Guomindang vorgedrungen. Meine Oma konnte es nicht fassen: Wie konnte die würdige erste Dame des Staates sich in dieser Weise gegen Hunderte Millionen von Bauern stellen?

Nachdem sie die Berichte der Lius angehört hatte, wurde auch meine Oma aufs Dorf geschickt, um vierfach mitzusäubern, zunächst in die Volkskommune Wangsiying am Stadtrand vom Peking; da konnte sie am Samstag gegen Mitternacht nach Hause fahren und musste erst am Sonntagnachmittag zurück in die Volkskommune, verbrachte dabei freilich die meiste Zeit mit der Busfahrt hin und zurück, auf der sie x-mal umsteigen musste und erst spätabends wieder ins Dorf kam. Das ging noch, aber dann wurde sie ins ferne Ningxia geschickt und konnte über ein halbes Jahr lang nicht mehr nach Hause. Den Haushalt hatte immer sie besorgt, Opa hatte keine Ahnung, wie er das anpacken sollte, und jetzt musste er auch noch Monat für Monat Oma das Kostgeld für das Dorf schicken und Getreidemarken und Päckchen. Denn die Vierfach-Säuberer bekamen keinen Fen gezahlt; meine Oma hatte noch Glück, weil sie eine Pension bezog, aber zum Säuberungsdienst verpflichtete Hochschulstudenten waren wirklich übel dran, wurden für anderthalb Jahre aufs Dorf geschickt, und ihre Eltern mussten für sie einerseits weiter die Studiengebühren und die Wohnheimmiete und andererseits auch noch dem Dorf Kostgeld bezahlen. Nichts zu machen, wer hätte denn gewagt, nicht zu fahren? Immerhin erhielt man einen gewissen Status, war »Sozialerzieher«, erzog die Bauern. Nur dass dann später, als Mao die Studenten wieder aufs Land jagte, damit diesmal sie von den Bauern umerzogen wurden, die Beteiligung an der »Sozialistischen Erziehungsbewegung« mit einem Mal gar nichts mehr galt. Zwischen Mao und Liu ging's hin und her, und jedes Mal wurden die armen Studenten aufs Dorf verbannt.

Zur Härte der Landverschickung kam der Abscheu der Bauern. Beim »Verbindung aufnehmen« zum »Wurzeln schlagen« fiel meine Oma unterwegs in finsterer Nacht in eine Grube und brach sich das Bein. Das kümmerte ihre Arbeitsgruppe nicht weiter, deren Mitglieder sahen darin nur eine neue Richtung des Klassenkampfs und organisierten eine Kampfversammlung, um die gegen sie verschworenen Klassenfeinde zu ergreifen und zu bekämpfen. Dazu ließ man diese Feinde damals meist »als Flugzeug fliegen«: das Gesicht nach unten, die Arme zur Seite, mussten sie Kopf und Brust waagerecht nach vorn strecken, außerdem strafstehen, strafknien und so weiter. Manche wurden bis in den Tod gepeinigt, in dieser Vierfachen Säuberung sind bereits die »Kampfkünste« der Kulturrevolution eingeübt worden. Die Bauern hatten gerade die große Hungersnot durchlitten, da kam der weiße Terror der Ersten Dame über die Überlebenden, die es nicht wagten, ihre Wut zu zeigen oder irgendetwas dagegen zu sagen.

Heute spricht man von den »drei großen Kampagnen«: 1957 gegen rechts, 1966 bis 1976 die Kulturrevolution, und Tiananmen ab dem 4. Juni 1989. Die Vierfache Säuberung gilt nicht als Kampagne, keiner fragt mehr, wie viele Menschen da zu Tode »gesäubert« wurden.

Oma aber konnte nicht mehr aufstehen, und das scherte niemanden, die Arbeitsgruppe war mit Klassenkampf beschäftigt. Nur die Frau eines »Grundherrn« konnte das nicht mit ansehen und brachte ihren Mann dazu, meine Oma zehn Kilometer mit dem Fahrrad ins Kreiskrankenhaus zu fahren. Meiner Oma war das unsäglich peinlich, sie schämte sich vor allen im Dorf. Unter den vier üblen Elementen – Grundherren, reiche Bauern, Reaktionäre, Schlechte – standen die Grundherren an erster Stelle, in jeder Kampagne richteten sich die »Säuberungen« zuallererst gegen sie, gerade bei der »Vierfachen Säuberung« wurden sie täglich, Kopf gesenkt, Leib tief gebeugt, »kritisiert«, »bekämpft«, das hörte und hörte nicht auf. Die »vierfach unsauberen« Dorfkader wurden nur geheißen, alles offenzulegen und sich überprüfen zu lassen. »Grundherren« aber sollten ihre Verbrechen bekennen! Auch meine Oma hatte sich den Bauern gegenüber aufgespielt. Nun war für sie die Scham schwerer zu ertragen als der Schmerz der gebrochenen Knochen.

Im Kreiskrankenhaus wurde das Bein geröntgt und ein Splitterbruch festgestellt, woraufhin man Oma sofort ins Krankenhaus in Yinchuan schickte, die Gebietshauptstadt. Als Opa die Nachricht erhielt, machte er sich unverzüglich auf die weite Reise. Der alte Herr hatte sein Leben auf den Satteln der Armeen verbracht. Aber so ein verratztes Kaff von einer Hauptstadt hatte er noch nicht erlebt, keine vernünftige Straße, ein einziger Polizist bewachte Ein- wie Ausgang der Metropole, einen Park mit zwei Affen hatten sie auch, und vom Krankenhaus schwieg man lieber, das entsprach allenfalls der Sanitärstation einer Volkskommune. Für Opa als übergelaufenen Guomindang-General war die zentrale Einheitsfrontabteilung der Partei zuständig. Die rief er an und verlangte, dass seine Frau schleunigst zur Behandlung nach Peking geholt würde. Peking erteilte der vierfach säubernden Arbeitsgruppe entsprechende Weisung, und das Krankenhaus schickte Oma nach Peking, mit zwei Ärzten, die sich auf der Fahrt um sie kümmerten; so wurde ihr Bein gerettet.

Meine Oma war zu ihrer Zeit eine Schönheit. Seit dem Beinbruch humpelt sie, und wenn sie nur daran denkt, packt sie die Wut, nicht nur auf Wang Guangmei, sondern auch auf Liu Shaoqi. Ohne dessen Unterstützung wäre Wang Guangmei ihren *Pfirsichgarten* nie losgeworden. Im Sommer 1964 ging Liu dann mit seiner Frau auf eine Tournee von Provinz zu Provinz. Überall propagierten sie die *Pfirsichgarten*-Erfahrungen und jagten 1,6 Millionen Beamte und Hochschüler auf die Dörfer, um die kleinen Dorfkader zu säubern. Damit nahmen sie Mao Zedong die Verantwortung dafür ab, dass seine Politik gerade eben auf den Dörfern mindestens 50 Millionen Menschen hatte verhungern lassen, und benutzten ihn gleichzeitig, um Wang Guangmei nach oben zu hieven. Oma vermutete, dass Wang Guangmei auch noch den Ehrgeiz hatte, den Marxismus-Leninismus weiterzuentwickeln; politischer Ehrgeiz lässt sich nicht einschätzen, schon gar nicht der von Frauen. Wenn sie diesen Ehrgeiz realisieren wollte, genügte es nicht, dass Liu sie unterstützte, sie musste Mao für sich interessieren. Dass sie mit Liu in der größten Sommerhitze im Süden herumreiste, sollte ihren Opferwillen beweisen und Mao zeigen, wie treu ihm die beiden ergeben waren.

Aber der machte nicht mit. Als der *Pfirsichgarten* auftauchte, hatte er das Gefühl, Liu wolle ihm eins auswischen und Jiang Qing mit Wang Guangmei ausstechen. »Wenn Wang Guangmei so was hinbekommt«, fragte er seine Ehefrau, »warum stellst du nicht auch was auf die Beine?« Daraufhin plagte sich Jiang Qing dann mit den Modellopern ab. Das war ganz nach Maos Geschmack, als großer Fan der Pekingoper konnte er ganze Arien vortragen, Jiang Qing spielte die zweisaitige Fiedel dazu – der Mann singt, die Frau begleitet ihn, kein gewöhnliches Paar! Und wie meine Oma berichtet, waren das auch wirklich gute Szenen. Jiang Qing sagte, man brauche ein Jahrzehnt, um ein Stück einzuüben. Meine Oma dachte dabei aber an etwas anderes, nämlich daran, dass die Stücke immer für berühmte Schauspieler der Pekingoper bestimmt waren; und deshalb kam es auch zum Streit mit Pekings Oberbürgermeister Peng Zhen.

Die Maos und die Lius konkurrierten also, aber Wang Guangmei glaubte trotzdem, dass Mao sie schätzte. Meine Oma hat gesagt: Wenn Wang Guangmei feinfühlig sein wollte, war sie sehr feinfühlig, und wenn sie dumm sein wollte, war sie sehr dumm. Sie glaubte also fest, dass Mao auf seine alten Tage noch Frühlingsgefühle für sie hegte, erwähnte wohl auch stets, dass Mao sie zum Schwimmen eingeladen habe, dass sie dort und dort geschwommen seien, sogar, dass Jiang Qing wegen der Schwimmerei eifersüchtig geworden sei und Mao vor ihr beschimpft habe: »Von den Aufsätzen gefallen dir nur die eigenen, und von den Ehefrauen nur die anderer Leute!«

Ein Jahr zuvor war Wang Guangmei nach Shanghai gefahren, um sich Kleider machen zu lassen; vor der Abreise ging sie zu Mao und fragte ihn, ob sie Jiang Qing, die damals in Shanghai war, etwas mitbringen sollte. Mao schrieb also einen Brief für Jiang, den er Wang Guangmei mitgab. Jiang Qing glaubte Wang ganz auf ihrer Seite und schüttete ihr das Herz aus, klagte, dass Peng Zhen ihr in Peking ständig Ärger mache; deshalb sei sie nach Shanghai gefahren. Die Probleme im Bereich der darstellenden Künste seien außerordentlich gravierend, sie wolle diesen Bereich revolutionieren, Mao hatte dafür eine »Gruppe für die Kulturrevolution« mit fünf namentlich bestimmten Mitgliedern ernannt, deren Gruppenchef der Pekinger Bürgermeister Peng Zhen war. Aber der lasse sie in Peking kein Bühnenfestival abhalten, unter dem Vorwand, es gebe nicht genug Unterkünfte für die Teilnehmer. Sie habe sich bei Mao beschwert, Mao sei wütend geworden und habe gesagt, in Peking helfe kein Donnerwetter und keine Akupunktur, da dringe keine Nadel unter die Haut, und kein Tropfen Wasser komme bis zum Boden durch; gebe es keine Unterkünfte, solle man doch die Große Halle des Volkes freimachen oder Gästehäuser der Armee! Dann wurde Jiang Qing, die Wang Guangmei geradezu als Schwester behandelte, sehr offen: »Was der Vorsitzende selbst nicht gut aussprechen kann, das lässt er mich sagen. Wenn es richtig war, dann kam's von ihm, wenn nicht, bin ich, Jiang Qing, schuld.« Zurück in Peking erzählte Wang das alles brühwarm Liu Shaoqi. Und als Jiang Qing nach Peking zurückkam, suchte Liu sie auf und tadelte sie, weil sie Wang Guangmei so viel erzählt habe, künftig solle sie vorsichtiger sein; die Zentrale bereite eine Konferenz zu Fragen von Literatur und Kunst vor, wenn sie dazu irgendwelche Vorstellungen habe, könne sie die jetzt mit ihm besprechen oder auf der Konferenz vortragen. Damit hatte Jiang Qing die beiden wohl hinreichend kennengelernt; was sollte sie mit ihm da noch besprechen?

Mao wusste, dass Liu mit Peng Zhen nicht konnte, und schob Liu gerade deshalb beiseite und ließ stattdessen Peng Zhen sich um Jiang Qing kümmern. Die hatte mit ihm jedoch von Anfang an Streit. Sie wollte jetzt nicht mehr nur Unterkünfte, sondern Leute. Sie wollte alle berühmten Schauspieler der Pekingoper haben. Wie sollte die Pekinger Operntruppe da weiterspielen? Jiang Qing nervte mit ihren Modellopern, Liu waren sie gleichgültig, ihm ging es immer nur darum, Wang Guangmeis *Erfahrungen im Pfirsichgarten* zu verkaufen, deshalb war er mit seiner geliebten Gattin von Provinz zu Provinz gefahren. Mao sah, wie das Paar so eifrig herumkutschierte, bekam es mit der Angst, sie könnten da Verbindungen aufnehmen, Unheil stiften, und berief sie nach Peking zurück. Tief gerührt von der Gnade, erstatteten die beiden detaillierten Bericht. Mao Zedong geruhte einen Kommentar: »Was seid ihr denn in dieser Hitze mit dem Zug von Bahnhof zu Bahnhof gefahren? Mit dem Flugzeug wärt ihr noch viel weiter herumgekommen!« Das Paar hörte den Unterton nicht heraus und begab sich mit noch größerem Eifer wieder auf die Reise, zweimal in den Süden, nach Hubei, Hunan, Guangdong, Guangxi, Yunnan, ohne Rast und Ruh überall im Land herum, und, noch nicht zurück, entwarfen sie Regeln für die Säuberung der Menschen auf den Dörfern, die *Ersten 10 Paragrafen*, die *Späteren 10 Paragrafen*, die *23 Paragrafen*, es nahm und nahm kein Ende. Um ihre Ergebenheit zu zeigen, schickten sie Boten nach Peking, um all die Paragrafen dem Sohn des Himmels vorlegen zu lassen, während sie selber wild entschlossen weiter herumreisten. Die Sommerglut nicht achtend hielt Wang Guangmei überall ihren Vortrag, um Mao mit ihrer Opferbereitschaft zu rühren; und sie wollte ihre Sache wirklich gut machen, hielt ihre Vorträge und verbesserte das Redemanuskript dabei wieder und wieder; die *Erfahrungen im Pfirsichgarten* mussten zur klassischen Schrift werden. Liu half ihr dabei. Jahrhunderte sollte der Duft dieses Gartens durchwehen!

Meine Oma ist sorgfältig. In Wang Guangmeis Reisebericht hat sie Liu Shaoqis Briefe an Mao Zedong und das Zentralkomitee gefunden. Wie das Ehepaar dort immer wieder das Wort »Genossen« einflicht, kann man als Meisterwerk sinokommunistischer Stilistik bezeichnen: »Diesen Bericht der Genossin Wang Guangmei hat Genosse Chen Boda energischst den Genossen aller örtlichen Parteikomitees und aller Arbeitsgruppen übermittelt. Wang Guangmei hat das Manuskript ihres Berichts« – der ersten Darstellung ihrer *Erfahrungen im Pfirsichgarten* – »an das Parteikomitee der Provinz Hebei zweimal überarbeitet, ich habe den Bericht ebenfalls einmal durchgesehen und korrigiert. Beim ZK ist nun ein Kommentar dazu entworfen worden; ich bitte das ZK, diesen durchzusehen und, wenn es zustimmt, das Ganze herauszugeben.«

Meine Oma sagt, Liu habe da die Verfahrensregeln völlig durcheinandergebracht. Wang Guangmei sei nicht einmal Mitglied des ZK gewesen, und Liu wollte nun das ZK um sie rotieren lassen, als wäre das ZK ein Laden der Familie Liu. Und dabei zählte er noch auf Mao Zedong, glaubte, unter dem Schutz der großen Hand des Vorsitzenden könne er seine Frau in lichte Höhen ziehen, und das auch, um Mao noch besser ihre Ergebenheit zu beweisen. Der Vorsitzende hatte dazu wenig Lust, er mochte nicht Lius Gummistempel sein, und schon gar nicht gefiel ihm, dass Liu seine Frau mit ihrem Universitätsabschluss vor das Anliegen seiner eigenen Frau Jiang Qing schob, die nur für wenige Jahre zur Schule gegangen war. Er zögerte seine Entscheidung mehrere Tage hinaus, schließlich gab er vor der Eröffnung einer Besprechung der ersten Sekretäre der ZK-Abteilungen eine neutral gehaltene Weisung: »Das Manuskript wird ausgedruckt und zunächst den zu dieser Besprechung gekommenen Genossen zur Diskussion vorgelegt. Wenn das allgemeine Zustimmung findet, wird es landesweit ausgegeben. Ich stimme den Ansichten der Genossen Chen Boda und Liu Shaoqi zu.«

Diese »Zustimmung« brachte seinen Unwillen deutlich zum Ausdruck. Auch Jiang Qing hielt es nicht aus, sie weinte: »Nach Stalins Tod hat Chruschtschow sich in seinem Geheimbericht gegen Stalin gestellt. Mao Zedong ist noch nicht einmal tot, da stellt sich Liu Shaoqi in einem öffentlichen Bericht gegen ihn!« Mao sah sie mit neuen Augen an. Diesem seinem Frauchen wollte er mehr Beachtung verschaffen.

Doch wie seine Frau auftauchte, stieß sie mit Peng Zhen zusammen.

Peng Zhens Sturz ging auf die *Tagung der 7000* im Jahr 1962 zurück. Diese Tagung war eine Idee des Generalsekretärs Deng Xiaoping, der in Vertretung des Parteisekretariats wirklich redlich sämtliche in den letzten Jahren von Mao Zedong und der Partei begangenen Fehler aufzählte und die aus dem ganzen Land nach Peking gekommenen Landräte aufforderte, ihren Gefühlen Luft zu machen. Mao, der die Tagung leitete, bemerkte: »Tagsüber lasst die Sau raus, abends geht's ins Opernhaus, zweimal Trockenfutter, einmal Wassersuppe, zufrieden ist die ganze Truppe.« Aber weil Deng die Verantwortung übernommen hatte, traute sich Liu, im Namen des ZK einen Bericht zu erstatten, in dem es hieß, die Fehler der letzten Jahre seien »zu drei Zehnteln natürliche und zu sieben Zehnteln von Menschen verursachte Katastrophen, und zwar aus der Politik der Zentrale entstandene Fehler«. Und der nächste Satz lautete: »Vor allem das zentrale Parteisekretariat muss dafür die Verantwortung tragen.« Der Generalsekretär übernahm's großzügig für die Zentrale, Liu als Vizevorsitzender kroch brav diese Linie entlang und schloss die Sache damit ab.

Deng Xiaoping zeigte keine Reaktion, aber Peng Zhen nahm es nicht so leicht, er fragte Liu Shaoqi: »Für unsere Fehler verantwortlich ist also zunächst das Zentralsekretariat. Nicht auch Vorsitzender Mao, Genosse Shaoqi und die Genossen im Ständigen Ausschuss des Politbüros?« Er fand, wer dazugehörte, der musste einbezogen werden, auch Mao Zedong, auch Liu Shaoqi waren schuld, den *Großen Sprung* und die Volkskommunen hatte Mao gebilligt.

Schon Lius Drei-zu-sieben-Rechnung hatte Maos Unwillen erregt. Und Peng Zhen wollte die Sache nun noch weiter treiben, ihm Verantwortung für die Verhungerten aufbürden? Auf der *Tagung der 7000* schluckte Mao seine Wut runter, bis zur Kulturrevolution. Dass Peng Zhen eines ihrer ersten Opfer wurde, dafür hatte die *Tagung der 7000* den Anstoß gegeben.

Liu Shaoqi schämte sich keineswegs dafür, Liu Shaoqi zu sein, er sah, dass Mao Peng Zhen abservieren wollte, und blies prompt ins gleiche Horn. Mao von hinten, Liu von vorn, beide wollten sie Peng Zhen wegsäubern. Meine Oma nennt die *Tagung der 7000* eine parteiinterne Veranstaltung, um Rechtsabweichler zu jagen, Peng Zhen sei drauf reingefallen. So hat man vor der Kulturrevolution Labyrinthe konstruiert, um die Leute darin zu fangen.

Das dritte Weib, sagt meine Oma, das war Ye Qun. Sie hat die Lunte für die Kulturrevolution gelegt, und das hatte natürlich auch mit dem großen Nichtstuer Lin Biao zu tun, dem halb beurlaubten und halb auch wieder nicht beurlaubten Verteidigungsminister; auf den kommen wir noch. Ye Qun kam im November 1965 nach Hangzhou zu Mao Zedong gelaufen, um hinter verschlossenen Türen fünf Stunden lang gegen den Generalstabschef Luo Ruiqing zu klagen, mit Erfolg. Der wurde daraufhin drei Monate lang gesäubert, bis er's nicht mehr aushielt, die Zähne zusammenbiss und aus dem Fenster sprang.

Auch der Chef der Propagandaabteilung der KP, Lu Dingyi, ist von Ye Qun erledigt worden, und auch das hatte natürlich mit Lin Biao zu tun. Lu Dingyis Frau Yan Weibing hatte nicht alle Tassen im Schrank, sie schrieb Ye Qun und ihrer Familie anonyme Briefe, einen auch über den Shanghaier Bürgermeister Cao Diqiu, der sollte ihn an Lin Biao weitergeben. Im Briefumschlag lag ein Zahlengedicht:

> Hat sich eine wüste Hummel gepackt, die warf zwei Ratten,
> Belehnt drei Stufen näher zum Thron, Licht fürchtet er schon,
> bleibt alle vier Jahreszeiten im Schatten,
> alle fünf Sinne verwirrt, Brauen abgesackt,
> mit nicht für 'nen Sechser Verstand tobt er bei Hofe,
> aus sieben Löchern dampft ihm das Opium,
> auch die letzten acht Haare fallen ihm aus,
> oh Kahlkopfkatastrophe! Ein Geier kreist hoch
> überm Amt, man zählt bei ihm neun Schnäbel,
> dem winkt der zehnten Hölle Fürst
> bereits mit scharfem Säbel.

Dazu muss man wissen, dass man in Hubei traditionell den neunköpfigen Phönix als Herrn des Himmels verehrt. Er gilt als überaus gerissen. »Neunköpfige Vögel« ist daher ein Schimpfwort für Leute aus Hubei. Und Lin Biao war kahlköpfig und stammte aus Hubei.

In den Fall seiner Frau natürlich mit hineingezogen, geriet Lu Dingyi, logisch, auch unter die vier »Verschwörer« der Mitteilung vom 16. Mai 1966, in die »erste Viererbande«, wie meine Oma sie nennt.

Der unter diesen vieren immer als Letzter aufgeführte Yang Shangkun stürzte als Erster und hatte schon im Oktober 1965 den Posten des ZK-Büroleiters verloren. Meiner Oma zufolge hatte das mit jenem halben Weib, Zhang Yufeng, zu tun, und auch mit einer Intrige des Schurken Wang Dongxing. 1957 hatte dieser Bandgeräte im Regierungsviertel Zhongnanhai eingeführt, um das Problem unvollständiger und inkorrekter Protokolle bei Versammlungen zu beheben. Mao Zedong hatte das gelobt. Um sich bei den Vorgesetzten einzuschmeicheln, hatte Wang Dongxing danach auch in Maos Sonderzug Aufnahmegeräte angebracht, verborgen hinter Blumentöpfen. Als nun Zhang Yufeng im Zug war, wurde automatisch auch Maos Geplänkel mit ihr aufgezeichnet. Eine Wache neckte Zhang und ahmte mit Maos Akzent dessen lockere Sprüche nach. Zhang erschrak zu Tode und meldete das unverzüglich Mao, der furchtbar wütend wurde und Wang Dongxing rief, der die Sache aufklären sollte. Mit dem Ergebnis, dass Yang Shangkun aus dem Zhongnanhai hinausgejagt wurde, und Wang Dongxing einen großen Sprung nach oben machte, er bekam Yangs Stelle.

Zu Beginn der Kulturrevolution berief das ZK dann eine *Konferenz demokratischer Persönlichkeiten* ein, um die Probleme mit Peng Zhen, Luo Ruiqing, Lu Dingyi und Yang Shangkun zu diskutieren. Bevor noch irgendwas diskutiert wurde, gab Liu Shaoqi die Melodie vor: »Peng, Luo, Lu und Yang stehen miteinander in einer irregulären Verbindung. Um festzustellen, was das eigentlich für eine Verbindung ist und welchen Grad sie erreicht hat, haben wir eine Untersuchungskommission gebildet, die das gegenwärtig überprüft. Gemeinsam ist ihnen, dass sie sich alle vier gegen den Vorsitzenden Mao und sein Denken gestellt und im Untergrund tätig geworden sind. Sie haben eine grundlegende Änderung des Kurses, der Grundprinzipien unserer Partei und unseres Staates angestrebt, sie wollten ihren eigenen Kurs durchsetzen, nach ihrem Bilde die Partei und ganz China umgestalten, sie wollten in China eine revisionistische Politik verwirklichen, also eine Politik der Restauration des Kapitalismus; hätten ihre Pläne Erfolg gehabt, dann hätte es zu einem Umsturz kommen können.«

Und damit nicht genug: »Dass Peng, Luo, Lu und Yang es bis zum Umsturz hätten bringen können, das zeigt den extremen Grad des internationalen und inländischen Klassenkampfes in der Führung unserer Partei!« Ob Liu Shaoqi jemals jemanden gerettet hat, ist nicht bekannt. Aber darin, jemandem, der in den Brunnen gefallen war, Steine nachzuwerfen, darin war er ein Meister.

Peng, Luo, Lu und Yang sind jeder auf seine Weise ins Unheil geraten, ihre Fälle hatten so viel miteinander zu tun wie ein Erdbeben im Himalaya mit Fischzucht am Amur. Erst Mao Zedong hat aus den vieren eine gegen die Partei verschworene Gruppe konstruiert. Aber ohne die dreieinhalb Weiber lässt sich das nicht erzählen, auf jede von ihnen fiel etwas vom Glanz dieser Geschichte, nur zu unterschiedlichen Zeiten; gleich, wie viel Verdienst jeder einzelnen von ihnen zukommt, fehlen darf keine. Und auch wenn Wang Guangmei mit dem Sturz keines der Unglücklichen direkt etwas zu tun hatte, so war doch sie es, die Mao den Gedanken ins Hirn pflanzte, aus ihrer und Lius »Sozialistischen Erziehungskampagne« die Kulturrevolution zu machen. Und ich weiß schon, Frauen sind immer ein heißes Thema, mit dem man nie zu Ende kommt; langer Rede kurzer Sinn: Jetzt reicht's also erst mal.

Der große Nichtstuer Lin Biao

In den letzten zwei Jahren mehren sich die Stimmen für eine Revision des Urteils über Lin Biao. Meine Oma ist damit ganz und gar nicht einverstanden. Hätte Lin Biao die Lawine nicht losgetreten, sagt sie, dann hätte Mao allein, schon halb im Ruhestand, die Kulturrevolution niemals auf die Beine stellen können. Lin Biao aber ließ die Truppe statt in Kriegskünsten sich den lieben langen Tag im Dreschen leerer Phrasen üben und dieses vergiftete Geschwätz auch noch effizient durchexerzieren, ein verderbter Höfling, wie er im Buche steht, der das Land in die Irre führte und die Armee zerstörte. Außer dem einen Sieg am Pingxing-Pass hat Lin Biao nichts aufzuweisen, die Jahrzehnte danach ist er als Maos Speichellecker hochgekrochen, statt Lin Biao sollte man lieber seinen Sohn Lin Liguo rehabilitieren. Der hat Mao einen Diktator genannt, der die Werkzeuge des Staates gegeneinander in einen Kampf auf Leben und Tod hetze und damit den Staat zum selbstzerstörerischen Fleischwolf mache. Das stimmt haargenau! Meine Oma wundert sich, wie ein derart verderbtes Paar einen solch heldenhaften Sohn hatte großziehen können, aber auch aus einer Hundehütte können, so scheint es, Tiger kommen, und Mäusejunge sind nicht nur imstande, Löcher zu buddeln.

Der Sieg vom Pingxing-Pass war der Höhepunkt von Lin Biaos militärischen Leistungen gewesen. Im Rausch des Sieges zog er sich damals eine erbeutete braune japanische Uniformjacke an, pirouettierte auf einem erbeuteten japanischen Schimmel, die Peitsche im Wind schwingend – und hatte nicht damit gerechnet, dass ihn ein Vorposten der Armee des mit ihm im Kampf gegen die Japaner verbündeten Guomindang-Generals Yan Xishan aus der Ferne für einen japanischen Offizier hielt, mit einem Schuss durch die Brust sein Rückgrat traf und ihn zum Schwerbehinderten machte, der ohne fremde Hilfe nicht mehr essen, trinken, scheißen oder pinkeln konnte und fortan ans Bett gefesselt war. Ihm, der den Tod nie gescheut hatte, war mit einem Mal das Leben überaus kostbar, er vermied jede körperliche Anstrengung, dachte nicht einmal daran, sich die schweißnassen, schuppenbedeckten Hände zu waschen, rasierte sich nicht mehr und schnitt sich nicht die Haare, zog sich auf primitivstes Existieren zurück. Jedoch hatte der Scharfschütze nur ein sekundäres Nervenzentrum getroffen, Lins Gehirn arbeitete weiter, fieberhaft, tastete bis tief in die Nacht seine Umgebung darauf ab, wie er weiter nach oben kommen konnte, tastete ab und erwog, wem er Gnade erweisen, wer ihm übelwollen mochte. Solche Gedanken machte er sich vor allem über zwei Menschen, Mao Zedong und Luo Ruiqing. Mao schwebte über ihm als eine Wolke, die ihn decken, ja ihm den Weg zum Himmel emporbahnen konnte. Und in Luo sah er einen starken Arm, den er noch gut nutzen würde.

Lin wusste gut, was er an Luo hatte. Als Lins Vorgänger Peng Dehuai und der damalige Generalstabschef Huang Kecheng 1959 auf der Lushan-Konferenz angesichts der Hungersnot Maos irrsinnige

Landwirtschaftspolitik kritisierten und in Ungnade fielen, schob Lin seinen Vertrauten Luo auf die Posten des Generalstabschefs und des Generalsekretärs der Militärkommission. Dass er später dennoch von Luo abrückte, hing mit der *Tagung der 7000* zusammen. Luo entwarf Lins Rede für diesen Kongress, und Ye Qun verlangte, er solle etwas vom »persönlichen Genie des Genossen Mao Zedong« hineinschreiben. Luo dachte: Lange Haare, kurzer Sinn, er folgte ihr nicht, sondern ermahnte sie: »Man kann jetzt nicht mehr vom persönlichen Genie eines Einzelnen reden!«

Meine Oma sagt, Lin habe darauf einen Wutanfall bekommen, Luos Entwurf zerrissen und sich die Rede selbst geschrieben; er hatte, das muss man schon sagen, Mao voll erfasst, und so enthielt seine Rede nun die meisterliche Passage: »Dass wir seit geraumer Zeit mit unserer Arbeit gut vorankommen, liegt daran, dass wir in dieser Zeit das Denken des Vorsitzenden Mao glatt umsetzen konnten, dass in das Denken des Vorsitzenden Mao nicht eingegriffen wurde. Wenn die Vorstellungen des Vorsitzenden Mao nicht achtungsvoll befolgt werden oder erheblich in sie eingegriffen wird, muss es zu Fehlern kommen. Das ist unsere Parteigeschichte seit Jahrzehnten.« Dieser Redeentwurf wurde Mao zur Durchsicht und Genehmigung vorgelegt, und so wurde das Meisterwerk noch meisterlicher durch Maos Bewertung: »Dies ist ein guter Aufsatz, ein Werk von Gewicht, das den Leser« – also ihn selbst – »außerordentlich erfreut. Es ist allen Kadern der Partei zum Studium zu übermitteln. In unserer Partei hat es seit Jahren kein derart gewichtiges Werk mehr gegeben, es ist auch ein marxistisches Werk.« Als Lin diese Rede auf dem Kongress verlesen hatte, klatschte Mao als Erster. Lin wusste wirklich, wie er's machen musste; andere hätten wohl nicht derart drauflosgeschleimt, sondern dem Umschmeichelten ein wenig Spielraum für Anstand und Bescheidenheit gelassen.

Meine Oma hat das alles sehr lebendig beschrieben. Ich konnte kaum glauben, dass Mao so schamlos war. Meine Oma hat gesagt, doch, doch, Mao hätten solche Sprüche schon lange behagt, und Anstand, der sei ihm eh egal gewesen. Schon in den Slogans zum 1. Mai 1950 ließ Liu Shaoqi dem Erhabenen Vorsitzenden Mao Jahrtausende wünschen lassen – das war der Gruß für den Kaiser gewesen! –, immer »Erhaben« vorweg, »Jahrtausende« hinterher, und Mao persönlich genehmigte, dass diese Losung gerufen wurde. Von da an fiel das Licht seiner Gnade auf Liu Shaoqi und trug ihn empor. 1959 wurde Liu Staatspräsident.

Doch zurück zu Luo Ruiqing. Mao fragte ihn: »Bekämst du auch so eine Rede zustande wie Lin Biao?«

»Wie könnte ich! Das brächte ich nie fertig!«

»Was man nicht kann, das muss man lernen!«, antwortete Mao.

Luo sagte nichts. Er hätte nicht gedacht, dass Lin ihn solch widerliche Medizin schlucken lassen würde.

Nach der *Tagung der 7000* trat Mao ins zweite Glied zurück. Wie viele andere auch sah Luo nun keine große Sünde mehr darin, die Schuld an den Toten der Hungersnot mit dem Namen des Parteivorsitzenden zu verbinden. Lin aber blies weiter ins Horn seiner Gipfellehre, »das Mao-Zedong-Denken ist der Gipfel des Marxismus«, und forderte, das Mao-Zedong-Denken lebendig zu studieren und lebendig anzuwenden. Luo hielt dagegen: »Heißt das etwa, dass der Marxismus und das Mao-Zedong-Denken sich nicht mehr weiter entwickeln können?« In Manuskripten für die Armeezeitung strich er Phrasen mit Worten wie »Gipfel« und »höchste und lebendigste«, solle es denn, fragte er, nicht einmal noch höheres als dies Höchste, noch lebendigeres als dies Lebendigste geben? »Chef«, mahnte ihn einer, der dabeistand, »das hat Oberkommandierender Lin gesagt!« Aber Luo störte das nicht. »Oberkommandierender Lin hat nicht unbedingt immer recht, hören muss man auf den, der die Wahrheit sagt, und nicht auf den, der den höheren Rang hat!«

Offensichtlich hatte sich die schützende Wolke über Lin also schon ziemlich abgeschwächt. Dass sich die Beziehung zwischen Lin und Luo abkühlte, lag aber weniger an Lins Missfallen darüber, dass Luo nicht vor Mao kriechen mochte, wichtiger noch war Lins Eifersucht, weil Luo auch anderen Marschällen näher kam. Das ZK hatte genehmigt, dass Lin wegen seines Leidens zu Hause blieb und dass He Long an seiner Stelle die Militärkommission leitete; Luo kam nun häufig zu diesem neuen Vorgesetzten und immer seltener zu Lin Biao. Der reagierte wie eine betrogene Ehefrau. »Luo isoliert mich«, jammerte er, »schließt sich anderen an, hebt andere in den Himmel, soll er's doch zum Äußersten treiben!« Luo wurde das von Ye Qun übermittelt, sie ließ ihn die Verbitterung des Ehepaars spüren: »Wir sind krank, wir können nicht mit dem Generalstabschef angeln und wandern gehen, wir bitten den Generalstabschef, doch mal vorbeizuschauen, wenn er mal Zeit hat.« Luo blieb nichts anderes übrig, als hinzugehen und Lins Klagen über sich ergehen zu lassen.

Im Mai 1965 erstattete Luo der Militärkommission einen Bericht, den er Lin nicht vorher zur Durchsicht vorgelegt hatte. Lin erfuhr das, ließ am Telefon ein Donnerwetter los und warf den Hörer hin. Ye Qun spielte die Gute, sie rief Luo an und bat um seinen Besuch. »Oberkommandierender Lin wird nur gegenüber Leuten wütend, die ihm nahestehen. Es wäre gut, wenn der Generalstabschef mal selber herkäme!« Luo kam und Lin wollte Luo mit sich ziehen, ihn dazu bringen, »dem Vorsitzenden in die Revolution zu folgen«. »Du bist«, sagte er zu Luo, »nach deinen Fähigkeiten der erste unter den Generälen!« Und Ye Qun fügte hinzu: »Oberkommandierender Lin hält große Stücke auf Sie, Sie sollten die Hoffnungen des Oberkommandierenden nicht enttäuschen!« Luo konnte Ye Qun nicht ausstehen, erzählte jemandem von diesem Gespräch und kommentierte: »Wie kommt eine Frau dazu, solche Reden zu führen!« Diese Bemerkung wurde weitergetragen, und wie sie die Lins erreichte, war Luos Ende beschlossene Sache. Ye Qun flog nach Hangzhou, um sich bei Mao zu beklagen, redete Stunden auf ihn ein und warnte ihn. Also fiel Luo, und mit ihm fielen zwei Generäle, He Long und Ye Jianying.

Siebzigjähriger Stinkekäse

»Siebzigjähriger Stinkekäse«, das stammt von meiner Oma. »Mit siebzig den Wünschen des Herzens folgen und keine Regeln überschreiten«, hat sie gesagt, »das hat Konfuzius erreicht, aber das erreicht nicht jeder, Mao Zedong schon gar nicht.« Früher, ja, da legte er sich tagsüber hin, abends tauchte er auf. Aber kaum war er siebzig geworden, fand er Tag und Nacht keinen Frieden mehr. Jede kleine Unruhe störte seinen Schlaf, er konnte dann mit jedem, gleich wem, einen wütenden Zank anfangen. Er schlief nicht genug, ließ gern seine Gedanken wandern, vergaß Dinge, wusste nicht mehr, was er früher gesagt hatte, äußerte sich zur selben Angelegenheit immer wieder anders. Manchmal vergaß er die Zeit einer Besprechung, und wenn sie ihm dann einfiel, waren alle schon weg. Er fühlte sich vernachlässigt, war unausgeglichen, reizbar; wie er ging und stand, warf er Dinge um, verstreute Papiere, beschimpfte die Leute – der siebzigjährige Mao Zedong folgte den Wünschen seines Herzens und kümmerte sich nicht um Regeln.

Allerdings, sagt meine Oma, hat sich Mao überhaupt nie um Regeln gekümmert. In den 1950ern stürzte er sich als Chinas oberster Führer in blinden Aktionismus, ruinierte damit das Land und erreichte, dass über 50 Millionen Menschen verhungerten. Angesichts allgemeiner, zunehmend lauter werdender Klagen blieb ihm nur der Rückzug ins zweite Glied, der ungewollte Müßiggang. Anfang 1962, auf der *Tagung der 7000*, verlangten die Landräte aller Kreise in China, dass er schlicht abtreten solle. Sofort nach dem Ende der Tagung versammelte sich der Ständige Ausschuss des Politbüros, das oberste Führungsgremium des Landes. Mao brachte zum Ausdruck, er wolle sich dieser Forderung unterwerfen, den Parteivorsitz aufgeben, sich zurückziehen und hinfort »soziale Untersuchungen« betreiben, will sagen: die »wissenschaftliche Analyse« aller möglichen Gruppen, von den Bauern bis zur hohen Beamtenschaft, um festzustellen, inwieweit sie aus Edlen, Fragwürdigen und insbesondere Klassenfeinden bestanden, also Grundlagenforschung für seinen immerwährenden Klassenkampf. Seine Stellvertreter Zhu De und Chen Yun und der Generalsekretär Deng Xiaoping stimmten sofort zu. Zhou Enlai jedoch fürchtete, nicht gegen Liu Shaoqi anzukommen, und wollte auf keinen Fall zulassen, dass Mao gänzlich abtrat. »Der Vorsitzende zieht sich ins zweite Glied zurück, aber er bleibt der Vorsitzende. Katastrophen überlassen wir dem Jahrtausend.« Weil Zhou darauf beharrte, wurde der Müßiggänger Mao Zedong, mit aller Macht des Vorsitzes der Militärkommission, den er behielt, dann tatsächlich zur Katastrophe des Jahrtausends.

Im Herbst zuvor hatte der pensionierte britische Feldmarschall Montgomery bei seinem Chinabesuch mit Mao gesprochen. Als Mao hörte, dass Montgomery 73 Jahre alt war, wurde er unruhig. »Mit 73 und mit 84«, sagte er zu Montgomery, »geht man von selbst, auch wenn der Herr des Totenreichs nicht ruft; kommt man über diese beiden Jahre weg, kann man 100 werden.« Er bezweifelte jedoch, dass er es über diese Schwellen schaffen würde; er habe, sagte er, nur noch einen Fünfjahresplan, für die fünf Jahre bis zur ersten Schwelle. Er bereite sich drauf vor, zur festgesetzten Zeit zu verschwinden, sei vorbereitet auch auf fünf Todesarten: von Feinden erschossen zu werden, mit dem Flugzeug abzustürzen, bei einem Zugunglück umzukommen, beim Schwimmen zu ertrinken oder krank von den Mikroben ermordet zu werden. Montgomery fragte ihn, wann er sich zur Ruhe setzen wolle. Mao fantasierte: Er könne sich zur entsprechenden Zeit an Churchills Vorbild halten. Churchill war mit 80 zurückgetreten, Mao brachte nicht einmal das fertig, er wurstelte weiter, bis er starb.

1962 stand Mao im siebzigsten Lebensjahr – nach traditioneller Rechnung, die das Geburtsjahr bis chinesisch Neujahr als erstes Jahr zählt –, und im Oktober gebar ihm die Tochter den ersten Enkel. Der Alte spottete mürrisch: »Mit 70 noch mal eine Stufe höher in der Karriere!«

An seinem 70. Geburtstag schließlich, Ende 1963, wagte, da er für die Partei ganz allgemein verboten hatte, Geburtstage zu feiern, auch bei ihm niemand, gegen dieses Verbot zu verstoßen. Übereifrig ließ jemand dennoch das Personal der Großen Halle des Volkes eine Tafel mit einem Festessen aufbauen, um zu testen, wie der Alte reagieren würde. Er wurde aufsässig, schimpfte los: »Was soll mir der beschissene Geburtstag? Die Regeln unserer Partei erlauben keine Geburtstagsfeiern, ich kann nicht als Erster dagegen verstoßen, das hier werde ich kaum essen können!«, setzte sich immer weiter schimpfend hin und aß, und als er fertig war, sagte er noch: »Geburtstagsfeiern sind schlecht, mit jeder ist das Leben ein Jahr kürzer, je mehr Geburtstage gefeiert, umso schneller kommt der Tod! Kein Geburtstag und ein ganzes Jahr länger leben ist ja wohl vorzuziehen!« Im Grunde war das also nichts als Angst vor dem Tod.

In diesem Jahr litt Mao unter entsetzlichen Depressionen. Nichts war ihm recht. Jiang Qing sah, wie der Alte immer sonderbarer wurde, und stach ihn an wie eine Eiterbeule, um das Gift abfließen zu lassen; und so nahm er sich endlich Liu Shaoqi vor, der überall den

Pfirsichgarten seiner Frau propagierte. Eine zentrale Arbeitstagung, geleitet von Liu, diskutierte gerade die »Vierfache Säuberung« auf den Dörfern. Die Tagung war fast vorüber, da machte Mao Ärger: Stets gehe es hier nur um eine Säuberung der Dorfkader, aber da gebe es doch grundsätzliche Differenzen … Mit einem Mal wollte der ins zweite Glied zurückgetretene Mao Zedong die Tagung leiten, kam zu den Sitzungen aber ständig zu spät, und dann hatte Liu schon den Vorsitz ergriffen und gab ihn nicht ab; so gab es einen Monat lang ständig ein Tauziehen zwischen den beiden, schließlich nutzte Liu aus, dass Mao wieder einmal nicht erschien, und erklärte die Tagung für beendet. Dann tauchte Mao doch noch auf, war stinksauer, ging nicht wieder nach Hause, stieß noch auf den Parteisekretär der Provinz Guangdong, Tao Zhu, und fragte ihn: »Ist eure Sitzung schon vorüber?« Tao sagte, die Teilnehmer seien auseinandergegangen, morgen kämen sie nicht mehr. Mao wütete: »Ich bin nicht dabei, und die Tagung wird beendet? Da scheißt mir wer auf den Kopf! Auch wenn ich ins zweite Glied zurückgetreten bin, reden kann ich immer noch! Seid ihr schon alle weg?« Tao sagte, einige seien noch da. Mao befahl: »Sag denen, die weg sind, sie sollen schleunigst zurückkommen!«

Wer von den Provinz-Parteisekretären schon gegangen war, wurde also zurückgerufen, und Mao wusch der Versammlung den Kopf: »Die Sozialerzieher reden von Vierfacher Säuberung – ohne Klassenstandpunkt, ohne Klassenanalyse! Entscheidend ist: Die neu entstehende Bourgeoisie muss klar erkannt werden! Neu entstandene Bourgeoisie gibt es in der Partei, und es gibt sie außerhalb der Partei, es gibt sie am Vorstandstisch, und es gibt sie davor, es gibt sie vorne und hinten.« Wang Guangmei hatte sich zum Sozialerzieher erklärt, war Liu Shaoqi nun der neu entstandene Bourgeois? Die Zuhörer tappten im Dunkeln.

Als das erledigt war, wollte Mao plötzlich doch Geburtstag feiern, seinen 71., am 26. Dezember 1964. Organisiert wurde das von Jiang Qing zusammen mit Wang Dongxing, dem Obereunuchen vom Zhongnanhai, dem Regierungsviertel. Sie baten gut vierzig Gäste, darunter viele »Helden der Arbeit«, zu einem Essen an drei Tischen. Als alle Platz genommen hatten, sprach Mao:

»Heute ist mein Geburtstag, dies war mein 71. Jahr. Ich bin alt, es kann sein, dass ich Marx bald sehen werde. Deshalb habe ich euch heute zum Essen gebeten. Das ist keine Einladung, erst recht keine Geburtstagsfeier. Ich habe dies Essen mit euch aus meinem eigenen Autorenhonorar bezahlt, auch das ist eine vierfache Gemeinsamkeit! Man kann nicht nur essen, man muss auch reden! Es gibt ja Leute, denen, wie sie was herausgefunden haben, immer gleich der Kamm schwillt, das ist nicht gut. Wenn man einen Punkt herausgefunden hat, braucht einem nicht der Kamm zu schwellen, und wenn es zwei, drei Punkte sind, auch nicht.«

Wie er die »vierfache Gemeinsamkeit« – *sìtóng*, einen Begriff aus Wang Guangmeis *Erfahrungen im Pfirsichgarten* – aussprach, klang es wie sītōng: Ehebruch.

Er fuhr fort: »Die sozialistische Erziehung hat gerade erst begonnen, da schwillt manchem schon der Kamm, was soll das? Ich hab nicht vor Ort geforscht, ich habe dazu kein Rederecht und will doch was sagen. Wenn's falsch ist, soll man's bitte kritisieren! Imperialismus und Revisionismus nennen mich Dogmatiker, schön, bin ich dogmatisch. Wann ändert sich Dogmatismus? In Jahrtausenden nicht. Wir schreiben, wir kämpfen, das bringt niemanden um.«

Nun war klar, dass Mao Streit suchte, »vor Ort geforscht« hatte Wang Guangmei im *Pfirsichgarten*.

Er bot Chen Yonggui eine Zigarette an und entwickelte daraus sein Thema:

»Heute kannst du einen Parteizellensekretär mit ein paar Schachteln Zigaretten korrumpieren. Wenn du die Tochter mit einem Kader verheiratet hast, dann kriegst du von dem, was immer du willst. Die auf der einen Seite und die Arbeiterklasse und die armen und unteren Mittelbauern auf der anderen Seite, das sind zwei einander in schärfstem Gegensatz gegenüberstehende Klassen. Die Arbeitstagung im Mai und Juni war der Ansicht, landesweit sei auf der untersten Ebene ein Drittel der Führung nicht in unsrer Hand. Ich befürchte, dass Revisionismus auch im ZK auftaucht! Dass Revisionismus auftaucht, bedeutet den Auftritt von Bourgeoisie auf der politischen Bühne. Diese Führer, die den kapitalistischen Weg gehen, die sind bereits zu das Blut der Arbeiter saugenden Bourgeois geworden, oder sie werden es gerade. Gegen diese Leute richtet sich der Kampf, richtet sich die Revolution. Sozialistische Erziehung kann sich keinesfalls auf diese Leute stützen. Aber gleich, um was es geht, mir sagen sie ja nichts. Sie betreiben unabhängige Königreiche! Wer ein unabhängiges Königreich betreibt, dem schwillt der Kamm besonders hoch!«

Mao klang eigentlich nicht, als ob das alles nur ein Scherz sein sollte. Die Gäste wechselten verstohlene Blicke, lauschten dem vergnügten Wüten des alten Geburtstagskindes und fühlten sich wie auf dem Gastmahl des Belsazar. Aber wem galt das Menetekel dieser wirren Rede?

Von diesem Geburtstag an hatte Mao das Gefühl, ihm bleibe nicht mehr viel Zeit, und statt einfach den Aufruf seiner Nummer durch den Herrn der Unterwelt abzuwarten, wär's doch allemal besser, noch unter den Lebenden ordentlich was aufzustellen und damit vielleicht gar die Schwelle der 73 zu überspringen. Zunächst nahm er sich also die Kultur vor, und Deng Xiaoping, Generalsekretär des ZK, sah das mit Unbehagen. »Viele«, sagte er damals in seinem Sekretariat, »trauen sich schon gar nicht mehr, mal was zu schreiben. Die Xinhua« – die amtliche Presseagentur – »bekommt maximal noch zwei Manuskripte am Tag; im Theater spielen sie bloß noch Stücke mit Soldaten und Schlachten; und wann kommt mal wieder ein wirklich guter Film ins Kino? Dieses darf nicht auf die Bühne und jenes nicht, und die revolutionäre Richtung will sich damit Ruhm erwerben, dass sie andre runtermacht und über deren Köpfe weg auf die Tribüne trampelt.« Deng verlangte, so was schleunigst abzubremsen. Wenige Monate später kam daraufhin die »Antwort des ZK zu Fragen der Ausrichtung der Führung des Kulturministeriums« und enthob die Vizekulturminister Qi Yanming und Xia Yan ihrer Ämter. Mao hatte beide scharf kritisiert, weil sie ganz auf Altes, Feudales ausgerichtet seien.

Aber wer war hier eigentlich das ZK, hat meine Oma gesagt. Damals hatte es 93 Mitglieder. Aber diese »Antwort« erging, ohne dass dazu auch nur eine Besprechung stattgefunden hätte.

Je näher Mao dieser Schwelle der 73 kam, umso merkwürdiger wurden seine Launen. Nachdem Ye Qun im Geheimen mit ihm telefoniert und ihn dann in Hangzhou aufgesucht hatte, um über Luo Ruiqing Klage zu führen, wurde er ernstlich aktiv.

Zunächst half er Lin Biao, Luo abzuservieren. Dann zog er Lin gänzlich auf seine Seite. Als Maos Paladin konnte Lin aber nicht mehr im Bett bleiben und krankfeiern. Mit einem Mal schien sein Leiden verschwunden, schon im Dezember 1965, keinen Monat, nachdem Ye Qun in Hangzhou gewesen war, konnte er sogar die Versammlung leiten, die einberufen worden war, um Luo Ruiqing zu »kritisieren«. Diese Versammlung trug weiter keinen Namen, sie diente einfach Luos »Säuberung«, also seinem Rauswurf. Ye Qun, die nicht einmal ZK-Mitglied war, spielte dabei die Hauptrolle, schilderte den gesamten Ablauf ihrer Klage vor Seiner Majestät, wie sie vor den Thron des Vorsitzenden getreten war, was sie vorgetragen hatte – jeder Satz hatte staatstragendes Gewicht. Sie enthüllte, ganz als sei sie dabei gewesen: Luo Ruiqing habe den Luftmarschall Liu Yalou im Krankenhaus aufgesucht, mit ihm auf dem Bett liegend bis tief in die Nacht hinein ein vertrauliches Gespräch geführt und ihr, Ye Qun, über Liu vier Punkte ausrichten lassen: Erstens, Oberkommandierender Lin müsse sich früher oder später von der politischen Bühne zurückziehen, ob er wolle oder nicht. Ziehe er sich jetzt nicht zurück, so werde er das in Zukunft tun müssen. Zweitens, man müsse vor allem für die Gesundheit des Oberkommandierenden Lin sorgen. Drittens, von nun an solle sich Oberkommandierender Lin nicht mehr so sehr um die Angelegenheiten der Armee kümmern. Es sei besser, wenn Generalstabschef Luo dies tue. Viertens, der Generalstabschef kümmere sich um alles, man solle ihn nur machen lassen. Und wohl aus Angst, die Teilnehmer dieser Versammlung könnten das alles für weiter keine große Sache halten, fügte Ye Qun noch einen Satz hinzu, den Luo ihr wohl kaum hatte ausrichten lassen: »Luo Ruiqing hat Oberkommandierenden Lin auch beschimpft, er besetze die Latrine, scheiße aber nicht.«

Ye Quns Kronzeuge konnte dem nicht widersprechen: Liu Yalou war im Herbst 1964 todkrank ins Krankenhaus gekommen und im Mai 1965 gestorben. Mit dieser Geschichte siegten die Lins auf ganzer Linie, brachten also einen guten alten Freund zu Fall, indem sie einen anderen, leider, leider verstorbenen, guten alten Freund vorschoben.

Das, sagt meine Oma, war so das Niveau in den höchsten Kreisen der Partei. Gleich, was die Teilnehmer dieser Versammlung heute erzählen, keiner von ihnen kann sich von dem Vorwurf befreien, damals nicht für Anstand und Gerechtigkeit eingetreten zu sein.

Der Edle hält sich von seinen Metzgern fern, spottet Menzius. Und Mao tauchte auf dieser sonderbaren Versammlung nicht auf, übernahm von Lin Biao aber den hübschen Trick, die Dame des Hauses ins Spiel zu bringen. Wie das Jahr 1965 herum war, schickte er Jiang Qing nach Suzhou, um mit Lin Biao über die Frage einer »Revolution von Literatur und Kunst« zu sprechen. Lin Biao mobilisierte die Politische Hauptabteilung der Armee und beauftragte Jiang Qing, in Shanghai eine Konferenz zur Literatur- und Kunstarbeit der Truppe einzuberufen. Damit plagte man sich dann zwei Monate, Mao und Lin bekakelten das hin und her, dann war eine »Zusammenfassung der Ergebnisse der von der Genossin Jiang Qing im Auftrage des Genossen Lin Biao einberufenen Konferenz zur Literatur- und Kunstarbeit der Truppe« zusammengekakelt.

Das Jungfernhäutchen, das die Kulturrevolution durchließ

Am 11. Mai 1966 berief Liu Shaoqi eine um zusätzliche Teilnehmer erweiterte Tagung des Politbüros ein, zu der Zhou Enlai, Zhu De, Chen Yun, Lin Biao und der Generalsekretär Deng Xiaoping sämtlich erschienen. Nur Mao war nicht dabei. Diese Tagung gab das folgende von Lin Biao entworfene Dokument des Politbüros heraus und stellte damit zu Ye Quns Jungfernhäutchen fest, was Lin Biao eigenhändig bezeugt hatte:

Ich bezeuge:

1. Ye Qun war, als ich sie heiratete, eine unberührte Jungfrau und hat sich auch nach der Hochzeit stets tadellos betragen.
2. Zwischen Ye Qun und Wang Shiwei oder XXX hat es nie eine Liebesbeziehung gegeben.
3. Laohu und Doudou sind die Kinder von mir und Ye Qun.
4. Was Yan Weibing in ihrem konterrevolutionären Brief fantasiert, ist alles leeres Geschwätz.

Für wen XXX stand, ist unklar. Laohu und Doudou waren die Kindernamen von Lins Kindern Lin Liguo und Lin Liheng.

Fünf Tage später, am 16. Mai, leitete Liu Shaoqi die zweite Sitzung dieser erweiterten Tagung. Sie verabschiedete die *Mitteilung vom 16. Mai.* Das war formell der Beginn der Kulturrevolution.

Ferner verabschiedete diese Sitzung den *Bericht der zentralen Arbeitszelle zum Problem der Fehler von Luo Ruiqing.*

Weitere zwei Tage später, am 18. Mai, leitete Liu Shaoqi die dritte Sitzung der erweiterten Tagung. Lin Biao hielt seine *Rede vom 18. Mai,* in der er wieder mit Ye Quns Jungfernhäutchen anfing – gleich zu Anfang fragte er Lu Dingyi: »Wie behandle ich dich?«

Darauf Lu: »Gut.«

»Warum willst du mich dann in dieser Art und Weise« – mit dem Spottgedicht von Lus Frau – »wegsäubern?«

Die Tagungsteilnehmer beschlossen daraufhin einstimmig, Lu Dingyi aus dem Tagungsraum hinauszuweisen.

Sodann folgte Lin Biaos Exposition des Themas:

»Dies ist eine erweiterte Tagung des Politbüros. Die letzte erweiterte Tagung des Politbüros hat der Vorsitzende zur kollektiven Lösung des Problems von Peng Zhen einberufen, sie hat den Deckel von diesem Problem gehoben. Dieses Mal fahren wir mit der Untersuchung des Gefäßes fort. Das Problem mit Luo Ruiqing ist bereits gelöst. Die Probleme mit Lu Dingyi und Yang Shangkun sind bei der Untersuchung verborgener Aktivitäten aufgedeckt worden, gären seit Langem und werden jetzt zusammen gelöst. Die Probleme mit diesen vier hängen zusammen, es gibt Gemeinsamkeiten. Das Hauptproblem ist Peng Zhen. Luo Ruiqing, Lu Dingyi und Yang Shangkun sind sekundär.«

Mit dem Sieg der Revolution habe man die Macht errungen. Nun kümmerten sich viele Genossen nur noch um den Aufbau, die Erziehung und die Abwehr von Gefahren, die von Chiang Kai-shek und den USA ausgehen könnten, vergäßen dabei aber, dass Macht auch durch einen Staatsstreich wieder verloren gehen könne. Er verwies auf die große Zahl von Staatsstreichen in den Entwicklungsländern heute und beschrieb ihre Rolle in Chinas letzten dreitausend Jahren. Man hat das den »Staatsstreichklassiker« genannt. Und er schloss:

»Solange Vorsitzender Mao lebt, ob nun 90, 100 oder noch mehr Jahre, ist er, bis zu seinem letzten Tag, der oberste Führer unserer Partei, jedes seiner Worte ist Richtschnur unseres Handelns. Wer sich gegen ihn stellt, den straft die gesamte Partei, auf den schlägt das ganze Land ein. Wenn dereinst nach seinem Ableben jemand so einen geheimen Bericht gibt, wie ihn – nach Stalins Tod – Chruschtschow gegeben hat, dann hat der mit Sicherheit finstere Absichten, dann ist das mit Sicherheit ein Schurke, den die ganze Partei straft, auf den das ganze Land einschlägt.«

Die Große Proletarische Kulturrevolution, ohne Beispiel in der Geschichte, hatte in aller Form begonnen. Der Hauptdarsteller hatte sich bisher nicht gezeigt, noch sang Liu Shaoqi die Hauptrolle, gierig belauert von Lin Biao und unter dem braven Beifall der übrigen Truppe.

Erster Teil

1 IN DER GEMEINDE HAIDIAN

Fangen wir mit dem Anfang an. Ich heiße Shi Sun, bin aus Peking-West, Gemeinde Haidian, geboren in einem richtigen Drachenjahr, 1976, an eben dem 28. Juli, als der alte Herr im Himmel mit dem Erdbeben von Tangshan China so durchgeschüttelt hat, dass sich tiefe Risse auftaten, an einem solchen Tag also bin ich meiner Mutter aus dem Bauch gekrochen, und das auch noch vor der Zeit. Meine Mutter hat es nicht leicht gehabt, an Mühen und Katastrophen hat sie alles ertragen müssen, was einem sonst in hundert Jahren nicht zustößt.

Die lange, schmale Straße, in der ich geboren wurde, hieß »Tigerhöhle«. Nein, ich will euch nicht erschrecken, sie hieß wirklich so. Wenn man aus dem Südtor der Beida-Universität trat, die Straße überquerte und dann einem Gässchen namens »Tempel der Göttin« folgte, dann kam man zu dieser Tigerhöhle. Sie war, was die große Wangfujing für das Pekinger Stadtzentrum ist, nämlich die Geschäftsstraße von Haidian, eine Meile lang, von Westen nach Osten ansteigend reihten sich Läden für Getreideprodukte, für Öl und Salz, für Süßigkeiten, für Tee, Gemüseläden, Kleidergeschäfte, Restaurants und Kaufhäuser aneinander; Uhrmacher und Optiker, Fußpflege, Grundschule, Kindergarten, Arztpraxen, Polizeistation – es gab in der Tigerhöhle alles, was man nur brauchen kann. Vom Westende der Tigerhöhle sah man den Weihrauch-Pavillon auf dem Berg der Langlebigkeit im Sommerpalast: das Grün der Bäume, die weiß gekalkten Mauern, die roten Fensterrahmen und goldgelben Dächer, im Blau des Himmels eingestickt zwischen weißen Wolken, das lebende Bild einer Feenlandschaft. Bis heute habe ich nicht die Sommerabende jener Jahre vergessen, an denen mein Schulkamerad Chen Sidong und ich zum Langen Fluss schwimmen gingen und hinter dem Weihrauch-Pavillon ein schmaler

Mondbogen hervorkam und auf unsere Freuden hinabsah. »Buddhas Auge« nannte Chen Sidong diesen Mondsplitter, Buddhas Auge, das sich gar nicht mehr schloss vor Vergnügen. Freuden ohne jeden Makel! Heute ist die Tigerhöhle im endlosen Strom der Wagen auf dem Vierten Ring versunken; auf halber Höhe des Himmels hängt noch ein verblassender Schatten jenes lebenden Bildes, erbärmlich zerfetzter Damast, ausgebessert mit wüsten Flicken: Der Himmel hat sein tiefes Blau verloren, die Zähne und Krallen wild emporschießender Hochhäuser umklammern den Weihrauch-Pavillon.

Auf halber Höhe der Tigerhöhle lag der Hof, an dem ich geboren wurde, ein Wohnheim für Personal der Qinghua-Universität. Wie dieses Wohnheim nach Haidian geraten ist, weiß ich nicht genau; ursprünglich soll es die private Residenz eines Qinghua-Professors gewesen sein, der sie der Universität vermacht hatte, die dafür, dem Vermächtnis gemäß, seinen Sarg zu seinem Heimatort transportieren und sich um sein Vermächtnis kümmern musste; das war aber alles vor der Befreiung. Das Dutzend Nachbarn, die später da einzogen, das waren alles Angestellte der Universität mit ihren Familien. Die höchste Stellung unter ihnen hatte wohl die Krankenschwester der Sanitätsstation der Universität, die Wand an Wand mit uns wohnte, »Tante« nannte ich sie höflich.

Der Hof stand unter keinem guten Stern. In der Kulturrevolution sind an der Qinghua 53 Menschen umgekommen, drei davon aus unserem Hof, zwei im bewaffneten Kampf; der dritte, Laborant im Chemielabor, ein Junggeselle, der aus einer Grundherrenfamilie kam, ertrug das Bekämpftwerden nicht, hatte auch niemanden, mit dem er reden konnte; er knüpfte eine Schlinge in ein Seil und erhängte sich. Meine Familie zog später dorthin und bekam sein Zimmer, das sonst niemand wollte. Bevor wir einzogen, hat meine Mutter den Raum sauber ausgefegt und dann für den Geist des Erhängten drei Räucherstäbchen abgebrannt. Von da an hat sie jedes Jahr am Totenfest als Opfer für ihn einen Block gelbes Papier verbrannt, Totengold.

Auch die Gasse, in der meine Familie früher gewohnt hat, vor meiner Geburt, lag in Haidian, meine Mutter ist dort zur Welt gekommen und aufgewachsen. Beim Ausbau des westlichen Vierten

Rings und der Entwicklung von Zhongguancun zum IT-Zentrum hat man auch diese Gasse aus Haidian hinausentwickelt, indem man sie in den asphaltierten Randstreifen eines Stückchens der Baiyilu verwandelt hat, statt sie von der UNO auf die Liste des Weltkulturerbes setzen zu lassen, wo sie hingehört hätte! Ursprünglich hieß sie Junjichu, Ort der Militärbüros, offensichtlich doch kein Name niederer Abkunft! Bis 1902 die Große Lehrhalle der Hauptstadt gegründet wurde, Vorgängerin der Beida und der Pädagogischen Hochschule, endete diese Gasse im Norden am Yuanming-Park beim Sommerpalast, in dem der »Alte Buddha«, die Kaiserinwitwe Cixi, die Regierungsgeschäfte führte. In der Junjichu hatten viele hohe Militärs ihre Residenzen, daher der Name. Auch Cixis Vertrauter, der große Eunuch Li Lianying, hatte ein Haus an der Junjichu. Audienz hielt der Alte Buddha in der Halle der Nächstenliebe und des langen Lebens, der Renshoudian, hinter einem halb durchsichtigen Vorhang; Weihrauch stieg auf und sie sah, wer vor ihr kniete, der Kniende sah hingegen nur den Vorhang. Vor ihr kniete, wer zu Hofe erschien, von den Beamten des Wirklichen Ersten Ranges mit den roten Knöpfen auf der Kappe, den Taishi, Taifu, Taibao und den Großen Gelehrten des Kabinetts angefangen, dem Rang nach hintereinander in einer langen Reihe, wenn es viele waren, bis hinaus vor das Tor der Halle, und am Geburtstag des Alten Buddha reichte die kniende Kette der Gratulanten und Überbringer von Geschenken bis hinaus vor das Osttor des Sommerpalast-Geländes, weiter nach Osten bis zum Yuanming-Park und von dort nach Süden, die ganze Junjichu entlang bis nach Haidian hinein.

Später hat die Yanjing-Universität, die 1916 mit amerikanischem Missionsgeld gegründet und 1952 von der Beida übernommen wurde, einen guten Teil der Junjichu in ihren Löffel-Garten eingegliedert; auch der amerikanische Journalist Edgar Snow, der Verfasser des *Red Star Over China*, hat an der Junjichu gewohnt. Bei Pekings friedlicher Befreiung marschierte die Befreiungsarmee von den westlichen Vororten her in die Stadt ein, und Mao Zedong nahm auf dem Xiyuan-Flugplatz, südlich des Sommerpalastes, die Truppen ab. Einige hohe Kader blieben dann einfach in der Junjichu und bezogen beschlagnahmte Residenzen geflohener Guomindang-Beamter.

Mei Jie, mein Opa, besaß da bereits eine Residenz an der Junjichu, mit künstlichem Hügel und drei Gebäudegruppen hintereinander; die Leute nannten sie »Meis Amt«. Dort kam meine Mutter zur Welt. Gleich zu Anfang der Großen Kulturrevolution wurde mein Opa festgenommen, und Oma und meine Mutter wurden von den Rotgardisten zur Tür hinausgefegt. Dann drängte sich so ein Dutzend Familien in Meis Amt, es wurde zum Wohnblock.

Mein Opa war kein Mitglied der KP. Er hatte zur Guangdong-Armee gehört, war in jungen Jahren Nachschuboffizier geworden, hatte in großem Umfang Heeresverpflegung und Sold einbehalten und in drei Speichern in Kanton, Hongkong und Peking gelagert. »Meis Amt« an der Junjichu war sein Speicher in Peking. Dann war er zusammen mit Li Jishen aus Hongkong nach Peking zurückgekommen, Li Jishen war nominell Vizevorsitzender der Zentralen Volksregierung geworden und mein Opa nominell Berater im Beratungsbüro des Regierungsrates, des späteren Staatsrates. Die meisten Berater wohnten in staatlichen Wohnungen, der Staat übernahm Miete, Strom und Wasser und hatte auch Leute, die für Blumen und Bäume um die Gebäude sorgten. Opas Residenz gehörte hingegen ihm selbst und zunächst nicht zu den Dingen, um die sich der Staat kümmerte, und Opa mochte sie auch nicht verkaufen und dann eine Staatswohnung beantragen. Also schrieb er Li Jishen einen Brief: Er übergebe alles, sich und seine Unterkunft, der KP. Ein weiteres Verfahren gab es nicht, Opas Residenz wurde fortan vom Personalamt des Staatsrats verwaltet, blieb aber in seinem Eigentum. Das Amt renovierte den ganzen Komplex, tauschte Dachziegel aus, legte Parkett in französischem Fischgrätenmuster, ersetzte das Hock- durch ein Sitzklosett, baute eine Badewanne ein und dazu einen Warmwasserofen; die überdachten Galerien zwischen den Gebäuden, die Vordächer und der mit Säulen und Vordach geschmückte Haupteingang hinter dem Tor in der Mauer um den Komplex wurden lackiert und mit Skizzen aus Gold- und Silberstaub verziert, auch hielt ein Gärtner die Anlagen in Ordnung und ersetzte die abgestorbenen Granatäpfel durch violetten Flieder. Wenn man auf dem Berg der Langlebigkeit spazieren ging, dann erschien damals Opas Residenz wie das Yiyunguan (Weinrautenhaus), hinter der Yulantang (Magnolienhalle), im

Sommerpalast, die Residenz von Kaiserin Longyu und der beiden kaiserlichen Nebenfrauen Zhen und Jin.

Opas Residenz umfasste zwei Höfe, dazwischen lag auf dem künstlichen Hügel die Bibliothek. Als Mutter klein war, spielte sie dort gern Verstecken. Sie erzählte, dass Opa, einst General der Guomindang, sich nicht nur den Kommunisten, sondern auch dem Kommunismus gänzlich ergeben hatte und noch kommunistischer geworden war als der Kommunismus, der schließlich von jedem auch eine Leistung entsprechend seinen Fähigkeiten verlangt, während Opa als Berater gar nichts zu beraten und nur mehr seinen Bedürfnissen gemäß zu genießen hatte. Kleidung, Nahrung, Wohnung, alles übernahm der Staatsrat, trat Opa nur vor die Tür, stand schon der Wagen für ihn bereit, alles lief noch viel angenehmer als bei den Militärherrschern vor dem Krieg. Also pflegte mein Opa glücklich zu seufzen: »Längst hätte ich an den Kommunismus glauben sollen!«

Meine Oma hingegen war ehrlich und wahrhaftig ein Mitglied der Chinesischen Kommunistischen Partei; bevor sie mit Opa zusammenzog, war sie Buchhalterin im Personalamt gewesen und hatte für Opa und andre seinesgleichen die Ausgabenkonten geführt. Mein Opa sagte, ihre Ehe sei die wahre Kooperation von Guomindang und KP!

Die schönen Tage an der Junjichu waren jedoch bald vorüber. Die Kultur wurde revolutioniert, und vorbei war's nicht nur mit der Kooperation von Guomindang und KP; innerhalb der KP selber wurden nun »Machthaber ausgemacht, die den kapitalistischen Weg gehen«, die *Volkszeitung* wollte in entsetzlichen Leitartikeln »alle Ochsenteufel und Schlangengeister« hinausgefegt haben, die Angriffe weiteten sich immer mehr aus, bald ging es nicht mehr nur gegen die Machthaber auf kapitalistischem Weg, sondern auch gegen Grundherren, reiche Bauern, reaktionäre, rechte und schlechte Elemente sowie bourgeoise reaktionäre wissenschaftliche Autoritäten. Ein Schwarm von Schülern mit roten Armbinden drang mit Getöse in Opas Residenz an der Junjichu ein, verprügelte das Ehepaar, schmiss Bücher, Kalligrafien und Bilder auf einen Haufen, zündete ihn an und verschwand dann mit den Möbeln und allem, was sonst noch etwas wert war. Nicht mal die üblichen Zettel mit Beschimpfungen hatten sie angeschlagen, niemand wusste, woher sie gekommen waren; manche sagten, vom

Gymnasium der Volksuniversität, andere, sie seien vom Elitegymnasium 101 gewesen oder Sprösslinge hoher Offiziere vom Internat des Gymnasiums vom 1. August. Meine Oma hat es nie herausgefunden. Wer immer eine rote Armbinde trug und einen Ledergürtel um den Bauch, konnte in jenen Jahren, egal, was er anstellte, in andrer Leute Wohnung eindringen, alles »Vierfach Alte« – Ideen, Kultur, Sitten, Angewohnheiten – vernichten, plündern und dabei »Revolution ist kein Gastmahl« grölen und Menschen totprügeln. In jenen Jahren wurden viele Menschen totgeprügelt. In China fehlte es an allem, nur nicht an Menschen. Chinesische Menschenleben sind billig.

Meinen Opa hat dann die Rebellenfraktion des Personalamts festgenommen. Angeführt, sagt meine Oma, von der Sekretärin Liu, die sonst immer aus der Stadt angehastet gekommen war und uns mal dies, mal jenes verehrt hatte, angeführt von dieser Genossin Liu also, kamen sie mit einem Laster, den das Personalamt sonst für Großeinkäufe verwendete, jeden Monat hatten sie damit frisches Obst der Saison gekauft und ins Haus gebracht. Diesmal aber waren die Wände der Ladefläche mit weißen Zetteln beklebt, auf denen mit großen Schriftzeichen, einem pro Zettel, geschrieben stand: Revolutionäre Rebellenfraktion des Staatsrats-Personalamts. Dein Opa, berichtet meine Oma, stand auf der Ladefläche, um den Hals hatten sie ihm ein Schild gehängt, mit schwarzen Schriftzeichen auf weißem Papier: Historischer Konterrevolutionär Mei Jie. Die zwei Zeichen »Mei Jie« waren mit zwei großen roten X durchkreuzt. Das Schild hing an einem dünnen Draht, der Opa tief ins Fleisch einschnitt. Meine Oma wurde ebenfalls auf den Laster gezerrt, aber sie hatten vergessen, auch für sie so ein Schild vorzubereiten, und hießen sie nur, sich mit gesenktem Kopf an den Rand zu stellen.

Der Laster fuhr eine Runde durch Haidian. Genossin Liu hielt den ganzen Weg einen Lautsprecher in der Hand und verkündete Opas Verbrechen, brüllte und brüllte und die anderen brüllten ihr nach: »Nieder mit dem historischen Konterrevolutionär Mei Jie! Nieder mit dem getreuen Sohn und Enkel der Guomindang! Unterdrückt entschlossen die Konterrevolution! Zerschmettert dem Mei Jie seinen Hundekopf! Schlagt Mei Jie zu Boden und tretet drauf, dass er nie wieder hochkommt!« Genossin Liu schrie sich vollkommen heiser.

Sie brüllten diese Losungen nicht nur mit größter Gewalt, sie handelten auch danach. Oma sah mit gesenktem Kopf, dass Opa der Rumpf immer tiefer bis fast zwischen die Beine gedrückt wurde und dass an der Hüfte das nackte Fleisch heraussah; sie wollte ihm das Hemd drüberziehen, streckte dazu die Hand aus und ssst!, schlug ein Lederriemen drauf und brach sie ihr fast. In Huangzhuang hielt der Laster kurz an, Oma wurde hinuntergestoßen, der Laster fuhr weiter, Opa war umschlossen von den Rebellen der Revolutionären Fraktion des Staatsrats-Personalamts, sie konnte ihn nicht mehr sehen. Und er kam auch nicht mehr zurück, wurde, nachdem der Laster seine Runde gedreht hatte, in die Untersuchungshaftanstalt Gongdelin vor dem Desheng-Tor gebracht, und wurde dann weiter von Haftanstalt zu Haftanstalt, Gefängnis zu Gefängnis geschoben, der alte Mann saß sie alle durch bis zum Ende und hat die Höfe an der Junjichu nicht wiedergesehen.

Die Wohnung war beschlagnahmt, der Mann war weg, an der Junjichu blieben zwei Dutzend leere Räume, die stürmte nun ein Haufen von Rebellen, die sich beim Hausbesetzen Verdienste erworben hatten. Meis Amt kam über Nacht in andere Gesellschaft.

Meine Oma brachte meine Mutter zum Südende von Haidian und überzog dort, am Eselsmarktplatz neben der Wasserau, ein Gestell mit einer Plastikplane; darunter lebten sie dann. Meine Oma hatte den Status der Angehörigen eines historischen Konterrevolutionärs und dazu den einer Klassenfremden, die sich in die Partei eingeschlichen hatte. Auf der Brust musste sie, wo immer sie hinging, ein Schild tragen: Yu Lin, klassenfremde Angehörige eines historischen Konterrevolutionärs. Meine Mutter war nicht gekennzeichnet, auch so sah jeder sofort, dass sie ein Kind der Fünf Schwarzen Elemente war, also von Grundherren, reichen Bauern, Reaktionären, üblem oder rechtem Gesindel, sie hatte ja nichts Rotes am Arm. Immer ausgezeichnet als dreifach gute Schülerin – recht denkend!, gut lernend!, in den Leibesübungen vorn! – war sie Gruppenleiterin gewesen und mit einem Mal zum »Köterwelpen« geworden. Sollte sie Dichlorvos nehmen, das bei Selbstmördern populäre Schädlingsbekämpfungsmittel? Meine Oma wusste, wie es um sie stand, und mahnte: »Uns geht's noch gut, sie haben uns nicht aufs Dorf gejagt. Andern geht es viel schlechter. Dein Vater ist weg, aber deine Mutter ist noch da. Das Haus ist weg, aber du hast ein Dach überm Kopf, der Wind bläst nicht rein, der Regen macht dich nicht nass. Das reicht erst mal, kapiert?« Man sieht, wie gut meine Oma die Lage erfasste. Sich nach der Decke strecken können, heißt das.

Dabei hatte sie es wirklich nicht leicht. Sie musste drei Gassen fegen, die Junjichu, die Bingjiao und die Tigerhöhle, und dort, wo die Häuser zumeist keinen Abtritt hatten, auch zwei öffentliche Latrinen säubern, die jedermann benutzte. Immer mit dem Steckbrief auf der Brust ertrug sie Mühen und Anfeindungen; das Straßen-Revolutionskomitee und die Rotgardisten fanden jedoch nichts, was an ihrer Arbeit auszusetzen gewesen wäre. Meine Oma war ja schon aufs Dorf geschickt worden, sie wusste, dort war das Leben viel härter, als hier Straßen zu fegen und Latrinen zu reinigen. Hatte man auf dem Feld stundenlang Knoblauch gepflanzt, tat einem die gebeugte Hüfte ewig weh. Kotwürste zu zerteilen war dagegen ein Kinderspiel. Ging's nicht gut, musste man halt in die Klärgrube springen und den Körper als Knüppel verwenden, um Urin und Kot zu vermischen. Alles Üble dieser Welt ist immer nur vergleichsweise übel. Verglich sie ihr Elend mit dem Landleben, dann fegte sie lieber gewissenhaft ihre Straßen, hielt ihre Latrinen blitzsauber und ersparte sich, aus der Stadt hinausgejagt zu werden.

In den alten Höfen dort um den Eselsmarktplatz lebten ohnehin lauter Ochsenteufel und Schlangengeister, die die Straßen fegten, in Liulangzhuang Abortkübel trugen –Wühlmäuse stören sich nicht an der Finsternis, niemand verachtete da irgendjemand anderen. Alle Schulen hatten damals den Unterricht eingestellt, und die Kinder trauten sich ohne rote Armbinden auch nicht, herumzuziehen und »Verbindungen aufzunehmen«, sie blieben zu Hause, lernten, was ihnen die Eltern beibrachten, und das war meist nicht wenig. Meine Mutter war solch eine gute Privatschülerin, hat sich auch das Beispiel von Omas sauberen Straßen und Latrinen zu Herzen genommen, und als dann »Revolution mit Rückkehr in den Schulunterricht« betrieben wurde, hat das Straßen-Revolutionskomitee sie als ein besonders guter Erziehung würdiges Kind ausgewählt und an die Zweite pädagogische Oberschule geschickt. Das war eine Fachoberschule des

Schulamts, sie verlangte keine Schulgebühren und sorgte auch für Essen und Unterkunft.

Nach ihrem Abschluss wurde meine Mutter als Lehrerin an der Grundschule für Kinder des Personals der Qinghua-TU eingesetzt, verlangte von der TU eine Unterkunft und bekam das kleine Südzimmer jenes Erhängten an der Tigerhöhle. Die Wellen des Tangshan-Erdbebens erreichten auch Peking, die Regierung verbot, in den Häusern zu bleiben, die Höfe füllten sich mit erdbebensicheren Notunterkünften, und in einem solchen Unterschlupf, den mein Vater zusammengezimmert hatte, bin ich mitten in der größten Sommerhitze zur Welt gekommen.

Eingeschult wurde ich in der Grundschule an der Tigerhöhle. Wenn ich mit dem ersten Läuten losging, kam ich noch zur rechten Zeit in die Klasse; nach der Schule ging ich heim, machte meine Hausaufgaben und rannte wieder in den Schulhof, um zu spielen, das war unser Hinterhof, unser »Garten dreifach duftenden Wissens«, unser »Hof der hundert Blumen«, wie in Lu Xuns Erinnerungen an seine Kindheit.

Dann bestand ich die Aufnahmeprüfung für das Gymnasium 101. Viel Prüfung war das eigentlich nicht, sie hatten nicht genug Anmeldungen und nahmen praktisch jeden, wenn er nur in zwei Fächern, Mathe und Chinesisch, gerade so durchkam. Die Schule war seinerzeit aus dem revolutionären Yan'an nach Peking verlegt worden und das Eton-College der roten Aristokratie gewesen; sie hatte auch die Erziehung von Maos Neffen Yuanxin übernommen, damals musste ein Elternteil Kader mindestens vom 12. Rang sein, schon das Kind eines Bezirkschefs kam da nicht mehr rein. Die Direktorin war eine alte Dame, Parteimitglied seit 1922, hatte die Schulleitung als Ehrenamt, brauchte sich um nichts zu kümmern. Die Lehrer waren sämtlich Absolventen berühmter Universitäten, auch ein Schüler Lu Xuns war darunter. Alle Schüler wohnten in der Schule, die Lehrer waren gleichzeitig Pflegeeltern. Die Schule hieß ursprünglich Zweites Gymnasium der Pädagogischen Hochschule, die 101 war keine Nummer in irgendeiner Reihe von Schulen, sondern stammte vom Vater eines Schülers, Guo Moruo hieß der Mann.

Im Großen Sprung nach vorn kamen ab 1958 Poesiewettbewerbe auf, jedermann schrieb Gedichte, gleich, wie viele Tage er mal zur Schule gegangen war, aber meist nur so nach dem Muster »England überholen wir, Amerika erreichen wir, so und so viel Ölquellen bohren wir«, und dann fielen den Jedermännern keine Worte mehr ein. Guo Moruo jedoch war Poet, hatte einen ganzen Bauch voller Worte, und im Großen Sprung hatten auch Poeten ihre Produktion hochzujagen. Also schrieb Guo Moruo innerhalb einer Woche 101 Gedichte und gab sie als Buch heraus, mit dem Titel *Hundert Blumen auf einmal blühen lassen*, den Bildern von 100 Blumen und einem Gedicht für jede von ihnen, und gleich, was für eine Blume das war, immer ging es um Politik. Zum Beispiel für das Indische Blumenrohr: »Wir erbrechen unser Herz schon, vergießen das Blut für die Produktion, wen dieser Geist geküsst, ist rot und Spezialist!« Oder für den Fuchsschwanz: »Alle Kräfte angespannt, kämpft euch empor, reitet den Wind aus den Wellen hervor! Hat jemand das noch nicht gehört? Entsetzlich betäubend dröhnt dem das ins Ohr!« Und das letzte, das hundertunderste Gedicht, hieß »Allen anderen Blumen«. »Die Zahl 101 mag ich eigentlich ganz besonders, sie symbolisiert, dass alles von vorn beginnt, wieder ganz neu ist«, erklärte der Poet. Guo Moruo schrieb seine *Hundert Blumen* noch auf Maos Aufruf hin, hundert Blumen und hundert Meinungen zugleich erblühen zu lassen; schade nur, dass, was auf Maos Ruf hin sonst schon erblüht war, damals alles herausgerissen wurde als übles Giftkraut. Auch Herr Lu Kai, der stellvertretende Direktor des Gymnasiums 101, wurde als Rechtsabweichler herausgerissen und in die Nördliche Einöde geschickt, an die sowjetische Grenze. Dort blieb er zwanzig Jahre.

Als ich dann auf die 101 kam, hatte sich der Wind gedreht, das Publikum völlig gewechselt, weit über die Hälfte der Schüler waren Bauernkinder aus den Dörfern Guajiatur und Liulangzhuang. Der Rest kam aus Xiyuan und Haidian, aber auch unter denen war in unserem Jahrgang kein Kind auch nur eines stellvertretenden Abteilungsleiters oder gar eines höheren Kaders, und auch keines aus der Intelligenz. Familien der Beida und der Akademie der Wissenschaften in Zhongguancun schickten ihre Kinder alle auf das Gymnasium der Beida, und die Qinghua hatte ihr eigenes Gymnasium. Die 101 stank!

In der Kulturrevolution hatten die Schüler sich damit einen Ruf erworben, dass sie ihre Lehrer zu Krüppeln oder totschlugen, von den sechzig oder siebzig Lehrern war keiner nicht verprügelt worden. Bei der Schule lag der Guichi, ein Geisterteich, darin war ein Kunstlehrer grausam totgeprügelt worden. Im Sturmesheulen hörte man ihn aus dem Wasser rufen: »Gebt mir mein Leben wieder!« Freilich waren in Haidian alle Gymnasien Brutstätten der Roten Garden gewesen. Auch am Gymnasium der Beida und dem der Volksuniversität haben sie Menschen erschlagen.

Eine große Zahl älterer Verwandter und Bekannter von uns ist in der Kulturrevolution »gesäubert« worden, umgekommen, ihre Familien wurden zerschlagen, in alle Winde zerstreut. Wenn ich Rote Garden höre, kommt mir die Wut. Wie kann es sein, dass so viele von ihnen bis heute keine Reue zeigen? Was waren denn die Roten Garden? Organisationen zur grausamen Ausübung brutaler Gewalt gegen Menschen, nicht anders als die SA und SS der Nazis. Der Nobelpreisträger Günter Grass hat in seiner Autobiografie *Beim Häuten der Zwiebel* nach 61 Jahren voll Scham gestanden, dass er drei Monate lang Panzerschütze in der Waffen-SS gewesen war, und das ganze Land hat sich darüber erregt. Welcher Rotgardist jener Jahre hat je bereut wie Grass? In hohen Positionen sitzen sie und gestatten niemandem, an diese Vergangenheit zu rühren, oder sie kehren im Alter ruhmbedeckt in ihre Heimat zurück und sind noch stolz auf den blutigen Glanz ihrer Verdienste in jener Zeit. Vierzig und mehr Jahre ist das schon her, und über das Unrecht, das die Kulturrevolution den Erschlagenen und in den Tod Getriebenen angetan hat, wird noch immer geschwiegen. Noch immer erreicht kein Gesetz die Chinesen, die so viele Menschen, so viele andere Chinesen vernichtet haben, reich und mächtig genießen diese Mörder ihr Leben. Wo bleibt die Gerechtigkeit?

Zur 101 musste ich anderthalb Kilometer laufen, da habe ich gelernt, wozu ein Wecker gut war. Zum Glück zogen wir nach einem halben Jahr dieser langen Märsche hinter das Gymnasium der Volksuniversität, in das ich umgeschult wurde. Wieder brauchte ich erst mit dem ersten Läuten in die Schule zu springen, welch ein Glück! Obwohl vergessene Seelen von Opfern der Kulturrevolution auch um diese Schule schweben.

Dann kam ich auf die Beida. Dort hatte die Kulturrevolution besonders gewütet und 63 Opfer gefordert, Opfer des Unrechts, die nie vergessen werden sollten, nicht nur am See ohne Namen, denn diese Opfer haben Namen. Allein an meiner Fakultät waren drei namentlich bekannte Professoren umgekommen. Es bedrückte mich, gerade hier zu studieren. Aber was sollte ich tun? Ein Studium musste sein. Und an welcher Universität in Peking hatte es in diesen zehn Jahren keine Toten gegeben? Nicht nur Erschlagene, auch in den Tod Getriebene, dazu solche, die sich aus großer Höhe hinabgestürzt hatten, die sich erhängt hatten oder die, die DDV getrunken hatten …

Zur Beida war es von unserer Wohnung nicht weit, mit dem Fahrrad fünf Minuten, zu Fuß auch nur fünfundzwanzig; von der Haustür erst nach Norden auf einer kleinen Gasse bis zum Haidian-Krankenhaus, dann nach Huangzhuang, von dort kam man durch die Wasserau, dann die Tigerhöhle, zuletzt über den Tempel der Göttin an die große Straße und quer darüber weg in die Universität. Das war mein Weg, hin und zurück, vier Semester lang. In Haidian war ich, um einen Ausdruck aus dem *Traum der Roten Kammer* zu verwenden, »im Haus geborenes Knechtskind«, von der Grundschule bis zur Universität bin ich nicht aus Haidian herausgekommen, bis zu meinem achtzehnten Lebensjahr habe ich Peking nicht verlassen.

2 MEINE OMA HEIRATET WIEDER

Meine Schwester war zwei Jahre älter als ich. Als unsere Eltern jung waren, hatte man es noch nicht so mit der Geburtenkontrolle. Ein Junge, ein Mädchen, ein blühender Zweig, das war die ideale Familie, das wünschten sich die Leute. Zwei Eltern ziehen zwei Kinder groß, Generation um Generation, dann wächst die Bevölkerung nicht und nimmt auch nicht ab, das ist eine einfache Rechnung. Natürlich nur auf lange Sicht. Für die einzelne Familie ist das so leicht nicht zu erreichen. Die Deutschen schaffen das gar nicht. Ein Junge, ein Mädchen, ein blühender Zweig – sie schaffen nicht mal ein Kind für jede Familie, die Bevölkerung nimmt Jahr für Jahr ab. Und alle die Ökonomen, die Demografen, die Soziologen, alle machen sie immer wieder diese einfache Rechnung auf, mit immer wieder dem gleichen Resultat: Dem Stamme der Germanen drohe Gefahr. Er nimmt mehr und mehr die Form einer auf den Kopf gestellten Pyramide an, die auf ihrer Spitze balancieren muss. Denn Jugend gibt es immer weniger, alte Herrschaften immer mehr, und vom eingefahrenen Geleise dieser Fehlentwicklung kommt und kommt man nicht herunter. Die ungeheure Rentenlast hat Schröders Regierung zu Fall gebracht. Frau Merkels erste Reform war die Erhöhung des Kindergelds; aber bis man sieht, ob das was bringt, muss man wohl auf die nächste Generation warten.

Aber da rede und rede ich und komme vom Hundertsten ins Tausendste. Ich habe diesen Fehler, ich sorge mich um Land und Leute, und komm ich auf so ungemütliche Themen, dann fang ich an zu predigen. Taube quatschen immerzu dazwischen, Stumme möchten auch mal was sagen, der Unwissende liebt es, andere zu erziehen und zu lenken, und wer kein Recht hat und keine Macht, der sorgt sich um Land und Volk. Das sind alles Fehler. Also zurück zur Geschichte unserer Familie.

Mit meiner Schwester war mehr los als mit mir. Bestnoten in allen Pflichtfächern. Betragen, Verstand, Sport, alles hervorragend. Meine Mutter war Musiklehrerin an der Grundschule für Personal der Qinghua-TU, mein Vater spielte die zweisaitige Fiedel in der Pingju-Operntruppe von Haidian. Also glaubten sie, auch ihren Kindern musikalische Gene übertragen zu haben, und die sollten nicht verkommen! Eines sollte Pianist werden, das andere Dirigent! Das waren schöne Hoffnungen, aber die schönen Hoffnungen zu verwirklichen war schwierig. Zu Hause hatten wir nur ein ziemlich klappriges Harmonium, den jungen Talenten half das gar nicht. Meine Mutter hatte ein Gehalt von 42 Yuan im Monat; das war damals viel, selbst ihre Direktorin bekam nur 56. Aber die Pingju-Operntruppe meines Vaters war fast am Ende, auf ihre Gehälter mussten sie monatelang warten. Kurz, große Sprünge konnten die beiden nicht machen. Um ihre Künstlerträume in der nächsten Generation zu verwirklichen, fasste sich also meine Mutter ein Herz und bat ganz frech unsere Oma um Hilfe.

Zu Anfang der Kulturrevolution war mein Opa zum historischen Konterrevolutionär erklärt und in klirrenden Ketten ohne Prozess und Urteil ins Gefängnis gebracht worden, für zehn Jahre hintereinander, bis die Viererbande zerschlagen war. Dann war der Große Deng zum zweiten Mal wie ein Tiger von seinem Berg heruntergekommen und hatte viele, viele rehabilitiert, denen Unrecht geschehen war, und darunter war mein Opa einer der Ersten gewesen. Vom Pekinger Volksgericht der Mittelstufe war jemand zur Untersuchungshaftanstalt in Pingdingshan in Henan gefahren, um meinen Opa herauszuholen und ihm die Entscheidung zu verkünden, die seinen Fall abschloss; und als er zum letzten Satz kam und verlas: Für unschuldig erklärt und sofort freizulassen, da kam es zu einem Zwischenfall. Mein Opa war nicht im Geringsten vorbereitet, der Schock war zu groß. »Hoch lebe der Vorsitzende Mao!«, brüllte er auf, brüllte es mit aller Kraft, stürzte zu Boden und gab den Geist auf. Alle Bemühungen nutzten nichts, er blieb tot. Doch Opa war immerhin eine Persönlichkeit, in Pingdingshan war jeder eine Persönlichkeit, der aus Peking gekommen war. Und wenn eine Persönlichkeit stirbt, will keiner schuld sein, also wurde er seziert, Bauch und Schädel wurden geöffnet, und das Ergebnis war: Gehirnschlag. Von seiner Festnahme bis zu seinem Tod war mein armer Opa nicht mehr aus der Haft herausgekommen. Damals war ich drei Jahre alt, bekam ein weißes Stück Tuch um die Stiefel gebunden, vorne drauf war eine Bommel aus roter Wolle befestigt, so zeigte ich die gebührende Trauer um einen Opa, den ich nie gesehen hatte.

Der alte Mann war tot, und die neuen Richtlinien wurden eingehalten. Das Personalamt des Staatsrats hielt auf dem Revolutionsfriedhof auf dem Babaoshan die Trauerfeier für Opa ab, in historischer Reihenfolge wurde aufgezählt, wie der verstorbene Herr Mei Jie sich vom Dunkel ab- und dem Lichte zugewandt hatte, in jeder Kampagne sich eng der Partei angeschlossen hatte, in der Großen Kulturrevolution von einer irrigen Linie zum historischen Konterrevolutionär erklärt worden war und sich dennoch den Glauben an die Politik der Partei unerschütterlich bis zum letzten Atemzuge bewahrt hatte, und so weiter und so fort. Dann war die Trauerfeier zu Ende, und mein Opa wurde auf einem kleinen Wagen in den Krematoriumsofen gestoßen.

Drei Tage später, an einem Sonntag, begleitete die ganze Familie Oma zum zweiten Mal zum Babaoshan. Opa war in einer kleinen Tasche aus ungefärbtem Leinen zu ein paar mürben löchrigen Knochen geworden, sandig gelb, wie Erdklümpchen. Oma hatte die teuerste Urne ausgewählt. Sie nahm nun Opas Knochen einen nach dem anderen vorsichtig zwischen die Finger und legte sie in diesen aus Kamelknochen geschnitzten eleganten Behälter, den sie schließlich in ein einen Fuß langes Fach in Raum 2 der Halle für die Asche der Revolutionshelden schob. Da fand mein Opa also seine letzte Ruhestätte. Von da an haben wir jeweils am Totengedenktag dort diese Urne abgestaubt und einen Strauß kleiner weißer Blumen draufgelegt.

An dem Tag, als Opa seine Ruhestätte zugewiesen wurde, sagte uns der Verwalter der Seelenhalle, dass in diesem Fach ursprünglich das Aschekästchen einer Filmschauspielerin gelegen hatte, das tags zuvor jedoch von den Angehörigen abgeholt worden war, die es in Hongkong beerdigen wollten. Nach den Vorschriften hätte Opa in Raum 7 gehört, unter die Seelen derer, denen in der Kulturrevolution Unrecht geschehen war. Von manchen stand da nicht einmal die Asche, nur ein Seelentäfelchen mit dem Namen. Raum 2 war für hochrangige Kader und Intellektuelle sowie Bühnen- und Filmstars bestimmt, die in den Fünfziger- und Sechzigerjahren gestorben waren. Es war still dort, in der Regel kam da niemand hin. Meine Oma hatte eilends ihre Handtasche geöffnet, eine halbe Stange edelster *Dazhonghua*-Zigaretten hervorgeholt und dem Seelenverwalter fest in die Hand gedrückt. Über und unter, links und rechts von Opas Fach waren völlig gleichartige Urnen. In einigen waren kleine kolorierte Fotos der Inhaber eingefügt, lauter junge Gesichter, lächelnd und hübsch. In manchen Fächern aber sah man blaue Porzellanvasen mit weißen Seidenbändern um die Hälse; darauf standen die Namen der Toten. Dass man jemanden in eine Vase steckte, wenn er gestorben war, kam uns sonderbar vor. »In den Vasen ist nichts drin«, erklärte der Verwalter, »die sind auch gar nicht verbrannt, sondern in ihrer Heimat beerdigt worden, und hier müssen sie sinnlos ein Fach belegen.« Offensichtlich missfielen ihm diese albernen Vasen.

Als die Bestattung erledigt war, hängte sich Oma an das Personalamt, wegen der Residenz an der Junjichu. Denn waren in jenen Jahren die Trauerfeierlichkeiten einmal erledigt, die Hände geschüttelt, dann kannte dich niemand mehr. Angehörige erhoben ihre Ansprüche, einen ganzen Haufen Ansprüche, vor der Trauerfeier. War die vorüber und der Leichnam noch warm, drängten sie auf Erledigung. Die Führung des Personalamtes sagte, in der Residenz wohnten jetzt gut zwanzig Familien aus den revolutionären Massen, man hoffe, Oma könne dieser Situation korrekt begegnen und sich etwas zurückhalten. Oma entgegnete, in unserer Familie seien wir jetzt, alt und jung, fünf Personen, zusammengedrängt in einem Zimmer von zehn Quadratmetern. Das sei wirklich nicht auszuhalten, so könne man nicht wohnen. Die Führung erklärte, der Staat könne nicht so schnell sämtliche alten Probleme lösen, alle Richtlinien seien gleichermaßen auszuführen; schleunigst werde man jedenfalls Opas Gehalt nachzahlen und schlage vor, dass Oma sich nicht an der Wohnungsfrage festbeiße, sondern zunächst einmal das Geld nehme. Davon eine Wohnung zu kaufen sei nicht so schwer.

Die Rechnung stimmte auch, die sie da aufgemacht hatten. Binnen Kurzem wurde Opas Gehalt nachgezahlt, für die gesamte Zeit von seiner Inhaftierung zur »abgesonderten Überprüfung« bis zu seinem Tod und, als besondere Vergünstigung, noch zwei Monate darüber hinaus, insgesamt für zehn Jahre und sieben Monate. Davon zog die Polizeibehörde zwar Verpflegungskosten für zehn Jahre und drei Monate ab, aber es blieb immer noch eine beachtliche Summe.

Oma hatte also Geld und hörte sich überall um, wo eine Wohnung zu kaufen wäre. In jenen Jahren hatte in der Stadt jedoch niemand eine eigene Wohnung. Wenn Wohnungen nicht der Einheit gehörten, bei der man beschäftigt war, dann waren sie vom Wohnungsamt, also von der Stadt Peking, und was man heute »großes Vermögensrecht« nennt, das hatten nur die Bauern der Volkskommunen an ihren Häusern, die waren privat. Für das Geld, über das Oma nun verfügte, hätte sie sämtliche Baulichkeiten einer Produktionsbrigade, das heißt, eines ganzen Dorfes kaufen können. Aber die alte Dame mochte nicht mal für einen kleinen Hof, nicht einmal für ein Häuschen was ausgeben. Meine Oma glaubte an nichts außer Geld und brachte den ganzen Betrag zur Bank, damit er Zinsen produziere.

Doch sie gab sich trotzdem alle Mühe, um das Wohnungsproblem zu lösen. Sie hängte sich einen aus Weidenruten geflochtenen Korb um, wanderte in der Weltgeschichte umher und sammelte Ziegelsteine auf. Nachdem sie Haidian abgesammelt hatte, sammelte sie Ziegel in Liulangzhuar und bis nach Bagour und Lanqiying. Draußen vor unserem Zimmerfenster zum Hof, um die Erdbebenhütte herum, überall häuften sich die Ziegel und drohten, alles zu vemauern. Da riss mein Vater die Hütte ab, holte einige Kollegen zusammen, und in dreieinhalb Tagen hatten sie die Ziegel ganz zu einer Mauer verbaut, zu einem halben Zimmerchen. Es waren aber nicht genug Ziegel. Es blieb Raum für einen halben Fensterflügel. Sie nahmen das große Bett meiner Eltern auseinander und machten daraus einen Fensterrahmen für die Öffnung. In jenen Jahren baute sich jede Familie so eine kleine Küche an. In der Einheit halfst du mir, ich half dir, das war gar keine Frage. In der Truppe meines Vaters hat der Reihe nach jeder sich so ein kleines Zimmer angebaut; dazu mussten die Aufführungen nur gut geplant werden. Wenn keine Abendvorstellung ausfiel, gab's kein Problem.

Als das kleine Zimmer stand, war es mit dem ursprünglichen Raum eine ganze Wohnung, mit Innen- und Außenraum. Das große Zimmer, nun das Hinterzimmer, lag zur Straße, und sein Fenster nach hinten zum Hof war jetzt die Öffnung zum kleinen Zimmer; was im großen Zimmer gesprochen wurde, war im Hof nicht mehr zu hören. Aber Oma war noch nicht zufrieden. Sie sammelte keine Ziegel mehr, sondern machte sich den ganzen Tag im Haus zu schaffen, goss einen Betonfußboden, kalkte die Wände, am Fenster brachte sie einen Plastikvorhang an, an der Tür ein Schloss, oben an der Zimmerdecke eine Lampe und eine Stromleitung zu der Lampe. Oma war eine echte Handwerkerin, was immer sie angriff, gepfuscht war es nie.

Als das kleine Zimmer bewohnbar hergerichtet war, zog meine Oma aus. Sie streifte sich das schwarze Band vom Arm und heiratete einen Militärarzt aus dem Krankenhaus Nr. 301, der schon im Ruhestand und dem die Frau gestorben war. Meine Oma hieß Yu, Jade, der Stiefopa hieß wie wir, Shi, Stein. »Diesmal«, meinte mein Vater, »ist das keine Kooperation von Guomindang und KP, sondern ein Bund von Jade und Stein.«

Stiefopa war ein alter Kämpfer, Parteimitglied seit 1938, und stand im Rang eines Oberst. Oma war also in die Reihen der Revolution zurückgekehrt und zog nun in eine Fünfzimmerwohnung mit

Gasanschluss in der Jadequellenstraße, in einen Block der Logistikabteilung für hohe Kader im Ruhestand.

Stiefopa hatte keine eigenen Kinder. In jungen Jahren hatten er und seine erste Frau zwei Pflegekinder großgezogen, einen Jungen und ein Mädchen, beide ein gutes Dutzend Jahre älter als meine Mutter. Seine erste Frau hatte nicht bis zur Kulturrevolution durchgehalten, sie war vorher an Asthma gestorben. Stiefopa hatte einen guten Ruf, er hatte bei vielen hohen Kadern aus Partei, Regierung und Armee schwere, komplizierte Leiden erfolgreich kuriert, sie nannten ihn den Stein mit der goldenen Nadel. Wer hätte gedacht, dass er ausgerechnet bei der eigenen Frau scheitern würde! Am menschlichen Leib ist außen die Flechte unheilbar, innen das Asthma, sagt die traditionelle chinesische Medizin.

Die beiden Pflegekinder verlangten viel und bekamen viel und brachten doch nichts zuwege. Keins schaffte die Oberstufe des Gymnasiums. Über alte Kriegskameraden konnte Stiefopa das Mädchen als Krankenschwester in einem Feldlazarett unterbringen und den Jungen bei der Polizei in einem weit draußen liegenden Vorort. Sogar die Ehen der beiden hatte er arrangiert. Bis zur Kulturrevolution wohnten das Mädchen und ihr Mann, der Junge, seine Frau und ihre Tochter Lili alle zusammen mit Stiefopa und seiner ersten Frau im Wohnquartier für hohe Kader, eine laute lebhafte Großfamilie. Die Logistikabteilung zeichnete sie damals als »fünffach gute Familie« aus; das stand sogar in der Zeitung.

In der Kulturrevolution wurde Stiefopa als konterrevolutionäre wissenschaftliche Autorität gebrandmarkt und in den »Kuhstall« gesperrt, musste tagsüber körperliche Arbeit verrichten und abends Kritik und Selbstkritik üben. Die Wohnung wurde beschlagnahmt. Die beiden Pflegekinder sagten sich sogleich von ihm los und hatten von da an keinen Kontakt mehr zu ihm. Der Junge wurde Anführer einer Rebellenfraktion, »ergriff von Stufe zu Stufe die Macht«, und ein Jahr vor Ende der Kulturrevolution war er zum stellvertretenden Chef des Revolutionskomitees der zusammengefassten Polizei, Staatsanwaltschaften und Gerichte der Stadt Peking aufgestiegen. Aber wie auch immer, als Pflegesohn meines Stiefopas ist er Verwandtschaft, also nannte ich ihn Onkel, Onkel Dacheng, und seine Tochter Lili-Cousine.

Als die Viererbande zerschlagen war, wurde Onkel Dacheng als belastet eingestuft und zur »abgesonderten Überprüfung« inhaftiert. Seine Frau ließ sich scheiden, nahm Lili mit und heiratete einen demobilisierten Soldaten aus Sichuan. Später zog das Paar nach Shenzhen und machte Geschäfte, vermittelte Kindermädchen, Haushaltshilfen und junge Wanderarbeiterinnen, und damit sind sie, wie man hört, reich geworden. Nachdem Onkel Dacheng fertig überprüft war, ist ihm das Gehalt gekürzt und der Rang herabgestuft worden, und er ist als Aufseher in einen staatlichen landwirtschaftlichen Betrieb für die »Umwandlung durch Arbeit« in Langfang gekommen, also in ein Strafarbeitslager, und Lili-Cousine ist dann auch nach Langfang zu ihrem Vater gelaufen, abgemagert bis auf die Knochen, das Gesichtchen wie zu einer Sichel geschrumpft. Doch Onkel Dacheng mochte sich nicht um sie kümmern, da ist sie zu Stiefopa gegangen. Dem tat es in der Seele weh, wie er das Kind sah, er hat sie aufgenommen. Aber Lili-Cousine hatte ein Laster, sie stahl Geld, das im Haus war, um sich Sore zu kaufen, Heroin. Das rauchte sie. Als Stiefopa das entdeckte, schloss er alles Geld weg. Und als Lili-Cousine kein Geld mehr fand, hat sie Sachen gestohlen, den Mantel und die Uniform von Stiefopa, aus schwerem Wollstoff, und seine Lederschuhe, das alles hat sie für Sore eingetauscht, dann auch Lu Xuns *Gesammelte Werke*, die großen Lexika – das *Wortmeer Cihai* und die *Wortquelle Ciyuan* – und Stiefopas medizinische Werke, alles hat sie verscherbelt. Onkel Dacheng hat sich nicht drum gekümmert, und Stiefopa wusste sich nicht mehr zu helfen, er brachte seine jämmerlich verwirrte Pflegeenkelin in die Arbeitsschule in Wenquan.

In der Arbeitsschule stahl Lili-Cousine weiter und rauchte weiter Sore, bestahl die Mitschüler und die Lehrer und sogar den Erziehungsleiter. Das ging zu weit, die Schule hat sie dann der vorgesetzten Stelle gemeldet, und die vorgesetzte Stelle hat sie für zwei Jahre in Arbeitserziehung geschickt. So kam Lili-Cousine nach Dewai Huangsir, in die Erziehungsanstalt der Stadt Peking für kriminelle Jugendliche. Und mit einem solchen Kind wollte Onkel Dacheng schon gar nichts mehr zu tun haben, er verleugnete sie einfach. Zwei Väter hatte die arme Lili, und keiner kümmerte sich um sie. Nur Stiefopa, den mit ihr eigentlich gar nichts verband, der hatte sie in sein Herz geschlossen, besuchte sie einmal die Woche und brachte ihr etwas zu essen mit, oder was sie sonst brauchte, und sprach bei dieser Gelegenheit mit dem Anstaltsleiter und den Lehrern, behandelte deren Krankheiten und bat sie, das Kind unter strenger Aufsicht zu erziehen, und beim Abschied applizierte er Lili-Cousine gegen die Sucht anstatt Nadeln zwei Kuhkrautsamen im Ohr.

Die Jugendlichen in dieser Anstalt hatten halbtags Unterricht, halbtags mussten sie arbeiten. Die Arbeit war nicht weiter schwer, Stiefopa hatte sich das angesehen. Sie mussten Plastikschuhsohlen bearbeiten, die in der Plastikfabrik in Qinghe maschinell hergestellt worden waren und an denen obendrauf noch ein Wirrwarr von Plastikfäden hing, die mussten sie mit einem kleinen Messer sauber abschneiden, damit war das Produkt fertig. Die Anstalt zahlte den Jugendlichen im Monat zwei Yuan Taschengeld als Lohn und hatte jemanden beauftragt, für sie einzukaufen, bei dem mussten sie registrieren lassen, was sie haben wollten, und es bezahlen. Lili-Cousine aber hatte nie was gekauft, Seife, Toilettenpapier, Handtuch, Zahnpasta und kleine Leckereien hatte ihr alles Stiefopa mitgebracht, sie sparte das gesamte Taschengeld.

Die zwei Jahre waren fast herum, da kam eine alte Bekannte in die Anstalt und in die gleiche Zelle wie Lili-Cousine; sie war noch jünger als Lili, aber schon eine erfahrene Dealerin, sogar in die Anstalt brachte sie Sore mit, in ihrer Frisur versteckt. Und damit wurden Stiefopas jahrelange Mühen mit einem Schlag zunichte. Lili-Cousine gab all ihr in zwei Jahren zusammengespartes Taschengeld der kleinen Dealerin für eine große Ekstase, schloss die Augen und öffnete sie nicht mehr wieder.

Als eine offizielle Mitteilung der Anstalt eintraf, freute sich Stiefopa über alle Maßen. Er glaubte, es sei die Aufforderung, die Entlassene abzuholen, öffnete das Schreiben mit zitternden Fingern und las: Die Familie wird aufgefordert, die Leiche in Empfang zu nehmen. Da brach er ohnmächtig zusammen. Glücklicherweise kam gerade ein Bekannter zur Akupunktur, rief sofort das Krankenhaus Nr. 301 an und einen Notarztwagen, so wurde Stiefopas Leben gerettet.

Von den zwei Jahren von Lilis Arbeitserziehung fehlten nur noch sechzehn Tage, als Stiefopa ihre Leiche in Empfang nahm. Er ließ sie zur Kremierung zum Babaoshan bringen, bekam ihre Asche und teilte das ihrer Mutter und Onkel Dacheng mit. Doch beide reagierten nicht. Stiefopa blieb nichts anderes übrig, als sie in der Totenaschenhalle des Volksfriedhofs auf dem Babaoshan bestatten zu lassen. Der Volksfriedhof liegt ebenso auf dem Babaoshan wie der Revolutionsfriedhof, aber beim Volk wird man ganz anders behandelt. Es herrscht ein chaotisches Gedränge, und man muss jedes Jahr eine Gebühr zahlen. Wird die Zahlungsfrist versäumt – sagte man Stiefopa –, könne die Asche weggeschafft und irgendwo verbuddelt werden, und damit sei sie dann weg, nicht mehr aufzufinden, niemand könne dann mehr feststellen, ob es auf der Welt jemals so jemanden gegeben habe. Bei der Revolution hingegen war nichts zu bezahlen, täglich wurde abgestaubt, zum Totengedenktag steckte man zierliche kleine Plastikblumen auf, getreulich wurden in der Heldenakte ihre Geschichte, ihre Verdienste und ihre Erfolge zum ewigen Gedächtnis lückenlos verzeichnet.

Lilis Schicksal war für Stiefopa ein schwerer Schlag, aber zusammenbrechen durfte er darunter nicht, ihn erwartete noch Schlimmeres. Denn auch Onkel Dacheng hatte eine Untugend, eine noch viel üblere als Lili. Was soll das heißen? Lilis Untugend hatte ein Menschenleben gekostet, kostete die von Onkel Dacheng nun zwei Menschen das Leben? So ist das nicht gemeint. Onkel Dacheng hatte sich unmoralisch verhalten, wieder und wieder, es war ihm zur Gewohnheit geworden.

Stiefopa hätte davon nie erfahren, wären ihm nicht Angehörige eines Opfers von Onkel Dacheng ins Haus gekommen, die Angehörigen eines Kriminellen. Ihr Sohn war zu fünfzehn Jahren Arbeitslager verurteilt worden und verbüßte diese Strafe unter Onkel Dachengs Aufsicht. Der hatte von den Eltern Geld verlangt, für zweihundert Yuan, hatte er versprochen, werde die Strafe um ein Jahr gemildert. Die Leute hatten Jahr um Jahr bezahlt, insgesamt drei Jahre lang, aber die Strafe war nicht um einen Tag gemildert worden. Sie hatten gesehen, dass anderen die Strafen tatsächlich ermäßigt wurden, und hatten das Onkel Dacheng vorgehalten. Der wollte nichts hören und bedrohte sie noch: Sie verleumdeten Mitarbeiter der Regierung! Sie fürchteten, wenn sie Theater machten, könnte das dem Jungen im Lager schaden, also versuchten sie es hintenherum, über Onkel Dachengs Familie, hatten schließlich Stiefopas Adresse herausgefunden und sich bei ihm beschwert. Der schickte sie mit sechshundert Yuan weg; die Geschichte bedrückte ihn sehr, er ließ Onkel Dacheng kommen und fragte ihn, ob das stimme. Onkel Dacheng verteidigte sich: »Ich entscheide doch nicht über die Strafmilderung; ich habe mich ja oben für ihn eingesetzt, oben haben sie das nicht genehmigt, was soll ich denn machen? Jedes Jahr gibt es eine Quote für Ermäßigungen, und jeder will eine, wie sollen denn alle auf einmal an die Reihe kommen?«

Stiefopa wurde wütend: Der Kerl hatte also nicht nur einen Häftling geschröpft! Wer zahlte, bekam Strafmilderung, und weil viele zahlten, kamen nicht alle dran! Stiefopa wollte den missratenen Sohn aber nicht aufgeben, er wollte ihn retten. Er starrte ihn verzweifelt an, bat ihn, zu ihm zu ziehen, sagte ihm Unterkunft und Verpflegung zu. Aber der Onkel kam nicht zurück, machte nur immer so weiter.

Stiefopas Kriegskameraden hatten Mitleid mit dem alten Mann, sie schlugen ihm vor, wieder eine Gefährtin zu suchen, empfahlen ihm einige, aber er hatte keine Lust, bis er von unserer Oma hörte, von ihrer Geschichte, ihren Verhältnissen. Er stimmte einem Treffen zu, und es war, als wären sie füreinander bestimmt. Sie wurden sich beim ersten Treffen einig.

Wie unsere Oma ins Haus kam, gab sie Dacheng sechshundert Yuan, damit solle er irgendeinen kleinen Handel aufmachen. Das war damals nicht wenig, es entsprach dem, was meine Mutter in sieben, acht Monaten verdiente. Doch nach nicht mal einem halben Monat tauchte Onkel Dacheng wieder auf und wollte mehr Geld von Oma. Die aber schickte ihn mit zwei scharfen Sätzen zum Teufel: »Du schämst dich also gar nicht. Muss dein Vater zu deinen Vorgesetzten im Arbeitslager gehn?« Und zu meiner Mutter sagte sie danach: »Ein solches Früchtchen hab ich noch nicht erlebt. Er denkt nur daran, wie er den Alten das Geld aus der Tasche ziehen kann. So was zu unterhalten ist Förderung der Kriminalität!«

Meine Mutter wollte da nicht hineingezogen werden und besuchte fortan Oma nicht ohne guten Grund. Jetzt, da es ums Talent der Kinder ging, blieb ihr nichts andres übrig. Als Oma hörte, dass sie Geld für ein Klavier wollte, fielen ihr fast die Augen aus dem Kopf. »Habt ihr nicht ein Harmonium?«, fragte sie. Meine Mutter sagte: »Das kaputte Ding fällt doch längst auseinander.« »Die in der Truppe von deinem Mann, können die das nicht reparieren, so zusammenschrauben, dass man's wieder benutzen kann?«

»Reparieren hat keinen Sinn, auf dem Harmonium kann man nicht üben, da verdirbt man sich nur die Finger.«

»Müsst ihr denn gleich so hoch hinaus? Wenn ihr euch die beiden Kinder so anseht, sind das denn die Richtigen für solche Pläne?«

Darauf gab Mutter ziemlich mit uns an. Der Wahrheit zu Ehren hatte ich mich kaum je an dem Harmonium daheim zu schaffen gemacht, hatte es nur mal angestarrt und ein paar Tasten gedrückt. Eine Melodie brachte ich darauf nicht zustande. Meine Schwester dagegen liebte das Ding und hatte von unserer Mutter gelernt, ein paar Lieder darauf zu spielen, bei denen man mitsingen konnte.

Oma gab sich schließlich einen Ruck. »Na gut. Ich helf, den beiden ein Schifferklavier zu kaufen.«

Meine Mutter wurde ärgerlich: »Brauch' ich dich für ein Akkordeon zu belästigen? Mutter, ich brauch doch von dir nichts zu verlangen. Du hast einen Haufen Geld von Vater, und mich und die Kinder hältst du kurz bis zum Gehtnichtmehr. Wir könnten ja mal einen Ort suchen, wo das verhandelt werden könnte!»

Das war eine Andeutung, sie könnte sich beim Parteikomitee des Personalamts über Oma beschweren. Denn organisatorisch und disziplinarisch hing Oma noch immer am Personalamt, das war ihre Einheit. Meine Mutter hatte da eine empfindliche Stelle berührt. Die alte Dame wusste genau, auf welcher Seite ihr Brot gebuttert war, also verlegte sie sich aufs Jammern: »Ich bin schon 68, was soll ich denn mit einem Haufen Geld? Wen hab ich denn noch? Für wen rechne und spar ich denn?«

Meine Mutter gab keinen Schritt nach: »Wenn du schon für uns rechnest und sparst, jetzt brauchen wir dringend ein Klavier, für die Zukunft der Kinder, also hilf!«

Oma bis in den sauren Apfel, sie fragte: »Also, wie viel willst du haben?«

»Ich will keinen Fen haben, ich will ein Klavier für die beiden Kinder kaufen. Ich hab mich schon umgesehen, nicht nur in den Pekinger Klaviergeschäften, ich bin sogar zur Xinghai-Klavierfabrik gefahren. Das billigste, Marke Zhujiang, mit 85 Tasten, das kostet 826 Yuan.«

Da sprach Stiefopa ein Wort zur Vernunft: »Wenn man schon in die Kinder investiert, dann kauft man für sie etwas Gutes!«

Oma warf ihm über die Schulter einen bösen Blick zu: »Du hast ja schon investiert, du hast leicht reden.«

Da wurde Mutter so wütend, dass sie zuerst kein Wort mehr hervorbrachte, ihre Wangen zitterten, sie schluckte, erhob sich und sagte: »Das bedeutet, dass unsere Shi Zhu und unser Shi Sun keine Oma mehr haben!«

Angesichts eines solchen Verlusts bekam es Oma mit der Angst. Mit Tränen in den Augen zog sie Mutter wieder herunter. »Wen hab ich denn noch? Hab ich das nicht alles für euch bewahrt und gespart?«

Die alte Frau ballte die Fäuste, schließlich zog sie achthundert Yuan hervor. Mutter stopfte die Scheine in die Tasche und wollte gehen. Doch Stiefopa rief sie zurück: »Mei Xin, jetzt geh nicht gleich hin und kauf eins. So gewichtige Dinge sollte man nicht in Zorn und Eifer erledigen. Wenn du's übereilst, zurückgeben kannst du's nicht mehr. Es geht um die Zukunft der zwei Kinder. Ein paar Tage mehr oder weniger spielen da keine Rolle. Wenn du was kaufst, muss es was Gutes sein. Ich hör mich um, warte, bis ich mich melde.«

Meine Mutter blickte zurück, sagte danke und ging die Treppe hinunter.

Erregt blies Oma danach wieder und wieder die Backen auf und wütete gegen unseren Stiefopa: »Hätte ich die achthundert einem Hund hingeworfen, dann hätte das Vieh mit dem Schwanz gewedelt und wenigstens mal gebellt, und sie geht und sagt nicht mal Danke. Aber du, du redest ein bisschen netten Quatsch, und sie bedankt sich bei dir. Du alter Esel drängst dich zwischen Mutter und Tochter, ich weiß längst, du führst nichts Gutes im Schilde!«

3 DER STEINWAY IM HAUS DES GENERALS

Stiefopa hatte durchaus keinen netten Quatsch geredet, sondern sich sehr wohl überlegt, was er sagte. Ein Freund und Leidensgenosse aus seiner Zeit im Kuhstall, jetzt zweiter Mann im Krankenhaus Nr. 301, besaß einen großen Flügel. Er hieß Li, Li Jingyuan, und stand als General, Generalmajor, um genau zu sein, im Rang eine Stufe über Stiefopa. Die Qualen der Kulturrevolution hatten die beiden zusammengeschweißt, sie verstanden sich ohne Worte. Bei der Abendliebe von Stiefopa und Oma war der General so etwas wie der Vermittler gewesen, der die beiden zusammengebracht hatte. Denn ursprünglich hatte man ihn selbst Oma anempfehlen wollen, doch sein Sohn und seine Tochter hatten sich energisch einer zweiten Ehe ihres alten Herrn widersetzt, und der General selbst hatte dazu eigentlich auch gar keine Lust. Aber er sah, wie allein und verlassen Stiefopa war, und gab sich alle Mühe, den Freund aus seiner Einsamkeit herauszuholen, will sagen: Er redete viel mit ihm, um ihn zur Aufgabe seines Eremitendaseins zu bewegen. Meine Oma aber hatte ihn nie kennengelernt, sie wusste nicht, dass es im Mondesdämmer noch einen weiteren Kandidaten gegeben hatte.

Der Flügel des Generals war, um eine lange Geschichte kurz zusammenzufassen, ein Steinway, deutsches Produkt einer amerikanischen Marke, den seine verstorbene Gattin, Frau Professor Gu, ihm hinterlassen hatte.

Sie war Professorin für Klaviermusik an der Zentralen Musikhochschule gewesen und hatte den Steinway aus Deutschland mitgebracht. Als die Kulturrevolution begann, galt jeder, der irgendetwas mit dem Ausland zu tun gehabt hatte, als Agent der USA und Chiang Kai-sheks, die Pekinger Hochschulen versanken in einem Meer von Agenten, aber die Gattin des Generals blieb von solchen Verdächtigungen unberührt. Denn die diversen »Rebellenfraktionen« verfolgten nicht irgendwelche hehren Prinzipien, sondern wetteiferten darum, zu erfüllen, was höhererseits gewünscht wurde. Mancher nutzte die einmalige Chance, um selbst in lichte Höhen aufzusteigen; mancher verfolgte schlicht, in dem menschlicher Natur nun einmal eigenen Selbsterhaltungstrieb, was ihm nutzen, und vermied, was ihm schaden mochte. Die schrecklichsten Opfer haben in den ersten Jahren der Kulturrevolution die von gut vernetzten Studenten auf ihrem Weg nach oben in den Hallen der Gelehrsamkeit betriebenen schlauen Spielchen gefordert; die Geistesheroen dort achteten nur darauf, wohin die Führer galoppierten, preschten ihnen nach und bekämpften, was immer man sie bekämpfen hieß. Jedoch gab es weiß Gott auch Richtungskämpfe in der Zentrale, Revolutionäre wie Konterrevolutionäre fanden sich auch unter Prinzen und Prinzessinnen. Der Staatspräsident ergriff die Initiative und schickte seine Gattin aus, die sich der Qinghua-TH bemächtigte, aber als der Himmelssohn eine richtige Uniform mit Kragenspiegel und Wappen auf der Mütze anlegte, begriffen die Leute, dass allein die Volksbefreiungsarmee verlässlichen Halt versprach.

Das 301er war das zentrale Armeekrankenhaus und dazu Klinik des Herrscherhauses, Generalmajor Li war Hofarzt mit Zutritt zum innersten Palastbereich. Und schon die Kinder in dem der Musikhochschule angeschlossenen Gymnasium wussten, dass Frau Professor Gu am Fuße einer Leiter stand, die bis in den Himmel reichte. Alles, was sich auf die erhabenen Persönlichkeiten dort hoch oben bezog, war für das Schicksal von Rebellen wie von Kaisertreuen von größter Bedeutung, und deshalb stand bei Frau Professor Gu für jedermann an erster Stelle die Aufgabe, sie danach auszuhorchen, woher gerade der Wind im Linienkampf wehte. Jeder Satz, den sie sprach, wurde an der Musikhochschule als lautere Wahrheit auf die Goldwaage gelegt. Das verschreckte sie völlig. Sie hatte früher so gern geschwatzt und gelacht. Jetzt wagte sie nicht mehr, auch nur den Mund aufzumachen.

An der Pekinger Pädagogischen Hochschule hatte eine Landsmännin des Himmelssohnes, Tan Houlan, eine Frau von nicht alltäglichen Talenten, in den hin- und herwogenden Linienkämpfen erstaunlicherweise stets den richtigen Standpunkt eingenommen und war zur Studentenführerin im Dienst des Herrschers avanciert. Ganz wie an der Börse konnte auch im Linienkampfe der, dem es einmal gelungen war, eine Premiumaktie zu ergattern, fortan von deren Erträgen leben. In ihrer Position brauchte Tan Houlan sich nicht zu bemühen, allerhöchste Absichten auszuspähen, vielmehr erhielt sie allerhöchste Weisungen. Im November 1966 führte sie gut 80 Mitstreiter zum Konfuzius-Tempel in Qufu, um Bücher zu verbrennen, Tempelgebäude zu verwüsten, Gräber zu zerstören, Inschriften zu zerschlagen, schickte dazu auch dem Staatsrat einen Protestbrief und konnte sich eine Auszeichnung als Heldin im Kampf gegen Konfuzius anstecken. Und keine drei Monate später erstürmte diese Heldin an der Spitze von gut zehntausend Kämpferinnen und Kämpfern in Peking, nahe dem Zoo, die Ausstellung der glorreichen Volkskommune Dazhai im landwirtschaftlichen Ausstellungsgebäude, um den für die Landwirtschaft zuständigen Vizepremier Tan Zhenlin zu zerschmettern. Das hatte seinen Grund. Angeführt von diesem Tan Zhenlin hatten nämlich auf der erweiterten Sitzung der Militärkommission im Februar mehrere Vizepremiers und Marschälle sonderbare Reden geführt, was Mao Zedong veranlasste, sie in seine Schwimmhalle im Palastbezirk zu zitieren und wüst zusammenzustauchen. Das war der Beginn der »Februar-Gegenströmung«, in deren Strudel die Armee hineingerissen wurde.

Gerade damals fand aber im Westpeking-Hotel der »Kongress zum 20. Jahrestag der ärztlichen Tätigkeit Li Jingyuans« statt. Diesen Kongress hatten die Logistikabteilung der Armee und das Gesundheitsministerium organisiert. Dann war das Gesundheitsministerium im Linienkampf ausgefallen. Also kam kein nichtmilitärischer Zerebralneurologe. Die Nachricht vom Kongress hatte in der *Armeezeitung* und in der *Volkszeitung* gestanden. Also wartete man in der Musikhochschule begierig darauf, ob Professor Gu in die Hochschule kommen und die eine oder andere kostbare allerhöchste Weisung übermitteln würde. Da wurde der Kongress unvermittelt abgebrochen. Von auswärts nach Peking gekommene Rebellen stürmten das Hotel und das Krankenhaus 301 und ergriffen auswärtige Verfolger kapitalistischer Wege. Beide Einheiten, das Hotel und das Krankenhaus, unterstanden der Logistikabteilung. Die Konferenz war in den Linienkampf hineingezogen worden, darum war die Logistikabteilung bombardiert, Li Jingyuan in die Schussrichtung gestoßen und aus einem Modell für die ganze Armee in einen dreifach schwarzen Schurken verwandelt worden, in einen Verfolger kapitalistischer Wege, eine reaktionäre wissenschaftliche Autorität und Angehöriger einer Agentin. Diese letzte Schurkerei betraf seine Frau. Die Rebellenfraktion im Krankenhaus schlug eine Wandzeitung in der Musikhochschule an, und die Rebellenfraktion der Musikhochschule zog ihre »Agentin« aus ihrem Versteck hervor und brachte sie in die Hochschule. Das »Hervorziehen« verlief allerdings ganz gesittet, sie wurde nur abgesondert überprüft, erhielt kein Schild umgehängt, wurde nicht »bekämpft« und musste auch nicht zur Strafe Treppen fegen oder Abtritte reinigen.

Sie erfasste die Lage, die eigene wie die ihres Mannes: Er war da nur oberflächlich hineingezogen worden und würde nach einer Weile auch wieder herauskommen. Denn sie kannte seine Geschichte ja. 1945 war er nach Yan'an gegangen und hatte sich der KP angeschlossen. Sein Ruf war ausgezeichnet. Er verstand sich nur darauf, Menschen zu heilen, hatte nie jemanden »weggesäubert«, und überdies war er kaiserlicher Leibarzt, ihn wegzusäubern hieße also, »den Speer gegen den geheiligten Körper des Himmelssohnes zu richten«.

Nach zweiwöchiger »Überprüfung« hatte sie das mitgebrachte Medikament für ihre angeborene Herzkrankheit aufgebraucht. Sie bat um Urlaub, um von zu Hause Nachschub zu holen. Die schöne Künste studierenden Rebellen waren nicht gar so kampfeslüstern und gaben ihr einen halben Tag frei.

Zu Hause fand sie niemanden vor. Ohne eine Nachricht zu hinterlassen, waren die beiden Kinder wie ihre Kameraden »zur Aufnahme revolutionärer Beziehungen« in den Süden gefahren. Der General war in den Kuhstall gesperrt worden. Die Professorin wusste nicht, wo sie alle waren, und lief in die Krankenhausdirektion, um sich zu erkundigen. Dort hatten sich die Zeiten gewandelt. Die Rebellenfraktion hatte die Macht übernommen, die alte Leitung war abgetreten. Der Rebellenoberste erkannte sie und rief: »Die Dame des bis in den Tod reuelosen Verfolgers kapitalistischer Wege, des Li Jingyuan Agentenweib beehrt uns, willkommen! Scher ihr zunächst mal Licht und Schatten auf den Kopf!« Sogleich packte sie einer an den Haaren, hob eine Schere und schor ihr schnipp, schnapp, schnipp, schnapp im Handumdrehen den halben Schädel kahl. Der Anführer fragte: »Was willst du denn hier? Dem Li Jingyuan geheime Nachrichten übermitteln?« Darauf antwortete sie, dass sie Nitroglyzerin holen wolle, ihr Medikament. Der Rebell zwinkerte einem anderen zu, der neben ihm stand: »Diese Person gehört nicht zu unserem Krankenhaus. Sie ist herzkrank. Das soll uns nicht angelastet werden! Bring sie hin!« Der Mann warf ihr einen Lederriemen um den Hals, zerrte sie daran vom zweiten Stock bis ins Erdgeschoss und beförderte sie mit einem Tritt vor den Schalter der Apotheke. Als der dahinter das Licht-und-Schatten-Muster sah, knallte er, peng!, den Schalter zu.

Die Professorin lief ohne Nitroglyzerin und mit der Hand auf dem halb kahlen Schädel nach Hause und stellte sich vor den Spiegel. Ein Gespenst sah sie an. Mit einem Mal war sie sich zuwider. Ihr ganzer Körper stank nach Schweiß. Sie hatte sich tagelang nicht gewaschen. Sie legte sich in ein warmes Bad, ihre Spannung löste sich ein wenig. In der Wanne hinterließ sie eine Dreckschicht und schrubbte sie weg, machte alles sauber und wollte sich anziehen. Sie suchte das lange schwarze Kleid, das sie immer bei ihren Auftritten getragen hatte. Doch sie fand es nicht, fand nicht nur das Kleid für die Konzerte nicht, auch ihre Alltagskleidung war weg, im Kleiderschrank waren nur noch ein paar fast farblos gewaschene Uniformen ihres alten Li geblieben und sein Generalsmantel.

Sie suchte sich eine weite Uniform heraus und zog sie an. Plötzlich kam sie sich drollig vor. Sie warf sich den Mantel über, ganz elegant und zwanglos. Sie kämmte sich das Haar über die kahl geschorene Hälfte des Schädels, setzte sich ans Klavier und spielte eine Melodie. Von unten rief jemand: »Es ist nicht gestattet, Schnulzen zu verbreiten!« Sie spielte weiter. Man hämmerte wüst an die Wohnungstür. Sie spielte immer noch, sie musste zu Ende spielen. Als sie zu Ende gespielt hatte, klappte sie den Deckel über die Tasten, stand auf und öffnete das Fenster, wandte sich um, breitete die Arme aus und ließ sich mit dem Gesicht zum Himmel fallen. Sie war zum Himmel geflogen und doch zur Erde gestürzt, aus dem fünften Stock, mit gelassener Miene; die Seele verließ ihre Hülle, der Leib blieb in der Uniform ihres Mannes. Der Generalsmantel verfing sich in einem gespaltenen wilden Pfirsichbaum, ganz von Blüten rosa überpudert war der Baum, und in all das Rosa hatte der Mantel einen unpassenden grünen Strich gezogen, ein Grün öder Traurigkeit.

Das war eine Angelegenheit der Musikhochschule und hatte, hieß es, nichts mit dem Krankenhaus zu tun; doch die Rebellenfraktion des Krankenhauses veranstaltete eine »Versammlung zur Kritik und Bekämpfung« der Toten und holte den Vizedirektor aus dem Kuhstall, um ihn gleich mit zu bekämpfen. Zuvor malten sie ihm das Gesicht mit Tusche schwarz, stülpten ihm eine aus weißem Papier zusammengeklebte, spitze, hohe Tüte auf den Kopf, hängten ihm diesmal aber kein Schild vor die Brust, sondern steckten ihm eine den Kopf überragende Tafel mit der Aufschrift »Am Abgrund« hinten in den eng zugeknöpften Kragen. Er schien ein lebender Irregulärer, Bote des Todesfürsten, der sein Opfer forderte. Als er die Leiche seiner Frau erblickte, warf er sich auf sie und schrie: »Ich gehe mit dir!« Die Versammlung erstarrte, Chaos brach aus, es ging nicht mehr weiter; der Rebellenanführer riss ihn hoch wie eine Bäuerin, die sich ein Huhn schnappt, warf ihm einen Strick um den Hals, fesselte ihm damit die Hände auf den Rücken und zerrte ihn daran hinter sich her, von der Tribüne hinunter und hinaus.

Nach diesem Schlag kehrte der General nie wieder in das Heim der Jahre seines friedlichen Glücks zurück. Aus dem Kuhstall in der Fuxin-Straße wurde er nach Ningxia in eine dortige Siebter-Mai-Kaderschule verlegt und auf den Salzfeldern dort neun Jahre lang umerzogen. Er war beinahe sechzig, als er nach Peking zurückkam. Das Leben verdankte er seinem Fach, der Neurologie. Hätte er es nicht verstanden, seinen Schicksalsschlag rational zu verarbeiten, dann wäre sein Gehirn auch ohne eigentlichen Zusammenbruch verkalkt und erstarrt. Dennoch konnte er die nervliche Anspannung nicht gänzlich bewältigen, es blieb ihm als Folge, was man einen schiefen Hals nennt, er konnte den Kopf ohne Anstrengung nur nach rechts drehen, nach links musste er mit beiden Händen nachhelfen. Das brachte ihm den Beinamen eines »natürlichen Rechtsabweichlers« ein.

Der Rebellenanführer im 301er war Arbeiter der Hausverwaltung gewesen und hatte für seine fünfköpfige Familie ein Bauernhaus in Shijingshan gemietet. Als niemand mehr in der Fünfzimmerwohnung des Vizedirektors war, hatte er sie mit Beschlag belegt und war mit Sack und Pack dort eingezogen. Seine Frau kam vom Land und sah in dem Steinway-Flügel ein gutes Hack- und Nudelrollbrett mit hohen Beinen. Die Sekretärin des Rebellenanführers war eine von auswärts zugezogene junge Krankenschwester, hatte sich ursprünglich mit drei anderen Schwestern in einem Raum des Schwesternheims vom 301er zusammengedrängt und kam jetzt mit in der Vizedirektorenwohnung unter. Verhallt war das Klavierspiel, ersetzt vom nicht enden wollenden Gezänk der beiden Frauen, dem Geschrei und Geheul der Kinder, unterbrochen von Männergebrüll. Vollendet verkörperte diese Wohnung die allerhöchste Weisung: Eine Revolution ist kein Gastmahl, kein Aufsatzschreiben, kein Bildermalen oder Deckchensticken; und vor die Revolution stellte sich die allerhöchst gnädig gewährte Kultur und ergab schlicht die Kulturrevolution der Huren und Banditen mit Geprügel, Raub und Zerstörung.

Als die Viererbande zerschlagen war, wurde der Rebellenoberst als belastet eingestuft und zu »abgesonderter Überprüfung« inhaftiert. Die Sekretärin »grenzte sich ab« und zog schleunigst aus. Die Frau vom Lande aber jammerte den ganzen Tag und rief heulend den Geist des Erhabenen Führers an.

Der »natürliche Rechtsabweichler« wurde rehabilitiert, kam aus Ningxia zurück und zog in ein Krankenzimmer der Gehirnchirurgie. Unser Stiefopa hörte das, besuchte ihn und erfuhr, dass ihm der Schädel aufgebohrt werden sollte, um irgendein Nervenstimulationsgerät einzuführen, und überzeugte ihn, es stattdessen erst einmal mit Akupunktur zu versuchen. Der General hatte von der traditionellen chinesischen Medizin nie viel gehalten, doch Doktor Shi war schließlich ein berühmter Militärarzt, und auf ein paar Tage kam es auch nicht an. Also stimmte er zu. Nur, wo sollte er hin, wenn er das Krankenhaus verließ? Das Krankenhaus hatte die Frau des Rebellenhäuptlings längst gedrängt, in ihre Baracke zurückzuziehen, aber die wollte nicht allein zurück und wich nicht. »Eine alleinstehende Frau, nun ja«, meinte der General, als er das erfuhr, »lasst sie, wartet, bis der Mann rauskommt, dann sehn wir weiter.« Und so lud Doktor Shi den Leidensgenossen ein, zu ihm zu ziehen, das war auch für die Behandlung bequemer. So wurde die Freundschaft der beiden alten Kameraden noch enger.

Der Mensch denkt, Gott lenkt. In seinem großen Elend war der General doch nicht umgekommen, er fand allmählich wieder ins normale Gleis, seine Krankheit gab sich, er erhielt seine alte Stellung zurück, und als sein Vorgesetzter starb, steig er zum Direktor des Krankenhauses auf und erhielt eine der von der Logistikabteilung in Xiangshan neu gebauten Wohnungen. Der Flügel sollte nun zu seinem alten Eigentümer zurück, der General beauftragte einige Arbeiter des Klaviergeschäfts in der Xisi-Straße mit dem Transport. Doch oh Himmel! Auf der Klappe über den Tasten stand eine große Reihe von Krügen, und über den großen hinteren Deckel des Flügels war Teig ausgerollt, übersät von kleinen schwarzen Punkten, als wäre er gepfeffert; das waren aber Fliegen. Erregt vertrat ihnen die Frau vom Land an der Wohnungstür den Weg: »Ihr wollt unsre große Kommode fortschaffen, ja, wo sollen wir denn die Nudeln rollen und das Gemüse hacken? Wollt ihr ehrlich die Leute verhungern lassen?«

Die Klavierträger amüsierten sich. »Wer lässt dich denn verhungern?«, fragte der Anführer zurück. »In der *Gesamtheit Versammelter Tugend*, im *Peking-Hotel*, überall kannst du essen, was dein Herz begehrt. Aber die Sachen müssen zurück zum Eigentümer! Das haltet ihr für ein großes Hackbrett? Ihr habt den Leuten ihr Klavier dermaßen zugerichtet, ihr könnt froh sein, wenn die von euch keinen Schadenersatz verlangen. Weißt du überhaupt, was so ein Klavier kostet? Achttausend! Schauen wir mal, bist du achttausend wert?«

Die Frau biss sich auf die Lippen, verdrehte die Augen. »Ihr habt die gleichen Hosen an wie die auf dem Weg der Kapitalisten! Trampelt auf den revolutionären Massen herum!«, presste sie nach geraumer Zeit hervor und brach in wildes Geheule aus.

Auch der Anführer der Träger hatte in all den Kampagnen zu leiden gehabt und mit solchen Leuten wenig Mitgefühl. Diese Frau fand er vollends unerträglich. »Zehn Jahre auf dem Ostufer, zehn Jahre auf dem Westufer, und jetzt ist die Welt auf dem Weg der Kapitalisten!«, spottete er. »Wenn du so hoch hinauswillst, hock dich doch zur Viererbande ins Loch!«

Ein paar Mann schmissen Krüge und Dosen auf den Boden, zack, zack, war alles sauber runter vom Klavier. »Da ist noch alles Mögliche drin, nehmt ihr das einfach so mit«, klagte die Frau, »kennt ihr nicht die Regeln der revolutionären Disziplin?«

»Und ob wir die kennen!«, höhnte ein junger Träger. »Zuerst mal rückt ihr den Eigentümern raus, was ihr ihnen weggenommen habt. Dann macht ihr die Bude frei. Geht einfach zur Tür raus. Und dampft alle ab Richtung Heimat!«

Von Blessuren übersät kehrte das Klavier zurück, und von da an gab es in der Familie keinen Frieden mehr. Einen Sohn und eine Tochter hatten der Vizedirektor und seine Frau großgezogen. Beide waren sie älter als meine Mutter, beide verheiratet, hatten Kinder und wohnten beim Vater. Kommunistische Wohnung, kommunistische Verpflegung, jeder nahm nach seinen Bedürfnissen und zahlte keinen

Fen. Nur das Klavier war Nachlass der alten Dame und ließ sich nicht so einfach vergesellschaften. Die Tochter wollte es für sich, der Sohn wollte es verkaufen und das Geld teilen, der Erbstreit der zwei Kleinfamilien in dieser Großfamilie wurde immer wüster, sie hätten das Klavier bald zersägt.

Stiefopa hatte mit seinen Kindern ähnlichen Kummer gehabt wie jetzt der Vizedirektor, die beiden Freunde teilten auch dieses Leid, trösteten sich, so gut es ging, über ihre unsichtbaren Wunden, und als der Stiefopa dem Vizedirektor erzählte, dass meine Mutter für uns ein Klavier kaufen wollte, sagte der sofort, seines könne sie haben.

Der Vizedirektor wohnte in Xiangshan, ebenfalls ein Quartier der Logistikabteilung für Kader im Ruhestand. Aber in der Armee werden die Ränge genau unterschieden. In Xiangshan sah es anders aus als in der Jadequellen-Straße, jede Familie hatte ein eigenes zweistöckiges Haus, nur zwei besaßen einstöckige Bungalows mit Innenhof. In jenen Jahren redete sonst noch keiner von dieser oder jener Art von Villa oder Stadthaus. Es war schon viel, wenn man eine eigene Wohnung mit Betonboden ergatterte. Neue Wohngebäude in Peking, im Stadtkern wie in den Außenbezirken, hatten alle die Form von Streichholzschachteln. Sie waren allenfalls verschieden hoch. Erst wenn man bis zum General aufgestiegen war, gewann dic Behausung Individualität. Der Generalmajor Vizedirektor wohnte, wie meine Mutter erzählte, in einem Viereck niedriger Gebäude mit gut zehn Räumen, um einen kleinen Innenhof herum, das Ganze wiederum umschlossen von einem weiten Ring von Einzelhäusern. Im Innenhof und außen um die Gebäude herum blühten die Rosen, man hielt Katzen und Hunde, und am Eingang stand ein Soldat Wache.

4 KLAVIERKAUF

Damit meine Mutter sich das Klavier ansehen konnte, nahm Stiefopa sie mit nach Xiangshan. Doch wie sie vor diesem dreieckigen deutschen Steinway-Riesen stand, da wusste sie sofort: Der überstieg ihre Mittel bei Weitem. Sie sah des Generals Perserkatze an und nieste,

nieste, nieste, aber sie brachte es nicht fertig, einfach wieder zu gehen. Der General war sehr höflich, hob die Klappe von den Tasten und lud sie ein, sich an den Flügel zu setzen und zu versuchen, wie das Instrument sich anhörte. Sie war ja nun mal hergekommen, da konnte sie es auch spielen. Sie ließ die Finger über die Tasten gleiten; und obwohl der Flügel seit Jahren nicht mehr gestimmt worden war, hatte er dennoch seinen ganz besonderen, einen völlig anderen Klang als die Xinghai- und die Zhujiang-Klaviere, die sie bis dahin ausprobiert hatte. Sie tat, als wollte sie ihn tatsächlich kaufen, nur um nach dem Preis fragen und diesen dann Oma unter die Nase reiben zu können. »Wir zwei alten Kumpel«, sagte der General, »wir wursteln uns seit Jahrzehnten zusammen durchs Leben, wer will da was von wem? Wenn dir das Herz wirklich nach diesem Klavier steht, na dann gib mir achthundert dafür.« Meine Mutter traute ihren Ohren nicht; ob der General das ernst meine? Derart billig? Als der General das bestätigte, wäre sie fast in die Luft gesprungen vor Freude, zog ihr Portemonnaie hervor und gab ihm das Geld. Der Vater meines Mitschülers Chen Sidong hatte damals gerade mit Lastwagentransporten begonnen, meine Mutter schickte mich also zu Sidong, ob sein Papa den Transport eines Klaviers übernehmen könne? Der sagte nicht nur mit Freude zu, er fand auch noch drei kräftige Helfer, mit ihm und meinem Vater rückten sie also zu fünft in Xiangshan an, um den Steinway zu holen. Meine Mutter hatte drei Bettlaken vorbereitet, mein Vater zwei Tragestangen und dazu vier Trägergurte. Aber vor Ort ergab sich ein Problem: Der Flügel war zu groß, er ging nicht durch die Tür! »Verehrter Herr«, fragte meine Mutter den General, »wie ist der Flügel denn ins Haus gekommen?« Der General überlegte und erinnerte sich: Die Leute vom Klaviergeschäft hatten damals zuerst die Füße abgeschraubt, dann den Corpus gut verpackt und verschnürt, auf eine Schmalseite gestellt, mit einer oben durch die Gurte geschobenen Tragestange hochgehoben und davongetragen. Das sei wohl auch der einzige Weg, meinte mein Vater; also machten sich die fünf an die Arbeit, nahmen den Flügel, so weit es ging, auseinander, wickelten ihn ein, verschnürten ihn und hievten ihn auf den Laster.

Kaum aber war das Instrument durch die Tür, erzählte meine Mutter später, da brach der General in Tränen aus. Seine tote Gefährtin hatte den Flügel mit in die Ehe gebracht, fünfzig Jahre war er in der Familie gewesen. In der Kulturrevolution war die Wohnung besetzt und ratzekahl alles herausgeholt worden, sogar den Boden hatten sie aufgerissen, um verborgene Schätze zu finden. Nur der Flügel war geblieben, die Rotgardisten hatten ihn nicht von der Stelle gebracht, sie hatten ihn zerschlagen wollen, aber seine Frau hatte sich draufgesetzt, um mit ihm unterzugehen. Der Flügel blieb, die Gefährtin aber war gegangen. Und dann war alles weg, die Wohnung, der Flügel, alles, bis er den Flügel zurückbekommen hatte; und der schien dem alten Herrn gleich dem über und über mit Wunden bedeckten Körper seiner Frau, über den seine alten Tränen geflossen waren. Also ließ er einen Meister aus einer Werkstatt für Vergoldungs- und Einlegearbeiten für viel Geld das Instrument im alten Glanze wiederherstellen – als wäre die Jadefee jener Jahre zu ihm zurückgekehrt. Tag für Tag hatte er die letzten Jahre den Schatten seiner Frau im schwarzen Lack des Flügels flimmern sehn.

Meine Mutter rührte zutiefst, wie schwer ihm der Abschied fiel. »Verehrter Herr«, sagte sie voller Mitleid, »wenn es Sie so hart ankommt, lassen wir das Klavier doch hier, Sie hängen doch gar zu sehr daran!« Der alte Mann schniefte wild, schluchzte wieder und wieder auf, atmete tief durch, stieß ein »Ach!« aus und brachte schließlich hervor: »Was soll ich's denn hier behalten? Wenn ich's behalte, ist der Schmerz nur noch größer, bringt es fort, fort! Ich seh' doch, du bist auch ein guter Mensch, wenn es zu dir kommt, dann sorg mir immer gut für dies Klavier!« Er redete und schniefte, schniefte und redete.

Und als der Laster startete, da kam der General noch mal zur Tür herausgerannt. Er hatte den Klavierschemel unter den Arm geklemmt, als ob er ein Baby säugen wollte. Meine Mutter sprang eilends vom Wagen und nahm ihm den Schemel aus den zitternden Händen. Er ließ die Arme sinken. Seine Tränen tropften auf den Schemel. Es sah aus, als ob sich zwei feuchte Blüten darauf öffneten.

Ich staunte, als bei uns der Flügel durch die Tür geschafft und wieder ordentlich aufgestellt wurde. Mir kamen Zweifel, ob die Eltern das Ding nicht aus dem Palastmuseum gestohlen hatten. So ein riesiges Kunstwerk, wohl bald einen Meter hoch! Über die Hälfte des Raums nahm es ein! Nie zuvor hatte ich ein Klavier mit fünf Beinen gesehen. Dieses aber hatte vorne zwei Beine, hinten eines und in der Mitte nochmals zwei. Resonanzboden und Beine bestanden nicht aus geraden Hölzern. Die Beine bogen sich ganz sanft zum Boden hin, unten waren kleine runde Messingklumpen hineingesteckt, auf denen sie rollen konnten. Meine Mutter sagte, diese Füße sollten die Klauen goldener Löwen darstellen.

Auch Oma kam angelaufen, und als sie den Flügel sah, grinste sie breit wie ein Honigkuchenpferd. Warum Stiefopa nicht mitgekommen sei, fragte die Mutter. »Ach, dem liegt doch nicht so viel an Shi Zhu und Shi Sun«, sagte Oma, »er hat ja auch das Klavier nicht bezahlt.« Die alte Dame hatte also nachsehen wollen, ob sich ihre achthundert auch gelohnt hatten!

Blicke ich zurück, so muss ich gestehen, dass Oma ja so einiges durchgemacht hatte, so manches gesehen, nicht nur in ihrem Heim in der Junjichu, auch schon als Kind bei ihren Eltern in der Donghuangchengger, der westlich der Wangfujing nächsten nordsüdlich verlaufenden Straße. In der Junjichu hatte sie ein schönes Haus gehabt, doch nichts dort war echt. Im Grunde war sie da nur das Sahnehäubchen edler Bildung auf einem Kommisskopf. Dabei waren ihre Ahnen dem Drachen ins Reich gefolgt, ihre Familie war wirklich von kaiserlicher Herkunft, hatte, wenngleich im Laufe der Generationen heruntergekommen, doch ihren Charakter bewahrt, und der hatte von klein auf auch unsere Oma geprägt.

So war sie hier und jetzt nicht die schlechteste Sachverständige. Sie begutachtete das Aussehen des Instruments genau und befand, alles daran sei Kunst und habe seinen tieferen Grund. Die beiden geschwungenen hölzernen Hebel der Pedale nannte sie Fledermausflügel. Über die Holzteile, welche die Klavierbeine mit dem Resonanzboden verbanden, schwangen sich elegant eingelegte Kurven, die sich gelassen bogen und wanden; meine Oma sagte, die hießen »Blüten sich windender Zweige«. Und die Kurven auf den beiden vorderen Seiten des Flügels hießen »wunschgemäße Wolken«. Die feinen kreisenden Rillenmuster auf der Vorderseite, das seien silbern eingelegte Akanthusblätter, wie sie zuerst unter der Regierung des alten Qianlong im 18. Jahrhundert ins Land gekommen seien, auf Tributgaben der Perser, die bei Hofe Gefallen fanden; da habe man sie nachbilden lassen. So ein Muster aus eingelegten Silberfäden herzustellen sei mühselige Feinarbeit; es werde zunächst ins Holz gekerbt, dann lege man tief in die Kerben dünne Silberfäden ein. Die blass weiß leuchtenden Blumenmuster seien Perlmutteinlegearbeiten, für die Blüten lege man Muschelschalen in vorher eingekerbte Rillen und schleife das Bild dann glatt. Im Haus ihrer Eltern an der Donghuangchengger, erzählte Oma dann, seien alle Schränke und Wandschirme mit Perlmutteinlegearbeiten verziert gewesen. Kein Wunder, dass dieses Klavier ihr so vertraut erschien! Bambushalme, Orchideen-, Chrysanthemen-, Pflaumenblüten und Glücksvögel verzierten als Perlmutteinlagen auch die senkrechte Stirnseite des Flügels und die Tastenklappe; den Rahmen des Notenständers bildete ein Schnitzwerk, ebenfalls in Gestalt von Blüten sich windender Zweige; sie umgaben eine Platte aus dem Holz der Huangshan-Kiefer, aus der Kiefernnadeln aus eingelegten Silberfäden hervortraten. Und der große Deckel des Flügels trug das bis ins letzte Detail als große Perlmutteinlage fein ausgearbeitete Bild einer Vogelschar, die den Morgenphoenix grüßt.

Die Herkunft des Instruments ging allein aus einer schwarz-roten rechteckigen Steinplatte auf der Stirnseite des Instruments hervor; das sei wohl norwegischer Granit, sagte die Oma, die berühmte »Aurora«. Ich sah genauer hin, wahrhaftig glühte im schwarzen Stein die feuerrote Maserung wie Morgenröte, die durch das Dunkel brach. Und in goldenen Buchstaben stand in der Mitte der Platte: Steinway & Sons.

Besonders hübsch war der Klavierschemel anzusehen. Eine Perlmutteinlage auf der Sitzfläche stellte fünf süße, fette, kleine Bübchen dar, und die nach außen gebogenen Schemelbeine standen ebenfalls auf Goldlöwenkrallen. Kein Wunder, dass dem alten General, als er den Schemel im Arm hielt, die Tränen kamen.

Meine Mutter öffnete vorsichtig die Tastenklappe, die vor der Stirnseite aufrecht stehen blieb, um die »Aurora« mit dem goldenen Firmennamen zu verdecken, und die auf ihrer Innenseite zwei in Perlmutt eingelegte Orchideenblüten zeigte. Mutter seufzte bewundernd, wie sorgfältig man innen wie außen alles bis ins letzte Detail ausgearbeitet hatte!

Na ja, sorgfältige Arbeit war das, ja, aber doch alles nur äußerer Schein. Die Tasten waren wirklich nicht so berühmt, alle aus Plastik, vergilbt und noch schwarze dazwischen. »Aus Plastik sind die nicht«, sagte meine Mutter. »Das gab es damals noch gar nicht. Die sind aus Kamelknochen!«

»Beides falsch«, sagte Oma. »Die weißen Tasten sind aus Elfenbein.«

Wir mochten das nicht glauben. »Wie viel Elfenbein braucht man denn für so viel weiße Tasten?«, zweifelte mein Vater. »Achthundert haben wir gezahlt, war das nicht ein bisschen wenig?«

Bezahlt hatte ja letztlich unsere Oma, und dass man die Gutmütigkeit des Verkäufers ausgenutzt haben könnte, gefiel der alten Dame gar nicht. »Für Klaviertasten nimmt man Elfenbeinabfall, das ist weiter nicht viel wert. Aber die schwarzen Tasten, das ist wohl was anderes«, sie bückte sich darüber und roch daran, ganz die Sachverständige. »Das dürfte schwarzes Sandelholz sein!«

Ich wusste nur, dass purpurnes Sandelholz sehr wertvoll war, aber von schwarzem hörte ich zum ersten Mal. Oma erläuterte: »Purpursandel, Palisander, Schwarzsandel, das sind alles Hölzer für Kaiser und Könige. Aber der Palisander und der Purpursandel oder Narrabaum, die kann man mit kaiserlichen Nebenfrauen vergleichen. Schwarzsandel, das Ebenholz, das ist ihre Majestät die Kaiserin höchstselbst, das ist eine ganz andere Liga! Erstens kommt davon wenig auf den Markt, zweitens sind neun von zehn Stämmen hohl, das gibt dann noch weniger Holz. Aber es ist nicht nur deshalb teuer, weil es so selten ist. Noch mehr fällt seine extreme Dichte, fällt seine Härte ins Gewicht. Es ändert seine Form in tausend Jahren nicht, und verfaulen kann es schon gar nicht. Wenn hier der ganze Hof niederbrennt, könnt ihr diese Tasten aus der Asche fischen, sie werden unversehrt sein. Es hat den rechten Geist, meidet alles Krumme und Verdrehte, da dringt kein Gift ein, deshalb heißt Ebenholz auch heiliges Sandelholz« – sie pries es in den höchsten Tönen, versäumte aber nicht, im letzten Satz noch einzuschränken –, »nur ist das ja bloß dünne Beschichtung von einigen wenigen Tasten, da reichen Splitter völlig.« Diese Art meiner Oma, immer herausstellen zu müssen, was für Vorteile sie angeblich herausgeschlagen hatte, war schon recht nervig.

Mutter wusch sich die Hände und trocknete sie ab, hielt sie sich vor den Mund, streichelte sie und blies einige Male hinein, als wollte sie Flöte spielen; dann wollte sie sich auf den Klavierschemel setzen. »Noch nie Schweinefleisch auf dem Teller gehabt, kein Schwein auch nur vorbeilaufen sehen?«, fragte die Oma. »Zuerst muss der Kasten auf!«, und wollte den Deckel des Flügels öffnen. Mein Vater sprang herbei, hob ihn hoch und stützte ihn ab. Ich rückte hinzu und schaute hinein: Oh! Das war da drinnen ja wie ein kleiner Palast, lauter goldene Klumpen und Drähte, es funkelte und glitzerte, die Augen gingen mir über. »Ist das Klavier aus Hartholz?«, fragte mein Vater.

Diese Frage kam Oma wie gerufen. »Harthölzer gibt's wie Sand am Meer, da kannst du Eiche nehmen, Mahagoni, Mandschu-Birke, Zelkove, Xylosma, Esche, chinesischen Buchsbaum, aber verglichen mit Sandelholz ist das alles nichts wert.«

»Du willst also sagen«, fragte meine Mutter, »das Klavier ist aus Sandelholz?« Man konnte heraushören, auch sie hatte nun den Verdacht, den Verkäufer übervorteilt zu haben.

Oma streckte den Kopf vor und sah sich den Flügel noch genauer an, fasste sogar hinein und tastete darin herum, dann befand sie: »Das ist Hühnerflügel und sollte nicht so dick gelackt sein. Viel Puder macht kein Mädchen schöner.«

Hühnerflügel? Mädchen mit viel Puder? Ich schwamm im Nebel und verstand nur noch Bahnhof.

Meiner Mutter aber reichte es nun, sie setzte sich hin und fing an zu spielen, Tonleitern perlten, wie in einem Bergtal Wasser aus klarer Quelle über die Steine springt, ich höre heute noch, wie wunderbar das klang. Sie spielte das *Lied vom Liuyang-Fluss*, es ist einfach nicht zu sagen, wie schön das war. Hoch aufleuchtend, wie meine Schwester, dann tief und ruhig, ein wenig wie mein Vater; nicht hoch noch tief, höflich und taktvoll, fein und genau, ganz wie meine Mutter – wir stimmten alle mit ein, sangen das Lied bis zum Ende, dann sang einer nach dem anderen, dann sangen die Eltern zusammen, zweistimmig; und sogar Oma folgte den Windungen des Flusses. Es singt sich mit Begleitung doch ganz anders, so als hätte man sich fein angezogen, glücklich und selbstvergessen sang die ganze Familie, sang und sang und sang und sang und vergaß das Mittagessen.

Aber dann lief mein Vater, um die Ankunft des Steinway zu feiern und der Oma für ihre Hilfe zu danken, zur *Mensa zum langen Marsch* hinter unserem Haus, bestellte eine Peking-Ente und brachte die dünnen Pfannkuchen und die süße Nudelsoße dazu gleich mit nach Hause; und die Mutter hieß mich noch zum Renhe-Wirtshaus springen und ein Viertel Fünfkornwasser holen, für ganze achtzehn Yuan! Aber das Ereignis war es wert.

Als meine Oma schließlich aufbrach, legte sie Mutter noch ans Herz, draußen nicht herumzuerzählen, dass wir dies Klavier gekauft hatten; und sie müsse für einen guten Lehrer sorgen, nicht etwa selber uns blind drauflosunterrichten!

Meine Mutter war durchaus nicht beleidigt. »Von mir lernen die Kinder doch nichts Rechtes«, sagte sie, »ich hätte Angst, ich verderb ihnen noch die Finger mit meinem Unterricht.«

5 LEHRERSUCHE

Unsere Mutter traute sich nicht, uns zu unterrichten, brachte uns aber die Noten bei. »Die fünf Notenlinien gleichen einer Leiter. Steigt ihr die Leiter hinauf, dann kommt ihr in die Höhe, steigt ihr hinab, dann kommt ihr in die Tiefe. Fügt ihr unter der untersten Linie noch eine Stufe, einen Strich hinzu, dann steht darauf in C-Dur das Do. Auf der untersten Linie steht das Mi. Zwei Linien höher steht das Sol, dann kommen immer weiter nach oben das La, das Si und wieder ein Do. Rauf und runter, das scheint schwer, wenn man's übt, bald gar nicht mehr!« Sie sang uns die Tonleiter vor. Als ich die Noten auf den fünf Linien spielen konnte, sah ich gar nicht mehr auf die sogenannte einfache Notierung mit Zahlen. Die Noten auf den Linien waren so klar und einfach, was sollten mir da in einfacher Notierung die arabischen Zahlen von eins bis sieben oder gar für C, D, E, G und A nach uralter Tradition die Schriftzeichen für Palast, Händler, Ecke, Einberufung und Federn?

Mutter hatte sich unterdessen überall nach Klavierlehrern umgehört. Zhu, die Direktorin ihrer Grundschule, kannte um fünf Ecken einen Professor der Pädagogischen Hochschule, der auch im Jugendpalast auf dem Kohleberg, dem Jingshan-Park nördlich des Kaiserpalastes, im Stadtzentrum Klavier unterrichtete. Also bat Mutter die Direktorin um Vermittlung – ob sie nicht für sie einen Termin bei diesem Professor vereinbaren könne? Direktorin Zhu war ein sehr hilfsbereiter Mensch, wandte sich an diesen Professor namens Lin, und der sagte, er komme jeden Dienstag, Donnerstag und Samstag abends zum Unterricht auf den Kohleberg, und dann könne meine Mutter mit ihm sprechen. Der Jugendpalast war bekannt als Wiege junger Talente – auch der berühmte Tischtennisspieler Zhuang Zedong war aus dem Jugendpalast hervorgegangen –, und meine Mutter litt nicht an Selbstüberschätzung, wollte uns deshalb nicht gleich mitnehmen, sondern erst mal vorfühlen, sozusagen eine Beziehung aufbauen. Zu diesem Termin kam sie also von der Arbeit nicht erst nach Hause, sondern fuhr mit dem Fahrrad direkt zum Kohleberg.

Und blieb ewig aus! Es wurde dunkel, das Essen wurde kalt, wieder aufgewärmt, wieder kalt, schließlich ging Vater zusammen mit uns der Mutter bis Huangzhuang entgegen; wir warteten und warteten, schauten nach rechts, schauten nach links. Aber sie kam nicht. Immer weniger Leute waren auf der Straße. Vater hieß uns heimgehen und essen, aber meine Schwester ging nicht zurück und ich auch nicht, wir liefen mit ihm weiter. Die Straßenlaternen zogen unsere Schatten in die Länge wie drei Gespenster, die uns begleiteten, mir schauderte. Als ich Jahre später Lu Xuns Geschichte von den lebenden Todesboten las, die einfarbig und groß unter den bunten Gespenstern stehen wie Kraniche in einer Hühnerschar, da sah ich wieder die drei langen Schatten auf der Xiyi-Allee vor mir.

Wir liefen die Strecke der Buslinie 332 entlang nach Süden, Haltestelle um Haltestelle – Gymnasium der Volksuniversität, Volksuniversität, Freundschaftshotel, Industriehochschule; kurz vor Weigongcun überholte uns ein Bus und blieb an der Haltestelle stehen. Als wir ihn erreichten, öffneten sich die Türen, niemand stieg aus. Der Fahrer hatte auf uns gewartet. Mein Vater bedankte sich hastig, sagte, wir wollten nicht mitfahren. Das sei der letzte Bus, sagte der Fahrer, dann halte keiner mehr. Vater bedankte sich nochmals und sagte, wir gingen jemandem entgegen und er solle ruhig heimfahren, schönsten Dank!

Der Bus fuhr ab, wir blieben an der Haltestelle stehen. Ich hatte auf einmal das Gefühl, niemals mehr nach Hause zu kommen.

Die Familie meines Vaters stammte aus der Provinz Hunan. Seine Eltern waren in Weigongcun auf dem Hunan-Friedhof begraben worden. Das war eine traurige und ganz und gar sinnlose Geschichte; die beiden alten Herrschaften hatten das Jahrzehnt des Terrors der Kulturrevolution heil überstanden, nur um dann beide am Vollmond nach Frühlingsanfang umzukommen, beim Laternenfest im Beihai-Park. Da herrschte ein fürchterliches Gedränge, wie in einem Topf voller fleischgefüllter Tortellini, und als das Fest vorüber war, drängte alles zum Ausgang, eine wahre Sturzflut von Menschen, der die ganz vorne nicht mehr ausweichen konnten; einige wurden zu Tode getrampelt, auch meine Großeltern. Das war ein Unfall, wirklich! Denn das Personal im Beihai-Park, das waren lauter gute Menschen, die taten, was sie konnten, da kann man nichts sagen, die Verletzten wurden schleunigst ins Krankenhaus gebracht, wo sie drei Stunden herumlagen, ohne einen Arzt zu Gesicht zu bekommen, warteten, bis sie tot waren. Welches Krankenhaus das war? Ach, lassen wir das, ist ja über zwanzig Jahre her, ich hab's vergessen.

»Nicht im gleichen Jahr, nicht im gleichen Monat, nicht am gleichen Tag geboren, wollen wir doch am gleichen Tag des gleichen Monats im gleichen Jahre sterben«, das hatten sie sich gewünscht, und das Schicksal hatte es auch so gefügt, Hand in Hand waren sie am Laternenfest gestorben und zusammen verbrannt und in Weigongcun begraben worden.

Zu Tode getrampelt, ein Riesenskandal! Die Angehörigen taten sich zusammen, weigerten sich einen Monat lang und länger, die Leichen zu übernehmen, und beschwerten sich bis hinauf zum Zentralkomitee der Partei und zum Staatsrat. Mein Vater erhielt die Begräbniskosten rückerstattet, weiß der Himmel, von wem – Park? Krankenhaus? Regierung? ZK? Jedenfalls kamen Großvater und Großmutter ganz ordentlich und mit Fug und Recht auf den Hunan-Friedhof von Weigongcun.

Unter den Totgetrampelten war jedoch auch ein Kader auf der Ebene eines Abteilungsleiters. Seine Angehörigen führten ihren Kampf mit der größten Ausdauer, vom 15. Januar bis zum 15. Juli –

Begräbniskosten, Trostgeld, Wohnung, Stellen für die Kinder, alles war schließlich geregelt, nur noch eine Forderung war übrig und machte dem Zentralkomitee die größten Kopfschmerzen: Die Angehörigen verlangten die Anerkennung des Toten als Märtyrer der Revolution! Das ZK erklärte, die Tatsache des Martyriums liege nicht vor. Schließlich einigte man sich irgendwie, und der Abteilungsleiter fand nach einem halben Jahr im Kühlfach erst mal seine Ruhe unter der Erde. Dachte man.

Hätten wir nicht an der Straße auf Mutter gewartet, dann wäre Vater mit uns nach Weigongcun hineingelaufen, dorthin, wo der Hunan-Friedhof gewesen war. Der war gleich zu Anfang der Kulturrevolution verwüstet worden, erzählte der Vater, und zwar von Studenten des asiatisch-afrikanischen Zweigs der Fremdsprachenhochschule. Diese Hochschule lag hinter dem Friedhof, und bis dahin hatten sich die Lebenden durchaus mit den Toten vertragen, ständig war zwischen den Gräbern das Gemurmel eifriger Studenten, die ihre Vokabeln lernten, zu hören gewesen, und nie hatten die unterirdischen Herren des Orts dagegen etwas einzuwenden gehabt. Das Unheil kam aus einem Leitartikel der *Volkszeitung*, der alle Ochsenteufel und Schlangengespenster hinweggefegt haben wollte, und einer Kampftruppe des asiatisch-afrikanischen Zweigs fielen da zuerst die Gespenster des Hunan-Friedhofs ein – wie gedacht, so getan, in der Angst, andere könnten sich da noch vor ihnen Ruhm und Ehre erwerben, schlugen sie sofort zu, fielen mit einer großen Truppe über das Grabmal des großen Malers Qi Baishi her und schlugen es in Stücke. Die solide gebaute Grabkammer widerstand jedoch ihrem Angriff, also rissen sie Gebeine aus anderen Gräbern heraus und versammelten sich zu Kritik und Bekämpfung dieses Haufens weißer Knochen; als sie die fertig kritisiert hatten, trampelten sie auf ihnen herum und kickten sie durch die Luft, bis schließlich überall Knochen verstreut waren, als hätten da wilde Hunde gewütet. Befürchtend, das ZK der Partei könnte womöglich von ihrer Heldentat gar nicht erfahren, versäumten es die ruhmbegierigen jungen Rebellen auch nicht, große Aufrufe »Zur Kritik der feudalen reaktionären gelehrten Autorität, des Ochsenteufels und Schlangengespenstes Qi

Baishi« überall, von der Fremdsprachenhochschule bis zur großen Straße und natürlich auch auf Qi Baishis zertrümmertem Grabmal selbst, anzuschlagen.

Dass Gräber geschändet, gar Leichen ausgepeitscht wurden, das hat es in der Geschichte öfters gegeben, wenn großer Hass anders nicht zu befriedigen war. Doch bei Qi Baishis Grabmal – wer hasste da eigentlich wen? Im Jahr eins der Kulturrevolution wurde auch auf dem Wan-An-Friedhof in Shanghai die Familiengrabstätte der Vizepräsidentin der Volksrepublik, Song Qingling, der Witwe Sun Yatsens, geschändet, man riss die Gebeine ihrer Eltern heraus, die doch zu Lebzeiten keine schurkischen Verbrecher gewesen waren; aber auch von diesen Grabschändern lässt sich nicht behaupten, sie seien wilde Gewalttäter gewesen. So plötzlich war die Kulturrevolution hereingebrochen, die Menschen hatten sich ihr noch nicht anpassen können, mochten sich noch nicht an Lebenden vergreifen und übten sich erst einmal an den Toten, und auf die Weisung des Erhabenen Führers, alle Ochsenteufel und Schlangengespenster hinwegzufegen, begannen sie zunächst mit den Gespenstern. Qi Baishi war jedoch kein Mensch der Fremdsprachenhochschule gewesen und nach seinem Tod auch nicht ihr Gespenst geworden, und dass ihr asiatisch-afrikanischer Zweig, von Qi um Welten entfernt, nun in sein Schicksal eingriff, war denn doch ein gar zu großes Unrecht.

Knapp zwei Jahrzehnte nach alledem wurde der Friedhof Bauland, als letzter Rest war am Rand der großen Straße das Grab Qi Baishis und seiner zweiten Frau geblieben, zum Kulturdenkmal befördert und von zwei neu aufgestellten Grabsteinen bewacht in kühler Trauer; ob die Toten da im Strom der Autos, in Geschrei und Hundegebell noch Ruhe fanden?

Der Bezirk hatte damals meinen Vater aufgefordert, die Asche seiner Eltern umzuziehen. Er wollte sie zuerst in ihre Heimat zurückbringen, in das Familiengrab bei Yueyang. Aber dort trieben sich tollwütige Hunde herum, ein Rudel von vier- oder fünfhundert! Mehrere Kinder hatten sie schon totgebissen, kein Lebender wagte mehr, in diesem Dorf zu bleiben; dort jemanden zu begraben, hieß das nicht, ihn den wahnsinnigen Kötern zu überlassen? Die Eltern also wieder nach Peking holen? Statt auf dem Hunan-Friedhof hätte er sie nun auf dem Babaoshan in einem kleinen Kästchen zu unzähligen anderen ebensolchen Kästchen mit den Aschen von allen vier Winden herbeigewehter unzähliger anderer in einen Raum stopfen dürfen. Nein! Mein Vater überlegte hin und her, stieg endlich auf den Turm in Yueyang und verstreute die Asche über den Dongting-See. Da stieg mit einem Mal ein Schwarm großer Fische auf …

Und endlich kam Mutter doch noch! Nicht aber vom Xizhimen her, sondern von Haidian – wo wir wohnten und von wo wir aus losgezogen waren, um ihr entgegenzugehen – kam sie nun angeradelt und rief dabei immer wieder nach meiner Schwester und mir, rief unsere Namen, wie nach zwei verlorenen Seelen. Denn sie war schon längst nach Hause gekommen, aber nicht über Xizhimen, stattdessen war sie vom Andingmen im Norden auf der Xueyuan-Straße nach Hause geradelt, hatte dort niemanden vorgefunden, war zum Blockkomitee gelaufen, weil sie dort Telefon hatten, hatte die Oma angerufen – da waren wir auch nicht! Dann rief sie Vaters Einheit an, da meldete sich niemand mehr; dann war sie zur Schule gelaufen, da war auch niemand mehr; dann zur Klassenlehrerin meiner Schwester nach Hause, die wusste von nichts; dann wieder nach Hause, da war immer noch niemand; jetzt fürchtete sie, einem von uns sei etwas zugestoßen, rannte ins Krankenhaus von Haidian, zunächst in die Notaufnahme, da suchten sie unsere Namen in allen Abteilungen und fanden sie nicht; fehlte nur noch der Leichenraum. Endlich fiel ihr ein, wir könnten ihr Richtung Xizhimen entgegengegangen sein, sie verließ also das Krankenhaus, zögerte, entschloss sich schließlich, nochmals zu Hause nachzusehen … Und mit all der qualvollen Sucherei hatte sie so viel Zeit vertan, dass es, als sie uns endlich fand, schon Mitternacht war. Sie machte Vater Vorwürfe; der sagte nur: »Wenn die Sache nun geregelt ist, dann ist doch alles gut gelaufen.«

»Geregelt? Was denn?«

»Hast du Herrn Lin denn nicht angetroffen?«

»Doch, aber der unterrichtet nicht Klavier, sondern Hackbrett, Klavier spielen kann der gar nicht.«

»Gibt's im Jugendpalast denn gar keinen Klavierunterricht?«, fragte meine Schwester.

»Doch, aber montags, mittwochs und freitags.«

Meinem Vater tat unsere Mutter leid.

»Da hast du dich ganz umsonst abgemüht, aber das macht nichts! Morgen treten wir in der Ausstellungshalle auf; dann geh ich danach zum Jugendpalast.«

»Ach was, bis ihr fertig seid, haben die längst zu. Heute war's auch nicht umsonst. Im Büro vom Jugendpalast haben sie die Telefonnummer von unsrer Schule notiert, und wenn morgen der Klavierlehrer kommt, dann erkundigen sie sich für mich.«

Die Eltern gingen zu Fuß und unterhielten sich, wir übten Fahrradfahren mit Mutters Rad. Meine Schwester übte, während ich sie von hinten stützte, und ich übte, wobei sie mich von hinten stützte. Wir hatten die breite große Straße für uns allein, beide waren wir nicht groß genug für das Rad, konnten nur stehend fahren; nur gut, dass es ein Damenrad war. Und als wir am Krankenhaus von Haidian vorbei waren, siehe da! Wir konnten beide frei fahren! Nun fuhren wir abwechselnd, einer jeweils ein Stück, winkte den Eltern zu, fuhr wieder zurück, dann kam der andere dran. So lernten wir Fahrrad fahren.

Zu Hause dachte ich nicht mehr ans Essen, fiel aufs Bett, drückte meinen Kopf ins Kissen und war weg. Im Traum fuhr ich Rad, bekam Wadenkrämpfe und wachte davon immer wieder auf. Am nächsten Tag in der Schule sank mir ein ums andere Mal der schwere Kopf auf den Tisch, wie einem Küken, das Körner aufpicken will, ich schrak auf und döste wieder ein. Erst am Spätnachmittag kam ich einigermaßen zu mir und zog mit der Schwester los, Fahrradfahren üben, durch Haidian, bis zum Yuanming-Park.

Am nächsten Tag kam meine Mutter glücklich lächelnd von der Arbeit nach Hause: Der Klavierlehrer vom Jugendpalast hatte in der Schule angerufen, er wollte uns zwei Kinder sehen. Mutter befürchtete, wir würden den Ansprüchen vielleicht noch nicht genügen – aber schöbe sie den Termin jetzt hinaus, verlöre man dort vielleicht das Interesse –, also hatte sie um Aufschub gebeten, weil ich krank sei; ob wir eine Woche später kommen könnten? Der Lehrer war sehr verständnisvoll gewesen, natürlich, hatte er gesagt, wir könnten nächste Woche Montag, Mittwoch oder Freitag kommen, abends zwischen sechs und acht, wir sollten nur nach Lehrer Zhang fragen. Mutter hatte sich noch erkundigt, ob es das Zhang 张 mit dem Flitzebogen 弓 im Schriftzeichen sei oder das Zhang 章 mit dem Stehen 立 – es war das mit dem Bogen; und wir kämen pünktlich am Freitag!

Somit hatten wir noch acht Tage, und Mutter gab Weisung: »In diesen acht Tagen kümmert ihr euch nur darum, sobald ihr aus der Schule kommt, wird geübt! Reserve hat Ruhe, die Truppe nicht! Wer nicht gerade Hausaufgaben macht, übt Klavier und umgekehrt! Lasst den Flügel nicht müßiggehen!« Und sie schnitt lange Pappstreifen aus, klebte sie zusammen und malte die schwarzen und weißen Tasten drauf, eine stumme Tastatur, auf der man auch die Finger üben konnte. Schließlich war sie Musiklehrerin. Sie ließ uns nur Tonfolgen üben, wieder und wieder wiederholen. Nachdem wir zwei Tage lang Tonfolgen geübt hatten, sollten wir Lieder mehrstimmig spielen, ich das *Tor des Himmlischen Friedens* und meine Schwester das *Lied vom Liuyang-Fluss*. Das war die schwerste Aufgabe, die ich seit meiner Geburt zu bewältigen hatte. Die beiden Hände sollten gleichzeitig jede was anderes tun. Mein eines Gehirn schaffte es nicht, sie beide zu lenken, es konnte auf die linke Hand achten, aber dann nicht auf die rechte, oder auf die rechte, aber dann nicht auf die linke; ich ärgerte mich ernstlich, dass meine Mutter mich nicht mit der Axt in zwei Hälften spalten konnte!

Die ganzen acht Tage taten wir nichts anderes, die Mutter stand neben dem Klavier, sorgte für Essen und Trinken und gab uns Weisungen. Wenn wir falsch spielten, wurde sie auch nicht böse wie früher manchmal, sie lenkte uns geduldig die Hände, einmal, zweimal, dreißigmal, fünfzigmal, bis wir es richtig machten.

Meine Schwester übte aus Begeisterung und ich, weil ich Mutter keine Schande machen wollte. Ich zwang mich, auch allein für mich zu üben, abends im Liegen übte ich mit den Fingern auf der Brust, ich übte und übte und begeisterte mich schließlich ebenfalls; und am Donnerstag bekam ich das *Tor des Himmlischen Friedens* tatsächlich hin!

Diese Fingerübungstage waren für mein späteres Leben von großer Bedeutung. Ein so fähiger Mann wie mein Schulfreund Chen Sidong kann nicht zweierlei auf einmal tun, seine Erfolge beruhen auf äußerster Konzentration auf eine Aufgabe, er schaut dabei nicht nach rechts, nicht nach links. Ich aber kann tatsächlich drei Dinge gleichzeitig erledigen, zum Beispiel Musik hören und dabei telefonieren, während meine Hände Klavier spielen, ohne dass diese drei Dinge etwas miteinander zu tun hätten. Das ist keine Sonderbegabung, diese Fähigkeit – oder sollte man sagen, diesen Fehler? – besitzt jeder, wenn er ein paar Tage lang Klavierspielen geübt hat.

Dann kam der Freitag. Wir warteten, bis Mutter von der Arbeit kam, aßen hastig noch eine Kleinigkeit und machten uns dann mit ihr auf den Weg. Der Jugendpalast war weit weg, wir mussten mehrmals umsteigen. Ich war schon sieben Jahre alt und doch noch nie mit dem Bus in die Stadt gefahren, alles war neu für mich. Den ganzen Weg ermahnte uns Mutter, wir sollten dieses tun und jenes lassen, und ich weiß noch, sie sagte, wenn wir zu Herrn Lehrer Zhang kämen, sollten wir ganz locker sein, und wenn uns der Herr Lehrer Zhang fragte, sollten wir sagen, wir liebten Musik, aber Klavier hätten wir noch nicht gelernt, weil es uns bisher keiner beigebracht hätte.

Am Kaiserpalast stiegen wir aus. Der Kohleberg-Park war auf der anderen Straßenseite, sein Südtor lag dem Shenwu-Tor des Palastes genau gegenüber. Der Park war schon geschlossen, sie ließen die Leute nur noch hinaus, nicht mehr hinein, aber als Mutter sagte, dass wir zum Klavierunterricht im Jugendpalast wollten, durften wir passieren. Hinter dem Tor standen wir vor einem Blumenmeer, Blütendüfte aller Art drangen uns in die Nase, und mein Kopf, vom Geschaukel der langen Fahrt noch ganz benommen, war mit einem Mal wieder klar. Meine Schwester und ich folgten unserer Mutter um eine zweistöckige Tempelhalle herum und stiegen zwischen riesigen Weißrindenkiefern den Berg hinauf zu einem eleganten Pavillon unter zwei geschwungenen Dächern; das untere hob das obere in die Lüfte, das obere überdeckte schützend das untere. Golden leuchteten ihre glasierten Ziegel im letzten Glanz der versinkenden Abendsonne. Die Sockel und Geländer aus weißem Marmor, von denen sich die roten Säulen und die roten Rahmen und Streben der Fenster abhoben, alles umfangen vom Grün der Bäume – was für ein Anblick! »Hah!«, sagte Mutter, »das ist Pekings höchster Punkt, von hier aus seht ihr die ganze Stadt!« Ich blieb auf einem Fleck stehen und drehte mich um mich selbst, von hier, da und dort sprangen mir Gebäude in die

Augen. Es war etwas diesig, mir schien, auf dem Berg waren viele Pavillons. Mutter zeigte auf den neben uns: »Das ist der berühmte Pavillon der zehntausend Frühlinge.« So berühmt er war, ich hörte von ihm und sah ihn zum ersten Mal, ich sprang die Stufen hoch, wollte ihn mir von innen ansehen, aber da sagte Mutter schon: »Herr Lehrer Zhang wartet, vertrödelt jetzt keine Zeit, das nächste Mal kommt ein bisschen früher, da seht ihr noch genug.« Mir blieb nichts andres übrig, ich musste mit, blickte Schritt für Schritt nur immer wieder sehnsüchtig zurück.

Nach dem Pavillon der zehntausend Frühlinge ging es wieder bergab, ein langes Stück einer roten Mauer tauchte vor uns auf, gekrönt von golden glänzenden glasierten Ziegeln, wie prunkvoll und mächtig! »Hier ist es, wir sind da!«, sagte Mutter. Meiner Schwester blieb der Mund offen stehen, und ich konnte mir einfach nicht vorstellen, dass wir hier Klavierspielen lernen könnten.

Durch ein kleines Tor kamen wir in einen großen Hof, dann in noch einen; die Bäume in den Höfen umstanden Balustraden aus weißem Marmor, und vor uns lagen viele große Hallen; die offenen Gänge unter den überhängenden Dächern davor waren alle bunt bemalt, rot die Tore und Fensterrahmen, die breiten Terrassen aus weißem Marmor, eine großzügig harmonische Farbenpracht! Hätte ich nicht von links und rechts aus den Gebäuden Singen und Rezitieren gehört, niemals hätte ich geglaubt, dass dies wirklich ein Jugendzentrum sein sollte. Mutter führte uns zur Haupthalle, und mir glitt ein sonderbares Gefühl das Rückgrat hinauf: Ich glaubte drinnen vor Buddha Weihrauch brennen zu sehen, er saß mit übereinandergeschlagenen Beinen auf einer Lotusblüte, um ihn waren lauter Kinder, und alle trugen rote Halstücher.

Wir traten ein und sahen uns um, da war gar nichts dergleichen, und das kam mir vor, als wäre ich hereingelegt worden. Als ich viel später, als Erwachsener, im *Traum der Roten Kammer* zu dem Kapitel kam, in dem das prunkvolle Anwesen der Familie Jia auf kaiserliche Order wegen angeblicher Verschwörung plötzlich von der Brokatgarde besetzt und alles beschlagnahmt und zerstört wird – da sah ich vor meinem geistigen Auge die Shouhuangdian, die Halle des langlebigen Kaisers, den jetzigen Jugendpalast, aber verfallen, rauchgeschwärzte

Mauern mit großen eingenieteten Nägeln, zwischen denen Drähte gezogen waren, um irgendwas zum Trocknen dran aufzuhängen; da mochte, was Tore und Türen waren, versiegelt, verschlossen, nun weit offen, in Stücke gehauen, leer geschlagen und verwüstet sein, Tempel waren keine Tempel, Paläste keine Paläste mehr, Werkstätten keine Werkstätten, Lehrräume nicht mehr Lehrräume. Wenn ich mir das heute überlege, muss dem Pekinger Oberbürgermeister Peng Zhen seinerzeit das Gehirn unter Wasser gestanden haben, als er auf der Hauptachse der Kaiserstadt dies Meisterwerk der Baukunst den Kindern zum Spielen gegeben hat.

6 EINE VERDORBENE SPEISE

Lehrer Zhang gab noch Unterricht, er schaute auf die Uhr und bat uns, eine halbe Stunde zu warten, dann sei er frei. Wir setzten uns an den Rand der Halle, mit etwa einem Dutzend anderer Zuschauer, Erwachsenen und auch Kindern, die wohl alle Schüler zum Unterricht begleitet hatten. Keine Flügel, aber mehrere Klaviere standen herum, fast alle waren neue rot lackierte Xinghai-Klaviere. Es ging ein bisschen chaotisch zu, doch die Schüler spielten alle sehr schön, und was sie spielten, das hatte ich alles noch nie gehört; auf unserem Steinway zu Hause hätte es gewiss noch viel schöner geklungen.

Meine Schwester war völlig eingeschüchtert. »Mutter«, flüsterte sie, »die spielen alle so wunderbar, wie können wir zwei da mithalten?«

»Jeder spielt, wie er kann«, sagte ich, »wenn's bei uns nicht reicht, dann lassen wir's halt bleiben. Wir sind ja nicht umsonst gekommen, das öffnet einem doch die Augen.«

»Die spielen alle seit Jahren, natürlich sind sie gut«, sagte Mutter. »Ihr zwei seid Anfänger, das kann man nicht vergleichen. Das habe ich alles schon mit Herrn Lehrer Zhang besprochen. Wenn ihr drankommt, redet kein dummes Zeug! Lauft, nutzt die Zeit, um noch mal auf Toilette zu gehen, kämmt euch, wascht euch noch mal die Hände!«

Das tat ich nicht, stattdessen nutzte ich die Zeit, um herumzubummeln, lief den Weg zurück, den wir gekommen waren, bis hinauf zum Pavillon der zehntausend Frühlinge. Auf dem Berg sah ich mehrere Pavillons, doch dieser eine vor allem zog mich an, weil er so hoch lag. Von dort sah ich vor mir nun die Kaiserpaläste der Verbotenen Stadt, dahinter das Tor des Himmlischen Friedens, die Gedenksäule und den Turm des Vorderen Tors, und blickte dann zurück auf den Jugendpalast – den Shouhuangdian! All die prunkenden Hallen! Schicht um Schicht golden und grün glänzender glasierter Ziegel, und die Düsternis der Gebäude dahinter steigerte noch die Majestät der Paläste. In der Ferne erkannte man den Trommelturm. Hier stand ich also auf einer geraden Linie vom Vorderen Tor im Süden zum Trommelturm im Norden. Neben der Haupthalle des Shouhuangdian sah ich noch zwei Pavillons, wieso waren sie mir zuerst gar nicht aufgefallen? Wir hatten nur rasch zum Lehrer gewollt, waren hindurchgehetzt worden, blind gewesen für die herzzerreißende Schönheit all dieser Hallen und Paläste, hatten sie gar nicht mitbekommen, sie war an uns völlig verschwendet gewesen.

Als ich zurückkam, war der Lehrer inzwischen mit dem Unterricht fertig; eine große Teetasse in der Hand, unterhielt er sich mit unserer Mutter. Er machte es sich auch nicht leicht, unterrichtete tagsüber am Gymnasium und verdiente sich abends noch etwas dazu.

Als er ausgetrunken hatte, fragte er uns beide, wer zuerst spielen wolle. Ich dachte, meine Schwester spielt doch viel besser, wenn der Lehrer sie schon gehört hat, und dann komm ich, ist das bestimmt peinlich. Also drängte ich mich vor: »Ich spiel zuerst, ich kann eh' nichts!« Herr Zhang lachte: »Das macht nichts, spiel, was du kannst, nur keine Aufregung!«

Ich spielte zunächst eine Tonleiter, nanu! Der Lehrer lobte mich, »gar keine schlechte Grundlage«, sagte er, und ob ich noch etwas spielen könne? Also spielte ich mein *Tor des Himmlischen Friedens* herunter, und obgleich ich das bestimmt schon mindestens hundertachtzig Mal getan hatte, schlug ich trotzdem noch einen Ton falsch an. Er hörte es sich an und lachte: »Wenn ein Anfänger so spielen kann, ist das wirklich nicht schlecht. Frau Mei, das Kind nehm ich.«

Meine Schwester wurde natürlich auch angenommen. Unser zukünftiger Lehrer schickte Mutter ins Büro zur Anmeldung und unterrichtete meine Schwester derweil, ich stand daneben, sah und hörte zu. Er ließ die Schwester die Hand so halten, als packe sie einen Apfel. Ich dachte: Wenn ich dran bin, lässt er mich auch einen Apfel packen – warum sollen wir uns da eigentlich alle beide anmelden? Ich rannte hinter Mutter her; jemand sagte mir, das Büro sei im vorderen Hof, ich rannte dorthin, stieß die Bürotür auf und prallte gegen eine Frau in der Warteschlange; Mutter kam eben an die Reihe, hatte uns noch nicht angemeldet und fragte erschreckt, ob mir etwas zugestoßen sei. Ich verschnaufte erst mal. Dann sagte ich: »Mutter, wenn du Shi Zhu registrierst, dann reicht das.« Mutter riss die Augen auf; wieso ich denn nicht mehr Klavierspielen lernen wolle? Ich sagte: »Wenn ich danebenstehe und zuhöre, wie der Herr Lehrer sie unterrichtet, dann behalt ich das, und wenn wir daheim sind, dann üb ich es genauso, das reicht doch.« Meiner Mutter wurden die Augen feucht, sie lächelte die Frau an, die die Anmeldungen vornahm: »Jetzt sehen Sie mal den Jungen an, er sorgt sich nur, wie er mir Geld sparen kann.«

»Ich wünschte nur, meiner wäre auch so!«, sagte die Frau.

»Und wenn Sie auf mich hören, Ihr Junge hat nicht unrecht. Es lohnt sich doch wirklich nicht, die doppelte Gebühr zu zahlen.«

»Aber ich hab das mit Herrn Lehrer Zhang doch schon besprochen«, sagte meine Mutter, »er nimmt beide Kinder an und hat mich geschickt, sie anzumelden und die Gebühren zu bezahlen.« »Was Sie zahlen wollen, ist Ihre Sache«, sagte die Frau. »Ein Kind sind zwanzig Yuan den Monat, zwei Kinder also vierzig.« Mutter schrak zusammen, wie sie das hörte. »Wie oft findet der Unterricht denn statt?«, fragte sie. »Einmal in der Woche, für jede Stunde mehr kommen fünf Yuan dazu. Wenn der Lehrer mal nicht kann und eine Stunde ausfällt, wird sie nachgeholt.«

Ich fürchtete, dass Mutter mit der Situation nicht zurande kam, und mischte mich ein: »Verehrte Dame«, sagte ich, »meine Mutter bringt zweiundvierzig Yuan im Monat nach Hause und mein Vater gar nichts. Sie können wirklich keine zwei Kinder anmelden!« Ohne weitere Diskussion und Nachfrage registrierte die verehrte Dame also nur meine Schwester; von jeder Seite her gesehen war damit Mutters Problem gelöst, und sie bedankte sich herzlich, sah dabei aber gar nicht glücklich drein.

Als wir zurückkamen, saß Lehrer Zhang selbst auf dem Klavierstuhl und demonstrierte meiner Schwester etwas; als er fertig war, stand er auf und lächelte Mutter an. »Anmeldung erledigt?«, fragte er.

Unsere Mutter war sehr verlegen. »Herr Lehrer Zhang, es ist mir außerordentlich peinlich«, sagte sie, »nur Shi Zhu ist registriert, Shi Sun nimmt erst mal keinen Unterricht.« Dabei zog sie mich an sich, weil sie fürchtete, dass der Lehrer nicht mehr wusste, wer Zhu war und wer Sun.

Der Lehrer sah die Mutter an, dann mich und dann fragte er: »Wie das?«

»Nur weil ich nicht dachte, die Gebühren wären so hoch, ja ...«

Sie wagte nicht einmal einen langen Seufzer. Armut entmutigt.

Der Lehrer war beruhigt. »Warum haben Sie das nicht gleich gesagt? Das macht gar nichts, er kommt mit, und ich unterrichte beide zusammen.«

Meine Mutter war so gerührt, sie drückte ihm sogleich fünf Yuan in die Hand.

Und damit begann für die ganze Familie eine harte Zeit. Von Haidian zum Kohlenberg sind es bald ein Dutzend Kilometer. Mutter nahm mich hinten aufs Rad und Vater die Schwester. Nach Feierabend ging es los, gegen Mitternacht waren wir zurück. Für den Bus reichte das Geld nicht. Man hätte mehrmals umsteigen und jedes Mal neu bezahlen müssen. Vier Personen, hin und zurück, für fünf Yuan, einmal die Woche, im Monat vier, fünf Mal, da hätten wir nur mehr von Luft leben können. Monatskarten? Ach, um Himmels willen, noch teurer. Wir zwei wollten allein mit dem Rad fahren, aber das erlaubten uns die Eltern nicht, wir könnten ja angefahren werden oder entführt!

Meine Schwester war ein braves Mädchen. Sie verlegte sich aufs Diskutieren. »Mutter«, sagte sie, »ob nun zwei Unterricht nehmen oder einer, ist sich doch gleich. Es braucht doch bloß Vater mit Sun hinzufahren, und Sun bringt mir hinterher bei, was er gelernt hat. Da lern ich garantiert genauso gut.«

Da bekam ich's mit der Angst. »Das geht nicht, Shi Zhu spielt doch dreimal besser als ich, wenn sie nicht kommt, streikt der Lehrer! Ich bleib zu Hause und lerne von ihr, so lern ich garantiert viel besser!

Und außerdem kann sie ja das Damenfahrrad nehmen, da braucht der Vater sie nicht zu fahren.« Ich hatte nun mal kein Talent zum Pianisten und schon längst keine Lust mehr, Klavierspielen zu lernen, ich hatte es nur nicht fertiggebracht, das den Eltern zu sagen, ich wollte sie nicht enttäuschen, aber nun bot sich die Gelegenheit zum Absprung! Und tatsächlich wurde mein Vorschlag angenommen, drei zu eins, nur meine Schwester stimmte dagegen.

Es war mir also gelungen, den Druck und die Hoffnung der ganzen Familie auf die Schwester abzuwälzen. Um den Härten des Klavierspiels zu entgehen, ließ ich Saubohnen erblühen, zusammen mit meinem Klassenkameraden Chen Sidong. Die Chens hatten noch weniger Geld als wir. Sidongs Mutter ließ für den Delikatessenhandel *Xiangningzhai* Saubohnen erblühen, das heißt, sie weichte die Bohnen ein, schnitt sie ein und briet sie dann in kochendem Öl, sodass sie sich öffneten wie Blüten. Außerdem entfernte sie für den *Xiangningzhai* die Kerne von Weißdornäpfelchen. Sidong half ihr, wenn er von der Schule kam. Er brachte mir jetzt einen Eimer eingeweichte Saubohnen, um sie erblühen zu lassen, und er half mir, in ein Stück Holz Klingen einzusetzen. Zwischen jeweils Daumen und Zeigefinger beider Hände klemmten wir eingeweichte Saubohnen, die wir auf diese Klingen drückten, um sie einzuschneiden, dann warfen wir sie in das siedende Öl. Für ein Pfund Saubohnen gab es zwei Fen und die Hände voller Schnitte. Mit den verletzten Fingern die nassen Bohnen zu fassen tat erbärmlich weh. Meine Eltern machten dann auch mit, jeder mit vier Fingern. Wir brachten es auf mehrere Dutzend Pfund jeden Abend, und am Sonntag kamen wir mit harter Arbeit über den ganzen Tag auf sechzig oder siebzig Pfund. Im Monat brachten wir so dreizehn oder vierzehn Yuan zusammen. Dazu kamen die fünf Yuan für den Lehrer, die ich im Monat einsparte. So vergingen die Tage viel gelöster, nur dass wir bald alle nach Bohnen rochen und unsere Daumen und Zeigefinger ganz verschrumpelt waren; neben den übrigen sechs Fingerchen sahen sie aus wie missgestaltete Erdnüsse.

Später hat sich Chen Sidongs Vater dann einen hohen Kastenwagen gemietet und sich mit ein paar Kumpeln auf Klaviertransporte spezialisiert. Sie machten einen guten Preis und bekamen bald alle Aufträge von den Klavierhandlungen auf der Xinjiekou bis zur Xidan-Kreuzung.

Eines Tags brachte Sidong dann eine Botschaft von seinem Vater: Eine Frau Cheng vom Zentralorchester lasse fragen, ob sie sich mal unseren Steinway ansehen dürfe. Meine Mutter sagte gern zu, natürlich dürfe sie, nachmittags ab halb fünf sei immer jemand zu Hause, jeder Tag sei recht, Chens Papa solle ihr nur den Weg erklären.

Frau Cheng kam an einem Sonntag in der Früh. Sie hatte schon viele weiße Haare, wirkte aber wesentlich jünger als Oma; sie sah sehr gut aus, war schlank, groß, hatte ein schmales Gesicht, feine Brauen, große Augen. Ich erinnere mich noch heute, wie sehr sie mich schon auf den ersten Blick beeindruckte und an das Lächeln in ihren schönen Augen und das kristallene Funkeln in diesem Lächeln – wie von zersprungenen Tränen. Sie strahlte eine nicht zu erklärende Schönheit aus; später, mit mehr Lebenserfahrung, verstand ich: Es war eine einsam kühle Schönheit, wie sie das Schicksal bildet, die kein Work-out und keine Schminke je zustande brächte.

»Da sind Sie ja!«, hieß Mutter sie willkommen. »Haben Sie uns leicht gefunden?«

»Aber ja«, lächelte der Gast, »ich habe auch mal in Haidian gewohnt, ich kenne Ihr Haus.«

»Tatsächlich? Wo denn?«

»Bei der Beida.«

»Und wo da?«, Mutter klang bald wie jemand, der die Wohnsitzanmeldung prüft.

»Im Löffel-Garten.«

»Ich bin aus der Junjichu, als ich klein war, hab ich mich oft da bei Ihnen rumgetrieben.«

»Da sind wir also so gut wie Nachbarn! Liebe Frau Lehrerin Mei, wenn ich mir eine Frage erlauben darf – kommen Sie aus Meis Amt in der Junjichu?«

Über Mutters Gesicht flog ein Schatten; Meis Amt hatte Narben hinterlassen, erinnerte an Beschlagnahmung, Festnahmen, Schläge. Sie nahm die gestickte Decke vom Klavier, um das Thema zu wechseln.

Frau Cheng glich einem Bräutigam, wie er in der Hochzeitsnacht den Schleier seiner Braut anhebt, ihre Augen strahlten, als sie das Klavier ansah, in ihrem Blick leuchtete ihre Seele auf. Viele Jahre später, als ich selbst liebte, habe ich wieder die Seele in solch klaren tiefen

Augen gesehen. Behände hob sie den großen dreieckigen Deckel des Flügels und stellte ihn hoch, öffnete den Deckel über den Tasten, dann setzte sie sich, rückte den Klavierschemel hin und her, korrigierte seine Höhe, ließ einmal, zweimal die Finger über die Tasten gleiten, lange schmale Finger – Klavierspielerhände. »Frau Lehrerin Mei«, sagte sie zu unserer Mutter, »das ist ein schönes Instrument, aber es sollte gestimmt werden, viele Saiten sind verstimmt.«

»Ich versteh mich leider nicht darauf«, sagte die Mutter, »morgen lass ich jemanden aus dem Klaviergeschäft kommen, der's stimmt.«

»Nicht nötig, nächstes Mal bring ich Werkzeug mit und stimm es selbst.«

Ohne Mutters Dank abzuwarten, fing sie wieder an zu spielen, wie ein ganzes Orchester rauschten ihre zehn Finger über die Tasten. Mein Gott – wie herrlich konnte dieser Flügel klingen! Wir waren hingerissen: Mutter starrte ergriffen und zog laut die Luft ein, Vater blieb der Mund offen stehen, meiner Schwester bebten die Schultern, und ich, ich stand einfach dumm da wie ein Holzklotz und hörte nicht einmal, dass Frau Cheng etwas zu mir sagte.

»Sun, Frau Cheng spricht mit dir!«, stieß mich Mutter an, und ich kam zur Besinnung.

»Komm«, lächelte Frau Cheng, »spiel mal, lass mich zuhören!«

Um Himmels willen, ich konnte doch nicht die ganze Familie blamieren. Vor Schreck dröhnte mir der Kopf. »Das kann ich nicht, ich kann nicht, verehrte Dame, wirklich, das kann ich nicht, meine Schwester kann das viel besser, sie kann Klavier spielen!«

Frau Cheng winkte meiner Schwester; die setzte sich ganz gelassen auf den Klavierschemel, nachdem sie unter dessen Sitz ihre Noten hervorgeholt hatte.

Ich sah nur noch Frau Cheng. Was für wunderschöne Augen sie hatte – die langen Wimpern, das Oberlid mit doppelter Falte, doppelter Unterrand des Auges im Unterlid, die äußeren Augenwinkel ganz leicht nach oben gebogen, nannte man das nicht Augen des Roten Phönix? Sie setzte sich hin, sah dich an, der Blick der beiden großen Augen glitt über dich nach oben, zwei tiefe Wasser, aus denen ein leises Lächeln hochkam, funkelnd wie Edelsteine. »Der Schemel ist zu niedrig«, sagte sie, korrigierte wieder die Höhe. Meine Schwester setzte sich hin, »schieb das Gesäß nach vorne«, wies Frau Cheng sie an, »füll nicht den ganzen Schemel aus, die Knie müssen gerade unter den Tasten liegen, halte den Oberkörper nicht wie ich, sitz gerade! Die Schultern lockern!« Sie hob die Arme meiner Schwester nach oben. »Die Ellenbogen musst du etwas höher heben als die Tasten, die beiden Handgelenke müssen mit ihren Vorderarmen gerade Linien bilden. Erst sich gut hinsetzen, in der richtigen Haltung, dann spielen.«

Meine Schwester setzte sich wie ihr geheißen, zwar sah das gezwungen aus, aber sie hatte die letzten Monate nicht umsonst geübt, flink spielte sie *Für Elise* herunter und spielte es viel besser als sonst. Als sie geendet hatte, schwebte, vielleicht weil der Deckel des Flügels hochgestellt war, immer noch der anmutige Klang durch den Raum.

»Frau Lehrer Mei«, fragte Frau Cheng meine Mutter, »haben Sie das Kind unterrichtet?«

Mutter kicherte: »Meine Güte, Sie überschätzen mich und meine Fähigkeiten ganz erheblich! Sie hat ein halbes Jahr im Jugendpalast Unterricht gehabt, bei Herrn Lehrer Zhang; der ist Musiklehrer am Dahua-Gymnasium.«

Frau Cheng runzelte die Stirn. »Dieser Lehrer am Jugendpalast ist wohl mit einem elektrischen Klavier groß geworden. Elektrische Klaviere geben Laut, wie man sie nur antippt, da brauchen die Finger keine Kraft.«

Mir ging ein Licht auf, sie hatte recht! Herr Lehrer Zhang spielte, ohne irgendwie Kraft einzusetzen, die Finger glitten nur so ganz großartig über die Tasten, uns drei hatte das ungemein beeindruckt.

Frau Cheng stellte sich hinter meine Schwester, packte ihre Handgelenke, hob sie hoch und sagte, sie lasse nun die Hände los, die Schwester solle sie fallen lassen und sich mit den Fingerspitzen abstützen. Die Schwester spreizte ungeschickt die Hände. »Beeil dich nicht mit dem Spielen«, sagte Frau Cheng, »trainier erst mal richtig die Fingerspitzen. Als ich Klavierspielen gelernt habe, da hat mich der Lehrer gut ein Jahr lang nur üben lassen, gestützt auf die Fingerspitzen zu stehen, bis ich's endlich richtig hingebracht habe. Wenn die Fingerspitzen nicht leisten, was sie leisten müssen, holst du die Schattierungen der Töne, die Wechsel der Lautstärke nicht heraus, alles wird zu einer plätschernden Soße.«

»Frau Cheng«, fragte Mutter nun, »wie alt waren Sie, als sie angefangen haben, Klavier zu lernen?«

»Noch nicht vier, im Sitzen bin ich mit den Füßen nicht an die Pedale gekommen, ich hab im Stehen gelernt.«

»Meinen Sie, unsere Tochter ist schon zu alt, um noch Klavier zu lernen?«

»Wie alt bist du denn?«, fragte Frau Cheng.

Meine Schwester, einen Moment ganz entmutigt, nahm sich ein Herz und legte noch ein Jahr drauf: »Elf beim nächsten Geburtstag.« Dann sah sie angespannt zu Boden und rieb sich mit den Daumen über die Finger der geballten Fäuste, wie ein Taschendieb, der nicht weiß, wo er seine Beute verstecken soll.

Frau Cheng amüsierte sich. »Elf Jahre ist noch lang nicht zu spät. Meine Tochter hat auch erst mit elf angefangen. Dann hat sie die Aufnahmeprüfung für das Gymnasium der Musikhochschule in Shanghai bestanden, und dann ist sie auch auf die Musikhochschule gekommen, und als sie da die Abschlussprüfung bestanden hat, da hat die Hochschule sie als Lehrerin behalten.«

Meine Mutter seufzte bewundernd: »Mit einer Lehrerin wie Ihnen, wie sollte da nicht was aus der Tochter werden?«

»Ach, ich hab sie doch gar nicht unterrichtet. Als sie klein war, hat sie bei Lehrerin Zheng vom Gymnasium der Musikhochschule Unterricht gehabt. Sie werden lachen, ich hab in meinem Leben keinen Tag Klavierunterricht gegeben, von Pädagogik versteh ich nichts.«

»Frau Cheng«, mischte sich mein Vater ein, »könnten Sie nicht bei dieser Lehrerin Zheng ein Wort für uns einlegen, ob sie nicht vielleicht auch unsere Zhu als Schülerin annehmen könnte?«

»Ich kann sie fragen. Aber sie ist inzwischen so bekannt, dass sie von Schülern überrannt wird, sie schafft es nicht mehr, und deshalb hat sie auch ihre Preise hochgesetzt. Letztes Jahr hat sie für fünfundvierzig Minuten zehn Yuan genommen, und der Andrang hat trotzdem nicht nachgelassen; wie viel sie jetzt nimmt, weiß ich gar nicht.«

Unsere Mutter lächelte traurig. »Dann müssen wir's halt lassen mit dem Unterricht. Im Monat verdiene ich zweiundvierzig Yuan, und die Musiktruppe von meinem Mann, die kommt kaum noch über die Runden, haben sie heute was, wissen sie noch lang nicht, was morgen wird. Ach, wenn man das bedenkt, da mögen Sie wohl lachen über uns.«

Frau Cheng dachte nach, dann sagte sie: » Sie sollten ihre Kinder erst mal nicht mehr zum Jugendpalast schicken. Meine Mutter wohnt jetzt bei der Familie meiner älteren Schwester in der Beida. Dort besuche ich sie jeden Sonntag. Bei der Gelegenheit kann ich dann ganz bequem bei Ihnen vorbeikommen und Ihren Kindern ein bisschen Nachhilfe geben. Wenn ich nicht so gut unterrichte, na, ganz daneben wird's auch nicht sein.«

»Also wie Sie reden!«, sagte meine Mutter. »Nicht so gut! Unterricht von einer Musikerin aus dem großen Zentralorchester, wie kann der nicht so gut sein!«

»Das sollten Sie nicht sagen. Zur Musikerin fehlt mir noch einiges.«

»Sie sind zu bescheiden«, sagte meine Mutter, »aber um erst mal in die Niederungen hinabzusteigen – was kosten bei Ihnen fünfundvierzig Minuten?«

»Nichts, ich will kein Geld von Ihnen. Bedingung ist nur, dass ich auf Ihrem Flügel üben darf.«

»Sie können immer gern auf unserem Flügel spielen«, sagte meine Mutter, »aber für den Unterricht gar nichts zu nehmen, das geht doch nicht. Beschämen Sie uns nicht.«

»Wenn das nicht geht, dann mag ich nicht kommen.«

Mutter war zutiefst gerührt und erst einmal sprachlos, schließlich sagte sie: »Gehorsam kommt vor Anstand, ich nehme Ihr großherziges Geschenk an.« Auf der Stelle ließ sie meine Schwester und mich der Lehrerin unsere Ehrfurcht erweisen, in einer Stimme sagten wir laut: »Frau Lehrerin Cheng!«, verneigten uns tief vor ihr, und damit war sie unsere Klavierlehrerin.

Unsere neue Lehrerin brachte meiner Schwester dann noch bei, wie sie die Hände halten sollte, und ließ mich das gleich mitlernen. »Finger eins, Finger zwei, Finger drei, Finger vier und Finger fünf«, sagte sie, beide wussten wir nicht, welche Finger sie meinte; sie nahm einen Kugelschreiber und schrieb mir auf den Daumennagel eine Eins, auf die folgenden Fingernägel eine Zwei, Drei, Vier und Fünf, dann ließ sie uns beide Hände schwenken und rief abwechselnd: »Finger eins, Finger zwei, Finger drei, Finger vier, Finger fünf«, und dazu mussten wir den richtigen Finger beugen – ja, warum hatte uns der Herr Lehrer Zhang nicht einmal das beigebracht?

Gewissenhaft folgte ich dem Unterricht, streckte die Hände gerade aus, beugte Finger um Finger, hob die Handgelenke hoch und ließ meine Hände dann fallen. »Nicht so«, lachte unsere Lehrerin, »das sieht aus, als liefe die Hand auf Stelzen, ganz unnatürlich. Die Finger müssen sich ganz natürlich krümmen, als ob du eine Orange packst.« Nun, das war nicht allzu anders als das Apfelpacken bei Lehrer Zhang. Doch ich packte die Orangen mit allzu sanften Fingern.

»Du klingelst nicht schüchtern an der Tür«, sagte die Lehrerin, »du spielst Klavier! Du musst die Tasten bis nach unten drücken. Fingerspitzen durchdrücken, nicht nur auf den Tasten liegen bleiben! Du bist ein Mann, kriech nicht nur herum!« Die drei amüsierten sich, ich nicht. Ich mobilisierte alle meine Kraft, der Spruch hatte mich bei meinem Ego gepackt.

Nach einer Weile war ich schweißgebadet, der Kragen durchgeschwitzt. Mutter sah das und sagte: »Kinder, macht doch auch mal Pause und lasst eure Lehrerin spielen.«

Da erst fiel uns wieder ein, dass Frau Cheng eigentlich des Steinways wegen gekommen war.

»So viele Jahre«, sagte unsere Lehrerin, »so viele Jahre habe ich gar nicht mehr richtig gespielt … ich spiele eine *Nocturne* von Chopin.« Sie saß nicht gut, ihr Körper hing schief nach links auf dem Schemel, mit ihrer Hüfte stimmte anscheinend etwas nicht. Doch wie sie spielte! Mondesglanz strömte unter ihren zarten Fingern hervor, floss über die Tasten! Bis dahin hatte ich nur Lehrer Zhang im Jugendpalast Klavier spielen hören, mit beiden Händen rührte er auf dem Klavier herum. Bei unserer Lehrerin Frau Cheng tanzten hingegen zehn Finger über die Tasten. Beide spielten sie Klavier, aber selbst ich, der ich von nichts eine Ahnung hatte, selbst ich hörte: Was da herauskam, war grundverschieden. Bei Lehrer Zhang ergoss es sich wie ein Wasserschwall, man hörte, da schien ordentlich was los zu sein; das Spiel unserer Lehrerin klang wie ein Bach, der mal über große, mal über kleine Steine floss und seinen Weg kannte. Bei Lehrer Zhang kamen Klänge heraus, beinahe schon Krach, bei unserer Lehrerin ein Duft; ich verstand das zwar nicht, aber tief drinnen hörte ich mein

Herz sprechen, manchmal ruhig, manchmal sehr erregt, auch schien es, als ob sich zwei Menschen unterhielten.

Unsere Lehrerin spielte also, nein, unter ihren Händen spielte es unaufhörlich weiter, wie ein endloses Gespräch, das sie mit jemandem führte.

Mutter machte währenddessen Essen, deckte und bat unsere Lehrerin zu Tisch, da erst kehrte sie aus einer anderen Welt zurück und erschrak: »Meine Güte, so spät! Ich muss schleunigst zu meiner Schwester, meine Mutter macht sich gewiss schon die größten Sorgen.«

Schon an der Tür fiel ihr noch etwas ein, sie bat Mutter um Papier und ein Lineal, zog auf einem Blatt fünf Notenlinien, trug Noten für Fingerübungen ein, schrieb linke Hand und rechte Hand an den Rand und unter jede Note die Nummer des Fingers dazu. Dann sagte sie zu meiner Schwester: »Das ist eure Hausaufgabe für diese Woche. Ist nicht viel, aber übt es beide immer noch mal und noch mal, übt, die Fingerspitzen durchzudrücken! Nächstes Mal prüf ich, wie es geht.« Dann hieß sie unsere Mutter noch, für jeden von uns ein Heft vorzubereiten, in dem sie unsere Hausaufgaben eintragen würde. Mir schnürte alles die Kehle zusammen, ich musste husten, da lachte glücklicherweise meine Schwester, das Gesicht rot vor Freude.

Alle miteinander brachten wir unsere Lehrerin bis zum Ende der Straße. Zhu fragte leise: »Frau Lehrerin, wie heißt das Stück, das Sie gerade gespielt haben?«

Unsere Lehrerin blieb stehen. »Chopins Stücke sind alle nummeriert. Dieses war Opus 15 Nr. 1, F-Dur, Tempo *andante cantabile* – im Gehen wie ein Lied.«

Unsere Lehrerin ging, meine Schwester stand da wie benommen, erst als ich sie rief, kam sie mit uns.

Zu Hause diskutierten die Eltern, wie sie es mit dem Jugendpalast machen sollten.

Vater sagte: »Morgen ruf ich an und sag, Shi Zhu kommt nicht mehr.«

Mutter war das unangenehm.

»Wie kannst du einfach sagen, sie kommt nicht mehr. Man muss doch einen Grund angeben. Bezahlt ist bis zum Monatsende, der Monat hat gerade erst angefangen, zurückgezahlt wird's jedenfalls nicht, da kann sie doch die paar Mal noch hingehen, und am Monatsende suchen wir einen Anlass, warum sie nicht mehr kommt, zum Beispiel, dass sie die Schule gewechselt hat und jetzt bei der Oma wohnt und der Weg jetzt zu weit ist, so was.«

Vater regte sich auf. »Das ist doch wahrhaft gar zu dämlich. Denk doch mal nach. Du probierst was, ein, zwei Bissen, und merkst, der ganze Fraß ist verdorben, musst du das dann unbedingt aufessen, bis dir oben und unten alles wieder rauskommt? Was machst du dir da absichtlich irgendwelche Vorwürfe? Jedes Mal hin und zurück zehn Kilometer radeln, nur dass die Kinder alles wieder falsch lernen? Wein doch nicht den paar Yuan für den Jugendpalast nach, lass die Kinder schleunigst die Übungen machen, die Frau Cheng ihnen beigebracht hat. Siehst du denn nicht, wie sie den Kindern von Grund auf zeigt, wie man's richtig anfängt?«

Auch meine Schwester sagte zu mir, nein, nochmals gehe sie nicht in den Jugendpalast. Jetzt sei es für Frau Cheng noch nicht zu spät, aber nach wieder einigen Stunden Unterricht im Jugendpalast sei es für die Lehrerin noch schwerer, das wieder hinzubiegen, und wenn sie sehe, dass wir alles ganz bewusst durcheinanderbrächten, dann habe sie womöglich gar keine Lust mehr, uns was beizubringen.

Das sah Mutter schließlich ein. »Wer in eine Sackgasse gerät«, sagte sie, »muss schleunigst umdrehen, geht nicht anders!« Sie lachte und seufzte, beklagte unser Pech. »Warum haben wir Frau Cheng nur nicht früher kennengelernt?«

»Lass mal«, sagte Vater begütigend. »Wenn das Kind in den Brunnen gefallen ist, und die gute Fee es wieder rausholt, ist noch so spät eben noch nicht zu spät! Dass wir an Frau Lehrerin Cheng geraten sind, ist doch ein Glück für die Kinder.«

7 DES FLÜGELS KERN

Vater hatte recht, dass wir an Frau Cheng geraten waren, war für Zhu und mich ein großes Glück. Mutter kaufte eigens ein Bandgerät, damit wir jede Unterrichtsstunde aufzeichnen könnten, um wieder und wieder anzuhören und zu üben, was unsere Frau Lehrerin gesagt hatte.

Am nächsten Sonnabend kam sie schon früh, mit einem kleinen Blechkasten mit Werkzeug, um tatsächlich den Flügel zu stimmen.

Mutter hatte sich bereits erkundigt, was es kosten würde, das Klavier zu stimmen. Was für ein Klavier denn? Einen Steinway. Na, so fünfzig Yuan! Das war mehr, als Mutter in einem Monat verdiente. Sie hatte sich nicht getraut, weiter zu fragen. Hätte sie gesagt, dass es sich um ein altes Instrument handelte, aus der Zeit vor der Kulturrevolution, dann wäre der Preis vermutlich noch erheblich in die Höhe gegangen. Wer hätte gedacht, dass die Sorge für einen solchen Flügel derart teuer kommen würde!

Mutter wusste also, was wir Frau Cheng verdankten, und wollte sich mit einem wirklich guten Essen revanchieren. Als sie am Freitag von der Arbeit kam, hatte sie Schweinefilet, Eier und Garnelen besorgt, das Fleisch geschnetzelt, alles für eine dreifach köstliche Füllung zusammengemischt und im Kühlschrank ziehen lassen, außerdem eine Schüssel Teig aufgehen lassen und eine halbe Schüssel Adzukibohnen eingeweicht. Am Sonnabend war sie vor Tau und Tag aufgestanden, hatte die Bohnen zu Brei gekocht, die Zimmer aufgeräumt, Geschirr und Besteck geputzt, die ohnehin blitzblank sauber waren, aber sie wollte zeigen, wie sehr uns an diesem Gast lag, wusch alles aus und ließ es abtropfen, kippte drinnen und draußen Eimer voll Wasser aus und schrubbte und schrubbte. Dann rollte sie den Teig, bis er weiß glänzte, höhlte in seiner Mitte mit der rechten Hand ein Loch aus, formte ihn mit beiden Händen zu einem großen Ring, drehte und zog ihn in die Länge zu einer dicken Nudel, presste und zog diese Nudel zu einem Haufen daumengroßer Teigbällchen. Dann gab sie Wasser zur Füllung, goss Sesamöl darüber und schlug, schlug, schlug die Masse mit aller Kraft. Die Teigbällchen walkte sie mit einer Nudelrolle zu Blättchen, in die sie die Füllung packte, hielt dann jedes gefüllte Blättchen mit der linken Hand und kniff den Rand des Blättchens mit der rechten zu Falten, und so formte sie dreiundzwanzig kleine Baozi, die sie wie Kreise weißer Chrysanthemenknospen in die Dämpffächer setzte und zum Garen auf den Ofen stellte, als sie annahm, dass die Lehrerin bald kommen würde.

Frau Cheng hatte schon gefrühstückt, aber der Verlockung eines Fachs duftender, eben aus dem Dämpfgartopf gekommener Baozi konnte sie nicht widerstehen. Sie aß das ganze Fach leer. Kleine Baozi, nicht größer als Wasserkastanien, jede grad einen Mundvoll, so viele waren's ja nicht. Als sie aufgegessen hatte, setzte Mutter noch zwei Fächer auf, ließ uns auch essen und dämpfte weiter. Wir aßen im äußeren Zimmer, während Frau Cheng drinnen den Flügel reparierte; man hörte kaum einen Ton. Ich wollte mal gucken, aber Mutter hielt mich mit einem Blick zurück.

Frau Cheng arbeitete gut zwei Stunden, dann rief sie: »Frau Mei, jetzt schauen Sie mal!«

Mutter ging hinein, und ich drückte mich hinter ihr her. Der große dreieckige Deckel des Flügels war hochgestellt und der Deckel über den Tasten abgenommen. Da drinnen war vielleicht was los! Reihe um Reihe von Holzstäben, Holzklötzchen, Holzhämmerchen, grobe und feine Messingdrähte, Eisendrähte, festgedreht wie Akupunkturnadeln, und noch kleine Messingknöllchen. Natürlich, um den Flügel zu stimmen, musste man ihm den Brustkorb öffnen, das war wirklich recht kompliziert.

»Was kommst du denn schon wieder mit?« Mutter sah mich tadelnd an.

»Ich möchte von Frau Lehrerin Cheng das Klavierstimmen lernen.«

Frau Cheng lächelte und lobte mich. »Wenn ich das nächste Mal stimme, stellst du dich daneben und schaust gut zu.« Zu Mutter sagte sie: »Frau Mei, ich habe den Flügel fertig gestimmt, aber er muss noch repariert werden.«

»Oje«, erschrak Mutter, »was ist denn kaputt?«

»Das ist keine große Sache«, sagte Frau Cheng, »ich bekomme das schon hin, aber nicht heute. Ich muss erst Material beschaffen. Sehen Sie hier« – sie zeigte auf einen kleinen Haufen Holzstückchen und Filzstückchen an der Seite –, »alles von Mäusen angenagt.« Während sie sprach, fasste sie mit zwei Fingern hinter der vordersten Reihe Holzstäbe einige Stückchen zernagten grünen Filz und holte sie hervor. »Diese Reihe und die dahinter ist ganz von Mäusen zernagt. Ehrlich gesagt, ich hab so was noch nie gesehen, noch nicht mal davon gehört.«

Jetzt sah ich es auch, im gelben Filz, der auf der hinteren Reihe Holzstückchen klebte, und im weißen Filz, der die Reihe Holzhämmerchen dahinter ummantelte, waren lauter kleine Löchlein; es schien, das hatten nicht nur Mäuse verbrochen.

Mutter sagte: »Wenn ich es nicht selber sähe, hätte ich nicht geglaubt, dass Mäuse auch Klaviere annagen. Wir haben doch gar keine Mäuse im Haus.«

»Um das derart zu zernagen«, sagte Frau Cheng, »hat es Jahre gebraucht, die Mäusenest um Mäusenest das Klavier von Frau Lehrerin Gu begleitet haben muss!« Frau Lehrerin Gu – wer war das denn? Ich war ganz verwirrt, traute mich aber nicht zu fragen.

Frau Cheng schlug nun mehrmals einen tiefen Ton an, es klang dumpf, dann andere Tasten, bei denen die Mäuse nichts angenagt hatten, da war der Klang viel besser.

Mutter sagte: »Material brauchen Sie nicht zu besorgen, morgen geh ich ins Warenhaus und kaufe weißen und gelben Filz.«

»Solchen Filz können Sie nicht im Laden kaufen«, sagte Frau Cheng, »der ist speziell und von einer bestimmten Dicke. Glücklicherweise braucht es nicht viel davon, ich gehe in die Klavierfabrik und such zwei Streifen aus, das wird reichen.« Sie schlug eine ganze Tonreihe an. »Gut oder schlecht, egal, das nächste Mal tausche ich alles aus. So herumzustolpern, mal dumpf, mal hell, das hört sich nicht gut an.«

Und auf dem angenagten, kaputten Klavier spielte sie noch ein ganz langsames, wunderschönes Stück. Meine Schwester fragte, wie es hieß. »Das ist auch eine *Nocturne* von Chopin, in B«, sagte unsere Lehrerin, »hört ihr die Schönheit der Nacht heraus?«

Meine Schwester und ich nickten. Das war keine gewöhnliche Schönheit, es war die Schönheit einer Nacht mitten im Hochsommer, Mondglanz küsste den See, Tautropfen tanzten auf den Lotusblättern. Und hätten die Mäuse nicht ihr Unwesen getrieben, wär es gewiss noch schöner gewesen. Zhu sagte: »Könnten Sie vielleicht auch noch mal das Oupusser spielen?«

»Oupu… Opus wie viel?«

»Ich weiß nicht mehr, es hieß Oupusser, die *Nocturne*, die Sie das letzte Mal gespielt haben.«

Frau Cheng lächelte. »Das letzte Mal war ich so in Eile, da hab ich mich nicht klar ausgedrückt. Opus ist Latein und bedeutet Werk, vor allem ein musikalisches Werk. Es gibt sehr viele Werke von Chopin; die meisten haben keinen Namen. Man hat sie nach der Zeit ihrer Veröffentlichung geordnet. Letztes Mal hab ich Opus 15 gespielt, das hat drei Teile und ich hab den ersten gespielt, in der Tonart F-Dur, Tempo im Gehen wie ein Lied, *andante cantabile*. Es gibt noch einen Teil in F-Dur, sehr langsam im Tempo, *lentissimo*, und einen in G-Moll, langsam, *lento*.«

Meine Schwester war ganz rot geworden, vielleicht fand sie ihre Frage nun gar zu dumm. Mir dagegen wurde nicht heiß vor Verlegenheit, mir schwindelte einfach der Kopf, Latein, Opus Nummer soundso, Tonart, Tempo, Dur, Moll ... Unsere Lehrerin sah wohl, wie mir die Nebel im Kopf aufstiegen, sie lachte: »Keine Sorge, nach und nach lernen wir das alles noch. Jedes Stück hat seine Tonart und sein Tempo.« Und zu meiner Schwester sagte sie: »Du stellst gern Fragen, und ich liebe Fragen! Mit Fragen kommt man voran, und wenn ihr vorankommt, dann komme ich mit euch voran!«

Da hatte ich einen Finger und nahm gleich die ganze Hand. »Frau Lehrerin, von der Nummer 15, von der Sie gerade gesprochen haben, könnten Sie von der nicht mal alle drei Teile hintereinander spielen?«

»Das kann ich gern machen, aber warum willst du sie alle hintereinander hören?«

»Ich möchte gern hören, worin sich die Tonarten und Tempi unterscheiden; wenn ich nur das eine Stück höre, kann ich sie ja nicht vergleichen.«

Mutter kam wieder ins Zimmer und griff auf der Stelle ein, um mich zu bremsen. »Sun, du willst wohl nicht lernen, geh raus! Belästige die Frau Lehrerin nicht so!«

Doch unsere Lehrerin kam mir eilends zu Hilfe: »Frau Mei, das Kind hat recht, nur wenn man die drei Teile vergleicht, lernt man die Unterschiede kennen. Das mag jetzt zwar noch ein bisschen verfrüht sein, aber es ist gut, wenn Kinder wissbegierig sind.«

Mutter warf mir einen strengen Blick zu. »Nun bild dir man bloß keine Schwachheiten ein! Die Zeit eurer Lehrerin ist begrenzt. Sie ist gekommen, um euch zu unterrichten, nicht, damit ihr eure Spiele mit ihr treibt.«

»Das macht nichts«, sagte unsere Lehrerin, »sie fragen nach lauter Dingen, über die ich reden muss.«

Jetzt wurde meine Mutter rot; sie glaubte, einen Tadel herauszuhören, dass sie uns nicht längst alle diese Tonarten und Tempi beigebracht hatte. »Frau Cheng«, ergänzte sie eilends, »so eine Absolventin der Pädagogischen Hochschule während der Kulturrevolution, wie ich es bin, die kennt als Tonarten halt nur C und F, Sie werden mich auslachen, ich kann nicht mal Dur und Moll unterscheiden.«

»Das ist Ihnen weiß Gott nicht vorzuwerfen! Viele Musiklehrer kennen jetzt nicht einmal C und F! Die Große Kulturrevolution hat gegen die Kultur revoltiert und sie umgebracht und die Musik gleich mit! Frau Lehrerin Mei, wenn Sie die Zeit haben, dann lernen Sie doch mit uns zusammen!«

Mutter blieb tatsächlich bei uns, hörte nicht nur zu, sondern nahm sich auch ein Heft, um sich Notizen zu machen. Ich sah, wie sie, ohne sich ihrer Blamage zu schämen, die Gelegenheit nutzte, um kostenlos Stunden zu bekommen, und nun wurde ich rot. Frau Lehrerin Cheng nahm kein Geld, und nun drängte sich Mutter auch noch zum Unterricht, es war so peinlich.

Die Lehrerin sprach über das natürliche C-Dur und das natürliche a-Moll, sie spielte die drei *Nocturnes* von Opus 15 und erklärte F-Dur, Fis-Dur und g-Moll. Gebannt machte sich Mutter Notizen, schrieb und malte nach. Als ich den drei *Nocturnes* zuhörte, begriff ich die Unterschiede der Tempi, das *Andante cantabile* im ersten, das langsame Tempo friedlicher Glockenschläge im zweiten, das sehr langsame des Umherschweifens in einer Mondnacht im dritten.

»Chopin hat insgesamt einundzwanzig *Nocturnes* geschrieben«, sagte unsere Lehrerin, »alle sind sie wunderschön.«

»Ich hoffe so sehr«, sagte meine Schwester, »dass Sie uns jedes Mal eine *Nocturne* von Chopin spielen; das ist so herrlich anzuhören!«

»Nun fängst du auch an und willst Konzerte hören, ohne eine Karte zu kaufen«, tadelte Mutter, »stellt nicht immer Forderungen!«

»Es ist doch ein seltenes Glück, dass beide die *Nocturnes* lieben und ich sie so gerne spiele«, sagte die Lehrerin, »das spielt sich so arglos, reinen Herzens ... Aber«, nun wandte sie sich zu uns, »jetzt muss ich auch euch beide hören!«

Sie prüfte, wie wir beide unsere Hausaufgaben spielten. Zwar war ihr eigenes Spiel eben ein wenig leichter gewesen, doch spielte sich der Flügel viel härter als früher, man musste beim Spielen Kraft aufwenden. Sie korrigierte, wie wir die Finger hielten. Mit meiner Schwester war sie dabei zufriedener als mit mir. »Letztes Mal sind Zhus Finger herumgekrochen, jetzt richten sie sich auf. Sun, bei dir ging's letztes Mal gerade noch so eben, und seitdem hast du kaum Fortschritte gemacht. Du hast nicht so hart geübt wie deine Schwester. Wenn du nächstes Mal nicht besser geworden bist, gibt's was auf die Finger!«

Mutter sagte: »Ohne Prügel kein Preis! Wer sein Kind liebt, züchtiget es! Frau Lehrerin, schlagen Sie mir bitte kräftig zu!«

Ich wusste, sie meinten es nicht so ernst, aber instinktiv ließ ich die Zunge heraushängen, als hätte ich wirklich Angst vor Schlägen.

Dieses Mal trug unsere Lehrerin in unseren Heften die gleiche Aufgabe ein, aber meine Schwester sollte sie sechzigmal spielen und ich einhundertmal. Das waren also die Schläge auf die Finger! Für jedes Abspielen sollten wir einen Strich ins Heft machen und nach fünf Strichen einmal das Schriftzeichen 正, *Zheng*, mit seinen gerade fünf Strichen eintragen.

Mutter bekam keine Aufgabe, aber sie übte mit uns. Ihre Notizen waren nun von Nutzen, wir suchten uns danach auf dem Klavier verschiedene Tonarten heraus und übten deren Tonleitern.

Aus der Bibliothek der Qinghua-TU lieh sich Mutter noch eine Chopin-Biografie. Ich schnappte mir das Buch zuerst und las es in einem Zug, aß und schlief nicht, bis ich es durchhatte. Was für ein Genie: Mit sechs lernt er Klavierspielen, mit sieben komponiert und veröffentlicht er die Polonaise in g-Moll – ich hatte keine Ahnung, was g-Moll war –, mit acht tritt er öffentlich als Pianist auf, kommt mit sechzehn aufs Konservatorium; noch keine zwanzig, ist er schon berühmt. Chopin ist Pianist und Komponist, sie nennen ihn den Poeten des Klaviers. Poeten gehen immer einen mühseligen Weg und leben selten lang. Auch Chopin war mit Krankheiten und Katastrophen geschlagen und noch keine vierzig, als er starb. In seinem kurzen Leben hat er über hundert Kompositionen für Klavier geschaffen. Ich erfuhr nun, dass es außer den *Nocturnes* noch so viele andere Klavierstücke von ihm gibt, Polonaisen, einen Bolero, Ecossaises, Rondeaus, auch Konzerte, ein Trio für Klavier, Violine und Violincello, Sonaten, Balladen, Scherzos, Impromptus, eine Barcarole, Berceuses, Fantaisien … kaum zu zählen, darum hat man sie nummeriert und deshalb wird das einzelne Werk nun als Opus Nr. soundsoviel bezeichnet.

Als ich das Buch durchhatte, gab ich es meiner Schwester und sagte: »Da braucht man keine Fanfare blasen zu lassen, schau auf diesen Mann, Genie ist Eifer.« Die Schwester sah mich auf einmal mit ganz anderen Augen an, dann rief sie unserer Mutter zu: »Mama, dein Sohn wird plötzlich energisch! Bring uns von nun an mehr solche Bücher mit, dann wird unser Sun doch noch fleißig!«

Während Zhu sich das Buch vornahm, setzte ich mich an die Hausaufgabe. Ob es nun die Härte des Klaviers war oder wirklich mein Eifer, ich spürte Kraft in den Fingerspitzen, hörte selbst, dass es jetzt ganz anders klang als damals, als ich das *Tor des Himmlischen Friedens* spielte. Auch unsere Mutter lobte meinen großen Sprung nach vorn und mahnte mich mehrfach: »Sun, nun ruh dich doch mal aus und lass mich mal spielen.«

Ich übte wie ein Wilder eine Woche lang und schrieb in mein Aufgabenheft vierzigmal *Zheng*, mal sehen, was die Lehrerin das nächste Mal sagen würde!

Das nächste Mal prüfte Frau Cheng die Hausaufgaben aber gar nicht, sondern mühte sich zwei Stunden mit der Reparatur ab, dann war sie damit fertig. Überall, wo ursprünglich, durch Filz getrennt, Holz auf Holz und Holz auf Metall schlug, kratzte sie alten Filz ab, schnitt neuen zurecht und klebte ihn auf, ein Haufen Arbeit! Mutter sah, wie sie sich abmühte, und beeilte sich, Tee zu servieren und heißes Wasser nachzugießen, bat sie, sich nicht zu ermüden und auch mal Pause zu machen. »Diese Arbeit liebe ich«, sagte Frau Lehrerin Cheng, »da seh ich, wie die ein solches Klavier gebaut haben. Wenn man sich das ansieht, dann weiß man, jedes einzelne Teil ist von Hand gearbeitet; Steinway kann man den König der Klaviere nennen, Steinways sind einzigartig.«

Den ganzen Vormittag tauschte sie den Filz aus, dann schien die Arbeit an den Filzpolstern abgeschlossen. Mutter wollte zum Essen bitten, aber die Lehrerin sagte, sie sei noch nicht fertig. Sie nahm unter den Tasten die untere Abdeckung ab und ließ mich den Hohlraum darüber mit einem alten Lappen auswischen. Auf der Abdeckung lagen Haufen von Mäusekot und sonstiger Dreck einen halben Finger dick, überall darüber hingen und klebten Spinnweben und Staub, all das stieg mir in die Kehle, dass ich hustete und hustete; Spinnen, Motten und sonstiges Ungeziefer hatten sich auch dort eingenistet, waren aber längst tot und hatten nur ihre Leichenreste hinterlassen.

So vieles hatte in diesem Klavier gelebt, Söhne und Töchter aufgezogen, Generation auf Generation hatte sich abgelöst, von alledem war erstaunlicherweise aber außen auf dem Klavier nicht einmal ein Löchlein zu sehen. Jetzt verstand ich, warum Oma gesagt hatte, Hühnerflügel sei gutes Holz. All die Jahre hatten diesem Holz nichts anhaben können, selbst die ständige Misshandlung in der Großen Kulturrevolution nicht. Hühnerflügel-Holz verfault in tausend Jahren nicht, natürlich hatten es die Insekten nicht kleingekriegt.

Frau Cheng machte mit mir zusammen sauber, räumte auf und wusch sich die Hände, und nun konnte Mutter das Essen auftragen. Was Vater dazu aus dem Restaurant in Haishunju geholt hatte, war längst kalt geworden, doch ausgehungert, wie wir waren, schmeckte es auch wiederaufgewärmt, je mehr wir aßen, umso besser.

Nach dem Essen drängte Mutter der Lehrerin einen Umschlag auf, die wollte aber nichts annehmen. Mutter ließ nicht locker, »Verehrte Frau Cheng«, sagte sie, »nun beschämen Sie uns doch nicht so. Wir haben uns schon gefallen lassen, dass Sie umsonst arbeiten, wie können wir Sie nun auch noch das Material bezahlen lassen? Wenn Sie uns nicht wenigstens das bisschen Geld dafür abnehmen, nein wirklich, das können Sie uns nicht antun.«

Nächstes Mal brachte Frau Cheng der Mutter einige Plastikbeutel Mottenpulver mit, in die musste man mit der Nadel ein paar Löcher stechen und sie dann in das Klavier legen. Außerdem gab sie uns ein großes Bündel Noten; da waren *Hanons* Fingerübungen, *Beyers* Etüden, drei Hefte *Czerny*, ein Stapel von *John Thompsons Klavierkursen*, die sogenannten leichtesten und leichten wie die modernen; die leichten haben wir später den »kleinen Thomp« und die fortgeschrittenen den »großen Thomp« genannt.

»Noten sind teuer«, sagte Mutter, »und das Mottenpulver ist auch noch importiert, wie viel haben Sie denn für all das ausgegeben?«

»Dafür hab ich nicht extra Geld ausgegeben«, sagte Frau Cheng, »das Mottenpulver hab ich von unserem Großvater bekommen, und nach den Noten hat meine Tochter gelernt. Letztes Mal haben Sie mir so viel Geld gegeben, da hab ich mit meiner Tochter gesprochen und sie hat mir Noten gegeben, die sie nicht mehr braucht, und kauft sich mit dem Geld solche, die sie noch brauchen kann. Noten sind teuer, teurer als Bücher, da muss man sparen, wo es nur geht.«

Mutter war gerührt und von ganzem Herzen dankbar, wusste das aber nicht auszudrücken. Was ihr stattdessen über die Lippen kam, war die Zufriedenheit, so billig davongekommen zu sein. »Da haben wir wirklich eine Menge gespart, das reicht für die beiden für ein paar Jahre Klavierspiel! Und auf dem Flügel spielt ständig jemand, da knabbern ihn die Mäuse nicht an.«

»Frau Mei, die Katze von Nachbarn meiner Schwester hat grad Junge bekommen, wenn Sie eins wollen, bring ich Ihnen eines in ein paar Tagen.«

Ein kleines Kätzchen hätte ich nur zu gern gehabt, aber Mutter war allergisch gegen Tierhaare, wenn sie Katzen oder Hunde nur sah, nieste sie den ganzen Tag. Aber das machte auch nichts, bei uns war's so eng, da hätten sich Mäuse nie im Klavier breitgemacht. Das war im Haus des Generals anders gewesen, da hatte die Frau vom Land Nudeln und Reis auf das Klavier gestellt, und was immer davon mal nach unten fiel, fütterte die Mäuse. Hätte die verdammte Große Kulturrevolution nicht die Musikprofessorin in den Tod getrieben, dann wär es auch nie zu dieser Scheußlichkeit gekommen.

Unsere Lehrerin schlug zweimal von links nach rechts alle Tasten an und fragte, ob wir noch was Falsches hörten. Mutter sagte: »Klingt viel, viel besser als vorher, wie oft im Jahr muss man das Klavier denn stimmen?« Frau Cheng sagte, dass einmal im Jahr ausreiche. »Ich höre, drei Töne sind noch nicht richtig, hören Sie den?« Sie schlug dreimal das eingestrichene C an. Ich hörte, was sie meinte, der Ton war dumpf, er klang nicht richtig. »Und den?« Sie schlug zweimal eine schwarze Taste an, das Fis, das ebenfalls trübselig klang. »Und hören Sie das?« Sie schlug das dreigestrichene C an, ich hörte sofort, dass etwas nicht stimmte, es klang, als schlüge Metall auf Metall. Mutter hörte es auch, »Oje, was macht man da?«

»Liebe Frau Mei«, sagte unsere Lehrerin, »das ist ein gutes Klavier und die Schuld liegt bei mir, letztes Mal hab ich es nicht gut genug gestimmt. Das ist aber weiter kein Problem, das haben wir gleich.« Sie bückte sich, nahm wieder unter den Tasten die untere Abdeckung ab, prüfte die Töne, drehte zweimal an Wirbeln, prüfte nochmals, justierte noch zweimal, und damit waren ohne viel Umstand die drei Töne richtig gestimmt. Sie schlug noch zweimal Ton für Ton an. »Und jetzt?« Ich lauschte; klang der Flügel jetzt nicht gedämpfter als vor dem Stimmen? Auch Zhu sagte: »Viel, viel besser, aber nicht so hell wie vorher.«

»Das liegt an den neuen Filzstücken«, sagte Lehrerin Cheng, »mit dem Spielen wird der Klang hell. Je mehr ihr zwei übt, desto heller klingt das Klavier.«

8 GESCHICHTEN UM DEN FLÜGEL

Um auf den neuen Filzstücken den Klang des Flügels möglichst rasch hell zu spielen, ließen meine Schwester und ich die Schularbeiten schleifen und übten ständig, immer saß jemand am Klavier, auch Mutter drängte sich dazwischen, wir ließen dem Steinway keine Ruhe. Für unsere Lehrerin Frau Cheng übten wir zunächst nach dem kleinen *Hanon,* und weil wir schon Noten lesen konnten, war das nicht so schwer. Nach zwei Wochen nahm unsere Lehrerin den kleinen Thomp hinzu, um uns Fingergewandtheit und Taktgefühl üben zu lassen. Meine Schwester, ehrgeizig wie immer, nahm sich, sobald sie beherrschte, was unsere Lehrerin ihr aufgegeben hatte, zusätzliche Stücke vor, die sie ihr das nächste Mal vorspielte, um ihre Fehler korrigieren zu lassen. So kam sie in einer Stunde Unterricht weiter voran als ich in dreien. Vom kleinen Thomp hatte ich das erste Heft noch nicht durch, da war sie schon mit dem dritten fertig. Lehrerin Cheng ließ sie zum großen Thomp springen, und nicht lang, da gab sie ihr noch *Czerny* 599 dazu; auch bei mir wollte sie ursprünglich die

Anforderungen steigern, doch ich wusste selbst, dazu war ich nicht geschaffen, ein paar Hefte vom kleinen Thomp reichten mir zum Üben fürs ganze Leben. Aber um sie nicht zu enttäuschen, übte und übte ich und brachte einfache kleine Stückchen dann auch recht gut zuwege. Meine Schwester freilich hatte überhaupt kein Verständnis für meine Schwierigkeiten, sie machte geradezu rasende Fortschritte, neben dem *Czerny* 599 übte sie dann auch noch aus dem *Burgmüller*.

Ich bekam mit, wie Frau Cheng leise zu Mutter sagte: »Dieses Kind, ihre Zhu, sie ist hochbegabt!«

Mutter hörte das gern, gab sich aber bescheiden: »Ein Phönix hier aus unsrem Krähennest? Sie übertreiben!«

»Frau Lehrerin Mei, ich bin nicht freigiebig mit meinem Lob. Aber Ihre Zhu, die ist etwas Besonderes.« Die Lehrerin meinte es ernst.

»Jedenfalls ist mit ihr mehr los als mit Sun. Sie ist die Beste in der Familie.«

»Als ich so alt war wie Zhu«, sagte Frau Cheng, »habe ich lang nicht so gut gespielt. Aus Zhu wird noch was werden, bestimmt mehr als aus mir. Aber so was sollten wir nicht vor den Kindern sagen.«

Auch Mutter verstand sich ein wenig auf Pädagogik, natürlich hätte sie Zhu nicht ins Gesicht gelobt. Aber sie erzählte Vater, was die Lehrerin gesagt hatte, und den Vater begeisterte das ebenso sehr wie die Mutter – unsere Baracke, diese kleine Hütte war also tatsächlich zum Heim von Pianisten geworden! Und Mutter tadelte mich, ich hätte keinen Ehrgeiz, ständig hielt sie mir die Schwester vor.

Frau Lehrerin Cheng hielt sich aber an das Wort des Konfuzius: Erziehung ist für alle gleich; und auch die Schwester und mich behandelte sie gleich. In dem guten halben Jahr, das sie uns unterrichtete, füllten sich unsere beiden Aufgabenhefte mit vielen, vielen *Zheng*, der Flügel gewann einen hellen Klang, und meine Finger hielten sich nun aufrecht. Meine Schwester trieb es noch wilder; wenn sie mir mal den Rücken massierte und dabei ihre Gedanken schweifen ließ, gruben sich mir ihre Fingerspitzen schmerzhaft ins Rückgrat, als ob sie irgendwie abnorme Fähigkeiten besäße, meine Wirbel hatten sich in Klaviertasten verwandelt, auf die sie wie mit kleinen Hämmerchen einschlug, das tat weh bis in die Knochen.

Der Sonnabend konnte uns beiden nicht früh genug wiederkommen. Meine Schwester freute sich darauf, von unserer Lehrerin lernen zu können, und ich wollte sie weltberühmte Stücke spielen hören und dazu schön essen. Bisher hatten wir immer am Sonntag mit unseren Lebensmittelmarken für Mehlprodukte gegessen, Mutter änderte jetzt diese Regel und machte immer schon am Tag zuvor etwas Besonderes, Schnecken mit Sesampaste, Zwiebelpfannkuchen und diverse Teigtaschen: Baodzi, Shao Mai, Jiaozi, Hundun. Vater hängte sich einen Korb um und holte aus dem Restaurant in Haishunju noch zwei Gerichte dazu, jedes Mal andere, die ganze Huaiyang-Küche durch: Fasanenbruststücke in Zwiebel-Ingwer-Soße, in der Pfanne gebraten; Krabbenmehl mit Löwenköpfen; Krabbenfleisch, in der Pfanne mit gewürzten frischen Tofu-Blättchen gebraten; allein so ein Dutzend Fischgerichte, in klarer Brühe gedämpft, in Sojasoße gekocht oder geschmort, ohne Wasser nur in Öl gebraten, in Chili-Öl: Hilsa-Hering, Graskarpfen, Gelbfisch, geschmorte Abalone-Muscheln mit Spargel, China-Barsch, knusprige kleine Karauschen, angebratene Reisaalstreifen ... Ach, lassen wir das! Was wir auch alles so Leckeres aßen, jedenfalls war es billiger, als immer zum Jugendpalast zu fahren. Mutter packte jedes Mal etwas davon in eine Schachtel, und wenn sie Frau Lehrerin Cheng zum Essen bat, legte sie die Schachtel dazu, damit die Lehrerin sie danach ihrer Mutter mitbringen konnte; wenn sie das nächste Mal kam, brachte sie uns dann die Schachtel voll mit Schokolade und Karamellbonbons zurück.

Kurz vor Neujahr spielte sie wieder Chopin, nachdem wir unsere Übungen erledigt hatten, diesmal war es Opus 48, Nr. 1. Es war, als wollte sie sagen, wie jemand sich fühlte: etwas bedrückt und sehr ernst. Als sie zu Ende war, drehte sie die Noten um und spielte noch etwas, diesmal sehr bewegt. Meine Schwester lauschte gebannt. Ich hörte zu und wusste nicht, was es bedeutete, ich hoffte nur, dass unsere Lehrerin nicht traurig war.

Sie merkte wohl, dass wir nicht verstanden, um was es da ging. Sie klappte die Noten zu und erzählte uns eine Geschichte, die Geschichte vom heiligen Franziskus von Assisi, der in einem Hain den Vögeln gepredigt hatte, nachdem er sie zusammengerufen hatte, und zwar – und Frau Lehrerin Cheng sprach an seiner statt –: »Meine Brüder und Schwestern Vögel, Gott hat euch mit so viel Gnade bedacht, darum wollet dem himmlischen Vater stets dankbar sein! Frei lässt er euch über den Himmel fliegen, er hat euch gekleidet … ihr braucht nicht zu ackern, zu säen, zu ernten, er hat euch gespeist, euch getränkt, euch im Schatten der Täler geborgen, hat euch hohe Bäume gegeben, in denen ihr euer Nest bauen könnt. Ihr könnt nicht nähen noch weben, da hilft euch der himmlische Vater, gute Kleider hat er euch und euren Kindern geschneidert. Er liebt euch, er ist voll Gnade für euch, deshalb sollet ihr immerdar den himmlischen Vater preisen.«

Ich glaubte ihr die Geschichte, denn in der Truppe meines Vaters gab es Onkel Klein Lu, der die Flöte spielte, und auch er konnte die Vögel zusammenrufen und mit ihnen sprechen.

»Liebe Frau Cheng«, fragte Mutter, »sind Sie denn religiös?«

Frau Lehrerin Cheng wiegte den Kopf bedächtig: »Ich glaube an die Musik, an die Schönheit. Liszt hat dem heiligen Franziskus seine *Erste Legende* gewidmet.« Sie spielte das Stück, viel leichter und gelassener als eben den Chopin; gleich, was sie spielte, immer ging sie ganz darin auf, feine aschblaue Blutadern zeigten sich dann auf ihrer Stirne wie bei einem Baby.

Ich fragte sie, was ein Heiliger sei. »Ein Heiliger wie der heilige Franziskus«, sagte sie, »das ist, was wir in China einen seligen Geist nennen. In alter Zeit gab es einen ganz großen seligen Geist, den nannten die Leute Zhuangzi. Zhuangzi sah, wie Nebel über den Himmel rasten gleich wilden Pferden, und sagte: Wildpferde, Staub, alles, alles hängt miteinander zusammen!« Während sie sprach, spielte sie auf dem Flügel ein Stück gleich rasenden Wolkenschatten.

Selige Geister, das war gut, das passte alles so gut zusammen! Ich verstand zwar nichts von alldem, aber die Seligen Geister gefielen mir, Zhuangzi gefiel mir, der heilige Franziskus gefiel mir, und das Stück von Liszt, das gefiel mir auch, vor allem wenn Frau Lehrerin Cheng es spielte! Ich liebte es, wenn bei ihrem Spiel auf ihrer Stirn sich undeutlich die Adern abzeichneten wie bei einem Baby, ich liebte ihre kristallklaren, großen, durchdringenden Augen und sogar, wie sie beim Spiel mit schiefem Körper ihre Hüfte verbog. Denn so war nur sie, sonst niemand, den ich kannte.

Als wir gegessen hatten, sagte sie, nächsten Sonnabend komme sie zum letzten Mal, hinterher bringe sie ihre Schwester, die das

Land verlasse, zum Flugplatz, übernehme danach die Mutter, die alte Dame ziehe bei ihr ein, und sie komme nicht mehr nach Haidian.

Das kam zu plötzlich. Keiner von uns hätte sich so etwas vorstellen können. Für meine Schwester und mich war es wie ein Naturgesetz gewesen, dass wir ein Leben lang bei unserer Lehrerin Frau Cheng Klavier lernen würden. Auch wenn mir der Ehrgeiz fehlte, so konnte ich doch jetzt schon recht flüssig den *Beyer* spielen, und dabei waren mir zu Anfang die Finger nur grad eben so über das *Tor des Himmlischen Friedens* gekrochen. Mir war zuerst, als stürzte ich aus dem Himmel zu Boden. Zunächst war's ein unerträglicher Druck, dann alles leer, der ganze kleine Thomp und die Aufgabenhefte mit den vielen *Zheng*, das flog alles davon, zuletzt blieb nur eine glänzende, leere, weite Fläche. Mutter schaute fassungslos, ihre Lippen zitterten, sie wusste nicht, was sagen. Meiner Schwester fielen die Tränen aus den Augen, für sie war der Schock am größten, sie hatte sich gerade so ganz auf den *Czerny* 849 konzentriert, wenn sie nicht mehr mit unserer Lehrerin lernen konnte, wie sollte es da weitergehen?

Unsere Lehrerin schlug vor, sie könne für die Schwester eine gute Lehrerin finden und ich könne mit der Schwester lernen. Zum Abschluss fand sie noch viele Worte des Dankes.

Die ganze folgende Woche sah Mutter düster drein; wenn sie und Vater sich in der Dämmerung schlafen legten, flüsterten und flüsterten sie. Schließlich kamen sie auf eine Idee.

Als Frau Cheng das letzte Mal kam, mit dem Unterricht fertig war und gegessen hatte, rückte Mutter damit heraus. »Liebe Frau Cheng, mit Ihrem Unterricht haben Sie bei unseren beiden Kindern geradezu im Handumdrehen eine sehr gute Grundlage gelegt. Dass Sie uns jetzt verlassen, das ist für die Kinder ein schwerer Schlag.«

»Mir tut es um die beiden auch leid«, sagte Frau Lehrerin Cheng. »Wenn es Ihnen nichts ausmacht, könnten Sie die Kinder ja am Sonntag zum Unterricht zu mir bringen. Ich wohne jetzt in der Sanlihe-Straße; das ist jedenfalls näher als der Jugendpalast.«

»Ebendas wollte ich gerade vorschlagen«, sagte Mutter, »nun sind Sie mir zuvorgekommen. Mein Mann und ich, wir haben uns das so gedacht, wir verkaufen Ihnen den Flügel und kaufen für die Kinder ein Zhujiang-Klavier. Zhu nimmt bei Ihnen Unterricht, nach dem Preis im Jugendpalast, und Sun darf zuhören. Was halten Sie davon?«

»Sie haben mich mit so viel köstlichen Mahlzeiten gefüttert«, sagte Frau Cheng, »wie könnte ich von Ihnen jetzt auch noch Geld verlangen? Aber diesen Flügel, den würde ich wirklich gern kaufen. Nennen Sie einen Preis!«

»Wir haben ihn für achthundert gekauft und dann so eine Zeit lang benutzt; meinen Sie, siebenhundertfünfzig ist er noch wert?« Das war einfach der Sachverhalt, wie Mutter ihn sah. Aber Frau Lehrerin Cheng lachte kurz und bitter auf. »Frau Mei, was soll das, warum wollen Sie mich täuschen?«

Mutter verschlug es die Sprache. Selbst ich fühlte mich unbehaglich.

»Liebe Frau Cheng«, sagte mein Vater, »Sie missverstehen das, meine Frau will Sie wirklich nicht täuschen. Wir haben den Flügel tatsächlich für achthundert gekauft, aber wir verstehen uns nicht auf die Preise für gebrauchte Klaviere. Wenn Sie meinen, so viel ist er nicht wert, dann sagen Sie einfach, was Sie zahlen möchten.«

Mutter war totenbleich geworden, als die Lehrerin ihr Täuschung vorwarf, dann stieg ihr das Blut ins Gesicht. »Frau Cheng, wenn Sie mir nicht glauben«, sagte sie nun mit hoher, dünner Stimme, »dann können Sie den Verkäufer fragen! Ich habe hier irgendwo die Telefonnummer, er heißt Li, er wohnt in Xiangshan im Quartier der Logistikabteilung für pensionierte Kader. Ich such Ihnen die Nummer raus, warten Sie, wir gehen zusammen zum Blockkomitee, da haben sie Telefon, rufen Sie ihn an und fragen Sie ihn vor mir, für wie viel er uns das Instrument verkauft hat!«

Ich verstand, wie sie sich fühlte. Ich war ja schon ein großer Junge, aber noch nie hatte ich erlebt, dass sie derart erblasste und dann rot wurde, völlig die Beherrschung verlor, und das gegenüber Frau Lehrerin Cheng. Ich hatte Angst, auch die Lehrerin könnte wütend werden. Ein gutes halbes Jahr hatten wir es so schön gehabt miteinander, das durfte doch nicht wegen dieser Preisgeschichte nun alles vorbei sein! Ich wollte vermitteln, rufen: »Unsere Lehrerin Cheng versteht das doch, sie weiß doch, wie viel das kosten muss!«

Aber die Lehrerin wurde durchaus nicht wütend, sie hielt die Mutter zurück: »Frau Mei, die Nummer brauchen Sie nicht herauszusuchen, General Li kenn ich, und ich hab mich damals bei ihm nach dem Flügel erkundigt, daraufhin bin ich dann zu Ihnen gekommen.«

Nicht nur die Eltern waren nun völlig verblüfft, auch meine Schwester und ich. Über den Klavierkauf wussten wir zwei weiter nichts und wollten nun genau erfahren, wie das gelaufen war. Dass Oma uns achthundert gegeben hatte, damit wir das Klavier kaufen konnten, das hatte ich schon gehört. Ich hatte Mutter aber nicht sagen hören, wie viel sie schließlich bezahlt hatte. Ich konnte mir jedoch nicht vorstellen, dass sie jetzt einfach irgendwelchen Unsinn geredet hatte.

Die Lehrerin erklärte langsam, Punkt für Punkt: »Ich hatte einen neuen Yamaha gekauft, und am 1. Mai hat mir Meister Chen mit ein paar Mann geholfen, den zu transportieren. Sie haben sich ordentlich abgemüht, sich dann bei einem Schluck Tee ausgeruht, dabei haben wir uns unterhalten, und da habe ich erfahren, dass Sie den Flügel von General Li gekauft haben. Diesen Flügel kannte ich, das war der Flügel von Frau Professor Gu gewesen, meiner Lehrerin an der Hochschule. Dass sie umgekommen war, wusste ich auch. In jenen Jahren war aber ein Menschenleben keine große Sache, und schon gar nicht fragte jemand nach einem Klavier.«

Jetzt verstand ich, warum sie mal von dem Klavier von Frau Lehrerin Gu gesprochen hatte.

»Sind Sie in der Kulturrevolution auch weggesäubert worden?«, fragte nun meine Mutter.

Frau Chengs Kopf zitterte leicht. »Reden wir nicht davon. Es gab Menschen damals, die nicht weggesäubert haben, aber wie viele gab es, die nicht weggesäubert wurden?«

Das war wohl wahr. Sogar der Staatspräsident wurde ganz weggesäubert, und auch der Kanzler in den Krebs gesäubert. Die Einzigen, die nicht weggesäubert wurden, waren Mao Zedongs Familienangehörige. Wobei, hatte man bei denen nicht auch ’nen Schwiegersohn bald zu Tode gesäubert? Ausnahmen gab es nicht! Und ein Pardon wird nicht gegeben.

Frau Lehrerin Cheng fuhr mit der Klaviergeschichte fort.

»Die Familien von Frau Professor Gu und General Li waren einmal gut befreundet, ihre Väter arbeiteten im Außenministerium, die Kinder haben schon im Sandkasten miteinander gespielt. Als sie größer wurden, trennten sich die Wege. Gus Vater wurde nach Deutschland versetzt, und die Tochter ging mit, gerade als sie ins Hochschulalter kam. Der junge Li begann sein Studium an der Medizinischen Hochschule in Peking, beteiligte sich dort an der Untergrundorganisation der KP und ist später nach Yan'an gegangen. Lehrerin Gu ging auf die Musikhochschule in Mannheim und nach dem Abschlussexamen dort ganz entgegen den Wünschen ihres Vaters zurück nach China. Sie fuhr mit dem Schiff nach Hongkong, durfte aber, weil sie ins sogenannte Banditengebiet wollte, sich dort nicht weiter aufhalten, sondern wurde als Kriminelle zur Grenzbrücke eskortiert; der Flügel, den sie auf dem Schiff mitgebracht hatte, wurde als Spionagewerkzeug verdächtigt, man nahm den Deckel ab, untersuchte ihn, fand nichts und gab ihn der jungen Musikerin mit. Frau Gu heiratete daraufhin den jungen Militärarzt, der damals noch kein General war, und auf jedem Konzert meiner Lehrerin saß dann in der ersten Reihe ein flotter Offizier. In der Kulturrevolution kam meine Lehrerin um, Flügel und Wohnung wurden vom Anführer der Rebellenfraktion des Krankenhauses mit Anhang belegt. Meiner Familie ging's damals nicht besser als der meiner Lehrerin, keiner wusste sich oder anderen zu helfen, zu machen war da nichts. Erst im Gespräch mit Meister Chen hab ich erfahren, dass General Li noch lebt. Also bin ich nach Xiangshan gefahren und hab ihn aufgesucht, aber als ich von meiner Lehrerin Frau Gu sprach, da fing der alte Herr an zu schluchzen. Ich fragte, was aus dem Klavier geworden sei; ich hab's verkauft, sagte er, an gute Leute verkauft. So habe ich erfahren, dass Sie es gekauft haben, und dann über Meister Chen mit Ihnen Verbindung aufgenommen.«

Von alledem hatten wir nichts gewusst.

Mutter fragte weiter: »Hat Ihnen General Li nicht gesagt, zu welchem Preis er das Klavier verkauft hat?«

»Doch, doch, das hat er: für 15 000. Ihr alter Herr hat ihm zunächst 14 200 gegeben, mehr wollte der General eigentlich gar nicht, aber Ihr alter Herr wollte das partout nicht zulassen, da hat der General dann von Ihnen die 800 verlangt. Stimmt das denn nicht?«

Das hätten wir uns nun wirklich nicht gedacht. Summa summarum hatte Stiefopa also das Klavier bezahlt und Mutter nur das Wechselgeld draufgelegt? Sie brach in Tränen aus und verbarg ihr

Gesicht, Vater zitterten die Lippen, er brachte kein Wort hervor, meine Schwester starrte mit leeren Augen das Klavier an, und ich, ich sah hin und her, von einem zum andern, es war wie in einem Roman – um den einen Steinway so viele Geschichten!

9 KLAVIERPFLICHTEN

»General Li sagte mir«, beendete Frau Cheng ihren Bericht, »dieser Flügel sei für ihn wie ein Altar für seine Frau gewesen, von dem sich zu trennen ihm nie eingefallen wäre. Aber dann hätten seine beiden missratenen Kinder diesen widerwärtigen Streit um das Instrument begonnen, da habe er's verkauft, jedem von ihnen 7500 gegeben, die Hälfte des Erlöses, dann sei endlich Ruhe gewesen. Jetzt hofft er nur noch, dass sie ausziehen.«

Die drei Erwachsenen seufzten und schwiegen lange.

Dann setzte sich unsere Lehrerin ans Klavier, begann zu spielen und sang dabei. Ich habe das Lied später noch oft gehört, es ist mir im Gedächtnis geblieben:

Ach –
Ihr, die ihr dem Klang dieses Liedes so verfallen seid,
dass ihr die Ruder rührt, um mir in meinem Kahn, der diesen
  Klang trägt, nachzufolgen
quer über hohe Wellenkämme und die tiefen Schluchten zwischen
  ihnen –
kehrt um, kehrt heim zu den vertrauten Stränden,
stürzt euch, mir folgend, doch nicht in Gefahr!
Denn wenn ihr eines Morgens meine Spur verloren habt,
verirrt ihr euch und findet nimmermehr zurück!
Ich segle über nie befahr'ne Meere,
Apollo lenkt mich, meine Segel bläht Minerva, und in fernster Ferne
funkelt der Große Bär – das ist die tiefe Einsicht in den Augen
  der neun Musen …

Das Lied ist lang, und unsere Lehrerin, mit ihrer europäisch geschulten Stimme, sang es kunstvoll und sehr ergreifend. Man hörte, wie sehr sie es liebte. Sie endete, das Lied war verklungen, uns umfing noch seine melancholische Schönheit. Sie zog ein Taschentuch aus der Hosentasche, wischte sich übers Gesicht, wandte sich ab. Sie hatte Tränen in den Augen. Ich erschrak – warum weinte sie denn?

»Liebe Frau Cheng«, fragte meine Mutter, »müssen Sie denn an etwas Trauriges denken?«

»Als Frau Gu, meine verehrte Lehrerin, gegangen war«, sagte Frau Cheng, »da hat die Rebellenfraktion im Krankenhaus 301 an die Musikhochschule ein Heft mit handgeschriebenen Noten geschickt. Sie hatten es auf Frau Gus Klavier gefunden, auf diesem Flügel, das war der Beweis aktiver Konterrevolution! Die Noten waren *Auf dem Weg ins Paradies*, das Lied, das ich eben gespielt habe, aus dem *Paradies*, dem dritten Teil von Dantes *Göttlicher Komödie*.«

Während sie sprach, wurde sie immer trauriger, auch uns ging das nahe. Das Zimmer war nicht groß, die bedrückende Atmosphäre wurde unerträglich, doch der Tag war kalt, niemand mochte ein Fenster öffnen. Um wieder Luft zu bekommen, wechselte mein Vater das Thema.

»Ein Klavier teurer als eine Wohnung!«, sagte er. »Ich hab gehört, dass sie am Einheitssee neue Wohnungen verkaufen, mit Gasanschluss, ein Zimmer, Küche, Bad, für 6500, zwei Zimmer 9000, drei Zimmer 12 000.«

Frau Cheng seufzte. »Was Sie nicht wissen, ist, dass der Flügel noch viel teurer ist als diese Wohnungen. General Li hat von Ihrem alten Herrn nur die Reparaturkosten verlangt.«

»Wie? Über Zehntausend nur für Reparaturen?«, riefen meine Eltern fast mit einer Stimme aus, als hätten sie sich abgesprochen.

Auch ich war baff. Ich hatte zwar keine Ahnung, was so viel Geld eigentlich wert war. Aber jedenfalls galt in jenen Jahren einer, der über Zehntausende verfügte, mindestens so viel wie heute ein Millionär, und dass die Reparatur dieses Flügels jemanden an den Rand des Ruins treiben mochte, das war schon erschreckend.

Frau Cheng sah, dass wir das kaum glauben konnten, und wiederholte im Einzelnen, was General Li ihr über die Reparaturen erzählt hatte.

Eigentlich hatte er den Flügel selber mit aus seiner alten Wohnung herausholen wollen. Am Tag des Abtransports war er dann aber verhindert, er musste zu einer Besprechung. Die Leute der Klavierfirma fuhren also ohne ihn zur Wohnung des Rebellenführers, nahmen dort den Flügel auseinander, schafften ihn nach Xiangshan und bauten ihn im Heim des Generals wieder zusammen. Der General hatte schon einige Tage zuvor dafür sein größtes Zimmer ausgeräumt und sauber gemacht, nur ein großes Doppelbett hineingestellt; dort erwartete er nun den Steinway. Als der aber montiert war, sah er dem Instrument, an das der General sich erinnerte, nicht mehr gleich. Von der alten Bemalung war nichts mehr zu erkennen. Selbst der schwarze Lack war an vielen Stellen abgeblättert, und über alles zog sich eine dicke Schicht von öligem Ruß, die der General tagelang mit dem Messer abzukratzen versuchte; jedoch, auch wo er sie bald fingerdick herunterholte, kam er nicht bis aufs Holz, alles war verschmiert, fühlte sich fettig und klebrig an.

Dieser Flügel also war die Gefährtin des Generals, sie war heimgekehrt, aber man hatte ihr Gewalt angetan, ihr ganzer Körper war von Wunden übersät, doch wenigstens der Klang war noch derselbe. Der General wollte ihre Wunden heilen, was kümmerte ihn, ob er sich dabei ruinierte, wenn er nur dem Flügel seinen unversehrten Körper wiedergab! Er bat die Lackierer mehrerer Klavierbau- und Klavierhändlerfirmen zur Konsultation, die Meister aber schüttelten alle den Kopf. Eine derartige Aufgabe hatten sie noch nie übernommen. Sie konnten Klaviere nur lackieren, aber nicht die ursprüngliche Bemalung wiederherstellen.

Schließlich fand General Li eine Goldlack- und Intarsienwerkstatt, in deren Ausstellungshalle ihn ein sechsflügliger Paravent mit kunstvollen Abbildungen einer »Geburtstagsfeier mit den Acht Unsterblichen« sehr beeindruckte. Die Werkstatt hatte schon so manches Möbelstück aus den Zeiten der letzten beiden Dynastien restauriert, aber noch nie ein Klavier. Sie schickte nun den alten Meister, der jenen Wandschirm entworfen hatte, zu General Li, damit er sich das Klavier ansehen und beurteilen konnte, ob eine Reparatur möglich war und sich lohnte.

Diese Werkstatt achtete sehr auf ihren guten Ruf. Jedes Werkstück, das sie verließ, hatte Sammlerwert. Der alte Meister sah den

Flügel, runzelte unwillig die Stirn und schüttelte nur den Kopf; stellte dann den großen dreieckigen Deckel des Instruments hoch, bog den Mittelfinger und klopfte damit zweimal auf das Holz. Seine Augen leuchteten auf.

»Meister«, fragte der General, »sehen Sie denn eine Rettungsmöglichkeit?«

»Seh ich; nur viel zu teuer.«

»Für wie viel?«

»Schwer, genau zu schätzen.«

»Dann schätzen Sie doch mal nur so über den Daumen gepeilt, einfach, ob sich die Reparatur lohnt.«

»Natürlich lohnt sie sich! Das ist Hühnerflügelholz; und dann noch diese großartige handwerkliche Leistung der Klavierbauer! Wenn Sie das Geld nicht aufbringen, kann ich mit der Werkstatt reden, ob wir das nicht selber kaufen wollen – natürlich zu einem guten Preis für Sie.«

»Wie soll ich sagen, stellen Sie einfach fest, wie viel es kostet; und wenn ich mir das Geld leihen muss, ich lass das reparieren.«

»Möchten Sie das Instrument ganz im ursprünglichen Zustand wiederherstellen?«

»Das ist nun auch nicht nötig. Ich finde, dieser sechsflügelige Wandschirm in Ihrem Ausstellungsraum, der ist nicht übel gearbeitet. Kann man so etwas auf diesen Flügel übertragen?«

»Kann man, und das spart einiges Geld. Goldstaub ist teuer. Für Perlmutt-Intarsien ist das Material viel billiger. Nur die Arbeitskosten sind etwas höher. Hühnerflügelholz ist härter als Stahl, und in dieses Holz müssen die ganzen Zeichnungen hineingedrillt werden. Allein für die Platte vorn über den Tasten brauchen drei Mann da einen halben Monat, mindestens.«

Dem General war gerade das in der Kulturrevolution einbehaltene Gehalt nachbezahlt worden. Er warf das Geld auf einen Haufen. »Fünfzehntausend, alles in allem«, fragte er, »meinen Sie, das reicht?«

Der alte Meister rechnete in Gedanken hin und her. »So ungefähr wird's hinhauen«, sagte er. »In der Werkstatt mach ich mal einen Entwurf. Wenn Sie damit zufrieden sind, lass ich den Buchhalter rechnen, dann haben Sie eine genaue Zahl.« Er bat um ein Blatt Papier, skizzierte darauf den Flügel, maß ihn von allen Seiten aus, auch die Füße, notierte das alles, skizzierte auch den Klavierschemel und maß ihn aus, ließ sich noch die Telefonnummern des Generals zu Hause und im Krankenhaus geben und ging.

Nach einigen Tagen rief er an: Die Werkstatt wolle dem General 18 000 für den Steinway geben, ob er einverstanden sei?

Der General sagte: »Diesen Flügel hat meine verstorbene Frau hinterlassen. Er ist das Einzige, was mir von ihr geblieben ist. Wenn er repariert werden kann, dann reparieren Sie ihn bitte. Gleich, was es kostet.«

Der Meister machte einen fantastischen Entwurf; schöner ging es nicht, dafür hätten dann aber 15 000 nicht ausgereicht. Also kam der Meister selbst mit drei Lehrlingen und erledigte den Auftrag während der drei Tage Urlaub zum Nationalfeiertag. Mit seinem Oktobergehalt lud der General darauf die vier mit ihren Familien zum Pekingentenessen in die »Gesamtheit versammelter Tugend« ein, und dann wollte er auf den Fen den genauen Preis bezahlen. Aber die Werkstatt bestand auf Ehre und Anstand und verzichtete auf alles, was über 15 000 hinausging. Doch der General öffnete der gesamten Belegschaft ein Hintertürchen im Militärkrankenhaus: Wer krank wurde, konnte sich im 301er behandeln lassen.

So ist das in China: Zwischen den Menschen reichen Gefühle weiter, als der Himmel hoch sein mag.

Mutter sagte: »Da hat der alte Meister wirklich hervorragende Arbeit geleistet. Kein Wunder, dass unsere Oma die Augen aufgerissen und gemeint hat, das Klavier müsse wohl aus dem Palast gekommen sein!«

»Was Sie nicht sagen!«, staunte Frau Lehrerin Cheng. »Ihre alte Dame versteht was von der Sache! Dieses Klavier, das hatte tatsächlich der Kaiserhof bestellt und gleich angezahlt. Aber als es dann fertig war, gab es keinen Kaiserhof mehr, da hatten wir schon die Republik, und Steinway blieb nichts anderes übrig, als das Instrument billig abzustoßen. Der Vater von Frau Gu hat es von einem Diplomaten der niederländischen Botschaft in Deutschland gekauft. Weil es sechs Beine hatte, ist Steinway es nicht losgeworden, und sie hatten ja auch schon die Anzahlung, da haben sie es dann billig abgegeben. Frau Gu sagte, die Mutter des Holländers habe es gekauft, und als es dann zu den Gus kam, da hatte es nur noch drei Beine.«

Was wir über Frau Professor Gu erfuhren, steigerte noch unsere Hochachtung für ihre Schülerin, unsere Lehrerin Frau Cheng. Ein abgeschlossenes Klavierstudium an der Zentralen Musikhochschule, eine reguläre Musikerausbildung also! Jetzt Pianistin im Zentralen Symphonieorchester! »In welcher Generation«, wiederholte Mutter mehrmals, »in welcher Generation hat unsere Familie so viel der Tugend angesammelt, dass unsere Kinder das Glück haben, Schüler einer wirklichen Pianistin zu sein?«

Lehrerin Cheng winkte ab. »So sollten Sie nicht reden, so verhält es sich nicht. An der Fakultät für Klavier habe ich nur anderthalb Jahre studiert. Dann habe ich mir das Handgelenk verknackst, und alle Behandlung nützte nichts; ich musste das Fach wechseln, wählte Komposition. Jetzt mach ich die Orchestrierung für das Orchester, Klavier spiel ich nur noch gelegentlich, um auf andre Gedanken zu kommen.«

Eigentlich war sie also Komponistin, wie Nie Er, Xian Xinghai! Somit stand sie noch einmal eine Stufe höher!

Wieder winkte sie ab. »Komponistin kann ich mich nicht nennen. Nur einmal hab ich, zusammen mit anderen, ein Klavierstück komponiert. Gewöhnlich ist es lediglich Orchestrierung, Hintergrundmusik.«

Was genau Orchestrierung und das Ausarbeiten von Hintergrundmusik waren, verstand ich nicht, und schon gar nicht, wieso das etwas anderes sein sollte als Komponieren. Jedenfalls verehrte ich unsere Lehrerin. Ich hörte nun genauer hin, wenn im Radio Musikstücke angesagt wurden, und einmal hieß es zum Abschluss tatsächlich: »Ausgeführt vom Zentralen Symphonieorchester, komponiert von Soundso, Hintergrundmusik von Cheng Pinzhi.« Cheng Pinzhi, das war unsere Lehrerin. Ich hörte, wie Mutter zu Vater sagte: »Sieh, welche Namen sie für ihre Töchter gewählt haben: Pinlan für die Ältere, Pinzhi für die Jüngere, der feine Duft von Zhi und Lan, so bezeichnend für eine hochgebildete Familie.« Zhi, das wusste ich, war Glänzender Lackporling, dessen Genuss zu ewigem Leben als seliger Genius verhelfen sollte, und Lan eine Orchidee.

Die drei Erwachsenen verhandelten noch lange über das Klavier; jede Seite, meine Eltern einerseits, Lehrerin Cheng andererseits, wollte der anderen mehr zukommen lassen, als diese sich gewünscht hatte, wollte die andere um Himmels willen nicht übervorteilen. Schließlich einigten sie sich auf folgende Lösung: Lehrerin Cheng sollte unseren Steinway bekommen, wir ihren Yamaha. 6600 für den Yamaha abgezogen, sollte Lehrerin Cheng uns noch 8400 für den Steinway geben. Mutter wollte partout nicht so viel, aber gut, 8000; doch Lehrerin Cheng wollte unbedingt auch die Transportkosten zahlen.

Als wir die 8000 erhalten hatten, packten wir eine Schachtel mit Konfekt und einen Korb Obst und machten uns zu einem Besuch in der Jadequellenstraße auf. Mutter hatte zunächst allein fahren wollen, aber Vater fand, wir sollten alle zusammen die alten Herrschaften heimsuchen. Zuvor hatten wir abgemacht, dass meine Schwester und ich Oma zu einem Einkaufsspaziergang bitten sollten, damit die Eltern unterdessen unserem Stiefopa das Geld geben konnten. Aber der nahm es nicht an: Die Eltern sollten es für uns Kinder zurücklegen, sagte er, für Klavierunterricht, für Bücher. Seine Pension, gut 300 im Monat, die sei für ihn mehr als genug, die könne er schon nicht mehr aufessen. Er zahle ja keine Miete, zahle auch nicht für Strom oder Wasser. Wann immer wir Geld brauchten, sollten wir uns nur an ihn wenden.

Der Yamaha kam. Das war ebenfalls ein dreieckiger Flügel, glänzend schwarz lackiert, auf goldenen Röllchen und mit goldenen Pedalen sah er sehr wertvoll aus, war gestimmt und hatte auch noch drei Jahre Garantie.

»Frau Lehrerin Cheng nimmt alles zu schwer«, sagte Mutter zu alledem, »um ihrer toten Lehrerin zu gedenken, tauscht sie ihren brandneuen Flügel ein und zahlt noch so viel Geld drauf.«

Vater meinte: »Freunde finden sich immer und überall, aber mit wie vielen davon liegst du auf der gleichen Wellenlänge, harmonierst du wirklich? Wir haben die Freundschaft von Frau Lehrerin Cheng gewinnen können und dann noch den Opa, der unsere Kinder wie eigene Enkel behandelt! Wir dürfen ihn nicht vernachlässigen, wir sollten von nun an den alten Herrn öfters besuchen!« Mutter aber schärfte uns ein, der Oma von diesen Geschichten nichts zu erzählen. Wir sollten nur ordentlich Klavierspielen lernen und unserer Lehrerin und auch dem Stiefopa keine Schande machen.

Erst als ich Jahre später in einer Wiener Klavierfirma Arbeit fand, da hab ich gelernt, dass Steinway und Yamaha nicht auf einer Ebene stehen. »Yamaha?«, sagte mein Chef, »Das ist Weißblech! Einen Steinway für 6000 Euro gekauft? Wenn du mal wieder an so einen Steinway gerätst, bitte, bitte kauf ihn für mich, und wenn er am Auseinanderfallen ist!«

10 DIE OMA-ALLIANZ

In der Nacht vor Chinesisch Neujahr sah ich den Steinway im Traum. Frau Cheng saß daran und spielte ein Spiritual der Sklaven auf den Plantagen, sie spielte es lange und sagte dabei wieder und wieder: »Nobody knows my sorrow.« Ich wachte auf und war traurig und dachte an die Lehrerin und auch an den Steinway. Als der Steinway noch bei uns war, hatte er mir weiter nichts bedeutet. Als ich dann seine Geschichte hörte, war mir, als ob in der Familie nun jemand fehlte.

Nach vorheriger Absprache fuhr Mutter mit uns beiden nach Neujahr zum ersten Mal in die Sanlihe-Straße zu unserer Lehrerin. Meine Schwester bekam Mutters Fahrrad, Mutter nahm Vaters Fahrrad, und ich saß bei ihr hinten auf dem Gepäckträger. Mutter, die befürchtete, dass die Lehrerin wieder kein Geld annehmen würde, war zum Duftblüten-Haus gegangen, hatte eine schöne Schachtel mit Süßigkeiten gekauft und in meinem Ranzen verstaut, den ich jetzt auf dem Rücken trug. Den ganzen Weg stieg mir der süße Osmanthusduft immer stärker in die Nase, vor lauter Lust auf die Süßigkeiten lief mir das Wasser im Munde zusammen, je mehr ich schluckte, umso heftiger.

Frau Cheng wohnte hinter dem Xindadu-Hotel in einem nach Zerschlagung der Viererbande gebauten Hochhausviertel, ganz oben im fünften Stock, ohne Aufzug. Als wir die Haustür öffneten, hörten wir ihr Klavierspiel, eine mir, ich wusste nicht mehr woher, vertraute Melodie. »Teresa Teng, *Wann kommst du wieder, mein Freund?*, sagte meine Schwester. »Hätte nicht gedacht, dass man das auch auf dem Klavier spielen kann.« Natürlich, das war Teresa Tengs Song, den man jetzt überall hörte. In meinem Gymnasium war es in Mode, Teresa zu imitieren; sobald Chen Sidong mich zu Gesicht bekam, legte er los, mit albern verzerrter Stimme: »Den schönsten Blüten lässt die Welt keinen Raum, die lieblichsten Bilder bleiben ein Traum, Trauer zehrt unser Lächeln auf, an der Wimper die Träne spiegelt dein Bild, wie's zerschellt – wenn wir uns trennen nach dieser Nacht, wann kommst du wieder, mein Freund, mein Held? Ist das Glas leer, bring den Nachtisch her! Wann kann man im Leben sich schon mal besaufen! Freu dich doch, worauf wartest du noch? Los, los, los, trink das Glas aus! Was kommt, wenn's leer ist, seh'n wir dann schon.« Das alles, außer dem gesprochenen letzten Satz, in einem ganz blödsinnigen Takt herausgequetscht, besonders das Wort »besaufen«. Auf dem Klavier klang es völlig anders. Mit der linken Hand hob unsere Lehrerin die Abschiedsstimmung heraus, mit der rechten spielte sie, mal leicht, mal schwer, wie ein Gespräch von Mann und Frau, leise, leise weinend klagte die Frau, mit tiefer Stimme tröstete der Mann, das war großes Drama. Unsere Lehrerin war eine große Pianistin, auch wenn sie so einen Schlager spielte.

Mutter sah auf die Armbanduhr. »Wir haben noch sieben, acht Minuten. Lasst uns hier so lange zuhören, das klingt ja viel schöner als das elektrische Hintergrundgedudel bei Teresa Teng.«

Frau Chengs Spiel verstummte, wir stiegen die Treppen hinauf, und genau um drei Uhr klopften wir an ihre Wohnungstür. Eine alte Dame mit gütigem Blick öffnete, ihr schneeweißes Haar hatte sie zu einem Knoten zusammengebunden; unsere Lehrerin stand hinter ihr und stellte vor: »Das ist meine Mutter, sie hat sich sehr gefreut, als sie hörte, dass Sie herkommen wollen.« Die alte Dame nahm die Hand unserer Mutter mit den Worten »Willkommen, willkommen!« in beide Hände. »Wir belästigen Sie über Gebühr«, sagte Mutter, »und das ist ja erst der Anfang, es soll ja nicht nur ein- oder zweimal sein.«

»Sie belästigen uns überhaupt nicht«, sagte die alte Dame, »sonst hätten wir Sie gar nicht hergebeten.« Meine Schwester, verständig wie immer, sagte ehrerbietig: »Frau Großmutter, guten Tag!« Ich schloss mich an und begrüßte ebenfalls die Frau Großmutter. Die alte Dame freute sich und bat uns alle herein.

Die Wohnung hatte einen Vorraum und zwei Zimmer. In jedem Zimmer stand ein Klavier und ein großes eisernes Bett. Der Steinway stand im größeren Zimmer. Unsere Lehrerin unterrichtete dort nun meine Schwester, während die alte Dame uns ins kleinere Innenzimmer bat. Dort hing in einem Spiegelrahmen an der Wand ein großes Foto unserer Lehrerin in jungen Jahren, sie saß am Klavier, ebenfalls einem Steinway, ich erkannte die vertrauten Buchstaben um das & herum. Mutter konnte sich nicht zurückhalten: »Was für eine Schönheit ist Ihre Tochter in ihrer Jugend gewesen! Und wie sehr sie Ihnen ähnelt!«

Abgesehen von ihrem schneeweißen Haar ähnelte die alte Dame in Gesicht und Gestalt in der Tat sehr unserer Lehrerin. Jetzt lachte sie: »Das ist nicht Pinzhi, sondern ihre Tochter Shanshan, aufgenommen im letzten Jahr bei einem großen Klavierwettbewerb im Ausland.«

Meine Mutter ermahnte mich: »Und wann machst du deiner Mutter solche Ehre?«

Ich wurde rot, nicht, weil ich mich meiner Klavierkünste schämte, sondern weil mir Mutters Tolpatschigkeit peinlich war, konnte sie sich denn mit unserer Lehrerin vergleichen?

Großmutter Cheng lächelte milde. »Von Pinzhi höre ich, dass Ihre Tochter schon wirklich gut spielt, dass aus ihr gewiss noch was wird, dass sie große Preise gewinnen wird.«

Auch Mutter konnte auf andere eingehen. »Das Stück, das Ihre Tochter vorhin gespielt hat, grad als wir kamen, das war wunderbar, viel schöner als die elektronische Begleitmusik sonst.«

Großmutter Cheng seufzte. »Seit Tagen spielt sie das ständig. Ich hab Angst, sie kommt nicht mehr davon los.«

»Hat sie denn Kummer?«, fragte Mutter mitfühlend.

»Ach«, sagte Großmutter Cheng, »lassen wir das. Kommen Sie, trinken wir Tee.« Sie goss Mutter und mir Tee ein, reichte uns geröstete Kürbiskerne und stellte sich dann auf die Zehenspitzen, um vom obersten Fach des Bücherregals eine hübsche schwarz lackierte runde

Holzdose herunterzuholen, aus der sie uns knusprige Sesambonbons herausnahm. »Danke, Großmutter!«, sagte ich. Sie lobte mich, weil ich mich zu benehmen wisse. Mutter öffnete meinen Ranzen, nahm die Schachtel mit den Süßigkeiten heraus und überreichte sie Großmutter Cheng in ehrerbietiger Haltung und mit den Worten: »Nur eine Kleinigkeit!« Die alte Dame nahm sie gelassen entgegen, betrachtete sie genau, sagte: »Na so was! Vom Duftblüten-Haus! Da haben Sie sich aber in Unkosten gestürzt!«, und stellte die Dose mit zittrigen Händen auf das Regal.

»Haben Sie sich bei Ihrer Tochter schon gut eingelebt?«, begann Mutter ein Gespräch.

»Oh, Frau Mei, da liegt ein Irrtum vor. Nicht ich bin bei meiner Tochter, sie ist bei mir eingezogen. Diese Wohnung ist mir auf Antrag zugewiesen worden, in Durchführung der Richtlinien bei unserem alten Herrn als Entschädigung.«

»Um Himmels willen, ich schwätze ja dummes Zeug, verzeihen Sie mein Gerede!«

»Aber das macht doch nichts«, sagte Großmutter Cheng, »Sie wussten das ja nicht, da kann man Ihnen doch nichts vorwerfen. Pinzhi sagt, Sie seien das Fräulein Tochter von Meis Amt in der Junjichu? Hat die Regierung da bei Ihrem Herrn Vater die Richtlinien durchgeführt?«

»Das Gehalt haben sie nachgezahlt, nach Abzug der Verpflegungskosten im Gefängnis«, berichtete Mutter. »Wegen dem Haus hat unsere Mutter sich an die Einheit gewandt. Aber bei der sagt die Leitung, wir sollen uns privat was kaufen.«

»Blödsinn! Wozu sind die denn noch gut, wenn man sich die Wohnung eh selbst kaufen soll? Frau Mei, in der Sache müssen Sie dranbleiben, denen ständig die Türen einrennen, der Einheit, dem Wohnungsamt und auch sonst, wer immer damit auch nur am Rande zu tun hat! Wir hatten im Houhai-Viertel, an der Yinding-Brücke, einen Hof, da haben sich in der Kulturrevolution zwölf Familien einquartiert. Von jeder einzelnen Familie hab ich die Einheit aufgesucht. Eine Familie von einem Bürochef im Bergbauministerium, die saß in fünf Räumen im Nordflügel. Jetzt dieser Taubenstall hier, der gehört zu den Wohnungen des Ministeriums; ist mit unserem Nordflügel zwar nicht zu vergleichen, aber immer noch besser als gar nichts.«

»Ich muss sechs Tage die Woche zur Arbeit«, sagte Mutter, »allenfalls sonntags hätte ich für solche Aktionen Zeit, und da hat auch jedermann sonst frei, in keiner Einheit träfe ich da jemanden an, wie soll das gehen?«

Großmutter Cheng sagte der Mutter, anfangs hätte die Polizeibehörde viel zu viel für die Verpflegung abgezogen, immer für drei Mahlzeiten am Tag, dabei hätten die in Haft ja nur zweimal täglich ihre Maisknödel bekommen. Sie sei zur Polizeibehörde gegangen und habe denen das vorgerechnet, darauf hätten die ihr schließlich den Betrag für eine Mahlzeit pro Tag zurückgezahlt, für zwölfeinhalb Jahre sei da auch schon ein nettes Sümmchen zusammengekommen.

»Unser Vater ist im Gefängnis gestorben«, sagte Mutter, »und jetzt wollen sie noch Verpflegungskosten von uns, was soll man dazu noch sagen?«

»Unser alter Herr ist noch aus dem Gefängnis herausgekommen«, sagte Großmutter Cheng, »am Morgen kam er zurück, und am Abend ist er gegangen. Nicht nur Häuser schulden die uns, die schulden uns Menschenleben. Wenn wir uns an jemanden halten müssen, dann an die, wenn was zu fordern ist, dann von denen, uns steht das zu, mit unseren Forderungen tun wir ihnen kein Unrecht!«

Die Stunde meiner Schwester war zu Ende, nun war ich dran, trat in das große Zimmer, verbeugte mich vor unserer Lehrerin und setzte mich dann an den Steinway. Schon gewöhnt an den auf Hochglanz gewienerten Yamaha, kam mir der Steinway auf einmal recht trübselig vor. Zunächst spielte ich die Hausaufgaben durch. »Shi Sun, das hast du wirklich nicht schlecht gespielt!«, lobte Frau Cheng.

»Vielen Dank, Frau Lehrerin!«, sagte ich eilends, doch sie fuhr fort: »Das Fundament ist gelegt, ich hab dich nicht vergeblich unterrichtet. Aber wenn du Woche für Woche den weiten Weg auf dich nimmst, nur um wieder und wieder diese simplen Melodien abzuspielen, ist das die Mühe wert? Deine Schwester spielt nochmals ein Stück aus *Czerny* 849, dann nimmt sie *Czerny* 299 in Angriff. Ihr lernt doch zusammen, sieh mal, jetzt ist sie dir schon so weit voraus! Jetzt musst auch du in die Puschen kommen, von nun an übst du aus dem 599!«

Da nur zuzuhören war mir ein Schrecken! Wenn die Schwester aus 599 übte, hatte ich mich immer nach draußen verdrückt. Chen Sidong wusste das schon. Wie er mich sah, fragte er: »Na, wieder auf der Flucht vorm 599er?« Aber wenn unsere Lehrerin mich daraus üben ließ, war keine Rettung mehr. Um unserer Lehrerin willen, um unseres alten Kumpels, des Steinways willen, nahm ich das auf mich, und damit begann die Historie meiner Qualen, ach, 599! Ach *Czerny*! Seid Ihr Euch bewusst, was Ihr uns antut?

Als wir wieder zu Hause waren, diskutierten die Eltern das Entschädigungsproblem. »Wir müssen das Oma überlassen«, meinte der Vater, »wir beide haben weder die Zeit noch die Energie. Großmutter Cheng ist ja auch überall selber hin.« Mutter fand, so einfach sei das nicht. »Bei unserer Oma liegt die Sache anders. Großmutter Cheng ist die Erbin erster Ordnung, sie hat das Rederecht. Meine Mutter aber hat wieder geheiratet, Vaters Angehörige sind also in erster Linie wir. Wenn wir nicht die Zeit haben, selbst vorzusprechen, können wir Eingaben machen. Wenn wir sonst nichts schaffen, schreiben können wir ja wohl noch.«

Also schrieben die Eltern Briefe an die Polizeibehörde, das Gericht und das Personalamt. Letzteres antwortete umgehend: Es sei nicht zuständig. Denn erstens habe es kein Vermögensrecht an dieser Immobilie, und zweitens sei die Immobilie auch nicht von seinen Leuten besetzt worden. Es schlug vor, die Familie solle sich an das Wohnungsamt von Haidian und an die Einheiten der Besetzer wenden. Die Eingabestellen von Gericht und Polizeibehörde antworteten ebenfalls, und zwar mit vorgedruckten Formularen, in denen es hieß, die Eingabe sei eingegangen und zur Erledigung an die zuständigen Stellen gegeben worden; dazu waren handschriftlich Mutters Name und darunter das Datum eingetragen. Weiter kam nichts mehr.

Mutter befolgte, was ihr Großmutter Cheng und das Personalamt geraten hatten, und erkundigte sich in der Nachbarschaft, wer die Räume an der Junjichu in »Meis Amt« besetzt hatte. Es war ein recht gemischter Haufen, gut zwei Dutzend Haushalte aus den »Rebellen« verschiedener Schulen: Wasserau-Grundschule, Zweite-Haidian-Oberschule, Erste-Zhongguancun-Grundschule, Taipingzhuang-Grundschule, Caihefang-Grundschule, alle Gemeindeschulen von Haidian waren vertreten. Mutter sagte, die hätten alle zur »Rebellenfraktion Volkskommune Haidian« gehört. Sie schrieb nun direkt an das Schulamt von Haidian, und meine Schwester und ich lieferten diesen Brief dort ab, im Gebäude der Bezirksregierung von Haidian, Xieshuihu Nr. 1. Sie bat ferner Frau Zhu, die Rektorin ihrer Grundschule, sie möge doch bei Gelegenheit, etwa wenn sie zu einer Besprechung ins Schulamt müsse, für uns dort ein Wort einlegen. Rektorin Zhu hatte zur »Jinggangberg-Kampfgruppe« gehört. Das waren die Todfeinde der »Volkskommune Haidian« gewesen. Also war sie uns in dieser Angelegenheit gern zu Hilfe.

Das Schulamt antwortete schlicht, es sei außerstande, die Räume an der Junjichu zurückzugeben, denn es gebe nichts, wo man die zwei Dutzend Familien sonst unterbringen könne. Gericht und Polizeibehörde ließen auch weiterhin nicht von sich hören. Vater sagte: »Jetzt haben wir getan, was wir tun konnten, alles für die Katz. Bleibt nur noch, dass Oma sich wieder auf die Socken macht, um zu sehen, was sie noch erreichen kann.«

Mutter sprach also mit Oma, und die sagte das gerne zu. Außerdem vereinbarten sie, dass am nächsten Sonntag Oma uns zur Klavierstunde bringen sollte, um sich bei dieser Gelegenheit mit Großmutter Cheng unterhalten und von ihren Erfahrungen profitieren zu können.

Am Sonntag kamen wir immer um halb vier zum Klavierunterricht. Großmutter Cheng war zu dieser Zeit gerade vom Mittagsschlaf aufgestanden und trank dann mit Mutter ihren Nachmittagstee. Nun sollte uns also an Mutters Stelle Oma zu Chengs bringen, aber um halb drei war sie noch nicht da, um drei immer noch nicht, wir wurden unruhig, nahmen unsere Noten, eine Schachtel kandiertes Dörrobst vom Omanthusduft-Dorf und zwei Dosen Jasmintee, stellten uns an die Straße und warteten. Fünf nach drei kam Oma im Auto, der Chauffeur, in Armeeuniform, stieg aus und öffnete uns die Wagentür. »Klein Zhang«, sagte Oma zu ihm, »jetzt ist es noch nicht halb vier; hol uns dann in anderthalb Stunden wieder ab; um fünf sind wir wieder hier.«

»In Ordnung«, sagte der Chauffeur, salutierte militärisch und fuhr los.

Wir gaben Oma die Geschenke für Großmutter Cheng. Sie warf nur einen Blick drauf. »Taugt nichts«, sagte sie, »lasst das mal, bringt's eurer Mutter wieder mit.«

Meine Schwester sagte: »Unsere Lehrerin nimmt kein Geld für die Stunden. Mutter sagt, wir können doch nicht mit leeren Händen kommen. Heute Vormittag hat sie eigens für die Geschenke angestanden.«

»Meinst du, deine Oma weiß nicht, dass man nicht mit leeren Händen ankommen soll?«, sagte Oma. »Das Problem ist nur, was eure Mutter da gekauft hat, das hat kein Niveau! Statt die Leute mit so was zu behelligen, lasst ihr's lieber ganz. Ich hab Geschenke mit, das braucht euch nicht zu kümmern. Das kandierte Zeug da könnt ihr beide auf dem Heimweg selber essen, den Tee kann sich Klein Zhang mitnehmen. Eurer Mutter braucht ihr das nicht zu sagen. Von nun an kommt ihr immer mit mir, da müsst ihr nicht solche Geschenke mitnehmen.«

Danach fragte sie uns noch über Großmutter Cheng aus. Wie alt sie sei, ob sie umgänglich sei, ob man gut mit ihr reden könne.

Frau Cheng spielte wieder *Wann kommst du wieder, mein Freund?* Damals auf dem Heimweg hatte Mutter in einem Laden an der Ganjiakou-Kreuzung eine Kassette mit Teresa Tengs Songs gekauft, auch *Wann kommst du wieder, mein Freund?* war dabei. Dann hatten, während Mutter die Melodie mit der rechten und eine einfache Begleitung mit der linken Hand spielte, meine Schwester und ich den Song in der Art von Teresa Teng eingeübt. Wir sangen ihn wechselweise, sie einen Satz, ich einen Satz, und kamen bald nicht mehr los davon, sangen es Tag und Nacht, weiß der Himmel wie oft. Wie wir unsere Lehrerin jetzt eine lange Ouvertüre spielen hörten, fielen wir schüchtern ein, zunächst meine Schwester, ganz leicht und leise: »Den schönsten Blüten lässt die Welt keinen Raum, die lieblichsten Bilder bleiben ein Traum, / Trauer zehrt unser Lächeln auf, an der Wimper die Träne spiegelt dein Bild, wie's zerschellt – / wenn wir uns trennen nach dieser Nacht, wann kommst du wieder, mein Freund, mein Held? / Ist das Glas leer, bring den Nachtisch her! / Wann kann man im Leben sich schon mal besaufen! Freue dich doch, worauf wartest du noch?«

Gerade im Stimmbruch, sprach ich in meinem eben sich herausbildenden Bass: »Los, los, los, trink das Glas aus! Was kommt, wenn's leer ist, seh'n wir dann schon.«

Meine Schwester wiederholte mit ihrer zarten Stimme: »Wenn wir uns trennen nach dieser Nacht, wann kommst du wieder, mein Freund, mein Held?«

Schöne Töne brachte ich nicht heraus, konnte das Zwischenspiel nur brummen. Also atmete sie durch und sang weiter:

Nun singt er nicht mehr, wie die Ferne ihm lacht,
weiße Jade das Glas – wieder trinkt er mir zu!
Sagt wieder und wieder so liebliche Worte,
wie er so fest in den Armen mich hält!
Wenn wir uns trennen nach dieser Nacht,
wann kommst du wieder, mein Freund, mein Held?
Ist das Glas leer, bring den Nachtisch her!
Wann kann man im Leben sich schon mal besaufen!
Freu dich doch, worauf wartest du noch?

Ich seufzte ein sanftes »Ach …«, ganz wie Deng Lijun, blickte die Schwester voll gespielter Zärtlichkeit an und hauchte leise: »Trink doch dies Glas noch, trink's bis zur Neige …«

Oma runzelte die Stirne.

Meine Schwester übernahm und sang nun laut und lustvoll: »Wenn wir uns trennen nach dieser Nacht, wann kommst du wieder, mein Freund, mein Held?«

Und ich brummte wieder das Nachspiel.

Oma betrachtete das als Ende der Vorstellung und tadelte: »Wenn Kinder so was singen, was soll man dazu noch sagen? Kümmert sich eure Mutter denn überhaupt nicht darum, was ihr da aufstellt?«

Ich sagte stolz: »Mutter hat uns das beigebracht!«

Auf Omas Stirn vertieften die Runzeln sich zu finsteren Furchen.

Meine Schwester sagte: »Oma, was du Frau Lehrerin Cheng eben spielen gehört hast, das war dies Lied! Die Großen singen das alle.«

Inzwischen waren wir oben bei Chengs angelangt. Oma stellte sich vor, zog aus einem reinlichen weißen Leinenbeutel eine in Satin eingeschlagene Schachtel heraus, überreichte sie mit beiden Händen Großmutter Cheng und erklärte bescheiden: »Ein kleines Mitbringsel, über das die große Schwester bitte lächeln möge.«

»Oh«, sagte Großmutter Cheng, »so eine exquisite Verpackung, gewiss für einen kostbaren Inhalt, das kann ich nicht annehmen!«

»Es sind nur ein paar Teeblätter drin«, sagte Oma, »kein hinreichender Ausdruck unserer Verehrung.«

Großmutter Cheng öffnete die Schachtel. »Das ist ja, Bìlúochun, Jadegrüner Schneckenfrühling.« Sie freute sich übers ganze Gesicht über den Tee aus den beiden Dongting-Bergen. »So guten Tee findet man selten.« Sie suchte ihre Lesebrille hervor und setzte sie auf, um die kleine Schrift auf der Schachtel lesen zu können. »Ha, und aus Wu! Die echte Ware und ganz frische Ernte! Ausgezeichnet, ausgezeichnet!«

Die Schachtel war mit gelbem Satin ausgelegt, und darin waren zwei Metalldosen eingehüllt. Großmutter Cheng öffnete eine davon, schloss die Augen und atmete tief ein. »Wie das duftet!«, sagte sie. »Ein guter Tee!« Sie schraubte den Deckel der Dose wieder zu, legte sie zurück und schloss die Schachtel, dann goss sie der Oma eine Tasse Tee ein. »Das ist Tee aus Pu'er in Yunnan, alter Pu'er-Tee, heute hab' ich den aufgesetzt, nächstes Mal bediene ich mich dabei als Opfergabe für Buddha, und wir zwei Alten, wir trinken dann Bìlúochun!«

Wie ein Taschenspieler förderte Oma nun noch eine kleine Schachtel zutage, zog ein elegant goldfunkelndes Schublädchen heraus, mit so einem Dutzend Vertiefungen; in jeder lag eine Schokoladenpraline. »Vielleicht liebt die große Schwester auch mal was Süßes? Das sind Pralinen mit einer Füllung aus Huxelbeerenwein, probieren Sie ruhig.« Großmutter Cheng nahm sich eine Praline, deren Etikett inmitten grüner Blätter eine rote Kirsche zeigte. »Mm, das wird wohl Kirschbrandy sein, die versuch ich.« Sie zog die hübsche Verpackung ab, legte sie auf den Tisch, schob sich die schwarze Schokolade zwischen die sich schließenden Lippen, nickte zweimal und sagte dann: »Wirklich lecker!«

»Wenn die große Schwester das mag, bring ich das nächste Mal wieder was mit.«

Oma lächelte wirklich gar zu liebenswürdig!

»Nun übertreiben Sie es nicht, so teure Sachen, einmal so ein Genuss reicht doch. Dabei bin ich so unachtsam, ich denk nur ans eigene Wohlergehen und vergesse unsere jungen Freunde. In den Pralinen ist Alkohol – nehmt euch doch vom Sesamgebäck.« Sie stellte sich auf die Zehenspitzen und holte die schwarze Dose aus dem Regal.

Dann nahm sie sich immer wieder mal ein Stück Sesamgebäck und dann auch immer wieder mal eine Praline aus der Schachtel. So ähnlich wie im Märchen der alte Mann mit der Zauberschachtel.

»Ehrlich gesagt«, sagte Oma, »hab ich mich auch bei Opfergaben für Buddha bedient. Das sind nämlich Geschenke dankbarer Patienten für unseren Opa.«

Großmutter Cheng guckte verdutzt. Oma lachte: »Das hab ich der großen Schwester noch gar nicht erzählt, mein zweiter Mann ist Armeearzt, am Krankenhaus 301, und er versteht sich auf Akupunktur. Er muss schon seit Jahren nicht mehr zum Dienst, aber die Kranken, die von ihm behandelt werden wollen, die werden nicht weniger. Er nimmt aber kein Honorar, und den Leuten ist das unangenehm, also bringen sie Geschenke. Vom Dorf kommen sie mit Sesam, Bohnen, Walnüssen, Datteln, Ausländer schleppen Wein und Schokolade an, das stapelt sich bei uns zu Hause, wir könnten bald einen Laden aufmachen. Große Schwester, helfen Sie mir doch, diese Flammen der Dankbarkeit zu löschen!« Sie kicherte.

Großmutter Cheng nahm die Sache ernst. »Darf ich fragen, wie der Herr Doktor heißt?«

»Shi, wie die zwei Kinder hier«, sagte die Oma, holte aus einer Innentasche eine Visitenkarte hervor und fasste sie mit beiden Händen, um sie achtungsvoll zu überreichen.

Großmutter Cheng setzte sich wieder ihre Lesebrille auf und strahlte: »Doktor Shi mit der goldenen Nadel! Unserem alten Herrn hat Doktor Shi die Kniescheibe geheilt, vor bald dreißig Jahren. Meinem Mann war damals das Knie wie festgefroren, er konnte es nicht mehr bewegen. Mehrere Knochenspezialisten haben ihm gesagt, da müsse man den Meniskus herausoperieren, daran führe kein Weg vorbei. Nur Doktor Shi wusste, was zu tun war, er akupunktierte ihn an der Fessel und bekam die Kniescheibe wieder hin!«

»Akupunktur am Handgelenk und an der Fessel, das ist seine Spezialität. In den letzten zwei Jahren hat er sich auch noch ein neues Verfahren zur Hautnadelung überlegt, bei dem die Akupunkturnadeln ein, zwei Wochen am Körper bleiben. Damit hat er besonders gute Ergebnisse erzielt. Große Schwester, wenn Sie irgendwelche Gesundheitsprobleme haben, rufen Sie uns nur an, und er kümmert sich drum.« Ich war ganz baff, wie gut sich Oma auf Werbung verstand!

Großmutter Cheng war sehr interessiert. »Lachen Sie nicht, wenn ich jetzt gleich die ganze Hand fasse. Ich bin nicht sozialversichert, ich kann nur darauf hoffen, dass ich gesund bleibe. Wenn mal was ist, würde ich mich wirklich gern an Doktor Shi wenden.«

»Tun Sie das! Viele seiner Patienten sind nicht sozialversichert. Welcher Bauer aus Shijingshan hat denn schon eine Sozialversicherung? Aber sagen Sie, große Schwester, war der alte Herr Cheng nicht Professor an der Beida?« Oma wusste also, wen Stiefopa vor bald dreißig Jahren akupunktiert hatte, er musste also ein hoher Offizier oder hoher Beamter gewesen sein – oder aber ein hochrangiger Intelligenzler.

»Das war nach der Hochschulbereinigung, ja«, sagte Großmutter Cheng, »mein Mann war zur Beida gekommen und hatte einen weiten Weg zur Arbeit. Damit er nicht den Umstand mit der Rikscha hatte, hat er von der Beida eine Wohnung verlangt.«

»Dann haben Sie an der Beida auch eine Wohnung?«

»Die gehört der Beida und ist längst zurückgegeben.«

Sobald von Wohnungen die Rede war, wurde Oma hellhörig. »Die Beida hat doch schöne Wohnungen, warum haben Sie sie zurückgegeben?«

»Die Wohnung war durchaus schön, aber er konnte sich da nicht eingewöhnen. Die Nachbarn waren lauter Parteikader und steckten ihre Nase in jeden Quark. Schon die Mutter des Philosophen Menzius suchte sich ihre Nachbarschaft aus, damit ihr Söhnchen nicht in schlechter Gesellschaft aufwuchs – lieber Ärger vermeiden und weiterziehen. Mein Mann hat dann seine Vorlesungen von der Fakultät so zusammenlegen lassen, dass er nur an zwei Tagen in der Woche hinmusste.«

»An welcher Universität war er denn ursprünglich?«

»An der Chinesisch-Französischen Universität. Unseren Hof an der Yinding-Brücke, den hat er damals gekauft. Von da zur Universität an der Donghuangchengger kann man laufen.«

Da tippte Oma aufgeregt mit den Fingerspitzen beider Hände auf den Tisch. »An der Donghuangchengger haben meine Eltern gewohnt! Ich war auch auf der Chinesisch-Französischen, bei uns zur Tür hinaus kam man da zum Tor hinein, da hab ich französische Literatur studiert.« Mutter verstand es lang nicht so gut wie Oma, bei neuen Bekannten Berührungspunkte zu finden. Die beiden alten Damen unterhielten sich prächtig. »Man kommt sich immer näher!«, sagte Großmutter Cheng interessiert. »Mein Mann hat an der Fakultät für französische Literatur gelehrt.«

»Gerade wollte ich Sie fragen, war das etwa Professor Cheng Wendao? Der noch besser Englisch konnte als Französisch und Artikel für die *New York Times* geschrieben hat?«

»Genau der! In welchem Jahr haben Sie denn Ihr Studium begonnen?«

Auf der Welt geschehen doch die merkwürdigsten Dinge! Mit meinen Kinderaugen staunte ich Oma an und die Großmutter und hörte ihnen zu wie einem Buch. Je länger sie sich unterhielten, umso näher kamen sie sich.

»Also Sie sind nun die Mutter unserer Frau Lehrerin«, sagte Oma. »Mein Familienname ist Yù 玉, geschrieben wie Wáng 王, mit einem Punkt dazu, und mein Vorname ist schlicht Lin, bitte nennen Sie mich von nun an doch so.«

»Familienname Yu? Aus einer Bannerfamilie? Meines Wissens gibt es diesen Namen in den Bannern.«

»Das stimmt. Ich bin Mandschu.«

»Die Donghuangchengger gehört den Bannern, Familien von Kaiser und Reich!«

»Ach, reden Sie bloß nicht davon! Die verehrten Ahnherren haben nichts getaugt, haben die Familie zugrunde gerichtet, von meinem

Herrn Großvater und seinen Brüdern, da haben so einige sich Sore reingezogen und Haus und Hof verscherbelt. Meine Oma hat weggeschaut und durchgehalten, so ist uns ein kleiner Hof geblieben.«

»Und in welchem Jahr hat die Genossin Yu ihr Studium an der Chinesisch-Französischen begonnen?«

»1947. Wir waren die Letzten, und das Studium hab ich auch nicht abgeschlossen, habe mich kurz vor der Befreiung der Revolution angeschlossen und bin dann mit der Befreiungsarmee nach Peking zurückgekommen.«

»Sich damals der Revolution anzuschließen, das war ja was andres als heutzutage, das brauchte großen Mut.«

»Ach, Sie schätzen mich gar zu hoch ein. Was heißt Mut? Meine Mutter hatte eine Ehe für mich arrangiert, und ich hatte keine Lust dazu, also bin ich abgehauen. Auf halbem Weg bin ich auf die Truppen gestoßen, die nach Peking einmarschierten, und mit denen zurück. Für alles Geld, das ich in der Tasche hatte, hab ich mir Erdnüsse gekauft, den ganzen Weg hab ich Erdnüsse gekaut, Erdnüsse kauend bin ich in die Stadt und ins Zhongnanhai eingezogen, und da bin ich dann geblieben, hab im Personalamt ein paar Jahre die Bücher geführt und bin schließlich dem Opa hier von den Kindern gefolgt. Nun sagen Sie doch, was für 'ne Revolution war das denn bei mir?« Da hörte ich zum ersten Mal die revolutionäre Geschichte meiner Oma. Das war mal wirklich was Neues!

»Na schön, jedenfalls sind Sie ins Zhongnanhai eingezogen, soll das keine Revolution sein? Will sagen, Genossin Yu hat da gewiss viele bedeutende Personen kennengelernt. Wie kommt es dann, dass für die Räume in der Junjichu die Richtlinien noch nicht durchgeführt sind?«

»Dazu wollte ich unserer Frau Lehrerin Mutter eben um Rat bitten. Wie haben Sie erreicht, dass bei Ihnen die Richtlinien durchgeführt wurden?«

»Nennen Sie das durchgeführt? Keinen Fußbreit haben die durchgeführt! Wie man in unserem Doppelhof an der Yinding-Brücke die Tür aufmacht, sieht man auf den See! Dieser Taubenstall hier halb in den Wolken soll eine Wohnung sein? Im Winter eiskalt, im Sommer schwitzt man sich zu Tode. Und davon gar nicht zu reden, wenn man mich hier mal rausholen muss – von hier kommt weder eine Bahre noch ein Sarg runter.«

»Nun sieh aber doch einer mal an, was unserer Frau Lehrerin Mutter da redet! Hat einen Stahlkörper, der den Doctores keinen Fen gönnt, und sieht auch noch so aus, als hätte sie manches Jahr weniger auf dem Buckel als ich. Und Ihr Reich hier, gut, mit Ihrer Residenz an der Yinding-Brücke nicht zu vergleichen, aber das ist doch immerhin was, besser als gar nichts. Unsere Häuser an der Junjichu, das war auch ein Doppelhof, und die Eltern von den beiden hier, die haben jetzt Beschwerde geführt, Anträge über Anträge geschrieben, kiloweise Papier verbraucht und bis heute ist nicht mal so ein Taubenkäfig wie Ihrer in Aussicht, ach was Aussicht! Überhaupt keine Hoffnung! Die vier drängen sich in einem kleinen Raum zusammen, in einem umgebauten Erdbeben-Schutzschuppen. Wenn da einer im Schlaf laut schnauft, tut im ganzen Hof keiner die Augen zu. Wenn du da drinnen ganz leise was sagst, ist draußen auf der anderen Seite der Wand noch jedes Wort zu verstehen. Ein bisschen Klavier üben können die Kinder nur, solange niemand von der Arbeit zurück ist. Der ganze Hof ist wie vollgestopft mit allem möglichen Volk, ein Chaos ist das, nicht zum Aushalten.«

»Genossin Yu! Sie müssen denen überall auf die Pelle rücken, jeden Weg, wirklich jeden Weg gehen, den es gibt. Wegen dieser Wohnung hier bin ich weiß Gott wie viel herumgelaufen, die Hacken hab ich mir fast abgelaufen, all den Einheiten der Leute, die sich in meinem Hof an der Yinding-Brücke breitgemacht haben, allen denen hab ich immer wieder die Türen eingelaufen, bald die Schwellen hab ich ihnen abgetreten. Schließlich hat das Bergbauministerium mir diesen Taubenkäfig zugestanden. Das hab ich freilich auch einem Bekannten zu verdanken. Dessen Vater war ein Schüler meines Mannes. Der Sohn ist jetzt Büroleiter im Wohnungsamt, der hat sich für uns eingesetzt, das hat schließlich was gebracht. Laufen Sie denen die Türen ein! Das bringt Ihnen was und den anderen auch. Die Leute, die unsere Häuser okkupieren, die lassen sich gern rauswerfen, da können sie von ihrer Einheit ja was Besseres verlangen.«

So wurden die beiden alten Damen gute Freundinnen. Großmutter Cheng war schon über achtzig und noch quicklebendig, nur die

Beine wollten nicht mehr so recht; Oma ließ den Wagen kommen und kutschierte mit ihr in der Weltgeschichte herum. Bei Eingabestellen vergeudeten die beiden aber nicht ihre Zeit. Sie konzentrierten sich auf die Ämter ganz oben, die mit den doppelten Schildern, je einem vom ZK und einem von der Hauptstadtregierung. Angst vor hohen Beamten kannten sie nicht. Um mehr Schwung in die Sache zu bringen, quartierte Oma Großmutter Cheng einfach bei sich ein, unser Stiefopa wurde ihr Leibarzt, und Omas Klein Zhang, den wir Onkel nannten, war nun der Chauffeur der alten Damen.

Nachdem sie dreieinhalb Monate herumgebraust waren, zeigten sich Ergebnisse. In Großmutter Chengs Doppelhof an der Yinding-Brücke wurden drei Räume im Westteil des hinteren Hofs freigemacht. Ursprünglich waren das Küche und Bad des Hauses gewesen, sie hatten fließend Wasser und Abwasserleitungen. Für die übrigen Räume ließ das Wohnungsamt die Nutzer ihre Miete direkt an Großmutter Cheng zahlen. Die erklärte, sie wolle nichts. Oma verstand nicht, warum sie weder das Vermögensrecht noch das Geld wollte, wenn sie das alles frei Haus bekam. »So ein Vermögensrecht ist doch schlimmer als gar nichts«, sagte Großmutter Cheng. »Erstens kann ich die ungewollten Mieter nicht rauswerfen, zweitens wird das Haus auch nicht repariert, und was sollen dann die paar Münzen? Fordere ich nicht den ganzen Hof zurück, wie kann ich dann dem Toten gegenübertreten?«

Für unsre Familie aber hatten die alten Damen genau den richtigen Zeitpunkt erwischt. Denn das Bezirksschulamt von Haidian hatte gerade ein Wohnheim hinter der Oberschule der Volksuniversität fertiggestellt. Mit dem Bau hatten sie schon vor zwei Jahren begonnen, nur hatten wir das nicht erfahren. Jetzt gaben sie uns zwei Dreizimmerwohnungen. Erst hatten sie uns nur eine geben wollen, da konnte Oma sagen, was sie wollte. Doch als sie jetzt mit einem Brief der Zentralen Erziehungskommisssion ankam und auf noch eine Wohnung drängte, gaben sie nach und rückten noch eine weitere heraus, ebenfalls eine Dreizimmerwohnung. Die beiden Wohnungen lagen im gleichen Gebäude, jedoch nicht auf demselben Stock: Auf jedem Stockwerk dieses Gebäudes lag eine Dreizimmerwohnung, ihr gegenüber eine Zweizimmerwohnung und zwischen beiden ein Einzimmerapartment. Natürlich gab sich Oma damit immer noch nicht zufrieden und zog mit ihren Klagen immer noch weiter, von Pontius zu Pilatus; schließlich sagte der Leiter des Schulamts zu ihr: »Teure alte Genossin, wenn Sie mit genügend Wohnraum versorgt sind, dann reicht das doch. In Ihrer Tigerinnenhöhle können Sie ja eine Trennwand einziehen und die zwei jungen Paaren überlassen, die machen Sie damit überglücklich! Ihre Höfe an der Junjichu, die werden über kurz oder lang mit Sicherheit abgerissen. Ob die nun von der Beida in Anspruch genommen oder vom Bezirk oder von der Stadt beschlagnahmt werden, jedenfalls wird man Sie entschädigen müssen. Und da wird eine beträchtliche Summe für Sie herausspringen. Dafür können Sie sich dann jede Behausung kaufen, die Ihnen gefällt.«

So nahm nun also Oma die Schlüssel für die Wohnung im ersten Stock, Nr. 201, und wir zogen in die im zweiten Stock, Nr. 301. Meine Schwester und ich bekamen jeder ein Zimmerchen von acht Quadratmetern, die Eltern hatten zusammen das doppelt so große dritte Zimmer, das gleichzeitig das Wohnzimmer war, und dorthin kam auch der Yamaha. Oma richtete in ihrer Nr. 201 mit einigen wenigen Möbeln ein Zimmer als Schlafzimmer, eines als Bibliothek und eines als Wohnzimmer ein. Mit ihren wenigen Sachen wirkten die Räume sehr groß. Unsere Mutter verzog den Mund, als sie das sah. »Mutter«, sagte sie, »warum stellst du da überhaupt was rein? Wir nehmen dir die Wohnung nicht weg.« Oma entgegnete: »Schau dir Großmutter Cheng an! Sie hat den Hof an der Yinding-Brücke. Sie hat ihre Wohnung an der Sanlihe. Und die Wohnung ihrer älteren Tochter an der Beida, die hat sie auch nicht zurückgegeben. Sie weiß, wie es gemacht werden muss! Drei Höhlen hat das schlaue Kaninchen, sagt das Sprichwort! Hab ich nicht mal mehr dieses Nest hier, wollte eines Tages womöglich auch noch mein Alter mich rausschmeißen, wo soll ich dann bleiben?« Also kam sie einmal im Monat in ihre Nr. 201 und machte einen Haufen Lärm, rief nach uns beiden, mal nach Zhu, mal nach Sun, als wäre wer weiß was los, damit alle Nachbarn im Haus das mitbekamen.

Auch die zu Unrecht abgezogenen Verpflegungskosten für unseren Opa wurden nun erstattet. Großmutter Cheng hatte nämlich noch einen guten Bekannten, und der hatte einen Bekannten, der wiederum einen Schüler hatte, der Buchhalter bei der städtischen Polizeibehörde war, und der rechnete nach und unterstützte die Forderung. Für die eine nicht geleistete Mahlzeit am Tag waren drei Fen und vier Jiao Volkswährung abgezogen worden, 0,43 Yuan, und die wurden nun erstattet. Unser Opa war 4472 Tage in Haft gewesen, also wurden fast 2000 Yuan zurückgezahlt. Oma verehrte dem edlen Helfer ein paar Ausländergeschenke und sagte zu Mutter: »Das Geld leg ich erst mal auf mein Konto, da läuft es nicht weg.«

Die Frau von Klein Zhang, dem Chauffeur der alten Damen, war auf dem Land in ihrem Dorf registriert und erhielt keine Zuzugsgenehmigung nach Peking. Stiefopa bat einen alten Kameraden, ihr eine Anstellung in einem Kindergarten der Armeelogistik zu verschaffen. Das gelang, damit bekam sie die Zuzugsgenehmigung und Onkel Klein Zhangs Familie ein zweites Einkommen.

Der Fahrdienstleiter kam mit einem Stapel Benzinquittungen zu unserem Stiefopa. Der gab ihm eine Zahlungsanweisung auf sein Bankkonto. »Die Quittungen brauch ich nicht«, sagte er, »machen Sie sich bitte die Mühe, nehmen Sie die Anweisung und lassen Sie sich damit bei der Bank den erforderlichen Betrag auszahlen. Kommen Sie wieder, wenn's nicht reicht.« Der Fahrdienstleiter warf einen Blick auf die Anweisung. »Doktor Shi«, sagte er, »das ist zu viel. Die Benzinkosten belaufen sich auf insgesamt 893 Yuan. Die Zahlungsanweisung lautet auf 1000 Yuan.«

»Wenn's nur nicht zu wenig ist«, sagte unser Stiefopa. »Sie brauchen darüber nicht abzurechnen, behalten Sie den Rest.« Als er draußen war, murrte Oma: »Du bist ja reichlich großzügig. Woher willst du wissen, ob das alles Quittungen für das Benzin sind, das ich verfahren habe?«

»Die Quittungen sind alle datiert«, sagte Stiefopa, »wie soll der mich damit betrügen?«

»Du hast ihm die Quittungen ja zurückgegeben, die kann er sich im Handumdrehen auch noch erstatten lassen und bekommt damit glatt einen Tausender von uns und die Zinsen von deinem Konto noch dazu. Ich kenn keinen, der seine Geschäfte so dämlich führt wie du.«

»Er übernimmt doch die Verantwortung für dich«, sagte Stiefopa nur. »Da muss man ihm schon mal was lassen.«

Und tatsächlich hatte unser Stiefopa die Geschäfte durchaus nicht dämlich geführt. Wohin immer sich Oma von da an auch fahren ließ, nie sagte jemand was, und oft genug saß dann auch Großmutter Cheng in Omas Wagen.

Zweiter Teil

11 DER KLEINE HOF DER FAMILIE HAN

Alles, was nun folgt, habe ich später von meiner Oma erfahren, und die hatte es wiederum von Großmutter Cheng. Da Großmutter Cheng und auch unsere Lehrerin Frau Cheng nun nicht mehr unter uns sind, sollten, meine ich, diese Dinge aufgeschrieben werden, damit mehr Menschen etwas über diesen jetzt gerade in Vergessenheit geratenden Abschnitt der volkschinesischen Vergangenheit erfahren. Die Geschichte unserer Lehrerin Frau Cheng liegt mir jedoch zu fern, als dass es angebracht wäre, davon zu berichten wie über eigene Erlebnisse; ich trete beiseite und überlasse der Historie das Wort. Natürlich kann auch nicht mehr von unserer Lehrerin Frau Cheng die Rede sein. Sie erhält das schöne Kleid ihres vollen Namens zurück und heißt wieder Cheng Pinzhi.

Ihr Mann hieß Han Yuan, war Arzt an der Xiehe-Klinik und war zu Anfang der Kulturrevolution umgekommen, erschlagen von einer Horde von Halbwüchsigen, ein bitteres, bitteres Unrecht.

Cheng Pinzhis Schwiegervater war der Phonetiker Han Siyuan, ein guter Freund ihres Vaters, des Professors Cheng Wendao, und, nach dessen Rückkehr von der Vereinigten Südwestchina-Universität, in der während des Weltkriegs mehrere Universitäten aus dem japanisch besetzten Nordost-China zusammengefasst waren, auch dessen Kollege in Peking, das in dieser Zeit Peiping hieß. Herr Han bezog damals ein Jahreseinkommen von 6000 Silbertalern und kaufte für keine 1000 davon in der Maor-Gasse einen kleinen Hof. Der hatte allerdings seine Mängel, keine Stufen vor dem Tor, und wie man es aufstieß, sah man drinnen gleich alles, keine Schattenwand stand dahinter, kein Portal mit verzierten Säulen davor, außerdem war er falsch herum ausgerichtet, der Nordflügel lag zur Straße, der Hauptflügel im

Süden, Tageslicht kam also durchs Hinterfenster; peinlich, fand das Frau Han, eingezwängt zwischen all den hohen Toren der Nachbarn, »wie eine beiseitegeschobene Nebenfrau, und wie man drinnen die Tür aufmacht, steht man schon auf dem Kang«, dem Schlafblock, »kümmerlicher als die letzte Kate auf dem Dorf!«

»Bei Teigtaschen siehst du die Füllung auch nicht von außen«, hielt Herr Han dagegen, »Silbertaler und Goldbarren behältst du am besten in der Hand, und wenn du dann wirklich ein gutes Haus willst, kannst du dir's immer noch kaufen.« Unpassend, murrte Frau Han ständig, unglücksträchtig dazu. Doch Herr Han sagte: In ein Land im Aufruhr gehst du nicht, in einem Land in Gefahr bleibst du nicht, früher oder später musst du weg, an solchem Ort ein gutes Haus zu kaufen heißt, nur so zum Spaß Geld verbrennen. Ach was, sagte Frau Han, die Militärische Vermittlungsabteilung der USA ist doch jetzt hier in Peking, und im Tempel schaust du auf Buddha, nicht auf die Mönche; Guomindang, KP, egal, vor den USA müssen die sich alle benehmen. Wenn man nicht mal in Peking ruhig wohnen kann, wo in der weiten Welt solle man da noch hin?

Kaum ein paar Tage später geschah, was Herr Han vorhergesagt hatte. Kurz vor dem Frühlingsfest gab die US-Regierung bekannt, sie vermittle nicht weiter zwischen der Guomindang und den Kommunisten, und zog ihre Militärs aus Peking ab. Direkt danach löste die Guomindang-Regierung ihre Vertretung bei der Vermittlungsabteilung auf, und der kommunistische General Ye Jianying verließ ebenfalls die Stadt mit all seinen Leuten. Drei Monate zuvor war, wie Herr Han längst erwartet hatte, die Academia Sinica aus Lizhuang, dem heutigen Yibin in Sichuan, nach Nanking gezogen; er hatte sich mit seinem alten Studienkameraden Zhou Qian vom Historisch-Philologischen Institut in Verbindung gesetzt und ging nun also nach Nanking, auf Einladung der Akademie, die ihn vorläufig in einem Wohnheim unterbrachte. Im Flur gab es dort ein öffentliches Telefon, aber die Telefonate liefen über den Anschluss der Akademie und nach Feierabend war der Apparat tot. Herr Han beschaffte sich über das Fernmeldeamt einen direkten Anschluss und rief dann jeden Abend in Peking an, um zu sagen, dass es ihm gut ging, und zu hören, wie es Frau und Kindern ging. Frau Han war mit den Kindern in der Maor-Gasse geblieben, Herr Han kam alle zwei Monate zu Besuch nach Hause, er wollte erst einmal in aller Ruhe in Nanking etwas Passendes suchen, das den Kauf lohnte.

Diese Übergangszeit dauerte jedoch ein ganzes Jahr; Häuser in Peking verkauften sich schlecht, und in Nanking waren Häuser schwer zu kaufen. Es gab zwar genug davon, aber Herr Han war sehr wählerisch, er suchte ein Nest fürs ganze Leben, etwas, das gewiss auch seiner Frau behagen würde und das man auch Kindern und Enkeln vererben könnte. Bei Immobilien ändern sich die Dinge allzu rasch, Verkäufer haben es immer eiliger als Käufer; Herr Han bewahrte Ruhe, harrte im Wohnheim aus und wartete ab.

Er wartete, bis Ende 1948 die Nanking-Regierung beschloss, alle zentralen Organe nach Taiwan zu verlegen. Herr Han nahm Urlaub und fuhr nach Peking, um seine Frau zu bewegen, nun mitzukommen. Um Peking schloss sich bereits ein Belagerungsring, Häuser wurden verschleudert wie überreifes Obst, in der Maor-Gasse waren gute Häuser mit Schattenmauer so gut wie unverkäuflich, und so ein kleiner Hof interessierte schon gar niemanden. Raus hier, rennen wir um unser Leben!, drängte Herr Han. Frau Han brachte das nicht fertig, sie wollte nicht glauben, dass der Guomindang-General Fu Zuoyi mit seinen 200 000 Mann nicht eine Zwei-Millionen-Stadt halten würde. Taugen die denn gar nichts? Da unten kaufen wir was Besseres, sagte Herr Han. Wasser fließt nach unten, sagte Frau Han, das ist kein guter Platz, da sollten wir nicht hin, was Großes aufgeben für was Kleines, das ist keine gute Wahl. Er mochte sagen, was er wollte, sie mochte Peking nicht aufgeben.

Gehen oder bleiben? Die beiden zerstritten sich. Herr Han ließ seiner Frau genug Geld für ihre Ausgaben da und fuhr in der Hoffnung, sie würden sich schon wieder vertragen, zum Xiyuan-Flugplatz beim Sommerpalast. Die beiden jüngeren Kinder nahm er mit. Han Yuan, der Älteste, sollte in diesem Jahr in die Aufnahmeprüfung für die Oberstufe des Gymnasiums und mochte nicht fliehen, womöglich mitten durch Kriegsgetümmel. Er blieb bei der Mutter in Peking.

Da war nun das Haus fast leer. Frau Han biss die Zähne zusammen: Keine Gefühle, keinen Anstand hatte der Mann. Das war, dachte sie auf einmal, vielleicht ein Abschied für immer! Sie bereute ihre

Entscheidung und schnappte sich den Sohn, rief eine Fahrradrikscha; nichts wie zum Xiyuan-Flugplatz! Doch das Flugzeug nach Nanking war weg. In zwei Tagen sollte das nächste gehen. Also fuhr sie wieder nach Hause und rief die Akademie an, um sich nach der Lage in Nanking zu erkundigen. Es war ein langes Wochenende und niemand im Büro. Die Vermittlung stellte durch zur Pforte. Dort hieß es, seit bald einem Tag laufe der Umzug, drei große Laster führen ständig zum Flugplatz und zurück, alle Wissenschaftler seien mit ihren Angehörigen schon auf dem Flugplatz, eben fahre der letzte Laster los, beladen mit Bibliotheksmaterial. Frau Han beruhigte sich, ihr Mann würde das Umzugsflugzeug nicht mehr erreichen.

Sie vermutete, er müsse in seine Unterkunft gefahren sein, und rief im Wohnheim an, mehrfach. Doch niemand nahm ab. Sie dachte, mit den Kindern sei er wohl in ein Gasthaus gegangen. Plötzlich tat ihr das Herz weh. Die drei sind weg nach Nanking, keiner schert sich mehr um mich. Sie müssen wohl zur Unterkunft zurückgegangen sein. Wieder rief sie im Wohnheim an, bis nach zehn Uhr abends nahm niemand ab. Vielleicht ist das Zimmer im Wohnheim zu klein, dachte sie, vielleicht ist er mit den Kindern bei diesem Kollegen Zhou untergekommen. Sie wollte dort anrufen, ließ das aber, es war doch unpassend spät.

Frau Han tat die ganze Nacht kein Auge zu. Konnte das Flugzeug abgestürzt sein? Sollte sie nicht doch noch im Wohnheim anrufen? Aber sie wollte die drei nicht wecken. Sie wartete, bis der Morgen graute, immer noch nahm dort niemand ab, auch nicht bei Zhous. Also rief sie wieder in der Akademie an, dort begann in der Vermittlung um neun Uhr der Dienst, dann endlich meldete sich jemand: Im Historisch-Philologischen Institut sei niemand zu finden. Und in der Akademie? Auch nicht. Sie ließ sich zur Zentrale durchstellen und bekam dort eine neu eingestellte Vertretung an den Apparat, die von nichts eine Ahnung hatte. Schließlich ließ sie sich mit der Pforte verbinden. Wieder war der Arbeiter am Apparat, mit dem sie bereits tags zuvor gesprochen hatte. Nein, Herrn Han hatte er nicht gesehen. Er wisse nur, dass die ganze Familie Zhou bereits nach Taiwan geflogen sei. Sie sagte, wenn er Herrn Han sehe, möge er bitte ausrichten, Herr Han solle zu Hause anrufen!

Sie war unruhig, lief zur Jiaodaokou-Kreuzung, kaufte eine *Zhongyang ribao*, sah sie von vorn bis hinten durch. Nichts über ein Flugzeugunglück. Wieder rief sie in Nanking an. Im Wohnheim immer nur du-du-du-du, besetzt. Dann die Akademie, sie ließ sich wieder mit der Pforte verbinden. Man habe sie gerade angerufen, hieß es dort, niemand habe abgenommen. Sie entschuldigte sich eilends und fragte ängstlich, ob man Herrn Han gesehen habe. Nein, aber einer der Lastwagenfahrer habe erzählt, Herr Han sei mit zwei Kindern auf dem Flughafen angekommen und von dort gleich weiter nach Taiwan, mit den Kindern und ohne Gepäck.

Frau Han weinte. Flucht, ja, vor der Katastrophe fliehen, ja, aber doch nicht so! Gefrevelt hatte der Mann, und die beiden Kleinen auch noch mit ins Unglück gerissen! Unerträglich war das. Dann kam die Reue. Was hatte sie denn gestern noch gezögert, Geld fürs Taxi auszugeben, um zum Flughafen zu rasen?

Neujahr war noch nicht vorüber, da war die Telefonverbindung nach Nanking unterbrochen, die Akademie vom chinesischen Festland verschwunden.

Herr Han rief von der anderen Seite der Meerenge an, es summte in der Leitung: Sie solle Flugtickets kaufen, mit dem Ältesten nach Hongkong kommen, dort 643 892 anrufen, dann komme er, hole sie ab.

»Diese Regierung drückt sich vor der Schlacht, wie soll die sich auf Taiwan halten?«, sagte sie. »Ich geh nirgends hin, komm du zu mir zurück! Wenn wir sterben, dann alle zusammen!«

»Alle, wann?«, sagte Herr Han. »Meine Liebste, hör doch auf mich, dies eine Mal!«

Aber als sie doch noch auf ihn hören wollte, war es leider zu spät. Truppenmassen bedrängten Peking, hinein kam man noch, hinaus nicht mehr.

In Tianjin wurde gekämpft, genau einen Tag und eine Nacht lang. Als die Befreier dort in die Stadt eindrangen, floh die Verwandtschaft, Herrn Hans Mutter und sein älterer Bruder mit seiner Familie, insgesamt sechs Personen, zu Frau Han und kam im Nordflügel unter. Die Schwägerin erzählte, die Volksbefreiungsarmee sei Bahren mit ihren Verletzten tragend als Truppe von Krankenträgern in die Stadt einmarschiert. Fu Zuoyis Armee habe bis zum letzten Mann die Stadt verlassen, ob und wo sie sich jetzt noch halte, wisse man nicht. Im Truppengetümmel begann das neue Jahr. Am 3. Januar wurde Peking friedlich befreit, das heißt, Fu Zuoyis Armee schloss sich der Befreiungsarmee an und kampierte außerhalb der Stadt. Anrufe aus Taiwan kamen nicht mehr durch. Nie wieder hat Frau Han die Stimme ihres Mannes gehört.

Ihre Schwiegermutter, der Schwager und seine Familie kehrten nach Tianjin zurück. Im kleinen Hof blieb nur Frau Han mit ihrem Sohn. Tagsüber war der Junge in der Schule, dann schloss Frau Han die Tür und weinte, sehnte sich nach ihrem Mann und mehr noch nach den beiden Kleinen.

Die Herren der großen Höfe mit den hohen Toren an der Maor-Gasse waren alle geflohen. Ansehnlichere Gebäude wurden als Kriegsbeute an hohe Beamte der neuen Regierung verteilt; gleichzeitig wurden dem neuen Adel kommunistischen Glaubens noch Wachen, Automobile, Chauffeure, Köche und Kinderfrauen zugeteilt. Und nicht nur hohe, nein alle Beamten konnten für jedes neu geborene Kind eine vom Staat bezahlte Kinderfrau zugeteilt bekommen. Hatte eine Familie vier, fünf Kinder, dann hatte sie auch vier, fünf Kinderfrauen; jeden Tag gab es Streitereien bis in den Abend hinein.

In der Maor-Gasse, zwischen den Residenzen hoher Beamter und den Wohnheimen und großen Höfen mit ihrem Gewimmel von Familien, schien der kleine Hof eines einzigen Haushalts hinter einer einzigen Tür Integrität und bescheidenen Wohlstand anzuzeigen. Mutter und Sohn wohnten in ihrem kleinen Hof ganz für sich, Frau Han mochte nicht vermieten; um missgünstigen Augen nicht aufzufallen und auch, um die leeren Tage zu füllen, hatte sie sich einige Stickereiaufträge bei der Kreuz- und Applikationsstickereigenossenschaft des Oststadtbezirks verschafft. Viel Arbeit für Sticker gab es nicht. Stickerei aus dem südlichen Hunan und Jiangsu hatte seit Langem die Pekinger Stickerei weitgehend verdrängt. Frau Han nahm nur Aufträge für Applikationsstickerei an. Denn bei Kreuzstickerei muss man jeweils vier verschiedene Fäden zu einem kleinen Kreuz verbinden. Das beansprucht die Augen über die Maßen. Für Applikationsstickerei hingegen gab es gemusterte, bereits zurechtgeschnittene Tuchstücke. Ein solches, einen englischen Zoll langes Stück war mit 32 Stichen auf ein großes Tuch aufzusticken. Das war keine solche Qual für die Augen. Um Muster zu haben, die ihr gefielen, kaufte Frau Han das Applikationstuch selber, schnitt es auch selbst zurecht und behielt sich Stücke zurück, die sie, wenn sie gerade keine Aufträge hatte, auf Tischdecken, Bettbezüge und anderes aufstickte. Im Laufe der Zeit verwandelte sie alles im Haus, was über irgendetwas ausgebreitet wurde, etwas bedeckte oder verdeckte, zu Meisterwerken exquisiter Applikationsstickerei. Frau Han stickte nicht des Geldes wegen, sondern um die Trübsal zu vertreiben. Sie hatte sich ausgerechnet, dass die Goldbarren, die ihr der Mann dagelassen hatte, mehr als hinreichten, um ihrem Han Yuan das Studium bis zum Universitätsabschluss zu finanzieren. Solange er studierte, solange konnte sie ihn auch versorgen; bis er so weit studiert hatte, dass er sich selbst versorgen konnte, solange würde er von zu Hause unterstützt werden.

Han Yuan bestand die Aufnahmeprüfung für die Oberstufe des der Pädagogischen Hochschule angegliederten Gymnasiums und hätte dann in der Schule wohnen können. Damals ging das in Peking nur in wenigen Gymnasien, außer im Jungen- auch im Mädchengymnasium der Pädagogischen Hochschule, ferner im 4. und im 8. Gymnasium und im Beiman-Mädchengymnasium; deshalb waren die Plätze dort sehr begehrt, aufgenommen wurde nur, wer in jedem Prüfungsfach mindestens 99 Punkte erreichte. Das Wohnrecht in der Schule war eine Art Privileg, für das Semester waren drei Yuan Wohngebühr zu zahlen, zu Hause wurde damit Platz gespart. Doch Frau Han mochte sich nicht von ihrem Sohn und der sich nicht von der Mutter trennen; so war er in seiner Klasse der einzige Externe und fuhr Tag für Tag mit dem Bus zur Schule, von der Maor-Gasse im Oststadtbezirk zur Nanxinhua-Straße im Xuanwu-Bezirk.

Frau Chen, seine Klassenlehrerin, wunderte sich, wie jemand angesichts des Mangels an Wohnraum in Peking sein Wohnrecht in der Schule aufgeben konnte. Als sie hörte, dass die Hans, Mutter und Sohn, ihren eigenen Hof hatten, freute sie sich sehr, sie sah eine Chance für ihre Cousine, eine Musikerin, die Guzheng spielte, eine liegende, fünfundzwanzigsaitige Zither, und von Suzhou nach Peking versetzt worden war, jedoch als Alleinstehende keine Wohnung fand.

Sie sprach mit ihrem Schüler und machte dann auch Frau Han ihre Aufwartung. Wie hätte die der Lehrerin ihres Sohnes diese Bitte abschlagen können? Sie räumte der jungen Frau ein Zimmer im Nordflügel frei. Nach einem halben Jahr holte die Zitherspielerin einen Bawu-Querflötenspieler hinzu, und die beiden verehrten Frau Han mit einer tiefen Verbeugung eine Schachtel des berühmten Weißen-Kaninchen-Konfekts aus Shanghai. Frau Han fand, ein wenig Leben im Hof wäre nicht schlecht, und überließ den beiden drei Zimmer im Nordflügel, ohne etwas von höherer Miete zu sagen. Die Querflöte kam, doch im Hof wurde es nun geradezu bedrückend still, nicht nur die Flöte schwieg, auch die Zither war nicht mehr zu hören; ehrfurchtsvoll fürchteten die beiden jungen Leute, sie könnten die Hausherrin stören. Erst als dann bis in den Südflügel Säuglingsgebrüll aus dem Nordflügel drang, kam wirklich Leben in den kleinen Hof.

Jemand mit Han Yuans Herkunft konnte nur deshalb auf die Medizinische Hochschule kommen, weil er auf der Oberstufe des Gymnasiums bei den Prüfungen in Mathematik und den naturwissenschaftlichen Fächern stets die volle Punktzahl erreicht hatte, die Hochschule also keinen vernünftigen Grund finden konnte, um ihn abzuweisen. Nie in den drei Jahren auf der Oberstufe bekam er nur die Note »Gut«, in der charakterlichen Beurteilung wie in den Fachnoten immer nur »Sehr Gut«; als Einziger an dieser Schule erhielt er zum Abschluss von der Pekinger Schulbehörde eine Goldmedaille.

Auch in den sieben Jahren auf der Hochschule erreichte Han Yuan in jedem Kurs die volle Punktzahl und erbrachte hervorragende Leistungen in den Praktika. Nach Studienabschluss wurde er der Xiehe-Klinik zugeteilt. Dort stieg er vom Arzt mit Unterkunft in der Klinik geradenwegs zum leitenden Arzt mit Unterkunft in der Klinik auf; als solcher musste er an jeder Operation teilnehmen, manchmal an bald einem Dutzend Operationen am Tag. Zusatzdienst und Überstunden waren alltäglich, bei Dienstende hätte man ihn auswringen können.

Obwohl in der Klinik derart beansprucht, wurde Han Yuan plötzlich zusammen mit einer Kernmannschaft seiner Mitarbeiter als mobiles Behandlungsteam nach Qinghai beordert – eine Weisung von oben, dagegen war nichts zu machen. Leidtun konnten einem die Kranken in Peking, die zwei Monate auf ihren Termin gewartet hatten, die Schwerkranken, bei denen schleunigst etwas geschehen musste und die sich in den engen Gängen zu den Räumen für dringende Untersuchungen drängten. Die ganze Last fiel nun auf das verbliebene ärztliche und Pflegepersonal der Klinik. Fünfzehn, sechzehn Stunden am Tag, sieben Tage die Woche, und dann noch Zusatzdienst; vom Xiehe-Gesicht sprachen die Leute in der Umgebung der Klinik, das war eine elegante Bezeichnung für die blutleere, ja geradezu Totenblässe, an der man auf den ersten Blick die Ärzte der Xiehe-Klinik erkannte.

Wer nach Qinghai beordert war, hatte es auch nicht leicht. Han Yuan musste sich täglich um fünfzig oder sechzig Patienten aller Fachrichtungen kümmern, hatte sich sogar als Geburtshelfer zu betätigen. Er überzog völlig seine Kräfte und bestand dennoch darauf, jede einzelne Krankengeschichte selbst abzufassen. Das mochte kein großer Beitrag zur ärztlichen Forschung sein, aber seine Fähigkeiten im Umgang mit Patienten profitierten sehr davon. Die Kranken sahen einen lebenden Buddha in ihm; hörten sie, der Doktor Han von der Xiehe komme, so riss aus zweihundert Meilen im Umkreis der Strom der Kranken nicht ab. Es gab auch Misserfolge, aufgrund der Grenzen der ärztlichen Kunst und der unzulänglichen Bedingungen vor Ort, und wann immer ihm jemand so unter den Händen starb, traf ihn der unvermeidbare Schmerz zutiefst und ließ wochenlang nicht nach. Je mehr er selbst aber seine eigene Unzulänglichkeit fühlte, umso mehr sahen die Leute zu ihm auf. Doktor Han kam gut an in Qinghai. Von den Kranken ganz zu schweigen – auch die Pekinger ebenso wie die örtlichen Kollegen hoben die Daumen, wenn die Rede auf ihn kam. In einem Rundschreiben pries sogar die Provinzregierung, wie aufopfernd sich Han Yuan eingesetzt hatte, um Menschenleben zu retten.

Und nach Ablauf des Einsatzjahrs erließ das Gesundheitsministerium ein Rundschreiben zur Kritik des mit vollem Namen bezeichneten Arztes Han Yuan von der Xiehe-Klinik, der im mobilen Beratungsteam in Qinghai in schwerwiegendem Ausmaß den Klassenstandpunkt verlassen, Mitleid mit volksfeindlichen tibetischen Aufrührern gezeigt und das Bild des mobilen Beratungsteams bei den breiten Volksmassen von Qinghai schwerwiegend beschädigt hatte. Han Yuan hätte von diesem Rundschreiben noch gar nicht erfahren, hätte der Direktor der Klinik ihn nicht zu einem Gespräch gebeten und ihm das Schreiben gezeigt. Der Direktor war seit vielen Jahren an der Xiehe und kannte Han Yuans Vater. »Wer nach unten delegiert wird«, tadelte er den jungen Arzt mit wohlwollendem Ernst, »sollte sich nicht um Verdienste bemühen, nur streben, Fehler zu vermeiden. Du bist sehr mutig gewesen – übermütig! Und nun hast du dir diese Eiterblase aufgestoßen. Eine hohe Behörde beschuldigt dich schwerer Vergehen und verlangt, dass die Klinik administrative Maßnahmen gegen dich ergreift. Seit du in die Klinik eingetreten bist, hast du dich tapfer bis hierher durchgekämpft, eigentlich solltest du jetzt zum Chefarzt befördert werden, und nun ist das alles verloren, du kannst wieder von unten anfangen.«

Han Yuan wusste nicht, ob er lachen oder weinen sollte. »Wie gewonnen, so zerronnen!«, sagte er. »Für eine Strafe findet sich auch schon ein Verbrechen. Ich kenne doch die kommunistische Partei!«

Der alte Klinikdirektor erblasste. Graue Flecken der Angst überzogen sein Gesicht. »Nicht einmal«, stammelte er mit zitternder Stimme, »nicht einmal sturzbesoffen darfst du solche Reden führen! Als in jenem Jahr 1956 der Vorsitzende Mao zu Kritik aufrief und daraufhin Doktor Liu von der Endokrinologie unserem Parteikomitee ein paar Punkte vortrug, was war das Ende vom Lied? Liu wurde als Rechtsabweichler gebrandmarkt und wird bis heute in der Großen Nördlichen Einöde umerzogen. Wenn bekannt wird, was du eben gesagt hast, kann dir noch ganz was andres passieren als die Große Nördliche Einöde!«

Als Han Yuan zum Direktor gerufen wurde, hatte er geglaubt, er solle Bericht über den Einsatz in Qinghai erstatten. Stolz auf die Anerkennung dort hatte der junge Mann das Rundschreiben der Provinzregierung und einen Artikel des *Qinghaier Tagblatts* über seine Leistungen mitgebracht, beides legte er nun dem alten Klinikdirektor vor. »Haben Sie Dank für Ihre wohlmeinende Kritik«, sagte er, »ich bin zu weit gegangen. Aber nicht ohne Grund!«

Der Direktor las die beiden Schriftstücke rasch durch und sah gleich milder drein. Was es denn mit den tibetischen Aufrührern auf sich habe?

»Eigentlich gar nichts. Der Parteisekretär vom Volkskrankenhaus in Xining sagte, hundert Meilen westlich sei ein Regiment stationiert, ich solle hingehen und schauen, was die für Sorgen hätten. Dort erfuhr ich, ich solle mir die Frau des Regimentskommandeurs ansehen. Die hatte einen Gebärmuttervorfall. Das Regiment hatte kein Auto, zum Arzt ins Krankenhaus zu kommen war für die eine Weltreise. Genau genommen war das dort ein Gefängnis, das Regiment bewachte so zwei Dutzend Tibeter, die sollen Aufrührer gewesen sein. Ich hatte mit dem Versorgungslaster mitfahren können, der da einmal im Monat hinfuhr. Das ist da eine menschenleere Einöde, außer dem Regiment und den Strafgefangenen lebt da weit und breit sonst niemand. Der Laster musste noch weiter zu anderen Regimenten und sollte auf der Rückfahrt vier Tage später wieder vorbeikommen. Ich konnte da nicht einen ganzen Monat vertrödeln, also habe ich alles in die vier Tage gestopft, von morgens bis abends alle angesehen, die mich brauchten, erst die Kader mit ihren Angehörigen, dann die Soldaten, dann die Gefangenen.«

»Hast du dir die Gefangenen von dir aus vorgenommen?«

»Nein, ich habe mir jeden angesehen, den mir das Militär geschickt hat, niemanden von mir aus. Für mich waren das alles Kranke. Ich kümmere mich nur um die Krankheit, nicht darum, wer sie hat.«

»Was hatten die Strafgefangenen denn für Leiden?«

»Am häufigsten war rheumatische Gelenkarthritis, Fingergelenke alle entsetzlich angeschwollen. Hungerödeme am ganzen Körper; die Verpflegung war wirklich erbärmlich. Es hieß, ursprünglich seien es über hundert Häftlinge gewesen, alle tot bis auf die paar, die jetzt noch übrig waren; aber die Stellenzahl, also die Personalstärke des Regiments, die war die ganze Zeit gleich geblieben. Einem Häftling schmerzte die Schulter, seit Jahren konnte er sie nicht mehr bewegen. Ich habe ihm eine Kugel aus dem Oberarm herausoperiert, ohne Betäubung. Die Betäubungsmittel, die wir aus Peking mitgebracht hatten, die waren aufgebraucht, und das Krankenhaus in Xining hatte uns keine abgegeben. Wenn ich jetzt daran denke, möchte ich den Mann immer noch um Verzeihung bitten. Wenn das Mitleid mit Aufrührern ist, bekenne ich mich schuldig. Aber was hat das mit dem Bild des mobilen Beratungsteams bei den breiten Volksmassen von

Qinghai zu tun? Ich bin nur einer aus dem Team, ich wage nicht, das ganze Team zu vertreten. Aber wer vertritt denn hier die breiten Volksmassen von Qinghai? Grundloses Gewäsch!«

»Das sehe ich. Diese beiden Dokumente behalte ich erst mal hier. Geh jetzt und sprich nicht mit anderen über die Sache.«

Han Yuan war wütend. Wer war derart niederträchtig? Er ertrug es nicht, erzählte es seiner Mutter.

Auch die Mutter packte die Wut, aber sie blieb ruhig. Sie wollte herausfinden, wer ihrem Sohn das angetan hatte. »Hast du Ärger mit jemandem im Team gehabt?«, fragte sie.

»Im Team gab's niemanden von der Sorte. Ich hatte mit niemandem Ärger, und niemand hatte Ärger mit mir. Außerdem waren wir alle derart beansprucht, kamen kaum zum Schlafen, wer hätte da noch Zeit für solchen Unfug gehabt?«

»Denk noch mal nach. Hast du bei irgendwelchen örtlichen Stellen mit irgendwem Ärger gehabt?«

Han Yuan ging im Geist die Orte durch, an denen sie gewesen waren, Ort für Ort, und jeden, mit dem sie zu tun gehabt hatten. »Nein, nirgends, mit niemandem. Alle waren sehr nett zu mir.«

»Und die Kranken? Nichts schiefgegangen? Erfolglose Behandlungen?«

»Schiefgegangen ist nichts. Dass eine Behandlung erfolglos blieb, das ist ein paarmal vorgekommen, aber das waren dann alles Fälle, bei denen halt nichts mehr zu machen war, und das war den Kranken und ihren Angehörigen auch klar. Und es waren ja auch gerade die Kranken und ihre Angehörigen, die mit mir besonders zufrieden waren. Eben weil so viele von ihnen an die Behörden Briefe voll des Lobes für mich geschrieben haben, sind sie dort auf mich aufmerksam geworden, deshalb kam es dann zu der Auszeichnung durch die Provinzregierung. Wer mir übelwollte, das kann kein Patient gewesen sein.«

»Wer hat denn euer Team geleitet?«

»Ich war stellvertretender Leiter. Ein Vizebürochef vom Gesundheitsministerium, ein alter Militärarzt namens Wu, das war der Teamleiter. Mit seinen ärztlichen Künsten war es nicht so weit her, aber menschlich war er in Ordnung, ich kam sehr gut mit ihm aus.«

»Wusste er von der Operation an dem Tibeter?«

»Ich hab ihm Bericht erstattet.«

»Und was hat er dazu gesagt?«

»Er tadelte, das sei zu gewagt gewesen. In Zukunft solle ich nicht mehr ohne Betäubung operieren. Er bewunderte diesen Tibeter.«

»Ich vermute, dieser Wu, der war das, der hat das dem Ministerium gepetzt.«

»Unmöglich. Was hätte der denn davon gehabt? Als Vorgesetzter war er ja mitverantwortlich.«

»Ach, mein Lieber, du glaubst immer nur an das Gute im Menschen; wenn dich einer verkauft, dann hilfst du ihm noch das Geld zählen.«

Auch der alte Klinikdirektor fragte sich, wer Han Yuan in den Rücken gefallen war. Er schrieb, kaum war der junge Arzt zur Tür hinaus, einen Brief an den Gesundheitsminister und verlangte Bericht, wie es zu diesem Rundschreiben gekommen sei. Dem Gesundheitsminister war die Xiehe-Klinik wichtig; überdies war der alte Klinikdirektor ein sehr bekannter Arzt. Der Minister war zu seinem Bedauern kein Mediziner und fürchtete, sich lächerlich zu machen. Darum schickte er einen Vizeminister zum Klinikdirektor, und zwar eben den, der das Rundschreiben mit der Kritik an Han Yuan abgezeichnet hatte. Von dem verlangte der Direktor aber keinen formellen Bericht, er wollte nur wissen, was die Grundlage für diese Kritik gewesen war. Der Vizeminister gab ihm einen Brief aus dem Volk zu lesen, der von einer untergeordneten Stelle übermittelt worden war. Der Brief war mit einer Stecknadel an einem Umschlag befestigt, der keine Briefmarke trug – er war mit Militärpost gekommen. Geschrieben hatte ihn der Regimentskommandeur jenes Gefängnisses bei Xining. Er beklagte sich, der Arzt Han Yuan habe sich für die Behandlung kranker Kaderangehöriger nicht weiter interessiert und mögliche Operationen mit dem Vorwand abgelehnt, die Bedingungen dafür seien nicht gegeben, habe dann jedoch einen tibetischen Aufrührer operiert, mit hervorragender Technik und bestem Ergebnis. Der Klinikdirektor war amüsiert: Da hatte also die Frau des Regimentskommandeurs dem Häftling seine Operation geneidet und weitergegeben, was sie davon gehört und verstanden hatte. Auch der Vizeminister fand die Sache lächerlich. Bei einem Gebärmuttervorfall hätte eine Operation nichts gebracht, und selbst wenn dem nicht so gewesen wäre, wie hätte die Dame eine Operation ohne Betäubung ertragen?

Aber das Kind war in den Brunnen gefallen, das Rundschreiben nun einmal in der Welt. »Han Yuan ist Unrecht geschehen«, sagte er, »und der gute Wu ist ein Trottel, der hat den ganzen Kram unbesehen weitergegeben, und in der Partei ist das dann als schwerer Fehler registriert worden. Das Rundschreiben des Ministeriums habe ich abgezeichnet, aber den Entwurf des Rundschreibens hat das Parteikomitee des Ministeriums beraten und verabschiedet. Nun kann man ja wohl schlecht verlangen, dass das Parteikomitee sich bei einem einfachen Arzt entschuldigt. Gehen Sie, reden Sie mit dem Mann, sagen Sie ihm, dass das Ministerium von einer administrativen Maßnahme absieht, und damit ist die Sache ja wohl ausgeglichen.«

Der alte Klinikdirektor hielt die Sache damit nicht für ausgeglichen. Er holte das Rundschreiben der Provinzregierung und den langen Zeitungsartikel hervor und gab sie dem Vizeminister zu lesen. »Aufgrund von Han Yuans Können und seinen Leistungen in Qinghai«, sagte er, »hatten wir vor, ihn zum Chefarzt zu befördern!«

Dem Vizeminister war das unangenehm. »Nun warten Sie doch noch etwas«, sagte er, »lassen Sie das Ministerium doch nicht das Gesicht verlieren. Das kann man doch auch nach einem halben Jahr noch nachholen.«

»In drei Monaten gehe ich in Pension«, sagte der alte Direktor. »In einem halben Jahr habe ich hier nichts mehr zu sagen.«

»Gehen Sie ruhig in Pension«, sagte der Vizeminister, »so weit bin ich dann noch lang nicht, das werde ich dann so entscheiden!«

Ein halbes Jahr später legte die Xiehe-Klinik dem Ministerium ihre Beförderungsvorschläge vor. Der Vizeminister hielt sein Wort. Han Yuan wurde Chefarzt.

12 DER VERSPÄTETE SÄUGLING

Han Yuan war ein tüchtiger Arzt, dazu freundlich und umgänglich, überdies sah er blendend aus, junge Patientinnen himmelten ihn an, ein Star der Pekingoper ließ sich in der Onkologie ständig Termine bei ihm geben. Wie sich solchen Nachstellungen entziehen? Er beriet sich mit Cheng Pinzhi, mit der er sich längst einig war: sofortige Heirat, sobald sie ihr Studium an der Zentralen Musikhochschule abgeschlossen hatte!

Den Familienoberhäuptern war das nur recht. Frau Han hatte es besonders eilig. Längst hatte sie einen Enkel in den Armen halten wollen. Wäre das endlich geschafft, dann würde sie der Familie Han all den Kummer verzeihen.

Noch ein Semester blieb bis zum Abschluss – da wurde Cheng Pinzhi als Stipendiatin für ein Studium in der Sowjetunion ausgewählt. Mit den anderen Stipendiaten zusammen sollte sie zur Vorbereitung für ein Jahr auf die Pekinger Fremdsprachenhochschule und dann drei Jahre auf die Staatliche Musikhochschule in Moskau, bis zum Abschluss als »kandidat nauk«, Kandidatin der Musikwissenschaft. Zuvor schon heiraten? Nein, sagte die Organisation für das Stipendienwesen. Dann müsse sie Moskau fahren lassen. In diesem Jahr gab es landesweit nur zehn Stipendien für ein Studium in der Sowjetunion, und für Musik nur dieses eine. Nicht als eine von hundert, nein, als eine von zehntausend Anwärtern hätte sie jetzt die Chance, an der weltberühmten Tschaikowski-Hochschule drei Jahre lang bei den hervorragendsten Lehrern ihres Fachs zu studieren. Die Hochzeit ließ sich drei Jahre verschieben, eine solche Chance würde es kaum wieder geben. Cheng Pingzhi und Han Yuan überlegten und diskutierten hin und her, miteinander und mit den Familienoberhäuptern, wogen das Für und Wider ab, schließlich beschlossen sie, die Hochzeit zu verschieben. Cheng Pinzhi ging nach Moskau.

Als sie abreiste, fing Frau Hans rechtes Augenlid an, nervös zu zucken. »Vom Reichtum zuckt das linke Lid, beim rechten nimmt das Glück Abschied«, sagt das Sprichwort; sie befürchtete alles mögliche Unheil, aß kaum noch, schlief nicht mehr richtig – die Chengs waren wie ihre Familie, sie hatte ja selbst keine Tochter, hatte Pinzhi aufwachsen sehen, sie stand ihr näher noch als der eigene Sohn. Nun war das Mädchen mit einem Mal davongefahren, so weit weg, und das für viele Jahre. Die alte Frau fand keine Ruhe mehr.

Han Yuan sah mit Angst, wie die Adern an den Schläfen seiner Mutter hervortraten. »Mutter«, sagte er, »wenn du mal eine Mahlzeit ausfallen lässt, reg ich mich noch nicht auf, Fasten ist gesund. Aber dass du Nacht für Nacht kaum schläfst, das geht nicht. Die Hippocampi schrumpfen, du verlierst das Gedächtnis, wirst senil! Beruhige dich doch, bald kommt ein Brief von Pinzhi, wenn nicht nächste Woche, dann gewiss die übernächste. Ach Mutter, mach dir doch nicht so viel Sorgen!«

Pinzhis Brief kam, mit Luftpost und eingeschrieben, ein dicker Umschlag aus Packpapier, vollgeklebt mit Briefmarken, kaum war noch Platz für die Adresse, an die »Geehrte Frau Han, geb. Liu«. Frau Han nahm eine Stricknadel, öffnete damit sehr vorsichtig den Umschlag und fand in ihm drei weiße kleinere Umschläge, einen für Han Yuan, einen für Pinzhis Eltern und einen für sie selbst, den öffnete sie und las:

Moskau, den … August 1960

Liebes Tantchen Han – ich sehe Sie vor mir, während ich Ihnen schreibe!

Vorgestern, um halb fünf Uhr nachmittags hiesiger Zeit, bin ich in Moskau angekommen; heute finde ich endlich die Zeit für diesen Brief, um Ihnen zu melden, dass alles glatt und glücklich gelaufen ist. Sie brauchen sich keine Sorgen zu machen!

Gestern habe ich mich in der Musikhochschule angemeldet und mit dem Betreuer an der Fakultät für Komposition gesprochen. Einfache Unterhaltung bring ich auch mit meinem bisschen Russisch schon hin, aber wenn's in die Tiefe geht, steh ich dumm da. Offensichtlich muss ich da eine Zeit lang noch viel nachholen.

Wir haben eine stille, schöne Unterkunft; im Flur ist eine gemeinsame Küche, Teller, Töpfe, Besteck, nichts fehlt; zur Hochschule ist es etwas weit, aber das ist gut für die Morgengymnastik, da renn ich zum Unterricht!

Ach, liebes Tantchen, mit diesem Auslandsaufenthalt hab ich die ganze Familienplanung durcheinandergebracht, Sie vor vollendete Tatsachen gestellt, nach all Ihren Mühen und Sorgen über so viele Jahre, und nun habe ich Ihnen gegenüber ein sehr schlechtes Gewissen. Bitte, lassen Sie die Gegenwart, schauen Sie auf die Zukunft, kommen Sie mir auf meinem Weg entgegen – ich werde Ihre Erwartungen gewiss nicht enttäuschen, das Studium hier mit aller Kraft bewältigen, zurückkehren und vollenden!

Ich hoffe nur, dass Sie diese drei Jahre der Trennung gesund und vergnügt verbringen und ich mein Tantchen Han bei meiner Rückkehr glücklich lächelnd wiederfinde!

Gedeihe Ihnen alles nach Wunsch!

Ihre Ihnen von Herzen ergebene Pinzhi

Der Brief an Han Yuan war der längste, Han Yuan schrieb eine sehr lange Antwort und fragte zuletzt noch seine Mutter, ob er Pinzhi etwas ausrichten solle. Frau Han hatte Mitleid mit Pinzhi – sollte das arme Mädchen gleich nochmals drei Briefe beantworten? Briefschreiben macht solche Mühe; sie sagte: »Richte ihr von mir nur aus: Sie soll gesund bleiben, das ist das Wichtigste! Gut essen und genug schlafen! Und dann noch: Sie soll sich um mich keine Sorgen machen, mir geht's gut, ich kann essen und kann schlafen, sie soll sich ein Beispiel an mir nehmen!« Dann wählte sie vier Tischtücher mit Applikationsstickerei aus und gab sie Han Yuan, damit der sie, wenn er mit dem Antwortbrief zur Post ginge, als Päckchen an Pinzhi schickte, als Geschenk für ihren Betreuer.

Han Yuan hatte drei Stunden an seinem Brief geschrieben, am liebsten hätte er gleich alles hineingeschrieben, was er ihr die drei Jahre über noch sagen wollte! Kaum war der Brief weg, begann er schon den nächsten; und weil er befürchtete, sie könnte die Briefe durcheinanderbringen, schrieb er in die obere rechte Ecke eine zwei, mit einem schön runden Kreis drum herum. Kaum war der Brief weg, kam auch schon Pinzhis nächster Brief, und als hätten sie sich abgesprochen, nummerierte auch sie ihre Briefe, nur nicht auf der ersten Seite, sondern ganz am Ende, nach der Unterschrift, in Klammern. Ihr Brief trug ein Datum eine Woche vor dem Tag, an dem er seinen ersten Brief abgeschickt hatte, und war nur an ihn gerichtet – aber in zwei Fassungen, die eine war allein für ihn bestimmt, die andere durfte er herumzeigen. Von da an floss die Korrespondenz in stetigem Strom ununterbrochen hin und her, ergänzt durch Päckchen von Frau Han und Pinzhi; aus Moskau kamen Schallplatten, Schokolade und Blumensamen und ein paar Exotika, wie ein Drehbleistift aus Plastik mit einem Relief des Kremls und Bildchen mit aufgeklebten Plüschblumen.

Nach Pinzhis Brief Nr. 112 erhielt Han Yuan keinen Brief aus Moskau mehr. Auf vier Briefe, die er ihr dann noch schrieb, kam keine Antwort. Er fragte bei Pinzhis Eltern nach – ihnen ging es genauso. Sie waren noch mehr beunruhigt als er. Er erkundigte sich im Erziehungsministerium bei der Abteilung für Auslandsstudenten. »Auch unsere Verbindung zu den Studenten dort ist unterbrochen«, sagte man ihm. »Wir bemühen uns, sie über diplomatische Boten zu erreichen. Bei unserer Botschaft sagen sie, Verbindung zu den Studenten aufzunehmen sei sehr schwierig, von sowjetischer Seite werde man behindert. Warten wir's ab, das Problem wird sich schon noch lösen lassen.«

Han Yuan ging ein Licht auf: Das war der Kampf gegen den sowjetischen Revisionismus! Zwei große Länder, die sich betrugen wie die kleinen Kinder. In guten Zeiten war die Sowjetunion der große Bruder gewesen, als beste Freunde hatte man sich angelacht; nun war man mit einem Mal jeder dem anderen der verhasste Todfeind, und die Briefe ganz gewöhnlicher Menschen kamen nicht mehr durch. Ein Glück nur, dass es nicht speziell um Pinzhi ging, und dass sie überdies ein gutes Verhältnis zu ihrem Betreuer und den sowjetischen Kommilitonen hatte. Da konnte ihr nicht allzu viel passieren.

Jede Woche brachte die *Volkszeitung* jetzt einen neuen Offenen Brief an das sowjetische ZK, jedes Mal verschärften sich die Angriffe, der Ton wurde eisiger, Schnee stob, das Land gefror … Im Februar kam mit allen anderen chinesischen Studenten auch Pinzhi zurück. Die sowjetischen Behörden hatten sie ausgewiesen. Gleichzeitig verließen sämtliche sowjetischen Spezialisten das Land. In der Zeitung stand, die sowjetische Regierung habe sie abgezogen.

Cheng Pinzhi kam nicht nach Hause. Gleich bei der Ankunft wurden die Studenten vom Flugplatz weg zu kollektivem Studium in die Fremdsprachenhochschule beordert. An der Tschaikowski-Hochschule war Cheng Pinzhi eine hervorragende Studentin gewesen, nach ihrer Rückkehr wurde sie nun als ein Keim des Revisionismus angesehen, als ein Schwerpunktobjekt der Kritik, das auf Geheiß des Leiters der Parteizelle seine »geistigen Wurzeln ausgraben« und auf qualvollen »Kritik- und Selbstkritikversammlungen« seine Zeit vertun musste. Es tat so weh, als schabe man ihr mit einem Messerchen

Knochensplitter um Knochensplitter von den Gelenken; doch schonungslos stapelte sie sich die schwersten Hüte auf den Kopf: Revisionismusbazille. Muster einer weißen Spezialistin. Volks- und Vaterlandsverräterin. Es galt nur durchzukommen, zurückzukehren in die Welt der Musik, der Freiheit!

Und als ihr Geist endlich als von revisionistischen Verstrickungen »im Großen und Ganzen losgekommen« galt, hatte sie und nicht nur sie allein, hatte die ganze Fremdsprachenhochschule körperlich umso mehr zu leiden; striktester Befehl erging: Niemand, wirklich niemand durfte die Schule verlassen!

Die neue Katastrophe ging von einem aus dem Ural heimgekehrten Bergbaustudenten aus, vielleicht war er auch nicht die einzige Quelle, jedenfalls begann es unter den Rückkehrern: Bettwanzen! Sie bissen zu, dass im ganzen Wohnheim keiner mehr ein Auge zutat. Die Bettwanze lebt nicht lang, doch einmal eingenistet, vermehrt sie sich von Generation zu Generation mit rasender Geschwindigkeit. Innerhalb von Tagen hatte sie den ganzen Komplex okkupiert, zwei große Blocks; auch das Wohnheim der Angehörigen blieb nicht verschont. Große rote Bettwanzen tauchten gar in den Vorlesungen auf, vollgesogen rutschten sie die schwarzen Zöpfe der Studentinnen hinunter, in Unmengen krochen sie über Tische und Bänke, als wären sie allein auf der Welt.

Die ganze Nacht kämpften die Studenten gegen die Wanzen an, tags hingen sie dann nur noch benommen herum. Unterricht war sinnlos. Die Führung beschloss den totalen Krieg gegen das Ungeziefer. Bettwanzen können den Händen ihrer Jäger kaum entkommen. Um dennoch die Art zu erhalten, legen die Weibchen ihre Eier in die Zipfel der Bettbezüge und in die Ritzen der Bettgestelle, und diesen Eiern kann selbst unausgebrütet Gift nichts mehr anhaben, die nächste Generation ist dann nur umso widerstandsfähiger. Immer heißer wurden die Tage, immer wüster trieben es die Wanzen, wollten dem ganzen Hort der Gelehrsamkeit, Lehrern wie Lernenden, das Blut aussaugen bis auf die Knochen. Doch schließlich fand sich die Wunderwaffe für den Endsieg im Heizungskeller: die drei großen Kessel dort wurden eingeheizt, Tag und Nacht brannte das Feuer, kochte das Wasser, und alle Betten in den Wohnheimen wurden abgezogen, auseinandergenommen, alles in den Kesselraum gebracht und mit kochendem Wasser übergossen bis zur letzten Ritze. Als die Bettwanzen vom Ural völlig vernichtet waren, begannen die Sommerferien.

Auch befreit von der Diktatur der Bettwanze konnte Cheng Pinzhi aber noch nicht an Heimkehr denken, sie musste in der Musikhochschule erst das Abschlussexamen nachholen. Doch in Moskau war eine solide Grundlage gelegt worden, die Prüfung jetzt nur Formsache und fast im Vorbeigehen erledigt.

Mit Pinzhis Rückkehr aus Moskau stürzte sich Frau Han in fieberhafte Tätigkeit. Allzu schwer hatte das Schicksal hier auf den Menschen gelastet, den kleinen Hof in die Erde gedrückt, die Türschwellen waren völlig abgetreten. Frau Han ließ Handwerker kommen und auf den ganzen Boden eine neue Lage grauer Ziegel auftragen. Der Westflügel wurde umgebaut, traditionell dreigeteilt mit hellem Mittelraum und zwei durch dünne Wände abgetrennten dunkleren Nebenräumen; überall kamen Möbel im traditionellen Ming-Stil hin. Sämtliche Fenster- und Türrahmen im Hof wurden ausgetauscht, die wie hergebracht durch Streben in kleine Karos unterteilten Fenster durch neue große Glasscheiben ersetzt, die Türen neu lackiert, auch die Holzteile der überhängenden Dachvorsprünge neu gestrichen, der ganze kleine Hof strahlte in frischem Glanz!

Zu Cheng Pinzhis Abschlussfeier bestellte Frau Han einen Tisch im Peking-Hotel und lud zu einem Festmahl ein, zu »Schwalbenflügeln« nach dem altberühmten Rezept der Familie Tan Fischflossen, und Süßspeisen geformt wie Schwalbennester. Das war an einem glühend heißen Tag. Strohtrocken drang die Luft wie ein Gluthauch in die Lungen; auf den Straßen legte sich der aufgeweichte Asphalt wie Haut um die Füße und verbrühte sie. Doktor Han behandelte bis zum Mittag in der Klinik seine Kranken, nahm dann frei, fuhr mit dem Fahrrad zunächst zur Musikhochschule, die in der alten Residenz des Prinzen von Chun untergebracht war, südöstlich vom Fuxing-Tor, holte dort Pinzhi ab, fuhr mit ihr zur Innenbehörde des Oststadtbezirks, um die Ehe zu registrieren, begleitete sie dann in die Wangfujing, um Kleidung für sie zu kaufen, brachte sie danach zur Yinding-Brücke zurück und fuhr selbst nach Hause, um alles vorzubereiten, lieh sich von der Klinik einen Krankenwagen und fuhr mit der

Mutter zur Yinding-Brücke zurück, um Pinzhi und ihre Eltern, Herrn und Frau Professor Cheng, und die Familie ihrer älteren Tochter zum Festmahl im Peking-Hotel abzuholen.

Die Hochzeitsfeier fiel in die Notjahre 1959 bis 1961, selbst im Peking-Hotel verlangten sie Getreidemarken, Fleisch kam aus Dosen; immerhin waren die »Schwalbennester« und die »Fischflügel« echt. Die drei Familien genossen ein wunderschönes Hochzeitsmahl; die beiden Kinder von Pinzhis Schwester brachen ihre Hefeklöße auseinander und wischten damit die Teller sauber, und Professor Cheng lobte sie dafür: »Achtet euer täglich Brot, Korn für Korn ist mit Schweiß und Mühe gewonnen!«

Die jungen Eheleute passten gut zusammen, sie waren glücklich, zueinander liebevoll und doch so höflich, als wäre jeder des anderen Gast. Für Frau Han war Pinzhi längst ein Familienmitglied, und Pinzhi nannte auch ihre Schwiegermutter weiterhin Tantchen.

Im Nordflügel gab es in diesem Jahr bereits drei Kinder, lauter kleine Kahlköpfe, mit denen die gutmütige Zitherspielerin kaum fertigwurde; kaum war der Papa Flötenspieler aus dem Haus, stürzte auf dem kleinen Hof bald der Himmel ein.

Han Yuan sollte mit Cheng Pinzhi in den Westflügel einziehen, Küche und Bad lagen im Ostflügel. Frau Han wohnte im Südflügel. Der Nordflügel war sich seiner nachbarlichen Pflichten bewusst, holte Wasser aus der Leitung auf der Straße, ging auf die öffentliche Toilette, hielt den Hof und die Hälfte der Gasse vor dem Tor peinlich sauber. Der Flötenspieler verstand sich auf Gärtnerei, im Hof hatte er die zwei verkümmernden Holzapfelbäume zu neuem Leben erweckt. Sie seien nicht krank, sagte er, sie bekämen nur zu viel Wasser und wüssten nicht, wohin mit dem Saft. Im Herbst, nachdem sie ihre Blätter verloren hatten, beschnitt er sie und entfernte alle vertrockneten und schwachen Äste und Zweige, und im Frühjahr schlugen die Bäume dann zu zwei großen Kronen voll weißer Blüten aus. Die längsten Zweige schnitt er heraus, stellte sie in eine Tonvase und brachte sie zum Südflügel. Frau Han bewunderte, wie schön sie gewachsen waren. Schneide man die übereifrigen Zweige heraus, sagte der Flötenspieler, so wüchsen die anderen umso besser. Als Cheng Pinzhi einzog, standen die beiden Bäume in dichtem Laub und ragten bereits weit über die Dächer des Hofes hinaus in den Himmel. Aus den sauren Äpfelchen kochte die Zitherspielerin süßsaure Marmelade, die sie Frau Han und Cheng Pinzhi verehrte. Cheng Pinzhi hatte ihr Klavier mitgebracht, das fand nun Kollegen, Flöte und Zither erklangen nach jahrelangem Schweigen aufs Neue. Wie ihre Instrumente kamen auch die Spieler ins Gespräch, bald besuchten sich West- und Nordflügel fast täglich.

Cheng Pinzhis und Han Yuans Kind kam nach dem errechneten Termin zur Welt, zehn Pfund schwer, ein dickes schwarzhaariges Mädchen, einen halben Monat hatte sie auf sich warten lassen. Frau Han hatte immer ungeduldiger der nächsten Generation geharrt. Jetzt nannte sie die Kleine Shanshan, die »ganz Überfällige«. Shanshan trank den ganzen Tag lang. Pinzhis Milch genügte ihr nicht, Frau Han lief täglich in die Wangfujing, um ihr Frischmilch zu kaufen. Wenn Shanshan weinte, dann mit heller und sehr kräftiger Stimme, bis zum Anfang der Gasse war sie zu hören, und wenn sie lachte, klang es wie Glöckchen im Wind, und der kleine Hof funkelte vor Freude.

Nach drei Jahren bekam sie ein Brüderchen. Auch der verzögerte sich, Frau Han nannte ihn Han Chi, den »Verspäteten«. Im kleinen Hof wurde es nun noch lebhafter, und gleich den Holzapfelbäumen schien Frau Han zu neuem Leben aufzublühen.

Im Frühling von Shanshans fünftem Jahr erkrankten die beiden Holzapfelbäume an Braunfäule. Zuerst zeigten sich einige kleine gelbe Flecken auf den Blättern, dann wurden es immer mehr, die Blätter schwärzten sich, rollten sich ein und fielen raschelnd ab. Der Flötenspieler sagte, auf dem schiefen Chinesischen Wacholder im Nachbarhof seien mit Sporen gefüllte Blasen gewachsen, Regen habe sie platzen lassen und Wind die Sporen auf die Holzapfelbäume geweht. Das sei zu spät aufgefallen, jetzt könne man nur die ganzen Zweige abschneiden und abwarten, dass neue wüchsen. Frau Han starrte auf die zwei kahlen Bäume. Ein böses Zeichen, dachte sie. Der Anblick verursachte ihr einen Kloß im Hals, sie verlor den Appetit und magerte ab wie die beiden Bäume. Cheng Pinzhi bat ihren Mann um ein Rezept für ein gutes Mittel für die Mutter. Han Yuan wollte ihr im Krankenhaus Blut abnehmen und eine Röntgenaufnahme machen lassen, um herauszufinden, was mit ihr los war und wie er sie behandeln sollte. »Das Herz ist krank«, sagte Frau Han, »da ist nichts herauszufinden.« Sohn und Schwiegertochter mochten sagen, was sie wollten, die alte Frau ging nicht ins Krankenhaus. Han Yuan gab ihr verschiedene Vitamintabletten, die sie auch schluckte, aber sie nahm nicht wieder zu.

Sechs Jahre waren Han Yuan und Cheng Pinzhi nun verheiratet. Im Jahr zuvor war Cheng Pinzhi vom Nationalen Opern- und Balletttheater zum Nationalen Symphonieorchester versetzt und Doktor Han zum stellvertretenden Leiter der Chirurgie befördert worden. Cheng Pinzhi war jetzt dreißig, Han Yuan vierunddreißig, beide standen sie auf der Höhe ihres Berufslebens, Wege schienen sich ihnen zu öffnen, die sie noch weit führen mochten. Cheng Pinzhi schlug ihrem Mann vor, er solle den Abteilungsleiter bitten, ihm den gesamten Urlaub für dieses Jahr im Sommer zusammenzufassen, damit die Familie im Sommerpalast von Chengde ein paar unbeschwerte Tage in der Sommerfrische verbringen könne; der Wechsel der Umgebung werde vielleicht auch die Großmutter aufheitern und gesunden lassen.

13 DIE GOLDSTAB-MORDE

Bevor die Hans nach Chengde aufbrechen konnten, kam das Unheil über Peking. Anfang Juni dröhnte aus Lautsprechern überall in der Stadt eine Wandzeitung von der Beida, in der Nie Yuanzi und weitere Dozenten der Philosophischen Fakultät drei Kulturbürokraten angriffen, weil diese schwarze Bande sich teuflisch dem Vorsitzenden Mao entgegenstellte. An den Holzapfelbäumen waren noch keine jungen Zweige gewachsen, da traten die Roten Garden auf den Plan. Schüler und Studenten gingen nicht mehr zum Unterricht, sie gingen auf die Straßen, um alles Abgelebte und Alte zu zerschlagen, und auf den Straßen brach das Chaos aus. Frau Han befürchtete, das Unheil werde auch über sie kommen, es werde Ärger geben wegen ihrer Beziehung zu Taiwan. Also gab sie die kleine Shanshan der anderen Großmutter und behielt nur Han Chi, der noch an der Brust lag. Und sie bog ein

Dutzend Ringe aus reinem Gold zu Stäben, die sie fest in die Hüfte ihrer Hose einnähte, sagte das dummerweise aber weder dem Sohn noch der Schwiegertochter.

Die Roten Garden kamen schließlich auch zu Frau Han. Mit deinem bisschen Stickerei, sagten sie zu der alten Frau, bekommst du ja nicht mal das Geld fürs Frühstück zusammen, und dann zahlst du dem Sohn das Studium? Da müssen im Haus ja wohl Schätze aus fremder Quelle zu finden sein! Sie stellten alle Schränke und Truhen auf den Kopf, entdeckten eine mit Fuchspelz gefütterte Weste und drei *Qipao* aus Satin in verschiedenen Farben, gruben auch noch den Fußboden auf, fanden aber weder Gold noch Silber. Sie zerrten die alte Frau an den Haaren herum und prügelten sie bald zu Tode, das hielt sie nicht aus und sagte, im Westzimmer seien drei Goldbarren versteckt. Die Rotgardisten zerrten sie zum Westflügel; sie wankte, stolperte auf den Stufen, stürzte und kam nicht mehr hoch. Die Rotgardisten versetzten ihr zwei Tritte, die alte Frau rührte sich nicht mehr.

Han Chi, der Überfällige, verschlief den ganzen Aufruhr. Eine Rotgardistin entdeckte das immer noch fest schlafende Kind: »Was tun mit der konterrevolutionären Köterwelpe?«, fragte sie. Die Rotgardisten berieten die Frage, da wachte der Kleine auf, sah statt seiner Oma nur lauter fremde Gesichter und brüllte los. Der Anführer der Rotgardisten zog ihn an den Füßchen hoch und riss die beiden spindeldürren Beinchen auseinander. Da verstummte das Geschrei; das Kind war tot. »Schrei doch!«, sagte der Anführer noch zu ihm. »Warum schreist du denn nicht mehr? Such die Oma!« Und dann warf er die kleine Leiche wie einen abgelatschten Schuh mit Schwung beiseite.

Die Rotgardisten wühlten auch im Westflügel alles durch und fanden nichts, kamen wieder heraus und fragten nochmals die alte Frau, aber die war mausetot. In jenen Jahren prügelten die Roten Garden, bis sie nicht mehr konnten, hatten auch schon Tote genug gesehen, tasteten die alte Frau ab, ob noch Leben in ihr war, dann zerrten sie die Leiche hinaus und wollten sich nun den Sohn holen.

Sie zogen die Tote bis ans Ende der Gasse, an die große Straße; dabei brüllten sie: »Wir schwören, die Große Kulturrevolution des Proletariats durchzuführen bis zum Endsieg! Alle Ochsenteufel und Schlangengeister wegzufegen! Ergibt sich der Feind nicht, ist das sein Untergang! Das konterrevolutionäre Element, die Han geborene Liu, härtest unterdrücken«; da hielt neben ihnen ein Laster; aus dem Führerhäuschen sprangen ein Mann und eine Frau herunter und grölten sie an: »Der große Führer Vorsitzender Mao lehrt uns: Alle Reaktionäre sind Papiertiger!« Ein Rotgardist nahm das auf: »Alles Reaktionäre« – die anderen fielen ein: »Alles Reaktionäre stürzt nicht, wenn du es nicht umstürzt, das ist wie das Fegen: Wo der Besen nicht hinkommt, läuft der Staub nicht von allein weg!« Nachdem solchergestalt die Parolen getauscht waren, erklärte die Frau: »Wir sind von der Oststadtbezirk-Rebellenbrigade und müssen Tote ins Krematorium fahren; zwei fehlen uns noch auf dem Laster für eine Ofenfüllung. Schmeißt eure da rauf, dass die Zahl voll wird.« Die Rotgardisten überlegten einen Moment: Sonst hätten sie noch selber die Mühe mit der Entsorgung, also warfen sie kurzerhand den toten Körper der alten Frau auf den Wagen. Um jedoch seine Position zu zeigen, verlangte ihr Anführer von den beiden mit dem Laster eine Quittung. »Was soll das?«, fragten die. »Ihr schlagt wen tot, und dafür sollen wir wohl bezahlen? Auch in diesen großen Zeiten gibt es in ganz Peking keine Krähe mit drei Beinen, aber Tote mit zweien mehr als genug! Wenn ihr Ärsche die Zahl nicht voll machen wollt, zieht sie wieder runter!« Der Angeber zog rasch den Kopf ein, der Laster brauste davon. »Scheißer«, knurrte der Anführer, »das alte Stück habt ihr billig bekommen!«

Han Chi an den Beinchen in die Höhe haltend, kam die Rotgardistin gerannt. »Was tun mit dem Kind?«, fragte sie den Anführer. »Was kommst du erst jetzt?«, sagte der. »Wirf es in den Straßengraben, und fertig!«

Der Krematoriumsofen brannte; ein Arbeiter hörte ein sonderbares Geräusch, als er die Asche umschaufelte, zog sie vorsichtig auseinander und fand mehrere dünne, Schnittlauchhalmen gleiche Goldstäbe. Nach diesem Glücksfall verfuhr er beim Umschaufeln viel sorgfältiger, und das brachte ihm noch manch schönen Ertrag. Er wurde dann zu einem vorbildlichen Kämpfer beim Studium der Werke des Vorsitzenden Mao, hielt überall Vorträge über den geistigen Gewinn, den er aus diesem Studium zog, und wie er, gelenkt vom Mao-Zedong-Denken, fest auch auf der letzten Position im

Menschenleben Stellung bezog und in seiner Arbeit Erfüllung fand. Die Geheimnisse der Krematoriumsöfen und die von den Leichen bezogenen materiellen Erträge erwähnte er nicht. In jenen Jahren gab es die unterschiedlichsten Arten, reich zu werden. Auch aus Abortgruben fischten sich manche Perlenketten und Jadeanhänger.

Doch zurück zu den Rotgardisten! Nachdem sie Frau Han und Han Chi »entsorgt« hatten, suchten sie die Xiehe-Klinik auf, holten Doktor Han heraus und eskortierten ihn nach Hause. Er solle ihnen sagen, wo das Gold versteckt sei. Der Doktor hatte keine Ahnung, wovon sie redeten. Bei ihnen zu Haus gäbe es so was nicht. Die Rotgardisten zogen ihre Ledergürtel und schlugen ihn mit den genagelten Enden direkt ins Gesicht, sie wollten alle konterrevolutionäre Arroganz aus ihm herausprügeln. Han Yuan wurde schwarz vor Augen. Er konnte vor Schmerz nur noch schreien, nicht irgendein Versteck behaupten, um nur erst mal den Schlägen zu entgehen. Die Rotgardisten schlugen und traten der Reihe nach auf ihn ein, vierzehn-, fünfzehnjährige Kinder, erfüllt vom Bewusstsein ihrer gerechten Sache, wollten sie Hände und Füße im Kampf mit dem sturen Klassenfeind nicht erlahmen lassen. Doch der Mensch ist nur aus schwachem Fleisch, Han Yuan brachte keinen Ton mehr heraus und gab den Geist auf. Da hatten die paar Rotgardisten an einem Tag drei Mitglieder der Familie Han erledigt, aber ihre Wut blieb unbefriedigt, das Versteck der Goldbarren hatten sie nicht aus ihm herausgeprügelt.

Zu dieser Zeit wurde Cheng Pinzhi im Symphonieorchester »isoliert überprüft«; aber eigentlich warf man ihr kein Verbrechen vor, sie war nur wie der alte Orchesterchef in irgendwelche Kabalen hineingeraten, und die »Rebellenfraktion« wollte sie zu »Enthüllungen« bringen, hatte sie im Keller eingeschlossen und zwei Tage lang nicht nach Hause gehen lassen. Doktor Han hatte ihr während der zwei Tage Essen gebracht und sie hatte ihm gesagt, er solle vorsichtig sein, nie was sagen, wenn er schweigen könne. Nachdem die Rotgardisten den kleinen Hof durchsucht hatten, kamen sie ins Orchester und verlangten nach Cheng, doch als die Kollegen, die sie bewachten, mitbekamen, was geschehen war, hatten sie Angst, dass es ihr ebenfalls übel ergehen würde, und behaupteten, der Fall dieser Frau sei außerordentlich ernst, man warte jetzt nur noch auf den Haftbefehl der Polizei. Die Rotgardisten mussten also unverrichteter Dinge wieder abziehen; sie hatten erklärt, Cheng Pinzhis Schwiegermutter und Ehemann hätten sich beide der Großen Kulturrevolution des Proletariats widersetzt und aus Angst vor Strafe Selbstmord begangen; die Leichen seien im Geiste des proletarischen Humanismus zum Babaoshan gebracht und kremiert worden. Alle im Orchester, ob »Rebellen«, »Kaisertreue« oder »Kapitalisten«, hatten Mitleid mit Cheng Pinzhi, und keiner brachte es fertig, ihr diese entsetzlichen Nachrichten mitzuteilen. Die Rebellenfraktion beschloss, die Geschichte zunächst vor ihr zu verbergen und sie nicht nach Hause zu lassen; Essen wurde ihr nun täglich aus der Kantine gebracht. Als ihr Mann nicht mehr kam, machte sie sich Sorgen, vermutete, er werde nun auch isoliert überprüft, und fürchtete, als Vizeabteilungsleiter und reaktionäre wissenschaftliche Autorität werde er nicht ungeschoren davonkommen; er war nicht gesund, und die in der Xiehe-Klinik isoliert Überprüften wurden in den Leichenkammern im Keller eingesperrt; das würde ihn seelisch wie körperlich zusätzlich belasten.

Am Orchester konnten sich die »Kaisertreuen« der »Rote Fahne«-Brigade nicht halten und schlossen sich den »Rebellen« der »Jinggangshan-Truppe« an. Alle im Keller isoliert Überprüften wurden freigelassen und gehörten nun zur Jinggangshan-Truppe. Cheng Pinzhi, ebenfalls wieder frei, legte das rote Armband der Truppe um und ging sofort nach Hause. Am Tor des kleinen Hofs hing ein Schloss, und es war mit einem Zettel vom Blockkomitee versiegelt. Cheng Pinzhi lief in höchster Angst zum Komitee und fragte dessen Leiterin, Mutter Tian: »Unser Hoftor ist versiegelt; Mutter Tian, was ist geschehn?«

»Große Güte, du bist zurück! Setz dich erst mal, trink erst mal einen Schluck Tee … Keine Sorge, eure Shanshan ist bei der Großmutter.«

»Mutter Tian, was ist denn passiert? Shanshans Oma und ihr Vater, wo sind die? Und wo ist Chi?«

Mutter Tian schüttelte nur immer wieder den Kopf und seufzte.

»Was ist denn passiert? Was ist mit denen vom Nordflügel?«

»Red mir bloß nicht von eurem Nordflügel! Der Mann ist festgenommen …«

»Von der Rebellenfraktion?«

»Nein, von der Polizei.«

»Überprüfung durch seine Einheit?«

Mutter Tian schüttelte nur den Kopf und seufzte.

Cheng Pinzhi erregte sich wegen des Querflötenspielers. »Was kann so ein anständiger Mann schon verbrochen haben? Warum hat die Polizei ihn denn verhaftet?«

»Der gute Querflötenspieler hat seinen Ältesten totgeschlagen.«

Cheng Pinzhi war entsetzt. Der Junge war ins Gymnasium Nr. 81 gegangen, und er war immer ein braver, anständiger Junge gewesen. War der Querflötenspieler übergeschnappt?

»Der Mann nicht, aber die Frau ist durchgedreht, da hat man sie in die Psychiatrie gebracht, in die Anding-Klinik. Dort hat wer nicht aufgepasst und da hat sie sich mit ihrem Hosengürtel erhängt. Die beiden Jüngeren sind auf Erfahrungsaustausch!«

Mao hatte zu jener Zeit die Oberschulen schließen lassen und die Oberschüler aufgefordert, zum »Austausch revolutionärer Erfahrungen« im Land herumzureisen. Die Bahnfahrt war frei und in den Städten gab es kostenlose Unterkünfte.

»Gute Menschen, die ganze Familie – und auf einmal das? Die Familie zerschlagen, die Menschen dahin, warum nur, warum?«

»Verschnauf nur ein Weilchen, dann bring ich dich hin, dann kannst du es dir ansehen. Eure Oma ist tot, und das Kind auch, beide sind schon kremiert. Frag nicht weiter nach; gewinn besser etwas Abstand! Wenn man in diesem Chaos das eigene Leben bewahren kann, ist das schon viel! Du musst dir einen großen Magen mit riesigem Fassungsvermögen zulegen, Himmel und Hölle müssen da reingehen! Denn in dieser Hölle kann nicht mal Maitreya sein Lächeln bewahren.«

Mutter Tians Worte trafen Cheng Pinzhi wie aus heiterem Himmel. Sie stand wie versteinert, völlig benommen.

»Doktor Han ist schon seit Tagen nicht mehr aufgetaucht. Du bist ja schließlich zurückgekommen, hattest du keine Probleme mehr?«

Mutter Tian wechselte das Thema, wollte sie aus der Hölle zurückzerren.

Jetzt begriff Cheng Pinzhi, warum ihr Mann ihr kein Essen mehr gebracht hatte. Sie wollte nur noch schleunigst heim, zwei für Han Yuan gewaschene Kleidungsstücke holen und sie ihm bringen.

Mutter Tian nahm die Schlüssel und brachte sie nach Hause. Wie das Tor zum kleinen Hof aufgestoßen wurde, quollen ein übler Gestank und Tausende grüner Schmeißfliegen ihnen entgegen, betäubend dröhnte ihnen ein ungeheures Summen wie von einer Maschine in die Ohren. Sie riss sich zusammen und trat in den Hof. Ihre eigene Tür war mit zwei weißen Zetteln versiegelt; krumm und schief gekrakelt stand auf dem einen »Rotgardisten-Kampfbrigade des Pekinger Gymnasiums vom 1.August« und auf dem anderen »Von Besichtigung ist abzusehen«. Auch am Türrahmen klebten Zettel; auf dem links stand »Umtriebige Drecksau«, rechts »Stur heult das Köterchen« und oben quer »Hort der Goldbarrenhehler«.

»All das Unheil hat der kleine Dreckskerl aus dem Nordflügel über euch gebracht, was hatte er in der Schule von Goldbarren bei euch zu quasseln? Geschieht ihm recht, dass sein Vater ihn totgeschlagen hat!«

Cheng Pinzhi stieg das Blut in den Kopf, mit rascher Bewegung hatte sie die Zettel abgerissen und die Tür aufgestoßen. Im Haus war alles durcheinandergeworfen, es schien, Diebe hatten mitgenommen, was immer sich hatte mitnehmen lassen. Geblieben waren nur schwere, sperrige Möbel und über den Boden verstreut vergammeltes Papier. Das Kohler&Campbell-Klavier, das ihre Mutter ihr überlassen hatte, war zertrümmert, auf den beschädigten Tasten lag ein halber Ziegelstein, darunter ein Fetzen Wandzeitungs-Papier. Plump darauf hingetuschte Worte fletschten sie an: »Zerschmettert Schnulzengeklimper!« Fassungslos vor Wut nahm sie das Papier, wickelte es um den Ziegel und warf den in den Hof; er zerbrach auf einem Erdhaufen, seine oberste schwarze Farbschicht sprang ab, doch der Hof blieb voll grüner Schmeißfliegen. Mutter Tian fuhr mit der Hand durch die Luft: »Das hat dieser Haufen Oberschüler gemacht, den Boden tief aufgegraben; ich weiß auch nicht, ob sie da Goldbarren gesucht haben.«

Auch der Südflügel war mit einem Zettel der Rotgardisten des Gymnasiums vom 1. August versiegelt. Mutter Tian wollte die Tür öffnen. »Das reicht«, sagte Cheng Pinzhi, »was das Auge nicht sieht, beschmutzt es nicht.« Sie konnte nicht mehr atmen, rannte aus dem Hof hinaus, ihr war, als drängte sich ihr das Herz aus dem Leib, alles drängte sich in ihr nach oben, in die Kehle, die Dämme brachen, sie spuckte und spuckte, als wollten alle Eingeweide heraus.

Mutter Tian klopfte ihr ein paarmal leicht auf den Rücken. Cheng Pinzhi spürte das fast wie ein sanftes Streicheln, wie gut war es doch, dass es auf der Welt nicht nur Rote Garden gab.

Sie hatte sich sauber gekotzt. Durch den Kopf war ihr ein Sturm gefegt, sie etwas abgekühlt, aufgefrischt. »Mutter Tian«, sagte sie jetzt, »ich geh nun erst mal ins Krankenhaus und schau nach Han Yuan, und wenn ich zurückkomme, dann sehen wir weiter.«

»Geh nur, ich verriegel hier das Tor; wenn du zurück bist, kommst du wieder zu mir, und wir besprechen, was mit dem Hof geschehen soll.«

Was sie damit sagen wollte, verstand Cheng Pinzhi nicht, hatte auch nicht die Ruhe dazu. Sie rannte zur Xiehe-Klinik, um ihren Mann zu suchen. Im Shuaifuyuan an der Klinik sah es auch nicht besser aus als anderswo. Das Schild vorne über dem altertümlich prunkhaften Vorbau zum Eingangstor war mit ungeschickten großen Schriftzeichen beschmiert: »Antiimperialistische Klinik« stand da nun. Wie vier Türvorhänge hingen vier Wandzeitungen von den Dachbalken des Vorbaus, bewegten sich leise im Wind, ließen an Irreguläre denken, jene der Menschen Seelen und Leben einfordernde Boten des Totenreichs. Die Mauer auf der Straßenseite war vollgeklebt mit Wandzeitungen, eine trug die Überschrift »Getreues Kind und ehrfürchtiger Erbe aus reaktionärem Haus, hat Han Yuan sich der Großen Kulturrevolution widersetzt und aus Angst vor Strafe umgebracht«. Dick rot durchstrichen, stach der Name »Han Yuan« Cheng Pinzhi in die Augen. Der Himmel stürzte ihr ein, ihr Kopf explodierte, sie glitt zu Boden, blieb am Fuß der Mauer liegen. Die Leute sahen das Armband der »Rebellentruppe« und trugen sie zur Notfallaufnahme, kamen dort aber nicht rein, fanden ihr eine Ecke im Korridor und gingen. Cheng Pinzhi öffnete mühsam die Augen. Der Korridor war voll von Menschen mit schlammigen Köpfen und Gesichtern, wundenübersäten Körpern. Sie verstand nicht, in welcher Zeit sie gelandet war. Hatte man gerade eben die japanischen Teufel hinausgefegt?

Als der Kopf ihr etwas klarer geworden war, stand sie auf und fand, wie auf Nebelschwaden laufend, mit Mühe die onkologische Abteilung. Der Abteilungsleiter war verdrängt worden. Sie fragte die da in weißen Mänteln Herumlaufenden: »Habt ihr die Wandzeitung über Han Yuan geschrieben?« Keiner antwortete. »Zu Unrecht tragt ihr eure Engelskleidung!«, warf sie ihnen hin und schleppte sich hinaus. Doktor Qin, der schon älter war, ging ihr nach und bat: »Urteilen Sie nicht voreilig. Keinem von uns ist klar, was mit Doktor Han geschehen ist. Wir sind alle in Schwierigkeiten, ich werde jetzt unter Überwachung umerzogen, als Verbrecher, der sich bewähren soll. Diese Wandzeitungen sind von neu hergekommenen Praktikanten geschrieben worden. Ich höre mich um und sage Ihnen Bescheid, wenn ich erfahren habe, wie Doktor Han umgekommen ist.«

Im Gymnasium Nr. 81 an der Lichangqiao-Weststraße fand Cheng Pinzhi nur einige Lehrer der »Rebellenfraktion«, die dort auf einige »Machthaber« aufpassten, auf den Parteisekretär, den Schulleiter und einige Klassenlehrer. Die Schüler waren »auf Erfahrungsaustausch«, die Lehrer gingen spazieren, niemand wusste was über die Haussuchung bei der Familie Han, man wusste nur, dass ein Rotgardist von seinem reaktionären Familienoberhaupt erschlagen worden war. Die Schule hatte für den revolutionären Mitschüler, der für die Große Kulturrevolution ruhmreich sein Leben gegeben hatte, eine Trauerfeier abgehalten.

Im Krematorium auf dem Babaoshan fragte Cheng Pinzhi nach der Asche ihrer Schwiegermutter, ihres Ehemannes und ihres Sohnes. Man sah für sie die Verzeichnisse durch und fand keinen der drei. Woran sie gestorben seien? Im Unrecht gestorben, sagte sie. »Dann sind sie nicht mehr zu finden«, hieß es darauf, »kollektiv Kremierte werden nicht registriert, die verschwinden alle im Massengrab.«

Der kleine Hof in der Maor-Gasse, dieser Ort des Unrechts, Ort ihres Herzeleids, wurde nun vom Wohnungsamt verwaltet.

Cheng Pinzhi kam bei ihrer Mutter an der Yinding-Brücke unter. Der Vater »unterlag der Diktatur«, war eingesperrt, das ganze Haus von der »Rebellenfraktion« belegt worden; was von ihren zwei Familien übrig war, Großmutter, Mutter und Enkelin, durfte sich im Eingang zusammendrängen und irgendwie durchbringen.

Das Symphonieorchester studierte Tag für Tag die Worte des Vorsitzenden Mao, den Leitartikel der *Volkszeitung* und die Artikel der *Roten Fahne*. Eines Tags rief Mutter Tian dort an. Cheng Pinzhi solle schleunigst zum Blockkomitee kommen. Im Hof an der Maor-

Gasse sei etwas ausgegraben worden, und das Wohnungsamt wolle, dass sie sofort komme und das übernehme. Die Goldstäbe im kleinen Hof hatten schon fünf Menschenleben gekostet, Cheng Pinzhi sagte: »Das soll das Wohnungsamt regeln, ich will nichts davon.« Das gehe nicht, sagte Mutter Tian, sie solle nun gleich kommen, am besten von einem Genossen begleitet. Cheng Pinzhi legte den Hörer hin, drehte sich um und fragte die Zuhörer: »Wie es aussieht, kann ich nicht einfach ablehnen, ich muss hin. Welcher Genosse kommt mit, als Zeuge? Ich gebe alles dem Orchester, für Reparaturen am Übungsraum.« Das Orchester hatte schon über drei Monate nicht mehr üben können; alle freuten sich, und viele der männlichen Orchestermitglieder meldeten sich als Begleiter. Zhang, der Übungsleiter, hieß Klein Li, den Saxofonisten, mitgehen. »Beeilt euch«, sagte er, »und kommt rasch wieder.«

Im Büro des Blockkomitees saß ein Mann mittleren Alters mit dunklem, rot angelaufenem Gesicht, »Meister Liu vom Wohnungsamt«, stellte Mutter Tian ihn vor. Auf dem Tisch stand eine Flasche Schnaps, doppelt gebrannter Erguotou. Mutter Tian goss zwei Gläser ein und reichte sie mit beiden Händen, eines Cheng Pinzhi und eines Klein Li. »Trinkt!«

»Hat Frau Lehrerin Cheng Geburtstag?«, fragte Klein Li.

Cheng Pinzhi wusste nicht, was das sollte. »Nein, Geburtstag hatte ich vor einem halben Jahr«, sagte sie.

Meister Liu machte den Mund auf, Schnapsgeruch schlug ihnen entgegen. »Trinkt. Wenn wir getrunken haben, gehen wir zusammen Abschied nehmen, von Doktor Han.«

Cheng Pinzhi schlug das Herz bis zum Hals.

Das Tor des kleinen Hofs war aufgestoßen: ein frischer Erdhaufen, eine große Grube, ein sonderbarer Geruch. Die Tür des Westflügels war abgenommen und unter das Vordach gelegt, darauf lag wer unter einem karierten Betttuch. Sie trat wie von selbst an seine Seite, schien auf schwankendem Eis zu stehen, die Knie wurden ihr weich, ihr Körper wollte nach unten gleiten. Klein Li hielt ihren Arm ganz fest und stützte sie.

Meister Liu kniete sich hin, hob ein kleines Stück des Betttuchs hoch. Ein Schwaden Formalingestank drang ihnen in die Nase, trieb ihnen die Tränen in die Augen. Durch ihre Tränen hindurch sah

Cheng Pinzhi ein verfaultes Gesicht, sah undeutlich glänzend fahlweiße Maden daran hängen. Das war ihr Han Yuan! Wie betäubt nickte sie, senkte den Kopf und hob ihn lang nicht wieder.

Meister Liu sagte: »Den Körper musst du nicht ansehen. Der Doktor hat sich da viele Tage gekrümmt, na, gekränkt, ein paar Mann ziehen den leicht grade. Heute haben die schon Feierabend, aber das schaffen sie dann schon.«

Klein Li sah auf die Leiche und zitterte nur noch. Cheng Pinzhi dagegen blieb erschreckend ruhig. »Meister Liu, im Namen von Han Yuan bedanke ich mich bei Ihnen und Ihren Kollegen für die anständige Behandlung. Jetzt fehlt dafür die Zeit, aber nach seinem Begräbnis werde ich mich melden und in aller Form unseren Dank erstatten.«

»In solchen Zeiten sprechen Sie noch von Formen! Jetzt erledigen wir erst mal die Hauptsache! Das Krematorium hab ich schon angerufen. Die sagen, es gibt jetzt zu viel Arbeit mit der Revolution, sie kommen nicht nach und können keinen Leichenwagen schicken, die Angehörige sollen selbst was finden für den Leichentransport. Die richtige Arbeit hat sich verzehnfacht, und dann soll noch Revolution sein, da ist nicht nachzukommen. Grad hab ich dem Wohnungsamt Ihre Sache berichtet, die lassen die Buchhaltung Ihnen bisschen was auszahlen, unterschreiben Sie mir hier die Quittung.« Er gab ihr ein bereits ausgefülltes Formular und fügte hinzu: »Für die Übernahme vom Haus zahlen wir kein Geld, die Eigentumsurkunde verbleibt in der Hand des Eigentümers, wir verwalten es erst mal in Vertretung. Wenn später das Geld fürs Haus abgerechnet wird, dann wird's auch ausgezahlt. Machen Sie sich erst mal nicht zu viel Gedanken. Ich hab mir gedacht, viel werden Sie jetzt grad nicht in der Hand haben, die Sache vom Doktor Han wird auch noch einiges kosten.«

Eigentum, Verwaltung, Urkunde – wie konnte Cheng Pinzhi jetzt an die Zukunft denken? Dieses Unheilsloch hatte fünf Menschenleben gekostet! Sie konnte sich nur wieder und wieder bei Meister Liu bedanken.

Klein Li hatte seine Fassung wiedergewonnen. »Meister Liu wird müde sein«, sagte er, »was noch zu tun bleibt, darum werden ich und Frau Lehrerin Cheng uns kümmern, ruhen Sie sich erst mal aus.«

Meister Liu ging. Klein Li wollte das weitere Vorgehen in Angriff nehmen, hob zunächst das karierte Tuch hoch – stieß einen Schrei des Entsetzens aus, wurde kreideweiß, Schweißtropfen traten ihm auf die Schläfen. Cheng Pinzhi konnte sich denken, was er unter dem Tuch gesehen hatte; sie wischte ihm den Schweiß ab.

»Kann ein Mensch einen Menschen so zurichten? So behandelt kein Tier seine Artgenossen! Eine Horde wilder Köter, Rotgardisten der Hölle entkrochen, Dreckskerle!«

Cheng Pinzhi flehte: »Klein Li, du redest dich um Kopf und Kragen! Im Orchester darfst du so was nicht sagen, nirgends darfst du so reden!«

Seufzend fügte er sich. »Wenn Sie das alles ertragen, was soll ich dann noch sagen?«

Das weitere Vorgehen erwies sich als schwierig. Bestatter und Sargbauer waren als »Abgelebtes Altes« längst weggefegt. Taxis nahmen keine Toten mit. Andere Transportmittel für Leichen gab es nicht. Ebenfalls abgeschafft hatte man die dreirädrigen Fahrrad-Lasttaxis; aber so ein dreirädriges Fahrrad mit einer Ladefläche für Lasten besaß auch das Blockkomitee; Cheng Pinzhi entlieh es, Klein Li und sie hoben die Tür mit der Leiche auf die Ladefläche, banden sie fest und strampelten los zum Babaoshan, wobei sie sich beim Treten abwechselten. Auf dem Babaoshan aber verlangte man einen Totenschein, ohne Totenschein komme niemand in den Ofen, nicht einmal fürs Massengrab. Cheng Pinzhi wollte die Leiche vorläufig abstellen, um den Totenschein zu besorgen, aber auch das wurde nicht gestattet. Und Erdbegräbnisse waren nicht mehr erlaubt, die alten Friedhöfe alle eingeebnet, als einziges Tor zur Unterwelt blieb den Toten nur der Babaoshan.

So blieb Klein Li nichts anderes übrig, als wieder in den Sattel zu steigen und mit Cheng Pinzhi und dem Toten zurück zum Blockkomitee zu fahren. »Die haben ja auch recht«, meinte Mutter Tian. »Ist was unklar, fürchten die Unannehmlichkeiten. Drum trauen sie sich nicht an unklare Leichen. Totenscheine kann nur ein Krankenhaus ausstellen. Einen Schein vom Blockkomitee erkennen die nicht an. Verlangen Sie einen von der Einheit von Doktor Han! Das Lastenfahrrad können Sie ja erst mal in Ihrem kleinen Hof abstellen.

Heute schaffen Sie es doch nicht noch mal auf den Babaoshan. Ich schließ dann für Sie ab, morgen können Sie bei mir den Schlüssel holen.«

Cheng Pinzhi war ihr von Herzen dafür dankbar, dass sie ihren toten Mann erst mal nicht mehr in der Welt herumfahren musste. Sie trug Klein Li auf, am nächsten Tag für sie im Orchester um Urlaub zu bitten; Klein Li wollte dann wieder kommen und ihr helfen; sie dankte ihm, sagte aber: »In diesen großen Zeiten wirst du zum Verbrecher, ob du was tust oder nichts tust; nun denk mal zuerst an dich selbst. Wenn ich dich brauche, ruf ich dich schon.«

Früh am nächsten Tag ging Cheng Pinzhi zur onkologischen Abteilung in der Xiehe-Klinik. Dort hieß es, Totenscheine verwalte jetzt die Rebellenfraktion der Klinik. Deren Hauptquartier befand sich hinter der Notaufnahme; aber wie sie dort einen Totenschein für Han Yuan verlangte, hieß es: »Wir stellen hier Totenscheine nur für Kranke dieser Klinik aus, nicht für Selbstmörder aus Angst vor Strafe.«

»Selbstmord aus Angst vor Strafe ist eine verantwortungslose Behauptung«, sagte Cheng. »Han Yuan wurde erschlagen.«

»Wir erschlagen niemanden. Verlang den Schein von dem, der ihn erschlagen hat.«

»Han Yuan war Arzt der Xiehe-Klinik, die Xiehe ist immer noch seine Einheit.«

»Xiehe, was soll das? Wir sind hier die Antiimperialistische Klinik, weißt du das nicht?«

»Han Yuan hat dreizehn Jahre an dieser Antiimperialistischen Klinik gearbeitet, jetzt ist er tot, und ich verlange, dass Sie den Totenschein ausstellen. In dieser Sommerhitze kann er nicht länger im Haus vor sich hin verfaulen.«

Die ganze Zeit hatte sie tapfer durchgehalten, doch sie ertrug es nicht mehr und war den Tränen nah.

»Wir sind für die revolutionäre Arbeit verantwortlich, für die Lebenden wie für die Toten gleichermaßen, aber bei unklarer Todesursache kann kein Totenschein ausgestellt werden.«

»Dann untersuchen Sie die Todesursache! Das Straßenbüro Jiaodaokou, das Blockkomitee Maor-Gasse können bezeugen: Han Yuan wurde von den Rotgardisten des Gymnasiums vom 1. August erschlagen.«

»Gehen Sie und schreiben Sie einen Bericht, beschreiben Sie den Ablauf bis zum Tod von Han Yuan, Zeit, Ort, Beteiligte und die Zeugen, alles aufschreiben. Dann wird geprüft, ob ein Verfahren zu eröffnen ist, die Verfahrenseröffnung ist zu genehmigen, das ist alles gemäß revolutionärer Verfahrensordnung durchzuführen. Das führen nicht wir durch, das wird von Ihnen der städtischen Polizeibehörde zur Untersuchung übergeben; ist geprüft und festgestellt, dass es sich um einen Fall von Unrecht handelt, dann erhalten Sie Wiedergutmachung.«

Sie überlegte. »Ginge es denn nicht so: Ich spende Han Yuans Überreste der Antiimperialistischen Klinik für den Sektionskurs in der Medizinischen Hochschule der Klinik?«

»Wann ist Han Yuan denn gestorben? Ist die Leiche noch zu gebrauchen?«

Sie gab nicht auf. »Ist keine Sektion möglich, kann auch das Skelett präpariert werden. Jedenfalls ein kleiner Beitrag von Han Yuan für die Antiimperialistische Klinik.«

»An allem fehlt's in diesen ereignisreichen Jahren, bloß an Leichen nicht. Um in die Leichenkammer nur reinzukommen, musst du erst mal zwei Wochen anstehen. Warten kannst du gern, dir 'nen Platz zuweisen kann die Klinik nicht. Und außerdem hat die Medizinische Hochschule den Unterricht längst eingestellt und macht Revolution. Ob die Kurse vielleicht wiederaufgenommen werden, wenn am nächsten 32. Juni der Palastgraben gefriert, steht in den Sternen. Wer soll da ein Skelett präparieren? Du scherzt wohl!«

Sie schluckte ihre Tränen hinunter und ging. Losheulen hätte sie mögen: »Chinesen, warum geht es uns so dreckig? Gequält wird der Lebende, noch schwerer hat es der Tote, darf nicht im Boden verrotten, nicht im Feuer zu Asche verbrennen, sich nicht mal als Lehrmittel skelettieren und die Knochen brechen lassen! Han Yuan, nichts kann ich, gar nichts kann ich mehr tun für dich!«

Doch es geschehen noch Zeichen und Wunder. Als sie zurück in die Onkologie kam, war der Korridor voller Kranker, die auf den Aufruf ihrer Nummer warteten; die Ärzte und Schwestern waren alle zu Tisch, der Einzige, der grad Dienst tat, war Doktor Qin. Sie stellte sich vorn an seine Tür. »Hinten anstellen«, tönte einhelliger Protest;

sie wehrte ab: »Ich brauch keine Untersuchung, muss Doktor Qin nur dringend was sagen, dauert höchstens drei Minuten, dann bin ich wieder draußen! Bitte allseits um Verzeihung, Genossen, herzlichen Dank!«

In diesem Moment geleitete Doktor Qin einen Kranken hinaus, nickte ihr zu und ließ sie eintreten. »Aber nur drei Minuten!«, murrte es draußen.

Sie wagte keine lange Erklärung, sagte nur: »Die Rebellen stellen keinen Totenschein aus, Han Yuan kann nicht verbrannt werden.«

Doktor Qin riss ein leeres Attestformular ab, drückte das Siegel der Onkologie drauf und gab es ihr. »Hier, füllen Sie es selber aus, vielleicht kommen Sie damit durch. Totenscheine sind in diesen großen Zeiten eine äußerst nachgefragte Ware, damit wird man reich!« Er schüttelte den Kopf und seufzte.

Sie ließ sich auf die Knie fallen, umfing seine Beine, aus ihren Augen brach eine Flut bitterer Tränen. »Doktor Qin, Sie haben Han Yuan wohl gerettet!«

»So viele Tage ist er nun tot, und Sie reden von Rettung! Stehen Sie rasch auf, wenn jemand das sieht, dann sind wir beide dran!« Er verzog den Mund, ob zum Lachen oder zum Weinen, das ließ sich nicht sagen.

14 KLAVIERBEGLEITUNG

Cheng Pinzhi hatte Han Yuan das letzte Geleit gegeben, sein Leib war Asche, der Geist entflogen, ob ins Licht, ob ins Dunkel, das wusste sie nicht. Es war heiß in diesen Tagen, bis zu 38 Grad, doch sie fröstelte, ihr klapperten die Zähne, die Härchen sträubten sich ihr auf den Armen, sie schauderte, als zöge es sie hinüber in dunkle Kälte, wirr stammelte sie: »Lasst mich gehen … lasst mich gehen … so lasst mich doch gehen!«, wieder und wieder. »Wohin willst du denn gehen?«, fragte ihre Mutter. »Babaoshan, Lastenrad, Totenschein«, die Sprache versagte ihr, eine Weile fiel sie in tiefen Schlaf, wie betäubt, dann wieder summte sie, in sonderbarem Tonfall, Mozarts *Requiem* vor sich hin; erregte sich plötzlich, wieder und wieder wechselte ihr Gesicht die Farbe. Shanshan erschrak, heulte: »Mutter, du kannst nicht sterben, Mutter, du kannst nicht sterben«, ihre Großmutter nahm sie in den Arm und hielt ihr den kleinen Mund zu, um nicht nochmals solch böses Omen zu hören.

Ein Arzt für die Kranke war nicht zu finden, ein Antibiotikum nicht zu bekommen. Cheng Pinzhi lag einfach nur da und wurde zunehmend schwächer. Ihre Mutter hatte bereits den Eindruck, dass sie sich weiter und weiter entfernte; die alte Frau bekam Angst, packte einen der kalten vertrockneten Finger ihrer Tochter und stach eine Nähnadel mit aller Kraft hinein, presste aber kaum zwei Tropfen dunkles Blut heraus. Sie sorgte sich sehr: Was verstopfte den Fluss des Lebens, was quälte das Kind so entsetzlich?

Mal ging es Cheng Pinzhi besser, mal wieder schlechter, den ganzen Sommer hindurch stand ihr Leben immer wieder auf der Kippe; wär es denn nicht besser, mochte sie denken, einfach zu sterben und Schluss? Doch das durfte sie nicht, sie durfte nicht davongehen und die alte Mutter, die kleine Tochter im Stich lassen.

Da war es ein Glück, dass im Orchester außer Machtkämpfen und Säuberungen nichts zu tun war. Konzerte gab es nicht, sogar die Pekinger Musikhalle, in der das Orchester sonst regelmäßig übte, hatte man dem Minderheitenorchester überlassen. Die alte Orchesterleitung war in den »Kuhstall« gesperrt, daraus holte man sie dreimal täglich hervor zu »Kritik und Bekämpfung«, wie jetzt allgemein üblich; selbst das war noch harmlos. Manche durften nicht einmal in den Kuhstall: Zwei Musiker zweifelhafter Herkunft wurden in die Heimat zurück aufs Dorf verbannt, auch alle ihre Angehörigen, Frauen und Kinder, verloren den städtischen Wohnsitz und mussten mit. Doch auch das war noch vergleichsweise erträglich. Ein stellvertretender Orchesterleiter, der die Säuberungen nicht mehr ertrug, sprang aus einem Hochhaus in den Tod. Keine Woche später trank Sun Yang von der Orchesterverwaltung das Schädlingsbekämpfungsmittel Dichlorvos. Also waren sie Konterrevolutionäre, die sich aus Angst vor Strafe dem Volk entzogen hatten. Die Familien verloren damit ihr Einkommen und es blieb ihnen das Brandmal der Angehörigen eines Konterrevolutionärs.

Als Cheng Pinzhi sich nach einem Monat mühsam aufraffte und ins Orchester schleppte, um ihr Gehalt abzuholen, kam sie gerade recht zur »Kritik und Bekämpfung« von Klein Li.

Klein Li hatte ursprünglich keine Probleme gehabt. Doch als immer mehr Menschen in seiner Umgebung ums Leben kamen, ermordet oder in den Tod getrieben wurden, ertrug der junge Mann das nicht mehr, er stürzte sich in einen aussichtslosen Kampf und schrieb Mao Zedong einen Brief, in dem er ihn fragte, wohin er China denn führen wolle. Gehe er von den Interessen des chinesischen Volkes aus, dann müsse er schleunigst die Große Kulturrevolution mit ihren mit dem Gewehr betriebenen Massenkampagnen beenden, wolle er nicht für alle Zeit am Schandpfahl der Geschichte enden, und unterschrieb »Zentrales Orchester, Li Guangxin«. Auf den Briefumschlag schrieb er »An den Vorsitzenden des ZK der KP Chinas« und darunter »Absender: Li Guangxin, Zentrales Orchester«, klebte eine 4-Fen-Marke drauf und warf mit dem Todesmut der Verzweiflung den Brief in einen Briefkasten am Straßenrand. Wer immer solche Briefe aus dem Volk bearbeitete, gab ihn an das Kulturministerium als der für die Einheit des Absenders zuständigen Oberbehörde weiter, vom Ministerium kam er ans Orchester, das zusammen mit einigen weiteren »Musikeinheiten« eine gemeinsame Versammlung zur Bekämpfung und Verurteilung des aktiven Konterrevolutionärs Li Guangxin einberief. Das Revolutionskomitee des Orchesters hatte diese Versammlung ursprünglich mit der direkten Übergabe von Klein Li an die Polizeibehörde abschließen wollen, doch wider Erwarten wollte Klein Li nicht gestehen, dass er ein Verbrechen begangen hatte, und auch zu mehreren gelang es den Bekämpfern nicht, ihm den Kopf in demütiger Haltung nach unten zu beugen. Die ganze Versammlung brüllte »Nieder mit der starrsinnigen Arroganz des hartnäckigen Konterrevolutionärs Li Guangxin!«; »Entschlossen den hartnäckigen Konterrevolutionär Li Guangxin unterdrücken!«: »Ergibt sich der Feind nicht, wird er vernichtet!«

Cheng Pinzhi stand in der Versammlung zunächst ganz hinten und hatte nicht die Kraft, sich durchzudrängeln, sie lief dann außen herum nach vorn und schrie mit all ihrer Kraft zur Tribüne hinauf: »Li Guangxin, sei nicht stur!«, aber ihr schriller Schrei wurde vom Gebrüll der Losungen überdeckt. Sie schob sich durch die Menge und bat immer wieder höflich: »Lassen Sie mich durch, ich will auf die Tribüne und sprechen!«

An der Versammlung nahmen alle möglichen Leute teil, außer Mitarbeitern der »Musikeinheiten« ihre Familienangehörigen und Leute, die in der Umgebung der Orchesterräume wohnten, und auch Rotgardisten, die zur »Aufnahme von Verbindungen« von auswärts in die Stadt gekommen waren. Cheng Pinzhi blieb im Gedränge stecken und musste zusehen, wie Klein Li sich auf der Tribüne unbeugsam wehrte; sie verzweifelte, konnte ihn nicht erreichen, nur rufen »Li Guangxin, beug den Kopf!«, in der Hoffnung, er würde es hören und ihre Stimme erkennen.

Die zwei, die Klein Li an den Armen gepackt hatten, rissen ihm nun mit aller Kraft die Arme auseinander und nach hinten und oben, beugten seinen Körper nach unten, Schweiß rann ihm vom Kopf auf die Bretter der Tribüne, er kämpfte verzweifelt, und es gelang ihm, wieder hochzukommen und den Kopf zu heben. Cheng Pinzhi schrie mit letzter Kraft: »Li Guangxin, nicht mit dem Kopf durch die Wand!« Klein Li zuckte zusammen, suchte sie in der Menge mit den Augen, da sprang eine Bande von Rotgardisten wutentbrannt auf die Tribüne, packte seine Arme, schlug mit den Fäusten auf ihn ein. Cheng Pinzhi wurde schwarz vor Augen, sie sah nichts mehr.

Dann war Klein Li tot. Der Körper des Menschen ist schließlich nur Fleisch und Blut, viel schwächer als sein Geist. Im Fäuste schwingenden Chaos dieser Kritik- und Kampfversammlung unter freiem Himmel waren nicht einmal mehr die Anführer dieser Gewalttat ausfindig zu machen. Die Kinderbande war weggelaufen. Blieb das tote Opfer. Mit Sicherheit ließ sich nur sagen: Das waren keine Schüler des der Musikhochschule angeschlossenen Gymnasiums gewesen. Wer von Musik geprägt ist, tut so etwas nicht.

Cheng Pinzhi ging zur Kremierung von Klein Li. Sie kannte ja den Ort, sie selbst war dort ja schon zusammen mit Klein Li gewesen, und nun gab sie auch ihm das letzte Geleit. Es kamen auch der alte Dirigent des Orchesters und dessen Frau. Mitglieder des Revolutionskomitees des Orchesters kamen nicht; sie schämten sich, das sah man ihnen an. Was hätten sie sagen sollen, wenn jemand sie angesprochen hätte?

Klein Li war aus Südchina. Von seiner Familie war nicht einmal ein Kästchen für seine Asche gekommen. Das Krematorium würde darüber verfügen, angeblich hatte es dazu vorher das Einverständnis der Angehörigen erzwungen. In jenen Jahren hatten die Lebenden kaum Muße, um für sich selbst zu sorgen, wer hatte da noch Zeit für einen Toten? Zumal, wenn es ein toter Konterrevolutionär war.

Cheng Pinzhi fuhr nicht mit den beiden anderen in die Stadt zurück, sie wollte noch Han Yuans Grab besuchen.

Das Orchester siechte dahin, und seine Mitglieder sahen das auch, hofften nicht mehr, dass es je wieder Konzerte geben würde. Rachgierige und Kampfeslüsterne prügelten sich, wenn es ihnen Spaß machte. Wer Ruhe und Frieden wollte, blieb fern. Die Männer bauten daheim Möbel zusammen, die Frauen überarbeiteten Muster und Formen, sie strickten und studierten Kochrezepte. Mit 100 Gramm Speiseöl pro Kopf und Monat und neuen Rezepten ließ sich das Leben verbessern, süße Speisen aus dem Süden, salzige aus dem Norden, scharfe aus dem Osten, saure aus dem Westen, man erschloss sich den ganzen Schatz der mandschurischen wie der urchinesischen Küche. Im Land herrschte das Chaos, aber die staatlichen Lebensmittelmarken wurden weiter gedruckt und ausgegeben, die Gehälter der vom Staat unterhaltenen Einheiten weitergezahlt.

Nach einem Machtkampf auf Leben und Tod fiel das Kulturministerium endlich dem proletarischen Oberkommando zu. Die neue Führung verlangte eine Veränderung von Grund auf, eine Neugeburt: Orchester sollten auf die Dörfer gehen und dort Konzerte geben. Aber was konnten sie den Bauern bieten? Ein Glück nur, dass die Grenzen von Vokal-, Instrumental-, symphonischer und Volksmusik schon völlig verwischt worden waren; also kamen Orchester, spielten auf der zweisaitigen Fiedel auf und sangen Volkslieder. In einer Volkskommune oder Kreisstadt genügten solche Fiedeln und ein Fagott. Kam man in die Hauptstadt einer Provinz und fand sich auf der Tribüne ein Klavier, dann übernahm Cheng Pinzhi die Klavierbegleitung zu den immergleichen Liedern – *Auf dem Ozeane vertrauen wir dem Steuermann*, *Rückkehr vom Panzerübungsschießen*, *Auf Pekings goldner Höhe leuchtet Mao*, was auch immer –, dazu ein paar Akkorde mit der linken Hand gegriffen, das genügte völlig. Arbeit konnte man das kaum nennen.

Aber vorher war es bloß der nackte Gesang gewesen, jetzt kam plötzlich das Klavier dazu, so gab es mit einem Mal wieder eine Aufgabe für Cheng Pinzhi. Für jedes Lied im Programm, ob nun Sänger auf die Bühne kamen oder Sängerinnen, wurde ihre Begleitung verlangt. Manchmal, wenn sie das ganze Programm hindurch begleitete, wurde es zuletzt zu einem Solokonzert für Klavier. So hatte sie zwar ordentlich zu tun, brauchte sich aber nicht weiter anzustrengen, mit geschlossenen Augen spielend konnte sie sich ausruhen. Die Sänger kannten sich ja aus, und die Zuhörer waren ebenfalls mit Enthusiasmus bei der Sache. Das war viel einfacher als für den Klavierspieler im Kino der Stummfilmzeit, der sich ständig was Neues einfallen lassen musste, um die Handlung auf der Leinwand passend zu begleiten. Die Lieder waren weitgehend Kopien, hatten die gleichen Melodien. So waren der *Steuermann auf dem Ozean* und das *Lied der Erdölarbeiter* ursprünglich dasselbe Lied und mit denselben Schwüngen der Handgelenke zu begleiten. Eine Mühe war das wirklich nicht.

Wo immer das Orchester hinkam, kreuz und quer, nördlich der großen Flüsse ebenso wie im tiefen Süden, überall, wo nur ein Klavier auf der Bühne stand, begleitete Cheng Pinzhi.

Als es so gut ein Jahr lang aufgetreten war, da war das Orchester umgestaltet, und ebenso Cheng Pinzhi. Zu üben brauchte man nicht mehr, man war für jeden Auftritt gewappnet. Nur mochte Cheng Pinzhi nicht völlig verkommen, sie hatte Angst, sich beim täglichen Abspielen des *Steuermanns auf dem Ozean* völlig blöde zu klimpern, sie wollte mal ein paar richtige Fingerübungen der Grundstufe hineinbringen.

Ihr Vater hatte einen hochbegabten Schüler gehabt, der dann Professor an der Fremdsprachenhochschule geworden war, ein Shakespeare-Liebhaber – und auch ein Fan der Pekingoper. Lange vor den »revolutionären Modellopern« hatte er *Othello*, *Julius Caesar*, *Heinrich II.* bis *Heinrich VII.* und den *König Lear* zu Pekingopern umgeschrieben und sogar »Old Bill's Pekingoperntruppe« ins Leben gerufen, deren Mitglieder sämtlich an seiner Fakultät Englisch unterrichteten und Shakespeare in diesen Pekingopern auf Englisch sangen. Manchen gefiel das, anderen nicht, und wieder andere hielten es schlicht für Unfug, aber wie auch immer, es war grad so Geschmackssache wie die Wahl zwischen Radieschen und Runkelrüben, private Liebhaberei nach Feierabend, auch die Aufführungen fanden außerhalb der Arbeitszeit statt. In der Großen Kulturrevolution jedoch brachten die, denen es missfiel, und die, die ganz dagegen waren, die Liebhaberei der Professoren als »mit aller Kraft propagierten feudalkapitalistischen Revisionismus« zur Anklage. Shakespeares Pekingopern wurden zu einer sehr ernsten politischen Angelegenheit, die Professoren wären beinahe zu Tode bekämpft worden und hielten nur noch im Geiste König Lears durch.

Die Pekingopern nach Shakespeare inspirierten Cheng Pinzhi; ihre Klavierbegleitung zur Modelloper von der *Roten Laterne* war zwar nur Geklimper, aber immerhin mit Akkorden, es klang schließlich doch etwas besser als das Gequietsche auf der zweisaitigen Fiedel. Sie dachte, wenn das verurteilt wird, spiel ich's eben nicht mehr; schlimmstenfalls heißt es, ich hätte eine Modelloper entstellt, gut, streu ich mir Asche aufs Haupt und übe tiefgreifende Selbstkritik, damit komm ich schon durch.

Denn wenn in jenen Jahren gar nichts ging, tiefgreifende Selbstkritik ging immer, das konnte jeder.

Aber siehe da! Was sie niemals gedacht hätte, ihr Klavierspiel wurde nicht nur nicht verurteilt, es wurde sogar noch von hoher Seite ausgezeichnet. Das Kulturministerium plante, ihr Orchester gemeinsam mit der Kulturarbeitertruppe der »Allgemeinen Politischen«, einer Abteilung der Militärkommission, dem Minderheitenorchester, der Truppe für Gesang und Tanz der Minderheiten, und dem Ballett zu Auftritten nach Nordkorea zu entsenden, und die Klavierbegleitung zu allen Gesangsdarbietungen ihres Orchesters sollte von ihr übernommen werden. Am 1. Juli erschien, begleitet vom Kulturminister und dessen Vize, Jiang Qing höchstpersönlich zu einer für sie abgehaltenen Kostümprobe der fünf Truppen.

Cheng Pinzhi war etwas aufgeregt, denn sie war am meisten von allen auf der Bühne. Schwer waren ihre Aufgaben freilich nicht, aber sie fürchtete die Korinthenkackereien Ihrer Exzellenz.

Jiang Qing sah zu und gab dabei ihre Weisungen. Beim Auftritt einer kleinen Sängergruppe zeigte sie auf die den Gesang begleitende Cheng Pinzhi: »Die Genossin am Klavier ist so gut gewachsen, im Rock könnte sie aber noch besser aussehen, warum traut sie sich nicht, einen Rock anzuziehen?« Anscheinend gefiel ihr Cheng Pinzhi.

Cheng hätte nicht gedacht, dass die Exzellenz sich um so konkrete Dinge kümmern würde. Eine leichte Röte überflog ihr Gesicht.

Als Ratgeber der Genossinnen auf der Bühne sponn Jiang Qing das Thema weiter: »Genossinnen tragen im Sommer Röcke, im Winter Hosen. Für Röcke müssen Schnitte entwickelt werden, für die Bühne wie für den Alltag. Auf Auslandsreisen trägt man Einteiler, zusammengenäht aus vier Stoffbahnen, die gerade nach unten fallen. Ob die Kostüme eines Orchesters wärmen sollen oder nicht, welche Farben sie haben sollen, das muss alles bedacht werden. Es müssen auch nicht immer Röcke getragen werden, man kann auch Hosen tragen. Da braucht es keine Dialektik! Wenn Genossinnen aber Röcke tragen, dann muss auch das Strumpfproblem gelöst werden. In der Armee dürften die Uniformen der Genossinnen auch etwas besser aussehen, sie sollten ebenfalls Röcke tragen können, auch Blusen. Keine traut sich zu Dauerwellen, ich mache das vor! Man sollte nicht herumlaufen wie ein Landstreicher. Überhaupt sollte man nicht verlangen, dass über vierzigjährige Genossinnen sich die Haare in zwei kleine Schnecken legen. Wer sich die Haare legen lassen muss, kann das tun. Freilich, exzentrische Kleidung soll auch nicht sein. In Shanghai ist so was vorgekommen, da muss man bremsen. Aber eine wild zerzauste Frisur geht auch nicht. Ältere Genossinnen können sich das Haar mit einem farbigen Band zu einem Knoten zusammenbinden. Lange Haare gehen auch, man kann sie ja hochbinden.«

Eigentlich ein ermüdend umständliches Gerede, doch Cheng Pinzhi war überrascht und gefesselt. Längst hatte die Kulturrevolution langes Haar wegrevolutioniert. Pagenschnitt und grüne Militärkleidung waren die Einheitsmode. Wenn nun die Gattin des Vorsitzenden sich als Erste die Haare legen ließ, schien sie wie aus einer anderen Zeit gekommen. Exzellenzen stehen über dem Gesetz – war in der Familie des Vorsitzenden gar von Kulturrevolution keine Rede? Sie wagte nicht, diese Gedanken weiter zu verfolgen, und konzentrierte sich auf die Tasten.

Sie war an diesem Tag fast ständig auf der Bühne. Der Dirigent wollte ihr eine Pause gönnen und schob ein Solo des alten Xylofonspielers Zhang ein, mit dem Titel *Mädchen aus der Volkskommune*. Zwei

Mann trugen den Ständer für das Xylofon auf die Bühne und stellten das Instrument auf, Zhang verbeugte sich, ordnete seine Klöppel und wollte gerade loslegen, da meldete sich Jiang Qing: »Muss man doch nicht im Stehen spielen, geht doch auch im Sitzen.«

Zhang war eher klein gewachsen, und wie er sich hinsetzte und die Klöppel hob, stieß er mit den Armen gegen den Ständer, der zur Seite rollte; Zhang klammerte sich erschreckt daran fest. Jiang Qing amüsierte sich: »Natürlich kann man auch im Stehen spielen.«

Der alte Zhang schlug das Xylofon schon seit zwanzig Jahren; jetzt hatte ihn das Theater mit Hinsetzen und Wiederaufstehen ordentlich angespornt, er schlug los, klangvoll und kräftig, sanft wieder und milde, ding, ding, dung, dung strömte sein Spiel mitreißend dahin wie ein Schwarm vergnügt durcheinanderspringender, tanzender Dorfmädchen. Die Zuhörer wippten im Takt mit den Zehenspitzen, hätten am liebsten gleich mitgetanzt.

Jiang Qing runzelte immer wieder die Stirn. Als Zhang geendet hatte, fragte sie ihn: »Wieso hat das Stück so eine sowjetrevisionistische Melodie?«

Der alte Dirigent des Symphonieorchesters neigte sich hinunter und erklärte: »Exzellenz, das Stück kommt von den Uiguren in Xinjiang, daher ist die Melodie etwas eigenartig.«

»Ach so, von einer nationalen Minderheit! Wenn man es abändert, geht's. Direkt so, wie es ist, kann man's nicht nehmen."

Der Kulturminister ließ seinen Blick über die Anwesenden wandern. »Wer ist im Orchester für die Komposition verantwortlich?«

Alles blickte auf Cheng Pinzhi. Sie fasste sich ein Herz: »Ich mache die Arrangements.« Der Kulturminister wies sie an, umgehend die Melodie des von der Genossin Jiang Qing bezeichneten Stückes zu ändern. Sie nickte: »Geht in Ordnung.«

In Wirklichkeit handelte es sich bei dem Lied um einen Tango, in dessen Takt der zweite Ton betont wird: wer hingegen, an den starken Rhythmus nach kulturrevolutionärem Schema gewöhnt, plötzlich so was zu hören bekam, der wusste nicht, wie ihm geschah. Es war ungewohnt. Und das ging nicht.

Jiang Qing war offensichtlich den Rhythmus von Minderheitenmusik nicht gewohnt, auch ihre Tänze mochte sie nicht, und nachdem sie einige gesehen hatte, gab sie die Weisung, Minderheitentänze möglichst wegzulassen.

Die Führung der Truppe für Gesang und Tanz der Minderheiten beeilte sich, zuzustimmen: »Die Kritik Ihrer Exzellenz ist berechtigt. Jetzt sind zu viel Minderheitentänze im Programm. Es sind von jeder Gruppe zahlreiche Stücke vorgesehen; wenn man ein paar Tänze von uns zunächst mal weglässt, können wir noch mehr üben und von den anderen Gruppen lernen.«

Jiang Qing klopfte leicht gegen die Armlehne ihres Stuhls. »Man darf nicht einseitig sein, nichts verabsolutieren. Ich sage nicht, dass man keine Minderheitentänze aufführen soll, nur ist ihr Anteil am Programm zu groß. Tänze der Han-Chinesen sind hervorzuheben. Wenn ich mal sage: Schwerttanz, und dann alle Schwerttanz machen wollen, dann können sie auch mit Knüppeln tanzen oder mit Messern; und das gilt in anderen Fällen entsprechend. Man muss dialektisch vorgehen. Schwerttänzer können sich historisch kleiden, aber auch modern. Unbedingt zu vermeiden ist jedenfalls, dass eine Tendenz alles andere überdeckt.«

Einer aus der Führung der Kulturarbeitertruppe der »Allgemeinen Politischen«, der diese Probe leitete, korrigierte umgehend das Programm, nahm alle Minderheitentänze raus und ließ erst mal den Sänger Klein Hu *Von Herzen schenk ich Dir mein schönstes Lied* singen.

Klein Hu sang, und als er lächelnd endete, stand ihm der Schweiß auf der Stirn.

Jiang Qing sagte: »Genosse Klein Hu, soll das ein Kantilene sein oder ein Marsch? Wenn die Stimme nicht mehr so gut ist, heißt es üben, üben, üben! Wer rastet, der rostet!«

Klein Hu rief: »Danke Ihrer Exzellenz für die Kritik! Ich habe noch ein Lied, das ich eigentlich als Dank für die Hörer singen wollte; ich hoffe, dass Exzellenz es sich anhört und ebenfalls korrigiert!«

Jiang Qing lächelte: »Was heißt hier korrigieren? Hab ich recht, änderst du dich, hab ich unrecht, trifft dich kein Tadel. Dank für die Hörer – da muss man also vorher gut gesungen und Beifall bekommen haben, stimmt's?«

Klein Hu stieg die Röte ins Gesicht, er nickte heftig. »Stimmt!«, sagte er.

»Gut«, sagte Jiang Qing, »ich hör mir also an, mit was du den Hörern dankst.«

Klein Hu sang die *Hymne*: »Weht der Duft des klaren Weins, neuer Blüten wilde Pracht, steigt mir aus der Brust mein Lied …«

Jiang Qing gefiel das, sie applaudierte als Erste. »Kein übler Rhythmus! Sehr hübsch!«, und zu den beiden Kulturministern sagte sie: »Ein paar so hübsche kleine Lieder müssen auch für die *Partisanen der Ebene* und den *Azaleenberg* geschrieben werden, klingende kurze Stücke, die singen sich leicht, bleiben hängen, die werden rasch populär!«

Cheng Pinzhi schien, sie hatte inzwischen den Geschmack Ihrer Exzellenz erfasst: Sie mochte populäre Stücke für schöne Stimmen nach westlichem Muster. Der Probenleiter hatte auch so was gemerkt, er ließ das Symphonieorchester Oden auf den Vorsitzenden Mao mit traditionellen Koloraturen vortragen. Aber Jiang Qing hatte das kaum zur Hälfte gehört, da runzelte sie die Stirn, nach der zweiten winkte sie ab: »Im Ausland mit aller Gewalt den Vorsitzenden Mao besingen, das geht nicht.«

Cheng Pinzhi hatte das Gefühl, genau zu verstehen, was gemeint war, und sie grinste innerlich darüber, wie der Probenleiter voll heißem Eifer Ihrer Exzellenz in den kalten Hintern gekrochen war.

»Richtig«, sagte der Minister, »darauf muss man achten. Im Ausland ist das anders als im Inland. Im Inland sind die Massen von tiefer Dankbarkeit für den Vorsitzenden Mao erfüllt und verlangen, dass wir solche Lieder singen.«

»Das soll nicht heißen«, ergänzte Jiang Qing, »dass man gar nicht vom Vorsitzenden Mao singen soll, nur nicht ohne Rast und Pause. Das *Hochverehrt geliebter Voritzender Mao* ist zu lang, *Es erblüht der tausendjähr'ge Palmfarn!* nicht prägnant genug. Die Genossin, die die Kompositionen macht: Nimm dir mal die Zeit, da all die Unebenheiten abzuschleifen; das muss gut überarbeitet werden! Bevor Koloraturen reinkommen, müssen sie weiterentwickelt werden, du kannst dir ja mal den *Großen Walzer,* diesen Film über Strauß ansehen, den müssen wir übertreffen, unsere eigenen Sachen entwickeln!«

Alles starrte jetzt Cheng Pinzhi an, erstaunt und auch neidisch. Ihr blasses Gesicht wurde feuerrot. Das ging denn doch nicht. Wie konnte sie, Cheng Pinzhi, sich mit dem Walzerkönig vergleichen? Gar ihn übertreffen? Sie kannte ihre Fähigkeiten. Und wenn sie sich hundertmal den *Großen Walzer* ansah, Johann Strauß würde sie nie erreichen. Für manchen Erfolg auf dieser Welt braucht es mehr als noch so viel Fleiß. Dass man sie antrieb, war schon recht. Aber dass es geradezu wie mit brennenden Peitschenhieben geschah, das war unerträglich. Und außerdem hätte sie sich eher totschlagen lassen, als sich einer Lobpreisung des Erhabenen Führers mit romantischen Walzerliedern zu unterfangen.

Jiang Qing sah sich noch ein paar Stücke an und kommentierte weiter: »Also, die Genossinnen sollen Röcke tragen, aber nicht zu kurze. Im Ausland kann man für Solos von Sängern und Sängerinnen Stücke aus dem *Weißhaarigen Mädchen*, aus dem *Roten Frauenbataillon* und den Modellopern auswählen, nicht immer nur Lieder der Minderheiten. Ich will nicht sagen, man kann keine Minderheitenlieder singen, soll sie nicht singen, aber ihr Anteil ist zu groß. Im Süden wird die Oper im Yüe-Stil gerade reformiert, manche sagen, sie wird gut reformiert, andere sagen das Gegenteil, ich sage, die Reform ist gut. Ohne Reform entspricht das nicht mehr dem, was unser Zeitalter verlangt. Dekadente Schnulzen kann man doch nicht einfach so mit durchgehen lassen. Einzelne Partien müssen reformiert werden, die Musikschaffenden müssen da bei der Reform helfen.«

Als Cheng Pinzhi die *Roten Garden der Steppe* auf dem Klavier zu begleiten hatte, spielte sie an mehreren Stellen Triolen sehr leise, um den folgenden Ton im Rhythmus hervorzuheben; Jiang Qing tadelte schwerhörig: »Die Klavierbegleitung muss das Pferdegetrappel zeigen!« Der alte Dirigent half Cheng Pinzhi geschickt aus dem Dilemma: »Pferdegetrappel gibt's da schon, leider etwas schwach, man hört es nicht so raus. Wenn Klein Cheng das noch etwas mehr betont, wird das Getrappel deutlich.«

Jiang Qing fragte noch: »Sind Lieder von Sihanouk dabei?« Cheng Pinzhi wunderte sich im Stillen, was Lieder von Sihanouk in Nordkorea sollten. Das erklärte sich sogleich – Jiang Qing fuhr fort: »Im Mai letzten Jahres hat Wang Shuangyin aus Heilongjiang beim Empfang für Prinz Sihanouk dessen *Sehnsucht nach China* und *Lang lebe Volkschina! Lang lebe Mao Zedong* gesungen, das machte Furore!« Der Vizeminister, der neben ihr saß, assistierte: »Das *Über Generationen mit der*

KP, das Wang Shuangyin letztes Jahr in Peking gesungen hat, das war auch gar nicht schlecht.«

Scheinheilig spielte der alte Dirigent wieder den Ehrerbietigen: »Die Musik von Prinz Sihanouk hat ein hohes Niveau erreicht, eben diese beiden Stücke hatten wir darum auch ausgewählt. Jedoch waren der Programmpunkte zu viele, die Zeit reichte einfach nicht, darum haben wir sie gegen *Frühlingsduft stört das Studium* ausgetauscht.«

Der Probenleiter ließ sogleich das Stück aus dem 19. Jahrhundert vortragen, in dem eine schöne Magd absichtsvoll den strengen Lehrer irritiert.

Jiang Qing hörte es zu Ende und nickte leicht: »Na ja, *Frühlingsduft stört das Studium* muss auch dabei sein. Flöten müssen da hervortreten, lange, kurze, das muss alles ausprobiert und dann muss ausgewählt werden, was Wirkung zeigt.«

Die Kulturarbeiter der »Allgemeinen Politischen« traten mit *Großem Chorgesang der Lyrik des Vorsitzenden Mao* auf. Jiang Qing hörte sich davon nur das erste Stück an, den *Loushan-Pass* aus dem Jahr 1935, dann schüttelte sie den Kopf: »Das hat nicht die richtige Stimmung; wir brauchen Pracht und Heldentum und trostlose Öde! In den historischen Wirren und Wendungen damals gab es keine heiße Leidenschaft. – Von den übrigen Stücken gebt mir Bandaufnahmen.«

Jiang Qing mochte besonders *Die Vogelschar begrüßt den Phoenix*, ein Solo für die Suona-Oboe vom Minderheitenorchester. »Bei Auslandauftritten muss von nun an unbedingt *Die Vogelschar begrüßt den Phoenix* dabei sein. Und macht mir auch eine Bandaufnahme vom *Lied vom Regenbogen-Federkleid*. Im Zentralen Wochenschau- und Dokumentarfilmstudio haben sie einen, der spielt die Banhu nicht schlecht« – eine einsaitige Fiedel mit kleinem rundem Resonanzboden und hellem Klang –, »den kann man da für eine Auslandsreise ausleihen.«

Die fünf Gruppen bereiteten sich noch ganze zwei Monate lang auf den Auslandsauftritt vor, doch schließlich wurde nichts draus. Trotzdem hatte Cheng Pinzhi zu tun, Jiang Qing gliederte sie in die Gruppe zur Ausarbeitung des Balletts *Rotes Frauenbataillon* ein. Das Ballett war schon Ende 1963 fertiggestellt worden, die Partitur hatte Professor Wu von der Abteilung für Komposition an der Zentralen Musikhochschule ausgearbeitet. Damals hatte der Vizeminister, der bei der Probe neben Jiang Qing gesessen hatte, den Hong Changqing gespielt, den Vertreter der Partei beim Frauenbataillon. Jetzt gab es überall im Lande Hong Changqings, auch Wang Shuangyin aus Heilongjiang trat nun in dieser Rolle auf. Was sollte da jetzt eine neue »Gruppe zur Ausarbeitung«? Wo war das Problem?

15 EIN BALLETT

Das Problem war, dass Professor Wu die Partitur geschrieben hatte, genauer gesagt: Er war das Problem. Mit Ausbruch der Kulturrevolution wurde er zur bourgeoisen reaktionären wissenschaftlichen Autorität. Für seinen Fall wurde eigens eine siebenköpfige Untersuchungskommission gebildet, und diese sieben befassten sich sämtlich mit der Überprüfung seiner Herkunft und seiner Biografie, alle sieben fuhren also nach Changzhou in Jiangsu und fanden schließlich heraus: Professor Wus Vater war Berater der Kommission zum Schutz der Kulturgüter des Kaiserhauses gewesen, hatte als hoher Beamter der Republik im Regierungsauftrag den Kaiserpalast übernommen und dann während des Kriegs gegen Japan den ganzen Transport der Kulturgüter aus dem Palast nach Südchina organisiert. Professor Wus Bruder war Rechtsabweichler und wurde in der Großen Nördlichen Einöde umerzogen. Dessen Frau, Wus Schwägerin, hatte sich als Königin der Pingju-Oper der Großen Kulturrevolution widersetzt und war deshalb zum Krüppel geprügelt worden. Professor Wu selbst war ein aus der Ausbildung an der sowjetrevisionistischen Tschaikowski-Musikhochschule hervorgegangener Keim des Revisionismus. Kurz, es handelte sich bei diesem Professor Wu um einen großen Abfalleimer des Feudal-Kapital-Revisionismus, dessen Melodien in einem revolutionären Ballett auf keinen Fall auftauchen durften.

Den Film *Das rote Frauenbataillon* zu einem Ballett umzuarbeiten war aber nicht Professor Wus Idee gewesen. Der erste Anstoß dazu war von Zhou Enlai gekommen, ihn traf hier der Fluch der bösen Tat. Die drei Notjahre der Hungersnot, vielmehr der Naturkatastrophen, waren gerade vorüber, man konnte sich wieder satt essen und durfte sich auch wieder an Gesang und Tanz erfreuen. Das Experimentalballett der Pekinger Choreografischen Hochschule hatte mit seiner ersten Vorstellung von *Notre Dame de Paris* eine große Zahl nach Kultur ausgehungerter Intellektueller angelockt, darunter sogar den Kanzler der Volksrepublik, Zhou Enlai. Choreograf und Regisseur fragten ihn hinterher, wie es ihm gefallen habe. Der Kanzler tanzte auf Gesellschaften zwar gern und gut, vom Ballett aber verstand er nichts und konnte als Laie zu der Vorstellung nichts Konkretes sagen; also rettete er sich mit ein paar offiziell klingenden, im Grunde nichtssagenden Worten: »Nicht übel! Letzten Endes ist das aber eine Sache des Publikums. Ihr könnt ja einerseits ausländische klassische Ballette einstudieren, andrerseits aber auch einige Stücke mit Revolutionsthemen ausarbeiten. Um sich einer solchen aus dem Ausland kommenden Kunstform anzupassen, könntet ihr zunächst mal ein Ballett mit einem Sujet aus einer ausländischen Revolution ausarbeiten, zum Beispiel mit Geschichten von der Pariser Kommune oder aus der Oktoberrevolution.« Neben Zhou stand damals der Vizekulturminister Lin Mohan.

Jemand anders hätte Zhou vielleicht widersprochen. Doch Lin war als hoher Kulturbeamter gerade für Musik und Ballett zuständig, und nachdem in seiner Anwesenheit der Regierungschef solche Aufgaben gestellt hatte, musste er, Lin, sollte er später danach gefragt werden, berichten können, was daraus geworden war. Er holte aus der Pekinger Choreografischen Hochschule, der Zentralen Musikhochschule und der Chinesischen Vereinigung der Balletttänzer einige Fachleute zusammen, um die Wahl eines Sujets für ein Ballett nach Zhous Ideen zu diskutieren. Aber deren Realisierung war allzu schwierig. Die Oktoberrevolution war bald ein halbes, die Pariser Kommune fast ein ganzes Jahrhundert her, und weder Sowjets noch Franzosen hatten ein Ballett daraus gemacht, wie sollte das in China gehen? Die konkreten geschichtlichen Umstände und der kulturelle Hintergrund waren von China aus gesehen wenig deutlich, was für ein Ballett sollte das denn werden? Man diskutierte hin und her, jeder schüttelte nur den Kopf und seufzte, keiner fand einen Weg. Lin Mohan sah es ein, er sagte schließlich: »Das Leben im Ausland kennen wir nicht, es ist doch gescheiter, wir fassen uns ein Herz und wählen ein Sujet von hier und heute. Ich schlage vor, den Film *Daji und ihre Väter* zu einem Ballett umzuarbeiten.« Da könne ihm der Kanzler keinen Ungehorsam vorwerfen, dachte er.

Gegen den Vorschlag des Ministers hatte natürlich niemand etwas einzuwenden. Ein solches Sujet ließ sich bewältigen. Also wurden die Aufgaben verteilt, Choreografie und Begleitmusik ausgearbeitet. Man war schon halb fertig, da wurde das Ganze abgeblasen, es sollte ein neues Sujet gewählt werden. Erst als die Kulturrevolution ausbrach, erfuhr man, dass *Daji und ihre Väter* auf höherer Ebene wegen bourgeoiser Gefühlsduselei missfallen hatte. Wer mochte auf so was gekommen sein? Daji, leibeigenes Bauernkind aus dem Yi-Volk, war tatsächlich um mehrere historische Epochen von jeglicher Bourgeoisie entfernt.

Wieder wurden Fachleute ins Kulturministerium gebeten, um Ballettsujets zu diskutieren. Jemand schlug die *Fünf Goldblumen* vor. Lin Mohan dachte an den Ärger mit *Daji und ihre Väter* und meinte, man solle lieber ein revolutionäreres Sujet wählen. Der Film *Das rote Frauenbataillon* hatte damals vielen sehr gefallen, auch den anwesenden Regisseuren und den Choreografen der Hochschule, also konzentrierte sich die Diskussion auf diesen Film; man war sich einig, das war eine Geschichte mit stark revolutionärem Charakter und gerade für Ballett gut geeignet, weil sie die besondere Bedeutung der Tänzerinnen in dieser Kunstgattung zur Geltung brachte. Man besprach dann die Handlung und die Szenen schon bis ins kleinste Detail: Solos, Paartänze, Massenauftritte; Lin Mohan hatte das letzte Wort, und er entschied sich dafür.

Das Sujet hatte man nun also, und es auszuarbeiten war einfach. Gute Leute hatte China ja genug, nur nicht genug für sie zu tun. Was einer gut allein schaffen kann, dafür organisieren wir eine ganze Mannschaft. Es wurde also eine Gruppe zur Ausarbeitung des Revolutionären Balletts *Rotes Frauenbataillon* gebildet, mit Untergruppen für Komposition, Regie und Choreografie, jede mit vielen Mitgliedern. Alle waren begeistert dabei, es brauchte keine drei Monate, da waren Skript, Choreografie und Musik fertig. Das war Ende 1963. Dann kamen die Proben.

Am 19. September 1964, zwei Tage vor der Erstaufführung, lud das Ballett die Leitung des Kulturministeriums und Jiang Qing zur

Generalprobe ein. Jiang Qing kam und machte sogleich eine große Zahl von Verbesserungsvorschlägen, insgesamt vierunddreißig Punkte, gewissenhaft notiert von ihrem gut aussehenden Sekretär, der ihr nicht von der Seite wich; sodann geordnet, geheftet und der Leitung des Balletts übergeben.

Nun hatte das Ballett die Bescherung, zwei Tage vor der Erstaufführung, schwarz auf weiß, in mehreren Exemplaren, außer Jiang Qings eigenem noch eines für das Ballett und je eines für die Propagandaabteilung des ZK, für das Kulturministerium und für das Pekinger Parteikomitee. Bei der Einladung zur Probe hatte man höflicherweise »um viel Kritik« gebeten. Jiangs Kritik dann einfach zu übergehen wäre ein klarer Affront gewesen. Aber ihrer Kritik vor der Premiere nachzukommen war unmöglich. Sie hatte sich die Aufführung einen Abend lang angesehen und dann die Arbeit des gesamten Balletts während eines ganzen Jahres völlig verrissen: Handlung, Bewegungen, Kostüme, Beleuchtung, Szene für Szene wollte sie alles geändert haben; selbst wenn manches sich gar nicht hätte so ändern lassen, etwa wenn sie verlangte, die Heldin, Qionghua, solle sich bewegen »wie die Tatarenkaiserin im sowjetischen Ballett *Brunnen von Bakchisarai*«, deren aufrechte Pose ihren Widerstand zeige. Regisseure und Choreografen wussten nicht, was tun, diskutierten hin und her, es blieb nichts andres übrig, als das Kulturministerium um Weisung zu bitten. Das wies sie an, »zunächst irgendwelchen Kleinkram zu ändern, zum Beispiel Plüschblumen statt Blumen aus Kapokwolle zu verwenden. Nach der öffentlichen Aufführung sind die allseitigen Reaktionen abzuwarten, danach kann man dann ändern, was gegebenenfalls zu ändern wäre.« Immer geht es in China nur darum, wer die Verantwortung hat. Wenn jemand höheren Ortes die Verantwortung übernimmt, kann man es auf tieferer Ebene nur richtig machen.

Zur offiziellen Premiere auf der Himmelsbrücken-Bühne lud das Kulturministerium auch Zhou Enlai ein, der nicht gedacht hätte, dass man seine damals nur so dahingesagten Bemerkungen ernst nehmen würde. »Ich bin ja nicht so fortschrittlich wie ihr«, meinte er selbstironisch, »ganz konservativ hab ich geglaubt, das wird doch schwierig, im Ballett gleich das Leben im modernen China auszudrücken, da braucht es doch einen Übergang, da müsste man zunächst was machen mit Themen aus ausländischen Revolutionen. Ich hab mir nicht vorstellen können, dass euch so was derart gut gelingt wie jetzt.«

Mit diesen Worten des Kanzlers fiel Regisseur, Choreografen, Musikern und Tänzern eine schwere Last vom Herzen. Jiang Qings vierunddreißig Punkte konnte man wohl vergessen. Der Regisseur befürchtete aber, dass da noch eine Strafexpedition der Dame nachkommen könnte, sicherheitshalber sagte er also dem Kanzler, Genossin Jiang Qing habe zahlreiche wertvolle Hinweise gegeben, die Plüschblumen zum Beispiel seien ihre Idee gewesen. »Wie auch immer«, sagte der Kanzler, »in zwei Tagen kommt ein ausländisches Staatsoberhaupt zu Besuch, und dem führen wir euer Ballett vor.«

Das ausländische Staatsoberhaupt, für das man das Ballett aufführte, war Sihanouk, der König von Kambodscha. Sihanouk war Komponist und Choreograf, der verstand die Sache und würde genau hinsehen. Er lobte das *Rote Frauenbataillon*, damit wurde es Zhou Enlais Prunkstück, das er nach Sihanouk auch Mao Zedong, Liu Shaoqi und Zhu De vorführte. Der Parteivorsitzende unterstützte Zhou: »Korrekt ausgerichtet, künstlerisch gelungen!« Allerhöchsterseits derart gebilligt, stieg das *Rote Frauenbataillon* zur Staatsvorstellung auf; weder *Notre Dame de Paris* noch *Schwanensee* oder *Giselle* wurden noch gespielt.

Zhou Enlais Unterstützung und Mao Zedongs Billigung befeuerten noch Jiang Qings Eifer für das Ballett. Sie ließ sich dort häuslich nieder, es war nicht mehr loszukommen von ihr. Sie mischte sich in die Regie ein, gab Weisungen für das Orchester, befasste sich mit der Choreografie, bei jeder einzelnen Probe war sie dabei. Von ihren vierunddreißig Punkten war nicht mehr die Rede. Jetzt hieß es, in der ersten Szene werde der Regen nicht deutlich, es donnere zu spät; in der zweiten wollte sie Cellobegleitung für Qionghua; in der dritten wollte sie statt der Mauser eine Pistole; in der vierten sollten Musik, Hintergrund, Kostüme, Tänze und Gesichtsausdruck sämtlich geändert werden; in der fünften wurde ihr beim männlichen Hauptdarsteller dessen Klugheit nicht genug hervorgehoben, und in der sechsten war ihr sein Heldentod ohne Kampf nicht ernst genug.

Wieder zwei Tage später sollte wieder was geändert werden, und so ging das weiter, alle drei Tage gab es wieder eine Änderung; manche Szenen wurden einmal so geändert und dann wieder anders herum –

heute kam ein Intermezzo dazu, morgen wurde es wieder rausgeworfen. Für ein Stück brauche es zehn Jahre, hieß es, ändern und immer wieder ändern sei normal. Der Regisseur konnte sich nur die Zähne zerknirschen, seinen Ärger hinunterschlucken und die Scherben immer wieder neu zusammensetzen.

Als die Kulturrevolution ausbrach, wurden in ihrem Strudel bald alle davongeschwemmt, die mit der Entstehung des *Roten Frauenbataillons* zu tun gehabt hatten: Lin Mohan als Erster; Regisseur, Choreografen, Musiker und Tänzer wurden als Verbrecherbande, selbst die realen Vorbilder des Stücks, die überlebenden Angehörigen des Frauenbataillons als »tief im Untergrund verborgene Klassenfeinde« demaskiert; wer ins Loch gehörte, kam ins Loch, wer Zwangsarbeit brauchte, bekam Zwangsarbeit, übrig blieb nur der eine Mao Zedong mit seinem »Korrekt ausgerichtet, künstlerisch gelungen!«

Den Knoten dieses Irrsinns durchschlagen konnte nur eine: die daran von Anfang an beteiligte Jiang Qing.

Jiang Qing mit all ihren Ansichten zum Libretto und zur Choreografie des *Roten Frauenbataillons* sprach jetzt nur mehr von der Musik. Hier hatte sie ihre Wahl bereits getroffen. Cheng Pinzhi hatte ihr bei den Diskussionen auf der letzten Probe einen guten Eindruck gemacht, ihr schien, mit der lag sie auf einer Wellenlänge, also benannte sie Cheng als Mitglied der Gruppe zur Ausarbeitung des Balletts *Rotes Frauenbataillon.*

Cheng Pinzhi war von dieser Auszeichnung zunächst freudig überrascht, sie hätte nicht gedacht, dass sie je mit Professor Wu zusammenarbeiten würde. Sollte all ihr Kummer mit dieser Chance seinen Abschluss finden, könnte sie bei dieser Aufgabe sich ohne Bedauern, ohne Hass weiter vervollkommnen, dann wäre das jeden Preis wert! Erst als sie in das Musikteam der Gruppe kam, sah sie, dass sich die Sache anders verhielt. Keiner der fünf ursprünglichen Mitarbeiter an der Komposition war dabei. Es erschienen lauter ihr völlig Unbekannte. Und was sie schon gar nicht erwartet hatte: Das Musikteam leiten sollte – sie!

Eine gärende Jauchegrube schien die Revolution jener Jahre. Ein wüstes Gewimmel trampelte einander über die Köpfe, drängte mit aller Macht nach oben. Doch Cheng Pinzhi war mit einem Mal in den Himmel aufgestiegen, einfach so, eine Gnade, die sonst dem inbrünstigsten Gebet auch der Frömmsten versagt blieb. Man beneidete sie, nicht ohne Missgunst. Sie wagte es selbst kaum zu glauben, zog sich an den Haaren, und weil das schmerzte, wusste sie: Es war kein Traum. Sie verstand diese Welt immer weniger. Von den Menschen an ihrer Seite war einer um den andren verschwunden, alles war gleichermaßen weg, sie allein in den Himmel aufgestiegen; waren das der Menschheit letzte Tage? Sie ging wie auf Wolken, schwindelig war ihr, sie taumelte. Und sie hatte Angst: Ein Schritt ins Leere, und sie würde nicht nur stürzen, sondern zerschellen. Sie bekam keine Klarheit, wirklich keine Klarheit mehr über das, was mit den Menschen vor sich ging. An Musik war gar nicht mehr zu denken. Sie suchte jemanden, mit dem sie reden konnte. Han Yuan war weg, die Schwiegermutter war weg, der Vater war im Gefängnis. Sie hatte nur die Mutter.

Was tun? Als sie die Mutter fragte, schüttelte die alte Frau den Kopf. »Wo hinaus willst du denn? Hast du vergessen, wo dein Vater ist? Angehörige eines Konterrevolutionärs, Vater im Gefängnis, wie willst du an revolutionären Aktivitäten teilnehmen? Das kränkt, das erregt Anstoß – wenn du es gut machst bei anderen Menschen, und wenn du es schlecht machst bei andren Gespenstern. Pinzhi, wenn man in diesen Zeiten nur still und friedlich durchkommt, ist das schon ein großes Glück, mach bloß nicht blindlings was mit, halt dich da raus!«

In ihrer Angst glich die Mutter der Flamme einer Kerze, zitterte beim leisesten Hauch. Cheng Pinzhi überdachte, was sie gesagt hatte; aber das ging nicht, sie hätte gar nicht erst zu fragen brauchen. Zu wagen, den ehrenvollen Auftrag einfach abzulehnen, war aktive Konterrevolution. Ob sie da mitmachte oder nicht, es musste in jedem Fall gut überlegt sein, wie sie es anfangen sollte, um unbeschadet durchzukommen. Mit wem sollte sie reden? Es blieb nur ihre Schwester.

Ihre Schwester war genau ein Dutzend Jahre älter und wie sie in einem Jahr der Ratte geboren. Zwischen ihnen hatte es noch vier früh gestorbene Geschwister gegeben. Die Schwester und ihr Mann waren beide Professoren an der Beida und wohnten in einem der Behelfsheime in Zhongguancun, das waren jedoch keine üblen Behausungen.

Einstöckig, errichtet beim Zusammenschluss einiger Hochschulen und Fakultäten in den 1950er-Jahren als vorübergehende Lösung, um nach dem Bau richtiger Wohnheime abgerissen zu werden, waren sie dann erst mal stehen geblieben; man sah, dass der Staat die Intellektuellen immer noch begünstigte. Es waren Einzelhäuschen mit Leitungen für Wasser und Abwasser, um kleine Höfe herum, Paradiese im Vergleich mit den mehrstöckigen Wohnheimen, an deren langen Fluren mit gemeinsamer Toilette und Waschraum später gekommene Kollegen in Zimmern untergebracht wurden, in denen sie auf eigenem Herd auch kochen mussten. Wer in einem solchen Behelfsheim wohnte, dachte nicht daran, wieder auszuziehen; und wäre übrigens auch nirgendwo sonst untergekommen. Die Schwester und der Schwager arbeiteten nicht in der gleichen Fakultät. Der Schwager war in seiner Fakultät auch der Parteisekretär, landete also mit Ausbruch der Kulturrevolution logischerweise in der »Fraktion auf kapitalistischem Weg«.

Cheng Pinzhi hatte im Ballett alle Hände voll zu tun, auch der Sonntag war für sie kein Ruhetag. Als sie das Haus verließ, winkte sie der Mutter zu und sagte ihr Bescheid: Nach der Arbeit gehe sie noch zur Beida, komme abends nicht mehr nach Hause. Sie solle um Himmels willen nichts vom Ballett erzählen, sagte die Mutter und trug ihr lange Ermahnungen für die Schwester auf: Alles Unheil komme vom Reden, Schweigen sei Gold in diesen Zeiten, je weniger man sage, umso besser; und in der Universität solle sie bloß nicht bei dieser oder jener Fraktion mitmachen.

Cheng Pinzhi hörte nicht darauf, sie ging ja zur Schwester, eben weil sie sie um Rat fragen wollte. Auch die Schwester hätte so eine Veränderung bei Pinzhi nicht für möglich gehalten, auch ihr schwindelte, sie wusste nicht, ob das Glück bedeutete oder Unheil. War es Glück, dann konnte Pinzhi bei der Genossin Jiang Qing ein Wort für Vater einlegen. An Unheil hingegen mochte sie gar nicht denken, das war ein Seiltanz ohne Netz, wer stürzte, lag zerschmettert in der Tiefe. »Mit Jiang Qing ist nicht gut Kirschen essen«, sagte sie. Kürzlich erst habe sie auf einer Versammlung in der Universität plötzlich eine Studentin der Fakultät für chinesische Literatur beschimpft, mit Reden wie: »In unserer Familie gibt es keine solche Schwiegertochter!«

Die junge Frau, Shao Hua, hatte 1960 Mao Anqing geheiratet, Maos angeblich geistesschwachen und zeugungsunfähigen, jedenfalls depressiven zweiten Sohn. Ein Verwandter, Bruder einer Dozentin der Wirtschaftswissenschaftlichen Fakultät, habe daraufhin einen Zettel nach vorne ans Podium geben lassen, man möge doch den Vorsitzenden Mao bitten, Jiang Qing unter Kontrolle zu bringen, damit sie Familienangelegenheiten nicht in der Öffentlichkeit breittrete. Der Mann sei festgenommen worden und seine Schwester, die Dozentin, dazu. Wenn Jiang Qing jetzt die Schwester protegiere, wisse sie, Cheng Pinlan, wirklich nicht, was sie dazu sagen solle.

Nun wusste Cheng Pinzhi erst recht nicht, was tun. Um des Vaters willen wollte die Mutter nicht, dass sie diesen Weg weiterging; und auch um des Vaters willen meinte die Schwester, sie könne es ja versuchen. Ihre Gedanken drehten sich im Kreis, plötzlich schien ihr der Kopf völlig leer. Sie legte sich ein wenig hin, dann war ihr etwas besser. Wang Bodan, der Schwager, soeben freigelassen, kam nach Hause, sah sogleich die junge Schwägerin und fragte als Erstes, wie es denn laufe im Symponieorchester.

Sie sei ins Ballett versetzt worden, sagte Cheng Pinzhi.

Wang Bodans Augen leuchteten auf. »Das ist ja höchst erfreulich!«, sagte er mit auf einmal ganz veränderter Stimme. »Wann ist das denn geschehen?«

»Einen Monat ist das her«, sagte Cheng Pinzhi.

»So eine gute Nachricht, warum hast du das denn nicht früher erzählt?«

»Wer weiß schon, ob das eine gute Nachricht ist oder eine schlechte?«, sagte seine Frau. »Alter Wang, hilf doch Pinzhi auch, sich darüber klar zu werden.« Sie berichtete, was die Schwestern gerade diskutiert hatten; Cheng Pinzhi versuchte noch, sie mit Blicken zu bremsen, aber ehe sie sagen konnte: »Nun lass doch!«, hatte die Schwester schon alles ausgeplaudert.

Als einem Mann, den schon mancher Sturm umtost hatte, stand für Wang Bodan sein Urteil fest. »Das proletarische Hauptquartier setzt sein Vertrauen in dich, was ist dir da noch unklar? Und wenn du dein Leben hingeben musst, für Genossin Jiang Qing musst du es tun!«

»Meinst du denn«, sagte seine Frau, »Pinzhi ist dafür die Richtige?«

»Genossin Cheng Pinlan«, sagte Wang gewichtig zu seiner Frau, »mit dem Lauf der Revolution kommst du wohl nicht mehr ganz mit. Die schwere Last der Revolution ist auf Pinzhis Schultern gefallen, also ist sie die Richtige dafür! Die Zeiten schaffen sich ihre Helden selbst! Wer ist denn schon von Natur aus Revolutionär?«

»Ach, alter Wang«, sagte Cheng Pinzhi, »das ist doch nicht einfach die Revolution. Da geht es um das musikalische Werk einer ganzen Reihe von Komponisten, wie kann ich das einfach beiseiteschieben und mit meinem Zeug ersetzen? Das sind doch alles meine Lehrer gewesen!«

»Ganz genau!«, sagte ihre Schwester. »Pinzhi muss sich doch bewusst sein, wer sie ist, was sie tut! Ihre Lehrer hat man zu Boden geschlagen, wie kann sie jetzt einfach über die hinweg nach oben klettern?«

Wang Bodan erregte sich. »Eure Frauensicht der Dinge! Solche Reden, da fehlt jeder Klassenstandpunkt! Jetzt geht es um den Kampf der beiden Hauptquartiere, nicht um irgendwelchen Anstand gegenüber irgendwelchen Lehrern! Pinzhi, das ist eine riesige Chance, die darfst du nicht blöde verpassen!«

Cheng Pinzhi hatte mit dem Schwager nie viel gesprochen, jetzt fand sie ihn widerlich. Sie blieb nicht lang, behauptete, sie müsse am nächsten Morgen früh ins Ballett, und verabschiedete sich. Die Eheleute hielten sie nicht zurück, brachten sie aber noch zur Bushaltestelle. Den ganzen Weg redete Wang Bodan mit Lehren und Ermahnungen auf sie ein, noch als sie einstieg, trug er ihr auf, wenn es im Ballett was Neues gebe, solle sie ihn das unbedingt gleich wissen lassen.

Cheng Pinzhi bereute ihren Besuch sehr. Ihre Unsicherheit war nicht behoben, sie hatte sich womöglich noch zusätzlich Ärger eingehandelt. Sie hasste sich dafür, dass sie nicht vorsichtig gewesen war, nicht auf die Mutter gehört hatte; sie war völlig durcheinander.

Ein Glück nur, dass dieser Tage im Ballett lediglich Maos Werke zu studieren waren, als geistige Bewaffnung; zu konkreten Fragen der Ausarbeitung kam man noch nicht. Jiang Qing hatte jedem einen Satz der *Ausgewählten Werke des Vorsitzenden Mao* geschenkt, im Namen des Vorsitzenden, wie sie sagte. Den Empfängern kamen vor Dankbarkeit heiße Tränen.

Als Cheng Pinzhi den ersten Band aufschlug, machte sie große Augen. Eigenhändig hatte der Erhabene Vorsitzende oben auf das Titelblatt geschrieben: »Mit Mao Zedongs Denken bewaffnet das revolutionäre Ballett revolutionieren!« Der Satz verwirrte sie, erst als sie die Unterschrift sah, wurde ihr klar: Das hatte Jiang Qing geschrieben, nicht Mao. Alte Ehepaare werden sich immer ähnlicher, heißt es, das stimmte schon; hier schien sogar die Schrift die gleiche. Nur: »Das revolutionäre Ballett revolutionieren«, was sollte das eigentlich heißen? Die Revolution revolutionieren – war das nicht Konterrevolution?

Das Studium von Mao Zedongs Werken war für Cheng Pinzhi ein Genuss, mit dem sie sich dem Klassenkampf entzog; auch wenn nur ein Zitat des Vorsitzenden zu studieren war, drehte sie es hin und her, holte geduldig und im Detail den geschichtlichen Zusammenhang heraus, in dem Mao Zedong das gesagt hatte, und löste sich dabei nach Möglichkeit von Vorgängen und Personen der Gegenwart, stellte da keine Verbindungen her, redete nur trocken von dem Zitat, das sie gerade behandelte. Ihre Kollegen mochten das; jeder von ihnen hatte die Kämpfe der Kulturrevolution durchlitten, wurde blass, wenn auf Kampf nur die Rede kam, und war glücklich, im Sturm unerwartet solch sicheren Hafen zu finden. Zeitweise wurde Cheng Pinzhi als beste Aktivistin beim Studium der Werke des Vorsitzenden Mao in der ganzen Ausarbeitungsgruppe ausgezeichnet.

Aber das Studium hatte man höheren Orts als Grundlage für die Umarbeitung des *Roten Frauenbataillons* angesetzt, und Umarbeitung bedeutete, das Vorhandene und damit die Vorgänger abzulehnen. Das von Cheng Pinzhi geleitete Musikteam konnte sich dieser Aufgabe nicht verweigern. Als man zur Umarbeitung der Musik kam, schlug sie vor, die ganze Gruppe solle zunächst die Partitur diskutieren und geeignete Stellen heraussuchen. Mit Abschluss der Durchsicht der Partitur, dachte sie, wäre sie selbst dann ganz überflüssig, genauer gesagt, hätte die ganze »Ausarbeitungsgruppe« keine Existenzberechtigung mehr. Wu und seine Mitarbeiter hatten die Aufgabe ja schon 1963 erledigt und hatten überdies wunderbare Arbeit geleistet. Das war auch allen klar, nur konnte man das nicht offen sagen.

16 AUFSTIEG IN DEN HIMMEL

Mit gewöhnlichen Sterblichen kam Jiang Qing sonst nur selten in Berührung. Von den Spezialisten ihres Gefolges hob sich Cheng Pinzhi vorteilhaft ab, Jiang Qing mochte die Art dieser jungen Frau, die so ganz anders war als die Tänzerinnen der Abteilung 8341 – der Kulturtruppe der Schutzstaffel der Partei- und Staatsführer –, die sich mit aller Gewalt an den Vorsitzenden heranmachten, um in den Himmel aufzusteigen. Um bei ihrem Herrn und Meister die Stärken ihrer Truppe herauszustreichen, wollte sie ihm einmal auch einen Blick in einen anderen Himmel gewähren – nur einen Blick, versteht sich! Sie kannte Cheng Pinzhi als vorsichtig und gewissenhaft, wusste auch so ungefähr, was ihr widerfahren war; wenn so jemand mal ins Zhongnanhai kam, brauchte sie sich wohl keine Sorgen zu machen.

Jiang Qing, die damals bereits in das Gästehaus der Regierung gezogen war, den Diaoyutai-Palast, lud also Cheng Pinzhi ins Zhongnanhai ein, wo Mao Zedong wohnte. Mao war es gewohnt, nachts zu arbeiten und tags bis nachmittags um drei zu schlafen; dann stand er auf, machte bis etwa halb fünf Uhr Toilette und begann dann seinen Tag.

Kurz vor Feierabend kam die Hongqi-Limousine, Maos Staatskarosse, zum Ballett, um Cheng Pinzhi abzuholen. Entlang des Wegs, von der Hufangqiao-Kreuzung bis zum Zhongnanhai, salutierten die Verkehrspolizisten, die da entlangradelten oder am Straßenrand standen. Cheng Pinzhi war wie benommen; glücklicherweise fuhr der Wagen rasch, im Handumdrehen waren sie da.

Jiang Qing stellte vor: »Vorsitzender, das ist Genossin Klein Cheng aus dem Ballett.«

Mao Zedong streckte seine große Hand aus. Cheng Pinzhi reichte ihm die ihre in Furcht und Zittern, er nahm sie mit festem Griff. »Guten Tag, Genossin Klein Cheng«, sagte er freundlich, »und wie heißt du weiter?«

»Guten Tag, Vorsitzender! Ich heiße Cheng Pinzhi.«

»Pin, mit drei Karos geschrieben? Und was für ein Zhi?«

Cheng Pinzhi nickte. »Richtig, das Pin mit drei Karos; und das Zhi aus Zhi-Lan, der edlen Tugend.« Plötzlich entdeckte sie: Das war ganz und gar nicht richtig, stank solch alter Name nicht nach Feudalismus, Kapitalismus, Revisionismus? Krampfhaft fasste sie die eine Hand mit der anderen, ihre Fingernägel bohrten sich in den Handteller.

»Oh, wie das Zhi in meinen Beinamen!«

Auch das noch. Sie hatte das Namenstabu des Erhabenen Vorsitzenden verletzt! Ihre Handflächen wurden feucht, in Tropfen rann ihr der Schweiß von der Stirn.

»Kleine Genossin, du zitterst ja! Nun beruhige dich doch, man möchte ja meinen, ich wäre der böse Wolf!«

Die Luft im Raum war schlecht. Durch den Duft von Jasmin und Sandelholz drang immer wieder ein verschwitzter scharfer Körpergeruch. Das mischte sich zu einem sonderbaren Mief. Cheng Pinzhi wurde ganz benommen davon; unglücklicherweise hatte sie eine besonders empfindliche Nase, und die zog sich zusammen, dass ihr die Tränen kamen. Instinktiv wich sie vor den Gerüchen zurück, die von Maos Körper her und aus seinem Mund heraus ihr in die Nase drangen. Ein Glück, dass Jiang Qing wegen ihrer Schwerhörigkeit Cheng Pinzhi sich dicht an ihre Seite setzen ließ. Cheng war ihr dankbar dafür; ihre Nase erholte sich im Duft von Jiang Qings teurem Parfum. Mit einem Mal aber überfiel sie wie ein Schock das Gefühl: Mao Zedong war mit ihr unzufrieden!

Jiang Qing hieß sie, noch näher heranzurücken. »Genossin Klein Cheng, nicht so nervös! Wenn der Vorsitzende dich was fragt, antworte ihm einfach!« Sie lachte. »Keine Sorge, in unserer Familie wird niemand verurteilt.«

Cheng Pinzhi nickte und zwang sich zu lächeln. Ihre Nase brannte. Sie schniefte sachte den Schleim hoch und schluckte die bittere Flut hinunter. Dann war ihr wohler, sie entspannte sich etwas.

Mao fragte sie, wie die Arbeit im Musikteam laufe. »Wir studieren jetzt alle die *Reden des Vorsitzenden in Yanan bei der Aussprache über Literatur und Kunst*, um unser Denken zu bewaffnen«, sagte sie, »wer gute Arbeit leisten will, muss zuallererst seine Waffen schärfen.« Sie wunderte sich, wie leicht ihr solche Sprüche von den Lippen kamen, und sah Mao nervös auf den Mund, wie der sich öffnete, zu einem schwarzen Schlund. Unwillkürlich wich sie zurück, sie entdeckte auf einmal: Alle Zähne in diesem Schlund waren schwarz. Vorsichtig ergänzte sie: »In Vertretung des Vorsitzenden hat Genossin Jiang Qing jedem von uns die vier Bände *Ausgewählte Werke Mao Zedongs* geschenkt, die alle Genossen jetzt mit großer Neugier studieren. Wir wollen uns der Fürsorge des Vorsitzenden und der Genossin Jiang Qing würdig erweisen.« Während sie sprach, neigte Jiang Qing den Kopf zu ihr hin und schob sich dabei mit zwei Fingern die Haare hinter das Ohr auf Chengs Seite. Ich muss lauter sprechen, dachte Cheng Pinzhi.

Mao sah Jiang Qing schief an, schüttelte leicht den Kopf, seufzte und sagte sehr laut – er schrie fast – zu Jiang Qing: »Ich bin nicht recht glücklich mit dem, was ihr da macht. Ich glaube nicht, habe nie geglaubt, dass meine paar Büchlein solch wundersame Geisteskraft ausstrahlen.«

Cheng Pinzhi staunte: Er sprach wie ein ganz normaler Mensch.

»Der Vorsitzende ist immer so bescheiden«, erklärte ihr Jiang Qing, die wohl bemerkte, wie sich Cheng Pinzhis Gesichtsausdruck veränderte, »wenn mir Vizevorsitzender Lin Biao nicht den Rücken stärken würde, hätte ich nicht gewagt, euch allen die Werke des Vorsitzenden zu schenken.« Sie lachte gezwungen.

Cheng Pinzhi ging ein Licht auf; sie bereute, dass sie so viel dahergeredet hatte.

Mao warf Jiang Qing einen bösen Blick zu. »Als ob ich prahle«, sagte er. »Du, die Partei, das ganze Land, ihr nehmt ihm alles ab; meine Frau Königin verkauft das Zeug höchstselbst weiter und preist es auch noch an.« Er lächelte wieder Cheng Pinzhi zu. »Genossin Klein Cheng, die jagen mich noch in den Räuberwald, wenn ich mir nicht gefallen lasse, wie sie's treiben.« Er lachte, und die Stimmung lockerte sich etwas.

Cheng Pinzhi war völlig verwirrt. Einen Augenblick schien ihr der Kopf zu platzen, den nächsten war er wie ausgeleert; ein kalter Hauch überflog ihr Gesicht, dann brannte es glutheiß; sie wollte mit ihm lächeln, verzog den Mund, fürchtete, loszulachen. Angestrengt bemühte sie sich, den Sinn seiner Worte zu erfassen. Sie verstand ihn wirklich nicht, sie wusste nicht, warum er ihr das alles ins Gesicht sagte. Unziemliches überhört man, ihr schien, ihre Ohren versündigten sich.

»Wir sind alle in den Räuberwald getrieben worden«, sagte Jiang Qing, »sind mit dem Vorsitzenden unter die Räuber gegangen und haben die Revolution gemacht. Klein Cheng, was meinst du nun zur Umarbeitung der Musik?«

Jetzt ging es also wieder um sie. Sie spannte sich noch mehr an. Was sie meinte? Man sollte das Musikteam auflösen und die alte Partitur weiterverwenden, das meinte sie, aber das durfte sie keinesfalls sagen. Sie rief sich ins Gedächtnis, wie Professor Wu es damals angefangen hatte, und sagte: »Ich meine, wir sollten gemäß den Weisungen des Vorsitzenden uns von den armen und unteren Mittelbauern umerziehen lassen, wir sollten zusammen mit den anderen nach Hainan gehen, um uns abzuhärten und zu stählen, indem wir uns mit der Geschichte, mit der Umgebung vertraut machen, mit den Liedern und Gefühlen des Volkes!«

An Cheng Pinzhis Aussage war nichts auszusetzen. Jiang Qing sah Mao Zedong an und wartete, wie er reagieren würde.

Maos Laune hatte sich etwas gebessert. »Lieder und Gefühle sammeln, das ist gut«, lachte er, »auf Hainans Fünffingerberg Lieder sammeln gehen, ausgezeichnete Idee! Im *Buch der Lieder*, die Konfuzius, oder wie ich gern sage: der Kong Zwo, gesammelt hat, da sind prima Liebesgedichte drin! Die sind der einzige Lichtblick bei den Konfuzianern, haha!«

Jiang Qing sah den alten Herrn funkelnden Auges vom rechten Wege abirren und drehte schleunigst bei. »Klein Cheng«, sagte sie, »geh nun und übermittle die Weisung des Vorsitzenden an euer Musikteam. Es soll sich auf die Fahrt nach Hainan vorbereiten.«

Mao Zedong starrte Jiang Qing mürrisch an. »Du bist immer so hastig«, sagte er, »wenn jemand was von einem Wölkchen sagt, hörst du es schon donnern. Sind doch keine Japsen-Teufel hinter denen her, dass sie morgen gleich wegrennen müssen.«

»Der Vorsitzende hat recht«, sagte Jiang Qing, »ich wollte ihnen nur die Möglichkeit geben, sich auf die Fahrt geistig vorzubereiten.«

Als Cheng Pinzhi ging, dunkelte es schon. Jiang Qing wollte ihr einen Wagen rufen, aber sie sagte: »Exzellenz, das ist nicht nötig. Ich wohne in Houhai, das sind nur ein paar Schritte.« Sie hatte Angst, ihre Mutter würde sich erschrecken.

Die wartete bereits am Anfang der Gasse; das trübe Licht der Straßenlampe färbte ihr weißes Haar in ein sonderbar düsteres Gelb.

»Warum kommst du denn so spät, ist was passiert?«

»Gar nichts, Mutter, nichts ist passiert.«

»Dann ist es ja gut. Ich hab den ganzen Abend immer wieder beim Ballett angerufen, niemand hat abgenommen, da bin ich hingelaufen, aber da war niemand mehr. Bist du etwa bekämpft worden?«

»Nein, nein. Mutter, die Exzellenz hat mich gerufen, ich musste über die Arbeit berichten. Mach dir nicht unnötig Gedanken.«

Die Mutter fragte nicht, welche Exzellenz denn, und Cheng Pinzhi sagte auch weiter nichts mehr.

Am nächsten Tag studierte das Musikteam nachmittags die neueste Weisung des Vorsitzenden, die am Vormittag der gesamten Gruppe übermittelt worden und nun von den einzelnen Teams getrennt zu studieren war.

Während der Diskussion kam der alte Qiu herein, der Vorsitzende des Revolutionskomitees des Balletts, grüßte allseits mit verschwörerischem Lächeln und nickte Cheng Pinzhi zu. »Genossin Cheng Pinzhi hat einen wichtigen Auftrag«, sagte er, »ihr seid ja nicht viele, diskutiert zunächst mal zusammen mit dem Choreografie-Team weiter.«

Cheng Pinzhi ging mit ihm hinaus. Was sollte das nun wieder?

»Klein Cheng«, sagte Qiu mit butterweicher Stimme, »das Büro des Vorsitzenden hat angerufen, du möchtest mal kommen, da drüben wartet schon der Wagen, fahr gleich los.« Er lächelte schmierig vertraulich. Cheng Pinzhi, verunsichert und befangen, wurde feuerrot.

Die Hongqi-Limousine rauschte geradenwegs zum Zhongnanhai, während die völlig verwirrte Cheng Pinzhi Ängste und Mutmaßungen wälzte wie ein Mühlrad. Was sollte diese plötzliche Vorladung, konnte das zu etwas Gutem führen, oder drohte Unheil? Was wollten der Vorsitzende und Jiang Qing denn jetzt noch von ihr wissen? Sie überlegte sich Antworten auf alle möglichen Fragen, dachte nach, welche Fehler sie begangen haben mochte. Sie wusste: Vor dem Herrscher stand man wie vorm Tiger im Zoo – bloß fehlte der Käfig. Im Angesicht des Himmelssohnes einen Fehler zu begehen, konnte leicht den Kopf kosten. Peng Dehuai, den die Roten Garden jetzt im ganzen Land herumzerrten, um ihn allerorten öffentlich zu »bekämpfen«, hatte in Gegenwart des Vorsitzenden nur eine unpassende Bemerkung gemacht, an der in der Sache auch nichts falsch war: Von Jiang Qing wusste sie, dass die Kulturarbeitsgruppe im Zhongnanhai auf eine Bemerkung Pengs hin aufgelöst worden war, denn der habe auf der Lushan-Konferenz 1959 gesagt, er sehe keinen Unterschied zwischen diesen Kulturarbeiterinnen und den »Palastschmetterlingen«, den dienstwilligen Zofen am Kaiserhofe.

Jiang Qing sagte, diese Damen seien dann alle zu Kulturarbeitsgruppen in den Provinzen gekommen. »Eine wurde in Gansu Leiterin der dortigen Tanzgruppe. Das war eine von der Kapitalisten-Fraktion, die Massen haben sie gestürzt. Da ist sie heimlich nach Peking gefahren, um sich zu beschweren, und hat Maos Tochter Li Min dem Vorsitzenden Material vorlegen lassen. Träum weiter, da hatte sie sich aber geschnitten! Der Vorsitzende hatte sie längst vergessen. Solche hat es im Zhongnanhai jede Menge, die kommen und gehen wie Wasser, mit dem du die Nudeln abschreckst, wie sollte der Vorsitzende sich da noch erinnern mögen, wer die alle waren?« Jiang Qing hatte dabei ganz kalt geklungen, ihre Miene ihre Verachtung gezeigt. Cheng Pinzhi war nicht klar gewesen, was das sollte. Warum führte Jiang Qing vor ihr solche Reden? Suchte sie Mitgefühl? Oder sollte das eine Warnung sein? Und jetzt also holte Jiang Qing sie abermals ins Zhongnanhai; was sollte sie da? Gab es nicht genug Wasser für die Nudeln? Oder sollte sie gegen andere Wässer anfließen?

Der Wagen kam ins Zhongnanhai und fuhr noch ein Stück weiter, hielt dann, der Fahrer stieg aus, trat auf einen gut fünfzigjährigen Militär zu, salutierte, sie wechselten ein paar Worte, er kam zurück, öffnete ihr die Wagentür und sagte: »Exzellenz bittet Sie, kurz auszusteigen.« Der alte Militär trat näher, musterte sie von Kopf bis Fuß und streckte dann die Hand aus: »Willkommen, Gast des Vorsitzenden!«

Cheng Pinzhi reichte ihm zaghaft ihre Hand, die er mit seinen beiden Pratzen umfasste; sie fühlte sich wie ein aus dem Nest gegriffenes Küken. »Guten Tag, Exzellenz!«, sagte sie schüchtern.

Die Exzellenz lächelte milde, winkte ihr, wieder einzusteigen, und sagte dann zum Fahrer: »Los geht's!«

»Die Exzellenz kommt mir bekannt vor«, sagte Cheng Pinzhi zum Fahrer.

»Das war Genosse Wang Dongxing«, sagte der Fahrer.

Ach so. Sie hatte sein Foto in der Zeitung gesehen.

Der Wagen hielt vor dem Eingang der Schwimmhalle. Drinnen sang jemand im tieftraurig langsamen Erhuang-Ton:

Erniedrigt der Herr, seine Diener am Boden, alles Handeln
nur Staub, noch vom Wind davongetragen
Erniedrigt, bedrängt kann in goldener Halle der Herrscher
kein Widerwort wagen
Erniedrigt, bedrängt im Getümmel, gleich als ob Katzen
und Ratten sich jagen
Erniedrigt, bedrängt, als hätte Majestät sich als
jedermanns Knecht zu plagen
Erniedrigt, wie von stürzenden Mauern im Andrang
der Menge erschlagen.

Diese berühmte Klage des hilflos von seinem verräterischen General und Kanzler Cao Cao bedrängten letzten Han-Kaisers aus der Oper *Xiaoyao-Furt* war klar verständlich, ein reiner Klang zu Herzen gehender Schwermut. Cheng Pinzhi war überrascht und ergriffen. Draußen toste das Chaos, hierher drang kein Hauch der bösen Welt, es schien das windstille Auge im Herzen des Orkans. Jiang Qing sah sich im Diaoyutai-Gästehaus westliche Filme an, im Zhongnanhai hörte Mao Zedong Arien einer Pekingoper.

Als sie in die Schwimmhalle eintrat, staunte sie noch mehr. Mao Zedong selber war der Sänger gewesen! Er war recht leger gekleidet, in Unterwäsche und Schlappen, dadurch wirkte er größer, aber sein Alter wurde deutlicher; er war ja bald achtzig.

»Da bist du ja, Genossin Klein Cheng, willkommen!« Mao ergriff ihre Hand mit beiden Händen und packte sie so kräftig, dass es wehtat;

sie unterdrückte einen leisen Aufschrei und ihren Widerwillen gegen den scharfen Körpergeruch, der ihr in die Nase drang. »Der Vorsitzende singt wunderbar!«, sagte sie.

»So jung und versteht sich schon aufs Schmeicheln!« Er ließ ihre Hand los, lachte und wirkte gleich viel jünger.

Cheng Pinzhi wurde rot, ihr klopfte das Herz – ein unbedachtes Wort, schon hatte sie sich verfehlt. Schweigen war Gold!

»Genossin Klein Cheng, ich hab dich kommen lassen, um meiner Unwissenheit abzuhelfen. Ich hab keinen Musikverstand geerbt, deshalb möchte ich einer Frau Lehrerin lauschen, die mir da was beibringt.« Er kicherte.

Eine solche Gunst! Cheng Pinzhi verlor völlig die Fassung. Mit Mühe brachte sie sich einigermaßen unter Kontrolle, überlegte sich ihre Antwort und sagte schließlich mit zitternden Lippen: »Wie könnte ich hier die Lehrerin abgeben! Als ich eben draußen die Arie aus der *Xiaoyao-Furt* hörte, glaubte ich, einem erfahrenen Opernsänger zu lauschen. Der Vorsitzende versteht so viel von der Pekingoper. Dagegen bin ich musikalischer Analphabet.« Nein, das war wieder falsch, geheuchelt, noch mehr Schmeichelei. Sie wagte nicht, ihm ins Gesicht zu sehen, schaute stattdessen zu Boden, auf das blassviolette Muster eines blauen tibetischen Teppichs, entdeckte mit einem Mal, dass die Harmonie seiner Farben aus Asymmetrien entstand; sie zitterte in der Kälte dieser mystisch dunklen Ferne.

»Vor zwei Tagen habe ich den Genossen Li Hezeng gebeten, mir aus alten Opern vorzusingen. Er hat sich nicht getraut, hatte Angst, er könne einen Fehler begehen. Genosse Hezeng hat schon in Xibopo, lange vor unserem Einmarsch in Peking, für mich aus Pekingopern gesungen. Seitdem ist er immer noch besser geworden, und jetzt sagt er sich davon los, nicht nur bei mir, von der ganzen Pekingoper sagt er sich los. Das sei alles feudalkapitalrevisionistisch. Das ist falsch, ganz falsch! Altes nutzt man neu!« Er lachte. Während er sprach, kniff er die Augen zusammen, je enger, umso mehr funkelten sie.

»Vorsitzender, ich hab westliche Musik studiert. Von der Pekingoper hab ich keine Ahnung!« Vor Aufregung bekam Cheng Pinzhi eine ganz hohe Stimme, es klang, als zöge man ihr die Worte mit der Zange aus der Kehle.

»Das macht doch nichts.« Maos zusammengekniffene Augen funkelten gütig. »Von Alleskönnern halte ich wenig. Die vermögen ebenso viel wie Tigerbalsam und andre Allheilmittel. Stimmt's oder hab ich recht, Lehrerin Klein Cheng?«

Cheng Pinzhi entspannte sich etwas, sie nickte leicht.

»Lehrerin Klein Cheng, dann lehrst du mich also, wie die westliche Musik sich von unserer chinesischen Musik unterscheidet. Auch von chinesischer Musik gibt es ja sehr viele verschiedene Arten. Ein ausländischer Gast hat mal zu mir gesagt: Ihr habt über hundert Arten von Opern! Er meinte die verschiedenen lokalen Opern.« Er lachte. »Die brauchst du nicht alle einzubeziehen. Vergleich nur mal die westliche Musik mit der Pekingoper und der Kantonoper, mit einer aus dem Norden, einer aus dem Süden, geht das?«

Bei dieser Fachfrage fühlte sich Cheng Pinzhi sicherer. Sie legte los: »Vorsitzender, konkret lässt sich zunächst einfach sagen: Es gibt auch vielerlei Arten westlicher Musik – klassische, moderne, Jazz, dann die Volksmusiken der verschiedenen Länder; und in den einzelnen Ländern gibt es auch große Unterschiede zwischen den Regionen, eine reiche bunte Vielfalt, wie die klingenden Lieder der Alpen, in denen ein Sänger gleichzeitig wie mit zwei Stimmen singt, und die fröhlich offene Schönheit neapolitanischer Volkslieder ...«

»Sehr interessant! Da singen sie in den Bergen also ganz anders als am Meer. Welche Art von westlicher Musik hat die Genossin Pinzhi denn studiert?«

Genossin Pinzhi klang viel freundlicher als Lehrerin Klein Cheng, auch wenn sie gar nicht Mitglied der KP war. »Also studiert habe ich symphonische Musik, vor allem die Orchestrierung.«

»Was ist da anders als bei der Pekingoper? Die hat ja auch Fiedel und Klöppel.«

»Die Fiedel spielt die Melodie, die Klöppel schlagen den Takt. Symphonische Musik hat mehr Instrumente als die Pekingoper – zum Orchester gehören alle möglichen Arten von Saiteninstrumenten, Blasinstrumenten, Schlagzeug, das ergibt eine räumliche Wirkung. Die Pekingoper hat wunderbare Melodien, aber die bilden eine durchgehende Linie, die eine zweisaitige Fiedel spielt, bis zum Schluss, es gibt keine Akkorde, es fehlt das wechselseitige Zusammenspiel, die Resonanz.«

»Die klugen Worte wehen dahin, endlos wie dichtes Schneegestöber …«

Cheng Pinzhi wusste nicht recht, ob das lobend oder spöttisch gemeint war, und traute sich nicht, weiterzureden.

»Du hast recht, Genossin Pinzhi; schließlich ist die Welt räumlich, nicht eindimensional. Und die kantonesische Musik? Das *Schritt für Schritt empor*, das Lü Wencheng für den Frühlingsanfang komponiert hat, das klingt ja viel lebhafter als die Pekingoper.«

»Was der Vorsitzende da sagt, das stimmt.« Cheng Pinzhi hatte wieder Mut gefast, »die kantonesische Musik ist lebhaft; aber eine große Melodie ist noch keine dreidimensionale Musik.« Hatte sie sich da nicht wieder vergriffen, würde der Vorsitzende bei ihr nicht blinde Verehrung alles Fremden tadeln?

»Verstehe. Die Welt ist von Natur ein Raum, keine Linie oder Fläche. Darum will Jiang Qing die Pekingoper reformieren, die Ballettmusik reformieren. Sie versteht viel mehr davon als ich, ich bin ganz und gar musikblind!«

»Genossin Jiang Qing ist Spezialistin, der Vorsitzende ist zu bescheiden.« Das kam ihr nicht von Herzen, sie errötete.

»Sie will, dass ihr das Trinklied in der *Traviata* bei der Neufassung des Titellieds für das *Rote Frauenbataillon* mit heranzieht. Was hältst du davon?«

Cheng Pinzhi wäre fast losgeplatzt. Sollte es denn ein »Rotlicht-Fräuleinbataillon« werden? Dem Himmel sei Dank, sie konnte sich noch bremsen und antwortete ganz ernsthaft: »Wenn der Vorsitzende mich nach weltweit berühmten Liedern fragt: Darüber weiß ich zu wenig. Wenn ich mich recht erinnere, ist das *Trinklied* eine flotte, helle, sehr lebhafte Melodie mit großen Sexten«, sie summte: C-A C-A-A C-A-A …

»Flott, mit großen Sprüngen, sehr gut! Du singst, ich hör zu!«

An so etwas hatte Cheng Pinzhi nicht gedacht, sie geriet in Verlegenheit. Sie konnte nicht gut sagen, dass es sich um ein Duett handelte, und redete sich damit heraus, dass sie keine chinesische Übersetzung kannte. »Außerdem habe ich Vokalmusik nicht studiert und sing immer falsch, Melodien kann ich bestenfalls summen. Wenn wir ein Klavier hätten, wär das was anderes, da könnte ich's dem Vorsitzenden vorspielen.«

»Geht's auch auf dem Akkordeon? Bei der 8341 haben sie welche.«

Ein Akkordeon wurde gebracht, Cheng Pinzhi rief sich das Lied ins Gedächtnis, suchte sich die Akkorde zusammen, hängte sich das Instrument um und legte fröhlich los. Mit Akkorden, gespielt mit der linken Hand, begleitete sie die Melodie so lebhaft, dass es klang wie eine ganze Band. Mao Zedong wippte mit den Zehenspitzen den Takt, wollte sich drehen, tanzen. Cheng Pinzhi fand den Alten süß, beschleunigte absichtlich den Takt. Mao Zedong fing wirklich an zu tanzen, je schneller er sich im Takt drehte, umso vergnügter. Offensichtlich war er bester Laune. »Dieses Trinklied«, sagte er, als sie das Stück zu Ende gespielt hatte, »ist wirklich nicht schlecht, aber für das *Rote Frauenbataillon* scheint es mir ungeeignet. Man könnte einen neuen Text dazu schreiben und es auf Siegesfeiern singen, man könnte es auch als Tanzlied nehmen. Genossin Pinzhi, was meinst du?«

Cheng Pinzhi schien, dass Mao Zedong wirklich was von Musik verstand; sie stimmte ihm völlig zu; glücklich, auf so einen Seelenverwandten gestoßen zu sein, lobte sie auch taktvoll seine Tanzkünste.

»Scharfe Augen hat die Genossin Pinzhi! Ich bin ja so einer immer im rechten Alter fürs Tanzen, in Yan'an hab ich mitgetanzt im großen *Yangge*, und als ich dann ins Zhongnanhai kam, gab es die offiziellen Tanzveranstaltungen; müde von der Arbeit gab's Genossinnen als Tanzpartner, alles ausgebildete Tänzerinnen von der Armee, dank derer hab ich mich ja sehr verbessert, aber mit dem Kanzler kann ich noch lang nicht mithalten. Beim Tanz am Wochenende in der kleinen Festhalle tanzen die Genossinnen alle am liebsten mit dem Kanzler, mit mir zu tanzen müssen sie sich zwingen. Als Tanzmusik haben wir lauter heimische Musiken – den *Liuyang-Fluß*, das *Schritt für Schritt empor*, vor allem viele uigurische Tangos, nichts davon hat so kraftvoll revolutionären Geist wie dieses Trinklied! Dieses Lied, das ist wie Chili im Vergleich mit Shanxi-Reisessig!«

Die Atmosphäre lockerte sich immer mehr, Cheng Pinzhi kam in Stimmung. Sie war den *Steuermann auf dem Ozeane* so leid, wann jemals hatte sie noch Gelegenheit, so was zu spielen wie das Trinklied aus der *Traviata*! Als sie ausgespielt hatte, juckte es ihr in den Fingern, und als Mao Zedong den revolutionären Geist im Trinklied pries, versuchte sie es: »Vorsitzender, spiel ich's noch mal?«

Mao Zedongs Augen strahlten auf: »Sehr schön, sehr, sehr schön, du begleitest, ich tanze!«

Cheng Pinzhi war in Stimmung, Mao Zedong wollte seinen Durst löschen, Musik und Tanz flossen so harmonisch im Einklang, die Musik strömte immer freier dahin, der Tanz wurde etwas ganz Besonderes, seine drei Tangoschritte wandelten sich zum Walzer-*Yangge*. Mao Zedong imitierte noch bewusst die Pose eines attackierenden Reiters, um Cheng Pinzhi zum Lachen zu reizen.

Sie wiederholte das Stück noch sieben, acht Mal, und Mao Zedong hätte am liebsten noch lang nicht aufgehört, aber sie fürchtete, bei seinem Alter könnte das für ihn böse enden, schob die Arme zusammen und nahm das Instrument ab.

Mao Zedong forderte sie einfach zum Tanz mit ihm, vergnügt richtete sie sich zu einer eleganten Haltung auf, beider Hände erfassten sich, die Füße drehten sich zauberhaft leicht. Auf Mao Zedongs Armen glitzerten Schweißtröpfchen, der lang entbehrte Männerduft unterdrückte den scharfen Körpergeruch, an den sie sich bereits gewöhnt hatte – und der sie allmählich verwirrte.

Cheng Pinzhi konnte nicht einschlafen in dieser Nacht, sie grübelte, wie sie Mao Zedong bitten könnte, ihr bei der Lösung der Probleme zu helfen, vor denen das Musikteam stand.

17 DES VOLKES ZORN – DES STAATES TIEFE WUNDE

Es vergingen zwei Tage, dann holte die Hongqi-Limousine Cheng Pinzhi wieder vom Ballett ab. Diesmal sollte sie Mao Zedong als Zuhörerin Gesellschaft leisten. Weitere Zuhörer waren Wang Dongxing und Untergebene von ihm. Cheng Pinzhi war die einzige Frau; sie wunderte sich, dass Jiang Qing nicht auftauchte.

Ganz wie einst in der Oper sang Li Hezeng in der kleinen Festhalle Arien aus dem *Trauerschrei mit Seelentafeln*, die Mao ausgewählt hatte.

Li Hezeng war aufgelöst in Trauer. »Oh Bruder Guan, Bruder Zhang!« sang, nein, zeigte er, nein, er war seine Gefühle, seine Stimme brach aus ihm hervor, er spielte nicht, er *war* Liu Bei! Wang Dongxing beobachtete Maos Gesichtsausdruck, um seinen Leuten im rechten Augenblick das Zeichen zum Beifall zu geben, aber vom Himmelssohn kam lang keine Weisung.

Mao bewegte nur leicht den Kopf hin und her, seine Lippen öffneten und schlossen sich mit dem Gesang, er zog Chengs Hand auf seinen Schenkel, presste sie, lockerte seinen Griff wieder, und ebenso spannte sich Cheng an, lockerte sich wieder, errötete und erblasste ganz im Einklang mit ihm.

Drei Armeen heulen vor Wut
Entschlossen zum Abmarsch, Rache tut gut,
Wu vernichten, bis der Hass ruht!
Die Seelen der Toten geben uns Mut!

Hoch, weit, leuchtend, klar hielt Li Hezengs Stimme durchweg ihren wunderbaren Klang. Mao Zedong ließ Cheng Pinzhis Hand los, schlug sich auf die Schenkel, rief »Bravo!«. Wang Dongxing hob beide Hände über den Kopf, seine Leute sahen das Zeichen und klatschten lärmend los. Li Hezeng bedankte sich mit leichtem Nicken und wechselte die Gefühlslage. Er sang nun im gespiegelten Xipi-Zwei-Sechs-Ton und mit Guan Yus Seelentafel in der Hand:

Ach, Perle für Perle fallen die Tränen,
Ach, wie wir zurück uns zum Pfirsichbund sehnen!
Buben, Blutsbrüder, die als Sieger sich wähnen –
alt sind wir, hilflos getrennt nun in treibenden Kähnen.
Lang war die Fahrt, wird sich jetzt in die gelben Gewässer
ausdehnen
uns trennte Caos Morden in Xuzhou, bei Yuan wollt ich Narr
mich anlehnen,
Oh Guan Yu, du musstest bei Cao nach der Hilfe der Brüder
dich sehnen.
Aufs Pferd nur für Gold, und noch Silber danach? Du warst keiner
von jenen,
denen Siegel und Reichtum Verrat verschönen!
Schlägst Cao, dem Verräter, die Ämter, das Gold in die Zähne,

auf einem Pferd nur bringst du mir die Frauen, sie packten die Mähne,
über fünf Berge, erstichst unterwegs noch sechs Gangsterhyänen.
Die Trommel schlug dreimal, Cai Yangs Kopf rollte – ja, all diese Szenen,
sie werden ewig im Heldenlied dröhnen!
Dass mit dreckigen Tricks sich Wus Verräter erkühnen,
Guan Yu, Bruder Guan Yu, dich mir zu entreißen, das müssen sie sühnen!
Unseren Hass, den müssen sie sühnen, ja müssen sie sühnen!!

Li Hezeng sang klangvoll, raumfüllend, voll Kummer und voll Zorn. Mao Zedong nickte wieder und wieder, die ganze Zeit hielt er Cheng Pinzhis Hand fest gepackt; sie wusste nicht, war seine Hand so heiß oder ihre; allmählich gewöhnte sie sich daran, meinte fast, wieder wie als Kind neben ihrem Vater zu sitzen. Nach und nach verflogen ihre Ängste, sie gab sich ganz der Stimmung der Oper hin, fühlte Liu Beis Trauer. Als Li Hezeng losbrach: »Oh meine Brüder, oh meine tapf'ren Brüder! Vor uns dreien, vereint in Liebe und Treue, brauste das Meer auf, zitterten die Berge!«, da zitterte, da brauste es auch in Cheng Pinzhi.

Mit einem Mal juckte ihr der Handteller: Mao Zedong schrieb ihr mit dem Finger Schriftzeichen darauf. Sowie er ein paar Zeichen geschrieben hatte, nahm er ihre Hand zwischen die Finger. Sie spürte die juckenden Linien noch, überlegte, zog sie insgeheim mit der anderen Hand nach und verstand schließlich. Der Vorsitzende hatte geschrieben: »Der Füße Kälte sticht ins Herz. Des Volkes Zorn – des Staates tiefe Wunde.« Eine kalte Einsamkeit kroch ihr aus der Hand ins Herz. Der Vorsitzende schien in gar zu schwere Gedanken versunken. Sie konnte nur hilflos und dumm die Oper verfolgen und schämte sich, den Vorsitzenden nicht ganz erfassen zu können.

Mao lud nach dem Ende der Vorstellung Li Hezeng zu einem Imbiss ein und holte Cheng Pinzhi dazu; abzulehnen wagte sie jetzt nicht mehr. Beim Essen lobte Mao Zedong Lis Vortrag in den höchsten Tönen: Das Gefühl der Arien habe er genau getroffen – Ruinen, dennoch unzerstört!

Ruinen – dennoch unzerstört, die Formel war ihr neu. Konnte man so etwas sagen?

Es war schon nach neun, als sie heimkam. In wachsender Sorge war die Mutter immer wieder bis zum Ende der Gasse gelaufen, um nach ihr Ausschau zu halten; das Essen war kalt geworden, sie hatte es wieder aufgewärmt, es war wieder kalt geworden …

»Ich hab schon gegessen, der Vorsitzende hat eingeladen«, sagte Cheng Pinzhi. Die Mutter wollte etwas sagen, schluckte es hinunter. Cheng Pinzhi sagte der Mutter, dass sie mit dem Vorsitzenden Arien aus dem *Trauerschrei mit Seelentafeln* gehört hatte, dass er ihr Schriftzeichen in die Hand geschrieben hatte, anscheinend wisse er von der Unzufriedenheit im Volk. Die Mutter erschrak, eine Gänsehaut überlief sie; was sollte das mit der Tochter werden? »Mit dem Herrscher gehst du auf sehr dünnem Eis, da brichst du nur allzu leicht ein; dass das gut ausgeht, ist unwahrscheinlich. Mach bloß keine Dummheiten, halt dich raus, wo du nur kannst, vergiss nicht, dass Vaters Sache noch in der Schwebe ist.«

»Mutter, wenn ich den Vorsitzenden das nächste Mal sehe, erzähle ich ihm von Vater. Ich hab so das Gefühl, er könnte uns helfen.«

Die Mutter stöhnte. »Hätte der Vorsitzende nicht die Große Kulturrevolution losgetreten, wäre dein Vater nie festgesetzt worden. Dass der Kerl diesen Schwachsinn ausgerufen hat, damit hat er China zerschlagen. Was daraus noch wird – schauen wir mal, wie er die Scherben wieder aufsammelt! Ich jedenfalls, ich bin pessimistisch. Hoffnung hab ich keine, gar keine.«

»Mutter, das geht zu weit, viel zu weit! So reden darfst du allenfalls zu Hause, um Himmels willen nicht draußen!«

»Glaubst du denn, das weiß ich noch nicht? Mach du dir mal deine eigenen Sorgen und kümmer dich nicht um Vater und mich.«

»Mutter, der Vorsitzende versteht einfach nicht, was draußen los ist. Wenn ich jetzt diese Möglichkeit habe, muss ich ihm das sagen, auch das, was mit unserer Familie geschehen ist.«

Ihre Mutter schüttelte den Kopf, wollte etwas sagen, ließ es, seufzte und mahnte die Tochter schließlich nur: »Wenn Eintagsfliegen wie wir solch unsterblichem Helden des Jahrhunderts nach dem Munde reden, bringt das gar nichts, außer dass andere uns verachten. Schenkt er dir auch mal einen Haufen schöner linker Schuhe, kannst du damit noch lang nicht tanzen und schon gar keinen Schuhladen aufmachen. Immer nur sachte voran! Versuch nicht, in den Himmel zu klettern. Wumms, da ist der Sturz nur umso grausamer.«

»Mutter, nun denk doch nicht immer von jedem das Schlechteste. Wenn du den Vorsitzenden erlebt hättest, wüsstest du, er ist kein schlechter Mensch.«

Da konnte ihre Mutter den Zorn nicht länger unterdrücken. »Du bist dankbar für die paar Brocken, die sie dir zuwerfen«, donnerte sie los, mit wutverzerrtem Gesicht, »und denkst nicht mehr an die Schläge, die du eingesteckt hast! So schnell alles vergessen? Davon zu schweigen, wie weit es mit uns gekommen ist – hast du vergessen, wie deine drei Han umgekommen sind? Drei Generationen: Deine Schwiegermutter. Dein Mann Han Yuan! Und nicht mal deinen kleinen Han Chi haben sie verschont. Was bist du nur für eine Mutter!«

Gleich standen ihr wieder die schrecklichen Bilder vor Augen, das Herz tat ihr weh, Tränen schossen ihr in die Augen. Doch sie riss sich zusammen. »Mutter«, versuchte sie zu überzeugen, »das weiß der Vorsitzende doch alles nicht. Ich muss eine Gelegenheit finden, ihm das zu berichten. Wenn er davon erfährt, muss er sich darum kümmern.«

»Wenn er nicht weiß, wie mit einfachem Volk umgesprungen wird, weiß er dann auch nicht, was mit Peng Dehuai geschieht, den man wieder und wieder öffentlich »bekämpft« und zusammengeschlagen hat? Wenn dem Vorsitzenden kein kleiner Teufel im Gewissen rumort, warum denkt er dann bei Arien aus dem *Trauerschrei* an den Zorn des Volks, des Staates tiefe Wunde? Was sprichst du für so einen Tyrannen und Volksverderber? Zu was haben wir dich erzogen? Hau ab, erstatte dem Kerl Bericht, verrat nur deinem Erhabenen Führer, was ich gesagt habe!«

Cheng Pinzhi wusste, sie würde mit der alten Frau über die Sache nicht ins Reine kommen; nicht einmal mit sich selbst kam sie ja darüber ins Reine. Also sagte sie weiter nichts mehr.

Mit der Bildung der Frauen, mit denen Mao Zedong sich bisher eingelassen hatte, war es durchweg nicht weit her. Yang Kaihui war seinetwegen vorzeitig vom Missionsgymnasium abgegangen. Tao Siyong hatte immerhin ein pädagogisches Fachgymnasium absolviert, He Zizhen hingegen nicht einmal die Missionsgrundschule abgeschlossen, in der sie gewesen war. Jiang Qing hatte eine Kunstfachhochschule besucht, eigentlich war das aber nur ein Theaterkurs. Alle übrigen kamen aus der großen Masse in Mühsal und Armut aufgewachsener Arbeiterinnen und Soldatinnen, die nie zur Schule gegangen waren. Jetzt hatte er es zum ersten Mal im Leben mit einer hochgebildeten Frau zu tun, von der er sich verstanden fühlte; er genoss die vertraulichen Gespräche mit ihr und freute sich, sie ins Zhongnanhai einladen zu können. Hinzu kam, dass Cheng Pinzhi es gut verstand, seinen Gedanken zu folgen, sie aufzugreifen, gelegentlich eine Frage zu stellen; er redete mehr und mehr und sprach immer offener.

Die Hongqi kam nun immer häufiger zum Ballett; jedes Mal erschien der alte Qiu vom Revolutionskomitee beim Musikteam und bat Cheng Pinzhi heraus. Einmal brachte er dabei die *Volkszeitung* vom Vortag mit, die Mao Zedongs neues Gedicht *Klassischer Vierzeiler: Auf das Foto einer Milizionärin* als Kalligrafie veröffentlicht hatte, und verlangte, Cheng Pinzhi müsse, gleichgültig wie, auch für die Gruppe zur Ausarbeitung des *Roten Frauenbataillons* so eine kostbare Kalligrafie des Vorsitzenden beschaffen.

Als sie Mao sah, zog Cheng Pinzhi die Zeitung hervor: »Das neue Gedicht des Vorsitzenden ist wirklich gut geschrieben!«

Mao warf einen verächtlichen Blick auf die Zeitung. »Das Gedicht ist nicht von mir, und die Schriftzeichen hab auch nicht ich geschrieben.«

Cheng Pinzhi starrte ihn erschrocken an. Dann lachte sie: »Der Vorsitzende nimmt mich auf den Arm. Hier ist doch der Beweis, schwarz auf weiß: Das Gedicht ist von Ihnen, und die Kalligrafie auch!«

»Das Gedicht ist nicht von mir, und die Schriftzeichen sind es auch nicht. Wann hast du je ein Gedicht von mir gesehen, das ich *Klassischer Vierzeiler* überschrieben hätte? Als ob ich mir auf die Stirn schriebe: Stirn! Das ist doch albern. Außerdem hätte ich nie Make-up in Bewaffnung verwandelt. Wer die Sache versteht, weiß sofort, diese ›Liebt nicht rote Bemalung, liebt rote Bewaffnung‹, das ist nicht meine Sprache.«

Jetzt sah es auch Cheng Pinzhi. »Der Vorsitzende hat völlig recht«, sagte sie ehrerbietig. »Mein Niveau ist zu niedrig, das habe ich nicht gesehen. Ich muss vor dem Vorsitzenden Selbstkritik üben.«

»Du brauchst dir das nicht weiter zu Herzen zu nehmen, Genossin, ich hab auch nicht dich kritisiert. Das Foto von Li Yuanhui hat Jiang Qing vor Jahren mal gesehen und später mit großem Gewese darum das Ding da geschrieben. Jiang Qing ist so jemand, die liebt das, ein großes Gewese machen, spielt sich damit auf, dass sie Gedichte schreiben kann – und was für Scheißgedichte das sind! Zunächst hat sie das Ding mit Bleistift geschrieben, dann hat Li Yuanhuis Mann, Li Xiangtao, sich das genommen und wollte es dann auch noch fein mit dem Pinsel getuscht haben, und das hat sie ihm dann ebenfalls gemacht. Sie hat das geübt, sie schreibt besser als ich, meine amtlichen Briefe sind nicht in meiner Klaue, das sind alles von ihr geschriebene Kopien. Da hat sie jetzt also diesen bescheuerten klassischen Vierzeiler geschrieben, ohne Angabe von wem und für wen der sein soll, und Li Xiangtao, der genau weiß, das es nicht von mir ist, hat ihn genommen, um damit anzugeben. Warum hab ich mir auch keine Hand für Schönschrift wachsen lassen! Wenn einfache Leute sich scheiden lassen wollen, können sie zum Gericht gehen; aber bei wem soll ich klagen?«

Cheng Pinzhi hörte nicht die Resignation in Mao Zedongs Entrüstung heraus. Sie machte sich Sorgen um Jiang Qing; die würde wohl noch erheblichen Ärger bekommen.

»Die haben das in die Zeitung gebracht, ohne mich zu fragen, und jetzt geistert es im ganzen Land herum; ist nicht von mir und nun doch von mir, sozusagen eine vom menschlichen Willen nicht zu beeinflussende Transplantation. So ein analphabetisches Machwerk schweigend als eignes anerkennen müssen, das fuchst mich!«

Das klang ihr, als ob nicht Jiang Qing die Quelle des Ärgers war. »Geht auch dem Vorsitzenden manchmal etwas nicht nach Wunsch?«, fragte sie.

»Wie denn nicht? Die bringen's ja auch fertig, an meiner Stelle einen Brief zu schreiben, in dem ich mich großartig als der Beelzebub der KP herausstelle.«

Beelzebub? Wer sollte das nun wieder sein? Angespannt durchforschte sie ihr Gedächtnis, dann fiel es ihr ein, sagte man nicht, den

Teufel mit dem Beelzebub austreiben? Sie beruhigte sich und wollte mal ein ehrliches Wort für Jiang Qing einlegen: »Genossin Jiang Qing versteht den Vorsitzenden sehr gut …«

Mao Zedong unterbrach sie sogleich: »Mit der hat das nichts zu tun. Da haben Kang Sheng und auch Zhang Chunqiao einen ganzen Aufsatz in einen Brief gepackt und mir untergeschoben. Motiv und Ziel dabei versteh ich ja. Aber dass sie, ohne mich auch nur zu fragen, das dann nach unten geben, als amtliches Schriftstück, das nun alle Welt kennt, so was akzeptieren zu müssen, das geht mir immens gegen den Strich! Genossin Pinzhi, wenn du an meiner Stelle wärst, was würdest du tun?«

Mao starrte sie an, als hätte sie diesen Brief geschrieben. Der kalte Schweiß rann ihr über den Rücken. »Gegessen wird, was auf den Tisch kommt«, entfuhr es ihr unwillkürlich.

»Ganz genau, die haben den Fraß gekocht und aufgetragen, den gammligen Reis kann ich jetzt nicht mehr austauschen. So ein fehlerhaftes fremdes Machwerk gegen meinen Willen als mein eigenes anerkennen müssen, das ist mir noch kaum jemals im Leben passiert. Selbstbewusst war ich schon immer, schon als Junge. Da hab ich schwimmen gelernt und bin mit ein paar Freunden auch in der größten Sommerhitze immer noch schwimmen gegangen, auch bei Hochwasser, wenn im Fluss viele ertrunken sind; bis tief im Winter sind wir immer noch im Fluss gewesen. Ein Gedicht hatte ich damals … Ach, ich hab's vergesssen, weiß nur noch zwei Zeilen: Glaub nur an dich, lebst zweihundert Jahr, schwimmst dreitausend Meilen gegen den Strom!«

»Das hat Schwung! Das ist wirklich vom Vorsitzenden!« Das kam ihr vom Herzen, und sie korrigierte damit auch gleich ihr Gestammel zuvor.

Mao Zedong verbarg nicht, wie sehr ihm das gefiel; er lachte: »Schade, dass ich nicht mehr das ganze Gedicht im Kopf hab, sonst hätte ich's dir aufgeschrieben!«

Jemandem schmeicheln, um etwas für sich zu verlangen, war Cheng Pinzhi peinlich; aber jetzt fiel ihr der Auftrag ein, mit dem sie gekommen war. Sie zog ein Foto hervor, das in dem Band *Ausgewählter Werke Mao Zedongs* steckte, den sie bei sich trug. »Vorsitzender, die Führung des Balletts möchte Sie für die *Rote Frauenbataillon*-Gruppe um eine Widmung auf einem Gedicht bitten; wenn Sie das nicht zu diesem Ding in der Zeitung schreiben mögen, könnten Sie vielleicht ein paar Zeichen auf die Rückseite dieser Aufnahme setzen?«

Mao Zedong nahm das Foto, es zeigte ihn auf dem Schiff, von dem aus er in diesem Jahr im Jangtse geschwommen war. Dann schrieb er auf die Rückseite ein paar Schriftzeichen und gab ihr das Foto zurück. »Mein Gekrakel ist nicht menschenwürdig, das kann ich niemanden sehen lassen, nur dich!« Er lachte, seine Augen funkelten ganz sonderbar.

Cheng Pinzhi warf einen Blick auf seine Zeichen und wurde feuerrot.

»Genossin Pinzhi, wenn du so lieblich errötest, seh ich dich als engste Herzensvertraute an – kannst du's mir abschlagen?«

Cheng Pinzhi errötete noch tiefer, schüttelte den Kopf, nickte wieder, wusste nicht mehr, was tun; fiel schließlich auf ihre Frage zurück: »Die Führung des Balletts möchte eine Kalligrafie ...«

»Dann sollen sie doch zu Jiang Qing gehen. Ich bin heute müde, Pinzhi, Genossin, komm, tanz mit mir!«

Seine Hand war ungezogen; so nah an ihn ran wollte Cheng Pinzhi nicht, weiter weg konnte sie nicht, tanzte recht unbeholfen.

»Genossin, du verachtest wohl das arbeitende Volk, mir scheint, mein Körper stinkt dir, stimmt's?« Mao Zedong schien missvergnügt.

»Im Gegenteil«, ihr fiel nichts Besseres ein, »ich fürchte im Gegenteil, dass mein Körpergeruch dem Vorsitzenden stinkt!«

»Wie riechst du denn?«

»Kleinbürgerlich.«

»Dann möchte ich mal diesen Duft des Kleinbürgertums riechen!«

Immer ungezogener drängte er seine alte Nase ihr geradezu ins Gesicht; ihr ganzer Körper versank in hilflosem Ekel – wie konnte der Erhabene Führer derart ... Sie bekam es mit der Angst, wagte nicht, den Himmelssohn zu verletzen; ach was, sollten seine Arme sie doch umschlingen, die Hände sie abtasten wie wild, die Schenkel sich an ihren Schenkeln reiben; nichts sich zu Herzen nehmen! Sollte er sie doch abschlecken! Wenn sie den Vater loskaufen konnte, ertrug sie es.

Müde getanzt, setzte sich Mao, trank ein paar Schluck und schob ihr den Teebecher hin. »Genossin Pinzhi, trink du auch.«

Am Becherrand war eine dicke Spur seiner Lippen geblieben, wie eine Narbe aus kleinen harten Körnchen. Eben beim Tanzen war sie bald erstickt vom Gestank ungeputzter Zähne, verfaulender Zahnwurzeln, dem vom vielen Reden klebrigen Mundgeruch; mit ihrer überempfindlichen Nase drang ihr das direkt ins Gehirn. Sie wagte nicht, abzulehnen, murmelte: »Danke, Vorsitzender«, und hob den Becher, vermied die schreckliche Spur seiner Lippen, kippte sich ein wenig in den Mund und schluckte es hinunter. Wie kann ich jetzt die Rede auf den Vater bringen?, überlegte sie.

Mao Zedong schien ihre Gedanken zu erraten, er fragte sie nach ihrer Geschichte und ihrer Familie.

»Mein Vater ist Französisch-Professor an der Beida, pensioniert.«

»Oh, aus hochqualifizierter Intelligenzlerfamilie. Kein Wunder, dass du was von westlicher Musik verstehst.«

»Das ist schon etwas der Einfluss der Familie. Klavierspielen hab ich als Kind gelernt.«

»Hattet ihr ein Klavier im Haus, als du klein warst?«

»Ja, das alte Klavier ist immer noch da. Wenn der Vorsitzende einverstanden ist, bring ich es hierher.«

»Die Genossin Pinzhi hat ein hohes künstlerisches Niveau, und ein hohes Pflichtbewusstsein hat sie auch. Ein Klavier will sie ins Zhongnanhai schaffen, sehr schön, Taube kurieren, meine Musiktaubheit vorweg!«

Cheng Pinzhi sah, er war bester Laune. »Mein Vater …«, fing sie an.

»Natürlich ist zunächst das Einverständnis deines Herrn Vaters einzuholen, schließlich hat der alte Herr es angeschafft. Genossin Pinzhi, ich höre, dein Mann lebt nicht mehr; ist er in einer Kampagne umgekommen?«

Cheng Pinzhi nickte, ihre Augen wurden feucht, sie seufzte auf. »Mein Mann ist von den Roten Garden erschlagen worden.«

»Was hatte er für ein Problem, warum haben ihn die Roten Garden erschlagen?«

»Mein Mann war ein guter Arzt, außer dass er aus einer Familie der Intelligenz kam, hatte er kein Problem. Die Rotgardisten haben Wohnungen durchsucht, wollten Goldbarren von ihm, er konnte ihnen keine geben, da haben sie ihn totgeprügelt und an Ort und Stelle verscharrt. Als ich ihn zu sehen bekam, war sein Gesicht schon von Maden zerfressen.«

»Unmenschliche Grausamkeit!« Mao Zedong knirschte mit den Zähnen, sein Kopf zitterte mechanisch.

»Vorsitzender, das ist kein Problem meiner Familie allein. In meiner alten Einheit ist der Genosse Li Guangxin ebenfalls von den Rotgardisten erschlagen worden.«

»Warum ist der Genosse Li Guangxin erschlagen worden?«

»Weil er Ihnen einen Brief geschrieben hat …«

»Ich hab von diesem Menschen nie gehört, diesen Brief nicht erhalten. Die riegeln mich ab – das darf doch nicht wahr sein!«

»Hätten Sie den Brief bekommen, dann wäre Li Guangxin nicht umgekommen. Weil er sich nicht damit abfinden konnte, dass in der Kampagne Menschen erschlagen wurden, deshalb hat er Ihnen geschrieben. Sie haben im Gewühl mit den Fäusten auf ihn eingeschlagen, der oder die Täter waren hinterher nicht einmal mehr festzustellen.« Cheng Pinzhi biss sich auf die Lippen, sie ertrug die Erinnerung kaum noch, die Tränen strömten ihr übers Gesicht, sie weinte leise.

Mao Zedong umfing ihre zitternden Schultern, mit seinen großen Händen wischte er ihr die Tränen aus dem Gesicht, nickte und sagte langsam, Wort für Wort: »Der Zorn des Volks – des Staates tiefe Wunde. Der Zorn des Volks – des Staates tiefe Wunde.« »Er stöhnte, zutiefst erschüttert, schien etwas zu bereuen. »Jetzt bin ich meiner sicher und bin es doch nicht. Ich muss mich selbst gewissenhaft analysieren.«

Cheng Pinzhi gewann mühsam ihre Fassung zurück und hob den Kopf: »Danke, Vorsitzender!«

»Genossin Pinzhi, ich bin so einer, ich bin oft gestolpert. Ruan Ji, ein Mann der Jin-Dynastie, war gegen Liu Bang; als er von Loyang nach Chenggao kam, da seufzte er, beim Blick auf das Schlachtfeld, auf dem Liu seine Macht begründet hatte: ›In einer Zeit ohne Helden kommen Rüpel zu Ruhm! China hat niemanden außer dem einen Mao Zedong.‹ Lu Xun hat sich über seine Essays so ähnlich geäußert. Ich fühle wie er. Ich freue mich an seiner Aufrichtigkeit! Er sagte, er analysiere sich selbst viel, viel strenger, als er andere analysiert. Ich analysiere mich regelmäßig, wenn ich mehrmals gestolpert bin. Aber die Genossen glauben das gewöhnlich nicht; ich bin meiner sicher und bin es doch nicht so ganz. Ich hab eben gesagt, als Junge schon hab ich gesagt, glaub nur an dich, lebst zweihundert Jahr, schwimmst dreitausend Meilen gegen den Strom. Sehr stolz war ich, offensichtlich. Aber nicht unbedingt meiner immer so sicher. Kurz, mir scheint: Lauert kein Tiger im Wald, ruft sich der Affe zum König aus; dann werde ich zum großen Affenkönig. Ich hab etwas den Tiger im Leib und auch etwas den Affen; im großen Ganzen überwiegt der Tiger, der Affe kommt hinter ihm.«

Cheng Pinzhi musste unter ihren Tränen lachen.

»Ich meine das ernst, Genossin Pinzhi, du musst nicht über mich lachen. In der späten Han-Zeit schreibt Li Gu in einem Brief an Huang Qiong: ›Leicht bricht, was hoch aufragt, Reinstes verschmutzt rasch; wenige verstehen sich auf weißen Schnee im Frühlingslicht, Ruhm deckt sich nur schwer mit der Wahrheit dahinter.‹«Tief berührt, hörte Cheng Pinzhi ihm ruhig zu.

Mao Zedong setzte seine Selbstanalyse nicht fort. Er sprach nun mit eisiger Kälte: »Jetzt ist die Zeit der Fehler dieser kleinen Feldherrn. Sie müssen raus aus Peking, raus aus den Städten, hinaus auf die Berge, in die Dörfer, zur Umerziehung durch die armen und unteren Mittelbauern. Die Schulen sind zerschlagen, auf mich hören sie auch nicht, bleibt nur, sie von der breiten Masse der armen und unteren Mittelbauern erziehen zu lassen.«

Schockiert fragte Cheng Pinzhi, ohne nachzudenken: »Spricht der Affe oder spricht der Tiger?«

Mao hielt ihr den Mund zu, legte den Arm um sie und presste sie eng an sich, vollkommen unbeherrscht.

Sie erstarrte vor dem wilden Ausbruch, unterlag der zügellosen Gewalt dieses Mannes.

Der brach zu Boden, drehte sich und lag da, mit einem Mal mit dem Gesicht nach oben und keuchte wie ein Esel.

Cheng Pinzhi fühlte sich maßlos erniedrigt. Sie besann sich auf das, was sie sich vorgenommen hatte: »Vorsitzender, mein Vater …«

Mao Zedong presste ihr Gesicht auf seine schweißnasse Brust: »Pinzhi, sag mir: Liebst du deinen Vater?«

Cheng Pinzhi hob den Kopf und sagte ernst: »Ich liebe meinen Vater.«

Mao Zedong sprang auf und schrie hysterisch: »Ich hasse meinen Vater!«

Cheng Pinzhi hörte mit einem Mal nichts mehr und brachte keinen Ton heraus, es war, als hätte man ihr die Ohren verstopft und die Kehle zugeschnürt. Sie sah auf Maos verzerrtes Gesicht und verstand nicht, was für eine Sprache aus diesem aufgerissenen Mund explodierte. Plötzlich wurde sie sich bewusst: Sie war Zeugin. Sie sprach mit einer Person der Geschichte. Sie musste anhören, was diese Person sagte. Sie atmete tief ein, atmete nach einer Pause wieder aus. Als komme sie zurück aus einer anderen Welt; gut, jetzt hörte sie wieder. Zwei oder drei Sätze mochten ihr entgangen sein. Sie wollte, dass er seinen Wutanfall für die Geschichte wiederholte. »Vorsitzender, entschuldigen Sie«, sagte sie, »mir wurde eben schwindlig, ich habe nicht klar gehört, was Sie sagten.«

»Ich sagte: Mein Vater war kein guter Mensch. Der Himmel hat ihm eine kurze Zeit gewährt. Lebte er heute noch, würde ich die revolutionären Massen auf ihn loslassen, sie sollten ihn kritisieren und bekämpfen, als Flugzeug fliegen lassen!«

Ein kalter Schauder rann ihr über den Rücken. Vor ihrem geistigen Auge tauchte Klein Lis »Kritik und Bekämpfung« auf – wie sie ihm die Arme auseinander, hoch und nach hinten gerissen und ihn so nach vorn gebeugt hatten. Sie begriff den tiefen Hass nicht, der Mao Zedong dazu brachte, den eigenen Vater dieser grausamen Folter unterziehen zu wollen.

»Er hat mich immer als Faulpelz beschimpft, ich sollte den ganzen Tag arbeiten wie er. Tat ich das nicht, schlug er mich. Ich hab ihm gesagt, alte Leute müssen mehr arbeiten als junge.«

Dieser Gedanke war Cheng Pinzhi neu; sie fragte: »Ihrer Ansicht nach müssen im Bus also Ältere vor Jüngeren aufstehen?«

»Was stellst du dich denn auf die Seite des Klassenfeinds und sprichst für meinen Vater?«

Da hatte sie sich den Mund verbrannt. Schleunigst ergänzte sie, ehrfurchtsvoll: »Offensichtlich hat Ihr Vater Sie gar nicht gut behandelt.«

»Durchweg ist er schlecht zu mir gewesen. Einmal hat er mich vor Gästen beschimpft, essen, das könne ich, aber zum Arbeiten sei ich zu faul, ich taugte nichts. Ich war so wütend, konnte mich nicht mehr beherrschen, gab ihm spöttische Widerworte, lief schließlich aus dem Haus. Mein Vater rannte mir nach, beschimpfte mich aufs Gröbste, ich sollte ins Haus zurückkommen. Ich bin zum Teich gelaufen und hab ihm gedroht: Wenn du mich weiter bedrängst, spring ich rein! Da bekam er es mit der Angst zu tun und hat nachgegeben.« Mao Zedong lachte befriedigt, das Lachen des Siegers. Dann fügte er hinzu: »Die größte Angst von solchen alten Knackern wie meinem Vater ist der Verlust des Sohnes. Das ist ihr schwacher Punkt. Da bin ich ihm draufgetreten und hab ihn besiegt!«

Cheng Pinzhi wollte auf ihr Thema zurückkommen; sowie sie aber was von Großer Kulturrevolution sagte, unterbrach Mao Zedong sie hochzufrieden: »In meinem Leben hab ich zwei Dinge erreicht, einmal, dass ich Chiang Kai-shek auf ein paar Inseln im Meer gejagt hab, und dann, dass ich die Große Kulturrevolution in Gang gesetzt hab! Die Kulturrevolution, die muss bleiben. Wandzeitungen sind eine gute Sache, ich finde, die müssen bleiben. Von Konfuzius sind seine *Gespräche* geblieben. Und dann die *Fünf Klassiker*, die *Dreizehn Klassiker*, die *24 Annalen*, all diese klassische Schriften sind uns geblieben. Soll uns da nicht die Wandzeitung bleiben? Ich finde, die muss bleiben. Wird man denn zum Beispiel bei Säuberungen in den Fabriken künftig keine Wandzeitungen mehr brauchen? Ich finde, Wandzeitungen kann man gut gebrauchen, je mehr, desto besser, Wandzeitungen haben keinen Klassencharakter.«

Zu solchem Blödsinn fiel Cheng Pinzhi nichts mehr ein.

18 WIDERWÄRTIGE UNTATEN

Zu dem vom Blockkomitee organisierten Studium der *Worte des Vorsitzenden Mao* erschien täglich nach dem Abendessen eine Person aus jeder Familie im Block, unterzeichnete auf der Namensliste, und dann wurde bis Mitternacht studiert, in den Tiefen der Seele Revolution betrieben, Eigennutz bekämpft und der Revisionismus zurückgewiesen – nichts als Heuchelei, idiotisches Getue und Zeitverschwendung; man »machte« Revolution bei der Arbeit, nach der Arbeit auf der Straße, immer und überall war es der gleiche Zirkus, dass sich einem der Kopf drehte.

Die alte Frau Cheng war Angehörige eines Konterrevolutionärs, tagsüber hatte sie die Straßen zu fegen, fünf Gassen und einen öffentlichen Abort zu säubern. Sie hatte die Sache durchdacht: Was sie da tat, das waren gute Taten, eine ganz natürliche Sache; sie leistete saubere Arbeit. Tagsüber war sie ein halbfreier Mensch, abends beim Studium ergriff sie als Erste das Wort: »Unser Erhabener Führer, der Vorsitzende Mao lehrt uns …«, und nachdem sie aus den *Worten des Vorsitzenden* einen Spruch aufgesagt hatte, der gerade in Mode war, begann sie mit der Selbstverurteilung, setzte sich die drei großen Hüte des Feudalismus, Kapitalismus und Revisionismus auf, startete dann ein großes Geschwafel über weiß der Himmel was; sie wusste, niemand hörte wirklich zu; und sobald sie das Gefühl hatte, dass es nun so ungefähr genug war, schloss sie rechtzeitig mit: »Bin dankbar für die allseitige Verurteilung und die Hilfe, um mich zu revolutionieren!« Keiner der Anwesenden hatte nach einem Tag des Revolutionierens aber noch Lust, ihr bei ihrer Revolutionierung beizustehen, und so blieb das an der armen Mutter Liu hängen, der Chefin des Blockkomitees, denn es war ja ihr Amt, sie musste etwas sagen. Also verurteilte sie ganz ernst und aufrichtig irgendwas ganz Irrelevantes, ein, zwei Sätze enthielten auch irgendeine Tatsache, taten aber nicht weh. Nachdem Mutter Liu ausgeredet hatte, beeilte sich die alte Frau Cheng, ihre Zustimmung zum Ausdruck zu bringen: »Ich akzeptiere das ehrerbietig, werde mein Fehlverhalten gewiss ändern, bitte seht auf mein Handeln!« Hatte sie diesen Punkt ihres Tagesablaufs einmal hinter sich gebracht, konnte sie beruhigt die Augen schließen und bis zum Ende der Sitzung vor sich hin dösen.

Kurz vor Neujahr, am 22. Dezember 1968, erließ der Erhabene Vorsitzende die neueste Weisung: »Die Jugendlichen werden angewiesen, aufs Land zu gehen und sich der Umerziehung durch die armen und unteren Mittelbauern zu unterziehen. Das ist dringend notwendig.« Die *Volkszeitung* übermittelte als Befehl des Oberkommandos: »Die Kader und anderen Personen in den Städten müssen überredet werden, ihre Kinder, welche Unter- oder Oberstufe des Gymnasiums oder eine Hochschule abgeschlossen haben, aufs Land zu schicken. Mobilmachung ist notwendig. Die Genossen in den Dörfern allerorts müssen sie willkommen heißen.« Die damit ergangene allerhöchste Weisung wurde landesweit mit Pauken und Trommeln verkündet, das Theater dauerte die halbe Nacht.

Die alte Frau Cheng fegte die Straßen, ging zur Versammlung, lief bei der Demonstration mit, kam todmüde nach Hause und legte sich hin, konnte aber nicht schlafen, stand wieder auf und fragte die Tochter: »Sag, kann das wahr sein?«

Mao Zedong hatte ja schon vor Cheng Pinzhi gesagt, die Rotgardisten sollten aufs Dorf geschickt werden, aber sie hatte das nur für so dahergesagtes wildes Zeug gehalten. Nun war es zur Allerhöchsten Weisung geworden, die das Schicksal von Millionen bestimmte. Aus Mao Zedong hatte der Affe gesprochen, ganz wie er es in seiner Selbstkritik formuliert hatte; er ließ dem Affen die großen Fragen des Staates zum Spiel. Sie hätte am liebsten geglaubt, dass es dieses Mal bei den Reden bleiben würde, dass nicht wie bisher bei Allerhöchsten Weisungen auch jetzt wieder eine landesweite Kampagne dabei herauskommen musste. »Mutter«, sagte sie, »kann sein, dass Studenten aufs Land geschickt werden, aber Gymnasiasten sind doch noch Kinder, was sollen die auf den Dörfern?«

»Studenten sollten auch nicht aufs Land«, sagte die alte Frau, »hat der Staat denn einen Studenten alles in allem so siebzehn oder achtzehn Jahre lang aufgezogen, damit er Bauer wird? Andersrum, es sind doch nicht alle, die im ganzen Land studiert haben, auf die Landwirtschaftshochschule gegangen, wie sollen die gute Bauern werden?«

Mao Zedong fuhr nach Tianjin und wollte, dass Cheng Pinzhi ihn als halb offizielle Geheimsekretärin begleitete, um beim Besuch für ihn Protokoll zu führen. Sie sagte, ihre Mutter sei ziemlich krank, sie dürfe hoffentlich am gleichen Tag noch von Tianjin zurückfahren und am nächsten Morgen dann mit dem Nachtzug wieder nach Tianjin kommen. Mao verlor das Interesse, sagte, nachdem man ihm dort Bericht erstattet habe, gehe er gleich zurück, er bleibe nicht über Nacht.

Im Zug fing er Cheng gegenüber sehr zufrieden davon an, wie nun die intellektuellen Jugendlichen auf die Berge und in die Dörfer kämen; »da erschlagen wir zwei dicke Fliegen mit einer Klappe, finden Arbeit für die vielen Absolventen und machen Schluss mit den bewaffneten Kämpfen der Rotgardisten«.

Cheng Pinzhi wollte diesen dämlichen Doppelschlag nutzen, um ihn aufzuwecken. »Als ich in Moskau studiert habe …«

Das weckte Maos Interesse. »Oh, meine Lehrerin Pinzhi hat im Ausland studiert, da hat sie ein viel höheres kulturelles Niveau als ich! An welcher Hochschule hast du denn in Moskau studiert?«

»An der Tschaikowski-Musikhochschule, im Fach Komposition.«

»Sun Weishi hat auch in Moskau studiert.« Cheng Pinzhi erschrak. Warum assoziierte Mao Zedong sie jetzt mit Sun Weishi? »An der Theaterhochschule, Regie. Komposition und Regie. Ihr Genossinnen seid schon großartig!« Mao klang traurig, als ob er nicht von einer Sowjetspionin spräche, sondern von einem verlorenen Freund, tatsächlich war die Regisseurin, der Spionage für die UdSSR verdächtigt, im Oktober zu Tode gefoltert worden.

Cheng Pinzhi kam beharrlich auf ihr Thema zurück: »Außer Komposition und Musiktheorie musste ich damals auch Vorlesungen zur Geschichte der KPdSU, zur europäischen Geschichte und zur Politökonomie hören. Das gehörte zu den Vorlesungen über theoretische Grundlagen.«

»Das machen wir auch so, nur dass bei uns statt der Geschichte der sowjetischen die der chinesischen KP behandelt wird. Ich bin dafür, auch den Chinesischunterricht zu verstärken. Chinesisch muss man jedenfalls können, ob man nun schöne Künste studiert oder Fremdsprachen.«

Cheng Pinzhi wusste, jetzt kamen wieder tiefe Erkenntnisse; so verfolgte sie ihr Thema nicht weiter und neigte den Kopf ein wenig zur Seite, um ihr Interesse zu zeigen.

»Ein Ausländer fragt den Pekinger Oberbürgermeister nach einem bestimmten Problem der Stadt. Oberbürgermeister Peng antwortet mit der Redensart jenes alten Malers, der einen Bambus malen sollte, er habe den Bambus schon fertig im Herzen, also einen fertigen Plan dazu. Sein Dolmetscher dolmetscht, der Herr Oberbürgermeister habe ›ö sr tafuyin döbaili‹. Der Ausländer fragt entsetzt, was der Herr Oberbürgermeister da für eine böse Krankheit habe. Ist wirklich passiert, Peng Zhen war ganz perplex. Hätte er stattdessen an die Geschichte vom alten Kanzler Wang Anshi gedacht, der seiner jungen Frau ihre Untreue vorhält, worauf die an seine Großmut appelliert mit der Schmeichelei: ›Ein Schiff kann man staken im Herzen des Kanzlers‹, hätte er also mit diesem berühmten Spruch seine Souveränität in dieser Sache bekundet – was hätte das Sprachgenie von Dolmetscher erst daraus gemacht, und der arme Ausländer dann von der Gesundheit unsres Kanzlers Zhou Enlai angenommen?« Er lachte, und Cheng Pinzhi kapierte schließlich, dass »ö sr tafuyin döbaili« wohl »a staff in the belly« heißen sollte, lachte ebenfalls, auch über ihre Begriffsstutzigkeit, konnte gar nicht mehr aufhören zu lachen. Zugpersonal, das nichts Besseres zu tun hatte, servierte Tee, um zu sehen, was da vor sich ging; Cheng Pinzhi war es peinlich.

Mao Zedong war bester Laune, er kritisierte nun Chinesen, die kein Chinesisch mehr verstünden: »Da reden manche in einem Brief die eigene Mutter mit ›Sehr verehrte Mutter der Familie‹ an, als schrieben sie mindestens der Großmutter, oder sie titulieren ebenso gar eine fremde Mutter, ein Chaos ist das, da weiß man nicht mal mehr, wer wessen Mutter ist. Schon als Kind hab ich all die festen Begriffspaare gelernt – Himmel und Erde, Regen und Wind, Land und Luft, Bergblumen und Meeresbäume, also Korallen, rote Sonne und das blaue Firmament, fernes Donnergrollen und alles verhüllender Nebel, vor den eigenen Augen und vor der ganzen Welt. Heute sind sie meist blind für so was. ›Wir schwören, wir geben das Leben zum Schutz des Vorsitzenden Mao, schützen entschlossen die kommunistische Partei‹ – nur vierzehn Schriftzeichen und schon ein Haufen Fehler: Tonrhythmus stimmt nicht, Wortwiederholung, Gegensatzpaare passend wie Hundezähne in ein Pferdemaul – und, absolut unverzeihlich, Vorsitzender Mao in der ersten Zeile, über der Partei in der zweiten!, wo der Rhythmus doch genau das Gegenteil verlangt!«

»Wenn der Vorsitzende Mao in die zweite Zeile kommt«, fragte Cheng Pinzhi, »was soll dann in die erste?«

»Na, der Kommandant Pi.«

»Kommandant Pi Dingjun erschräke doch zu Tode.« Aus Angst um Pi bekam sie tatsächlich schweißnasse Hände.

»Er mag seinen ergebenen Diener nicht, aber sein ergebener Diener kann sich auf eine feenhafte Lustreise mit der Königinmutter des Westens begeben. Sag, wie sind wir eigentlich hier gelandet?«

Cheng Pinzhi ergriff die Gelegenheit, um die Rede wieder auf ihre Vorlesungen in Moskau zu bringen und mit den Worten der sowjetischen Professoren die Dorfverschickung zu kritisieren. »Unsere Lehrer sagten, Urbanisierung sei das Ergebnis der Industrialisierung und ein Merkmal des Fortschritts von Produktion und Gesellschaft.«

»Das ist so eine soziologische Absurdität, es widerspricht dem historischen Materialismus. In jeder Gesellschaft ist dem Volk sein Essen das Höchste. Wenn alle in die Städte rennen, was sollen sie dann essen? Merkwürdig, zu Stalins Zeit haben sie die Soziologie doch abgeschafft; wann warst du denn dort, dass sie immer noch solch überholten Unsinn predigen!«

Cheng Pinzhi hielt rein intuitiv Maos Absicht, die Landbevölkerung wachsen zu lassen, für einen Fehler. Über Soziologie wusste sie weiter nichts, erinnerte sich aber, dass die Freunde ihres Vaters in der Demokratischen Liga, Pan Guangdan und Fei Xiaotong, beide Soziologen gewesen und als Rechtsabweichler eingestuft worden waren. Was Mao weiter sagte, bestätigte ihre Erinnerung. »Nach der Befreiung haben wir die Soziologie abgeschafft, und die Tatsachen beweisen, dass wir daran recht getan haben. Soziologen! Berufsmäßige Rechtsabweichler sind das, kollektive Rechtsabweichler. Sie sind dagegen, dass es jetzt aufs Land geht, und ebendas zeigt, dass wir recht getan haben. Ich danke dir, dass du mir von dieser verdrehten Urbanisierungslehre der Sowjets berichtet hast. Das hat meine Sicht der Dinge noch befestigt.«

In Tianjin begegnete man Cheng Pinzhi mit außerordentlichem Zuvorkommen. Dieses Missverständnis machte sie sehr verlegen.

Zurück aus Tianjin, berichtete sie der Mutter über ihre Debatte mit Mao.

»Und wieso weiß der Herr Mao das alles nicht? Hat die Kinder aus der Stadt aufs Dorf gejagt; stellt in der Gesellschaft offenen Auges frech alles zurück auf null – das, sage ich dir, das ist Reaktion! War es etwa nicht der Herr Mao, der 1966 befohlen hat: Unterricht einstellen – Revolution machen! Der die Kinder auf die Straßen geschickt hat, alte Ideen, Kultur, Sitten und Gewohnheiten, all das ›Vierfach Abgelebte Alte‹, kaputtzumachen, zu ›prügeln, zu zerschlagen und zu plündern‹, landesweit ›große Verbindungen‹ aufzunehmen? Und das alles, das alles hat der Herr Mao aufgestellt und wieder abgestellt. So einen Tyrannen und Volksverderber gab und gibt es in China und anderswo wirklich nur einen.« Die alte Frau verachtete ihn, verachtete ihn als letzten Dreck.

Und sie machte sich Sorgen, dass ihr Enkel Wang Cheng, seit drei Jahren auf dem der Beida angeschlossenen Gymnasium, als Absolvent der Unterstufe ebenfalls auf die Landverschickungsliste kommen könnte. Sie kam nicht fort, sie musste ihre Straßen fegen; also ließ sie die Tochter beim Ballett einen Tag Urlaub nehmen und sich bei der Schwester erkundigen, wie die Dinge standen.

Und frühmorgens am nächsten Tag berief Mutter Liu beim Blockkomitee eine Versammlung ein und kam sogleich zur Sache. Sie gab weiter, was höhererseits konkret verlangt wurde: Die Landverschickung der Hochschulabsolventen wurde zusammengefasst von der Stadt organisiert. Die Revolutionskomitees der einzelnen Blöcke hatten sich um die Absolventen der Unter- und Oberstufen der Gymnasien zu kümmern. Zur Durchführung der zentralen Weisung hatte jedes einzelne Familienoberhaupt klar Stellung zu nehmen.

Aber wo sollten eigentlich Absolventen herkommen? Man hatte den Unterricht eingestellt, Revolution gemacht, die Schulen vollkommen ruiniert, mehr als zwei Jahre lang war niemand mehr zur Schule gegangen. Die Revolution war in ein neues Stadium eingetreten, ihre Hauptkraft in jenen Jahren, die Roten Garden, diese kleinen Feldherrn, waren zum Element der Zerstörung geworden, und um sie zu retten, schickte der Erhabene Führer sie nun aufs Land.

Keiner, der Kinder hatte, sagte etwas; niemand war dermaßen blöd, dass er sich beeilt hätte, nun das eigne Fleisch und Blut auf die Dörfer zu schicken. Mutter Liu sah die alte Frau Cheng an, in der Hoffnung, sie würde wie bisher immer als Erste das Wort ergreifen. Doch heute brachte die alte Frau Cheng keinen Ton heraus. Was immer sie sagen mochte, es wäre keine Hilfe gewesen, im Gegenteil. Das brachte sie nicht über sich; auch wenn sie sah, wie schwer Mutter Liu sich tat.

Da machte Frau Tian, die immer sehr bedacht war, keinen Anstoß zu erregen, und die ungern sprach, auf einmal den Mund auf: »Der Erhabene Führer lehrt uns: Die den Kern bildende Kraft, die unsere Sache führt, ist die Kommunistische Partei Chinas. Die theoretische Grundlage, von der sich unser Denken leiten lässt, ist der Marxismus-Leninismus.« Dies erste der *Worte des Vorsitzenden Mao Zedong* im kostbaren roten Büchlein hatte sie auswendig gelernt, es war ihre Wunderpille, die sie stets und immer einsetzte. Alle Augen richteten sich auf ihre vollen Lippen, man war gespannt, wie sie das Allheilmittel nun mit der Praxis verbinden würde.

Sie und ihr Mann arbeiteten beide im Tiantan-Krankenhaus, sie als Krankenschwester, der Mann war stellvertretender Direktor des Krankenhauses und saß jetzt im »Kuhstall«. Sie hatten drei Kinder. Der Älteste war schon verheiratet. Der zweite arbeitete in einer Fabrik. Nur das dritte, ein Mädchen, fiel unter die »intellektuellen Jugendlichen« des Erhabenen Führers.

Dem Wort des Vorsitzenden folgte, was ihr längst auswendig von der Zunge ging – wie sehr zur rechten Zeit die Weisung des Vorsitzenden, blabla, und wie außerordentlich wichtig, blabla, und zuletzt nahm Frau Tian klar Stellung: »Ich folge entschlossen dem Aufruf des Erhabenen Führers und unterstütze, dass unser drittes Kind aufs Dorf geht, sich in die Produktionsbrigade einreiht und sich dort niederlässt.«

Alles erstarrte. Frau Cheng aber begriff sofort: Hatte die Kleine nicht Kinderlähmung? Selbst wenn sie wirklich aufs Land gehen wollte, welches Dorf nähme solch ein behindertes Ding?

Mutter Liu begriff ebenfalls und stellte sich dumm, rief die Versammelten auf, von Frau Tian zu lernen und aktiv positiv Stellung zu nehmen, fügte aber an: »Natürlich können Regierung und Partei auch die konkreten Umstände des Kindes in Betracht ziehen, wenn sie ihre Entscheidung treffen.« Daraufhin kamen endlich all die aktiven positiven Stellungnahmen, viele große leere Worte, nur wenn sie dann auf ihre Kinder kamen, hatten die sämtlich dies oder jenes Problem, einen Ulkus der eine, eine Darmverschlingung das andere, dieses eine Störung von Nervenfunktionen, jenes einen schleichenden Mitralklappenprolaps oder eine Hornhautablösung.

Mutter Liu sagte: »Die böse Nachricht vorweg: Ob wer krank ist oder nicht, entscheidet nicht das Familienoberhaupt, dafür braucht es eine Bescheinigung vom Krankenhaus.« Das klang zwar streng, offensichtlich wollte sie aber den Eltern klarmachen, was sie nun als Nächstes unternehmen mussten.

Frau Lins Mann war unproletarischer schlechter Herkunft und gleich zu Beginn der Kulturrevolution von den Roten Garden aufs Land gejagt worden. Um die Zukunft des einzigen Kindes, der kleinen Lar, zu sichern, war Frau Lin mit ihr in der Stadt geblieben. Und jetzt sollte auch Klein Lar aufs Land! Vor Aufregung und Kummer bekam Frau Lin Hitzewallungen, ihr Zahnfleisch schwoll an, sie schlief die ganze Nacht nicht, stand früh auf, alle Zähne taten ihr weh. Sie suchte aus der Schublade zwei Pillen heraus, nahm sie und ging mit zusammengebissenen Zähnen zur Arbeit.

Sie verkaufte Tee in einem Warenhaus, stand hinter einer Theke, der Kopf schien ihr zu platzen, Funken barsten ihr vor den Augen, als sie einem Kunden Teeblätter abwog, konnte sie die Ziffern auf der kleinen Waage nicht mehr erkennen; aber sie hatte so viele Jahre Teeblätter abgewogen, da hatte sie das richtige Gewicht schon im Griff. Sie wickelte die Teeblätter ein, reichte sie dem Kunden, der hatte das Päckchen noch nicht genommen, da fiel es ihr aus der Hand, sie schwankte gegen die Theke und glitt zu Boden.

Als sie wieder zu sich kam, lag sie auf einem Bett, beide Seiten waren durch weiße Vorhänge abgetrennt, daneben war ein Kommen und Gehen. Ein weiß gekleideter Arzt trat zu ihr und fragte sie: »Ist Ihnen noch schwindlig?«

Sie schüttelte den Kopf. Sie hatte den Mann schon einmal gesehen, konnte sich aber nicht erinnern, wo.

Der Arzt maß ihren Blutdruck. Sie fühlte den Druck, als der Arm schwoll. Er sagte: »Der Blutdruck ist wieder gesunken. Hatten Sie mal Probleme mit hohem Blutdruck?«

»Der ist nie gemessen worden.«

»Ist Ihnen manchmal schwindlig?«

»Bin nie krank gewesen.«

»Hat jemand in Ihrer Familie hohen Blutdruck?«

»Mein Mann hat zu niedrigen Blutdruck.«

»Haben Ihre Eltern hohen Blutdruck?«

»Sie sind schon sehr alt, und ich habe nie gehört, dass sie jemals Probleme mit hohem Blutdruck gehabt hätten.«

»Sie sind an der Theke plötzlich ohnmächtig geworden und man hat sie ins Krankenhaus gebracht; da hatten Sie einen Blutdruck von 260/190. Dann haben Sie ein blutdrucksenkendes Mittel bekommen, und der Blutdruck ist gesunken.«

Jetzt fiel es ihr wieder ein: Der Arzt war der Kunde, dem sie gerade Tee verkauft hatte! Sie beeilte sich, ihm zu danken, und entschuldigte sich.

»Keine Ursache. Von Ihrem Warenhaus war es glücklicherweise zum Longfusi-Krankenhaus nicht weit. Als Sie hergebracht wurden, war Ihr Zustand schon kritisch.«

Sie bedankte sich nochmals sehr, sagte, was ein Glück sie gehabt habe, an so einen guten Menschen geraten zu sein!

Der Arzt hörte ihr gar nicht mehr richtig zu; unvermittelt fragte er: »Haben Sie heute irgendein Medikament genommen?«

»Zwei Ephedrin, ich hatte Zahnschmerzen.«

»Um Himmels willen, wie kann man denn einfach so ohne Sinn und Verstand Ephedrin nehmen!«

»Hilft das denn nicht gegen Zahnfleischschwellung?«

»Da hilft Berberin! Mit Ephedrin werden asthmatische Allergien behandelt. Es wirkt direkt auf die Blutgefäße und das zentrale Nervensystem. Sie dürfen niemals wieder so einfach drauflos Medikamente nehmen.« Er stellte ihr eine Rechnung aus und gab sie ihr. »Ist keine große Sache, gehen Sie zu unsrer Apotheke und zahlen die Behandlung und das Arzneimittel!«

Auf der Rechnung standen 15 Fen für die Behandlung und 5 Fen für das blutdrucksenkende Mittel. Während sie ihm nochmals dankte, fischte sie eine Yuan-Münze aus der Tasche und drückte sie ihm in die Hand. »Für Ihre Beratung bin ich Ihnen so dankbar!«, sagte sie.

Wieder zu Hause kochte sie einen Topf Bohnenbrei und tat in die Schale für Klein Lar zwei Pillen Ephedrin. Klein Lar aß den Brei, ihr Gesicht schwoll an und wurde dunkelrot. Frau Lin gab ihr ein paar kurze Anweisungen, stieg auf ein Lastenfahrrad und brachte damit das Kind zur Xiehe-Klinik auf die Innere. Dort maßen sie einen Blutdruck von 250/140 und 38 Grad Körpertemperatur. Der Arzt wollte das Mädchen dabehalten; Frau Lin sagte: »Ihr Papa ist aufs Dorf geschickt worden, ich kann die Krankenhauskosten nicht zahlen; verschreiben Sie ihr ein blutdruck- und fiebersenkendes Mittel, wenn sie es aufgebraucht hat, bring ich sie nochmal.« So trieb sie es dreimal, und der Arzt bescheinigte Klein Lar: angeborener Bluthochdruck, muss regelmäßig zur Untersuchung des Krankheitsverlaufs, um unerwartete Krisen zu vermeiden!

Auch alle anderen brachten Atteste, und Mutter Liu gab sie alle an die Straßenbehörde weiter, warnte aber: »Höheren Orts können sie das überprüfen. Wer wirklich krank ist, kann bleiben; wo Krankheit vorgetäuscht wird, kann ich nichts tun.«

Nur Tante Zhang beteiligte sich nicht an diesem Spiel, gab aber auch keine »Stellungnahme« ab. Sie hatte insgesamt acht Kinder. Das älteste war der einzige Sohn, er hatte sieben Schwestern, »sieben Feen«, wie die Leute sagten. Die älteste Fee war siebzehn, die jüngste konnte grad mal krabbeln. Der Wehrpflicht war nicht zu entkommen, der Älteste wurde eingezogen und in den Militärbezirk Guangxi an die Front gegenüber Vietnam geschickt. Vor zwei Wochen war ein Brief von ihm gekommen, sogar sein Testament hatte er beigefügt, er schwor, »die Große Proletarische Kulturrevolution und die revolutionäre Linie unter dem Vorsitzenden Mao zu schützen, sein Leben zu geben für den Ehrentitel eines Märtyrers!« Tante Zhang wurde unmäßig wütend, als sie das las; was schätzte der Bengel sein Leben so gering, was sollte er überhaupt in Vietnam?

Sie nahm das Testament und zeigte es Mutter Liu: »Heute sind wir Militärangehörige, morgen, wenn der dumme Bengel nicht genug aufpasst, Märtyrerangehörige. Ob nun Militär- oder Märtyrerfamilie, etwas Rücksicht sollten wir doch wohl erwarten können?«

Mutter Liu ging mit diesem Problem eigens zum Straßen-Revolutionskomitee. Als sie von dort zurückkam, gab sie weiter: »Dies ist die Weisung des Erhabenen Führers: Alle Absolventen der Unter- und Oberstufe gehen aufs Land, irgendwelche Angehörige haben mit dem Erhabenen Führer nicht um irgendwas zu feilschen. Das hat Sun gesagt, der Vorsitzende des Revolutionskomitees. Ich seh da auch keinen Ausweg. Familie Zhang, bedenken Sie sich doch!«

»In unserer Familie gibt's keine Oberstufenschüler«, sagte Tante Zhang, »und Absolventen der Unterstufe auch nicht. Der Älteste war zwei Jahre auf der Oberschule, die zweite ein Jahr, die dritte kam gerade drauf, da wurde der Unterricht eingestellt.«

»Also wirklich, Tante Zhang, das ist doch Haarspalterei! Wer in diesen Jahren in der Oberschule auch nur durchs Tor gekommen ist, der gilt als Absolvent. Dem Alter nach sind Ihre drei alle intellektuelle Jugendliche. Nun geben sie mal Ihre Stellungnahme ab.«

Tante Zhang hielt sich die Hand auf die Backe und schwieg.

Also kamen sie Tag für Tag, um Tante Zhang zu helfen. Von der Straßenbehörde kamen welche, vom Stadtbezirk kamen welche, zuletzt kamen sogar welche vom Militär. Tante Zhang hielt sich die Hand auf die Backe, und gleich, wer eine Stellungnahme von ihr wollte, sie hatte immer nur ein Wort: »Zahnschmerzen!«

Die alte Frau Cheng ging jeden Tag zum Blockkomitee, um diesen Hilfsbemühungen zuzusehen. Sie bewunderte Tante Zhangs Sturheit grenzenlos! Die Frau war das Bild einer alten Henne, die über ihre Küken wacht, unter Einsatz ihres Lebens ihre Kinder schützt. Sonst völlig unauffällig, war sie mit einem Mal der unverrückbare Fels im grauen Strom geworden.

Ehe Cheng Pinzhi es geschafft hatte, zur Schwester an die Beida zu fahren, kam die Schwester mit ihren beiden Kindern selbst zu Besuch. Sie hatte mit Wang Bodan seit Tagen kein Wort mehr gesprochen. Wang hatte als Erster in der Fakultät seine Stellungnahme abgegeben, er unterstütze, dem Aufruf des Erhabenen Führers folgend, dass sein Ältester, Wang Cheng, aufs Dorf gehen solle, um von den armen und unteren Mittelbauern umerzogen zu werden; dazu schrieb er auch noch einen Haufen Gedichte zur Landverschickung, die er auf Wandzeitungen kopierte. Cheng Pinlan nutzte eine gynäkologische Untersuchung als Vorwand, um einen Tag Urlaub zu nehmen und ihre ganze Wut bei Mutter und Schwester abzuladen.

Cheng Pinzhi riet ihr, sich mit der Heimkehr nicht zu beeilen. Sie finde schon einen Weg.

Diesmal nutzte sie ihren Draht zum Himmel. Ihre Schwester habe Probleme mit der Gebärmutter, sagte sie, sei in mehreren Kliniken gewesen, das habe alles nichts gebracht, sie leide unter großen Schmerzen.

»Lin Qiaozhi ist eine gute Ärztin«, sagte Mao Zedong. »Ich würde deiner Schwester raten, Doktor Lin zu konsultieren.«

»Vorsitzender, bei Doktor Lin bekommt man nur sehr schwer einen Termin. Ich hab gehört, sie wird von den Frauen der ausländischen Gesandten, Attachés und Militärbeobachter geradezu belagert.«

Mao lachte. »Unsere Frau Doktor Lin ist unter die Diplomaten gefallen! Wie heißt deine Schwester? Ich lasse meinen Sekretär anrufen und einen Termin für sie vereinbaren.«

»Wunderbar! Vorsitzender, herzlichen Dank! Ich werde meine Schwester begleiten.«

»Schön, und wenn du Doktor Lin siehst, grüß sie von mir.«

Das Büro des Vorsitzenden vereinbarte mit dem Krankenhaus sofort einen Untersuchungstermin in zwei Tagen. Cheng Pinzhi nutzte eine Abwesenheit der Mutter, um das der Schwester zu sagen. Sie schärfte ihr ein, um Himmels willen nicht die Mutter wissen zu lassen, dass ihr das Zhongnanhai zu diesem Termin verholfen hatte.

Cheng Pinlan war tatsächlich krank. Doktor Lin untersuchte sie sorgfältig und stellte eine walnussgroße Geschwulst in der Gebärmutter fest. Mit Laboruntersuchung ließ sich schwer beurteilen, ob sie gutartig war. Die Ärzte empfahlen die Entfernung der Gebärmutter. Cheng Pinlan hatte bereits zwei Kinder, sie stimmte sofort zu. Das Krankenhaus verlangte auch die Unterschrift eines Familienangehörigen, sie ließ die Schwester unterschreiben.

»Willst du nicht Wang Bodan fragen?«

»Den frag ich nicht.«

»Ich muss das auch mit der Mutter besprechen. Eine Operation ist immer ein Risiko, eine so große Verantwortung will ich nicht allein tragen.«

Cheng Pinzhi ging heim und sprach mit der Mutter; die alte Frau stimmte sofort zu und sagte noch: »Ich bin direkt blutsverwandt, das unterschreibe ich!«

»Mutter, bist du dir der Verantwortung denn bewusst? Das ist doch nicht ungefährlich.«

»Ach was, ohne Operation ist die Gefahr viel größer. Ich vertraue Doktor Lin.«

»Und wenn, unberufen, die Sache doch schiefgeht, was sagst du zu Wang Bodan, wenn er von dir seine Frau zurückwill?«

»Deine Schwester heißt Cheng, sie gehört zu unserer Familie, da hat er gar nichts zu wollen.«

Am Tag der Operation kam sie mit zu Doktor Lin, die sie von früher kannte.

»Wenn ich mir die Gesichter der beiden jungen Damen anseh«, sagte Doktor Lin, »sind das ja Ihre zwei Töchter.«

»Euch zwei«, sagte die alte Frau Cheng zu ihren Töchtern, »hat beide Doktor Lin auf die Welt gebracht.«

Den Schwestern ging ein Licht auf; sie ärgerten sich nur, dass die Mutter ihnen das nicht früher gesagt hatte. »Doktor Lin hat einen so großen Ruf«, sagte die alte Frau, »ich mochte euch das nicht ausnutzen lassen.«

Da lachte Doktor Lin. »In diesen Zeiten wagt keiner, sich auf eine gewisse Lin Qiaozhi zu berufen.«

Die alte Dame erschrak. »Doktor Lin, hat man etwa auch Sie angegriffen?«

»Ja wie denn nicht? Als reaktionäre wissenschaftliche Autorität bin ich oft genug bekämpft worden! Ausländische Freunde von den Gesandtschaften haben sich für mich eingesetzt, und darauf hat man mich dann erst mal dabehalten. Jetzt steh ich unter Überwachung, damit bin ich zufrieden. Dass ich Kranke behandeln kann, ist mir wichtiger als alles andere.«

Doktor Lin kümmerte sich nur um die Operation, für alles Übrige waren das Krankenhaus und das Revolutionskomitee des Büros für die stationären Patienten verantwortlich. Nach der Operation wurde ihr Urlaubsschein vom Revolutionskomitee des Krankenhauses abgestempelt und dem Revolutionskomitee der Beida übersandt.

Wang Bodan kam nur einmal zu Besuch. Er brachte eine mit Tusche gepinselte Kopie von Maos Brief an Wang Guanlan, einen alten Kampfgefährten, der sich 1941 im Krankenhaus quälte und dem Mao zu Geduld riet, und klebte sie über dem Krankenbett an die Wand. Als er ging, bestand er darauf, Wang Cheng mitzunehmen.

»Du kümmerst dich nicht um mich«, sagte Cheng Pinlan, »willst du, dass auch der Junge nicht nach mir sieht?« Sie ließ das Kind nicht gehen.

»Hast du nicht die Oma und Pinzhi? Das Kind geht die ganze Zeit nicht zur Schule, das wirkt sich gar nicht gut aus!«

Cheng Pinlan erregte sich: »Schule gibt es doch längst nicht mehr, was soll sich da wie auswirken? Unterricht ist nicht, was soll er zu Hause? Mit denen da prügeln, zerschlagen, plündern?«

»Sag so was nicht, andere Kinder sind alle im Blockkomitee des Schulwohnheims und studieren die Weisungen, um sich auf die Landverschickung vorzubereiten. Unsere Familie kann da keine Sonderrolle spielen.«

»Unsere Familie spielt eine Sonderrolle; wenn ich aus dem Krankenhaus komme, muss jemand bei mir sein, der nach mir sieht. Wang Cheng geht zunächst nicht aufs Land; wenn ich wieder gesund bin, kann er immer noch gehen.«

Wang Bodan kniff argwöhnisch die Augen zusammen. »Bist du wirklich so krank? Dass du noch jemanden brauchst, der sich um dich kümmert, wenn du aus dem Krankenhaus kommst?«

Cheng Pinzhi hielt's nicht mehr aus, sie griff ein: »Red doch keinen Quatsch! Wer wird denn operiert, wenn es nicht ernst ist? Und nach der Operation kann es auch noch zu plötzlichen Krisen kommen. Meine schwerkranke Schwester musste ohne Begleitung von der Universität mit dem Bus in die Stadt zum Krankenhaus fahren. Du kümmerst dich nicht, fragst nicht mal nach, nicht mal zur Operation bist du aufgetaucht, an deiner statt hat meine Mutter unterschrieben. Du kümmerst dich nicht um meine Schwester und lässt auch nicht zu, dass das Kind sich kümmert?«

Wang Bodan wusste, wann er verloren hatte. Er gab keine Widerrede und ging.

Der Mann war weg, aber seine Kalligrafie hing an der Wand. Cheng Pinlan war sie zuwider. Worte des Erhabenen Führers durfte man nicht abreißen, aber wenn sie da nur las: »Es kommt, wie's kommt«, dann kam ihr die Wut, und sie murmelte vor sich hin: »Kümmert der sich so um eine Kranke? Der wünscht mir wohl, dass ich hier nicht mehr rauskomme.«

Cheng Pinzhi redete ihr zu: »Schwester, du solltest dich wirklich nicht so aufregen. Wenn man grad operiert ist, hindert Zorn, dass die Wunde sich rasch schließt. Nimm einfach an, dass er nicht kommt, und bei dem Ding an der Wand, da nimm einfach an, dass du es nicht siehst, und damit ist's gut.«

»Ich nehm einfach an, dass es den Kerl nicht gibt, ich nehm einfach an, dass seine Mutter ihn nicht durchgebracht hat.«

»So ist es recht, wir nehmen ihn einfach nicht wahr, lohnt nicht, dass man sich über ihn ärgert, damit nimmt man ihn zu wichtig.«

Während Cheng Pinlan im Krankenhaus lag, kamen die Mutter und Cheng Pinzhi jeden Tag mit den Kindern zu Besuch. Ärzten, Pflegern und Schwestern war klar: Eine von Doktor Lin persönlich operierte Chinesin musste etwas Besonderes sein. Also behandelten sie die Familie mit Vorsicht und großem Zuvorkommen. Cheng Pinzhi nutzte die Gelegenheit, um mit einem Hinweis bei der Abteilung für stationäre Kranke die Ausstellung eines Attests zu erwirken, mit dem Wang Cheng in der Stadt bleiben konnte. Die Ärzte der Abteilung fanden das sonderbar: Auch eine solche Familie hatte derartige Probleme? Aber sonderbar oder nicht, das Attest wurde ausgestellt, und damit blieb Cheng Pinlan der Sohn erhalten. Die diensthabende Schwester hörte davon und missbilligte es sehr. Ihre zwei jüngeren Brüder waren beide aufs Dorf geschickt worden. Die armen und unteren Mittelbauern sollten also nur die Kinder gewöhnlicher Leute umerziehen. Wer einen Draht zum Himmel hatte, dem blieben die Kinder in der Stadt.

Aus dem Krankenhaus entlassen, blieb die Rekonvaleszentin bei der Mutter. Wenn die alte Frau nicht dabei war, konnten sich die Schwestern ihr Herz ausschütten. Cheng Pinlan war zutiefst gerührt, dass sie mit Maos Hilfe hintenrum den Termin bei Doktor Lin bekommen hatte, und trug der Schwester immer wieder auf, dem Vorsitzenden ihren Dank auszurichten; doch je mehr die Jüngere erzählte, umso mehr beunruhigte sich die Ältere. In Gesellschaft des Tigers Abstand wahren, riet sie der Schwester. Sie verstand die Jüngere gut, dachte sie, während sie ihr zuhörte; aber sie wusste auch nicht, wie sie es am besten anfangen sollte. Im Grunde war ihr unbegreiflich, dass all das ausgerechnet mit ihrer kleinen Schwester geschah.

Ein halbes Jahr lang wurden die Versammlungen für die Stellungnahmen abgehalten. Höheren Orts war man dabei sehr energisch. Dröhnen von Trommeln und Pauken begleitete die Abfahrten in die Landverschickung. Aus dem Houhai-Straßenbezirk brachten vier Lastwagen intellektuelle Jugendliche zum Pekinger Hauptbahnhof; gut zwanzig vollgestopfte Züge fuhren mit den Rotgardisten jener Jahre in die Innere Mongolei. Das Blockkomitee Yinding-Brücke hatte neun Atteste für den Verbleib in der Stadt bekommen, geblieben waren nur Frau Tians drittes Kind, die kleine Lar von Frau Lin und Tante Zhangs Feen. Frau Tians Dritte war offensichtlich behindert, Klein Lar hatte angeborenen Hochdruck und musste regelmäßig zur Kontrolle ins Krankenhaus; Tante Zhang hatte keine Stellung genommen, und das Revolutionskomitee konnte Militärangehörige nicht zwingen, aufs Dorf zu gehen. Die Familienoberhäupter, die Stellungnahmen abgegeben hatten, bereuten das alle, sie erkannten an: Tante Zhang hatte sie geschlagen.

Unter dem Spitznamen »Zahnschmerzen!« war sie nun im ganzen Straßenbezirk als das große Hemmnis dieser Kampagne bekannt. Ihre Töchter hatte sie vor der Verschickung bewahrt, nun sorgte sie sich um den Sohn, den einzigen männlichen Sprössling der Familie. Stieße – unberufen! – ihm etwas zu, dann würde auf den Ahnengräbern niemand mehr Weihrauch entzünden. Sie verstand nicht, was die Oberen wollten, warum sie das Volk gezielt in seinen Gefühlen derart verletzten. Sie hielt sich immer noch die Hand auf die Backe, sagte aber nichts mehr von Zahnschmerzen, brachte auch, wenn sie an der Reihe war, schon ein paar Sätze zustande, lauter wirres Zeug ohne Sinn und Verstand.

Als sich der Staub gelegt hatte, ging Cheng Pinlan mit dem Jungen zurück zur Beida. Dort lief es schlecht für Wang Bodan. Die Leute sahen ihn schief an, schimpften über ihn, Opportunist ist er, sagten sie, redet honigsüß, sticht hinterrücks zu und stößt dich in den Abgrund … So zog er draußen nun den Kopf ein, zu Hause aber schrie er die Frau an und schlug die Kinder. Cheng Pinlan hielt es nicht mehr aus, sie platzte: »Meine Krankheit ist behandelt worden, weil der Erhabene Führer bei Doktor Lin ein Wort für mich eingelegt hat. Wenn du so großartig bist, dass dir das nicht passt, dann lauf doch zum Zhongnanhai und schrei da rum, spiel nicht immer nur in deinem Loch den Irren! Du bist immer abscheulicher, trittst als das sanfte Reh auf mit deinen Rattenaugen, deinen finsteren Plänen, schlägst auf den Sack und meinst den Esel, gehst auf den Erhabenen Führer los! Willst dich dem Oberbefehlshaber widersetzen, ich sag dir, Wang Bodan, das geht nicht gut!«

Da war sie zum ersten Mal politisch geworden und hatte Wang Bodan damit zum Schweigen gebracht. Der kam sich ganz blöd vor, wagte nicht, genauer nachzufragen, wie sie zu der Empfehlung bei Doktor Lin gekommen war, glaubte erst mal lieber, dass es sich tatsächlich so verhielt und nicht anders und sah von da an die Frau und die junge Schwägerin mit anderen Augen an.

19 GLÜCK, ACH! UNHEIL, ACH!

Die alte Frau Cheng hörte Tante Zhang gern zu. Außer wenn sie selbst etwas sagen musste, öffnete sie die Augen nur, wenn Tante Zhang sprach, und hielt sie sonst immer fest geschlossen.

Die alte Frau schloss die Augen nicht, um sich auszuruhen. Hinter den geschlossenen Lidern tanzten ihre Gedanken einen Teufelsreigen. Heute war des sechsten Mondmonats sechster Tag, an dem sie seit eh und je, Jahr für Jahr, Kisten und Kasten umkippte, um alle Woll- und Seidenkleidung hervorzuholen und in der Sonne zu lüften. Dabei hatte sie heute aus der Tasche von Cheng Pinzhis schwerem Wollmantel ein Foto des Erhabenen Vorsitzenden in Baderobe hervorgeholt und einen kurzen Blick auf ein paar Schriftzeichen auf der Rückseite geworfen. Sie war zu Tode erschrocken, hatte das zunächst für so etwas wie eine Verwünschung gehalten; dann hatte sie genauer hingesehen und drei Zeichen unterscheiden können, angeordnet als auf den Kopf gestelltes Dreieck mit einem langen Schwanz: Rechts oben stand »Run« (润, befeuchten), links oben »Pin« (品, kosten, schmecken), beide Zeichen schmiegten sich schief nach links geneigt aneinander, darunter stand ein »Zhi« (芝, ein seltener duftender Pilz) und spreizte sich hässlich, wie ein Besen sah es aus.

Die alte Frau kam sich von diesem schiefen Besen wie blöde gefegt vor, sie hatte kaum ihren Augen zu glauben gewagt: RunZhi – der Herr Mao also – und PinZhi, ihre Tochter, hatten das eine gemeinsame Zeichen Zhi verwandt und saßen, der Mann rechts, die Frau links, gegen alle Ordnung da nebeneinander auf diesem Besen! Und das hatte Pinzhi schon mindestens ein halbes Jahr in der Tasche, hatte hinter dem Rücken der Mutter solche Ungeheuerlichkeit getrieben, und die wusste von nichts!

Frau Cheng, in ihren düsteren Gedanken verloren, starrte Mutter Liu, die ihr gegenübersaß, auf die Brust, starrte und starrte; Mutter Liu wurde es unheimlich, sie sah an sich herab – stimmte was nicht, hatte sie etwas falsch gemacht? In diesen Zeiten konnte ein Fliegenschiss genutzt werden, um einen so in die Schusslinie zu bringen, dass man mindestens »bekämpft« wurde oder aber ins Loch kam, womöglich gar ums Leben. Doch Mutter Liu fand keinen Fehler, ihre blaue Uniform war sauber, vor lauter Waschen ganz ausgebleicht, die Mao-Brosche auf der Brust saß exakt richtig; schließlich fragte sie: »Frau Cheng, ist was?« Frau Cheng schrak auf. »Ihre Brosche sieht wirklich schön aus«, sagte sie verlegen, entdeckte dabei aber ein neues Problem: »Dem Volke dienen!«, Maos Kalligrafie auf dieser Brosche, stand meilenweit über seinem Gekrakel auf der Rückseite des Fotos, als hätte das jemand anderes geschrieben. Doch wer sonst hätte gewagt, solches Zeug auf das Foto zu setzen? Man konnte wohl nur sagen, dass dieser Mao, wenn er sich ordentlich benahm, auch ordentlich schrieb, und nicht ordentlich schrieb, wenn er sich nicht so verhielt … Nein. Zu verschieden waren die Schriften, schienen wirklich nicht von ein und derselben Hand zu stammen. Hatte er das vielleicht mit der linken Hand geschrieben? Schamloser alter Strolch!

Ihr kochte der Kopf, Schmerz pochte in ihrer Schläfe. Sie durfte sich in ihrem Alter nicht derart aufregen! Das brachte gar nichts. Angesichts einer solchen Katastrophe musste sie Ruhe bewahren und auf Wege zur Abhilfe sinnen. Dass die Tochter der Familie Cheng Schande machte, war weniger schlimm. Das Mädchen war zu waghalsig, Seiltänzerin hoch in den Lüften! Welch erhabene Gunst genoss doch einst Yang Guifei, des Kaisers Lieblingsgefährtin – und starb erdrosselt am Hang von Mawei; was hatte damit der Sohn des Himmels zu schaffen? Die Angst der alten Frau wuchs und wuchs bei solchen Gedanken, lähmte sie bald wie die Furcht vor einem Atombombenabwurf.

Mutter Liu sah es ihr an. »Frau Cheng«, sagte sie, »es geht Ihnen nicht gut, gehen Sie doch ruhig nach Hause, es geht ja um nichts, was Sie betrifft.«

Als sie vor die Tür des Blockkomitees trat, drehten Himmel und Erde sich ihr vor den Augen, es wurde ihr sterbensübel, ihr Herz schien alle Eingeweide nach oben zu drängen. Sie rannte die paar Schritte zum öffentlichen Abort, wie ein Dammbruch brach es aus ihr hervor und platschte in die Grube. Als sie alles hervorgebrochen hatte, fühlte sie sich wie ein Grashalm im Wind, ohne jeden Halt, zwang sich aber noch, den Abort wieder zu säubern. Glücklicherweise war es ja ihr Arbeitsplatz, sie wusste, wo Besen und Kehrschaufel waren. Am Rand der Grube wurde ihr wieder übel, sie erbrach sich nochmals, bis nur noch gelbe Galle kam, ein bitterer, scharfer Geschmack im Mund.

Auf dem Heimweg wurde ihr immer wieder schwindlig, und sie musste sich an Mauern abstützen und pausieren.

Daheim war die kleine Shanshan bereits eingeschlafen. Cheng Pinzhi war noch nicht zurück. Der alten Frau schien, sie hatte jeglichen Halt verloren, sie sank auf das Bett wie in einen Sarg. Und wenn ich jetzt ginge, dachte sie. Jetzt zu gehen wäre doch eigentlich gut. In ihrer Hilflosigkeit wurde ihr wieder schwindlig, wieder drehte sich ihr der Magen um, sie kämpfte sich vom Bett herunter und kam gerade bis zur Tür, da ertrug sie es nicht mehr und sank aufgelöst schluchzend zu Boden.

Der umgebaute Eingang, in dem sie hausten, war in zwei Hälften geteilt, Shanshan schlief im Innenraum; jetzt wachte sie auf, sprang aus dem Bett, rannte zu ihr und hämmerte ihr auf den Rücken.

»Oma, was ist?«, rief sie mit ihrem zarten Stimmchen.

»Nichts, leg dich wieder schlafen.«

»Wo ist meine Mama? Warum ist sie noch nicht zu Hause?«

»Deine Mama hat eine Versammlung. Geh schlafen!«

Da holte die Kleine sich einen Schemel, um sich draufstellen und Wasser aus der Tonne schöpfen zu können, damit sich ihre Oma den

Mund spülen konnte. Die alte Frau erschrak und zog die Kleine eilends am Arm zu sich. Der alte Doppelhof mit Wasser- und Abwasserleitung war ja zu einem großen Hof für einen Haufen Leute geworden, und wer Trinkwasser brauchte, musste es sich von der Straße holen und zu Hause in einer Wassertonne speichern. Sie nahm das Kind fest in den Arm, das Herz klopfte ihr wie wild, wieder überkam sie die Angst. Zu dritt durchzukommen, Großmutter, Mutter und Kind, war schon schwer genug, nur sie und die Kleine, das wäre noch viel schwerer. »Himmelsherrscher«, flehte sie stumm, unaufhörlich, »schütz die beiden, Mutter und Kind, bewahr ihnen Ruhe und Frieden!«

Cheng Pinzhi kam die ganze Nacht nicht nach Hause, und die alte Frau tat die ganze Nacht kein Auge zu. Neben ihr atmete das Kind ruhig ein und aus, und das trug sie selbst in die Zeit zurück, als ihre Tochter noch klein gewesen war, jene Jahre ohne Kummer und Sorgen. Doch diese drei schief und krumm herumhopsenden dreckigen Schriftzeichen holten sie aus jenen fernen Zeiten wieder zurück, sie musste sich der schrecklichen Wirklichkeit stellen, einen Ausweg finden für die Tochter und ihre fast zerstörten Familien. Sie überlegte hin und her, wie sie ihr dummes Kind dazu bringen sollte, innezuhalten und zu bedenken, was sie tat, wie sie ihr das sagen sollte, spielte sich das mehrfach im Kopf vor, überdachte alle Einzelheiten, wie sie die Gefühle der Tochter bewegen, sie mit Vernunft überzeugen könnte.

Die tiefschwarze Nacht vor dem Fenster wich allmählich dem Morgengrauen, in der Gasse gab es Bewegung, das dort selten zu hörende Geräusch eines Autos. Die alte Frau wollte rasch aufstehen, hatte die Füße aber noch nicht auf dem Boden, da wurde ihr schon wieder schwindlig. Fenster, Tür, Zimmerdecke drehten sich ihr vor den Augen. Sie fürchtete zu stürzen und legte sich doch wieder hin. Das Hoftor öffnete sich, schloss sich; die Zimmertür öffnete sich und schloss sich dann lautlos wieder. Wie eine Katze kam ihre Tochter, wie ein Windhauch. Die alte Frau hörte keine Bewegung im Außenraum, roch nur den vertrauten Duft. Den Duft einer reinlichen Frau, in den sich heute ein unreiner Geruch mischte. Die gut vorbereiteten Reden verflogen, die alte Frau dachte nur noch daran, die Tochter kräftig durchzuprügeln, beherrschte sich aber. Lass sie schlafen, sie muss ja bald wieder ins Ballett zur Arbeit.

Im Außenraum knarrte das Bett, nach einer Weile knarrte es nochmals.

Die alte Frau hielt es nicht mehr aus. Draußen bewegte sich nichts mehr. Sie ging hinaus und setzte sich auf den Bettrand.

»Was kommst du Nacht für Nacht nicht nach Hause? Wenn du schon nicht an dich selbst denkst, solltest du doch an mich denken und an Shanshan.«

»Mutter«, sagte leise die Tochter, »ich komm nicht aus Spaß nicht zurück.«

»Ich weiß ja nicht, was du da treibst!«

»Dann sag ich's dir: Ich erstatte dem Vorsitzenden Bericht über die Arbeit.« Cheng Pinzhi erschrak vor der eigenen Unverfrorenheit. Aber sie konnte die Mutter nicht die Schande ertragen lassen, die eine Mutter nicht ertragen konnte.

»Bericht erstatten um Mitternacht? Er ist ein Mann, du bist eine Frau!«

»Der Vorsitzende hat die Angewohnheit, nachts zu arbeiten, überdies erstatten da noch andere Bericht; ich führe durchweg Protokoll. Du solltest nicht ...« Sie sagte die Wahrheit, aber ihre Stimme zitterte, brach ab.

Die alte Frau gab ihr eine Ohrfeige. Das Klatschen zerriss den letzten Schleier der Scham dieser dunklen Nacht.

Die Tochter sagte nichts. Sie hatte ihre Kleidung nicht abgelegt; jetzt stand sie auf und wollte hinausgehen.

Die alte Frau hielt die Tochter am Arm zurück und kniete vor ihr nieder.

Cheng Pinzhi wusste nicht, was tun; sie zog den Arm zurück, hockte sich hin, stützte die Mutter und fühlte, wie ihr der Handrücken ganz nass wurde. »Mutter, es ist doch nichts, mach dir nicht so viel Gedanken!«

»Ach, Pinzhi, deine Schwiegermutter Han, dein Mann Han Yuan, dein Söhnchen Han Chi, alle totgeschlagen von denen. Dein Vater noch immer im Gefängnis. Verfolgt bis in den Tod und keine Klage möglich gegen das Unrecht; will man leben, bleibt es dabei. Meine letzten Jahre leb ich wie eine Kerze im Wind, und Shanshan ist noch klein; die Familie Han, die Familie Cheng, für beide bist du die einzige Stütze, da kannst du dich doch nicht mit den Schurken verbinden, bei deren Untaten helfen!«

»Mutter, das weiß ich, und um dieser beiden Familien willen lass ich mich auf dies unwürdige Leben ein. Wäre es nicht wegen dieser beiden Familien, längst wäre ich bei Han Yuan!«

Cheng Pinzhi konnte nicht über sich verfügen und tagsüber ausruhen; drei Uhr nachmittags würde die Hongqi-Limousine sie holen. Doch sie würde darauf bestehen, abends vor acht wieder zu Hause zu sein, um für die Mutter zur Versammlung des Blockkomitees zu gehen.

Nachmittags holte die Hongqi sie wieder im Ballett ab.

In Mao Zedongs Schlafzimmer standen zwei neue Bücherregale. »Der Vorsitzende hat auf einmal so viele Bücher gekauft?«, fragte Cheng Pinzhi erstaunt.

»Ich habe eine Liste gemacht, und aus bei Haussuchungen beschlagnahmten Büchern haben sie mir die zwei Regale herausgesucht.«

Jetzt sah Cheng Pinzhi, dass auf den Regalen lauter auf alte Art als Hefte gebundene Schriften lagen, darunter, in Schachteln, die in blaues Tuch eingeschlagen waren, ein *Cefu Yuangui*, eine 1013 fertiggestellte große Quellensammlung zur Geschichte seit dem Jahr 618. »Vater hatte auch einen Satz *Cefu Yuangui*«, erinnerte sie sich unwillkürlich an die geplünderten Bücher im besetzten Hof.

»Diese Sammlung ist schwer zu finden«, sagte Mao Zedong, »wenn ich früher gewusst hätte, dass ihr sie habt, hätte ich sie von deinem Herrn Vater geliehen.«

Cheng Pinzhi seufzte und schüttelte den Kopf.

»Na!«, sagte Mao Zedong. »Soll ich es etwa nicht geliehen bekommen? Warum denn nicht? Sind doch alle begeisterte Leser, tauschen aus, was der eine hat und der andere nicht.«

»Vorsitzender, wie könnten wir es Ihnen nicht leihen? Nur sind uns bei der Haussuchung alle Bücher und Bilder genommen worden.«

»Darf ich den Namen des Herrn Vaters erfahren?«

»Cheng Wendao.«

Mao Zedong öffnete eine der blauen Schachteln, nahm ein Heft heraus und schlug das Titelblatt auf: »Kein Eigentümer verzeichnet, auch kein Stempel, glücklicherweise kein Buch deines Herrn Vaters.«

»Vater hat seine Bücher nicht gekennzeichnet«, wollte Cheng Pinzhi sagen, schluckte es aber hinunter.

»Ist der Herr Vater angegriffen worden?«

Cheng Pinzhi nickte.

»Freigelassen?«

»Eingesperrt. Vorsitzender, können Sie sich nicht der Sache meines Vaters annehmen? Ihm geschieht wirklich Unrecht.«

»Schreib mir einen Bericht. Wenn ihm wirklich Unrecht geschieht, werde ich mich natürlich der Sache des verehrten Herrn Vaters annehmen.«

Dankbar sank Cheng Pinzhi in Mao Zedongs Umarmung.

»Mutter«, sagte sie, als sie nach Hause kam, »ich soll für den Vorsitzenden einen Bericht über Vaters Fall schreiben. Und er hat gesagt, wenn da Unrecht geschehen ist, wird er sich Vaters Fall annehmen!«

Die alte Frau seufzte. »Iss doch erst mal.«

Cheng Pinzhi schlang zwei, drei Bissen hinunter, dann beugte sie sich über den Tisch, schrieb eine Klage für den Vater; sie stellte den Vater kurz vor, dann hob sie den Kopf und bat die Mutter um ihre Meinung.

Die hielt wenig von der Sache. »Nimm eine hingeworfene halbe Zusage doch nicht gleich für bare Münze.«

»Mutter, diese bare Münze halt ich fest! Wenn der Vorsitzende da einen Vermerk zu der Sache draufschreibt, geh ich damit ins Gefängnis und hol Vater raus.«

Sie schrieb den Bericht fertig und las ihn der Mutter vor. »Na gut«, sagte die, »es kommt, wie's kommt. Wenn er sich wirklich drum kümmern will, genügt es ja, wenn Vaters Name genannt wird.«

Bevor Cheng Pinzhi am nächsten Tag zur Arbeit ging, sagte sie der Mutter, nach der Arbeit wolle sie noch zur Beida, sie komme heute nicht zum Abendessen, morgen fahre sie von dort direkt zur Arbeit und dann abends von der Arbeit nach Hause.

»Was wir beide unter uns gesprochen haben«, sorgte sich die Mutter, »also da an der Beida darfst du um Himmels willen nichts sagen.«

»Mutter, das weiß ich. Ich hab die Schwester seit Wochen nicht gesehen, und nun herrscht überall Chaos, besonders aber an der Beida. Ich will nur sehen, ob bei ihr alles in Ordnung ist, dann bin ich beruhigt.«

»Mit deiner Schwester ist doch weiter nichts, außer ihrer Herkunft kann man ihr nichts anhängen. Wirklich Sorgen mach ich mir um dich. Denk dran, sprich an der Beida mit der Schwester nicht über alles und jedes. Sie gehört zu unsrer Familie, aber ihr Mann ist kein Cheng, der sinnt nur auf Teufeleien.«

Cheng Pinzhi versprach es. Die Mutter suchte die Marken für Zucker und für Delikatessen zusammen, die sie über Monate aufgespart hatte, gab sie ihr für die Schwester mit und trug ihr auf, Pinlan zu ermahnen, sich zu schonen.

Nach der Arbeit ging Cheng Pinzhi in einen Feinkostladen, kaufte braunen und weißen Zucker und alle möglichen Delikatessen und fuhr dann direkt zur Beida.

Nachts schlief der Schwager im Zimmer des Sohns, und die Schwestern lagen nebenan auf dem großen Bett und redeten. Über den bewaffneten Kampf der beiden »Fraktionen« an der Universität. Dann über das Ballett. Dann über das Zhongnanhai; und dann schließlich sagte Cheng Pinzhi der Schwester: »Ich habe für den Vater eine Klage geschrieben und dem Vorsitzenden gegeben. Der Vorsitzende hat zugesagt, sich um die Sache zu kümmern.«

Cheng Pinlan schrie auf. »Du kannst dich ja wirklich sehr gut zurückhalten, sagst das jetzt erst! Was hat der Vorsitzende gesagt?«

»Der Vorsitzende weiß, dass ich hierher fahre, und hat mir Grüße an dich aufgetragen.«

»Danke, danke, vielen Dank! Schau sich einer mein Schwesterlein an, da kommt sie mit all so was Gutem erst ein halbes Jahr später an!«

»Der Vorsitzende ist besorgt um deine Gesundheit, du sollst auf dich aufpassen.«

Da waren sie nun auf Mao Zedong gekommen, und dann war kein Aufhören mehr, sie redeten bis lang nach Mitternacht. Pinzhi erzählte jetzt viel mehr als damals, als die Schwester aus dem Krankenhaus zu ihnen gekommen war, angefangen damit, wie Jiang Qing sie ins Zhongnanhai eingeladen hatte, über das Trinklied aus der

Traviata, bis zu »Der Füße Kälte sticht ins Herz. Des Volkes Zorn – des Staates tiefe Wunde«, immer fantastischer, absurder; wie sie nicht wollte und doch, halb zog er sie, halb sank sie hin, bis zum Glück in wechselseitiger Zufriedenheit. Und dann die Sorge, der Zorn der Mutter. Und dass Cheng Pinzhi nicht mehr wusste, was tun, und nun die Ältere um Rat bat.

»Mutter darf davon nichts wissen«, sagte Cheng Pinlan, »sie hat es schon schwer genug, mehr kann sie nicht tragen.«

»Ich bin auch sehr, sehr vorsichtig gewesen. Aber sie hat so ein Foto vom Vorsitzenden gesehen. Da war ihr die Sache klar.«

Cheng Pinlan stand vor Augen, was sie Mao Zedong verdankte. Wer weiß, wie sich ihre Krankheit entwickelt hätte, wenn sie nicht mit seiner Empfehlung zu Doktor Lin gekommen wäre! Und der Sohn hätte auch nicht in Peking bleiben können. Und jetzt wollte er sich noch um Vaters Sache kümmern. »Pinzhi, kann doch sein, er meint es ehrlich. Mir kommt auf einmal der Gedanke, er ist doch sehr zu bedauern. Du magst sein Trost im Alter sein.«

»Ich habe auch das Gefühl, er ist bemitleidenswert einsam«, sagte Cheng Pinzhi. »Er kommt eigentlich gar nicht mehr von mir los. Wenn er mit den Armeegenerälen spricht, muss ich für ihn Notizen machen, Protokoll führen. Er lässt mich ihm Schriftstücke vorlesen und für ihn abzeichnen. Aber ich kann doch nicht auf immer eine solche Rolle spielen, jeden Tag in Sünd und Schande. Das ist bitter, und ich hab Angst!«

Wahrhaft ein großer Widerspruch war ihre Schwester, dachte Pinlan, einmal engste Vertraute, dann wieder Bitternis und Furcht! Ein Widerspruch, oder sollte man sagen – qualvoll falscher Schein? Pinlan war Optimistin von Natur, vergaß Böses, erinnerte sich an Gutes – die Empfehlung an Doktor Lin, die Operation, die ihr vielleicht das Leben gerettet hatte. Wichtiger noch, der Vater saß immer noch im Gefängnis, den Vater retten konnte nur dieser Mann. Also sagte sie: »Auch wenn du es nicht kannst, du musst diese Rolle spielen. Alles unter dem weiten Himmel ist des Herrschers Land; wohin willst du denn weglaufen?«

Cheng Pinzhi war umsonst gekommen, der Schwester fiel auch nichts ein.

Die Mutter dagegen hatte einen Rat: »Geh ins Krankenhaus und lass dir ein Attest ausstellen, und bitte vorher im Ballett um ein paar Tage Urlaub.«

»Mutter, gerade hab ich den Bericht über Vaters Fall übergeben, und dann meld ich mich krank?«

»Eben, vermeide, dass die Leute dich schief ansehen und sagen, du benutzest ihn. Halte Abstand, dann bewahrst du dir deinen Wert.«

Cheng Pinzhi leuchtete ein, was die Mutter sagte. Sie nahm Urlaub, sie müsse ins Krankenhaus zur Untersuchung, dann komme sie wieder.

Chinesen haben eine feinere Nase als jeder Hund. Sobald Cheng Pinzhi ins Xiehe kam – das war die Vertragsklinik ihrer früheren Einheit, des Zentralen Symphonieorchesters, gewesen –, schalteten für sie von der Aufnahme bis zur Inneren die Ampeln durchweg auf Grün. Untersucht wurde alles, was nur untersucht werden konnte, und die leitenden Ärzte der Gynäkologie, Chirurgie, Ophthalmologie, Dermatologie, Endokrinologie und Neurologie wurden zur Konsultation hinzugezogen. Abschließende Diagnose war: Schwere Schädigung des Nervensystems. Sie erhielt einen Haufen Stärkungsmittel, wie Vitamine, amerikanischen Ginseng, Mutterkuchen-Zuckerbrei und dergleichen, empfohlen wurden zunächst zwei Wochen Bettruhe, dann sehe man weiter. Unterschrieben von lauter landesweit erstrangigen Spezialisten.

Die Hongqi-Limousine tauchte alle naselang auf, um sie abzuholen, brachte immer wieder auch einen Mediziner mit. Das sprach sich herum, das Blockkomitee erfuhr es, das Straßenkomitee, das Revolutionskomitee des Bezirks, sogar die Stadtverwaltung wusste davon. Mutter Liu teilte der alten Frau Cheng mit, sie brauche nicht mehr Aborte zu reinigen, müsse nicht mehr morgens um Weisung bitten und abends Bericht erstatten. Nur zu den abendlichen Studienversammlungen sollte sie noch kommen. Denn im ganzen Land seien im Volk alle gleich. Die alte Frau Cheng nahm sich also das schwarze Schild vom Hals, verließ die Reihen der Fünf Schwarzen Elemente und kehrte in die Reihen des Volkes zurück. Sie hielt nicht viel davon. Die Aborte hatte sie als Angehörige eines historischen Konterrevolutionärs gereinigt; auch wenn sie nun wunderbarerweise rehabilitiert war, saß der Mann immer noch im Gefängnis und war immer noch ein historischer Konterrevolutionär; diese Logik kapierte sie nicht.

Die Hongqi hielt direkt vor der Haustür; das führte zu manchen bewundernd-neidischen, ja kriecherischen Blicken. Die alte Frau Cheng wagte sich schon gar nicht mehr vor die Tür; sobald sie nur die Hupe hörte, zitterte sie am ganzen Leib; wenn der Wagen abfuhr, schlug ihr das Herz mit einem Mal rascher vor Sorge, wieder und wieder schaute sie, ob die Tochter schon zurück war. Ganz sonderbar wurde die alte Frau, redete immer unangenehmere Sachen; zuletzt sagte sie: »Je großartiger einer scheint, umso blöder schaut die Fratze am Ende, je höher du kletterst, desto tiefer der Sturz!«

Cheng Pinzhi fürchtete, worauf die Mutter noch kommen würde, und wollte einfach wieder ins Ballett zur Arbeit; was die alte Frau nicht mehr zu sehen bekam, mochte sie hoffentlich nicht mehr derart bekümmern.

Doch der klopfte das Herz die letzten zwei Tage wie wild, sie spürte, es würde ein Unglück geschehen.

Cheng Pinzhi wollte gerade zur Tür hinaus, da hielt die Mutter sie auf einmal am Arm fest, in plötzlicher Angst, nun werde ihr noch die letzte Stütze entrissen. »Ich bin über siebzig, ich hab schon genug gelebt, aber um die kleine Shanshan muss jemand sich kümmern, noch muss ihr diese Familie erhalten bleiben. Vielleicht kannst du …«

Die Hand der Mutter war eiskalt, die Kälte griff Cheng Pinzhi über den Arm ins Herz, sie umfasste diese Hand, wollte ihr ein wenig Wärme abgeben. »Mutter, es ist doch ganz deutlich zu sehen, mit unsrer Familie wird's besser, siehst du's denn nicht? Der Vorsitzende liest gerade den Bericht über Vaters Fall.«

Die alte Frau schüttelte nur den Kopf. Aus den trüben Augen quollen ihr zwei klare Tränen. Als Cheng Pinzhi am Ende der Gasse war, blickte sie noch einmal zurück. Die Mutter stand am Hoftor wie ein abgestorbener Baum. Als sie sah, dass die Tochter sich umwandte, winkte sie ihr zu; der winkende Arm schien ein vom Herbstwind hin- und hergerissener Zweig.

Cheng Pinzhi war seit Tagen nicht mehr im Ballett gewesen. Sie spürte, dass sie sonderbar angesehen wurde, mit ganz unterschiedlichen Blicken, manche bewundernd, auch neidisch; andere beglückwünschend, ja schmeichlerisch; manche wachsam; andere verächtlich. Aber wie auch immer sie blickten, was sie zu ihr sagten, war immer sehr, sehr höflich. »Wusstest du, dass wir morgen nach Hainan fahren, und bist eigens gekommen, um dich von uns zu verabschieden?«, fragte sie der Balletttänzer Klein Tian. Sie erschrak und erregte sich. »Wusste ich nicht! Für wie viel Monate? Wann sammeln wir uns morgen? Ich komm auch mit!«

Die Hongqi kam den ganzen Tag nicht. Auf dem Heimweg hatte Cheng Pinzhi böse Ahnungen: War die Mutter zur Yinding-Brücke gegangen und hatte zu jemandem etwas gesagt, was man nicht sagen durfte?

Zu Hause hielt am Tor ein kleiner Pkw; im Dunkel war das Innere nicht klar zu erkennen. Als sie in den Hof trat, sah sie zwei Frauen, die sie nicht kannte.

»Die zwei Genossinnen warten schon eine halbe Ewigkeit auf dich«, sagte die Mutter mit tief beunruhigtem Blick, »ich hab ihnen gesagt, sie sollten dich beim Ballett suchen, aber sie wollten unbedingt hier auf dich warten.«

»Ich habe Sie so lange warten lassen«, entschuldigte sich Cheng Pinzhi bei den beiden Unbekannten, »es ist ja schon sehr spät.«

»Das macht nichts, wir fahren zusammen zurück«, sagte die eine.

Bevor sie aus dem Tor traten, bat Cheng Pinzhi: »Mutter, morgen früh fahr ich mit dem Ballett nach Hainan, hilf mir bitte und such zusammen, was ich mitnehmen soll. Da unten ist es heiß, ein paar dünne Sachen reichen.«

»Für wie lange fährst du?« In der Stimme der alten Frau klang Erleichterung mit.

»Ich weiß nicht genau; Hainan ist heiß, jedenfalls brauch ich keine dicke Jacke«, sagte sie lachend zu ihrer Mutter und ging mit den beiden Frauen hinaus.

Beim Einsteigen entschuldigte sie sich nochmals: »Ich wusste nicht, dass Sie kommen würden, und hab Sie beide so lange warten lassen.« Zu tiefer Stehenden war sie immer höflich. Sie dachte, dass die beiden den Auftrag hatten, sie zu holen; das war schon ein Umstand, und dann hatten sie noch eine Ewigkeit warten müssen;

sie fürchtete, das könnte ihnen nach der Rückkehr einen Tadel eintragen.

»Das macht nichts«, sagte wieder die gleiche Frau.

Die andere machte die ganze Zeit den Mund nicht auf. Sonderbare Schweigsamkeit, ein Gespräch sollte nicht zustandekommen. Cheng Pinzhi begriff, sagte weiter nichts mehr, sah zum Fenster hinaus in die Nacht, bemerkte mit einem Mal, dass sie anscheinend nicht den gewohnten Weg fuhren, und fragte: »Wohin fahren wir eigentlich?« Die sprechende Frau sagte: »Wir sind bald da.« Cheng Pinzhi sah den Trommelturm, also fuhren sie nach Norden. Sie kamen am Yonghegong-Tempel vorbei, sie wunderte sich, hielt es nicht mehr aus und fragte noch einmal: »Wohin fahren wir denn?« Wieder gab die gleiche Frau ihr die wieder gleiche Antwort: »Wir sind bald da.« Cheng Pinzhi fragte nicht noch mal und schloss die Augen, sie dachte: Kann sein, dass wir einen Umweg über ruhige Straßen zum Diaoyutai-Gästehaus fahren, sie dachte, vielleicht hat Jiang Qing Fragen; sie überlegte sich, was sie darauf sagen sollte; vielleicht soll ich einen Brief mitnehmen für die, die auf den Fünffingerberg steigen, eine Weisung übermitteln; sie dachte auch, ich weiß nicht, ob ich noch den Vorsitzenden sehen kann, bevor wir fahren; sie dachte, wenn der Vorsitzende erfährt, dass ich auf den Fünffingerberg will, dann will er mich vielleicht nicht mitfahren lassen?

Der Wagen hielt, die beiden Frauen stiegen zuerst aus und ließen dann Cheng Pinzhi aussteigen. Sie war hier noch nie gewesen, wusste nicht, was für ein Organ das war: ein geschlossenes rot lackiertes großes Tor, zwei Soldaten, Gewehre geschultert, standen Wache; in der Dunkelheit funkelten unheimlich die Bajonette. In Anbetracht dieser Szenerie war dies wohl das Amt des Stellvertretenden Oberkommandierenden in der Badaowan-Gasse.

Die zwei Frauen gingen mit Cheng Pinzhi zu dem großen Tor; die sprechende Frau übergab dem Mann im Anmelderaum etwas.

Plötzlich brach im Rücken von Cheng Pinzhi ein ohrenbetäubendes Gebrüll von Losungen aus:

»Wer sich dem Vorsitzenden zu widersetzen wagt, dem zerschlagt den Hundekopf!«

»Zerschlagt Cheng Pinzhis Hundekopf!«

»Schlag Cheng Pinzhi zu Boden und tritt drauf, dass sie niemals mehr hochkommt!«

»Schlagt die aktive Konterrevolutionärin Cheng Pinzhi nieder!«

»Unterdrückt entschlossen die aktive Konterrevolutionärin Cheng Pinzhi!«

20 INS LOCH!

Splitterfasernackt stand Cheng Pinzhi im gleißenden Licht der Neonlampen, hielt die Hände vor die Scham und die Augen fest geschlossen, biss sich auf die Unterlippe und drückte ihr Kinn an die Brust. Plötzlich kam ihr der absurde Gedanke an Botticellis *Geburt der Venus*. Auf diesem Gemälde zieht die Venus ihr goldenes Haar mit der linken Hand vor ihre Scham, mit der rechten verdeckt sie halb ihre Brust; sie neigt den Kopf etwas zur Seite, ihre Augen erfüllt von Hilflosigkeit. Den Blick dieser Augen hatte Cheng Pinzhi bislang nicht verstanden. Jetzt begriff sie und musste den Geist bewundern, den vor fünfhundert Jahren das Malermodell zeigte: Vollkommen hilflos, hatte sich diese Italienerin ganz den Wünschen des Malers gefügt und doch die eigene Schwäche gezeigt, indem sie nicht stolz den Kopf hob und dem Betrachter in die Augen sah.

Zwei Frauen in grasgrünen Uniformen durchwühlten Cheng Pinzhis Ober- und Unterkleidung und ließen sie dann sich wieder anziehen, nahmen ihr aber den Gürtel und alles weg, was sich in ihrer Büchertasche und ihrem Beutel befand, und nahmen ihr auch die Porträtbrosche von der Jacke, die der Porträtierte ihr gestern erst eigenhändig an die Brust geheftet hatte. Sie unterschrieb eine Liste, auf der alle ihre jetzt zur Aufbewahrung beschlagnahmten Dinge aufgeführt waren, einschließlich des halben Dampfknödels in ihrer Proviantschachtel und auch der zweiundfünfzig Yuan Bargeld, die sie heute als ihr Gehalt in Empfang genommen hatte. Dann folgte sie, mit den Händen die Hose festhaltend, den zwei uniformierten Frauen. Hinter ihr gingen zwei Soldaten, die ihr die Bajonette über die Schultern hielten, sodass sie, hätte sie den Kopf zur Seite bewegt, sich ins Gesicht geschnitten hätte. Darum wagte sie keinen Blick nach rechts oder links. Die Soldaten brüllten immer wieder mal: »Bisschen schneller!«, dann sahen die uniformierten Frauen zurück und warteten, dass sie nachkam.

Sie bogen um mehrere Ecken und standen schließlich vor einer Eisentür. Eine der Frauen zog an einer Schnur, es bimmelte, eine ebenfalls uniformierte Frau öffnete die Tür, sie traten ein. Drinnen stand ein Tisch. »Natur des Falls?«, fragte die aufnehmende Wachhabende. »Bösartiger Angriff«, antwortete eine Begleiterin, die nun ein Blatt Papier hervorholte und es sich von der wachhabenden Soldatin abzeichnen ließ. Dann gingen die Begleiter.

Die Wachhabende maß Cheng Pinzhi mit einem Blick und fragte: »Welche Einheit?«

»Balletttruppe.«

»So alt und tanzt noch?«

»Ich bin keine Tänzerin.«

»Was machst du dann?«

Cheng Pinzhi zögerte, wusste nicht recht, wie sie antworten sollte; der Genauigkeit halber wollte sie Worte wie »Komposition« oder »Musikschaffende« vermeiden; sagte dann einfach »Musik«.

Die Wachhabende maß Cheng Pinzhi wieder von oben bis unten mit den Blicken, nahm dann einen starren Gesichtsausdruck an und mahnte sie ab: »Jetzt hör zu. Das hier ist eine Untersuchungshaftanstalt für noch nicht abgeurteilte Straftäter. Es darf nicht gesungen werden. Es darf nicht mit Waschschüsseln oder Essgeschirr oder sonst wie gemeinsam gelärmt werden. Es darf drinnen nicht mit den anderen Straftätern über die Fälle gesprochen werden. Es darf kein Feudalkapitalrevisionismus propagiert werden. Überdenke ehrlich deine Verbrechen, bemühe dich damit um eine milde Regelung! Verstanden?«

Cheng Pinzhi nickte.

Die Soldatin ließ sie durch die Türöffnung in einem großen Tor treten. Dahinter war ein Gang mit vielen Eisentüren, die sich auf beiden Seiten jeweils schräg einander gegenüberstanden. Die Soldatin blieb vor einer Tür stehen, schloss sie klappernd auf und sagte: »Du schläfst an der Seite!« Cheng Pinzhi trat ein, die Tür knallte dröhnend wieder zu und wurde rasselnd abgeschlossen.

Der Tür gegenüber war ein vergittertes Fenster. Zwischen den beiden Wänden war eine zusammengenagelte Holzplatte eingefügt, keinen halben Meter über dem Boden. Das war das Bett, niedriger als der Holzschemel. Auf dem Bett lagen zwei Frauen, rechts war noch ein schmaler Platz freigelassen. Die beiden lagen auf der Seite, mit dem Gesicht zu ihr, und musterten sie neugierig. Die am Rand war eine weißhaarige alte Frau mit hohen Wangenknochen; gewickelt in eine schwarze Decke, wirkte sie wie ein dem Grab entstiegenes Gespenst. Cheng Pinzhi wandte den Kopf. Zum ersten Mal sah sie einen schwarzen Bettbezug, ihr grauste. Die andere Frau war jünger und etwas größer, hatte sehr saubere Haare und ein sehr sauberes Gesicht mit zwei großen sehr lebendigen Augen – Phönixaugen, mit doppelter Lidfalte. Ihre Decke trug einen blassblauen Überzug; auf einer Seite zeigte ein rautenförmiges, tiefrotes Stück Atlas, aus welchen Verhältnissen die Besitzerin stammte.

Wieder rasselte das Türschloss. Die gleiche Soldatin wie eben brachte eine zusammengelegte wattierte schwarze Tuchdecke; offensichtlich waren die Decken, die das Gefängnis ausgab, schwarz. Auf der Decke lagen eine emaillierte Schüssel und ein Paar Essstäbchen aus Bambus. Cheng Pinzhi nahm alles entgegen, drehte sich um und legte die Sachen aufs Bett. Hinter ihr rasselte wieder das Türschloss. Sie starrte die schwarze Tuchdecke an; diese Decke, dachte sie plötzlich, mochte einen zum Tod Verurteilten eingehüllt haben. Die Härchen sträubten sich ihr auf den Armen. Diese alte Frau mit den hohen Wangenknochen, die sah wie eine Mörderin aus, grinste sie so verschlagen an, die war wohl glücklich, dass nun noch eine von ihrer Sorte gekommen war.

»Deine Decke ist sauber«, sagte die jüngere Frau. »Ich hab sie aufgetrennt und gewaschen. Halb ausgebreitet deckt sie die Hälfte. Wird schon gehen, schlaf erst mal.«

Cheng Pinzhi schlug die Decke auseinander. Die weiße Innenseite war sehr sauber gewaschen, sie roch nach Seife; aber versteckt darüber verstreut fielen ihr einige graue Dreckspuren auf, widerlich. Sie schob die Decke ans Fußende und legte sich angekleidet hin. Das harte Brett des Betts schmerzte am Schädel. Sie umfasste den Hinterkopf mit den Händen und starrte in die Deckenlampe.

»Leg doch die Außenseite über dich«, sagte die jüngere Frau leise. »Hier ist's kalt. Pass auf, dass du dich nicht erkältest. Sag morgen zur Gruppenwärterin, du willst nach Haus schreiben, und schreib um eine Bettdecke.«

Aber nein, nein, nein, nein, die Mutter durfte um Himmels willen nicht wissen, wo sie hier war, lieber sollte sie an jenen Ort denken, lieber über die Tochter schimpfen, die so tief gesunken war. Die arme Mutter, damit durfte sie nicht auch noch gequält werden.

Die Deckenlampe brannte; Cheng Pinzhi konnte nicht schlafen, sie dachte nach: Was war denn gewesen, und was kam nun? Sie verstand nicht, wann und wo sie jemals gegen den Vorsitzenden Mao opponiert haben sollte. Im Ballett hatte sie nichts außer dem gesagt, was sie sich beim Studium seiner Werke erarbeitet hatte. Sie dachte zuerst an Wang Dongxing. Der Mann war ihr gegenüber immer misstrauisch gewesen. Sie hatte zu Mao Zedong gesagt, Wang Dongxing hat scheint's was gegen mich. Mao hatte gelacht und gesagt: »Genosse Dongxing ist der einzig Vertrauenswürdige im inneren Hofstaat, ist absolut verlässlich. Dass er dir gegenüber misstrauisch ist, das ist recht; dass du ihm gegenüber misstrauisch bist, das ist nicht recht und nutzt auch nichts! Über mein Privatleben ist dem Genossen Wang Dongxing nichts vorzumachen.« Wenn der einzig Vertrauenswürdige im inneren Hofstaat mit ihr derart vertraut war, warum sollte er nicht andre finden können, um sie zu verdrängen? Jiang Qing hatte ja gesagt, solche gibt's viele. Sie begriff plötzlich, im Schwimmbad war sie zu Wasser über die Nudeln geworden, billiges Spielzeug für Mao Zedongs Gelüste.

War es Jiang Qing? Ihr gegenüber war sie stets äußerst respektvoll und achtsam gewesen; die wenigen Sätze, die sie mit ihr gewechselt hatte, konnten auf keine Weise als irgendwie »bösartiger Angriff« gelten. Außerdem brauchte Jiang Qing sie; wenn sie jetzt ausfiel, war das Musikteam erledigt. Allerdings, wenn irgendwer Jiang Qing etwas erzählt hatte, musste die sich dann nicht rächen? Andererseits, wer hätte gewagt, Jiang Qing über Mao solche Dinge zu berichten? Niemand im Zhongnanhai, und im Ballett hätte das auch niemand fertiggebracht, das waren normale Menschen, niemandem hatte sie Grund gegeben, ihr übelzuwollen; der alte Qiu vom Revolutionskomitee machte sich ja sogar Hoffnungen, von ihrem Aufstieg zu profitieren.

Oder war es Mao selbst? In seiner Gegenwart war sie völlig verloren, gab es für sie nur Hochachtung, Verehrung. Wie hätte sie auch nur eine Andeutung von Ungehorsam gewagt? Und Mao Zedong seinerseits war ihr gegenüber stets fürsorglich und liebevoll, nur einmal hatte er sie kritisiert, weil sie für ihn die Mode gewordene Floskel »röteste, röteste rote Sonne« verwandt hatte. »Hast du auch schon gelernt, jedem Wind dich zu beugen wie Gras? Bin ich die Sonne? Schleimt und lobpreist mich bis in den Himmel! Alles muss einmal sich wenden, je höher hinauf, desto tiefer der Sturz. Längst bin ich darauf gefasst, im Sturz zerschmettert zu werden.« Zum ersten Mal hatte sie da erlebt, dass Mao sich über sie ärgerte; es hatte sie derart verschreckt, dass sie nicht einmal zu zittern wagte. Und was er von sich gesagt hatte, das war ihr nun selber geschehen – im Sturz zerschmettert war sie; warum? Gestern, als sie ihn verlassen hatte, um heimzufahren, hatte er sich kaum von ihr trennen können. Nein, die zwei Frauen, die sie hierher gebracht hatten, die hatten mit dem Zhongnanhai gewiss nichts zu tun.

Die Lampe brannte die ganze Nacht und erlosch, als es dämmerte. Sie hatte die ganze Nacht mit offenen Augen dagelegen, schloss sie jetzt und schlief ein, um von einem schmerzhaft schrillen Pfeifen geweckt zu werden. Ihre linke Hälfte tat so weh, als bohrte ihr jemand Nägel hinein.

»Neue, steh auf, mach zu! Wenn bald die Gruppenwärterin kommt und dich so sieht, bekommst du Ärger!«, sagte die Jüngere, die sich bereits angezogen hatte. Ihre Kleidung bestand aus lauter Flicken, die sich überdeckten, und zeigte, wie lang sie schon hier war. Ihr Haar hatte sie zu einem eleganten Dutt geflochten und einen durchsichtigen Haarpfeil hindurchgesteckt. Cheng Pinzhi erschien sie wie ein Wesen aus einer anderen Zeit. Nie hätte sie gedacht, hier eine solche Frisur zu Gesicht zu bekommen. »Dutt« gab ihr ein Stück eines durchsichtigen Plastikkamms. »Damit kannst du dich kämmen, ist sauber, unbenutzt, kannst ihn behalten.« Cheng Pinzhi nahm ihn, dankte, und während sie sich mit der einen Hand die Hose hochhielt, kämmte sie sich mit der anderen und staunte, als sie sich den Kamm näher ansah: Er war wirklich neu und an beiden Enden sauber abgebrochen.

»Dutt« kletterte auf die Holzplatte des Betts, holte aus ihrem Bündel einen weißen Tuchbeutel hervor, zog daraus einen weißen Schal aus Crêpe Georgette und gab ihn Cheng Pinzhi. »Zieh erst mal den in den Hosenbund, damit du die Hand freibekommst. Bei allen Neuen beschlagnahmen sie die Hosengürtel, dann findet aber jeder einen Ersatz. Wenn du dann mit was im Hosenbund herumläufst, sind sie nicht schuld. So machen sie sich und andren was vor. Hier läuft niemand den ganzen Tag mit hochgezogener Hose rum, aber keine Gruppenwärterin hat je gefragt, woher die Gürtel kommen, und bei Zellenüberprüfung werden sie auch nicht beschlagnahmt.«

Cheng Pinzhi dankte ihr von Herzen, zog sich den Schal in die Hose und wusste nicht, was sie noch sagen könnte; beim Kämmen fiel es ihr ein, sie lobte die Eleganz von »Dutts« Haarpfeil. »Den hab ich aus einem Zahnbürstenstiel zurechtgeschliffen«, lachte die andere, »sieht es nicht aus wie Kunsthandwerk?« Sie hatte ein hübsches Lächeln mit ihren ebenmäßigen Schneidezähnen.

Cheng Pinzhi wunderte sich. »Zahnbürstenstiele kann man so fein zurechtschleifen, so spitz?«

»Kann man. Ich hab hier eine ganze Handvoll Zahnbürstenstiele, in allen möglichen Farben, sag, welche dir gefällt, dann hab ich dir bis morgen einen geschliffen.«

»Na, dann darf ich mich vielmals bei Ihnen bedanken! Bringen Sie mir doch auch das Schleifen bei. Ich mag den, den Sie tragen, den durchsichtigen, der sieht ja aus wie Bergkristall.«

Wie lange muss sie schon hier sein, dachte Cheng Pinzhi, dass sie so viele Zahnbürstenstiele gesammelt hat?

»Wenn ich dich so anseh«, sagte »Dutt«, »dann sind wir wohl ungefähr gleich alt? Du brauchst mich doch nicht zu siezen! Ich bin im Jahr der Ratte geboren, und du?«

»Ich bin auch Ratte.«

»Ich bin im dritten Monat geboren, du?«

»Da muss ich dich ältere Schwester nennen, ich hab grad noch den Rattenschwanz erwischt, im zwölften Monat.«

»Hier sind wir alle zusammen Straftäter, dürfen uns nicht ältere und jüngere Schwester nennen.«

»Alle zusammen Straftäter«, das hörte Cheng Pinzhi zum ersten Mal. Sie begriff: Von jetzt an gehörte sie in die Reihen der Straftäter.

Nachdem sie sich gekämmt hatte, streifte sie die Haare vom Kamm, wusste aber nicht, wohin damit. Kein Körnchen Staub lag auf dem Boden. »Dutt« nahm ihr die Haare ab und knäuelte sie zu einer kleinen Kugel zusammen. Sie lachte. »Das hebt man auf, um die Waschschüssel auszuwischen. Nichts wischt so sauber wie Haar!« Sie nahm eine dicke Unterlage aus Tuch und wischte damit die Bettplatte, dann stellte sie den kleinen Schemel in der Ecke auf das Bett, kniete sich auf den Fußboden und wischte den. Das kleine Stückchen Betonboden war glänzend sauber. »Dutt« wischte ihn sehr gewissenhaft, wie einen Spiegel.

Da ging mit einem lauten Geräusch in der Eisentür eine Öffnung auf, in der sich zwei hübsche Augen zeigten und wieder verschwanden, dann waren weitere Geräusche und Schritte zu hören. Rasselnd öffnete sich die Eisentür ein wenig, die Stimme zu den schönen Augen rief: »Nummer drei, Abortgang!« »Dutt« ging zur Ecke, nahm einen zusammengeklebten Deckel ab, und ein widerlicher Uringestank stieg Cheng Pinzhi in die Nase; sie entdeckte, dass sie in der Nacht mit dem Kopf am Urinkübel gelegen hatte. »Dutt« nahm eine Schüssel schmutziges Wasser, kippte es in den Kübel und gab ihr die leere Schüssel. Schon knallte die Öffnung in der Türe zu, und rasselnd ging die ganze Tür auf, »Dutt« hob den Urinkübel hoch und ging als Erste hinaus, die alte Frau folgte mit einer Waschschüssel, in der ein sehr großer emaillierter Becher lag – halb so groß wie eine Thermosflasche. Einen derart großen Becher sah Cheng Pinzhi zum ersten Mal.

Der Abort lag am anderen Ende des Gangs. »Dutt« kippte den Urinkübel aus, stellte ihn unter den einzigen Wasserhahn, packte einen Strohbesen und fegte damit die Dreckklumpen ab. Als sie damit fertig war, öffnete sie den Hahn und spülte mit seinem abgekochten Wasser den Kübel klappernd innen und außen sauber. Dann nahm sie tatsächlich ein Büschel Haare und wischte die Waschschüssel sauber, nahm dann auch die Tuchunterlage und wusch die sauber; erst als alles sauber war, kniete sie sich hin und erleichterte sich. Cheng Pinzhi hatte sich bereits erleichtert, nutzte den Augenblick, um sich am Wasserhahn das Gesicht zu waschen, und trocknete es sich mit dem Ärmel ab. Die alte Frau stand ebenfalls auf und hob den leeren Kübel hoch. »Dutt« füllte den großen Becher mit Wasser und ließ Cheng

Pinzhi ihn tragen, füllte auch die Waschschüssel mit Wasser und trug sie zurück. Cheng Pinzhi trug den Becher mit der einen Hand, mit der anderen hielt sie den leeren Kübel hoch; neugierig sah sie nach beiden Seiten; in den Öffnungen in den Zellentüren drängten sich Augenpaare. »Was guckst du? Mach zu!«, schrie die strenge Stimme mit den schönen Augen. Kaum waren sie durch die Zellentür, knallten die Öffnungen in den Türen zu, und ihre Eisentür wurde klappernd verriegelt.

»So streng«, seufzte Cheng Pinzhi.

»Gruppenwärterin Yan ist am großzügigsten zu den Straftätern«, sagte »Dutt«, »wenn andere einen zum Abortgang lassen, dann dürfen die kleinen Fenster in den Türen überhaupt nicht geöffnet werden, und du wirst die ganze Zeit weitergescheucht. Schau morgen nicht wieder so um dich. Wenn eine andre das sieht, knöpft sie sich dich vor!« Sie holte einen kleinen Teebecher hervor, goss Wasser hinein, putzte sich die Zähne, gurgelte und spuckte das Wasser in die leere Waschschüssel. Auch die alte Frau putzte sich die Zähne. »Dutt« nahm einen Zahnbürstenstiel, umwickelte ihn mit Watte, die sie anfeuchtete, und drückte darauf dann ein bisschen Zahnpasta aus, wirklich nur ein ganz klein bisschen, ein Fleckchen nicht einmal so groß wie der Nagel ihres kleinen Fingers. Diesen Stiel gab sie Cheng Pinzhi und goss in deren emaillierten Becher eine halbe Schale Wasser. »Damit lässt sich wohl Zähneputzen!«, sagte sie.

Aufs Land verschickt hatte Cheng Pinzhi schon unter viel schlechteren Bedingungen leben müssen; die merkwürdige Lebensweise hier sagte ihr durchaus zu.

Rasselnd ging die Eisentür auf, »Lude, Essen holen!«; das war wieder diese Gruppenwärterin Yan. »Dutt« ging raus, die Tür ging zu, wurde aber nicht abgeschlossen, man hörte auch Nachbartüren klappern. »Lude heißt sie?«, fragte Cheng Pinzhi die alte Frau. »Ja, ist 'ne Frau, und dann so 'n komisch quietschender Name!« Nach einer Weile ging die Tür wieder auf, und »Dutt« stand mit einem großen Holzeimer davor. Sie füllte eine halbe Kelle Gemüsesuppe in die Schale der alten Frau und gab ihr noch zwei gelbe Maisknödel; die alte Frau nahm damit auch den Anteil von »Dutt« entgegen. Cheng Pinzhi bekam gleichermaßen Suppe und Knödel.

Cheng Pinzhi hatte seit gestern Mittag nichts gegessen. Mit ein paar Bissen war ihr Knödel weg. Aber als sie sich die Suppe in der Schale ansah, gruselte ihr: lauter schwarze Punkte auf alten Chinakohlstrünken. »Wenn du keinen Kohl magst, lass uns tauschen!«, sagte die alte Frau. »Ich geb dir meinen halben Knödel!« Ihre Schale war schon leer, nur auf dem Boden war noch ein breiiger Rest geblieben.

Rasselnd öffnete sich wieder die Tür, »Dutt« kam zurück, setzte sich hin, blieb eine Weile mit geschlossenen Augen sitzen, dann aß sie auch, sehr manierlich, kaute und schluckte mit geschlossenem Mund und schmatzte nicht. Cheng Pinzhi fand sie interessant. »Du heißt Lude?«, fragte sie. »Dutt« schluckte hinunter, was sie im Mund hatte, und sah Cheng Pinzhi an, mit Augen so klar wie Quellwasser. »Richtig, *Lu* wie Daolu, Weg, *de*, wie de, erhalten. *Lude*, das ist Rut, der Name aus dem Buch Rut. Ich bin Christin.«

Nach dem Essen warnte Lude sie. »Neue, bereite dich aufs Verhör vor, überleg dir gut, was du sagen willst. Schon ein falscher Satz kann dir als Verbrechen angerechnet werden.«

Cheng Pinzhi dachte nicht darüber nach, was sie im Verhör sagen sollte. Sie stellte sich vor, wie schon heute Nachmittag die Hongqi wieder zur Yinding-Brücke kommen würde und was die Mutter dann sagen würde. Was Wang Dongxing tun würde, wenn er es erführe. Er würde beim Ballett anrufen, der alte Qiu würde natürlich einen Riesenschreck bekommen, in Panik geraten, nicht wissen, was tun. Wang Dongxing würde einerseits nachforschen, zum anderen dem Vorsitzenden berichten. Der Vorsitzende würde wüten, die Erde würde beben unterm Tritt des Himmelssohnes. Sie war sicher, diese Untersuchung konnte nicht ewig dauern, spätestens übermorgen käme sie wohl hier raus.

Rasselnd ging die Eisentür auf, eine andere Gruppenwärterin, älter als Gruppenwärterin Yan, mit kleineren Augen, näselte metallisch, gebieterisch: »Cheng Pinzhi, zum Verhör!« Cheng trat hinaus, die Wärterin verschloss die Tür und hieß sie vor sich laufen bis zum Rund am Ende des Gangs. Dort standen zwei Soldaten mit geschultertem Gewehr; brüllten: »Marsch!« Sie lief durch die einzige offene Tür; dahinter schoben sich zwei Bajonette links und rechts über ihre Schultern, brüllten: »Kopf runter! Links!«, dann mal »Links!«, mal

»Rechts!«; wie ein Esel, der den Mühlstein zieht, folgte sie halb benommen immer wieder die Richtung ändernd den gebrüllten Worten.

»Halt!« Sie blieb stehen. Mit der einen Fußspitze stieß sie gegen eine Stufe. Ein Bajonett wurde ihr von der Schulter genommen, der eine Soldat zog an einer Schnur, es läutete, drinnen rief jemand: »Herein!« Also brüllten sind draußen: »Reingehen!«

Sie trat ein. Düster drohend stand an der Wand vor ihr geschrieben: »Milde dem Geständigen! Härte dem Sich-Widersetzenden!« Vor der Wand stand ein langer Tisch, hinter dem zwei uniformierte Männer saßen. Laut tönte der eine: »Der Erhabene Führer, der Vorsitzende Mao lehrt uns: Alles Reaktionäre stürzt nicht, wenn du es nicht umstürzt, das ist wie das Fegen, wo der Besen nicht hinkommt, läuft der Staub nicht von allein weg!« Dann brüllte er scharf: »Setzen!«

Jetzt sah sie vor sich, den beiden gegenüber, einen kleinen Schemel und setzte sich.

»Heb den Kopf!« Sie hob den Kopf. Sie sah: Der, der redete, war schon in die Jahre gekommen, der andere schrieb mit, er war relativ jung.

»Wie heißt du?«, fragte der Alte.

»Cheng Pinzhi.«

Der Jüngere fragte: »Wie geschrieben? Cheng, mit dem Zeichen He auf der linken Seite? Pin, mit drei Karos? Zhi, mit Graskopf?«

»Richtig.«

»Sonst mal benutzte Namen?«, fragte der Alte weiter.

»Keine.«

»Wann geboren?«

»25. Dezember 1936.«

»Herkunft?«

»Wujiang, Provinz Jiangsu.«

»Welches Dorf in diesem Kreis?«

»Tonglizhen.«

»Volkszugehörigkeit?«

»Han.«

»Status der Herkunftsfamilie?«

»Intellektuellenstatus.«

»Eigener Status?«

»Hochschülerstatus.«

»Beruf?«

»Musikschaffende.«

»Bekenne dein Verbrechen!«

Sie erstarrte, wusste nicht, was sie sagen sollte.

»Warum bist du hier?«

»Das weiß ich nicht.« Sie schüttelte verwirrt den Kopf.

»Das weißt du nicht? Wir haben dich nicht festgenommen, die Massen haben dich eingeliefert. Wie kannst du nicht wissen, was du unter den Massen für reaktionäre Reden verbreitet hast?«

Sie tappte völlig im Nebel. Sie hatte die ganze Nacht, bis ihr bald der Kopf platzte, darüber gegrübelt, wer eigentlich ihr was vorwarf, und keine Antwort gefunden. Steckte Jiang Qing dahinter? Aber nach der Haltung der Genossen beim Ballett zu urteilen schien das nicht von Jiang Qing zu kommen. Sie dachte an eine andere kleine lebhafte Frau, die sie beim Vorsitzenden gesehen hatte, die hatte so sonderbar geschaut; aber das war eine Untergebene, die konnte so was nicht wagen. Und wenn die Massen sie eingeliefert hatten, dann hatte das auch mit den beiden Frauen nichts zu tun. Aber diese beiden Frauen, die sie hergebracht hatten, kannte sie auch nicht, und auch die Menschen, die vor dem Tor Losungen gegrölt hatten, kannte sie nicht, jedenfalls waren die alle weder vom Ballett noch vom Musikteam und schon gar nicht vom Blockkomitee. Was für Massen woher sollten das sein?

Der alte Soldat riss sie aus ihrer Erstarrung. »Cheng Pinzhi!«, brüllte er. »Lies die Losung auf der Wand vor!«

Die schwarzen Schriftzeichen auf der weißen Wand starrten sie drohend an. Sie las mit zitternder Stimme: »Milde dem Geständigen. Härte dem Sich-Widersetzenden.«

»Milde dem Geständigen! Härte dem Sich-Widersetzenden! Das ist die Richtlinie unserer Partei seit eh und je, und das gilt auch für dich! Jetzt bekenne offen, mit welch bösartigem Gift du den Erhabenen Führer Vorsitzenden Mao und das proletarische Hauptquartier angegriffen hast, und erringe Milde!«

Sie verstand gar nichts mehr. Sie sprang auf und schrie: »Das ist Verleumdung!«

Wumm! schlug der Alte auf den Tisch. »Unverschämtheit! Setzen!«

Sie setzte sich und machte den Mund nicht mehr auf.

Der Alte hieb wieder und wieder auf den Tisch, tobte und mühte sich ab; als er sah, dass er nichts mehr aus ihr herausbekommen würde, gab er sich schließlich geschlagen: »Du hast den Weg gewählt, dich dem Volk bis zum Ende feindlich entgegenzustellen. Für die Folgen bist du selber verantwortlich. Lies das Protokoll des Untersuchungsverhörs durch, wenn nichts zu korrigieren ist, unterschreib.«

Sie hätte sagen mögen: »Für die Folgen seid ihr verantwortlich.« Sie fühlte: Nie hätte sie mit ihrer besonderen Stellung jemand einschüchtern dürfen; und um wie viel weniger durfte er sich das mit dem Gewicht seines Amtes erlauben? Und fast hätte sie dem Ausdruck gegeben, schluckte es aber hinunter und nahm das Protokoll, das ihr der junge Soldat gab. Es war vollständig, enthielt nur zahlreiche Schreibfehler. Aus Losung, biăoyǔ, war Prädikat, biăoyǔ, geworden; Verleumdung, wūxiàn, hatte er mit Zeichen gleicher Aussprache, aber anderer Bedeutung geschrieben, nämlich mit den Zeichen für wū, Dreck, und xiàn, Erscheinung, man mochte das »Dreckerscheinung« lesen; in xiāozhāng, Unverschämtheit, hatte er im ersten Zeichen, xiāo, den mittleren Teil falsch geschrieben, sodass statt »Unverschämtheit« so was wie »aufgespanntes Werkzeug« herauskam. Sie überlegte einen Moment, korrigierte nichts und unterschrieb. Der Alte schnaubte abschätzig durch die Nase. »Schreibt Zeichen wie Drachenflug und Phönixtanz«, sagte er mit verachtungsvoller Miene, »auf den ersten Blick: Unaufrichtig!« Sie lächelte in sich hinein. Die drei Zeichen eines Namens Strich für Strich brav hinzumalen, war das eine Unterschrift? Sollte also jedermanns Unterschrift leicht nachzuahmen sein?

Zurück in der Zelle, quälte sie sich, zerbrach sich den Kopf: Woher war ihr dies Etikett angeklebt worden, »bösartig giftiger Angriff auf den Erhabenen Führer und das proletarische Hauptquartier«? Sie kam zu keinem Ergebnis.

Am nächsten Tag geschah nichts. Am dritten Tag geschah wieder nichts. Und so verstrichen die Tage, glichen einem Tor mit fest geschlossenen Flügeln. Ihre Erregung kühlte allmählich ab und verschwand. Mit einem Mal begriff sie, wie recht die Mutter gehabt hatte. Wirklich, zu naiv war sie gewesen.

Nach der einen Befragung kam kein weiteres Verhör. Stattdessen schickte die Mutter ihr einen Haufen Sachen. Steppdecke, gefütterte Bettunterlage, alles aufgetrennt und durchsucht. Seife ohne Verpackung. *Maos ausgewählte Schriften* in drei Bänden, *Worte des Vorsitzenden Mao* und darin ein Brief, vierfach zusammengefaltet, in Mutters Handschrift.

> Wir wünschen der rötesten, rötesten roten Sonne in unseren Herzen ein grenzenlos langes Leben! Zehntausendfach grenzenlos langes Leben! Zehntausendfach grenzenlos langes Leben!
> Der Erhabene Führer Vorsitzender Mao lehrt uns: Wir müssen an die Massen glauben, an die Partei glauben. Das sind zwei grundlegende Prinzipien. Wenn man an diesen Prinzipien zweifelt, bringt man nichts zuwege.
> Pinzhi: Du musst bourgeoises Denken gut umwandeln, an die Richtlinien der Partei glauben, dich auf die Regierung verlassen, eine frühe Rückkehr in die Reihen der Revolution erringen. Mir und Shanshan geht es gut, mach dir keine Sorgen. Ich wünsche Gesundheit und Fortschritt!
> Mutter
> 27. April 1969

Der Brief war zwei Tage nach ihrer Inhaftierung geschrieben, aber die Sachen waren erst jetzt geschickt worden. Augenscheinlich hatte die Mutter schon früh erfahren, was ihr zugestoßen war, aber erst jetzt herausgefunden, wo sie war. Sie las den Brief wieder und wieder und wieder; es blieben unzählige Fragen. Klar war nur: Mutter glaubte an ihre Unschuld, wollte nicht, dass sie ein Geständnis ablegte, und ermahnte sie, auf ihre Gesundheit zu achten.

Maos ausgewählte Schriften waren das Exemplar, das Jiang Qing im Ballett verteilt hatte.

Beim Abortgang verlangte sie von der Gruppenwärterin Papier und Bleistift.

»Was willst du damit?«

»Meiner Mutter einen Brief schreiben.«

»Wart's ab, zur rechten Zeit bekommst du's.«

Sie fragte Lude, was die rechte Zeit sei. Lude erklärte ihr, dass man einen Brief im Monat schreiben und darin nur um irgendwelche Dinge bitten und sonst nichts sagen dürfe. Bis zum nächsten Mal seien es noch achtzehn Tage.

21 DRÜCK IHR DIE KEHLE ZU!

Cheng Pinzhi hatte jede Hoffnung auf das Zhongnanhai verloren. Sie wusste auch nicht, wie sie sich sonst retten sollte. Sie suchte nur noch irgendwas, um die endlosen Tage hinzubringen. Zahnbürstenstiele schleifen! Jeden Tag beim Abortgang schliff sie einen Stiel auf dem rauen Betonboden der erhöhten Plattform um die Abortgrube. Die Zeit war kurz, jedes Mal kam sie nur wenig weiter, dann musste sie zurück in die »Nummer«, wie hier alle die Zellen nannten, die Gefangenen wie die Gruppenwärterinnen. Aber sie sehnte sich nach dieser Tätigkeit – vor allem, weil sie sich nach dem Streifen Himmel im Fenster über dem Betonboden sehnte. Die Fenster im Gefängnis waren vierfach gesichert. Von innen zuerst durch dicke Eisenstäbe. Dann kam ein Maschendrahtgitter. Dahinter ein Insektengitter. Dahinter eine Glasscheibe. Die Scheiben im Gang und im Abort wurden manchmal geöffnet, die in den Zellen nie; die Riegel waren wohl eingerostet.

Sie war die Jüngste in ihrer »Nummer« und hatte den Abtransport des Urinkübels übernommen. Wie sie in den Abort kam, kippte sie ihn in die Grube aus und schrubbte ihn, dann stand sie unter dem vergitterten Fenster, schliff ihren Zahnbürstenstiel und sog die von draußen kommende frische Luft ein, so tief sie nur konnte. Innerhalb von vierundzwanzig Stunden hatte sie in diesen, nur in diesen nicht einmal drei Minuten ein Gefühl von Freiheit. Sie sehnte sich nach dem Schleifen der Stiele und mehr noch danach, Sauerstoff einzusaugen, diesem Vergnügen, diesem Glück!

Nachts konnte sie nicht schlafen, sie hielt die Zahnbürstenstiele in der Hand, streichelte sie und grübelte, grübelte, wer sie des »bösartig giftigen Angriffs« bezichtigt haben mochte, ging das Ballett durch, das Orchester … Es gab ja Menschen, die gern andere anzeigten, um sich hervorzutun, aber schließlich konnten auch die eine solche Anschuldigung nicht aus leerer Luft konstruieren, und dann hätten sie auch sich selbst in die Sache hineingezogen; so blöd war doch niemand. Straßenbüro und Blockkomitee Yinding-Brücke kamen erst recht nicht in Betracht, weil sie mit den Leuten dort nie weiter geredet hatte; und die Mutter hatte ihr Verhalten als Familienschande angesehen und natürlich nichts darüber gesagt. Das Straßenbüro Maor-Gasse gab es längst nicht mehr, das Blockkomitee …

Plötzlich schrillte eine klare Frauenstimme durch die Nacht: »Nieder mit dem ollen Mao!« Sie erschrak zu Tode – wer hatte solch irrsinnigen Mut? Die Zahnbürstenstiele glitten ihr aus der Hand, irgendwohin. Was sollte das werden? Alles, was folgte, hörte sie klar und deutlich.

Eine gepresste Stimme schrie: »Melde der Gruppenwärterin, Li Fang verbreitet Gift!«

Gebieterisch und gelassen befahl eine metallische Stimme: »Drück ihr die Kehle zu, sie darf kein Gift verbreiten!«

Eine Zeit lang tiefe Stille. Cheng Pinzhi hatte eine böse Vorahnung. In dieser ungewöhnlichen Zeit und noch dazu in einem solchen Stahlkäfig konnte alles Mögliche passieren. Sie hatte fürchterliche Angst, konnte kaum atmen deswegen.

»Ich … streu … kein … Gift. … Lass … mich … los …«

Wieder schmerzhaftes Stöhnen.

Die metallische Stimme: »Schreit sie nicht, lass sie los!«

Da, wieder: »Nieder mit dem ollen Mao!«, die gleiche Frauenstimme.

Und die metallische Stimme: »Halt ihr den Mund zu! Große Decke drauf, runterdrücken! Du darfst sie nicht Gift verbreiten lassen!«

Gerede, Knallen, Klappern, Klirren, Mühen, Kampf, Totenstille; leises Wispern; Türen öffneten, Türen schlossen sich, Trittgeräusche, Gerede, Knallen, wildes Durcheinander, nichts klar herauszuhören, wirre Trittgeräusche, alles beruhigte sich, dann kein Laut mehr. Sie erriet nicht, was geschehen war, hatte nur schreckliche Angst.

Am nächsten Tag wurde die alte Frau zum Verhör geholt. Lude fragte Cheng Pinzhi: »Hast du letzte Nacht schlafen können?«

»Nein. Anscheinend hat's was gegeben?«

»Ich hab gehört, wie sie Sauerstoffflaschen gebracht haben, haben sich damit ziemlich lang abgemüht, dann haben sie sie wieder weggebracht. Heute Morgen bei der Essensausgabe hab ich Li Fang nicht gesehen. Eine aus ihrer Zelle hat mir über die Kehle gewischt und dann noch auf den dicken Hintern von der großen Chen gezeigt. Sollte heißen: Li Fang ist tot, die große Chen hat sie mit dem Hintern totgesessen. Das ist alles auf Befehl vom kleinen Leader geschehen.« Mit »kleinem Leader« meinte sie die Gruppenwärterin mit der gebieterisch-metallischen Stimme.

Cheng Pinzhi war, als hätte sie einen Mundvoll Glassplitter verschluckt, die ihr schmerzhafte Wunden in die Kehle schnitten. »Was für ein Mensch war Li Fang?« Vielleicht war sie Studentin, dachte sie, vielleicht Kader im Studentenverband.

»Sie war ein guter Mensch, ursprünglich hat sie auf deinem Platz geschlafen; am Abend, als du kamst, wurde sie verlegt. Neue kommen alle in diese Zelle, hier gibt's kaum Streitereien, da hat die Regierung keinen Ärger.«

Cheng Pinzhi fühlte sich mit einem Mal schuldig. Sie war es, die die junge Li Fang in den Tod getrieben hatte. Wäre sie nicht gekommen, dann könnte Li Fang noch auf diesem Bettbrett sitzen.

Von Lude erfuhr sie dann, dass Li Fang mit ihrer klaren scharfen Stimme eine alte Frau aus Shanxi gewesen war, noch mit den gebundenen kleinen Füßen der Kaiserzeit. Sie hatte in eine Familie Liu geheiratet. Das war im Bezirk Jinnan in Südwest-Shanxi eine bedeutende Familie. Ihr Schwiegervater, hieß es, war Lehrer des Generals Yan Xishan gewesen, der Shanxi fast vier Jahrzehnte lang beherrscht hatte. Nangao, bei Xiangfen, war das Heimatdorf der Lius; im Volk sagten sie: »Von Nangao bis Henan kehrst du bei keiner andren Familie ein«, das sollte sagen: Da betreiben die alle Gasthäuser und nicht nur die! Nicht lang nach der Heirat schloss sich ihr Mann den Truppen der Revolution an. Ohne sich zu bedenken, lief sie auf ihren kleinen Füßchen diesen Truppen nach, fand ihren Mann, trat in die Rote Armee ein, trat in die KP ein und kam 1949 mit der Befreiungsarmee nach

Peking. Ihr Mann studierte zwei Jahre an der Universität, beteiligte sich an der Hochschulbereinigung, wurde dann an die Chinesische Akademie der Wissenschaften versetzt und wurde stellvertretender Leiter, später Leiter, dann auch Parteisekretär des Physikalischen Instituts. Li Fang blieb Analphabetin und war nun seine Hausfrau. Die beiden liebten sich zärtlich. Sie hatten zwei Söhne. Der ältere, in Shanxi geboren, hieß Liu Jin, der jüngere Liu Jing. Jin studierte an der Wissenschaftlich-technischen Hochschule, Jing ging auf das Gymnasium vom 1. August und wohnte im Internat der Schule. Der Mann hatte den ganzen Tag bis spätabends im Institut zu tun, Li Fang war allein zu Hause, konnte weder Bücher noch die Zeitung lesen, und die trübselige Einsamkeit machte ihr zu schaffen.

Eigentlich hatte es aber schon früher angefangen. Während der drei Notjahre 1959 bis 1961, gerade in der Wachstumszeit der beiden Söhne, entfielen auf jeden von ihnen nur Getreidemarken für monatlich knapp vierzehn Kilo, und für Li Fang waren es noch weniger, nur dreizehn Kilogramm. Sie verstand das nicht. Revolution, Revolution, Revolution – bis in die Mägen hinein! Ihr Mann hatte Angst, es könnte Ärger geben, wenn sie öffentlich so was sagte, und ließ sie für eine Weile in die Heimat fahren. Die Schwiegereltern waren längst verstorben; unter seinen Verwandten waren einige weitergekommen, die hatten sich alle vor der Befreiung der Revolution angeschlossen. Die nicht weitergekommen waren, zogen sich Opium rein, so viel, dass sie Haus und Hof und die Frauen verkauften; bei der Bodenreform wurden sie alle als arme Bauern eingestuft, nicht mal ein unterer Mittelbauer war mehr dabei. Als sie jetzt kam, war Hochwasser; auf der Brücke über den Fen sah sie vom Zug aus eine Schar splitternackter Männer, die im Wasser Sandsäcke aufschichteten. An Städter wurden im Jahr Textilmarken für ein Drittel Meter Tuch ausgegeben; aber welcher Dorfbewohner hatte schon Tuch für Kleidung? Schon als sie aus dem Zug ausstieg, hatte sie Tränen in den Augen. Nangao galt als Dorf, obwohl der Ort Wall und Graben besaß. Der Friedhof lag noch davor. Er war voll frischer Gräber, über denen sich die gelbe Erde wölbte. Der Einmarsch der Japaner war eine entsetzliche Katastrophe gewesen, aber auch da hatte es nicht auf einmal so viele frische Gräber gegeben. Anderthalb Meter große Kinder liefen im Dorf mit nacktem Hintern herum, und du konntest ihre Rippen einzeln am Leib abzählen. Sie kannte niemanden mehr, die alten Leute waren alle weg.

Als sie nach Peking zurückkam, war es mit ihr noch schlimmer geworden. Sie sagte es geradeheraus, eine Katastrophe für Land und Volk, das ist der olle Mao. Das sagte sie daheim, und das sagte sie in aller Öffentlichkeit. »Li Fang ist krank«, sagte der alte Liu zu den Leuten, »haltet das nicht für wahr, lasst euch auch nicht auf sie ein, antwortet ihr nicht.« Aber wer sie hörte, hatte nicht das Gefühl, dass sie was Falsches sagte. Manche wiederholten ihre Worte, freilich nur ein paar müßige Hausfrauen.

Als die Kulturrevolution ausbrach, klebten welche Wandzeitungen, auf denen stand: »Holt die Konterrevolutionärin Li Fang heraus, die sich in die Reihen der Revolution eingeschlichen hat!« Der alte Liu verteidigte sie: Seine Frau sei geisteskrank. Die Leute sagten: Sie beschimpft allein den Erhabenen Führer, sonst niemanden, die Geisteskrankheit ist vorgetäuscht. Der alte Liu war noch nicht dazu gekommen, Li Fang in die Anding-Klinik zu bringen, da wurde er selbst als »Fraktion auf kapitalistischem Weg« zu Boden geschmettert, und dazu kam noch das Verbrechen, seine konterrevolutionäre Alte gedeckt zu haben.

Die Rebellenfraktion des Physikalischen Instituts zerrte ihn auf einem Umzug durch die Straßen. Auf dem Kopf trug er eine hohe, aus weißem Papier zusammengeklebte Tüte mit der schwarzen Aufschrift »Bis in den Tod reuelose Fraktion auf kapitalistischem Weg«, das ganze Gesicht war mit Kleber verschmiert, und um den Hals hatten sie ihm ein großes Schild gehängt, mit der schwarz gepinselten Aufschrift »Liu De Zhou«, und jedes der drei Zeichen war mit einem großen roten X durchgestrichen. In der einen Hand hielt er eine Waschschüssel, in der anderen einen Holzprügel. Die »Rebellen« hießen ihn mit dem Prügel auf die Waschschüssel schlagen und »Nieder mit Liu Dezhou« rufen. Als er still blieb, nahm ihm so ein zwanzigjähriger Rebell die Waschschüssel weg und wollte sie ihm auf den Kopf hauen, schrie aber plötzlich auf, die Waschschüssel knallte zu Boden, der Umzug geriet durcheinander: Li Fang war auf den jungen Mann losgestürzt, hatte wie eine Megäre mit wild fliegenden Haaren ihm in den Schritt gegriffen, seinen Penis gepackt und ließ nun nicht mehr los. Der Knabe schnappte bald über, die »Rebellen« hatten so was noch nicht erlebt, es gab ein wildes Gebrüll, ein Durcheinander von Händen und Füßen, der Aufmarsch versank im Chaos.

Und als der alte Liu »kritisiert und bekämpft« wurde, sprang Li Fang auf die Bühne und sagte leise: »Lasst ihn in Frieden! Das hat mit ihm nichts zu tun, gegen den ollen Mao bin ich!« Die revolutionären Massen fesselten ihr auf der Stelle die Hände auf dem Rücken mit einem Strick, den sie ihr noch um den Hals schlangen, und warfen sie auf einen großen Laster, der sie zur Polizei brachte.

Als sie dann mit Lude zusammen war, beruhigte sich Li Fang so allmählich, passte sich den örtlichen Sitten und Gebräuchen an, und es kam zu keinem weiteren Ausbruch. Die Söhne schickten ihr alle möglichen Sachen, und sie lernte von Lude: Beim Abortgang warf sie dort absichtlich ein Paar Schuhe in den Abfalleimer, und neben das Waschbecken legte sie ein halbes Stück Seife. Wenn sie durch den Gang kam, nickten ihr in den kleinen Fenstern auf beiden Seiten immer welche dankbar zu, und das machte sie froh und zufrieden. Lude lobte ihr gutes Herz. Sie sei vorher recht eigennützig gewesen, habe nie jemandem etwa Geld leihen wollen, aber im Gefängnis habe sie sich gewandelt. In der Nacht weinte sie heimlich, und als Lude sie zur Ruhe mahnte, sagte sie, es tue ihr so leid, was sie dem alten Liu angetan habe.

Lude riet Cheng Pinzhi, Li Fang in Gegenwart der alten Frau nicht zu erwähnen. Die beiden hätten sich nicht vertragen.

Die Eisentür rasselte, die alte Frau kam zurück.

Sie wurde noch an drei weiteren Tagen verhört, und währenddessen erfuhr Cheng Pinzhi von Lude so einiges.

Man war hier in der Untersuchungshaftanstalt Gongdelin, vor dem Desheng-Tor. In dieser Anstalt gab es kein normales Gebäude, Gänge wanden sich um hundert Ecken in einem wahren Labyrinth. Es hieß, der Architekt selber finde hier nicht mehr heraus. Früher hatten hier die Gruppenwärterinnen alle Polizeiuniform getragen, mit der Kulturrevolution waren sie durch einen Trupp Sportsoldatinnen ausgetauscht worden, lauter großgewachsene Gestalten, offensichtlich Basketballspielerinnen, die, wenn zur Nachtruhe gepfiffen wurde, von einem der kleinen Zellentürfenster zum nächsten liefen und

»Studienunterbrechung!« riefen; später waren sie durch den jetzigen Trupp umgeschulter Soldatinnen abgelöst worden, zusammen neun Frauen; Chefin dieses Trupps war der »kleine Leader«.

Ursprünglich waren das hier sämtlich Einzelzellen. 1965 war die Belegung am niedrigsten gewesen. Da hatte der Küchenchef selbst in einem kleinen Eimer das Essen gebracht.

Die Zellen gegenüber waren immer noch Einzelzellen. In Nr. 2 saß Jin, eine Malerin. Es hieß, sie sei eine Nichte von Puyi, dem letzten Kaiser. In Nr. 4 saß Liu, eine alte Kader mit amtlichen Führungsaufgaben. Wenn Cheng Pinzhi vorsichtig das kleine Türfenster öffnete, sah sie im Fenster gegenüber stets Lius von weißen Strähnen durchzogenen schwarzen Haarschopf und darunter unter Oberlidern mit doppelter Falte ein Paar große neugierige Augen, die schlecht zum Alter der Besitzerin passten. Die Frau in Nr. 8 hieß mit Familiennamen Sha, und ihr schöner persönlicher Name war Bih, grüne Jade. In Nr. 10 saß die aus der Sowjetunion stammende Frau eines hohen Beamten. Die Nummern 6 und 12 gehörten zu einem Fall, Nr. 6 war eine Südkoreanerin, Nr. 12 eine Frau mit großer Nase, beide waren mit der Kulturrevolution eingeliefert worden.

Lude schien mit Sha Bih von Nr. 8 recht vertraut. Das sei eine Auslandschinesin aus den USA, aus Austin, die könne Jazz singen, sei überhaupt talentiert und verstehe sich auf viele Künste. Sha Bih sei auch in Kanada gewesen, sagte Lude, Kanada sei ein großes Land mit sehr wenig Menschen. Sha Bih habe da bei Bekannten eines Freundes gewohnt, und als die gehört hätten, sie komme aus Texas, hätten sie ihr das Foto eines Texaners gezeigt, der kürzlich gekommen sei. Den kenne sie nicht, habe Sha Bih gesagt. Der heiße Tom, habe ihr Gastgeber gesagt, und Tom sei Sha Bihs Nachbar, aus Houston! Sha Bih habe darauf geantwortet, Houston liege 120 Meilen von Austin entfernt, wo sie lebe. Ja was seien denn schon 120 Meilen, habe ihr Gastgeber gesagt. Sein nächster Nachbar hier wohne gut 300 Meilen weiter weg!

Cheng Pinzhi war sehr beeindruckt. Da besaß eine Familie ein Stück Land, das sich weiter erstreckte, als Peking von Tianjin entfernt war. Auch Texas war ja ein weites Land mit wenig Menschen; wozu sei denn eigentlich diese Sha Bih aus Amerika nach Peking gekommen? Lude sagte, Sha Bih sei Studentin noch ohne Abschluss, habe in Peking an der Fremdsprachen-Hochschule studiert, sei in die USA gegangen, um die Frau ihres Bruders aufzusuchen, und jetzt zurückgekommen, um zu sehen, wie schön die Heimat sei. An der mongolischen Grenze habe sie ein paar Fotos gemacht und sei festgenommen worden. Lude sagte aber auch, Sha Bih sei mit acht großen Kabinenkoffern, getragen von einer Schar von Trägern, in die Haftanstalt gekommen. Cheng Pinzhi verstand nicht, wozu jemand mit so viel Gepäck reiste.

»Vaterlandsliebe!«, sagte Lude. »Sie will nicht mehr in die USA zurück. Sie liebt China, leider liebt China sie nicht. Und dann ist sie noch in die Kulturrevolution geraten; das musste ja böse enden.«

»Was heißt denn China?«, fragte Cheng Pinzhi. »Die neun Millionen 600 000 Quadratkilometer Land? Oder die 800 Millionen Menschen?«

»Du brauchst keinen Streit anzufangen«, sagte Lude missmutig, »du bringst mich nur dazu, dass ich gegen die Anstaltsregeln verstoße.«

Das war nicht Cheng Pinzhis Absicht gewesen. Sie hatte nur überlegt, dass auch sie zu China gehörte. China herabzusetzen verletzte ihre Selbstachtung. Aber sie wollte wirklich nicht diskutieren, sie kannte Sha Bih ja nicht. Sie fragte nur: »Warst du mit ihr in einer Zelle? Oder kennst du sie von früher?«

Lude sagte vage: »Die alte Frau war mit ihr zusammen, ich hab gehört, was sie erzählt hat.« Ehrlich wie sie war, errötete sie und wurde noch vager: »Die alte Frau hat alles Mögliche mit Sha Bih getauscht. Sha Bih liebt grobes Tuch und hat Kleidung aus Kunstfaser gegen Kleidung aus grobem Tuch mit der alten Frau getauscht. Die hat sich aber nicht getraut, das anzuziehen, hat die Nähte rausgetrennt und Gürtel draus gemacht. Wirklich schade drum.« Damals war Kunstfaser etwas ganz Neues und viel teurer als Tuch.

Cheng Pinzhi hätte gern mehr Geschichten von Sha Bih gehört, aber Lude ging zu anderem über: »Auf dieser Seite sind lauter große Zellen, kleinere mit drei, größere mit vier Insassen. Außer der großen Chen sind alle in der Kulturrevolution reingekommen. Die große Chen gibt sich als Hexe aus, lebt von Schwindelei.«

Lude war zum zweiten Mal hier. Weil sie missioniert hatte, war sie zu drei Jahren Arbeitserziehung verurteilt worden, und weil sie während der Strafe weiter missioniert hatte, war sie hierher zurückgeschickt worden. Der Haftbefehl war unterschrieben, jetzt wartete sie auf das Urteil. Ludes Eltern hatten beide das Verbrechen der Missionierung begangen. Der Vater war zum Tod verurteilt worden, die Mutter verbüßte noch ihre Strafe. Nach der Verhaftung hatte die Regierung erlaubt, dass sich Mutter und Tochter einmal sahen. Die Mutter hatte Lude ermahnt, sich der Erziehung zu unterwerfen, nichts zu tun, was die Regierung nicht erlaubte, und sich zu bemühen, bald in die Gesellschaft zurückzukehren.

Die alte Frau in der Zelle war eine Bäuerin aus dem Kreis Pinggu, noch keinen halben Monat hier und wurde gerade verhört. Eine Weile, nachdem sie vom Verhör zurückgekommen und die Eisentür rasselnd wieder verriegelt worden war, klappte das kleine Türfenster auf, und Gruppenwärterin Yan reichte einige Blatt einseitig zu beschreibendes Papier herein. »Lude«, sagte sie, »schreib für Song Shuhua eigenhändig ihre Aussage auf, Wort für Wort, so wie sie's sagt!« Lude stieg eilends vom Bettbrett herunter und nahm das Papier und dazu ein Tintenfässchen halb voll blauer Tinte und einen Federhalter entgegen.

Cheng Pinzhi blieb nichts anderes übrig, als sich das mit anzuhören. Die alte Frau hatte tatsächlich jemanden umgebracht. Mit ihren beiden Söhnen zusammen hatte sie die Frau eines Grundherrn ermordet, aber nicht im Klassenkampf, sondern um privater Rache willen. Die drei hatten Getreide aus dem Speicher des Produktionsteams, also dem Speicher ihres Dorfs, gestohlen, und die Frau des Grundherrn hatte das gesehen. Der Teamchef hatte die Familie bestraft, und sie vermuteten, dass die Frau des Grundherrn sie verpfiffen hatte. Nach den Regeln des Teams war Diebstahl mit dem Zehnfachen der gestohlenen Menge zu büßen. Das gab für die Familie eine sehr harte Strafe. Als die Kulturrevolution kam, wurden auch im Dorf Grundherren, Reiche, Reaktionäre und schlechte Elemente »kritisiert und bekämpft«, und die Frau des Grundherrn traf es zuerst. Die alte Frau und ihre Söhne waren besonders eifrig dabei, sie packten die Hände der Verräterin, kreuzten sie in ihrem Rücken und hoben sie dann bis auf die Höhe ihrer Kehle, um sie »als Flugzeug fliegen zu lassen«, hängten ihr ein großes Schild um und daran eine gusseiserne Fladenbratpfanne, zerrten sie an ihren Haaren im Kreis herum. Bei dieser Kritik und Bekämpfung gab sie auf halbem Weg den Geist auf, es hatte ein Menschenleben gekostet. Die Leute fesselten den dreien die Hände auf dem Rücken mit Stricken, die sie ihnen noch um den Hals schlangen, und lieferten sie beim Polizeibüro des Kreises Pingu ab, das brachte sie unter Bewachung zur Polizeidirektion der Stadt, und die eröffnete das Verfahren.

Cheng Pinzhi graute, wie sie das alles hörte, eine Gänsehaut überlief sie, als sie abends sich zum Schlafen legten, hatte sie Angst; glücklicherweise lag Lude in der Mitte. Noch im Schlaf fürchtete sie sich, im Traum packte die alte Frau ihre Kehle und hätte fast ihren letzten Atemzug erstickt. Sie erwachte; ihre rechte Hand hatte ihr auf die Magengrube gedrückt.

Glücklicherweise wurde sie nach nur zwei Tagen von der alten Frau getrennt. Eine Gruppenwärterin öffnete die Zellentür und hieß Lude und Song Shuhua ihr Bettzeug zusammenrollen und hinauskommen. Die beiden stopften ein Bündel mit Kleidung in das zusammengerollte Bettzeug, legten die Waschschüssel drauf – die alte Frau hatte keine, Lude gab ihr eine – und gingen hinaus; Lude drehte sich noch einmal um und lächelte Cheng Pinzhi zu, ein Lächeln über das ganze Gesicht, rein wie eine Lotusblüte.

Die Zelle blieb leer zurück, Cheng Pinzhi fühlte sich allein in einer wüsten Öde. Sie hörte, wie sich Türen öffneten, Schritte vorbeikamen, verhallten. Sie hatte Angst.

Die Eisentür rasselte auf. »Cheng Pinzhi, Bettzeug zusammenrollen, rauskommen!«

Sie packte eilends alles zusammen, legte die Waschschüssel drauf und folgte der Gruppenwärterin, um sieben, acht Ecken, in einen Gang, der dem bisherigen völlig glich, und kam in eine Zelle, die ebenfalls der vorherigen völlig zu gleichen schien. Als sich die Eisentür schloss, stieg ihr ein widerlicher Gestank in die Nase. Der ganze Mageninhalt kam ihr hoch. Quelle des Gestanks war der offene Urinkübel in einer Ecke. Die Harnsteinkruste darin war dicker als die Wand des Kübels, an der sie sich abgesetzt hatte. Unten im Kübel verdampfte seit weiß der Himmel wie viel Generationen eine orange Urinbrühe, Urindampf füllte den Raum. Das Eisenfenster war von außen verriegelt. Cheng Pinzhi fühlte nur noch, wie auch sie zum Urinbrocken wurde. Ekel erstickte sie. Sie wollte sich hinsetzen. Das Bettbrett war pechschwarz, überzogen von einem klumpenden Geschmier aus Schweiß und Staub. Sie wollte sich einen Augenblick anlehnen, doch die Wand war voll Blut von Bettwanzen und Mücken. Der Boden klebrig, ein schmatzendes Geräusch, wenn sie den Fuß hob. Sie umfasste die Waschschüssel und das zusammengerollte Bettzeug und versuchte, so flach und so wenig wie möglich zu atmen.

Die Eisentür rasselte auf, sie stürzte kopfüber hindurch, alles drehte sich ihr vor den Augen, der Mageninhalt sprudelte ihr aus dem Mund, Arme und Hände versagten ihr den Dienst, die Waschschüssel knallte auf den Betonboden, sie glitt hin, wusste nichts mehr. Die Gruppenwärterin schrie hysterisch auf, trappend kamen Soldaten gerannt, als stünde das ganze Gongdelin einem gefährlichen Feind gegenüber! Sie verlor das Bewusstsein, kam wieder zu sich und sah Soldaten vor sich, die einer Frau mit langer weißer Hose und dunklem Gesicht den Weg freigaben, offensichtlich der Gefängnisärztin, die sich neben ihr hinkniete, ihren Arm packte und zählte. »Puls weggeblieben«, sagte sie. »Lasst sie erst mal wieder reingehen und sich eine Weile hinlegen!«, sagte die Gruppenwärterin. Die Zellentür wurde geöffnet, und die Ärztin sagte eilends: »Erst mal ins Büro«, und fragte Cheng Pinzhi: »Kannst du aufstehen und ein paar Schritte gehen?« Cheng Pinzhi nickte; wie sie stand, wurde ihr wieder schwindlig, alles drehte sich, sie schwankte, die Ärztin fing sie auf. »Jetzt ist Doktor Zhang hier«, sagte die Gruppenwärterin zu den Soldaten, »für euch gibt's hier nichts mehr zu tun.« Die Soldaten trappten ab.

Im Büro standen ein Tisch und zwei Stühle. Doktor Zhang ließ Cheng Pinzhi sich hinsetzen und hörte ihr erst die Brust, dann den Rücken ab, maß ihren Blutdruck und fragte sie nach ihrer Krankengeschichte. »Abgesehen von einer Störung der Nervenfunktionen«, sagte Cheng, »komme ich leicht außer Atem. In dieser Zelle eben war die Luft zu schlecht, so erstickend, mir raste das Herz, mir wurde schwindlig, platzte der Kopf.« Die Ärztin nickte: »In diesem Gang waren vorher männliche Häftlinge, nachdem sie wegkamen, ist nicht gelüftet worden. Geh erst mal in die Zelle zurück und warte ein Weilchen, ich bring dir ein Medikament.«

»Wenn ich jetzt nicht krank bin«, sagte Cheng Pinzhi verzweifelt, »werde ich krank, wenn ich dahin zurückmuss. Ich hab Angst, ich überleb das nicht, wenn ich da über Nacht bleibe.« Die Gruppenwärterin, die neben ihr stand, ermahnte sie: »Das haben alle überlebt, warum nicht du? Diese deine bourgeoise Lebensweise muss sich wandeln! Zurück und geh in dich!« Ihr blieb nur die rasche Rückkehr in die Zelle; die Eisentür schloss sich, in diesem Augenblick hoffte sie nur noch auf das Ende.

Mit aller Mühe wurden noch vier Frauen in die Zelle gestopft. Eine, die mittleren Alters war, trug Handschellen und Fußfesseln, ihre Hose war völlig nassgepinkelt. Eine alte Frau mit scharfen, verschlagenen Zügen stank nach Achselschweiß. Ein junges Mädchen hatte einen blutigen Kopf. Und dazu noch eine gut sechzigjährige Nonne, der eine schmutzige weiße Binde mehrfach vom Hals über den Scheitel gezogen worden war und die so den Schädel in zwei Hälften teilte; Blutspuren vorn auf ihrem blassblauen Hemd waren nicht sauber herausgewaschen. Das Gemisch von Blutgeruch, verschwitztem Körper- und Uringestank biss in die Nase, schmerzte die Augen wie Pfefferspray. Cheng Pinzhi verkrampfte sich das Herz, als sie sah, dass man ihre mit grünem Satin bezogene Decke achtlos auf das dreckstarrend schwarze Bettbrett geworfen hatte. Sie wollte von der Gruppenwärterin eine Schüssel mit kaltem Wasser verlangen, um alle ebenen Flächen in diesem Raum sauber zu schrubben, und wollte eben das kleine Fenster in der Tür aufziehen, als es von außen geöffnet wurde und über einer weißen Atemmaske zwei unsicher flackernde Augen auftauchten. »Roll dein Bettzeug zusammen, komm raus«, kam durch Mundschutz und Tür die Stimme der Gruppenwärterin. Die Eisentür rasselte auf.

Cheng Pinzhi suchte mit gesenktem Kopf ihr Zeug zusammen; mit einem Mal schien ihr ein kleiner Vogel im Herzen wild zu flattern. Die verlorene Hoffnung wurde wahr; was sollte sie schon noch zusammensuchen, wirklich, sie wollte nur geradenwegs ins Zhongnanhai laufen, ihm sich in die Arme werfen und sich ausheulen. Sie nahm nur das Bettzeug, das sie nicht gut dalassen konnte, alles Übrige ließ sie, soweit die Gruppenwärterin nicht hinsah, einfach liegen. Sie fürchtete Gerede der anderen Frauen, lächelte freundlich, als sie hinausging, und nickte ihnen zu.

22 DIE GEGNERIN DES STELLVERTRETENDEN OBERKOMMANDIERENDEN

Als Cheng Pinzhi aus der Zelle kam, wandte sie sich automatisch dem Rund am Ende des Gangs zu. »Hier rum!«, gebot die Gruppenwärterin und zeigte in die Gegenrichtung. Cheng Pinzhi drehte sich um. Jetzt erst wurde ihr klar: Sie kam nur in eine andere Zelle. Du dämliches Gespenst!, verhöhnte sie sich innerlich, hast Tagträume und weißt nicht, dass du tot bist!

Durch das mit mehreren Drahtgittern gesicherte offene Gangfenster drang ein kalter Luftzug, Cheng Pinzhi nieste. Die neue Zelle lag gegenüber dem Abort. Wie sie die Tür öffnete, blickte sie unter dem Fenster an der Wand gegenüber ein aus einer drei Jahre alten Nummer der *Renmin Ribao* herausgeschnittenes Bild des Vorsitzenden an, ein Bild mit der gleichen Vorlage wie jenes, auf dessen Rückseite Mao Zedong ihr die drei Zeichen *Pin Run Zhi* geschrieben hatte. Als wäre Mao eigens im Bademantel hergelaufen, um sie zu sehen, und heiße als Herr der Zellen den verehrten Gast willkommen. Spottendes Spiel des Schicksals, sollte sie lachen oder weinen? Welcher Herzlose hatte in einer Gefängniszelle ausgerechnet das an die Wand geklebt?

Im Raum war nur eine Person, die sich jetzt von dem breiten Bettbrett herunterschob – spindeldürr, gebeugt, die Hose schlotterte um die zwei Stecken von Beinen, ein lebendes Gerippe. Von dem durch einen riesigen Mundschutz verdeckten Gesicht des Gerippes sah Cheng Pinzhi nur die beiden Augen, in denen irgendeine Nachricht verborgen schien.

Das Gerippe war sehr sauber, im Raum war kein sonderbarer Geruch zu spüren, Cheng Pinzhi atmete auf.

»Bist du noch in der offenen Zeit?«, fragte das Gerippe. Man hörte sofort, dass sie aus dem Süden war.

Cheng Pinzhi zuckte zusammen. »Was sagen Sie?«

»Hast du Lungentuberkulose? Ich frage, ob du schon durch die offene Zeit durch bist.« Das Gerippe starrte sie mit großen Augen an.

Cheng Pinzhi stöhnte innerlich auf. Dem Maul des Tigers entronnen – und in die Wolfshöhle gefallen. Von nun an musste sie also von früh bis spät mit einer Tuberkulösen zusammenleben, einatmen, was die an Tuberkeln aus der Lunge ausatmete. Gequält verzerrte sie das Gesicht, schüttelte hilflos den Kopf.

»Macht nichts«, sagte das Gerippe großzügig. »Ich hab keine Angst vor Ansteckung. Das ist hier eine Isolierzelle, und das Bettbrett ist groß genug, mir reicht wenig, der ganze Rest ist für dich.« Sprach's und verfrachtete ihr Bettzeug mit eifrigen Bewegungen in eine Ecke.

Das Gerippe redete nicht viel, aber die eingesunkenen großen Augen über dem riesigen Mundschutz waren klar wie Quellwasser und sagten Cheng Pinzhi: Das ist kein schlechter Mensch. Man stirbt jedenfalls, dachte sie, und so zu sterben ist auch recht, alles in allem mit reinem Herzen.

Die Gruppenwärterin reichte durch das kleine Türfenster Tabletten herein, eine große für das Gerippe und eine kleine für Cheng Pinzhi, und sah zu, wie die beiden sie schluckten, dann schloss sie das Fenster. Das Gerippe bekam täglich dreimal Tabletten, Cheng Pinzhi nur einmal. Beim dritten Mal hatte Gruppenwärterin Yan Dienst, und das Gerippe machte sie darauf aufmerksam, dass sie Cheng Pinzhi vergessen hatte. »Bist du der Arzt?«, sagte Yan. »In diesem Gang gibt's mit dir den meisten Ärger, denk lieber über deine Verbrechen nach und kümmer dich nicht um irgendwelchen Kleinkram!«

»Ich hab nichts verbrochen«, gab das Gerippe sarkastisch zurück, »worüber soll ich da nachdenken?«

»Darüber, dass du am Tor des Himmlischen Friedens eine Wandzeitung gegen den Stellvertretenden Oberkommandierenden angeklebt hast, über dieses Verbrechen!«

Was!, dachte Cheng Pinzhi. So eine, die jeder Windhauch davonweht?

»Lin Biao ist ein bourgeoiser Verschwörer, heimtückisch ehrgeizig, also muss man sich ihm entgegenstellen!«

Himmel, schrie Cheng Pinzhi innerlich, was für ein irrsinniger Mut! Lin Biao, was ist der? Über ihm steht nur einer, unter ihm stehen Millionen! Die Parteisatzung bestimmt ihn zum Nachfolger Mao Zedongs! Sie begann vor Angst um das Gerippe zu schwitzen, versuchte, es mit Blicken zu bremsen.

»Was sollen das für Unverschämtheiten sein? Wer seine Verbrechen nicht bekennt, mit dem nimmt's kein gutes Ende!« Das kleine Fenster klappte zu.

Cheng Pinzhi war für das Gerippe und auch für sich selbst erleichtert, dass es an Gruppenwärterin Yan geraten war. Wenn die mit der metallischen Stimme Dienst gehabt hätte, dann hätte die womöglich sie angewiesen, dem Gerippe die Kehle zuzudrücken, mit einer Decke das »Giftstreuen« zu unterbinden! Sie wollte die Heldin ermahnen, aber die kam ihr zuvor, sie sorgte sich um Cheng Pinzhi: »Ich hab Rimifon aufgespart, willst du was davon?«

»Ich hab doch gar keine Tuberkulose.«

»So? Was für Tabletten bekommst du denn, kennst du sie?«

»Aspirin.«

»Was für eine Krankheit hast du denn?«

Cheng Pinzhi sagte ihr kurz, was vor und nach ihrer Ohnmacht geschehen war, und betonte, eine Krankheit habe sie nicht.

»Sie geben dir koffeinhaltiges Aspirin, das hat vorbeugende Wirkung und schadet Menschen nicht. Und Angst brauchst du keine zu haben, meine Tuberkeln sind längst verkalkt. In den anderen Zellen sind fünf oder sechs Personen, in dieser Zelle ist's am besten. Erhol dich hier, sei meine Kameradin. Ich heiße Bai Lian, Weißer Lotus, wie in der Weißen-Lotus-Lehre.«

Cheng Pinzhi versuchte, sie zu ermahnen: »Ihre Kameradin will ich gern sein, aber Sie müssen lernen, sich zu schützen. Sie dürfen keine solchen Reden führen, die gar nichts bringen außer Strafen für Sie. Wenn Sie schon nicht an sich denken, dann doch bitte an mich. Hier drin sind nur wir beide. Wenn ich mich auf Ihre Seite stellen soll, dann kann ich nicht Ihre Kameradin sein. Wenn ich Ihre Kameradin sein soll, dann kann ich nur die Diktatur der Regierung über Sie unterstützen. Kurz, je deutlicher Sie sich äußern wollen, umso mehr bringen Sie mich dazu, nach außen und in meinen eigenen Augen kein Mensch zu sein.«

Bai Lian begriff, lachte und akzeptierte: »Gut, Aufrichtigkeit für Offenheit!« Auch beim Sprechen nahm sie den Mundschutz nicht ab, und Cheng Pinzhi war klar, sie trug den Mundschutz weniger, um sich selbst zu schützen, als aus Achtung gegenüber dem anderen.

Bai Lian war noch mehr als Lude auf Sauberkeit bedacht. Wenn täglich das kochend heiße Wasser für den Gang gebracht wurde, bekam sie als Kranke den ganzen Rest im Eimer. Damit spülte sie Teebecher, Schalen und Schüsseln ab und nahm das Wasser dann, um Putzlappen auszuwaschen und das Bettbrett zu säubern. Um den Boden zu wischen, nahm sie nicht die gleichen Lappen wie für das Bettbrett. Beim Abortgang wusch sie den Bodenlappen aus, wrang ihn trocken und wischte den Boden, wenn sie zurückkam. Das kleine Stück Zellenboden glänzte mehr als jeder Spiegel. Wenn sie vor die Zellentür trat, zog sie Schuhe an, sonst glitt sie auf Strümpfen über den Boden. Cheng Pinzhi machte es ihr nach; Staub und Schmutz von draußen wollten sie auf ihrem Boden nicht haben.

Täglich gegen Abend kam Frau Doktor Zhang zu Krankenbesuchen. Wer besucht werden wollte, sagte das morgens beim Abortgang der Gruppenwärterin. Cheng Pinzhi verlangte keinen Besuch, aber Doktor Zhang gab ihr täglich eine Spritze Vitamin B 12. Cheng Pinzhi fürchtete, sie könnte die Ärztin in ihren Fall mit hineinziehen, und traute sich deshalb nicht, mehr zu sagen als jedes Mal nach der Spritze ein »Danke«, in das sie ihre ganze Dankbarkeit hineinlegte.

Sie war keine zwei Tage mit Bai Lian zusammen, da hatte die ihr ihre Geschichte erzählt: Sie war aus Dangyang, Provinz Hubei, ein alte Kämpferin in der (kommunistischen) Neuen Vierten Armee. Hatte geheiratet und war nach drei Tagen geschieden. Das war ein Dreckskerl, sagte sie; Röte überflog ihr wachsbleiches Gesicht; was für Dreck an dem Kerl war, sagte sie nicht. Cheng Pinzhi mochte nicht weiter nachbohren. 1957 verließ Bai Lian ihre Einheit. Bevor sie in Haft kam, hatte sie am Donghuamen, dem Osttor des Kaiserpalasts, gewohnt. Sie hatte keine Einheit, keine Arbeit. Ihr Fall bestand, wie Gruppenwärterin Yan schon gesagt hatte, darin, dass sie sich am Tor des Himmlischen Friedens gegen den Stellvertretenden Oberkommandierenden gestellt hatte: Unter Mao Zedongs Bild hatte sie dort eine Wandzeitung angeklebt, auf der stand »Den Rebellen und Dieb Lin Biao bloßstellen!«, und dass Lin Biaos *Vorwort zur zweiten Auflage* des roten Büchleins mit den Maozitaten ein großes Giftkraut sei und Lin Biao ein in der Partei verborgener Klassenfeind, ein Verräter, der das Reich ins Chaos stürze und mit dem Gewehr in Massenkampagnen zum Kampf von Massen gegen Massen aufhetze.

Ihre Offenheit entsprach nicht ihrem Alter. Sie verschwendete keinen Gedanken daran, sich zu schützen, hatte keinerlei Plan, nichts, um Angriffe abzublocken. Das war wohl die dem Helden eigene selbstvergessene Opferbereitschaft. Cheng Pinzhi stand plötzlich vor Augen, wie Klein Li unter Faustschlägen und Fußtritten gestorben war. Sie zitterte immer noch, als sie jetzt daran dachte.

Bai Lian war der Ansicht, sie habe richtig gehandelt und nichts zu gestehen. »Wer von Gier besessen ist, kann das nicht lang verbergen. Warte nur, lang kann's nicht dauern, dann stürzt Lin Biao sich in den letzten Verzweiflungskampf und richtet sich selber zugrunde. Lang werde ich hier nicht mehr herumhängen. Und wenn ich rauskomme, helfe ich dir.«

Jemandem von solch kindlicher Offenheit mochte Cheng Pinzhi nichts über ihren eigenen Fall sagen, nicht einmal woher sie selbst kam; auch was sie Bai Lian hätte wissen lassen müssen, brachte sie nicht über die Lippen, nicht einmal, was sie gearbeitet hatte. Ihr kam der groteske Gedanke, sie sei wohl Trägerin von Staatsgeheimnissen. Sie schämte sich vor Bai Lians Aufrichtigkeit.

Zum Glück fragte Bai Lian sie gar nicht, wieso sie hier reingekommen war, sie genoss einfach zu hören, was draußen so passiert war. Wer ganz von der Welt geschieden ist, dem geht es wie in Räumen, in denen sonst nie ein Fenster geöffnet wird – wenn es dann mal auch nur ein Spalt ist, zieht er tief, tief die Luft ein. Cheng Pinzhi verstand das gut und bemühte sich, Bai Lians Hoffnung auf Neuigkeiten zu befriedigen. Bai Lian war seit drei Jahren in Haft, Cheng Pinzhi berichtete ihr also, was in diesen drei Jahren Wichtiges geschehen war. Doch als sie zum 9. Parteikongress im April 1969 kam, winkte Bai Lian ab: »Das hat ja alles in der Zeitung gestanden, ist da nicht der ›9000 Jahre‹ eingesetzt worden? Das ist eine Schande für die Partei, wie Lin Biao, dieser heimtückische Ehrgeizling, da den Vorsitzenden Mao unter Druck gesetzt hat. Alle Abgeordneten auf diesem Kongress haben den Vorsitzenden Mao verraten!«

Dem Herrscher, ob Kaiser oder Mao, wünschte man traditionell »Wansui«, also Zehntausend Jahre, und nannte ihn deshalb auch den »Wansui«, also den »10 000 Jahre«; einen Zweitmächtigsten hinter ihm, wie nun also Lin Biao, verspottete man als den »9000 Jahre«.

Gegen Bai Lians Naivität führte Cheng Pinzhi einen einfachen Beweis ins Feld: »Die Abgeordneten waren alle gläubige Anhänger des Mao-Zedong-Denkens. Der Vorsitzende Mao hat auf dem Kongress gesprochen, und nach jedem Satz haben sie alle gerufen: ›Zehntausend Jahre dem Vorsitzenden Mao!‹ Anderthalb in großen Zeichen geschriebene Seiten hat er vorgelesen, eine halbe Stunde hat er gebraucht.«

Bai Lian gab sich nicht geschlagen. »Alle Abgeordneten trugen Militäruniform und haben im Einklang mit Lin Biaos Schwindel ständig ›Wansui‹ gebrüllt. Lin Biao betreibt ganz düstere Machenschaften, kollektiv hebt er den Vorsitzenden Mao in den Himmel, um ihn dann kollektiv zu stürzen.«

»So unverhüllt in den Himmel gehoben werden, das ist auch« – Cheng Pinzhi wollte sagen: »dem Vorsitzenden zuwider«, brach aber ab, auf den Wangen brannten ihr zwei kleine Flecken der Scham.

Bai Lian missverstand ihren veränderten Gesichtsausdruck. »Ja, auch ich, die ich erst hinterher davon höre und davon erschüttert bin, auch ich ertrag es nicht, mit anzusehen, wie das weitergeht. Das sind so Verschwörertricks, normale Menschen können sich das gar nicht vorstellen, diese Sorte ist dermaßen unverschämt, die spielen dir was vor, da wird dir schlecht, einfach nur zum Kotzen ist das.«

Sie hatte eigentlich nicht so unrecht. Zu Beginn der Kampagnen hatte auch Cheng Pinzhi so gedacht, damals, als Klein Li an Mao Zedong geschrieben hatte, die Große Kulturrevolution betreibe Massenkampagnen mit dem Gewehr, da hatte sie zunächst an Lin Biao gedacht. Nachdem sie dann in den Himmel aufgestiegen und wieder auf der Erde gelandet war, hatte sie Mao Zedongs Charakter erfasst, wie er mit Menschen erst spielte, sie verführte und dann wegwarf; sie hatte ja tiefe Einblicke in die Machtkämpfe im Zhongnanhai getan. Seit sie hier im Gefängnis Bai Lians Fall kennengelernt hatte, dachte sie darüber nach, warum sich Mao Zedong mit Lin Biao verbündet hatte. Sie wusste zu wenig über diesen Stellvertretenden Oberkommandierenden. In den Tagen, da sie im Zhongnanhai ein und aus gegangen war, hatte sie von so einigen Interna erfahren. Das betraf nicht die Gestürzten, über Liu Shaoqi, Deng Xiaoping und Tao Zhu ebenso wie über Peng Zhen, Luo Ruiqing, Lu Dingyi und Yang Shangkun wusste alle Welt bereits Bescheid. Interna betrafen Angelegenheiten der noch in hoher Stellung Ungestürzten. Zhu De kümmerte sich nur mehr um Orchideenzucht und ums Kochen, die Gattin nähte die Unterwäsche selbst; aber so bedacht sie auch waren, sich nicht um die Angelegenheiten des Reiches zu kümmern, sie entgingen nicht der Verdächtigung, eine bourgeoise Lebensweise zu verfolgen und unsinnigerweise die Wiederkehr des Kapitalismus anzustreben. Zhou Enlai hatte seit Jahren ein Verhältnis mit einer verheirateten Frau; ihr Mann wurde als Rechtsabweichler zur »Wandlung« in die Große Nördliche Einöde geschickt. Eine klare Sache; Zhou wollte sich in Xiangshan ein Liebesnest einrichten und damit beiden, der Geliebten wie der Ehefrau, deutlich machen, wie die Dinge standen. Zu Beginn der Kulturrevolution wurde die Wohnung jener Familie durchsucht, und die Rotgardisten sperrten die Frau und ihre Schwiegermutter nackt im Abort ein; die Wohnung wurde leergeräumt, alles beschlagnahmt, nicht mal eine Unterhose ließen sie zurück. So tief war die geliebte Frau gesunken – und Zhou Enlai, wer hätte das gedacht, fragte nicht mal nach. Seine Adoptivtochter Sun Weishi wurde festgenommen – Zhou bewies weiter eine über aller Menschlichkeit stehende Parteitreue. Auf seine Weisung wurden Marschall He Long und seine Frau in einer Residenz am Jadequellenberg festgehalten, alle ihre Kinder kamen ins Gefängnis.

Nur über Lin Biao wusste Cheng Pinzhi kaum etwas. Er wohnte in der Maojiawan-Gasse, und außer wenn Mao ihn rief, kam er kaum ins Zhongnanhai. Das Personal im Zhongnanhai wusste auch wenig über ihn, es hieß nur, er sei ständig krank, scheue helles Licht und Luftzug. Was für ein Mensch mochte Lin Biao sein? Schon als damals Mao ihr gegenüber seinen Widerwillen gegen Lobhudelei zeigte, hatte sie darüber nachdenken müssen.

»Wer sich gut ein Jahrzehnt vor der Welt verkrochen hat«, fragte sie Bai Lian, »durchschaut der überhaupt noch, was geschieht?«

Bai Lian lachte kurz, verächtlich: »Der spielt nur krank, neunzehn Jahre will er jetzt schon krank sein, schon im Koreakrieg hat er das Spiel betrieben.«

Dem konnte Cheng Pinzhi nicht zustimmen. »In der Schlacht am Pingxing-Pass hat ein Soldat Yan Xishans versehentlich auf Lin Biao geschossen und sein Rückgrat getroffen, seitdem ist er krank, ist zur Behandlung in die Sowjetunion gekommen, aber das hat nichts gebracht, er liegt den ganzen Tag im Bett, und bettlägrig kann er nicht Krieg führen. Der Vorsitzende weiß, weshalb Lin Biao abgelehnt hat, an die Front in Korea zu gehen, und wirft ihm das durchaus nicht vor.«

»Stimmt nicht, bei den Kämpfen um Liaoning und Shenyang, um Peking und Tianjin war er auch noch dabei, überall, von der Mandschurei bis Hainan, lag wohl auf einer Tragbahre und gab seine Befehle; und nur nach Korea ging es dann nicht?«

Cheng Pinzhi wusste auch nicht, wie genau es sich eigentlich mit Lin Biaos Krankheit verhielt. Sie hatte nur gehört, das sei eine merkwürdige Krankheit; er fürchte Licht, Wind, Wasser, Geräusche, nicht mal Landschaftsbilder wage er sich anzusehen, essen, trinken, ausscheiden, das mache er alles auf dem Bett. Aber Hörensagen ist Schall und Rauch; nur daraus, dass er zur Auszeichnung von Marschällen nicht erschien, konnte sie schließen, dass es um seine Gesundheit wirklich schlecht bestellt war; oder lag ihm nichts an Ruhm und Ehre?

»Nichts von alledem«, sagte Bai Lian, »er führt Krieg! Er weiß, wann er vorrücken, wann er sich zurückziehen muss. In ruhigen Zeiten verbirgt er seine Talente, wartet auf seine Chance und überdenkt die ganze Zeit seinen Staatsstreichklassiker. Als die Chance kam, 1959 mit der Lushan-Konferenz, da ist er, ohne abzuwarten, hervorgehüpft, hat die Führung an sich gerissen, den großen Knüppel geschwungen und Peng Dehuai niedergeschlagen und gleich das größte Geschütz aufgefahren: hat Peng als Karrieristen, Verschwörer und Heuchler beschimpft, einen von der Sorte des Generals Feng Yuxiang, der für seinen düstren Ehrgeiz Anhänger um sich sammele; und gleichzeitig mit diesen Angriffen auf Peng hat er den Vorsitzenden Mao hoch in den Himmel gehoben, hat gesagt, in China gebe es nur einen großen Helden, den Vorsitzenden Mao, sonst dürfe keiner daran denken, ein Held zu sein. So hat er den einen niedergeschlagen, den andren in den Himmel gehoben und klettert selber nach oben. Nun sag mal, handelt so der verborgene Weise, der sich aus der Welt zurückgezogen hat?«

Cheng Pinzhi sah das anders. Nach der Lushan-Konferenz brauchte Mao Zedong einen neuen Verteidigungsminister als Ersatz für Peng Dehuai. Damals waren die neun Marschälle alle präsent, und

Mao wählte unter ihnen gerade den seit Langem krank gemeldeten Lin Biao. Der war zwar Vizevorsitzender der Militärkommission, für den Bettlägrigen war das aber nur ein leerer Titel gewesen. Doch so konnte sie gegenüber der Mao-Verehrerin Bai Lian nicht reden. Gläubigen kann man nicht mit der Wahrheit kommen. Stattdessen fragte sie zurück: »Hat er denn etwas getan, um weiter nach oben zu klettern?«

»Aber ja! Er hat die Drei Roten Fahnen gepriesen, Generallinie, Großer Sprung nach vorn und Volkskommunen, und die leitenden Leute in der Wirtschaft weggetreten. Dem Land ging es grade ein paar Tage lang wieder gut, da hielt er das nicht aus, da hat er in einem Aufsatz zum Rückzug geblasen, in *Die Generallinie und das militärische Denken des Vorsitzenden Mao hochhalten und unter diesen roten Fahnen mit großen Schritten voranmarschieren!*, da hat er den Vorsitzenden vorgeschoben, um sich selber herauszustellen. Er vertritt diese falsche Linie, die China in die Hungerjahre zurückholen will.«

Cheng Pinzhi war beeindruckt, jetzt sah sie Bai Lian mit anderen Augen an und wollte mehr hören.

Bai Lian glaubte, dass Lin Biao mit seiner Lobhudelei in Wahrheit Mao stürzen wollte. »Was tut er denn, seitdem er die Arbeit der Militärkommission leitet?«, fragte sie rhetorisch.

»Was soll denn ein Langzeitkranker schon tun?«, nahm Cheng Pinzhi die Antwort vorweg. »Liegt im Bett und schont sich.«

»Falsch, falsch, falsch.« Bai Lian schüttelte den Kopf. »Mag sein, dass er im Bett liegt, aber er tut nicht wenig.« Sie nahm die *Worte des Vorsitzenden* in die Hand: »Das ist das Größte, was er in der Militärkommission geleistet hat, jeden Tag ein Zitat in der Zeitung der Volksbefreiungsarmee. Das ist Religion, Herstellung eines Heiligen, und zuletzt ist es eine Heilige Schrift geworden, und die hat er dem Vorsitzenden aufgezwungen.«

Cheng Pinzhi fiel ein, wie Mao Zedong sich beklagt hatte, dass er den gammeligen Reis aufessen müsse, den andere gekocht hätten, und wie zuwider es ihm sei, fehlerhaftes fremdes Machwerk als eigenes anzuerkennen.

Die *Worte des Vorsitzenden* begannen mit Worten von Lin Biao. Bai Lian öffnete das Buch: Auf der Rückseite des Mao-Bilds, das als Frontispiz diente, stand Lin Biaos Vorwort: »Des Vorsitzenden Mao Bücher lesen, des Vorsitzenden Mao Worte hören, nach des Vorsitzenden Mao Weisungen handeln, ein guter Kämpfer des Vorsitzenden Mao sein.«

»Na, den Satz hat er kopiert«, sagte Bai Lian sogleich, »abgeschrieben vom Denkmal für Guan Yu in meiner Heimat. Dort heißt es: ›Gute Bücher lesen, gute Worte hören, gute Dinge tun, ein guter Mensch sein‹. Lin Biao versteht sich nicht auf sinngemäße Betonung beim Lesen, und beim Abschreiben hat er auch keine Interpunktion hinzugefügt. Und aus Angst, da könnte wer nicht wissen, dass das sein Vorwort ist, da musste er noch seinen Namen druntersetzen! Das Ganze auf diese Weise jemandem aufzuzwingen, dem Vorsitzenden so was als vollendete Tatsache aufzuzwingen, das ist schon erbärmlich.«

Interessant, dachte Cheng Pinzhi, stimmt ja, Lin Biaos Vorwort ist nicht interpunktiert, alles so runtergeschrieben, ohne Punkt und Komma. Hätte Bai Lian nicht drauf hingewiesen, wäre es ihr nicht aufgefallen.

»Die Große Kulturrevolution hat Lin Biao in Gang gebracht«, sagte Bai Lian. »Am 18. Mai 1966 hat er auf der Sitzung des Politbüros den ganzen Tag lang geredet und geredet, den Vorsitzenden Mao als Genie gepriesen: ›Satz für Satz von ihm ist Wahrheit, ein Satz von ihm mehr wert als zehntausend Sätze anderer‹, und so hat er die Kulturrevolution in Gang gesetzt.«

Cheng Pinzhi glaubte nicht, dass Lin Biao fähig gewesen war, die Kulturrevolution in Gang zu bringen, und noch weniger, dass jemand, der sich mit Morphium auf den Beinen hielt, in einem Zug einen Tag lang reden konnte. Die erweiterte Sitzung des Politbüros nach zwei Tagen war die letzte erweiterte Sitzung, der Liu Shaoqi präsidiert hatte, und sie hatte sich mit der Feindschaft zwischen den Frauen von Lin Biao und Lu Dingyi befasst, die Politbüromitglieder hatten mit großem Ernst die Tugend von Lins Frau Ye Qun diskutiert. Lin Biao hatte eigenhändig ein Beweisdokument verfasst und auf der Sitzung herumgehen lassen. Es wurde hinterher ein in der Kulturrevolution zu studierendes Dokument, nur wenige Sätze lang; Cheng Pinzhi erinnerte sich noch, es begann mit den Worten: »Ich bezeuge«, und sollte vier Tugenden von Ye Qun beweisen. »Ich bezeuge«, ahmte sie jetzt Lin Biaos Tonfall und Akzent nach, »ich bezeuge, Ye Qun war, als sie mich heiratete, eine unberührte Jungfrau und hat sich nach der Heirat stets tadellos betragen …« Bai Lian konnte sich vor Lachen nicht halten, hörte gar nicht auf, fing vor Lachen an zu husten; der Lärm alarmierte die Wachhabende. Das kleine Türfenster öffnete sich, die metallische Stimme fragte: »Was gibt's zu lachen?«

Die beiden schwiegen; was sie hätten sagen können, wäre kaum gut angekommen.

»Ihr braucht nicht zu glauben, die Regierung ist so milde, dass sie sich von euch täuschen lässt!«

Das Fenster wurde wild zugeknallt, die Metallische entfernte sich. Bai Lian zog eine Grimasse und zuckte die Achseln. »Aha, sie ist die Regierung!« Von da an nannten sie diese Gruppenwärterin nur mehr die »Regierung«.

Cheng Pinzhi kam wieder auf das vorherige Thema zurück, nur jetzt viel leiser: »Schon dass er nur für die Unschuld der Frau so einen Beweis vorlegt, zeigt doch, was Lin Biao für ein Pantoffelheld ist. Führt sein Ansehen als stellvertretender Vorsitzender des Politbüros für so einen Quark ins Feld, macht sich vor dem Politbüro zum Gespött. Hat seinen Körper nicht unter Kontrolle, und die Frau fürchtet er dermaßen, wenn es dem mal schlecht geht, schlimmer als in der Hand dieser Frau kann's ja nicht werden. Unter all den Großen, Mao, Liu, Zhou, Zhu, Chen, Lin, Deng, ist Lin Biao der schwächste, und er ist wirklich schwach, hält keinen Luftzug aus, wie ein kleines Kind, unfähig und kraftlos.« Sie verschluckte: Mao Zedong hatte damals Lin Biao an die Stelle Peng Dehuais gesetzt, weil er die Macht über das Heer nicht in die Hand von jemanden geben wollte, der es mit ihm aufnehmen konnte, und als er sich für die Kulturrevolution umsah und wieder auf Lin Biao verfallen war, hatte das den gleichen Grund. Um starken Gegnern gegenüberzutreten, verbündete sich Mao Zedong gern mit Schwachen; zum einen waren die leicht zu halten und gehorsam, wen auch immer sie beißen sollten, den bissen sie; und wenn zum andern der Hund später mal gebraten werden sollte, sparte das Kraft, nicht nur, weil dieser Hund so schwach war, sondern auch weil es so ein böser Hund war, den so viele hassten, die er verletzt hatte; den zu braten war also nur recht und billig! Das ließ sie also beiseite, konnte Bai Lian aber fragen: »Kann jemand, der den ganzen Tag auf dem Bett liegt und nicht wissen kann, wie lang das mit ihm noch geht, kann der machtversessen sein?«

»Kann er! Sieh doch, welche Energie er aufgebracht hat: Hat sich Lu Dingyis Frau vorgenommen – und die Propagandaabteilung zerschmettert, Peng Dehuai, Luo Ruiqing, Lu Dingyi, Yang Shangkun gestürzt, Liu Shaoqi, Deng Xiaoping, Tao Zhu abgeschossen, Yang, Yu, Fu ins Loch gebracht, die ganze Generation der alten Führer der Revolution weggefegt, es gibt nur noch seine Ein-Mann-Revolution! Bei der Neunten Vollversammlung hopste er mit einem Sprung gleich hinter dem Vorsitzenden auf den zweiten Platz. Du sagst immer, der ist krank, überleg doch mal, wie der am 18. August gewütet hat, bei seiner Rede auf dem Platz des Himmlischen Friedens, sah der da wie ein Kranker aus? Gebrüllt hat er wie wild!«

Weil Cheng Pinzhi sich verbot, auf Mao Zedong näher einzugehen, konnte sie Bai Lian schlecht davon überzeugen, dass der kranke Lin Biao nur eine Marionette war. Im Gegenteil, so halb hatte Bai Lian sie überzeugt. Sie hatte ja bereits Bai Lians Naivität vorsichtig kritisiert. Bai Lian hatte ihr nicht einmal widersprochen; sie glaube an den Kommunismus und halte sich bei ihrem Handeln an den Weg von Konfuzius und Menzius, sagte sie. Sie war ehrlich um Mao Zedongs Gesundheit besorgt und interessierte sich sehr für seine Familie, seine Nachkommen. Als Cheng Pinzhi von Maos Töchtern Li Min und Li Na sprach, war Bai Lian still wie ein Kind, dem eine Geschichte erzählt wird, ihre großen Augen leuchteten, ihre eingefallenen Wangen glühten auf.

Dann kam eine neue Kranke in die Isolierzelle, groß und bis auf die Knochen abgemagert, stakste sie auf den gebundenen kleinen Füßen der alten Zeit herum, das weiße Haar ordentlich gekämmt, die Haut über den hervorstehenden Wangenknochen brannte fieberrot.

»Hast du Tuberkulose?«, fragte Bai Lian.

Die alte Frau nickte. »Bin grad durchleuchtet worden. Auch noch offen! So ein Unglück!«

»Du kannst hier nicht bleiben«, sagte Bai Lian zu Cheng Pinzhi. »Melde dich bei der Gruppenwärterin zum Arztbesuch, verlang, dass du verlegt wirst.«

Cheng Pinzhi hatte sich noch nicht gemeldet, da rief die Wärterin sie schon heraus: »Los, zum Röntgen!«

Sie ging voran, die Wärterin lenkte sie von hinten um sieben, acht Ecken, schließlich kamen sie in einen großen Raum; sie hätte nicht gedacht, in Untersuchungshaft auf einmal in eine Röntgenabteilung zu geraten. Sie stand eine Ewigkeit vor dem Röntgenschirm, nichts war zu erkennen; der Arzt drückte auf seinen Bericht nur einen rechtwinkligen blauen Stempel: »Beide Lungen erheblich verkalkt«.

Cheng Pinzhi verließ die Isolierzelle. Der Abschied fiel ihr sehr schwer.

23 DIE FRAUENFÜHRERIN DER BRIGADE

Die neue Zelle lag am anderen Ende des Gangs. Als Cheng Pinzhi hereinkam, bot sich ihr ein beklemmender Anblick. Auf dem Bettbrett saßen ohne den geringsten Zwischenraum nebeneinander aufgereiht fünf Frauen. Die Gruppenwärterin fegte sie mit einer Handbewegung zur Seite: »Alles aufrücken!« Eine junge Frau, wohl eine Oberschülerin, protestierte: »Gruppenwärterin, wie sollen wir uns noch mehr zusammenquetschen? Fünf Menschen auf ein Meter fünf! Meine Schultern sind schon knapp achtzig Zentimeter breit – noch eine dazugestopft, können wir uns abends nebeneinandergeklebt nicht hinlegen, sollen wir uns stapeln?« »Du redst zu viel!«, schalt die Gruppenwärterin mit starrer Miene. »Wenn du rücken sollst, dann rückst du und quatschst dabei nicht.« Dann schloss sich die Tür.

Die Frauen sahen einander an, keine rührte sich, tatsächlich konnte sich auch keine rühren. »Du«, tadelte die Oberschülerin, »wo hat's dir denn so gar nicht gefallen, dass du dich ausgerechnet hier reinbohrst?«

Cheng Pinzhi lachte. »Wenn du mich hier rausdrückst, geh ich noch am gleichen Tag zum Chongyuan-Tempel und brenn für dich eine Stange Weihrauch ab!«

»Wie alt bist du denn«, sagte die Oberschülerin, »dass du so alten abgelebten Kram im Kopf hast! Aber sei's drum, ich überlass dir mein Rittergut hier, ich schlaf auf dem Boden.« Sprach's und nahm tatsächlich ihr Bettzeug herunter. Es war aus schwarzem Tuch, also vom Gefängnis ausgegeben. Wenn sie nicht eben erst reingekommen ist, dachte Cheng Pinzhi, dann hat sie keine Verbindung zu ihrer Familie. So jung, das arme Ding. Sie lächelte das Mädchen an. »Woher denn! Sollen wir uns erst mal einander gegenübersetzen, je drei auf einer Seite? Dann hat jede Platz für ihre Beine. Wie wir schlafen, darüber können wir am Abend reden. Ein bisschen gedrängt ist es ja auch wärmer.« Sie lachte.

Abends legten sie sich zum Schlafen wie Heringe in der Büchse. Die Oberschülerin schnaufte. Cheng Pinzhis Hals wurde ganz nass davon, und sie wollte sich wegdrehen; dafür war jedoch kein Platz. Wenn die Oberschülerin ihre Schulter bewegte, wurde Cheng Pinzhi in die Wand gedrückt; ihre Arme schmerzten, wurden taub. So konnte sie nicht schlafen, es war unerträglich. Sie richtete sich auf, wollte sich etwas bewegen, aber das ging nicht, der Hering, der sie war, rutschte aus der Büchse schließlich auf den Fußboden. Da bewegte sie sich etwas, bewegte auch die eingeschlafenen Arme, aber als sie sich wieder hinlegen wollte, hatte sich die Oberschülerin schon an die Wand geklebt, alle klebten sie aneinander, da ging kein Blatt Papier mehr dazwischen. Ihr blieb nichts anderes übrig, als hin und her zu spazieren und zu hoffen, dass die wachhabende Gruppenwärterin das bemerkte, aber die kam nicht. In der zweiten Nachthälfte stand die auf der anderen Seite an der Wand liegende grauhaarige alte Frau auf, um sich zu erleichtern, und sagte dabei zu ihr: »Mädchen, jetzt leg dich auf meinen Platz und schlaf!«

»Liebe Tante«, sagte Cheng Pinzhi dankbar, »es geht schon. Ich kann ja am Tag schlafen, wenn Sie mich dann decken.«

Sie spazierte die ganze Nacht weiter hin und her; wenn sie nicht mehr konnte, setzte sie sich eine Weile auf den Aborteimer. Als die mitternächtliche Zellenprüfung vorbeikam, saß sie grade auf dem Eimer und döste; die Wachhabende öffnete die Tür, sah, dass keine fehlte, und riegelte die Tür wieder zu. Sie konnte nicht einschlafen, während sie da auf dem Eimer hockte, und schrak die ganze Nacht durch jedes Mal hoch, wenn sie hörte, wie sich Türen öffneten und schlossen.

Frühmorgens entschuldigte sich die Oberschülerin immer wieder; Cheng Pinzhi solle sich doch jetzt hinlegen und krank stellen, sie werde das der Gruppenwärterin melden. Cheng Pinzhi wollte die Ärztin nicht schon wieder belästigen. »Ich leb ja noch«, sagte sie, »bald kommt ja der Abortgang.«

Sie hatten die Zelle Nr. 2 und kamen früh dran; Bai Lian wartete schon hinter ihrem Türfenster und lächelte sie mit großen feuchten Augen an. Ach, diese engelgleiche Kommunistin! Cheng Pinzhi sorgte sich, dass Bai Lian mit ihrer Offenherzigkeit sich noch um Kopf und Kragen reden würde; die alte Frau mit den gebundenen kleinen Füßen und der offenen Tuberkulose hatte ihr keinen guten Eindruck gemacht, die könnte Bai Lian für irgendwelche Vorteile verpfeifen; sie legte also den Finger senkrecht an die geschlossenen Lippen. Blitzartig öffneten und schlossen sich die großen Augen. Zur Antwort lächelte sie das kleine Fenster zufrieden an und bekam ein Lächeln zurück.

»Was soll das?«, brüllte die »Regierung« und schmiss, bang!, das Fenster vor den liebenswerten Augen zu.

Zurück in der Zelle setzten sich die sechs einander gegenüber. Dafür war Raum genug. Cheng Pinzhi fühlte sich, als hätte sie die Nacht durch in einem fahrenden Zug gesessen; die Hüfte schmerzte, sie war völlig erschöpft. Die Oberschülerin legte ihr das offene »rote Büchlein« auf die Knie: »Schlaf! Wenn wer kommt, stoß ich dich an, dass du aufwachst.« Cheng Pinzhi schloss die Augen und dachte an Bai Lian. Ehe sie sich's versah, war sie eingeschlafen. Sie gewöhnte sich rasch an das Schlafen im Sitzen, konnte es bald immer besser. Wenn sie zu einer bestimmten Zeit aufwachen wollte, wachte sie auch auf, und sie hörte auch im Schlaf, die Oberschülerin brauchte sie gar nicht erst anzustoßen, trotzdem wachte sie auf.

Am Tag saß man einander gegenüber, lag nachts wie aneinandergeklebt, und in nicht einmal zwei Tagen hatte sie die Geschichte der Oberschülerin erfahren.

Sie hieß Fan Chuxin und war in der ersten Klasse der Oberschule gewesen. Sie hatte bei den Großeltern väterlicherseits gelebt, Grundherren, und war mit ihnen in deren Heimatdorf nach Hunan zurückgeschickt worden. Die Großeltern kränkelten seit Langem, Großvaters Herz war vom Rheuma geschädigt, Großmutter hatte Asthma, in Peking nahmen sie ständig Medikamente und gingen alle paar Tage in die Ambulanz; auf dem Dorf starben sie innerhalb eines Jahres kurz hintereinander. Fan Chuxin ging nach Peking zurück, hatte dort Yu Luokes Traktat gegen die »Abstammungslehre«, die besagte: »Der Alte ein Held – der Sohn ein guter Kerl; der Alte reaktionär – der Sohn ein Schuft«, vervielfältigt und verteilt und war als Konterrevolutionärin festgesetzt worden. Damit war sie ganz zufrieden und fühlte sich im Gefängnis wie zu Hause.

»So ein Kind wie du, was hast du denn schon verbrochen?«, sagte Cheng Pinzhi. »Deine Jugend bekommst du nicht zurück.«

»Alles in allem hatte ich Glück, dass ich hier früh reingekommen bin. Sonst hätte ich's noch zur Landverschickung geschafft, und da wär's viel schlimmer gewesen als hier. Zum Essen brauchst du hier nur den Mund aufzumachen, musst nicht arbeiten, wirst auch nicht kritisiert und bekämpft und stehst auch nicht in Wind und Regen. Ist nur ein bisschen eng, kannst dich nicht dehnen und recken. Aber wenn sie wüssten, wie gut man's hier hat, kämen alle gerannt, um hier Schutz zu finden, und es würde noch viel enger!«

Cheng Pinzhi hörte was im Gang und tippte Fan Chuxin an, die verstummte.

Die Eisentür rasselte auf, die Gruppenwärterin zeigte auf die alte grauhaarige Frau. »Chang Shumin, rauskommen!«

Chang Shumin kam bald wieder zurück, lächelte vergnügt und rieb die linke Hand über den rechten Zeigefinger. Gefragt, was denn Schönes passiert sei, sagte sie, den rot geriebenen Zeigefinger drehend: »Bin verhaftet worden, jetzt gibt's Hoffnung.« Sie war geholt worden, um die Bekanntgabe des Haftbefehls mit ihrem Fingerabdruck zu bestätigen.

Neben der alten Frau lag noch eine Schülerin namens Zhang Hong, ungefähr im gleichen Alter wie Fan Chuxin.

Die beiden anderen Frauen kamen vom Dorf, aus dem Kreis Miyun die eine, aus dem Kreis Pinggu die andere. Sie konnten nicht lesen und schreiben. Ihre schriftlichen Einlassungen schrieb Fan Chuxin für sie; das hatte sie schon für viele getan und war darin inzwischen geübt; die Gruppenwärterinnen machten sich gar nicht mehr die Mühe, dafür jemand anderen zu suchen.

Die Frau aus Pinggu war in ihren Vierzigern. Ihre und ihres Mannes Familien waren Grundherren. Die Schwiegereltern waren in den drei Notjahren verhungert. Ihr Mann und sie hatten die Mütze des Grundherrn geerbt; sonst hätten sie in ihrer Produktionsgruppe im Dorf keinen Klassenfeind mehr gehabt. Jeder Kampagne dienten sie als Objekt. Sie hatten sich an diese Rolle gewöhnt und spielten sie jedes Mal sehr gut. Diesmal aber lief die Kampagne anders als frühere. Die Rebellenfraktion der armen und unteren Mittelbauern ihrer Produktionsgruppe durchsuchte das Haus und entdeckte Grundbesitzurkunden hinter ihren Ahnentafeln. Schweres Verbrechen! Zurückbehalten zur Abrechnung nach Konterrevolution! Nach mehreren Bekämpfungen, bei denen ihr Mann viel schlimmer verprügelt wurde als sie, ertrug er das nicht länger, schluckte Mäusegift und starb. Die armen und unteren Mittelbauern fürchteten, die Frau könnte den gleichen Ausweg wählen, und lieferten sie einfach bei der Kreisverwaltung ab. Die behandelte den Fall ihres Mannes nun als unnatürlichen Tod, den sie der übergeordneten Stadtbehörde übergaben. Und die behandelte die Sache als Gattenmord wegen eigener Untreue, als gewöhnlichen, nicht politischen Kriminalfall.

Eine derart irrwitzige Sache war Fan Chuxin bei den Einlassungen, die sie niederschrieb, noch nicht untergekommen. Außer als Protokollantin musste sie hier auch Untersuchungsverhörer und Anwalt spielen, bekam die Sache aber nicht in den Griff.

»Wie ist denn Ihr Gatte nun gestorben?«

»Ist in den Tod getrieben worden.«

»Wer hat ihn in den Tod getrieben?«

»Die in der Produktionsgruppe.«

»Wer in der Produktionsgruppe?«

»Alle Gruppenmitglieder.«

»Und wie heißen die alle?«

»Trau ich mich nicht zu sagen, macht die Sache nur noch schlimmer.«

»Wie ist Ihr Gatte letztendlich denn nun gestorben?«

»Hat Mäusegift getrunken und ist gestorben.«

»Haben Sie ihm das Mäusegift zu trinken gegeben?«

»Mädchen, wie kannst du so was sagen!«

»Sie haben den Mann also nicht umgebracht. Und wie heißt der, dem Sie nahe waren?«

»Mädchen, wie kannst du so was sagen!«

»Hier heißt es doch, Sie haben wegen eines Verhältnisses den Gatten umgebracht!«

»Das haben die sich einfach so ausgedacht. Ich hab keine Kinder bekommen. Da reden sie, mein Mann hatte keine Nachkommen, da musste er sich wen suchen, der ihm welche zeugt. Das reden die einfach so ins Blaue hinein, treiben den Mann in den Tod und wollen mir auch noch meinen guten Ruf zerstören. Die Regierung kann doch nicht verlangen, dass ich irgendeinen Liebhaber angebe. Ich habe keinen, was soll ich da noch wen hineinziehen? Selbst ein Stück Vieh beißt niemanden einfach so ohne Grund! Ich kann doch nicht einfach jemanden wild drauflosbezichtigen, und damit würde ich mich ja auch selbst hineinziehen.«

Die Frau sieht die Sache klar, dachte Cheng Pinzhi, sie will keine private Rache, und sie will auch kein Untersuchungsverhör.

»Der Fall lässt sich kaum abschließen«, seufzte Fan Chuxin.

»Dann lässt er sich halt nicht abschließen«, sagte die Frau aus Pinggu. »Ich mag nicht meinen eigenen Hals in die Schlinge stecken, um den Fall abzuschließen.«

»Ich wollte sagen, wenn der Fall sich nicht abschließen lässt, kommen Sie nicht raus.«

»Und wozu soll ich rauswollen? Damit sie mich bekämpfen bis zum Tod? Wenn ich zurückkomme, bin ich allein. Wenn ich sterbe, stinke ich, bis das jemand merkt. Hier hab ich eure Gesellschaft, das ist viel netter.«

»Dann sollen die den Fall nicht abschließen und Sie hier das Bettbrett durchsitzen.«

Cheng Pinzhi schien die Sache absurd. Aber genauer besehen, hatte die Frau es hier wirklich viel besser als draußen. Ginge sie zurück, geriete sie unter die Wölfe, es wäre mit Sicherheit ihr Tod, und kein schöner.

Die Frau aus Miyun war jung, starker Spross aus roter Wurzel, noch dazu Frauenführerin der Brigade, nur zur Schule war sie nicht gegangen, sehenden Auges für Geschriebenes blind. Hatte die Straftat der Zerstörung einer Militärehe begangen, und die Voruntersucher hatten ihr gesagt, es handle sich um einen Widerspruch im

Volke, aber sie müsse den Verlauf der Tat im Einzelnen beschreiben. Die Frau beschrieb also alles im kleinsten Detail und in lebendigen Worten: Wo sie es zum ersten Mal getrieben hatten, wer sich zuerst ausgezogen hatte, wie sie es getrieben hatten, wie lang es gedauert hatte, wie es sich angefühlt hatte, was sie dabei gestöhnt hatten ... Fan Chuxin hatte sich das fünf Minuten lang angehört, dann war sie es leid und hatte der Gruppenwärterin gemeldet, das lasse sich nicht niederschreiben.

Diensthabende war Gruppenwärterin Yan; sie fragte, warum sie das nicht schreiben könne.

»Sie macht den reinsten Porno daraus«, sagte Fan Chuxin, »das kann ich nicht hinschreiben.«

Gruppenwärterin Yan wies Cheng Pinzhi an, Fan zu helfen.

»Gruppenwärterin«, sagte Cheng Pinzhi, »was sie redet, das ist alles nicht jugendfrei. In der Zelle sind zwei junge Mädchen, Kinder noch, die sollten sich wirklich nicht so was anhören müssen.«

»Ihr sitzt da halt alle zusammen auf einem Haufen«, sagte Gruppenwärterin Yan, »wo sollen wir denn hin, um das aufzuschreiben? Ihr beiden Mädchen hört einfach nicht hin, wenn sie redet, und es wird halt irgendwie aufgeschrieben, so gut's geht.« Dann nahm sie sich noch die Frau aus Miyun vor. »Tun kannst du es, aber aufschreiben kannst du's nicht. Sieh dich doch mal an, was mit dir los ist! Wer noch – Cheng Pinzhi, nun schreib das schon rasch für sie auf, die ganze blöde Sache, hat doch keinen Sinn, sich damit endlos abzuquälen, mach das heute fertig und gib's ab.«

Die Gruppenwärterin ging, Cheng Pinzhi sagte zu den beiden Schülerinnen: »Sittenloses hört man nicht«, und ließ die Frauenführerin reden, während sie protokollierte. Darin war sie geübt, hatte im Zhongnanhai bei großen und kleinen Besprechungen Protokoll geführt. Mao Zedong hatte sie ausdrücklich als Protokollführerin benannt; immer hatte sie mitgeschrieben, wenn er an einer Besprechung teilnahm oder jemanden zu einem Gespräch geladen hatte. Dabei hatte sie sich das rechte Handgelenk halb lahm geschrieben, es hatte ihr Klavierspiel beeinträchtigt. Jetzt ließ sie die Frauenführerin reden und schrieb mit, nicht wie Fan, die erst fragte und dann Frage und Antwort aufschrieb. Wenn sie ermattete, schüttelte sie das Handgelenk aus.

Die Frauenführerin war keine schlichte Ehebrecherin. Sie hatte es in der Brigade und der Volkskommune mit einigen zwanzig Männern getrieben, auf ihrem *Kang*, der großen und von unten beheizten Plattform im Wohnzimmer, auf der man sitzt und schläft, hatten die Männer bald jede Nacht gewechselt, und das Schlimmste war, dass sie auf dem einen *Kang* mit zwei Brüdern schlief, Volksmilizchef der Volkskommune der Ältere, Volksmilizchef der Brigade der Jüngere. Cheng Pinzhi runzelte die Stirn, als sie das hörte. »Ich sag«, warf die alte Frau ein, die danebensaß, »ich sag, nun mach mal halblang! Hier drin ist das Gedränge jetzt schon entsetzlich! Mit deinem wirren Gemurmel ziehst du noch mehr hinein. Lass die draußen weiterleben! Mit jedem, den du noch hineinziehst, hast du eine Schandtat mehr, rechnest du für jede ein Jahr Zwangsarbeit, kommst du doch jetzt schon auf über zwanzig Jahre!«

Da bekam es die Frauenführerin mit der Angst zu tun. Cheng Pinzhi solle das neu schreiben. Cheng Pinzhi war es leid. »Dann schreib ich die zwei Brüder auf, und aus«, sagte sie. »Sind ja die besten Beispiele, haben Macht und haben Gewehre. Die kannst du dir wohl auf den Buckel laden.«

Die Frauenführerin machte Schwierigkeiten. »Bei der Regierung hab ich den Parteisekretär und den Leiter der Volkskommune angegeben. Kann ich das zurückziehen?«

Cheng Pinzhi wusste nicht, ob sie lachen oder weinen sollte. Plötzlich brach es aus Fan Chuxin heraus: »Eklige Hure! Absichtlich Kader der Revolution korrumpieren, schämst du dich nicht?« Draußen war die Frauenführerin diejenige, die andere kommandierte und beschimpfte; so was ließ sie sich nicht gefallen, sie wütete zurück, mit wüstem Dorfgekreische, ordinär bis zum Geht nicht mehr. Die Frau aus Pinggu wollte sie mit zwei, drei Worten ermahnen und wurde sogleich mit beschimpft: »Grundherrnalte, hält sich 'nen Liebhaber, legt den Mann um, und das wagt sich an Muttern? Juckt dich die Fotze, suchst du 'nen Stecher?« Und dazu spuckte sie ihr ins Gesicht.

Zhang Hong hatte die ganze Zeit keinen Ton von sich gegeben. Jetzt schlug sie der Frauenführerin plötzlich die Faust ins Gesicht. »Was soll das!«, schrie die, hielt sich mit der Linken die blutende Nase und krallte die Rechte dem Mädchen in die Augäpfel. Im Augenblick hatte Fan Chuxin mit der einen Hand die krallende Klaue gepackt, mit der andren zog sie die Frauenführerin nach unten, presste ihr den Kopf in den übervollen Aborteimer. Zhang Hong kam ihr zu Hilfe und presste ebenfalls, geräuschvoll schwappten die Ausscheidungen im Eimer über den Boden.

Cheng Pinzhi sah hilflos zu; die alte Frau rief: »Hört sofort auf, versündigt euch nicht!« Die Frau aus Pinggu trat vom Bettbrett herunter in die Urinpfütze auf den Boden, um die Streitenden auseinanderzuzerren.

Im wilden Krach hatten sie alle nicht bemerkt, dass die »Regierung« aufgetaucht war. »Was soll das denn? Revoltiert ihr? Hört mir alle sofort auf!«

Gerettet, schüttelte die Frauenführerin sich den Urin vom Gesicht, heulte auf: »Melde der Gruppenwärterin, der ganze Raum alles Konterrevolution, hat sich gegen eine revolutionäre Kader verschworen, neue Richtung des Klassenkampfes, Regierung stehe mir bei« …

Die »Regierung« hielt sich die Nase zu und schimpfte: »Wer ist hier revolutionärer Kader? Du? Dir fehlt eine Kette abgelatschter Schuhe um den Hals!« Dann brüllte sie die beiden Schülerinnen an: »Wer war's? Vortreten!«

Zhang Hong hob den Kopf: »Ich war's.«

Fan Chuxin trat einen Schritt vor. »Das hatte nichts mit ihr zu tun. Dieser abgetretene Dorflatschen hat einen derart widerlich beschimpft, da hab ich ihr eine Lehre erteilt!«

»Bist du die Regierung?«

»Ich bin nicht die Regierung. Der ihr Geschimpfe verletzt die Gefängnisregeln. Die abgetretene Latsche macht hier die Schlampe, vergeht sich erneut. Ich bin nicht die Regierung, ich habe für die Regierung bei dieser Verletzung der Gefängnisregeln dieser Rückfälligen eine Lehre …«

»Halt den Mund! Sieh sich einer mal an, was du unverschämt wirst! Was bist du denn für eine? Aktive Konterrevolutionärin! Widersetzt sich der Wandlung! Sei bloß nicht so unverschämt, dass du glaubst, die Regierung ist so milde, dass du sie täuschen kannst. Rauskommen!«

Fan Chuxin ging hinaus. Zhang Hong starrte die Frauenführerin hasserfüllt an. »Dich holt sie auch bald raus. Wag es, dann irgendwelch dummes Zeug zu reden – und ich dreh dir diese Nacht noch den Hals um! Ich sag dir, Oma wird über dich kommen, speziell für dich revolutionären Kader wird sie kommen! Glaub bloß nicht, du kannst dich verstecken, wenn du jemandem was angetan hast!« Sie griff mit beiden Händen nach der Frau, die sich schreckerfüllt hinter Cheng Pinzhi flüchtete, keinen Ton mehr herausbrachte und vor Angst die Luft anhielt; das Blut stieg ihr zu Kopf, der rot anlief wie Schweineleber.

Cheng Pinzhi, der sie zuwider war, wich ihr aus. »Geh, tu, was du tun musst.«

»Dann schreiben wir meine Einlassung fertig?« Halb flehte ihr Blick, halb suchte sie, gut Wetter zu machen.

Zhang Hong sah Cheng Pinzhi drohend an. Cheng sagte: »Die schreiben wir neu, wenn das hier erledigt ist. Die Regierung muss jedenfalls erst mal das neue Delikt regeln.«

Die Frauenführerin hatte Angst, auf Hilfe hoffend fragte sie: »Wie soll ich's denn anfangen? Muss nicht erst mal die Sache eben notiert werden? Die beiden haben sich doch eben eindeutig gegen mich verschworen, das hast du doch auch gesehen.«

Mit einem Blick auf die drei anderen warf sich Zhang Hong auf die Frauenführerin, packte sie an der Kehle und schlug ihren Kopf mehrmals gegen die Wand, dass es wummerte. »Glaub nur nicht, dass diese alte Oma mit sich scherzen lässt.«

Die alte Frau zog an Zhang Hong. »Mädchen, nun vergeh dich doch nicht! Du schadest dir selbst!«

»Hat sie nicht eben gesagt, wir beide hätten uns gegen sie verschworen, das lass ich nicht auf mir sitzen!«

»Nein, nein, niemand hat sich gegen mich verschworen, nichts wird geschrieben, ich sag auch nichts.« Die Frauenführerin bat um Gnade.

Zhang Hong war unerbittlich. »Dein Gequatsche ist 'nen Furz wert. Dem Omalein ist das jetzt egal, und wenn's das Leben kostet.« Sie drückte ihr mit beiden Händen wieder die Kehle zusammen.

Cheng Pinzhi zog ihr die Hände weg und schrie sie an: »Reicht's nicht endlich? Ist das so eine große Sache, dass du Leben riskierst?«, und warnte die Frauenführerin: »Hör auf, immer noch Öl ins Feuer zu gießen! Das hast du angefacht, das musst du auch löschen. Wenn du weiter Öl draufgießt, gleich wo, geht das für dich nicht gut aus. Du bist hier nicht in deiner Brigade, wo du beschimpfen kannst, wen immer du willst, und herumkommandieren kannst, wen immer du willst. Hier lässt sich das keine gefallen, mit Fan Chuxin geht das nicht gut aus und mit Zhang Hong schon gar nicht.« So erregt hatte sie noch nie mit jemandem geredet; ihr Gesicht glühte, das Herz schlug ihr bis zum Hals.

Die Frauenführerin dachte noch aus ihrer Lage herauszukommen, indem sie der Frau aus Pinggu irgendwie Schuld zuschob, aber mit der ließ sich kein Streit anfangen; die ganze Zeit, während die anderen herumzankten, hatte sie sich schweigend bemüht, den Urin auf dem Boden aufzuwischen und den Putzlumpen wieder und wieder in den Eimer ausgewrungen.

Die Hände auf dem Rücken, kam mit ruhigem, selbstbewusstem Schritt Fan Chuxin zurück, ganz gelassen, gefolgt von der »Regierung« und zwei Soldaten. Sie holten die Frauenführerin heraus.

Fan Chuxin waren die Hände auf dem Rücken mit Handschellen gefesselt, furchterregenden Werkzeugen harter Gerechtigkeit. Cheng Pinzhi sah solche Dinger zum ersten Mal. Der Anblick schnürte ihr die Kehle zu. Das waren nicht die Handschellen, wie sie in der revolutionären Pekingoper der gefangene kommunistische Kundschafter Li Yuhe trug. Mit denen konnte Li noch die Arme ausstrecken und sich frei bewegen, konnte sogar tanzen. Fan Chuxin waren die Arme auf den Rücken gedreht und die Hände Handrücken gegen Handrücken gefesselt. Zwischen den beiden Messinghandschellen blieben nur drei kleine Öffnungen, bewegen ließ sich da nichts. Als sie's doch versuchte, gab das ein knackendes Geräusch.

»Mädchen«, sagte die Frau aus Pinggu, »kämpf nicht dagegen an, je mehr du das tust, umso schlimmer ziehen die sich fest.« Sie hatte recht, es waren Wolfszahn-Handschellen, die sich verengten und ins Fleisch bohrten bis auf die Knochen, wenn man sie bewegte.

»Sei nicht traurig«, sagte Zhang Hong, »bald leiste ich dir Gesellschaft!«

»Du dummes Ding«, schimpfte Fan Chuxin, halb lachend, halb schmerzverzerrt, »hör bloß damit auf! Glaubst du ernstlich, dann kämst du noch hierher zurück? Denk nicht mal im Traum daran, mit mir hier die konterrevolutionäre Bande zu spielen! Wenn du gleich rausgeholt wirst und die fragen dich, sag nichts, nimm nichts auf dich, mach bloß keinen Schwachsinn! Das Spielzeug hier zu tragen, das ist halb so wild. Was dir der Himmel antut, kannst du überleben. Was du dir selbst antust, das überlebst du nicht.«

Zhang Hong zog die Mundwinkel nach unten, sie hätte weinen mögen, aber ihr kamen keine Tränen.

Die alte Frau Chang Shumin schüttelte den Kopf. »Also ihr zwei, ihr seid schon ein Paar … zankt euch den ganzen Tag, und nun … wie soll man's nennen?«

Der Frau aus Pinggu war das alles schrecklich. »Ihr zwei Mädchen habt euch meinetwegen mit diesem Trampel geprügelt; das hat alles meine schlechte Herkunft ausgelöst, was hab ich euch Mädchen da angetan!«

Zhang Hong schüttelte wieder und wieder den Kopf. Fan Chuxin tadelte: »Dass sie dich quälen, bist du gewohnt, hast du vorhin gesagt. Alles führst du auf deine Herkunft zurück. Der Himmel hat uns Menschenrechte gegeben! Das heißt, Menschenrechte sind uns angeboren, jeder einzelne Mensch hat Menschenrechte! Und Grundherren sind auch Menschen, und wenn einer als Grundherr geboren wird, was dann? Hat er dann keine Menschenrechte? Muss er sich beschimpfen lassen, weil er als Grundherr geboren worden ist? Muss sich bekämpfen lassen, weil er als Grundherr geboren worden ist? Muss ins Gefängnis, weil er als Grundherr geboren worden ist?« Das aus dem Mund einer Gymnasiastin! Cheng Pinzhi war beeindruckt.

Die Frauenführerin kam zurück, aber die »Regierung« blieb in der offenen Tür stehen und hielt ihren großen Schlüsselbund hoch. »Du, und du auch!«, sie zeigte auf die Frauenführerin und auf Zhang Hong. »Nehmt euer Zeug!« Sie schloss die Tür von außen und verriegelte sie. Die Frauenführerin kroch auf das Bettbrett, kniete sich hin und rollte mit zitternden Händen ihre schwarze Gefängnisdecke zusammen. Zhang Hong warf ihr einen bösen Blick zu. »Da bin ich ja böse auf die Nase gefallen, dass die mich mit diesem Stück Dreck zusammenbinden«, murmelte sie. Die Frauenführerin richtete sich erregt auf, die Augen blutunterlaufen pustete sie die Backen auf, wagte aber keine Entgegnung, nahm ihr Bündel auf den Rücken, stieg vom Bettbrett herab und stellte sich an die Tür, mit dem Rücken zur Zelle.

»Wir werden uns wiedersehen!«, sagte Zhang Hong zu Fan Chuxin. Und Fan wiederholte: »Wir werden uns wiedersehen!«

»Vergiss, was war, und verzeih mir«, sagte Zhang Hong noch, und Fan Chuxin: »Ist vergessen, reden wir nicht mehr drüber!« Cheng Pinzhi fragte sich, welche alte Geschichte zwischen den beiden gestanden haben mochte.

Die »Regierung« arbeitete rasch und gewandt, öffnete die Tür, holte die beiden heraus, drehte sich um und schob eine weißhaarige neue Insassin hinein. Während sie die Tür wieder schloss, fiel Cheng Pinzhi die Einlassung der Frauenführerin ein, die sie eilends noch ablieferte, auf dass sich alles wieder beruhigen möge.

24 TANAKA YUKIKO

Die neu hereingekommene alte Frau hatte gleichmäßig kurz geschorenes weißes Haar, wie man es vor der Kulturrevolution getragen hatte. »Sie auch hier?«, begrüßte sie Cheng Pinzhi. »Ich dachte, Sie wären wieder draußen!« Cheng Pinzhi fiel nicht ein, wo sie diese alte Frau schon gesehen hatte. »Erinnern Sie sich nicht? Wir waren doch mal in einer Zelle.« Cheng Pinzhi war völlig verwirrt, sie kam und kam nicht drauf. »Es hat ja nicht lang gedauert«, sagte die alte Frau, »ein paar Minuten vielleicht. Dann hat man Sie Ihre Sachen nehmen lassen, und Sie sind weg.« Ach so! In jener so unerträglich stinkenden Zelle also. Damals hatte sich Cheng Pinzhi die anderen Insassen gar nicht genauer angesehen; wie sie jetzt zurückdachte, kam ihr etwas die Erinnerung wieder, sie lächelte verlegen, sagte aber nichts. Was sie eben mit der Frauenführerin erlebt hatte, machte sie vorsichtig. Sie traute sich nicht mehr, so ohne Weiteres mit den anderen zu sprechen. Die alte Frau legte ihre schwarze neben Cheng Pinzhis damastene grüne Decke, zog daraus einen kleinen Packen hervor und ordnete vor Cheng Pinzhis Augen sorgfältig den Inhalt, Stück für Stück waren das damals von Cheng Pinzhi hinterlassene Unterhosen und andere

Unterkleidung. Die alte Frau bekundete wortlos ihre Dankbarkeit. Cheng Pinzhi ihrerseits war ganz gerührt. Mutter und Schwester hatten ihr jeden Monat Sachen geschickt; ein paar alte Kleidungsstücke waren da für sie weiter nichts gewesen.

Nachdem sie die Sachen geordnet hatte, legte sich die weißhaarige alte Frau die von der Haftanstalt ausgegebenen, in rotes Plastik gebundenen *Worte des Vorsitzenden* auf die Knie, schlug das Buch auf und sah gebannt hinein, als stünde da etwas für sie entscheidend Wichtiges.

Fan Chuxin, die neben ihr saß, fragte: »Großmutter, darf man nach Ihrem gesegneten Alter fragen?«

Glücklich, dass jemand mit ihr sprach, hob die weißhaarige alte Frau sogleich die Augen von ihren *Worten des Vorsitzenden*. »Unnütze 66 Jahre«, sagte sie.

»Da hat Großmutter aber wirklich gute Augen. Meine Mama ist zwanzig Jahre jünger als Sie und muss ihrer Altersweitsichtigkeit wegen eine Brille tragen.«

Die weißhaarige alte Frau errötete und sagte nichts.

Die Frau aus Pinggu hatte das schmutzige Wasser vom Boden aufgewischt, den Lappen immer wieder im Eimer ausgewrungen, aber der Uringestank hing weiter im Raum. Cheng Pinzhi wurde immer wieder übel davon. Ein Glück, dass es Gruppenwärterin Yan war, die gerade kam, um die Zelleninsassen zum Abort zu bringen; Cheng Pinzhi bat sie, die Zeit nutzen zu dürfen, um die Zelle auszuwischen. Das wurde ihr erlaubt, und sie lief mehrmals hin und zurück, wischte und wischte, wusch immer wieder den Putzlumpen im Abort aus und kam gar nicht dazu, sich selbst zu erleichtern. Zhang Hong war weg, Fan Chuxin hatte keine Hand frei für diese Arbeit, und die beiden alten Frauen hatten gebundene kleine Füße, so blieb die ganze Rennerei an ihr allein hängen.

Mit sauberem Boden war es auf dem Bettbrett viel angenehmer, alles fühlte sich besser. Nur Fan Chuxin musste sich mit ihren auf den Rücken gebundenen Händen helfen lassen, damit sie essen, trinken und sich erleichtern konnte. Die anderen mahnten sie, schleunigst ihren Fehler zuzugeben; das werde ihre Strafe abkürzen, wirklich! »Grade angelegt und dann gleich wieder abgenommen?«, sagte Fan.

»Ist doch eine Chance, um sich abzuhärten. Die nicht zu nutzen, hieße: umsonst hergekommen! Der Mensch wird zum Menschen, wenn er hier reinkommt, vervollkommnet sich mit jeder Bestrafung. Helft mir, mich als Mensch zu vervollkommnen!« Cheng Pinzhi verstand einfach nicht, wie jemand auf der Welt nach Bestrafung streben konnte. »Kurz gesagt«, fragte sie, »hast du dich also bemüht, hier reinzukommen?«

»Das nun auch wieder nicht. So blöd bin ich nun doch nicht. In Wirklichkeit hab ich nichts Rechtswidriges getan. Die haben die Falsche gegriffen.«

Die weißhaarige alte Frau seufzte. »Geht mir genauso. Nichts Rechtswidriges getan, nichts Unbekömmliches gegessen. Die haben die Falsche gegriffen.«

Die weißhaarige alte Frau hieß Liu Yalan. Nach dem, was sie sagte, war ihr wirklich Unrecht geschehen. Ihr Mann war Unteroffizier in der Armee des Guomindang-Generals Fu Zuoyi gewesen und hatte sich mit ihr ergeben. Zu Beginn der Kulturrevolution war er »der Diktatur unterworfen« und weiß der Himmel wohin geschickt worden. Die beiden alten Leute hatten keine Kinder, seine Frau musste allein zusehen, wie sie ihren Himmel abstützte, damit er nicht über ihr zusammenbrach. Ihre Zweiraumwohnung wurde wieder und wieder durchsucht, ihre sieben Jahre alte Katze, die sie großgezogen hatte, hatten Rotgardisten totgeschmissen, die vier sechzehn Zentimeter langen Goldfische hatten sie mit bloßen Händen zerquetscht, hatten den Boden aufgerissen, ihr alles genommen, nur die nackten vier Wände gelassen. In der Hoffnung, dass ihr Mann eines Tages wiederkäme, hatte die alte Frau das alles überstanden. Bis eines Tages eine Kohlenzeche in Yangquan, Provinz Shanxi, ihr den Tod ihres Mannes mitteilte. Er habe bei der Arbeit unter Tage Regeln nicht beachtet. Deshalb sei der Stollen über ihm eingestürzt. Und über ihr brach in diesem Moment wirklich der Himmel zusammen. Sie nahm ein Küchenmesser und stach sich in den Kopf. Als sie aufwachte, lag sie im Polizeikrankenhaus. Vier Uniformierte des Justizapparats – in dem Polizei, Staatsanwaltschaften und Gerichte zusammengelegt waren – verhörten sie hastig, protokollierten zwei Seiten, die sie mit einem roten Fingerabdruck signieren musste, und lieferten sie dann hier ein. Wenige Tage später erging der Haftbefehl, ihre Straftat hieß darin: Widerstand gegen die Große Kulturrevolution des Proletariats. »Ich bereue«, sagte sie, »dass ich mit dem Messer nicht heftig genug zugestochen habe, nicht kräftig genug, damit es was gebracht hätte. Nun bin ich weder Mensch noch Geist, lass meinen alten Mann dort unruhig warten, ich schluck all das Elend, was soll das denn?« Die alte Frau sprach nicht weiter, nichts war mehr zu hören, die anderen sahen bedrückt vor sich hin, die Augen wurden ihnen feucht.

Jetzt erst fiel Cheng Pinzhi wieder die Nonne mit der Binde um den Kopf ein. »Da hatten sie im Krankenhaus die Wunde genäht und mir den Kopf geschoren«, sagte Liu Yalan. »Als Sie mich damals gesehen haben, waren die Fäden noch nicht gezogen. Schließlich sind die Haare wieder gewachsen, na ja, was soll man sagen?«

»Großmutter«, meinte Fan Chuxin, »das sieht wirklich gut aus. Man sieht sofort, Sie sind eine besondere Person. In keinem Friseursalon werden die Haare so gleichmäßig geschnitten.«

»Das stimmt schon«, sagte die alte Frau Liu, »die haben mir sauber alles abrasiert, und dann sind die Stoppeln ganz gleichmäßig nachgewachsen.« Sie kicherte. »Dumm nur, dass das heutzutage ganz und gar nicht Mode ist. Jetzt kämmen sich alle, Junge wie Alte, die revolutionären Schnecken.« Sie sah auf die Schnecke, die sich Fan Chuxin auf dem Kopf gelegt hatte. »Mädchen, zehn und wie viel bist du denn?«

»Halten Sie mich für einen Teenager?«

»Noch keine achtzehn, oder?«

»Ja, und das heißt doch, sie hätten mich nicht hier einliefern dürfen. Und nicht nur bin ich noch nicht volljährig, ich hab auch nicht gegen das Gesetz verstoßen. Die Verfassung bestimmt, dass Bürger die Freiheit der Meinungsäußerung, der Veröffentlichung, der Versammlung und der Bildung von Vereinigungen haben; ich habe ein paar Exemplare der Schrift gegen die Abstammungslehre verteilt, da sollte ich aktive Konterrevolutionärin sein. Das ist anders als bei Zhang Hong und denen. Die haben ›Der Alte ein Held – der Sohn ein guter Kerl; der Alte reaktionär – der Sohn ein Schuft‹ propagiert, die haben zerschlagen und geplündert, das waren Straftaten. Aber als die hier reinkamen, da bin ich nicht freigekommen. Und jetzt sind sie alle wieder draußen, und mich sperren sie weiter ein. Die Regierung ist ungerecht.«

Erst jetzt erfuhr Cheng Pinzhi, dass Zhang Hong zur *Liandong* gehört hatte, zur *Gemeinsamen Aktion*. Sie wunderte sich. Vor dem 9. Parteikongress hatte Jiang Qing doch alle diese Kinder von der *Liandong* freigelassen; warum war Zhang Hong noch hier?

Fan Chuxin klärte sie auf: »Die von der *Liandong* sind so auf ein paar Winke hin gefasst worden. Mich haben sie wirklich festgenommen. Die von der *Liandong* haben sich auch gegen Jiang Qing gewandt. Aber hier in der Haftanstalt haben sie alle in der Studiengruppe ihre Vergehen gegen die liebe Tante Jiang Qing gestanden, alle, nur Zhang Hong nicht. Sie ist zur Studiengruppe nicht mal rausgegangen, sondern gleich zurück in die Zelle. Und ihre Kumpels bei denen, die waren von der Sorte, die dir noch Steine nachschmeißt, wenn du in den Brunnen gefallen bist. Um rauszukrabbeln, um sich Verdienste zu erwerben, da haben die alles Mögliche angegeben und ›kritisiert‹, was Zhang Hong so im privaten Gespräch gesagt haben soll, und ihr so das Verbrechen der Organisation einer konterrevolutionären Gruppe im Gefängnis angehängt. Ihr Vater ist im Generalstab. Um sich selbst zu schützen, hat er gefordert, dass der Justizapparat mit ihr aufs Strengste verfährt.«

Cheng Pinzhi wusste, die *Liandong*, das war eine Organisation der Kinder aus hohen Kaderfamilien, bei denen die Familienoberhäupter vorn auf den Tribünen standen. Aber noch der übelste Tiger frisst die eignen Kinder nicht. Sie hätte gern gewusst, wer dieser »in strenger Gerechtigkeit alle Familienbande zerreißende« Vater von Zhang Hong war.

»Hört ihr das?«, fragte die Frau aus Pinggu, die ein feines Gehör hatte. Am anderen Ende des Gangs schien es Streit zu geben. »Das ist diese Frau, das ist sie!«

Cheng Pinzhi hörte jetzt ebenfalls die grobe Stimme der Frauenführerin heraus, aber keinen Ton von Zhang Hong.

Fan Chuxin bekam ihre Periode; so gut die anderen sich auch um sie kümmerten, es war doch sehr unbequem.

»Mädchen«, sagte die Frau aus Pinggu, »Mädchen, nun red doch mit denen auf die sanfte Tour, sei nicht so stur, ist doch die Sache nicht wert.«

»Du wirst gequält«, sagte die alte Frau Chang Shumin, »und wir werden geplagt. Du könntest auch mal an uns denken, treib's nicht zum Äußersten.«

»Genial bist du, wenn du weißt, was dir die Stunde geschlagen hat«, dozierte die alte Frau Liu Yalan. »Mädchen, sei nicht blöd. Wüten hat keine Chance, lohnt die Quälerei nicht.«

Cheng Pinzhi verlangte nichts von Fan, sie kam ihr mit Vernunft. »Wie auch immer, jemanden in den Urinkübel zu drücken war auch nicht richtig. Du hast gesagt, jeder Mensch hat Menschenrechte. Sie mag noch so schlecht, noch so verdorben sein, sie ist auch ein Mensch, sie hat auch Menschenrechte. Eure Wohnung ist auch durchsucht worden, deine Eltern sind auch nicht als Menschen behandelt worden. Nun setz dich mal an die Stelle dieser Frau. Falsch war beides. Wenn du das nicht zugibst, verstößt das nicht auch gegen die Gefängnisregeln? Warum fällt dir das so schwer? Liu Yalan hat recht, gerechte Wut hat keine Chance.«

Jeden Abend, wenn man sich hingelegt hatte zum Aufstieg ins Paradies – die Ausbeuterklassen hören bekanntlich nie auf, von ihrem verlorenen Paradies zu träumen –, strich Cheng Pinzhi lange sanft über Fan Chuxins taub gewordene Arme. Fan Chuxin hörte schließlich auf sie, redete sanft und nachgiebig mit den Wärterinnen und wurde die Handschellen los. Liu Yalan konnte sich nicht halten mit Lob dafür, dass sie auf die guten Ratschläge gehört hatte. »Mädchen, du hast doch keine großen Sünden begangen, gib 'nen Fehler zu, und du kommst früher raus, das ist das einzig Richtige. Deine Jugend so wegzuwerfen, das ist es doch wirklich nicht wert!« Aber Fan Chuxin war unbeeindruckt. Sie hob den Kopf: »Ich bin es nicht, die da einen Fehler zugeben muss! Wartet's nur ab, das großartige Abschlusszeugnis der Gefängnisuniversität!«

Die weniger beengten Tage endeten, in die Zelle wurde wieder jemand eingewiesen. Diesmal war es eine schwarzhaarige alte Frau mit feinen klaren Zügen und schlanker Taille, nur dass sie O-Beine hatte, störte etwas das Bild. Sie war sehr höflich; wie sich die Zellentür geschlossen hatte, verbeugte sie sich tief und stellte sich vor: »Mein Familienname ist Lin, mein Eigenname Yǘjǐ.« Ihr Akzent war sonderbar, ihre Bewegungen waren es auch: Sie stieg auf das Bettbrett, auf den ihr von der Gruppenwärterin zugewiesenen Platz, und kniete sich hin, mit dem Gesäß auf den nach oben gebogenen Fußsohlen, fasste mit der linken Hand die zur Faust geballte rechte und blickte mit niedergeschlagener Miene nach unten, als müsse sie eine Übeltat gestehen oder schweige in Trauer.

Die anderen sahen einander an, schließlich sahen alle Cheng Pinzhi an, als hätten sie sich stillschweigend geeinigt, dass Cheng Pinzhi die fremde alte Frau befragen solle.

Cheng Pinzhi fragte: »Darf ich fragen, woher Sie sind?«

Die fremde alte Frau wandte sich ihr zu und sah sie an: »Ich gehör zu Liben-Lin, Naganu-Lin.«

Die anderen sahen die fremde alte Frau an und sahen Cheng Pinzhi an. In Chang Shumins Miene lag eine unerklärliche Angst, in Liu Yalans Augen flackerte Wut auf.

Libenlin, dachte Cheng Pinzhi, dann fragte sie: »*Riben-Ren*, Japanerin«?

Lin Yǘjĭ nickte. »Ich bin in Japan geboren. Ich bin *chu jia* und danach dann Chinesin. Mein Chinesisch ist nicht gut, ich bitte vielmals um Verzeihung.«

»Und wo ist Naganu?«

Die alte Frau streckte Cheng Pinzhi ihre linke Handfläche hin und schrieb darauf mit dem Zeigefinger ganz langsam zwei Schriftzeichen, in der komplizierten alten Schreibweise.

»*Changye*?«, fragte Cheng Pinzhi.

Das war die chinesische Lesart der Schriftzeichen für die Stadt Nagoya.

Die alte Frau, glücklich, verstanden zu werden, lächelte Cheng Pinzhi an, nickte mehrmals und schrieb sich noch drei Schriftzeichen auf die Hand.

Cheng Pinzhi sah sie unsicher an. »*Shan'guangsi*?« Das war der *Zenkōdera* in Nagoya, der Tempel gütigen Glanzes, Japans ältester buddhistischer Tempel. Sie überlegte. *Chu jia* sei sie, hatte die alte Frau gesagt. Hatte sie nicht *chū jiàh*, heiraten, gemeint, sondern *chū jiā* – Familienbande aufgeben, Nonne werden? Sie fragte betont deutlich: »*Chū jiā*?«

Die alte Frau freute sich wie jemand, der in der Fremde unverhofft auf alte Freunde trifft, nickte immer wieder, lächelte Cheng Pinzhi an, rückte näher zu ihr und sagte eifrig: »Mein Herr gehört zu China Auslandsstudent, hat mir Namen gegeben Yǘjí (虞姬), den Namen der schönsten Frau Anfang der Han-Dynastie. Als Abgelebtes Altes zerschlagen wurde, wurde mein Name geändert zu Yǘjǐh (愚己)!, sich für dumm halten!« «

Das schienen Cheng Pinzhi nicht die richtigen Namen dieser Japanerin. Wie sie denn ursprünglich geheißen habe?

»Bevor Familienbande aufgegeben, Name Yukiko, Familienname Tanaka. In Familie Tanaka sind zwei Yukiko, die andere meine Schwägerin.« Sie schien froh, wegen ihrer Ehe mit dem chinesischen Auslandsstudenten Lin nicht mehr den gleichen Namen wie ihre Schwägerin zu führen.

Ihr Mann hatte vor 1945 eine nur sehr kurze Zeit unter Yin Ju-Kengs Nordöstlicher Autonomer Regierung gearbeitet, der japanischen Marionettenverwaltung des Gebiets um Peking und Tianjin. 1950 war er deshalb festgenommen worden, aber bald wieder freigekommen. Er hatte immer Haikus übersetzt und dichtete auch selbst. Sie verehrte ihren Poetengatten, er war ihr Ein und Alles. In der Kulturrevolution hatten die Rotgardisten ihn schon früh wieder festgenommen, er war hier inhaftiert, sie hatte ihm Kleidung gebracht. Warum sie selber auch hierher gekommen war, wusste sie nicht.

»Hat man dich als japanische Spionin festgenommen?«, vermutete Fan Chuxin.

Tanaka schüttelte energisch den Kopf, das bestritt sie heftig. »Ich nicht *Liben*-Spion! Ich gehör zu Chinesen! Mein Herr gehört zu Landesverräter, ich gehör zu Angehörige von Landesverräter.«

Cheng Pinzhi wahrte instinktiv Abstand von Tanaka; die Frau aus Pinggu verstand nicht, was Tanaka sagte, und die beiden anderen alten Frauen ließen sie völlig links liegen; nur Fan Chuxin redete mit ihr. Tanaka war ihr dankbar. Sie massierte Fan Chuxin. Sie verstand sich auf japanische Massage, konnte, indem sie Hautpickel mit zwei Fingern packte, krankhafte Veränderungen herausholen. »Pickel kommen nicht durch, und was nicht durchkommt, ist Krankheit«, sagte sie. Sie brachte Fan Chuxin bei, wie man Sushi macht. Bei jedem Essen gab sie ihr einen halben Knödel ab. Fan Chuxin wollte von ihr Japanisch lernen, sie brachte Fan »Mō shusseki bansai« bei – »Mao zhuxi wansui« hieß das: zehntausend Jahre dem Vorsitzenden Mao!

Bei der Briefausgabe am Monatsende bekamen nur Cheng Pinzhi und Tanaka Post. Aus dem Brief von Pinzhis Mutter ergab sich nach

Abzug der zahllosen obligatorischen Formeln, dass die Schwester jetzt bei ihr war. War die Mutter krank, oder hatte die Schwester einen Rückfall ihrer alten Krankheit? Cheng Pinzhi machte sich Sorgen, sie schrieb der Mutter und fragte nach. Gruppenwärterin Yan gab ihr den Brief zurück. »Letzte Woche haben deine Mutter und deine Schwester Sachen für dich gebracht«, sagte sie, »da ging es beiden gut.« Cheng Pinzhi bedankte sich herzlich für die Information. Aber wieso war die Schwester dann nicht in ihrer Wohnung in der Beida? Sie rätselte hin und her, ohne Ergebnis.

Tanakas Brief kam von ihrer Tochter und war mit roter Tinte geschrieben, aber keineswegs die Mitteilung des Abbruchs der Beziehungen – traditionell wurde das in roter Farbe geschrieben, wie in alter Zeit die Namen von Verbrechern –, sondern ganz im Gegenteil eine freudige Nachricht: Die Tochter hatte ein Mitglied der Arbeiterklasse geheiratet. »Arbeitet Ihre Tochter in der Fabrik?«, fragte Fan Chuxin.

»Sie ist in der Zentralen Kunsthochschule, dieses Jahr macht sie ihr Abschlussexamen.«

Fan Chuxin lachte. »In diesen Jahren sind Abschlüsse nicht in Mode, alles macht Revolution! Wer ist denn dieses Mitglied der Arbeiterklasse?«

Tanaka schüttelte nur den Kopf: »Tochters Freund ist der Sohn ihres Professors, sie sind sich schon viele Jahre gut.«

Liu Yalan lächelte dünn: »Die Arbeiterklasse ist gut. Die Arbeiterklasse führt alles.«

In diesem Moment ging die Tür auf. Die »Regierung« sah herein und zeigte auf Liu Yalan: »Rauskommen!«

Liu Yalan ging hinaus und strich sich dabei über die Haare. Angstvoll sahen sich die anderen an. Sie fürchteten, dass die »Regierung« an der Tür gelauscht und irgendwas Missliebiges gehört hatte. Fan Chuxin stand auf und ging zum kleinen Fenster in der Zellentür. Die Frau aus Pinggu wollte sie zurückziehen: »Liebes gutes Tantchen, mach nicht wieder Ärger!« Fan Chuxin beachtete sie nicht; nach einer Weile kam sie aufs Bettbrett zurück. »Nichts passiert, sie ist zum Verhör.«

Das Verhör dauerte volle drei Stunden, erst nach dem Abendessen kam sie zurück, gefolgt von der »Regierung«, die nun Tanaka hinausrief.

»Verhandlung« nannte Liu Yalan diese Verhöre; sie begriff nicht, was ihr Todeswunsch für ein Verbrechen sein sollte. Das ganze Verhör durch war es nicht um irgendwelche Tatsachen gegangen; sie hatte nur mit dem Untersuchungsbeamten gestritten: Ihr sei alles egal, sie wolle nur einen Schuss in den Kopf, je eher, desto besser. Zum Abschluss hatte der Untersuchungsbeamte sie aufgefordert, sich gut zu wandeln. Darauf habe sie gesagt. »Wenn ein Chinese mit einem japanischen Teufel zusammengesperrt wird, wer wandelt da wen?« Darauf war der Untersuchungsbeamte aufgewacht und hatte gefragt, was der japanische Teufel denn alles gesagt hatte. Sie habe gesagt: »Das Teufelsgerede von der versteh ich nicht. Den ganzen Tag ›Bansair, moodagge doo‹, so was.«

»Richtig«, sagte Chang Shumin, »immer bansair hier, bansair da, weiß der Himmel, wen oder was sie da verflucht. Klein Fan, sprich von nun an weniger mit dem japanischen Teufel!«

Fan Chuxin wusste nicht, ob sie lachen oder weinen sollte. »Sie hat ›Mao zhuxi wansui!‹ gesagt, zehntausend Jahre dem Vorsitzenden Mao! Was kümmert's euch, wenn man ein bisschen Japanisch lernt!«

Die Lippen krampfhaft zusammengepresst kam Tanaka zurück. Sie war tief bedrückt. Nach dem Hinlegen rückte sie ganz nah an Fan Chuxin heran und hauchte ihr leise ins Ohr: »*Liben*-Sprache geht nicht.«

Von da an presste Tanaka ständig die Lippen zusammen, nur zum Essen machte sie noch den Mund auf, sie hatte die Sprache verloren. Nicht lang, dann ließ die Gruppenwärterin sie ihre Sachen zusammenpacken, und Tanaka ging.

Alle vermuteten, dass Tanaka nach Haus gedurft hatte; von einer Verhandlung war nie die Rede gewesen; da konnte kein Urteil gefällt worden sein.

»Was ich nicht verstehe«, sagte Liu Yalan, »ist, wieso ein japanischer Teufel eine solche Vorzugsbehandlung erhält.«

»Die haben ihr doch von Anfang an gar nichts vorgeworfen«, sagte Fan Chuxin. »Ihr Alter brauchte eine Zeugin, der hat sie hier reingezogen.«

Die alte Frau Chang Shumin vermutete, dass aus der Familie Tanaka die Arbeiterklasse zum Einsatz gekommen sei. Da habe sich das liebe Töchterlein wohl für die Mama aufgeopfert.

25 UMZUG

Eine Zeit lang hatte Cheng Pinzhi Tag und Nacht vertauscht. Diese Zeit war nun wohl zu Ende.

In der Nacht hatte sie wieder nicht schlafen können und war auf den Betonboden neben dem Bettbrett geglitten, hörte plötzlich draußen Schritte, huschte in die Ecke und setzte sich auf den Urineimer. Das kleine Fenster in der Tür klappte auf. »Alle aufstehen! Bettzeug zusammenrollen!«

Sie weckte die fünf anderen. Die rieben sich die verschlafenen Augen. Was denn los sei? Draußen klappte die Wärterin weiter Fenster um Fenster auf; kam gerade vom anderen Ende des Gangs zurück und rief auch in die Zelle gegenüber ihr: »Alle aufstehen! Bettzeug zusammenrollen!« Die alte Frau Liu hatte schon so manches erlebt; sie schloss sofort: »Das Gefängnis zieht um!«

Die Tür ging auf. Im Gang standen zwei Soldaten mit geschulterten Gewehren. Kalter Glanz funkelte auf den Bajonetten. Cheng Pinzhi ging voran, trat zwischen den Soldaten hinaus aus der Zelle und lief, von den Bajonetten gelenkt, zu einem großen Gefangenentransporter, in dem die Bajonette alles nach hinten drängten. »Hinsetzen, Sachen auf den Boden!« Etwas, das nach Knoblauch stank, zerrte Cheng Pinzhi auf den Boden des Fahrzeugs, tschack!, und eine Handschelle fesselte ihr rechtes Handgelenk an das linke Handgelenk der alten Frau aus der Zelle. Unauflösbar zusammengekoppelt, tauschten die beiden Frauen einen Blick aus den Augenwinkeln und ein bitteres Lächeln. Cheng Pinzhi zog den Arm etwas nach unten, um den Druck zu lockern. Die Zähne der Fessel bissen ins Fleisch, sie wagte keine Bewegung mehr. Dann wurden auch die anderen vier Frauen aus der Zelle gepackt und paarweise hingeworfen. Binnen Kurzem war das Fahrzeug vollgestopft mit paarweise aneinandergefesselten Frauen, ihren Waschschüsseln und ihrem Bettzeug.

»Kein Lärmen! Keine Unterhaltung! Nicht nach draußen schauen!« Anweisung beendet. Knoblauchgestank verbreitete sich über das ganze Fahrzeug, das sich langsam in Bewegung setzte. Vor dem Transporter zogen zwei Paar Soldaten das große Eisentor auf, durch das Cheng Pinzhi in das Gefängnis gekommen war. »Schau«, zischte Fan Chuxin leise zu Liu Yalan, die mit Cheng Pinzhi zusammengefesselt war, »das Tor. Jetzt geht's wohl zur Gruppenerschießung.« Cheng Pinzhi lief ein Schauder über die Arme. Die alte Frau beruhigte sie mit einem Satz: »Quatsch! Wenn sie dich erschießen wollen, lassen sie dich weder Waschschüssel noch Bettzeug mitnehmen.«

Mitternacht war schon vorbei, Peking totenstill, die Straßenlampen leuchteten matter als die Sterne am Himmel. Der Transporter passierte den Glockenturm, näherte sich dem Trommelturm; Cheng Pinzhi sah die tiefschwarze Silhouette des Pavillons auf dem Kohleberg und wusste, sie fuhren nach Süden. Der Transporter bog nach rechts ab, wieder nach links, wieder nach rechts. »Mist!«, schrie Fan Chuxin leise auf. »Das geht zum Babaoshan! Erschossen und auf der Stelle verbrannt!« Die alte Frau mahnte sie: »Red nicht so wirr daher! Hast du nicht schon Ärger genug gehabt?«

Von der Chang'an-Allee bogen sie nach links ab, fuhren dann immer geradeaus. Cheng Pinzhi kannte die Gegend, sie wusste, sie kamen über die Hepingmen-Kreuzung. Als junges Mädchen war sie mit Han Yuan hier auf dem Changdian-Tempelfest gewesen. Han Yuan war mit ihr erst zu seiner eigenen Schule gegangen, dem Gymnasium der Pädagogischen Hochschule, hatte ihr noch die Gedenktafel gegenüber am alten Platz seiner Schule gezeigt, dann hatten sie in der Liulichang Kalligrafiemuster gekauft, und er hatte sie liebevoll mit mehreren Stangen Zuckeräpfelchen gefüttert und sie aus Teig ein buntes Phönixpaar formen lassen.

Überwältigt von der Flut der Erinnerungen, vergaß sie schließlich, dass sie in einem Gefangenentransporter war, merkte nicht mehr, wo sie abbogen, wohin sie fuhren, durch was für ein Tor sie kamen. Erst der schmerzhafte Ruck, als die alte Frau, mit der sie zusammengefesselt war, die Schalen und Decken auf dem Boden umfasste und dabei an ihrem Handgelenk zerrte, holte sie wieder in die Gegenwart zurück. Der Transporter war schon fast leer. Mühsam stiegen sie und die alte Frau aus dem Transporter und stolperten in einem Strom von Gefangenen zu einem kleinen zweistöckigen Gebäude mit zwei Seitenflügeln. Erst als sie drinnen waren, sahen sie, dass es nicht nur zwei Flügel gab, sondern fünf Gänge, die schräg auseinanderliefen wie Blätter einer Blüte, in deren Herzen zwei Soldatinnen in nagelneuen grünen Uniformen standen; Cheng Pinzhi hatte das Gefühl, dass ihnen etwas fehlte, kam aber nicht drauf, was es war.

Auf Anweisung der Soldatinnen liefen die Gefangenen eine hinter der anderen in langer Reihe in einen der Gänge. Als die Reihe an Cheng Pinzhi und der alten Frau war, rief eine Soldatin: »Halt!« Gespannt sah Cheng Pinzhi sie an und entdeckte plötzlich: Ihre Uniform hatte kein Emblem auf der Kappe und keine Kragenspiegel. Das waren zur Wärterin umgeschulte Soldatinnen! Und die wiesen sie jetzt in einen anderen Gang.

Die Wärterinnen hießen sie nicht stehen bleiben, also liefen Cheng Pinzhi und die alte Frau Liu immer weiter, bis zum Ende des Gangs, blieben dort stehen und blickten zurück; eine lange Kette paarweise zusammengefesselter Frauen war ihnen gefolgt. Cheng Pinzhi kannte keine von ihnen. Die vier anderen aus ihrer bisherigen Zelle waren in einen anderen Gang gekommen. Auf einmal überkam sie Traurigkeit. Gestern saßen sie noch eng zusammengedrängt nebeneinander, ganz wörtlich eng vertraut, und heute waren sie nun in alle Winde verstreut, nicht einmal ein Wort des Abschieds war ihnen vergönnt gewesen, und wer wusste schon, ob sie sich jemals wiedersehen würden.

Beginnend am anderen Ende des Gangs öffneten die Wärterinnen die Zellentüren und wiesen Paar für Paar in die einzelnen Zellen. Zuletzt waren nur noch Cheng Pinzhi und die alte Frau Liu Yalan übrig. Sie kamen in Nr. 13, dem Abort gegenüber. Die Handschellen wurden ihnen abgenommen. Sie sahen sich an, gemeinsames Schicksal!, sagte dieser Blick. Die neue Zelle war etwas enger als die im Gongdelin, aber für zwei reichte sie vollkommen aus, war auch noch sauber, und man sah, dass hinter mehreren Drahtgittern das Glasfenster nach draußen kürzlich abgewischt worden war. Das Bettbrett war ebenfalls noch sehr sauber; der Urineimer in der Ecke roch nicht. Cheng Pinzhi war zufrieden – wenn sie nur an die kurze Zeit zurückdachte, die sie in Bai Lians Zelle verbracht hatte! Die alte Frau nahm einen Putzlumpen und wollte das Bettbrett abwischen. »Bald geht's zum Abortgang«, sagte Cheng Pinzhi, »wenn wir zurückkommen, nehmen wir den Putzlumpen feucht mit, dann lässt sich noch mal besser wischen.«

Die Eisentür öffnete sich, Cheng Pinzhi nahm die Waschschüssel und wollte hinaus, doch die neue Wärterin brüllte: »Zurück! rein!«, mit derart scharfer Stimme, dass man meinen konnte, sie wollte ein Loch in die Schüssel fräsen, und trieb mit ihrem Gebrüll noch ein Paar aneinandergefesselte Frauen in die Zelle, eine ältere und eine junge. Die Wärterin nahm ihnen die Handschellen ab. Die Tür wurde geschlossen und klirrend verriegelt.

Cheng Pinzhi erkannte die Ältere, es war die alte Kader, die damals, als sie selber zusammen mit Lude in einer Zelle saß, in der Zelle gegenüber gefangen war. Die Junge war ungefähr so alt wie Fan Chuxin, aber etwas größer und saudreckig; sie roch sonderbar, wonach, war nicht zu erkennen. Die alte Kader zwinkerte Cheng Pinzhi zu. »Nun brauchen wir uns nicht mehr über die Milchstraße hinweg zuzuwinken«, lachte sie. Auf ihrem Arm war mit zwei Pflasterstreifen ein Stück Verbandmull aufgeklebt. Cheng lachte auch und fragte, was mit ihrem Arm los sei. »Nur eine Lymphdrüseneiterung, keine Angst, das steckt nicht an«, sagte die Kader. Das erinnerte Cheng Pinzhi an Bai Lian. »Waren Sie auch in der Neuen Vierten Armee?«, fragte sie unvermittelt und wunderte sich gleich selbst über die Frage. »Ich habe mich in Yan'an der Revolution angeschlossen«, sagte die alte Kader ganz ernsthaft, »aber ich denke, in Ihrem Alter können Sie doch nicht von der Neuen Vierten Armee sein?« Cheng Pinzhi schüttelte verlegen den Kopf, warf einen Blick auf die junge Unbekannte und sagte nichts mehr.

Die junge Frau breitete ihre schwarze Decke auf dem Bettbrett an der Wand aus, auf der Seite ohne Urineimer. Die anderen drei überlegten, wer neben wem schlafen sollte. Die alte Kader legte sich von sich aus mit dem Kopf zum Urineimer an die andere Wand. Cheng Pinzhi zwängte sich zwischen sie und die alte Frau Liu Yalan. Die Bettzeugbündel der drei lagen noch unausgerollt auf dem Bettbrett. Die junge Frau wollte Liu Yalan helfen, an ihrer Seite ihr Bündel auszubreiten; Liu sagte: »Das hat keine Eile, warten wir, bis die Gruppenwärterin kommt, und bitten dann um etwas Wasser, um das Brett abzuwischen.« Die junge Frau ärgerte sich. »Was soll die bourgeois stinkige Tuerei? Glaubst du, die Regierung hat dich hier ins Hotel eingeladen?« Wüst vor sich hin schimpfend, zog sie sich aus und kroch splitterfasernackt in ihre schwarze Decke. Mit düsteren Mienen sahen sich die drei anderen sprachlos an. Cheng Pinzhi schluckte einen Mundvoll Bitterkeit hinunter. Sie war Liu Yalan von Herzen dafür dankbar, dass sie die Quelle des Gestanks im Raum von ihr abschirmte.

Die Eisentür ging wieder auf, noch eine kam rein – Himmel und Erde sei Dank, nur eine Einzelne – und das war doch tatsächlich Lude! Die alte Kader kannte Lude, Liu Yalan kannte sie auch, alle hatten sie von der Suppe gegessen, die sie ihnen eingeschenkt, Knödel, die sie ihnen abgegeben hatte. Wie die drei sie sahen, waren die düsteren Wolken auf ihren Gesichtern verflogen, als gäbe es in der Zelle gar keine in eine schwarze Decke eingewickelte Person.

Liu Yalan schob eilends ihr Bündel ganz nah an Cheng Pinzhi, Lude bedankte sich, schob die Waschschüssel unter das Bettbrett und legte ihr Bettbündel in die Lücke zwischen der jungen Frau und Liu Yalan. Cheng Pinzhi zweifelte, hatte Lude keine gute Nase? Sonst war das wirklich nobel gehandelt, und sie selbst musste sich vor dieser Christin schämen.

Die Gruppenwärterin hatte die Tür noch nicht geschlossen und rief jetzt: »Wasser holen!« Mehrere hoben ihre Schüsseln, aber die Wärterin zeigte auf Lude: »Du gehst allein und beeilst dich!« Dann stellte sie sich neben die Tür und wartete.

Lude holte Wasser, kam zurück, und die Tür wurde geschlossen. »Diese Gruppenwärterin ist wirklich in Ordnung«, sagte Lude. »Ich hatte eben gebeten, Wasser holen zu dürfen, sie fragt, was ich mitten in der Nacht mit Wasser will; ich sag, ein bisschen das Bettbrett abwischen. Darauf sie: »Was für eine bourgeois stinkende Tuerei!« Sie kicherte.

»Egal, was sie redet«, sagte Liu Yalan, »ein Glück, dass wir Wasser haben. Gib mir ein bisschen, nur dass ich den Putzlumpen anfeuchten kann.«

»Dieses Stück Boden wische ich aus«, sagte Lude. Sie wusch den Putzlumpen aus und wischte das Stück der alten Kader und von da bis neben die in der schwarzen Decke schlafenden Frau. Die alte Kader wischte nach ihr noch einmal nach. Dann breiteten alle ihre Decken aus und legten sich schlafen.

Lude sagte, dieser Ort sei eigentlich eine Strumpffabrik und heiße Banbuqiao. Die junge Frau sagte, ja, das Gefängnis Nr. 2 der Stadt Peking, vor dem You'an-Tor, heiße Banbuqiao, um das handle es sich wohl.

Diese junge Frau hatte ein Mundwerk wie eine volle Kehrschaufel, die sie den ganzen Tag lang ausschüttete. Die anderen hörten gern, was draußen so vorging, und ließen sie reden. Cheng Pinzhi schien ihr Gerede wenig glaubwürdig, sie hatte aber keine Lust, immer wieder nachzuhaken. Die junge Frau hieß Li Renmei und behauptete, sie sei an der Beida die Anführerin der Jinggangshan-Rotgardisten gewesen. Das war gelogen, Cheng Pinzhi hatte von ihrer Schwester viel über die Vorgänge an der Beida gehört, danach war der Führer von Jinggangshan ein Mann und hieß Xu mit Familiennamen. Andererseits schien zu stimmen, was die junge Frau über die Fraktionskämpfe an der Beida und über die Vorgänge im Yannan-Park erzählte. Dort hatten einige Gelehrte der Beida gewohnt, die in der Kulturrevolution in den Tod getrieben wurden, aber auch Jiang Qings Vertraute Nie Yuanzi wohnte dort. Cheng Pinzhi fragte sie nach Wang Bodan, sie wusste nichts von ihm. Sie war die reinste Märchentante, aber ihre Geschichten waren durchaus detailliert: Sie sei Mao Zedongs Adoptivtochter und die Verlobte von Maos Neffen Mao Yuanxin; den Familiennamen habe sie von der Genossin Jiang Qing, deren Familienname eigentlich Li war, und ihren Namen, Ren Mei, Zähe Aprikose, den habe ihr der Vorsitzende gegeben. Cheng Pinzhi glaubte nicht, dass der Vorsitzende einen solchen Namen gewählt hätte; er schätzte die stolze Eleganz der Aprikosenblüte; dagegen war Ren, biegsame Zähigkeit, für ihn keine schöne Tugend, nur Sturheit bis zum bitteren Ende. Doch es wurde noch grotesker: Sie erzählte, sie habe eine Affäre mit Stalins unehelichem Sohn gehabt, und die habe sie nur aufgegeben, weil der Vorsitzende entschieden dagegen gewesen sei; da habe sie sich dann mit Mao Yuanxin eingelassen. So torkelten ihre Geschichten in der Weltgeschichte umher, mal in Peking, mal in Moskau, mal in Sibirien, sie wollte mit allerlei großen Namen der kommunistischen Welt zu tun gehabt haben, und von Maos Töchtern Li Min und Li Na redete sie wie von eigenen Schwestern.

Es waren lauter wilde Geschichten, aber zum dritten oder vierten Mal aufgewärmt wurden sie langweilig, die Zuhörer verloren das Interesse. Nur Lude wurde nicht müde, ihr zu lauschen; wenn sie sich abends hingelegt hatten, flüsterten sie noch miteinander ohne Ende. Li Renmei besaß nichts. Alles, was sie jetzt anzog oder sonst benutzte, hatte sie von Lude. Und sie redete nun ganz sanft und lieblich, »danke« war jetzt immer ihr letztes Wort. Doch jedes Mal, wenn sie sich bedankte, sagte Lude: »Bedank dich nicht bei mir, bedanke dich bei Gott! Ich bin nur ein Wurm, Gott allein kann unsre Seelen retten.« Li Renmei hatte Ludes Rede- und Lebensweise rasch übernommen, sie war höflich geworden, rieb sich jeden Tag mit einem halben Teebecher Wasser den Körper ab, und ihr Körpergeruch verschwand, selbst beim Essen machte sie's wie Lude, schloss vorher eine Weile die Augen.

Dann wurde Li Renmei zum Verhör geholt. Die alte Frau Liu Yalan nutzte das für ein ernstes Wort mit Lude und erschien Cheng Pinzhi damit in ganz neuem Licht.

»Lude«, sagte sie, »was weißt du von einem Menschen? Du siehst sein Gesicht, sein Herz siehst du nicht. Was für ein Mensch Li Renmei ist, weißt du das denn? Du kennst sie kaum und redest doch mit ihr über die gewichtigsten Dinge. Du darfst in dieser Welt keinen unbedachten Schritt tun. Wovon man nicht sprechen kann, darüber muss man schweigen! Du bist kein Kind mehr, hast du nicht mal so viel Verstand, dass du das nicht weißt? Du bist ein guter Mensch, aber in dieser Welt sind nicht alle Menschen gut. Überall gibt's welche, die den andren schaden, manche, um sich einen Vorteil zu verschaffen, manche, um in einer kritischen Lage sich selbst zu schützen, manche gar nur, um sich aufzuspielen – immer aber haben sie, blind für andere, nur den eigenen Vorteil im Auge. Lude, merke dir gut, was ich dir sage: Man darf nicht andren schaden wollen. Vor andren sich nicht hüten wollen darf man erst recht nicht!«

»Die Fähigkeit, sich selbst zu schützen, scheint dir zu fehlen«, tadelte auch die alte Kader. »Öffnen Orchideenblüten sich in Todessehnsucht zur sengenden Sonne hin?«

Cheng Pinzhi sprach ihre Zweifel aus. »Das Geschwätz von Li Renmei überschreitet alle Grenzen. Zu achtzig oder neunzig Prozent ist das gelogen. Mit Stalins unehelichem Sohn will sie ein Verhältnis gehabt haben. Das muss dann ja vor dem Kampf gegen den sowjetischen Revisionismus gewesen sein, in den Fünfzigern. Da war sie doch keine zehn Jahre alt. Und Russisch scheint sie auch nicht zu können. Was hat sie denn mit dem gesprochen?«

Lude hörte sich still an, was die anderen sagten, und bedankte sich bei jeder.

Li Renmei kam zurück, mit ganz roten Augen. Lude wollte sie trösten: sie solle es sich nicht so zu Herzen nehmen, nach dem Verhör würden die Probleme bald gelöst. Li Renmei aber heulte auf, heulte immer herzzerreißender, ohne auf irgendwen oder irgendwas zu achten. Das kleine Türfenster klappte auf: »Li Renmei!«, schrie die junge Soldatin-Wärterin. Li Renmei sprang vom Bettbrett und war mit einem Schritt an der Tür.

»Was heulst du?«

»Gruppenwärterin, ich muss die Regierung, ich muss die Partei, ich muss den Erhabenen Führer Vorsitzenden Mao um Verzeihung bitten ...«, Li Renmei heulte wieder auf.

»Dann bekenne ganz ehrlich deine Verbrechen und erringe Milde! Hier hast du, nimm's! Wenn das Papier nicht reicht, verlang mehr.« Das kleine Fenster klappte zu, Li Renmei drehte sich um, das Gesicht tränenverschmiert. In der Hand hielt sie ein paar Blatt Papier hoch und ein halb gefülltes Tintenfass, in dem schief ein roter Federhalter steckte. Viel von seinem roten Lack war abgegangen, sein Holz mit blauer Tinte bekleckert. Lude sah auf diesen Halter, sah vor sich, was er im Wechsel der Zeiten alles geschrieben haben mochte – ungezählte Straftäter hatte er wohl angegeben, zu Zwangsarbeit, Arbeitserziehung, Erschießung auf den Weg gebracht; sie begann zu zittern bei diesen Gedanken.

Li Renmei schrieb ihre eigene Aussage selbst, fragte jedoch Lude immer mal, wie dies oder jenes Zeichen zu schreiben war. Liu Yalan blickte Cheng Pinzhi und die alte Kader an und zog abschätzig die Mundwinkel herab, die drei amüsierten sich insgeheim. Li Renmei mochte an der Beida als einfache Arbeiterin gejobbt haben, vermutete Cheng Pinzhi, vielleicht hatte sie in den trüben Wassern im Yannan-Park gefischt und die eine oder andere Geschichte aufgeschnappt. Nach ihrem Akzent kam sie aus Nordostchina, niemand brachte ihr was ins Gefängnis, wahrscheinlich war sie von ähnlicher Sorte wie jene Frauenführerin der Dorfbrigade.

Nachdem sie zwei Tage lang geschrieben hatte, übergab sie mit den Worten: »Melde der Gruppenwärterin!«, ihr Material und verlangte noch mehr Papier, schrieb wieder einen ganzen Tag lang, fragte diesmal aber nicht nach der Schreibweise von Zeichen. Als sie fertig war, übergab sie alles der Wärterin, das Geschriebene, den Federhalter und die Tinte, von der ihre Hände ganz blau waren.

Bald darauf rief die Wärterin Li Renmei hinaus.

Li Renmei kam zurück, und die Wärterin rief Liu Yalan hinaus.

Liu Yalan kam zurück, mit fest geschlossenem Mund, und sah die alte Kader und Cheng Pinzhi an. Ehe Cheng Pinzhi reagieren konnte, rief die Wärterin sie hinaus.

Im Büro fragte die Wärterin: »Was redet Lude so in der Zelle?«

»Nichts weiter, unter denen in der Zelle ist sie die Schweigsame, studiert den ganzen Tag die *Worte des Vorsitzenden*.«

»Sie hat euch nicht missioniert?«

»Nein. Ist sie denn gläubig?«

»Allerdings! Mehrfach erfolglos umerzogen, Christin, gläubig ohne Reue bis in den Tod! In der Zelle wie draußen, überall hat sie missioniert. Hast du sie wirklich nicht von Bibel, Gott, solchen Sachen reden hören?«

»Hab ich nicht. Ich hab nie so was gehört.«

»Achte von jetzt ab auf das, was sie sagt und tut. Wenn du Fragwürdiges feststellst, melde es unverzüglich der Regierung.«

Die alte Kader wurde ebenfalls hinausgerufen, kam zurück und blickte Li Renmei wütend an.

Abends war kein Geflüster von Lude mit Li Renmei mehr zu hören. Cheng Pinzhi hatte ein ungutes Vorgefühl.

»Li Renmei hat dich verpfiffen«, flüsterte Cheng Pinzhi morgens beim Abortgang Lude zu.

»Was hat sie denn verpfiffen?«, fragte Lude.

Bei ihrem kindlichen Lächeln wurde es Cheng Pinzhi schwer ums Herz. Sie sagte ihr, dass Li Renmei ihr Missionieren gemeldet hatte. Ludes Gesicht verdüsterte sich, wie es Cheng Pinzhi nie zuvor gesehen hatte – als stürze sie in die Hölle.

26 DIE CHRISTIN

Nach dem Frühstück öffnete sich die Eisentür. Eine Wärterin kam herein, ferner ein männlicher Wärter, den Cheng Pinzhi zum ersten Mal sah, und dazu merkwürdigerweise Sha Bih aus der Zelle Nr. 8 im Gongdelin-Gefängnis.

Der Wärter erklärte: »Ich bin der verantwortliche Untersucher im Fall von Lude. Nach den Angaben von Straftätern hat Lude, während sie auf ihr Urteil wartete, ihre kriminelle Aktivität fortgesetzt und auf jede nur mögliche Weise missioniert, anmaßend und unverschämt im höchsten Grad. Heute wollt ihr angesichts der Regierung und von Lude alle ihre gegen die Wandlung ihres Denkens gerichteten kriminellen Handlungen offenlegen.«

Lude sah nach unten, die Augen auf die Nase, die Nase neigte sich zur Brust, sie schien zu beten.

Cheng Pinzhi sah Lude an. »Unverschämt« schien ihr für Ludes Gesicht ein gänzlich unpassendes Epithet.

Li Renmei sprach als Erste. Sie tadelte zunächst ihre eigene Nachlässigkeit im Klassenkampf, die von einem der Wandlung feindlichen Element benutzt worden sei, um sie, Li Renmei, zum Missionierungsobjekt zu machen. Dann legte sie Punkt für Punkt dar, wie Lude sie missioniert habe, zunächst mit kleinen Freundlichkeiten und Hilfen, dass sie ihr in ihrer schwierigen Lage, da ihr von zu Hause niemand etwas schickte, ausgeholfen habe mit einigen Blatt Klopapier, einem halben Stück Seife, und dann ihre Dankbarkeit zu ungescheuter Predigt ausgenutzt habe. Schniefend und Tränen vergießend spuckte sie alles aus, was in den heimlichen Gesprächen des Nachts gesagt worden war. Cheng Pinzhi wusste, dass sie nicht log, denn was sie berichtete, stammte Wort für Wort aus der Bibel; sie wunderte sich nur, dass Lude sich ausgerechnet Li Renmei für ihre Missionierung ausgesucht hatte, solch einen auf den ersten Blick erkennbaren Judas.

Schniefend und heulend denunzierte Li Renmei und klagte an, berichtete, wie Lude sie das Beten gelehrt habe, gesagt habe, wie sie vor jedem Essen die Augen schließen und im Herzen bitten solle: Vater unser, der du bist im Himmel, dein Reich komme, dein Wille geschehe, wie …

Scharf unterbrach der Untersucher: »Es darf kein Gift verbreitet werden!«, und fragte Lude: »Du betest jeden Tag?«

Lude nickte.

Der Untersucher fragte weiter: »Hast du Li Renmei gelehrt, wie man betet?«

Lude nickte wieder.

Der Untersucher fragte Li Renmei, ob sie noch was habe. Li Renmei sagte, Lude habe beim Lüften und beim Abortgang die Gelegenheit genutzt, um Häftlinge in anderen Zellen zu missionieren – unerwartet nannte sie Sha Bihs Namen.

Cheng Pinzhi wurde es Angst und Bange um Lude. Die Verfassung bestimmte lediglich, dass die Bürger frei waren, an eine Religion zu glauben, dagegen aber auch »frei, nicht an eine Religion zu glauben und den Atheismus zu propagieren«. Zu missionieren – also Religion zu propagieren – verstieß gegen die Verfassung. Deshalb war Lude ins Gefängnis gekommen. Li Renmeis Angaben bewiesen, dass Lude dort ihre Straftaten noch fortgesetzt hatte, und zogen auch noch Sha Bih in die Sache hinein. Sie warf Sha Bih einen Blick zu und legte dabei die rechte Hand aufs Herz, um ihr Mitgefühl zu zeigen. Sha Bih hatte einen amerikanischen Hintergrund, wenn dem nachgegangen wurde, würde das für sie die Sache verschlimmern, sie käme bestimmt noch schlechter weg als Lude.

Die alte Kader hob die Hand, sie wollte etwas sagen. Cheng Pinzhi erschrak, Buddha des reinen Lichtes, hilf!, dachte sie.

»Ich habe Zweifel an Li Renmeis Aussage«, sagte die alte Kader. »Erstens habe ich Lude nie irgendwie predigen hören. Zweitens ist in unsrer Zelle nie gelüftet worden. Wie hätte Lude also das Lüften zum Missionieren nutzen können? Drittens habe ich mir von Li Renmei schon viele verrückte Geschichten anhören müssen, wie sie mit Stalins unehelichem Sohn ein Verhältnis gehabt habe, dass sie die Adoptivtochter des Vorsitzenden Mao …«

Scharf unterbrach der Untersucher erneut: »Du darfst nicht die Gelegenheit nutzen, um den Erhabenen Führer und das proletarische Hauptquartier anzugreifen! Li Renmeis Problem wird zu anderer Zeit gelöst werden. Heute geht es nur um von Lude rückfällig gegen die Wandlung gerichtete neue kriminelle Worte und Taten.«

Die alte Frau Liu Yalan und Cheng Pinzhi stimmten in die von der alten Kader vorgegebene Melodie ein. Lude habe sie nicht missioniert. Sie hätten überhaupt nichts von ihr gehört, was irgendwie mit Religion zu tun gehabt hätte.

»Mit euch Haufen von Wandlungsgegnern«, sagte der Untersucher, »wird es ein böses Ende nehmen!«

Cheng Pinzhi fiel kein böseres Ende ein als der sinn- und endlos wie aus der Zeit gefallene Aufenthalt in diesem verdammten Loch. Bald jedes Ende wäre ihr recht gewesen.

Doch Sha Bih überraschte sie völlig.

Sie trat mit dem roten Büchlein mit den *Worten des Vorsitzenden* auf, las zunächst in ihrem stark kantonesisch gefärbten Hochchinesisch ein Zitat vor, gab dann eine Lude betreffende Tatsache an und kritisierte und verurteilte sie. Darauf folgte ein weiteres Zitat, eine weitere Tatsache, deren Kritik und Verurteilung, und so fort. Zu jeder Tatsache gab sie Zeit, Ort und die genauen Umstände an. Ihre sorgfältige Analyse reichte völlig hin, um Ludes Fall zu entscheiden.

Der Untersucher fragte Lude: »Stimmen die Angaben von Sha Bih mit den Tatsachen überein?«

Unerwartet gab Lude alles zu.

Sha Bih hatte nicht nur Lude verurteilt, sondern auch Ludes Eltern und Ludes älteren Bruder in den USA mit einbezogen. Lude sei ein getreues Kind und ein ehrfürchtiger Erbe einer reaktionären Familie und einer reaktionären Kirche. Cheng Pinzhi begriff jetzt: Sha Bih und Lude kannten sich längst!

Der Untersucher ließ Lude schließlich das Protokoll unterschreiben. Die Gruppenwärterin zog Handschellen aus der Tasche ihrer Militäruniform, Lude streckte ihre Arme nach vorn, und, klack!, schnappten sie über ihren blassen dünnen Handgelenken zu.

Nie ermattete die Glühbirne an der Decke der Zelle. Sie war von einem Drahtnetz abgedeckt, dessen scharfkantige Schatten sich auf dem Bettbrett abzeichneten. Cheng Pinzhi sah über die alte Frau Liu weg immer wieder auf Lude. Die scharfen Schatten zeichneten auf ihr Gesicht ein feines Netz gleich einem dünnen Schleier, wie Damen im Westen ihn trugen. Sie schlief ruhig und fest, als sei nichts geschehen. Cheng Pinzhi fand keinen Schlaf. Sie konnte Li Renmei und sogar Sha Bih einigermaßen verstehen. Angeborene Bosheit ließ sie Kameradinnen verraten, angeborene Dummheit mit Lügenmärchen Eindruck schinden. Was sie sich nicht erklären konnte, war, wie Lude mit ihrem kristallklaren Blick einem derart unübertrefflich dummen Glauben anhängen konnte. Eine Religion, die demütige Duldsamkeit predigte, war ihres Erachtens nichts anderes als ein Helfershelfer für die Untaten der Mächtigen. Religion sollte lehren, vernünftig zu leben. Was für eine Daseinsberechtigung hatte eine Religion, die ihre Gläubigen nur zu ertragen lehrte? Was war das für ein Gott, der nicht imstande war, Gläubige zu schützen?

Die Gemeinschaft in der Zelle Nr. 13 wurde auseinandergerissen. Nur Lude blieb dort, zusammen mit vier neuen Insassen, die sie überwachen sollten. Cheng Pinzhi kam in Nr. 10, die alte Kader und Liu Yalan kamen in Nr. 5. Li Renmei und Sha Bih kamen ganz aus diesem Gang weg. Aber nicht nur die Belegschaft von Nr. 13, auch die von Nr. 10 wurde neu zusammengestellt. Zu Cheng Pinzhi kam eine hochgewachsene mollige Frau, Apothekerin aus dem Krankenhaus des Pekinger Stadtbezirks Changping, sie hatte große Phönixaugen mit doppelter Lidfalte, immer Grübchen auf den Wangen und lachte gern. Sie lief ungeschickt, und ihre rechte Hand zitterte, anscheinend hatte sie einen Schlaganfall gehabt. Dazu kamen zwei Studentinnen, die eine von der Abteilung für die Geschichte der KP an der Volksuniversität, die andere von der mit Han Yuans Krankenhaus verbundenen Medizinischen Hochschule. Beide hatten sie schwarze Decken, wie das Gefängnis sie ausgab. Die Parteihistorikerin war aus der gleichen Zelle hierher verlegt worden, in der auch Sha Bih gesessen hatte. Sha Bih schreibe ständig »Material«, erzählte sie, verlange immer wieder neues Papier, als ob es bei ihr um einen ganz großen Fall gehe; in Wirklichkeit könne davon keine Rede sein, sie habe nur ein paar Fotos von der Landschaft an der Großen Mauer gemacht.

Doch Sha Bih schrieb kein Material, das sie zu ihrem eigenen Fall abliefern wollte, sondern Angaben zu Lude und deren Missionstätigkeit. Daran schrieb sie jetzt in einem anderen Gang immer noch weiter. Aufgrund ihrer Angaben wurden Ludes Hände nun auf dem

Rücken gefesselt, dazu wurden ihr zwanzig Kilo schwere Fußketten angelegt, die man im ganzen Gang auf dem Beton scharren hörte, wenn sie sich dort entlangschleppte. Cheng Pinzhi konnte sich nicht vorstellen, wie sich Lude behelfen, wie sie nachts schlafen sollte. Was sollte sie ohne Hände tun, wenn sie ihre Periode, wie sich abwischen, wenn sie geschissen hatte? Wie die Hosen runterlassen, wie sie wieder hochziehen? Wie die Knödel, die Kohlsuppe zu sich nehmen? Wie sollte die von Sauberkeit geradezu besessene Lude, wenn sie sich nicht die Zähne putzen konnte, den eigenen Mundgeruch ertragen?

Doch Lude hielt schließlich durch, bis ihr die Fesseln alle abgenommen wurden. An dem Tag, als sie ging, tat sie vor Nr. 10 so, als müsse sie sich die Strümpfe hochziehen, blieb stehen und lächelte Cheng Pinzhi zu, die hinter dem kleinen Fenster stand, lächelte, als käme sie frei. Danach hörte Cheng Pinzhi, dass sie zu zwanzig Jahren verurteilt worden war, davon fünf, weil sie in der Arbeitserziehung missioniert hatte; weitere fünfzehn hatten ihr die Aussagen von Li Renmei und Sha Bih eingetragen. Damals waren Polizei, Staatsanwaltschaft und Gericht zusammengelegt, und die Polizei hatte die Macht, Art und Höhe der Strafe zu bestimmen.

Nachdem Cheng Pinzhi das Gefängnis verlassen hatte, hörte sie sich nach Ludes Verbleib um, fand heraus, dass sie in einem Gefängnis in Baoding gelandet war, das als »Übersetzungsgesellschaft der Polizei Peking« firmierte, und besuchte sie dort. Als sie die Tage mit Hand- und Fußfesseln erwähnte, sagte Lude: »Da habe ich mich ganz auf Gottes Hilfe verlassen! Er hat in Zelle 13 eine Grundschullehrerin namens Yan Chun bewogen, sich um mich zu kümmern, meine Qualen zu erleichtern, mir zu helfen, das harte Leben zu ertragen.« Sie warf sich vor, dass sie eine Zeit lang Gott um Urlaub gebeten und widerwillig Mao Zedongs Gedanken benutzt hatte, um den eigenen Glauben zu verurteilen, betonte aber, sie habe sich von Gott nicht abgewandt, nur für ein paar Tage beurlaubt. Dann wollte sie auch noch Cheng Pinzhi bekehren, die sich daraufhin verabschiedete. Aber das war eine spätere Geschichte, und Cheng Pinzhi hatte dann mit Lude auch nichts mehr zu tun. Kehren wir ins Gefängnis zurück!

Was Lude geschehen war, hatte Cheng Pinzhi noch vorsichtiger werden lassen. Bei Nacht sind alle Mäuse grau, hatte sie gedacht, und graue Mäuse brauchen andre graue Mäuse nicht zu fürchten. Aber bei Nacht sind auch alle Katzen grau, und sie hatte nicht bedacht, dass es Mäusedämonen geben konnte, die glaubten, wenn sie andere graue Mäuse ebenso anfielen, wie es graue Katzen taten, damit selbst graue Katzen zu werden. Mit der kulturellen Herkunft und dem Bildungsgrad dieser Mäusedämonen hatte das nichts zu tun, es mochten solche wie Li Renmei sein oder solche wie Sha Bih. Warum, überlegte sie traurig, warum waren diese Dämonen so dumm zu glauben, sie könnten sich damit aus ihrem Elend befreien, dass sie anderen Mäusen die Kehle durchbissen? Ach, die Erklärung war einfach: angeborene Dummheit, natürliche Bosheit. Vor solcher Dummheit, solcher Bosheit musste sie sich hüten, durfte ihnen keine Chance geben, ihr zu schaden.

Sie wahrte also ihre Zunge, und das tat auch die Apothekerin. Umso mehr redeten die beiden Studentinnen, erzählten ihre eigenen Fälle und auch die von anderen. Das aber war im Gefängnis tabu, und Cheng Pinzhi warnte: »Was wir hier drinnen reden, muss hier drinnen bleiben, es darf nicht draußen zu Geschichten führen wie bei Lude!« Und die Apothekerin fügte hinzu: »Ihr mögt reden, was ihr wollt, aber was mir im Magen rumort, behalte ich für mich.« Cheng Pinzhi freute sich über diese stets lächelnde Frau; nur wer schon alles Mögliche durchgemacht hatte, Höhen wie Tiefen, konnte so lächeln.

Die Parteihistorikerin war ein »16.-Mai-Element« und zusammen mit ihrem Lehrer, den sie in diese Bredouille gebracht hatte, eingeliefert worden. Sie und ihr Lehrer hatten Material zur Parteigeschichte zur Durchsicht entliehen, das Dokumente zur Regelung eines historischen Fehlers von Zhou Enlai und ein Schuldbekenntnis Zhous enthielt. Sie hatte einen Kommilitonen diese Schriftstücke einsehen lassen. Dann hatte jemand, sie wusste nicht, wer, mit den Texten dieser Schriftstücke eine Wachsmatrize beschriftet und sie damit vervielfältigt, und so wurden sie dann immer weiter verbreitet. An der Eisen- und Stahlhochschule gab es eine »Rebellentruppe vom 16. Mai«, die dieses Material als Grundlage für Angriffe auf Zhou Enlai nutzte, bis sie zerschlagen wurde, und der Kommandant der Luftwaffe, Wu Faxian, half Zhou Enlai, Zhang Jianqi umzubringen, den Führer dieser reaktionären Organisation – tatsächlich war er ein

Student dieser Hochschule. Im ganzen Land wurden überall »16.-Mai-Elemente« festgenommen, mehrere Zehntausend in dreißig Provinzen, Städten und Autonomen Gebieten. Chinesen sind gewöhnlich keine gläubigen Christen, aber im Bereuen stehen sie den Christen in nichts nach, auch sie können sich ein blutüberströmtes Herz aus der Brust reißen, um es zitternd und schwankend dem Erhabenen Führer zu opfern. Denn andere anzuzeigen zeigt, dass man sein Herz von Grund auf dem Allerhöchsten überreicht. Einer zieht den anderen nach, ganze Ketten ziehen sie heraus; und die beiden, der Lehrer von der Volksuniversität und seine Studentin, wurden unentrinnbar mitgerissen. Mit ihrem Lehrer, sagte die Studentin, habe sie nur die Zeit nutzen wollen, die andere mit Fraktionskämpfen vergeudeten, um auf ihrem Fachgebiet etwas weiterzukommen; es sei doch schrecklich, Jahr um Jahr so zu vergeuden. Seit sie eingeliefert worden war, sorgte sie sich vor allem darum, wann die Hochschulen wohl wieder eröffnet würden und ob sie dazu rechtzeitig an die Universität zurückkommen würde und in ihrem Jahrgang bleiben könnte.

Jede der »aktiven Konterrevolution« Schuldige hatte sich mit ihrer Kritik an einem bestimmten Objekt vergriffen, so wie Bai Lian am Stellvertretenden Oberkommandierenden; in der Balletttruppe hatte es ein junges tief verliebtes Paar gegeben, das noch vor Cheng Pinzhi festgenommen worden war, weil sie gegen Jiang Qing Einwände erhoben, also einen »Angriff auf das proletarische Hauptquartier« verbrochen hatten; und Cheng Pinzhis Verbrechen war, dass sie sich »gegen den Oberkommandierenden« gestellt hatte; bis jetzt war ihr unklar, wann sie das wo gegenüber wem getan haben sollte. Danach wollte sie fragen, sie hatte nicht mal Angst, dass jemand ihr auch das vorwerfen würde; aber es kümmerte sich einfach niemand um sie. Seit jenem Verhör, als sie nach ihren jetzigen und sonst mal benutzten Namen, nach Volkszugehörigkeit und Herkunftsort gefragt worden war, hatte es kein weiteres Verhör gegeben.

Auch die Medizinstudentin hatte »aktive Konterrevolution« begangen, aber nicht als simples Gedankenverbrechen wie Cheng Pinzhi, nein, bei ihr war es wirklicher Hochverrat, und das auch noch als Mitglied einer Gruppe von Hochverrätern! Diese Hochverrätergruppe bestand aus drei Personen. Anführer war ihr älterer Bruder, und ihr jüngerer Bruder war der Dritte. Sie waren Waisen. Ihr an Pankreaskrebs erkrankt in den »Kuhstall« gesperrter Vater, nur noch ein Bündel aus Haut und Knochen, war dort gestorben, ebenso die an Blähungen leidende in eine »Kaderschule« verbannte Mutter bei der Arbeit auf einem Reisfeld der Schule. Die drei Kinder hatten sich überlegt, wie sie China verlassen könnten, um sich im Ausland durchzuschlagen, hatten rundum alle Land- und Seegrenzen der Volksrepublik durchdiskutiert und waren zu dem Ergebnis gelangt, dass im Nordosten das Risiko wohl am geringsten wäre. Einen Sommer lang hatten sie in tiefen Gewässern das Schwimmen über längere Strecken geübt, waren sogar von Fenglingdu aus quer über den Huanghe geschwommen und dann in den Nordosten an den Yalu gefahren. Dort hatten sie eine Woche lang die Umstände am und im Fluss und die Zeiten ausgekundschaftet, zu denen die Grenzwachen sich ablösten. In einer mondlosen stürmischen Nacht waren sie schließlich zum Wasser gelaufen, mit Schwung auf die andere Seite geschwommen, und wie sie dort ans Ufer stiegen, nahm die koreanische Volksarmee sie fest. In Korea saßen sie eine Woche in Untersuchungshaft und wurden dann in der Mitte einer Brücke über den Yalu der chinesischen Volksbefreiungsarmee übergeben. Wie die Medizinstudentin erzählte, war in der koreanischen Haftanstalt die ganze Wand von Chinesen mit Gedichten vollgeschmiert gewesen; anscheinend gab es noch mehr so Idioten wie sie.

Die Apothekerin sagte über ihren Fall nur, dass sie durch ihren Mann in etwas hineingezogen worden sei. Der Mann hatte anscheinend keine niedrige Stellung gehabt. Ihren Schlaganfall hatte sie gleich am ersten Tag in Haft erlitten: wie sich die Eisentür schloss, kippte sie um, lag am Boden wie tot, war sogleich in die Polizeiklinik gebracht und gerettet worden und von dort nach einer Woche ins Gefängnis zurückgekommen. Die Medizinstudentin sagte, der erste Schlaganfall sei leicht zu behandeln, und man erhole sich rasch. Der zweite könne zu einer halbseitigen Lähmung führen; und beim dritten sei es dann aus. Daraufhin wagte die Apothekerin nicht mehr, sich über irgendetwas aufzuregen; sie wollte nicht einmal denken an irgendein Unheil, solche Gedanken quälten sie. Sie dachte aber an ihre beiden Kinder daheim, schrieb ihnen zwei Briefe, bat sie, ihr ein paar Sachen zu schicken, die sie brauchte. Sie bekam keine Antwort und kam nun nicht mehr los von ihrer Angst, dass den Kindern etwas zugestoßen sei. Die anderen in der Zelle ermahnten sie: Immer an die Kinder zu denken sei sinnlos; was da los sei, das lasse sich nicht feststellen, jedenfalls sei es jetzt ja die große Mode, dass Kinder sich »abgrenzten«, lossagten von ihren Familien, als hätte niemand sie geboren und großgezogen. Die Apothekerin wurde aschfahl, ihre Arme zitterten unkontrollierbar. »Denk nicht so viel nach«, mahnte Cheng Pinzhi, »mit noch so viel Angst hast du sie doch nicht unter Kontrolle. Wichtig ist, dass du auf deine eigene Gesundheit achtest, damit du ihnen nicht zur Last fällst, wenn du freikommst.«

»Ich hab sie doch geboren«, seufzte die Apothekerin, »es tut so weh, als schnitte mir nochmals ein Messer in den Bauch.« Tränen traten ihr in die Augen, sie schniefte sie hoch. Ihre bittere Miene wirkte echter als ihr ständiges Lächeln zuvor.

Cheng Pinzhi konnte nicht erklären, was sie selber eigentlich verbrochen hatte; sie wusste nicht, was sie gegen den Oberkommandierenden gesagt haben sollte, und die Regierung wusste es auch nicht und hatte sie überdies längst vergessen. Sie hörte so viel von den anderen und konnte doch selber nichts sagen, es war ihr peinlich. Dennoch verstand sie sich gut mit den drei anderen. Obwohl sie über sich selbst schwieg wie das Grab, schloss niemand sie aus. Wenn sie an Nr. 13 zurückdachte, war sie mit ihrem Leben jetzt ganz zufrieden. Und als sie von den beiden Studentinnen hörte, dass alle anderen Zellen mit je fünf Insassinnen belegt waren, schätzte sie sich hinter dem vergitterten Fenster noch glücklicher in diesem kleinen Himmel der Freiheit.

27 ZEUGIN EINES MASSAKERS

Doch dieses Glück währte nicht lange. Eine fünfte Insassin kam hinzu, namens Yuan Si'er, Yuan Viertkind, keine vierzig Jahre alt, Hände und Füße gefesselt, die Hände auf dem Rücken, demnach eines schweren Vergehens beschuldigt. Ihr Alter und diese Umstände ließen Cheng Pinzhi an Lude denken. Die Frau tat ihr unendlich leid, sie wusch ihr jeden Tag das Gesicht, kämmte sie, half ihr, die Hosen herunterzulassen, und zog sie ihr wieder hoch, wischte ihr den Hintern, sparte warmes Wasser auf, um ihr das Gesäß und die Füße zu waschen. Yuan Viertkind war ihr sehr dankbar und beeindruckt, die Apothekerin war beeindruckt, die beiden Studentinnen waren beeindruckt, alles folgte ihrem Beispiel und half Yuan Viertkind, nur brachte es sonst keine fertig, Yuan den Hintern abzuwischen und das Gesäß zu waschen. Cheng Pinzhi tat das auch für sich selbst, ihre Nase war zu empfindlich.

Yuan Viertkind musste zum Verhör. Zurückgekommen, aß sie zwei Tage lang nichts, Zureden half nicht. Die Medizinstudentin befürchtete, dass Yuan Viertkind etwas an der Speiseröhre haben könnte, sagte das der Gruppenwärterin und bat um eine Untersuchung. »Kann sie's nicht selbst sagen, wenn sie was hat«, sagte die Wärterin, »was kümmert es dich?« Am dritten Tag wurde die Wachhabende aufmerksam, kam beim Frühstück und fragte von sich aus, ob Yuan Viertkind etwas gegessen habe. »Fünfmal schon hat sie nichts gegessen«, sagte die Apothekerin besorgt. »Auch ein Gesunder hält das auf Dauer nicht aus!«

Die Wärterin ging, und bald darauf kamen drei in weißen Kitteln, zwei Männer, angeführt von einer Frau mit einem Stethoskop um den Hals, offensichtlich einer Ärztin. Einer der Männer balancierte ein weiß emailliertes Tablett mit medizinischem Gerät vor sich her, der andere eine Schale Maismehlsuppe. »Amitofo! Buddha des reinen Lichts hilf!«, murmelte Cheng Pinzhi – diese Menschlichkeit der Regierung! Die Ärztin fragte Yuan Viertkind, warum sie nicht esse. Yuan Viertkind lag nur da, mit geschlossenen Augen, und den Mund machte sie auch nicht auf. »Yuan Viertkind«, sagte die Ärztin, »iss besser selber!« Yuan Viertkind rührte sich nicht. Die Ärztin nickte den beiden Männern zu, die Yuan Viertkind von beiden Seiten her nach unten drückten. Die Ärztin öffnete einen Beutel, der auf dem Tablett lag, entnahm ihm einen Gummischlauch, wischte ihn mit Mull ab und führte ihn in Yuan Viertkinds Nase ein. »Yuan Viertkind«, rief die Medizinstudentin aufgeregt, »iss doch selbst! Füttern durch die Nase kann dich verletzen!« Die Ärztin hielt inne und fragte Yuan Viertkind wieder, ob sie selber essen oder von ihr durch die Nase gefüttert werden wolle. Yuan Viertkind lag weiter da und regte sich nicht, ließ gleichmütig alles mit sich geschehen. Der Schlauch drang Zentimeter um Zentimeter weiter in sie vor. Sie biss sich derart heftig auf die Lippen, dass diese die Farbe verloren. Ihr Gesicht verkrampfte, es verbeulte sich geradezu wie ein knorriger Baumstumpf. Zwei große Tränen quollen zwischen ihren fest geschlossenen Lidern hervor; sie streckte mit aller Gewalt den Hals in die Länge, um diese ehrwidrig hervorgekommenen Tropfen in die Augen zurückzuzwingen.

Als der ein Meter lange Schlauch bis gut zur Hälfte eingeführt war, nahm die Ärztin eine Spritze, schob sie in den Schlauch und zog damit etwas Wasser heraus. Dann begann sie, aus der Schale Maismehlsuppe in den Schlauch zu gießen. Yuan Viertkind kam ein Stöhnen aus dem Mund, ihr Körper verdrehte sich wie bei einem zappelnden Vieh. Leise sagte die Medizinstudentin zu ihr: »Beweg dich nicht, schluck runter, was dir in den Mund kommt.« Diesmal hörte Yuan Viertkind auf sie.

Als die ganze Suppe eingegossen war, und der Schlauch herausgezogen wurde, nieste sie ein Rinnsal frischen Bluts hervor, das die Ärztin mit zwei Wattebäuschen stoppte.

Die Weißkittel gingen; als sie weg waren, holte die Medizinstudentin die Wattebäusche wieder heraus, nahm ein Taschentuch und rieb Yuan Viertkind damit die Nasenlöcher sauber. »Unmöglich!«, schimpfte sie dabei. »Vor und nach Zwangsernährung durch die Nase muss mit warmem Wasser ausgewaschen werden. Aber die hat sich die Mühe gespart, nichts hat sie ausgewaschen. Hätte ich doch das Maul gehalten, statt der Wärterin zu sagen, dass sie nicht isst.« Auch die Apothekerin bedauerte, dass sie vor der Diensthabenden zu viel geredet und damit diese Quälerei veranlasst hatte.

Yuan Viertkind litt wie ein wildes Tier. Sie rollte sich zusammen, stöhnte wieder und wieder kurz und heftig auf. »Vielleicht hat der Schlauch die Magenschleimhaut verletzt!«, sagte die Medizinstudentin. »Das nächste Essen wird wieder schmerzhaft. Eine Ärztin wie ein Viehdoktor aus der Steppe, behandelt Menschen wie ein Tier.«

Yuan Viertkind kämpfte sich mühsam in eine sitzende Position hoch, rutschte dann mit dem Hintern vom Bettbrett und stand auf dem Fußboden. Cheng Pinzhi stützte sie und wollte ihr gerade helfen, die Hosen herunterzuziehen, da sah Yuan Viertkind das Türfenster, warf sich nach vorn, schob es mit dem Unterkiefer auf und brüllte hinaus: »Mord an Menschen! Mord an Menschen! Nieder mit dem Klassenkampf! Nieder ...« In Schrecken und Angst riss Cheng Pinzhi sie zurück, die Apothekerin schüttelte den Kopf, die Medizinstudentin war entsetzt, die Parteihistorikerin seufzte: »Der Scheißklassenkampf kämpft alle in den Wahnsinn!«

Und die ganze Wache Soldaten kam herbeigerannt und riss Yuan Viertkind mit sich fort. Cheng Pinzhi hörte sie noch mehrmals undeutlich rufen. Die Rufe erloschen gleich wieder, halluzinierte sie?

Nach drei Tagen kam sie zurück, völlig verwandelt, abgestreift die Haut der rüstigen Bäuerin, als die sie in die Zelle gekommen war, um vierzig Jahre gealtert, eine kranke Greisin am Rande des Grabes. Wo sie gewesen sei? Weiter nirgends, nur in einer fensterlosen dreieckigen Kammer am Ende dieses Ganges, in der sie weder stehen noch liegen konnte. Einen Gummianzug hatte man ihr übergezogen, und wenn sie wieder anfing zu schreien, kam ein Soldat und pumpte den Anzug auf, enger und enger, bis sie nicht mehr atmen konnte und besinnungslos zu Boden sackte; dann ließ der Soldat die Luft raus.

Ihr Körper stank. Cheng Pinzhi wechselte lauwarmes Wasser, um sie sauber zu reiben, öffnete ihre Kleidung und legte das faulig rote Fleisch bloß, rosa- und scharlachrote Kreise und Flecken; in den Achselhöhlen Eiter. Alles juckte, kaum zu ertragen, und sie hatte keine Hand, um sich zu kratzen, bat Cheng Pinzhi, das für sie zu tun. »Ekzeme sind das«, sagte die Medizinstudentin, »da darf man sich um Himmels willen nicht kratzen, je mehr man das tut, umso mehr breiten die sich aus.« Yuan Viertkind hielt es nicht aus, sie rieb sich unten am rauen Fuß der Wand. Selbst ein Stück Vieh wird nur für kurze Zeit so zusammengeschnürt, dachte Cheng Pinzhi, und die fesseln einen Menschen bei Tag und Nacht so, dass er nicht für sich selbst sorgen kann; keinen Hund würde man so behandeln. Wie Yuan Viertkind so vor ihr lag, fiel ihr die Kaiserin Lü ein, die vor zweitausend Jahren ihrer Nebenbuhlerin Qi Ji, der Geliebten des Kaisers, nach dessen Tod Hände und Füße abhacken und sie so in einen lebenden menschlichen Schweinerumpf verwandeln ließ. Yuan Viertkinds Handrücken waren von den Handschellen luftdicht zusammengeklebt, wie gepökelt entzündet. Cheng Pinzhi zog ein dünnes Taschentuch dazwischen. Beide Arme waren gerötet und angeschwollen. Cheng Pinzhi nahm ein feuchtes Handtuch und rieb sie ihr vorsichtig ab. »Tun die Arme weh?«, fragte sie. »Wenn sie wehtun, ist's ja gut«, sagte Yuan Viertkind, »aber geschwollen und völlig taub, das ist so beängstigend. Wäre besser, sie hieben mir die einfach ab, dann hätte ich nicht so zu leiden.« Cheng Pinzhi weinte. »Ach Yuan Viertkind, dir geht es noch übler als einem Menschenschweinrumpf!«

»Entsetzlich barbarisch ist so eine Strafe«, sagte die Medizinstudentin, »sie treiben dich nicht in den Tod, oh nein, sie machen dich nur zum Schwerbehinderten. Arterien ständig unter Druck setzen, das ist unerträgliche Quälerei!«

Die vier Frauen massierten Yuan Viertkind abwechselnd die Arme. Das sei gar zu schön, sagte Yuan Viertkind, ihre Nachkommen würden Ochsen und Pferde werden, um ihnen das zu vergelten!

Sie war manchmal bei klarem Verstand, dann wieder verwirrt. In klaren Zeiten sprach sie mit ihnen, verwirrt schrie sie wieder »Mord an Menschen!«, »Nieder!«, und sobald sie das schrie, kam sie wieder in die dreieckige Kammer, in den Gummianzug.

Während sie bei Verstand war, erzählte sie ihnen nach und nach ihr Schicksal und die Umstände ihres Falls. Sie war aus der Volkskommune Daxinzhuang, Kreis Daxing, am Südrand von Peking. Ihre Eltern und ihre Schwiegereltern waren der Klassenzugehörigkeit nach alles arme Bauern gewesen, aber die Schwiegereltern hatten noch vor der Bodenreform 10 mu, also zwei Drittelhektar, Land gekauft – und waren damit reingefallen: das Land gleich wieder los und dazu aus der führenden Klasse der »armen Bauern abgestürzt unter die »Grundherren«, den untersten Abschaum. Als die Kulturrevolution eben begonnen hatte, waren die Kader der Volkskommunen und ihrer Untereinheiten, den Brigaden und deren Teams, in die Stadt gegangen, um »Verbindungen aufzunehmen«, und hatten sich mit Pekinger Studenten zum Klassenkampf zusammengetan. Yuan Viertkind erinnerte sich noch klar an den Tag, den sechzehnten des achten Monats nach dem Bauernkalender, also den 31. August 1966. An diesem ersten Tag des Unheils hatte sie morgens mit der ganzen Familie den Ahnen geopfert, dann war sie mit ihrem kleinen Dritten, der noch an der Brust lag, nach Xiaohongmer zu ihren Eltern gefahren, um dort die Gräber zu besuchen. Der Kleine hatte an diesem Tag viel geschrien, und Viertkinds Mutter wollte sie mit dem Kind noch nicht wieder weglassen. An diesem Abend versammelten sich die Kader von Daxinzhuang am Sitz der Volkskommune, um aus der Pekinger Politjuristischen Universität die Weisung der Rotgardisten-Rebellentruppe zu übermitteln; sie lautete: Der Klassenfeind will die armen und unteren Mittelbauern morden, daher müssen die armen und unteren Mittelbauern zuerst zuschlagen und die fünf schwarzen Elemente völlig ausrotten! Die Versammlung dauerte bis zum Morgengrauen, dann gingen die Kader heim, um den armen und unteren Mittelbauern den Mordbefehl zu übermitteln: Auf »Morden« gehe das Morden los. Sie fürchteten die finstere Hand des Klassenfeinds, also wurden kräftige junge Leute zuerst ermordet, ermordete Frauen wurden auch noch nackt ausgezogen; waren alle ermordet, die sich wehren konnten, kamen die Alten dran, die nicht die Kraft hatten, Widerstand zu leisten, und zuletzt die kleinen Kinder. Sahen die armen und unteren Mittelbauern, mit Augen gerötet vom Morden, bei Klassenfeinden einen Säugling, so hoben sie ihn an den Füßchen hoch und rissen die Beinchen auseinander, zerrissen ihn mittendurch und warfen ihn auf einen Karren vorm Tor.

Cheng Pinzhi dachte an ihren Sohn, die Nase brannte ihr; sie zog die bitteren Tränen hoch und schluckte sie hinunter.

Manche hatten schon von Massakern in Daxing gehört. Die Parteihistorikerin wusste am genauesten Bescheid. Im August 1966 hatten dort die armen und unteren Mittelbauern, angeführt von den Kadern der Volkskommunen und Brigaden, über dreihundert Grundherren und reiche Bauern und deren Kinder ermordet. Das älteste Opfer war achtzig Jahre alt, das jüngste achtunddreißig Tage jung gewesen. Das alles war kaum zu glauben; aber Yuan Viertkind hatte als Zeugin überlebt, wenn auch nur mit knapper Not.

Wie sie erzählte, waren die Toten alle in den Großen Schilfteich nördlich des Dorfes geworfen worden. Kleine Kinder, die noch lebten, waren wieder herausgekrochen; mordgierige arme und untere Mittelbauern hatten ihnen mit Eisenschaufeln die Schädel zertrümmert. In den vier Brigaden ihrer Volkskommune waren vom Säugling bis zu über Achtzigjährigen insgesamt 106 Menschen ermordet worden, so die Summe nach Ausrottung der fünf schwarzen Elemente. Yuan Viertkinds Schwiegereltern, ihr Mann, ihre Schwägerin und zwei ihrer Kinder, alle erschlagen.

Bei ihren Eltern erfuhr Yuan Viertkind nicht, was zu Hause geschehen war. Ihr kleiner Dritter hatte in der Nacht gefiebert und Arznei bekommen, aber das Fieber war nicht zurückgegangen. Xiaohongmer war ein großer Ort, und die Klinik dieser Volkskommune war gleich nebenan; sie hatte Angst, auf der Heimfahrt könnte nochmals was mit dem Kleinen sein, und blieb noch zwei Tage, als es ihm schon wieder gut ging. Da hatte sich die Nachricht von dem Morden in Daxinzhuang bereits verbreitet, aber die Eltern hatten ihr das verheimlicht. Der Vater sagte, der Mutter gehe es schlecht, und bat sie, sich eine Zeit lang um die Kranke zu kümmern. Dann war sie mit der Mutter zur Untersuchung in die Stadt gefahren und dort ein paar Tage bei ihrer älteren Schwester geblieben. Die ließ sie auch nicht gehen, als es der Mutter wieder gut ging. Aber sie sehnte sich nach Hause, fuhr heim – und fand niemanden mehr. Die gesamte große Familie, Erwachsene und Kinder, verrottete schon seit Wochen im Großen Schilfteich. Sie war wie von Sinnen vor Entsetzen und Wut, verlor die Kontrolle und brüllte ihr ganzes Elend heraus. Von oben ließ man zu diesem Zeitpunkt kein Morden mehr zu, also fesselten ihr die armen und unteren Mittelbauern die Hände auf dem Rücken mit einem Strick, banden ihr den noch um den Hals und schafften sie in die Kreisstadt zur Polizei. Im Kreispolizeiamt ging alles drunter und drüber, niemand kümmerte sich um ihren Fall, ein gutes halbes Jahr saß sie da fest. Schließlich hatte die Kreismiliz sie hier eingeliefert. Kaum vom Laster herunter, hatte sie angefangen, »Nieder …« zu brüllen; sofort hatten sie ihr Handschellen und Fußfesseln angelegt.

Wieder und wieder verwirrt, kam Yuan Viertkind immer wieder in die dreieckige Kammer. Noch kein Jahr in Banbuqiao, da hatte man sie zu Tode gequält. Kurz zuvor führten die Weißkittel ihr wieder mal den Schlauch ein. Die Medizinstudentin ertrug den Anblick nicht und sagte: »Sie überlebt den heutigen Tag ohnehin nicht, gebt doch Ruhe!« Doch die Weißkittel, gekommen, um ihre Aufgabe zu erfüllen, schoben den Schlauch halb rein, und da musste Yuan Viertkind zweimal kräftig husten, der Schlauch wurde aus der Nase geschleudert, gelbe Maismehlsuppe mit scharlachrotem Blut vermengt überzog ihr Mund und Kinn. Sie bewegte sich nicht. Die Weißkittel sahen sich an, runzelten die Stirn. Die Medizinstudentin nahm ihr eigenes Taschentuch und wischte ihr die rote und gelbe Schmiere aus der Nase und vom Mund, legte ihr eine Weile den Handrücken vor die Nase und schüttelte dann hoffnungslos den Kopf.

Die Weißkittel verschwanden. Die Medizinstudentin säuberte Yuan Viertkind Gesicht und Hals, Cheng Pinzhi wollte ihr ein sauberes Kleid anziehen, aber die Handschellen und Fußfesseln verhinderten das, sie mühten sich zu mehreren an ihr ab, bekamen ihre Kleidung aber nicht vom Körper herunter; dazu hätten ihr die Fesseln abgenommen werden müssen.

Die Weißkittel kamen mit einer Sauerstoffflasche an. Yuan Viertkind war schon ganz kalt. Sie hoben sie hoch, um sie fortzuschaffen, die Gruppenwärterin nahm ihr die Fußfesseln ab. Die Handfesseln waren verrostet, ins Fleisch eingewachsen und nicht abzukriegen. »Spart euch die Mühe«, sagte ein Soldat, »wenn das im Ofen gebrannt hat, sind's neue Handschellen. Muss man dann vom Krematorium zurückverlangen. Schätze, die werden sich nicht trauen, die Dinger zu verheimlichen.«

Die Hände auf dem Rücken gefesselt verließ Yuan Viertkind diese Welt. Bis zum Tod hatte man ihr die Handschellen nicht abgenommen.

Wahrscheinlich, dachte Cheng Pinzhi, wahrscheinlich war Yuan Viertkind eine letzte Zeugin dieses Massakers. Jetzt ist die Zeugin tot, und die Verbrecher sind frei, ungestraft, unbehelligt vom Gesetz. Auch die Mörder meiner drei Han, meiner Schwiegermutter, meines Manns, meines Söhnchens sind frei, und die Mörder von Klein Li sind frei, ungestraft. Das Gesetz behelligt die Mörder nicht, nur die Angehörigen ihrer Opfer, wie Yuan Viertkind und mich. Ach, Mao Zedong, weißt du noch, was du mir in die Hand geschrieben hast: »Der Füße Kälte sticht ins Herz. Des Volkes Zorn – des Staates tiefe Wunde«?

28 KRIEGSVORBEREITUNGEN

Im April 1970 schoss China seinen ersten künstlichen Satelliten auf eine Umlaufbahn um die Erde. »Völker der ganzen Welt«, dröhnten die Zellenlautsprecher im Mai, »vereinigt euch, schlagt die amerikanischen Invasoren und alle ihre Kettenhunde nieder!« Cheng Pinzhi zweifelte – war denn das Chaos noch immer nicht groß genug? Brauchte es noch einen Weltkrieg? Waren die Amerikaner schon da?

Und die Zentrale – also: das ZK –, tönte der Lautsprecher, hat alles genau bedacht! Erfolgreicher Widerstand gegen den Feind verlangt Ruhe im Innern der Festung. Alle Sinne sind angespannt gegen die Invasoren zu richten! Die fünf üblen Elemente – Grundherren, reiche Bauern, Konterrevolutionäre, Schlechte und Rechte – müssen ausnahmslos raus aus Peking, Gefängnisse werden in die Tiefen der Berge von Shensi und Shanxi verlegt!

Auf dem Gang öffneten und schlossen sich die Türen, man hörte ständiges Kommen und Gehen. Zelle Nr. 10 wurde geöffnet, Cheng Pinzhi herausgerufen und in die Nr. 3 eines anderen Ganges verlegt. Nr. 3 war leer gewesen und wurde nun auf einmal mit Cheng Pinzhi und vier weiteren ihr fremden Frauen gefüllt; zwei von ihnen kannten sich, sprachen über gemeinsame Bekannte und gemeinsam Erlebtes, manchmal war ein Satz Englisch zu hören. Cheng Pinzhi hatte keine Lust zu reden, sie hatte den Eindruck, es solle einen Umzug geben; gleich wo, war man ja doch konterrevolutionär, schlecht oder rechts. Und was war eigentlich sie? Vor acht Monaten eingeliefert, hatte seitdem außer in dem einen Verhör ganz zu Beginn nie jemand nach ihrem Fall gefragt. Sie war nur dreimal in eine andere Zelle verlegt worden. Ihr schien fast, dass ihre Akte verloren gegangen, dass sie zum schattenlosen Schlemihl geworden war und den hellen Tag nie wiedersehen würde.

Das Essen an diesem Nachmittag kam sehr spät. Den zweiten Knödel brachte sie nicht mehr hinunter. Mit den Stäbchen schob sie vorsichtig die auf der Suppe schwimmenden Blattläuse zusammen und navigierte sie auf ein Stück Klopapier, fischte dann alle Außenblätter von Weißkohlköpfen heraus, aß sie und kippte den Rest der breiigen Brühe in den Urineimer. Die Kohlstrünke, an denen kaum Öl und Salz war, mochte sie nicht essen, doch sie litt sehr unter Verstopfung. Eine Woche schon tat sich nichts in ihren Gedärmen; sie trank kaltes Wasser, trank »Sonne- und Mondwasser«, also abgekochtes und frisches Wasser im Wechsel, doch es nutzte alles nichts. Sie aß keine Faserstoffe, aus Angst, sie könnten den Darm verstopfen. Verstopfung war in den Gefängnissen weit verbreitet – täglich zwei Mahlzeiten, mit zusammen vier Maisknödeln; der Dünndarm nahm's auf, der Dickdarm nahm's auch auf, und beide hassten es, wenn sie den Abfall nicht gänzlich in Nahrung verwandeln konnten. Bei jungen Insassen führte das zu Pickeln im Gesicht, bei den Älteren zu Hämorrhoiden. Die von Blattläusen übersäten Außenblätter der Kohlköpfe wurden da zum begehrtesten Abführmittel.

Wenn sie sich abends hinlegte, schlief Cheng Pinzhi regelmäßig nicht ein. Tagsüber saß sie vor dem offenen roten Büchlein mit den *Worten des Vorsitzenden*, döste vor sich hin und nickte dabei auch ein, an Schlaf fehlte es ihr nicht, sie wurde nur immer wieder von irgendwas in der Zelle oder draußen aufgeschreckt. Da ließ sich nichts richtig durchdenken; so war der Abend, wenn sie sich hingelegt hatte, ihre Zeit zum Denken geworden. Jetzt dachte sie darüber nach, wie lange das wohl so weitergehen sollte. Alle hier hatten draußen Familie und Arbeit, waren hier zum Müßiggang verurteilt, und kein Ende war abzusehen. Studenten konnten ein Jahr um das andere nicht in die Vorlesung, Kader ein Jahr um das andere nicht zum Dienst, alle verbrauchten sich hier, wurden zu einer Lude, einer Yuan Viertkind, sollten sie so ihr ganzes Leben zubringen? War ihm, Mao Zedong, das klar? Acht Monate schon war sie in Haft, hatte er wohl mal gefragt nach ihr? Drei, vier Worte von ihm hätten genügt, und sie wäre längst draußen gewesen. Was dachte er sich, wenn die Hongqi sie nicht mehr holte? Wahrscheinlich gar nichts, wahrscheinlich hatte er sie längst schon vergessen. Gefühle, je näher, umso oberflächlicher. Letztlich gar keine Liebe. Ein Glas Wasser getrunken, der Durst gelöscht, den Mund abgewischt, fertig. Wo sollte da Liebe sein? Nicht einmal irgendein menschliches Gefühl. Sie dachte an Han Yuan. Wenn sie damals spät von der Arbeit kam, war er ihr, das Fahrrad schiebend, den ganzen Weg entgegengekommen. Als sie im Orchester zu »abgesonderter Überprüfung« eingesperrt war, hatte er ihr Tag für Tag das Essen gebracht und frische Wäsche, die er gewaschen hatte; zwar saß sie da in einem Kellerraum fest, aber außer dass sie den Himmel nicht sah, fehlte es ihr an nichts. Das war das Familiengefühl, sie war Han Yuans Frau. Und das danach? Gar nichts war das. Ein Glas Wasser war sie in den Augen der Leute, nur ein Glas Wasser, um den Durst zu löschen. Sie war nur irgendeine Frau, nicht mal eine gewöhnliche, nur eine billige, schlechte. Sie begann sich zu hassen, schämte sich vor Han Yuan drunten im Jenseits. Sie biss sich mit aller Kraft auf die Lippen, hasste ihre eigene Dämlichkeit, die sie draußen hatte denken lassen, sie könnte mit Mao Zedongs Macht den unschuldigen Vater loskaufen, und sich dann hier drinnen noch einzubilden, Mao würde sie retten, immer noch blöde Träume zu träumen!

»Können Sie auch nicht schlafen?« Plötzlich holte die Frau neben ihr sie aus ihren Gedanken zurück. Ganz verwundert lächelte sie ihr zu.

»Ihren übrig gebliebenen Knödel, essen Sie den noch?«

Cheng Pinzhi wunderte sich. War die Frau denn nicht satt geworden? Das Essen am Nachmittag war doch gar nicht lang her. Und sie wirkte durchaus wohlerzogen, nicht wie jemand, der nur ans Essen dachte.

»Es ist nicht zum Aushalten, nicht schlafen kann ich vor Hunger!« Was sie sagte, schien nicht aus diesem Mund zu kommen. Ein Mund, der so sprach, schien falsch in diesem Gesicht.

Der Knödel lag in einer Schale auf dem kleinen Tisch an der Stirnseite. Cheng Pinzhi streckte den Arm aus, nahm ihn und gab ihn der Frau. Sie hatte einen sonderbar dicken Hals, wie eine Schlange, die grad eine Kröte verschluckt. Mit zwei, drei Bissen war der Knödel weg. Ihr ganzes Benehmen passte einfach nicht zu diesem ovalen sanften Gesicht und auch nicht zu ihrem Alter; wie immer man sie einschätzen mochte, jedenfalls hatte sie die vierzig schon überschritten.

Sie bedankte sich bei Cheng Pinzhi und fügte selbstironisch hinzu: »Ja, nun sehen Sie mich an, haben sie schon so was Schamloses gesehen? Da bin ich so alt geworden und will zuerst was zu essen, egal ob Sie mich auslachen. Die Krankheit nimmt mir die Scham, Schilddrüsenüberfunktion, ich komm nicht dagegen an.« Sie zeigte mit dem

Finger auf ihren dicken Hals. »Aber so ein guter Mensch wie Sie sollte nicht hierher.«

Cheng Pinzhi lachte. »Schlafen Sie, wenn Sie keinen Hunger mehr haben!«

»Sie brauchen keine Angst zu haben«, sagte die Frau, »ich hab niemanden umgebracht, eine Konterrevolutionärin bin ich auch nicht. Ich heiße Shao Ling, mein Pech liegt im Namen. Ihr werter Name?«

Cheng Pinzhi wollte sich nicht auf ein Gespräch mit einer Unbekannten einlassen, war auch an ihrem Namen nicht interessiert. »Cheng Pinzhi«, sagte sie gleichgültig. »Schlafen Sie. Wenn die Gruppenwärterin kommt, gibt es noch Ärger.«

Shao Ling war satt und bald eingeschlafen. Ihre langen Wimpern verdeckten große Augen, eine Schönheit steckte in ihr, es tat gut, sie anzusehen. Wirklich zu schade, dachte Cheng Pinzhi und drehte sich auf die andere Seite. Da lag eine mollige dunkle Frau, sie schätzte sie auf fünfzig. Sie hatte ein Babygesicht, vergnügt und ganz süß. Manchmal schmatzte sie im Schlaf. Im Traum aß sie anscheinend was Gutes. Die zwei ganz an der Wand waren die des Englischen Mächtigen; auch sie schliefen.

Cheng Pinzhi dachte über ihre Zellengenossinnen nach. Eine Herumtreiberin war diese Shao Ling wohl kaum, vielleicht hatte sie etwas unterschlagen oder kleine Diebstähle begangen, so was. Die schwarze Mollige war vielleicht Abteilungsleiterin in einer Textilfabrik oder Gewerkschaftskader, mochte auch von einem Straßenbüro sein. Und die beiden Englischsprecherinnen kannten sich offensichtlich gut, konnten aber nicht von einer Einheit sein; vielleicht waren sie auch vorher in einer Zelle gewesen. Sie waren beide Intellektuelle, hatten beide vielleicht etwas mit Englisch zu tun – waren sie vielleicht vom Amt für fremdsprachige Publikationen, der CIPG? Da war es besonders wild hergegangen, sogar die ausländischen Spezialisten hatten sich an der »Rebellion« beteiligt, sich »Fraktionen« angeschlossen, Fraktionskampf betrieben. Gewiss waren sie von diesem Amt! Hatten sie nicht über den und jenen gesprochen, vielleicht über führende Leute dort? Der CIPG unterstanden viele Untereinheiten, *Illustrated China*, *China Reconstructs*, *Foreign Language Publication Co.*; die beiden gehörten zu dieser einen übergeordneten, aber nicht zu der gleichen untergeordneten Einheit und auch nicht zum gleichen Fall, also konnten sie natürlich in die gleiche Zelle kommen. Sie dachte und dachte so vor sich hin, allmählich wurde ihr schummrig im Kopf, und die Augen fielen ihr zu.

»Aufstehen, alles aufstehen, packt eure Sachen!« Gerade eingeschlafen, schreckte Cheng Pinzhi vom Ruf der Gruppenwärterin wieder hoch. Ihre Nr. 3 war die erste Zelle in diesem Gang, Nr. 1 war auch hier ein dreieckiger Karzer. Die Gruppenwärterin klapperte an den kleinen Zellenfenstern den Gang entlang, ein Gewirr von Schritten war zu hören, ein Haufen Leute schien in den Gang zu kommen. Ihre vier Zellengenossinnen rieben sich verschlafen die Augen, begriffen nicht, was los war. »Beeilt auch, packt eure Sachen zusammen«, sagte Cheng Pinzhi, »wir ziehen um.«

Dieser Umzug verlief jedoch anders als der letzte. Jeder wurden sechs Knödel ausgegeben, aber keine Handschellen angelegt. Sie kamen auf einen großen offenen Laster, den vor den vier drohenden hohen Mauern ein Kreis von Soldaten mit geschulterten Gewehren umringte. Scharf befahl ein Soldat: »Alle hinhocken! Köpfe runter!« Acht Monate hatte Cheng Pinzhi keine Sterne gesehen, wie gerne hätte sie in den sternklaren Himmel geschaut!

Der Laster fuhr eine ganze Zeit lang und hielt dann an einem Bahnhof. Beim Austeigen sah Cheng Pinzhi auf dem Stationsschild den Namen, Changxindian. Man sah den Anfang eines langen Eisenbahnzugs, aber nicht dessen Ende. Auf dem kleinen Bahnhof war unten vor dem Laster alles voll von Soldaten mit geschulterten Gewehren. Kalt glitzerten die Bajonette, wie vom Himmel gefallene Sternschnuppen.

Auch nach dem Einsteigen wurden ihnen keine Handschellen angelegt. Nur an den Wagentüren, den Türen der Aborte und an beiden Enden des Waggons stand je ein Soldat mit einem Gewehr. Nach langem Warten setzte der Zug sich endlich in Bewegung. Wir verlassen Peking, aber wohin, fragte sich Cheng Pinzhi. Die Fenster waren mit Kalk verschmiert, man konnte nicht hinaussehen. Als Cheng Pinzhi austreten wollte, legte ihr ein Soldat Handschellen an und brachte sie zum Klo. Sie ging hinein und wollte innen mit beiden Händen den Türriegel vorschieben. »Die Tür darf nicht geschlossen werden«, rief der Soldat, zeigte mit dem Bajonett auf das Loch im Kloboden und starrte sie an, während sie mit den gefesselten Händen die Hose lockerte. Schamhaft wandte sie ihr Gesicht ab. Auch das Klofenster war mit Kalk verschmiert, auch von hier sah man nichts. Der Soldat starrte sie an, während sie sich hinhockte, dann wieder aufstand und die Hose zuband, starrte sie an, während sie zu ihrem Sitz zurückkehrte, und nahm ihr dann die Handschellen ab.

Der Zug fuhr nachts. Tagsüber hielt er, anscheinend an Friedhöfen – man hörte draußen weder Menschen noch Vieh. Sie wurde hungrig und kaute auf einem Knödel herum; sie hatte Durst, es gab kein Wasser zu trinken. Sie kaute zwei Mundvoll, zwei Knödel, dann brachte sie nichts mehr hinunter, auf der ganzen Fahrt aß sie nur diese zwei Knödel, den Rest gab sie Shao Ling.

Sie verbrachten einen Tag und eine Nacht im Zug, am Vormittag des zweiten Tags blieb der Zug endgültig stehen, und sie stiegen aus. Das gleißende Sonnenlicht blendete Cheng Pinzhi, sie musste eine Weile die Augen schließen, dann sah sie eine dunkle Fläche mit hockenden Menschen, alle sahen nach unten und umfassten dabei mit beiden Händen den Hinterkopf. Auch sie wurden zu einem Platz geführt, hockten sich dort auf Befehl hin, umfassten ebenfalls mit beiden Händen den Hinterkopf und sahen nach unten. Heimlich sah sie einen Moment nach vorn und senkte dann schleunigst den Kopf wieder: Auf dem Bahnhofsdach stand eine Reihe Maschinengewehre, die Mündungen auf die Menschen unten gerichtet. Sie waren auf dem großen Platz des Bahnhofs Linfen.

Dann wurden die Menschen Lastwagen für Lastwagen weggefahren. Cheng Pinzhi und ihre Zellengenossinnen kamen zuletzt dran. Auf dem Laster mussten sich alle hinhocken, um sie herum standen Soldaten mit geschulterten Gewehren. Während der Laster hielt, hörte sie Leute auf der Straße reden: »Meine Güte, bald hundert Laster!«

»Können die so viele im Gefängnis Nr. 2 unterbringen?«

»Unterbringen wohl noch, aber füttern?«

Alle Zellen in diesem Gefängnis Nr. 2 von Linfen waren Höhlen. In jeder gab es einen großen *Kang* für zehn Personen. Zu Cheng Pinzhi und ihren bisherigen Zellengenossinnen kamen also noch fünf Frauen hinzu, drei, die sie nicht kannte, ferner die alte Kader, die im

Gongdelin in der Zelle ihr gegenüber gesessen hatte, und eine alte Frau, deren Gesicht ihr vertraut schien – Cheng Pinzhi wurde warm ums Herz, sie musste an Lude denken.

Der Gruppenwärter wies jeder ihren Platz an. Cheng Pinzhi kam hinten an die Wand, neben sie eine großgewachsene Ausländerin mit schwarzer Decke. Die Pekinger Wärterinnen und Soldaten tauchten nicht mehr auf. Alle Wärter hier waren Einheimische, alles Männer, alle recht neugierig. Gleich am ersten Tag hielt ein Gruppenwärter mit ihnen allen eine Sitzung ab, auf der sie alle, eine nach der anderen, ihre Vergehen bekennen sollten. So was hatte es in Peking nicht gegeben, aber hoch waren die Berge und der Kaiser weit weg. Er begann an der Tür, mit der alten Kader, so hatte Cheng Pinzhi Zeit, sich ihre Bekenntnisse zurechtzulegen.

Die alte Kader hieß Jian Xin. Sie hatte ein militärtechnisches Forschungsprojekt unterstützt, und das misslang. Dafür übernahm sie die Verantwortung, als Sündenbock, ein beeindruckender Anstand, wie sie ihn schon bewiesen hatte, als sie Lude verteidigte. In der Gesellschaft eines solchen Menschen fühlte Cheng Pinzhi sich gut aufgehoben.

Die alte Frau trug einen schönen Namen: Sie hieß Yu Huayun – Jade Prachtbambus. Yu? Sie könnte aus einer Bannerfamilie sein, dachte Cheng Pinzhi; ebenso wie bei ihrer Schwiegermutter war auch Yu Huayuns Mann nach Taiwan gegangen. »Na ja«, sagte sie, »mit der Wiedervereinigung löst sich mein Problem von selber in Luft auf.« Cheng Pinzhi fühlte sich ihr nahe.

Die dunkle Mollige hieß Chen Jing. In einer eleganten, blau-weiß gestreiften Bluse wirkte sie jetzt viel schlanker. Sie war Vizeabteilungsleiterin in der Pekinger Stadtverwaltung, redete knapp und klar und bestritt energisch, irgendein Vergehen begangen zu haben. »Ich bin unschuldig. Da haben mich welche aus Rachsucht heimtückisch verleumdet. Die Politik der Partei verdammt keinen guten Menschen. Ich vertraue darauf, dass der Tag kommt, an dem mir Gerechtigkeit zuteilwird!«

»Tatsächlich«, sagte der Gruppenwärter brummig, »tatsächlich hat also hier wohl keine was verbrochen, ihr werdet alle unschuldig verfolgt?«

Alles schwieg. Und was werde ich sagen können, dachte Cheng Pinzhi, ich weiß doch selbst nicht, was ich verbrochen habe.

Als Nächste kam eine junge Frau namens Ye Xiu an die Reihe, eine Studentin der Beida. Ihr »himmelschreiendes Verbrechen bösartiger Gegnerschaft gegen den Erhabenen Führer und Vorsitzenden Mao« gab sie gleich vorweg unumwunden zu. Doch als sie den konkreten Sachverhalt schildern sollte, kamen ihr die Tränen, sie stockte. An einem mondlosen Abend hatten sie und ihr Freund am Ufer des Namenlosen Sees auf einer Zeitung gesessen, und als sie eine Nachtwache kommen sahen, waren sie aufgestanden und fortgegangen. Ein Wächter hatte die Zeitung aufgehoben, mit der Taschenlampe angeleuchtet und festgestellt: Die beiden hatten direkt auf einem Foto des Vorsitzenden Mao gesessen! Sie wurden bei der Polizei abgeliefert, Zeugen- und Sachbeweis der Tat lagen vor. Sie sprach nicht weiter, hob den Kopf und bemühte sich, ihre Tränen zurückzuhalten.

»Es ist die Politik unserer Partei«, sprach der Gruppenwärter, »einen Ausweg zu gewähren. Wandle dich gut und bemühe dich um eine milde Regelung.«

Die nächste hieß Qin Shuhui. Sie hatte kaum drei Worte gesagt, da unterbrach sie der Gruppenwärter: »Du bist aus Quwo?«

Nicht ganz, sagte sie, sie stamme aus der Nachbargemeinde, Yicheng. Sie sei wegen ihres elfjährigen Sohns eingeliefert worden. Der habe mit einem Stück Kreide eine konterrevolutionäre Losung auf die Wand der Schule geschrieben.

»Was hat er denn geschrieben?«, fragte der Gruppenwärter.

»Etwas gegen den Oberkommandierenden«, sagte Qin Shuhui.

»Und dazu hast du das Kind gebracht?«, fragte der Gruppenwärter.

Qin Shuhui schüttelte hilflos den Kopf. »Ich weiß, worin ich gefehlt habe, und gebe das zu. Wie immer man's nennt: Ich hab nicht gut aufgepasst auf den Jungen. Aber wie kann man das so hindrehen, als wär ich schuld an allem, was so ein Früchtchen verbricht, als hätte ich das selber geschrieben?«

Shao Ling neben ihr war, anders als Cheng Pinzhi vermutet hatte, keine Kriminelle, sondern eine ganz normale Mitarbeiterin im Museum der Chinesischen Revolution und dort verantwortlich für die Erklärungen unter den Ausstellungsstücken. Als sie einen Text über die Ausbeutung der Bauern in Sichuan durch den großen Grundherrn Liu Wencai abfasste, da hatte sie plötzlich wieder der Heißhunger überfallen, und sie hatte bei der Angabe der Getreidemenge, die Liu den Bauern abgepresst hatte, eine Null ausgelassen, zu wenig, *shao*, war eine Null, *ling*! *Shaoling*! Eine Null zu wenig! Völlig zu Recht also hatte sie zu Cheng Pinzhi gesagt, ihr Pech liege in ihrem Namen. Und nun gestand sie ihre Verfehlung vorbildlich ein: Es handele sich nicht um ein gewöhnliches Versehen bei der Arbeit, sondern um Verschleierung der Untaten eines üblen Tyrannen von Grundherrn, objektiv hatte sie gegen die von der Partei propagierte Erziehung zum Klassenkampf angestunken, mit ganz übler Auswirkung auf die Massen! Und für eine derart ungeheuerliche Tat, dachte Cheng Pinzhi, wurde sie bis nach Shanxi gejagt?

Dann kamen die beiden dran, die Englisch konnten. Die eine, die neben Shao Ling saß, hieß Luo Cui und konnte nicht nur Englisch, sondern war auch gut im Malen großer Schriftzeichen. Alle Losungen und Spruchbänder in ihrer Einheit hatte sie zu schreiben gehabt, so eines Abends auch auf das übliche Spruchband für die Teilnehmer der Einheit bei einem Umzug zur neuesten Weisung des Vorsitzenden die übliche Losung: »Dem Vorsitzenden Mao zehntausend Leben ohne Grenzen«, aber dabei hatte ihr weiß der Himmel welcher Teufel die Hand verdreht, und sie schrieb statt »zehntausend« – 万, *wan* – das ganz ähnliche Schriftzeichen »ohne« – 无, *wu* –, ohne dass sie selbst oder sonst wer das merkte. Erst als beim Umzug das Spruchband entfaltet wurde, sah jemand genau hin und wunderte sich: »Wieso steht da zweimal *wu*, ›ohne‹?« Es gab einen großen Aufruhr, alles geriet durcheinander; Luo Cui gab ihre Untat sofort zu, suchte auch nicht nach irgendwelchen objektiv sie entschuldigenden Umständen. »Es ist, wie es ist«, sagte sie, »es ist das Vergehen, das da steht, und ich beuge mich jeder Entscheidung der Regierung!«

Die andere Englischsprecherin saß neben ihr. Sie hieß Ding Yi, geschrieben: 丁一, mit nur drei Strichen, gewiss der einfachste Name im ganzen Reich, Cheng Pinzhi behielt ihn sofort. Ding Yi war Übersetzerin im Amt für fremdsprachige Publikationen und hatte ebenfalls das Verbrechen begangen, sich gegen den Oberkommandierenden zu stellen. Sie war schlechter Herkunft, und auf einer Versammlung ihrer Einheit hatte die gegnerische Fraktion sie als »getreues Kind und ehrfürchtigen Erben der Bourgeoisie« und »Köterwelpen« attackiert. Das brachte sie zur Weißglut, sie ertrug es nicht, wenn ihre Eltern als »Hunde« beschimpft wurden; in ihrer Wut krakelte sie mit zitternder Hand auf der Zeitung herum, die eben vor ihr auf dem Tisch lag. Irgendwann schlich sich einer der Gegner hinter sie, schnappte sich plötzlich die Zeitung und hatte eine *Renmin ribao* in der Hand, mit einem großen Foto des Erhabenen Führers, der gerade Rotgardisten empfing, vornedrauf. Und diese ganze Seite hatte sie mit »Köterwelpe« und »getreues Kind und ehrfürchtiger Erbe« vollgeschmiert, quer über das Foto hinweg. Ihr Verbrechen stand mit Zeugen- und Sachbeweis fest, sie konnte es nur eingestehen, es weder erklären noch sich verteidigen. Denn sie hatte Angst, sich damit womöglich noch tiefer ins Unglück hineinzureiten.

»Tz, tz, tz«, machte der Gruppenwärter, zog mit dem Zeigefinger einen Kreis um die ganze Gruppe, von der alten Kader an der Tür bis zu Cheng Pinzhi an der Wand und seufzte: »Ja, ja, ihr Schriftgelehrten!«

Auf die Ausländerin neben Cheng Pinzhi verwandte er bei seinen Fragen die meiste Zeit. Damit sie ihn auch verstand, sprach er ganz langsam und zog jedes Wort in die Länge. Sie hieß Katia, einen Familiennamen nannte sie nicht. Sie war aus der Sowjetunion, hatte ihren Pass verloren und konnte nicht mehr zurück. Wie viel Jahre sie schon in China sei? Sechzehn, sagte sie. Sie hatte in Xinjiang geheiratet und acht Kinder geboren, vier davon Zwillinge. Das älteste, ein Junge, war fünfzehn, das jüngste, ein Mädchen, vier Jahre alt. Sie redete und redete, mit immer wieder stockender Stimme. Über ihr Vergehen sagte sie nichts, und der Gruppenwärter hakte auch nicht nach, runzelte nur sorgenvoll die Stirn; vermutlich fragte er sich, wer sich denn nun kümmerte um diesen Haufen von Kindern.

Damit kam die Reihe endlich an Cheng Pinzhi. Sie hatte sich inzwischen ein Vergehen zurechtgelegt: Ihr Schwiegervater sei noch vor der Befreiung nach Taiwan gegangen. Zu Beginn der Kulturrevolution seien ihre Schwiegermutter und ihr Mann wegen dieser Verwandtschaft von den revolutionären Massen unterdrückt worden. Als dann die Reihe an ihr gewesen sei, ein Bekenntnis abzulegen, habe sie nicht gewusst, wie die Umstände des Falls sich verhielten, und sei daraufhin beim Polizeibüro abgeliefert worden. Sie sei sich bewusst, mit »Widerstand gegen die Große Kulturrevolution« sich vergangen zu haben. Damit schloss sie; es schien das abschließende Bekenntnis eines Falls nicht allzu schwerer Natur: Wer »Widerstand« leistete, war noch kein »Gegner«, zumal bei Widerstand aus Unkenntnis der Umstände. Das war ein wenig wie bei Qin Shuhui. Sie war recht zufrieden mit diesem Bekenntnis der Umstände ihres Falls und ihrer Haltung dazu.

Der Gruppenwärter hörte sich alles an, zog die Brauen hoch und schnaubte durch die Nase.

Danach tauchte dieser Gruppenwärter nie wieder auf, vermutlich war er dann abgezogen worden. Sich über »Fallumstände« auszutauschen war im Gefängnis sonst völlig tabu, er aber fand Gefallen daran und hatte diese Befragung ganz offen und vor versammelter Mannschaft veranstaltet. Cheng Pinzhi nahm an, dass er frisch vom Dorf gekommen war, neugierig auf alles in dieser ungewohnten Umgebung und insbesondere nun auf neueste Geschichten von Leuten aus Peking, und sich damit den Hals vollgestopft und alles hinuntergeschluckt hatte, wie es kam, und das war's dann gewesen; die Ergebnisse dieser Befragung wiederzugeben, wäre ihm wohl schwergefallen.

Alle Gruppenwärter in Linfen waren männliche Aufseher aus der Gegend. Außer dem weggebliebenen jungen Wärter, der sie nach ihren »Fallumständen« ausgefragt hatte, sah Cheng Pinzhi dann noch vier verschiedene Gesichter. Einer, in Armeeuniform ohne Kragenspiegel und Emblem an der Kappe, war offensichtlich ein umgeschulter Soldat. Die anderen trugen blaue Polizeiuniformen; den tiefsten Eindruck hinterließ ihr ein Älterer, der mindestens fünfzig Jahre alt war. Ein Junger achtete sehr auf sein Aussehen, redete gern und war recht freundlich. Und dann gab es noch den Bezaubernden. So nannte ihn Shao Ling, die allen Gruppenwärtern Spitznamen gegeben hatte: den Alten, den Armeewärter, den Jungen und eben den Bezaubernden, der aber keineswegs bezaubernd war; er summte nur ständig kleine Melodien vor sich hin, und nach Qin Shuhui waren das Melodien aus Bezaubernden Opern, einer lokalen Form romantischer Opern. Der Gefängnisarzt, ein bald sechzigjähriger Strafgefangener, kam ebenfalls aus der Gegend. Morgens beim Abortgang meldete man sich für einen Krankenbesuch beim Gruppenwärter, und nach dem Essen kam dann der Gruppenwärter mit dem Arzt. Der alte wie auch der junge Gruppenwärter waren freundliche Leute; um sich für einen Krankenbesuch zu melden, wartete man möglichst ab, bis einer von ihnen Dienst hatte.

Bei der alten Kader waren entzündete Lymphknoten am Hals vereitert, sie platzten auf, ihre Kleidung sog den Eiter auf, und der erstarrte, ihr Kragen war schon ganz steif davon. Der Arzt wusste Bescheid und brachte ihr alle zwei Tage Medizin. Ohnehin wurde er ständig um Besuche gebeten und kam fast täglich, an manchem Tag zweimal, morgens für Visiten, nachmittags brachte er Medizin. Nach seinem Eifer zu schließen, wollte auch er wohl die Gelegenheit nutzen, um seine Patienten auszufragen: »Bei welcher Einheit bist du denn in Peking?«, »Wie alt werden Sie denn dieses Jahr?«, »Wie viel Kinder habt ihr denn in der Familie?«. Sogar nach dem Beruf des Ehemanns erkundigte er sich. Auch der Armeewärter stellte manchmal Fragen, aber nicht freundlich wie der Junge, vielmehr nahm er sich gern den Fall der Befragten vor, um erzieherisch über die Prinzipien und Richtlinien der Partei zu dozieren. Der Bezaubernde kümmerte sich um nichts, hatte keine Lust, sich Berichte der Gefangenen über irgendwelche Probleme anzuhören, und ihn um einen Krankenbesuch zu bitten, war ebenfalls sinnlos; man wusste nicht, ob er einfach vergaß, was ihm Gefangene sagten, oder ob er sich bewusst nicht drum kümmerte. »Ach, ihr hier«, war hingegen die ständige Rede des alten Gruppenwärters, eines guten Menschen, »ach, ihr hier, ihr handelt und bedenkt nicht, was war und was ist, habt daheim euren Laden verloren und kommt nun in diesen Winkel gelaufen«, und am liebsten bemühte er sich, der Studentin Ye Xiu die Richtung zu weisen und sprach ihr von »der Politik der Partei, einen Ausweg zu gewähren«.

Der junge Gruppenwärter interessierte sich am meisten für Katia, die Ausländerin, und kam immer wieder, um mit ihr zu reden. Ihr Chinesisch klang leiernd, ohne Emphase, als sagte sie einen auswendig gelernten Text her; sie unterschied nicht die vier Töne, die im Chinesischen sonst gleichlautenden Worten unterschiedliche Bedeutungen geben, und alles lauschte gebannt, um ihre Rede zu enträtseln; manchmal klang's wie Shandong-Dialekt und brachte alle zum Lachen, dann zeigte der Junge sofort sein Missfallen. »Was lacht ihr?«, mahnte er dann mit lauter Stimme. »Das ist ein Gefängnis, wo ihr Vergehen bekennt und Wandlung empfangt, kein Ort des Vergnügens!« An der Spitze der Gefängnishöhle sammelten sich solche Geräusche und hallten von dort über die ganze Anstalt. Auch andere Zellen ermahnte er mit den gleichen Worten und ebenso laut, sodass es überall deutlich zu hören war. Aber je öfter man es hörte, desto mehr verlor es an Gewicht.

Katia war am Ufer des Schwarzen Meeres geboren, in Odessa; beide Eltern waren Ukrainer. Mit sechzehn verließ sie ihre Familie, um sich anderswo durchzuschlagen. Im chinesischen Xinjiang, in Karamay, lernte sie Lǎo Líu kennen, den »alten Liu«, der für ausländische Spezialisten dort dolmetschte. Lao Lius Vater war aus Shandong, seine Mutter Russin aus Xinjiang. Er hatte die große Statur eines kräftigen Burschen aus Shandong und die hohe Nase, die großen Augen, kurz das europäische Gesicht seiner russischen Mutter, und Katia verfiel ihm völlig, oder wie sie es ausdrückte: verfiel ihm auf einmal und für nun bald sechzehn Jahre. Nichts tat sie lieber, als über ihre Liebe zu Lao Liu zu reden, sie erzählte und erzählte in ihrem eigenartigen Chinesisch, bis sich alle nicht mehr halten konnten vor Lachen und der Junge wieder mal mit lautem Tadel gerannt kam, oder der Armeewärter, und wenn der es war, gab es eine Strafpredigt. Waren die Gruppenwärter weg, fügte Katia leise noch an: »Fortsetzung folgt im nächsten Kapitel.« Alle hatten diese Katia mit ihren goldenen Locken und grünen Augen sehr gern und verführten sie mit oder ohne Anlass immer wieder zum Erzählen.

Katia hatte einen besonders großen Daumen. Sie nahm eine Zahnpastatube und malte sich auf die Innenseite des oberen Glieds dieses Daumens mit Zahnpasta einen kleinen Mann mit hoher Nase und großen Augen; das, sagte sie, sei Lǎo Líu. Lǎo Líu wurde bei ihr mit dem Ausdruck tiefer Liebe zu Láo Lìu, »Herausfischen aus reißendem Strom«; sie erzählte von Karamay und dann von Peking und in jedem Satz von Láo Lìu, dem »Herausfischen aus reißendem Strom«, und immer wieder bekam dabei der kleine Mann auf dem Daumen einen Schmatz. Die sowjetischen Spezialisten wurden abgezogen, aber für fähige Leute gab es überall Arbeit, Lao Liu wurde in Peking Lehrer am russischen Zweig der Fremdsprachenhochschule. Hochschullehrer hatten eine hohe Stellung, aber kein hohes Gehalt, und Katia gebar jedes Jahr ein Kind, in ihren Worten: »Láo Lìu mag mich!«; wobei sie das »mag« lang zog, als klebte es ihr ein Weilchen am Gaumen wie der Geschmack von Zwiebelpfannkuchen aus Shandong. Die vielmögende Liebe hatte ihren Preis, es wurde daheim immer enger. Lao Liu nutzte Ferien und Feiertage, um im Schwimmbad noch als Trainer zu arbeiten, aber damit kam noch immer nicht genug zusammen. Da aber trat Katia auf den Plan. Zwar war sie ungebildet, aber sie brachte es fertig, einfach in die ausländischen Botschaften zu gehen und sich bei den Damen der Diplomaten, vom Botschafter bis zum Attaché, Nähaufträge zu verschaffen. Sie war eine geschickte Näherin, hatte immer mehr Kundschaft und wurde damit zur Hauptproduktionskraft der Familie. Lao Lius Gehalt reichte gerade für das Kindermädchen. Alles, was die Familie verbrauchte, trat Katia aus ihrer Nähmaschine heraus. In anderen Familien der Fremdsprachenhochschule hatte man scharfe Augen, man sah und mochte nicht, dass sie arm war, dass sie ungebildet war, dass sie Kleider nähte. Sie sagte, sie sei das Proletariat der Fremdsprachenhochschule, und diese Kapitalisten betrieben Klassenkampf mit ihr und kippten ihr ihre Nachttöpfe über den Schädel, und wenn bei jemandem die Milch weg sei, heiße es, die hätten ihre Kinder gestohlen. Sie hielt es nicht mehr aus, wurde auch nicht fertig mit denen, sie wollte in ihr Land zurück; aber bei der Heirat hatte sie ihren Pass abgegeben und bekam ihn nicht wieder. Die Fremdsprachenhochschule sagte, sie sei eine Landesverräterin und Kapitulantin vor dem Feind, und hatte sie bei der Polizei abgeliefert.

Katia mochte Cheng Pinzhi, weil Cheng Pinzhi, erstens, gern anderen half und, zweitens, Cheng Pinzhis Fall, wie Katia glaubte, der leichteste war, sie also bald rauskommen und sich dann um Katias Kinder kümmern könnte.

Im vertrauten Gespräch verriet Katia ihr viele Details, die erheblich von dem abwichen, was sie öffentlich erzählte: Ihr Lao Liu war immer noch ein kräftiger Mann, sagte sie; in seiner Jugend war er in einem allsowjetischen Wettkampf im Brustschwimmen über 100 Meter der Erste gewesen. Seit sie in Peking waren, hatte er in seiner Freizeit sich im Bezirk Haidian ständig als Freizeittrainer betätigt und damit an Sonntagen etwas dazuverdient. Sein Sprachunterricht fand immer vormittags statt, nachmittags ging er vom ersten Mai bis zum ersten Oktober jeden Tag mit seinen Kleinen, die noch nicht zur Schule gingen, ins Schwimmbad. Sobald sie zur Welt gekommen waren, wurden ihre Kinder ins Wasser geworfen und schwammen bald wie die Fische. Die Großen liefen nach der Schule zum Changhe, dem »Langen Fluss«, der die Parks im Westen der Stadt durchfließt, schwammen von der Suzhou-Straße im Sommerpalast bis zum Schwarzbambus-Park und ertasteten sich dort im See einige Wasserkastanien und Pfeilkrautknollen, dann ging es gegen die Strömung wieder zurück, ohne Rücksicht auf Wind und Wetter. Auch Katia war eine gute Schwimmerin, im Handumdrehen schwamm sie gegen die Strömung bis zum Westtor der Beida und zurück.

Des Vorsitzenden Mao Schwimmschau im Jangtse inspirierte Lao Liu: Schul- und Hochschulunterricht waren eingestellt, und er fuhr in einem Zug zur »Aufnahme von Verbindungen« mit Frau und Kindern nach Xinjiang. Vor der Abfahrt hatte Katia zehn rote Armbänder genäht und mit gelbem Faden auf die Armbänder der Kinder »Rotgardist« und auf die für Lao Liu und sie selbst »Kampfbrigade der Roten Fahne« gestickt. Die Familie sah ganz wie eine »Kampftruppe« internationaler Freunde aus, wurde überall auf das Höflichste empfangen und musste sich unterwegs nirgendwo durchdrängeln, stets bekamen sie Sitzplätze.

In Lanzhou stieg die große Familie aus und nahm einen Bus nach Karamay. Das war eben die Route, auf der die beiden seinerzeit Xinjiang verlassen hatten. In Karamay übernachteten sie bei der Familie alter Freunde; auch nach gut zehn Jahren erinnerten sich die alten Bekannten vom Ölfeld noch gern an Lao Liu. Er wolle seiner Familie den Irtysh zeigen, sagte er. Sie fuhren in Wagen des Ölfelds mit nach Burqin. Katia hatte alles geplant. Sie nahm das siebte und achte Kind mit, Lao Liu das fünfte und sechste; die beiden Ältesten nahmen jedes einen der Kleinen. Doch das Wasser des Irtysh war gar zu kalt. Als das sechste ins Wasser ging, bekam es einen bösen Krampf im Bein; dem Himmel sei Dank, dass er nicht schon losgeschwommen war! Und Burqin war zu klein, die große Familie fiel auf; sie gaben den Plan auf, hier den Fluss zu überqueren, und fuhren mit den Kindern nach Tacheng.

1962 hatten sich in Tacheng auf einmal über 60 000 Menschen über die Grenze gedrängt. Lao Liu wusste davon und dachte, da könnten sie Glück haben und in der Menge mitschwimmen. Doch in Tacheng sah es jetzt völlig anders aus. Die ganze Grenze entlang lagen nun von Soldaten bestellte Landgüter der Armee, und unter all den Han-Chinesen stach Lao Lius Familie ins Auge wie ein paar Kraniche auf einer Hühnerfarm. Von einem Grenzübertritt ganz zu schweigen, schon bei einer Übernachtung hätte es womöglich Ärger gegeben. Sie trieben sich in der Gegend noch ein paar Tage herum, sahen aber keine Chance, und schließlich war auch das Reisegeld alle, so trampten sie zurück nach Ürümqi und nahmen von dort wieder den großen »Verbindungsaufnahme-Zug« zurück nach Peking.

Beim Spielen im Wohnblock gab dann ihr Vierter groß an mit seiner Reise bis nach Tacheng in Xinjiang. Daraufhin nervte ein anderes Kind zu Hause seinen Vater, der auch am russischen Zweig der Fremdsprachenhochschule arbeitete, sie sollten doch auch mal nach Tacheng! Da kamen die Erwachsenen auf böse Gedanken und klebten Wandzeitungen gegen die Lius, diese landesverräterisch vor dem Feind kapitulierenden aktiven Konterrevolutionäre!

In Peking war Katia mehrmals vernommen worden. Jedes Mal hatte sie verlangt, sie wolle die Kinder bei sich im Gefängnis haben. Es gebe einen Roman, in dem sei eine Mutter im Gefängnis zusammen mit ihrem Töchterchen, »der Blume des Gefängnisses«. Der Untersuchungsbeamte ermahnte sie zwar, hatte aber offensichtlich auch Mitleid mit ihr. Sie sagte, auf dem Bahnhof habe sie Lao Liu gesehen, sein Haar sei ganz weiß geworden. Lao Liu habe auch sie gesehen und sich den Zeigefinger senkrecht auf den Mund gelegt, zum Zeichen, dass sie nichts sagen solle, dass er alles auf sich nehmen werde. Lao Liu war sich seiner Verantwortung bewusst. Er war ihr Himmel. Solange sie Lao Liu hatte, konnte der Himmel nicht einstürzen.

29 INVICTUS

Sobald der Junge Dienst hatte, bat Katia um einen Krankenbesuch. Sie hatte eine Menge Krankheiten; sie hatte acht Kinder geboren, und der Familie ging es nicht besonders, es wäre merkwürdig gewesen, hätte sie keine Krankheiten gehabt. Der Junge freute sich über ihre

Krankmeldungen, es schien, er liebte es, wie ihr Chinesisch die vier Töne nicht unterschied.

Der Arzt war sehr geduldig, ganz besonders mit so einer Langzeitkranken wie Katia. Er hatte schon jede Krankheit gesehen. Aber vor der neuen Krankheit, mit der Katia jetzt ankam, stand er völlig sprachlos da, hatte von solcher Krankheit noch nie gehört. Im Magen hätte sie kein Loch!? Der Junge runzelte nur die Stirn. Wie könne ihr Magen denn ohne Loch sein? Sei ihre Speiseröhre verstopft? Katia lachte. »Ich hab doch nicht im Magen kein Loch, ich hab kein *Weikou*!« Der Junge lachte über ihre mangelnden Sprachkenntnisse. »Wenn ihr mein Chinesisch nicht versteht, holt einen Übersetzer«, sagte Katia. Cheng Pinzhi unterdrückte ihr Lachen und dolmetschte: »Kein Magenloch, *Weikou*, das heißt: Keinen Appetit«, erklärte sie und fügte an: »Seit zwei Tagen hat sie kein Essen runtergebracht.« – *Weikou* war bis weit in die 1960er nur ein Fachausdruck der traditionellen Medizin für die beiden Magenöffnungen zu Speiseröhre und Darm, auch für den ganzen Magen, dann begann man in großen Städten, das Wort in der heute allgemeinen Bedeutung »Appetit« zu benutzen, doch dieser Usus hatte damals Shanxis Berge noch nicht erreicht.

Der Arzt fühlte Katia den Puls, notierte die verschriebene Medizin und wandte sich dann Cheng Pinzhi zu, die zum ersten Mal in seiner Gegenwart etwas gesagt hatte: »Sie haben noch nie um einen Krankenbesuch gebeten.«

»Ach Doktor«, sagte Cheng Pinzhi, »mein Magen hat ja Löcher, essen kann ich, nur werd ich es nicht los; das, muss man wohl sagen, ist auch eine Art von Krankheit.«

»Wie lange geht das schon?«, fragte der Arzt.

»Lange, drei, vier Jahre, nur einmal die Woche kommt was durch; ich hab das aber die ganze Zeit nicht so ernst genommen.«

»Sie sollten es ernst nehmen. Langfristige Verstopfung kann zu Darmkrebs führen. Nächstes Mal bring ich Ihnen eine Packung Abführmittel mit.«

Also brachte er ein appetitanregendes Mittel für Katia und Abführmittel für Cheng Pinzhi mit, alles in altem Zeitungspapier, das geschickt zu fünfeckigen, unten breiten, oben spitzen kleinen Päckchen gefaltet war. Cheng Pinzhi zog die Brauen hoch, als sie die Päckchen sah. »In Shanxi verpacken sie Medizin immer so«, sagte Qin Shuhui, »aber dass sie Zeitungspapier nehmen, ist doch ein bisschen sehr ländlich. Wie ich seinerzeit hier nach Hause zu Besuch gekommen bin, habe ich protestiert, das sei doch unhygienisch, darauf haben sie gesagt, um Arzneimittel zu verpacken, nehmen sie extra immer die *Hygienezeitung*!« Die ganze Gefängnishöhle amüsierte sich. Cheng Pinzhi legte den Finger auf den Mund. »Nicht so laut«, sagte sie, »wenn uns ein Gruppenwärter hört, muss er uns wieder ausschimpfen, weil wir nicht zum Vergnügen hier sind!« Unter der Zeitung ihres Päckchens lag das weißgraue Arzneipulver noch in einem kleinen weißen Papierbogen. Cheng Pinzhi legte den Kopf nach hinten und kippte sich aus diesem Papier das Pulver in den Mund, Himmel, wie bitter das war! Sie spülte es mit einem ganzen Mundvoll Wasser hinunter und trank noch ein paar Mundvoll nach, um den bitteren Geschmack aus dem Mund zu bekommen. Dabei sah sie auf dem weißen Papier kleine Schriftzeichen – nein, Buchstaben! Sie schaute genauer hin, es waren zwei englische Zeilen:

I am the master of my fate,
I am the captain of my soul.

Zwei Zeilen aus dem Lieblingsgedicht ihres Vaters – und das in der Handschrift ihres Vaters! War auch er hier gefangen?! Das Herz klopfte ihr bis zum Hals, immer heftiger, es dauerte lange, bis sie sich gefangen hatte – ihr war, als sei sie aus dem Gefängnis entflohen und gerannt und gerannt, habe in einer Höhle Zuflucht gefunden und immer noch Angst. In einem unbeobachteten Moment knüllte sie das Papier zusammen, stopfte es in den Mund und zerkaute es langsam, schmeckte diese beiden Zeilen, einen Geschmack bitterer Lauge, der den ganzen Mund füllte.

Der Vater hatte einen Band Gedichte des vor siebzig Jahren verstorbenen englischen Dichters Henley übersetzt. Die zwei Zeilen beschlossen Henleys Gedicht *Invictus* – »Ungebrochen, ungebeugt« hatte ihr Vater den Titel übersetzt.

Das Papier war zerkaut, sie schluckte es hinunter und schob die Worte der Übersetzung ihres Vaters im Mund herum:

Ungebrochen, ungebeugt

Allgegenwärtig, packt den Körper mir die Nacht,
ich muss ihn aus dem schwarzen Loch befrein!
Was immer Ziel der Gottheit – Dank sei ihr dafür,
dass unterworfen meine Seele nie kann sein!
Auch in der Teufel feindseliger Hand
weiche ich nicht zurück, werde nie klagen, niemals schreien!
Schlag doch das Schicksal schmerzhaft auf mich ein,
bis dass der Kopf mir blutet – doch ihn beugen? Nein!
Wut brennt hier unter Menschen, von Tränen übermannt.
Jenseits erfüllt der Schrecken die Schatten dort am Strand.
Jahre des Schreckens zeigen: Ich fürchte mich nicht mehr.
Wie eng der Hölle Tor, wie mitleidlos
das Urteil der Geschichte nur mag sein –
ich bin des eignen Schicksals Herr,
der Seele Steuer liegt in meiner Hand.

Der Arzt kam und fragte Cheng Pinzhi: »Haben Sie die Arznei genommen?«

Das Wort »Arznei« klang aus seinem Mud, als spräche ein Gelehrter längst vergangener Zeiten.

»Ja, ich hab sie genommen!« Sie nickte heftig, tief bewegt.

»Und hat sie gewirkt?«

»Sehr, sehr gut hat sie gewirkt. Ihre Arznei ist ganz ausgezeichnet!«

»Und haben Sie noch weitere Fragen, andere Probleme?«

»Ursprünglich hatte ich gar keine Fragen, nur diese kleine Verlegenheit, und die hat Ihre Arznei behoben. Ganz herzlichen Dank für Ihre Fürsorge!«

Der Arzt ging, und Katia neckte sie: »Der Doktor hat wohl so ein besonderes Interesse an dir, so wie er sich um dich bemüht!«

Cheng Pinzhi warf ihr einen abschätzigen Blick zu: »Du siehst wohl bei jedem Mann so besondere Interessen.«

Der Arzt kam wieder. Cheng Pinzhi wartete, bis alle anderen behandelt worden waren, dann fragte sie den Gruppenwärter: »Gruppenwärter, ich habe mich nicht registriert, aber könnte der Arzt mir mal den Puls fühlen?«

»Was für eine Krankheit hast du denn?«, fragte der Gruppenwärter.

»Herzrasen. Ich vertraue der traditionellen chinesischen Medizin, ich will nur mal fragen. Wenn ich nichts habe, bin ich beruhigt.«

Der Arzt verstand, was sie meinte. Er schob ein kleines Kissen zum Pulsfühlen unter ihr linkes Handgelenk, legte drei Finger auf ihre Schlagader und sagte nach einer Weile: »Ihr Puls schlägt weder zu rasch noch zu langsam, vielmehr völlig gleichmäßig, es gibt kein Problem, Sie müssen sich nur beruhigen.« Sein Zeigefinger verharrte noch eine Weile auf ihrer Ader, dann sagte er: »Allerdings ist der Nierenpuls angespannt, verzögert. Das zeigt, dass die Niere krank ist.«

Der Gruppenwärter fragte Cheng Pinzhi: »Hat er recht?«

Cheng Pinzhi wunderte sich. Woher wusste der Arzt von ihren Hüftschmerzen? »Melde dem Gruppenwärter«, sagte sie, »ich hab schon ein halbes Jahr Hüftschmerzen, und in den letzten paar Tagen werden sie immer heftiger.«

Der Gruppenwärter war sehr zufrieden. Stolz sagte er: »Doktor Sun ist in ganz Süd-Shanxi berühmt! Die Kranken brauchen gar nichts zu sagen. Wie er den Puls fühlt, weiß er gleich, wo es fehlt. Und die Medizin stellt er selber zusammen. Sie kommt, die Krankheit geht.«

Alle begegneten diesem Arzt mit ehrfürchtiger Hochachtung.

Zu Cheng Pinzhi sagte er: »Diese Krankheit ist die Folge langer Kälte. Gegenwärtig gibt es keine gute Arznei. Wenn Sie aber die Zeit dafür haben, spricht nichts gegen einen Versuch mit Akupunktur.«

Cheng Pinzhi vertraute der Akupunktur. Bei ihrem Vater hatte sich der untere Kopf des Oberschenkelknochens eingeklemmt; der geschädigte Meniskus war mit Akupunktur behandelt worden, und da war die Kniescheibe wieder zurechtgerutscht.

Der Arzt kam nun jeden zweiten Tag vorbei, setzte ihr eine Nadel und nutzte das, um ihr zu übermitteln, was der Vater gesagt hatte, und was sie sagte, trug er dann dem Vater zu. Der Besuch des Arztes wurde zu ihrem Lebensinhalt. Wenn sie draußen seine Stimme hörte, leuchteten ihre Augen auf. Dass sie ihn »wild möge«, sagte Katia, und wieder dehnte sie dabei das Wort. »Wollt ich wen wild mögen«, sagte

Cheng Pinzhi, »dann würd ich mir deinen ›Herausfischen aus reißendem Strom‹ schnappen!«

Der Arzt interessierte die Frauen sehr. Was konnte ein solcher Mensch verbrochen haben?

»Im Gefängnis Nr. 2 von Shanxi«, sagte Qin Shuhui, »hier in Linfen, da sitzen sonst nur Leute mit Freiheitsstrafen ein, zur ›Wandlung durch Arbeit‹. Der Doktor müsste also zu einer Kriminalstrafe verurteilt worden sein, und arbeiten tut er hier als Arzt.«

Cheng Pinzhi erinnerte sich: Bei der Ankunft in Linfen hatte sie Leute vom »Gefängnis Nr. 2« reden hören. Sie fragte Qin Shuhui: »Das ist hier also das Gefängnis Nr. 2 von Shanxi?«

»Ich glaube, ja«, sagte Qin Shuhui, »wo hätten sie sonst so viel aus Peking verschickte Straftäter unterbringen sollen? Und der Arzt wird ja auch hier ›gewandelt‹.«

Katia fragte: »Wie kann denn der Arzt, ein so guter Mensch, zu einer Strafe verurteilt worden sein?«

»Katia«, sagte Shao Ling, »wen von uns hier hältst du denn für einen schlechten Menschen?«

»Wir sind alle doch überhaupt nicht verurteilt«, sagte Katia. »Wenn man uns erst richtig überprüft hat, werden wir durch die Bank alle entlassen und sind alle gute Menschen. Aber der Arzt ist verurteilt worden ...«

Alle redeten nun durcheinander, mutmaßten wild hin und her, vielleicht sei er schlechter Herkunft, meinte eine; ein historisches Problem in der Biografie, eine andere, oder was Aktives, eine dritte; Qin Shuhui sagte: »Seinem Akzent nach kommt er wohl aus dem Südosten von Shanxi. Da gab es wilde Fraktionskämpfe, sogar mit Toten.«

Katia konnte an einen solchen Grund nicht glauben. »Ein solcher Mensch zerquetscht nicht mal eine Ameise. Wie könnte er jemandem das Leben nehmen?«

»Kann es denn nicht eine simple Straftat sein?«, fragte Ding Yi.

»Ja, vielleicht geht es um eine Militärehe«, sagte Chen Jing, »die Frau hat zugebissen, und mit dem Mund kann er sich da nicht so recht verteidigen.«

»In seinem Alter?« Qin Shuhui konnte sich das nicht vorstellen. »So wüst wird er niemals.«

Katia verstand nicht. »Militär, wüst? Was heißt das?«

Chen Jing erklärte: »Das heißt: Mit einer Soldatenfrau wild mögen.«

Alle lachten.

Die Tür quietschte auf, es war der alte Gruppenwärter. »Da werden nicht brav die Werke des Vorsitzenden Mao studiert, da wird herumgegackert, dass es nur so eine Art hat! Shao Ling, rauskommen!«

Shao Ling ging hinaus. Alle rätselten. Die Mehrheit meinte, jemand sei aus Peking gekommen, sie müsse zum Verhör. Eine gute Sache also.

Sie kam jedoch rasch zurück, alle wunderten sich und Cheng Pinzhi fragte: »Hast du's ausbaden müssen, dass wir so laut gelacht haben?«

»Der Gruppenwärter hat gefragt, was wir denn zu lachen hatten«, sagte Shao Ling. »Ich hab gesagt, wir haben gerätselt, was der Doktor wohl verbrochen hat, und da sind wir auf alle möglichen Abwege geraten. Also der Gruppenwärter will uns nicht blind herumraten lassen, er sagt: Beim Doktor handelt es sich um einen folgenschweren Behandlungsfehler. Der ist aber nicht ihm passiert, jedoch ist er verantwortlich gemacht worden, weil er Abteilungsleiter war.«

»Und deshalb hat er dich rausgerufen?«, fragte Chen Jing.

Auch Cheng Pinzhi wunderte sich. Es wäre doch einfacher gewesen, sie gleich alle zu fragen, statt erst nur Shao Ling herauszuholen.

Aber der Gruppenwärter hatte Shao Ling auch noch eine Arbeit gegeben: Weil ihr Fall der geringfügigste in dieser Zelle war, hatte er sie zur Studienleiterin der Zelle bestimmt. »Ich hatte die Werke des Vorsitzenden noch gar nicht richtig studiert, als ich reingekommen bin«, sagte sie. »Bitte studiert also jede für sich.«

Es war aber nicht so, dass sie sich dann um gar nichts kümmerte. Da sie nun mal zur Zellenleiterin berufen worden war, hatte sie auch Verantwortung zu tragen: Sobald sie den Schritt eines Gruppenwärters hörte, weckte sie Dösende. Wenn der Gruppenwärter sie Bericht erstatten ließ, berichtete sie dem Himmel lauter schöne Sachen und brachte bei der Rückkehr in den Tempel Glück und Segen mit. So fiel ihr das Los des guten Menschen zu: Qin Shuhui, Liu Jianxin und Cheng Pinzhi, die alle wenig aßen, gaben ihr bei jeder Mahlzeit von ihren Knödeln ab.

In der von ihnen nur durch eine Mauer getrennten Nachbarzelle war die Zellenleiterin nicht so gefällig. Jeden Tag, vom frühen Morgen bis zum späten Abend, führte sie das Zellenkollektiv bei der lauten Lesung der *Worte des Vorsitzenden* an, wie in einer privaten Klippschule auf dem Dorf. Dann wurde es noch unerträglicher, sie fingen plötzlich an, Lin Biaos *Vorwort zur zweiten Auflage* zu lesen, endlos, endlos lange, als läsen sie Sutren im Tempel. Und wie sie pausierten, fragte die Zellenleiterin mit schneidender Stimme: »Bai Lian! Warum liest du das *Vorwort zur zweiten Auflage* nicht mit?« Cheng Pinzhi schrak zusammen. War Bai Lian auch hier? Die Stimme dieser Zellenleiterin schien ihr bekannt, woher, fiel ihr nicht ein. Die Frau war bösartig, sie wusste, dass Bai Lian sich gegen Lin Biao gestellt hatte, und ließ sie nun absichtlich, um sie niederzumachen, Lin Biaos *Vorwort zur zweiten Auflage* lesen. »Bai Lian! Warum machst du den Mund nicht auf? Hegst du tiefsitzenden Hass gegen den Erhabenen Stellvertretenden Oberkommandierenden?« Welch grundlose Provokation! Ihr Opfer machte den Mund nicht auf, sie wollte es dazu prügeln! Die ganze Zeit war von Bai Lian kein Ton zu hören. Der Gruppenwärter kam, es war der Armeewärter. Die Zellenleiterin meldete: Bai Lian vergeht sich gegen die Wandlung, indem sie das *Vorwort zur zweiten Auflage* nicht mitliest. Der Armeewärter fragte Bai Lian, warum sie nicht mit den anderen zusammen lese. Bai Lian gab weiter keinen Ton von sich. Der Armeewärter war Soldat gewesen, das forderte nun seine Selbstachtung heraus. Er ließ Bai Lian aus der Zelle herauskommen. »Laufschritt marsch! Wenn ich sage: Halt, anhalten; wenn ich es nicht sage, immer weiter laufen. Wenn du nicht laufen willst, dann lies das *Vorwort zur zweiten Auflage*.«

Bai Lian lief, lief, lief. Immer wieder fragte der Armeewärter: »Liest du das *Vorwort zur zweiten Auflage*?« Sie antwortete nicht und lief weiter, bis sie bewusstlos zusammenbrach. Von nun an ließ die Zellenleiterin täglich das *Vorwort zur zweiten Auflage* lesen, rief der Armeewärter täglich Bai Lian heraus und ließ sie laufen, laufen, laufen. Cheng Pinzhi wusste, Bai Lians Lungentuberkulose war bereits im Endstadium. Hieß das nicht, Bai Lian bewusst zu Tode quälen?

30 WEITER VERSTREUT

Zwei Tage kam der Arzt nicht. Cheng Pinzhi sorgte sich um ihren Vater, sorgte sich auch um Bai Lian, hoffte jeden Tag, dass der Arzt noch kommen würde. Doch er kam nicht, schon fünf Tage hintereinander blieb er abwesend, aus der Nachbarzelle war auch nicht mehr das *Vorwort zur zweiten Auflage* zu hören. Cheng Pinzhi fand das alles sonderbar; Katia meinte, übrig seien nur noch sie zehn. Manche bekamen Angst, keine wusste, ob das nun gut war oder übel. Zuletzt waren sie aus Peking weggebracht worden, um den Widerstand gegen eine amerikanische Invasion vorzubereiten. Was war nun los? Drang die amerikanische Armee nach Shanxi vor?

Doch nicht die amerikanische Armee, sondern der amerikanische Präsident war gekommen. Im Jahr darauf sah Cheng Pinzhi in einer anderen U-Haft-Anstalt eine alte Zeitung, die von Nixons Chinabesuch zu jener Zeit berichtete.

Das Gefängnis von Linfen hatte viele Höfe. Von jedem Hof gingen zehn Höhlen aus. In den Höhlen ihres Hofs waren nur Frauen inhaftiert. Beim Abortgang bemerkte Cheng Pinzhi, dass von den Höhlentüren viele nicht mehr verriegelt waren. Das bedeutete, dass tatsächlich viele Inhaftierte weg waren. Sun, der Arzt, lebte nicht an diesem Hof, da er nicht mehr kam, musste das bedeuten, dass auch Inhaftierte anderer Höfe weggekommen waren. Sie begann, auf die Geräusche draußen zu achten, und stellte fest, dass täglich Leute wegkamen. Es musste ein Umzug sein; aber warum wurden nicht alle zusammen verlegt? Das wurde nun ständig diskutiert und alles Mögliche vermutet. Die Studentin Ye Xiu nahm an, man werde gruppenweise freigelassen.

»Das kann nicht sein«, meinte Shao Ling. »Freigelassen wird man immer als Einzelner, nicht Gruppe für Gruppe. Außerdem kommen täglich einige weg, aber nicht als Gruppe.«

»Das ist hier das Gefängnis Nr. 2 von Shanxi«, sagte Qin Shuhui, »sonst arbeiten hier zur ›Wandlung durch Arbeit‹ verurteilte Straftäter. Möglicherweise sind wir hier nur vorübergehend. Ich vermute, wir werden gerade auf die einzelnen Kreise von Süd-Shanxi verteilt, so zehn je Kreis.«

»Wie viele Kreise gibt es denn in Süd-Shanxi?«, fragte Cheng Pinzhi.

»Vor der Kulturrevolution gab's neunundzwanzig Kreise und die Stadt Linfen«, sagte Qin Shuhui, »neuerdings ist das geändert worden, aber ich weiß nicht genau wie.«

»Das wären also für Süd-Shanxi rund dreihundert Personen«, rechnete Cheng Pinzhi vor. »Wenn alle wegkommen, reicht das nicht. Als wir ankamen, waren es auf dem Bahnhofsvorplatz mindestens zweitausend.«

»Die ganze Provinz hat so ein Dutzend Städte und über hundert Kreise«, sagte Qin Shuhui. »Wenn wir über die ganze Provinz verstreut werden, kann das hinkommen.«

Das leuchtete allen ein.

»Süd-Shanxi ist die reichste Ecke der Provinz«, sagte Qin Shuhui, »*Goldnes Xiangling, silbernes Taiping, dann folgt Quwo, danach Yicheng*, heißt es im Lied. Mittel-Shanxi geht auch noch so. Im Südosten nehmen sie Sorghumhirse, ›rote Grütze‹ nennen sie das Resultat, da ist die ganze Kacke rot. Yanbei im Norden ist am ärmsten. Da kannst du dich nicht mal mit Sorghum satt essen.«

Alle hofften nun, in irgendeinen Kreis von Süd-Shanxi zu kommen und um Himmels willen nicht nach Yanbei. Cheng Pinzhi sorgte sich um den Vater, ihr war gleich, wo sie hinkam; nirgends würde sie wieder Gelegenheit haben, mit ihm zu kommunizieren. Katia dachte an Lao Liu, der immer an ihrer Seite war, diesmal aber fortmusste. Vielleicht war er es auch schon? Wenn er nicht mehr mit ihr zusammen war, wer sollte sie dann weitertragen?

Fortgehen hieß es, und sie gingen, aber nur die Hälfte von ihnen. Die fünf Übrigen waren: Shao Ling, Luo Cui, Ding Yi, Katia und Cheng Pinzhi. Mit einem Mal war der große *Kang* halb leer – wie ausgestorben kam er den fünf Zurückgebliebenen vor. Der Armeewärter jagte sie beim Abortgang übellaunig vor sich her. »Los, los, was trödelt ihr Fotzen?«, schrie er grob. »Wartet ihr auf den Fick?«

Nichts rührte sich mehr im Hof, er schien von allen verlassen. Plötzlich grauste es Cheng Pinzhi. Sie hatte Angst, hier zu bleiben, Angst, von hier wegzukommen, unvorhersehbar das Schicksal, kaum zu erraten, was vor ihr lag.

Zurück vom Abort, trieb der Gruppenwärter sie an, ihre Sachen zu packen. Auch sie mussten nun fort.

Sie packten ihre Bündel, folgten dem Gruppenwärter aus dem Hof heraus und durch viele andere Höfe zu zehn Lastern innen vor dem Tor. Auf jedem stand ein Kreis Soldaten mit geschultertem Gewehr. Sie stiegen auf einen davon und mussten sich, dirigiert mit wohl einem Dutzend Bajonetten, zusammengedrängt auf einen leeren Fleck auf der Ladefläche setzen. Katia hob den Kopf und sah in den blauen Himmel. Ein Soldat trat zu ihr und drückte ihr den Kopf nach unten. Katia warf ihm einen Blick zu, da versetzte er ihr einen Tritt und stieß hervor: »Du Nutte!« Katia sah ihn mit großen Augen an: »Ich verstehe nicht.« »Unverschämte Kuh, was bist du? Eine rare Exotin auf einem Hektar Feld! Du seltsame Nutte!« Das waren üble, dreckige Sprüche, wer weiß, was da noch kommen würde, also stieß Cheng Pinzhi Katia leicht mit dem Ellbogen an. Katia senkte den Kopf und sagte nichts mehr. Sonnenlicht fiel auf die Schenkel des Soldaten vor ihnen. Cheng Pinzhi folgerte, dass der Laster nach Osten fuhr. Nach Qin Shuhuis Lied zu schließen, verließen sie das Reich von Gold und Silber, um Sorghum zu essen.

Der Laster fuhr immer langsamer und langsamer und schwankte, als ginge es über Eierbriketts. Sie wurden hin und her geschüttelt, kippten um. Katia wurde auf Cheng Pinzhi und wieder zurückgeworfen, Cheng Pinzhi verspürte eiskalt ein wenig Nässe auf dem Gesicht.

Frühmorgens losgefahren, schaukelten sie so den ganzen Tag hindurch, bei Sonnenuntergang kamen sie endlich an. Wären sie jetzt immer noch nicht angekommen, hätte sie das Geschüttel wohl noch über die Berge verstreut. Hier gab es wieder Hof um Hof, Reihe um Reihe von Höhlen, und in ihrer Höhle einen großen irdenen *Kang*, und auf dem *Kang* war sonderbarerweise Kohleasche und Schlacke verteilt. Glücklicherweise lagen auf dem Boden noch ein kleiner Rutenbesen und eine Kehrschaufel. Der Besen war aus Sorghumstroh zusammengebunden. Die Kehrschaufel war aus Holz, und aus Holz war sogar der Urineimer hinter der Tür. Man sah, sie waren tief in die Berge geraten. Sie fegten Asche und Schlacke in einer Ecke auf dem Boden an der Wand zusammen und breiteten ihre baumwollgefütterten Bettunterlagen auf dem Kang aus. In Linfen hatte es noch Matten auf dem Kang gegeben. Hier waren unter Asche und Schlacke nur luftgetrocknete Lehmziegel. Bei den Höhlen in Linfen waren Wände und Decke mit Ziegeln ausgemauert gewesen. Hier kam die feuchte gelbe Erde hervor, wie in einem frischen Grab. Die Tür war aus Holzbrettern zusammengenagelt, ohne ein kleines Fenster, das sich öffnen ließ. Es gab aber in der Wand ein Fensterchen, über dessen Rahmen eine sonderbare Art Papier geklebt war, etwas wie undurchsichtiges Reispapier, nur von grauer Farbe.

Luo Cui schüttelte den Kopf. »Da sind wir mitten in die Urzeit geraten«, stöhnte sie erschüttert. »Primitivst bis zum letzten Dreck!«

Ding Yi lachte. »Also mitten ins Matriarchat«, spottete sie, »und Katia als die Größte ist unsere Matriarchin!«

»Ungebildet bin ich und ausländisch, verstehe kein Chinesisch …« Katia verstummte, ihr Mund verzerrte sich, sie brach in Tränen der Erniedrigung aus.

»Aber Katia«, versuchte Ding Yi eilends, sie zu beschwichtigen, »ich hab doch nur gesagt, dass du die große Chefin von uns Frauen bist und wir dir alle gehorchen. Ich hab nur Spaß gemacht, nimm's doch nicht so ernst!«

»Aber dieser Soldat hat keinen Spaß gemacht«, schluchzte Katia, »der hat mich so widerlich beschimpft …« Sie schluchzte wieder auf, sie weinte; die Tränen klebten ihr die langen goldenen Wimpern zusammen. Dass Katia, die so gern schwatzte und so gern lachte, nun so verwandelt war, das schmerzte sie alle.

Luo Cui sagte: »Katia, nimm dir das doch nicht zu Herzen! Diese Sorte flucht den ganzen Tag mit der eignen Mutter im Maul, wie Vieh und schlimmer, so was kannst du doch nur als 'nen Hund ansehen!«

»Und nicht als guten Hund!«, sagte Shao Ling.

Cheng Pinzhi gab Katia ein kleines Taschentuch. Katia wischte sich die Tränen ab und wollte das Tüchlein erst Cheng Pinzhi zurückgeben, dann überlegte sie einen Moment: »Nein, warte, bis wir Wasser haben, dann wasch ich's dir und geb's dir zurück. Vielen Dank!«

Cheng Pinzhi wusste, sie hatte nichts, die Familie konnte ihr nichts schicken. »Gib's nicht zurück«, sagte sie, »behalt es, du kannst es brauchen. Aber ich mag dich nicht mehr weinen sehen! Lächeln, Katia, immer nur lächeln! Dein Lächeln, dein Lachen bezaubert die Menschen!«

Katia verzog den Mund, lächelte durch ihre Tränen: »Gut, ich mach mir nichts draus, ich freu mich! Die sehen uns nicht als Menschen an, aber wir sehen uns selbst als Menschen an!« Dieses »wir uns selbst« sprach sie völlig richtig aus.

»Genau!«, sagte Ding Yi. »Wir sehen uns selbst als Menschen an!«

Der Wärter öffnete die Tür. Wie er die Ofenasche und Schlacke auf dem Boden sah, wunderte er sich: »Warum habt ihr denn die Asche auf den Boden geworfen?«

Die Frauen wunderten sich auch. Wieso war Asche auf den Kang gestreut worden?

»Die Asche saugt die Feuchtigkeit auf«, erklärte der Wärter. »Wenn ihr die wegwerft, dringt euch die Feuchtigkeit in den Körper. Ihr seid schon ein Haufen dumme Gänse, habt von nichts eine Ahnung, dass ihr dermaßen etepetete seid!«

Es war schon ein recht urtümlicher Ort. Asche über den Kang gestreut gegen die Feuchtigkeit. An der Gefängnistür ein Schloss durch eine Eisenkette; beiden sah man an, dass ein Schmied sie mit Esse und Amboss geschmiedet hatte. Shao Ling pulte aus dem Papier auf dem Fenster einen fingernagellangen Bastsplitter heraus, daraus schloss sie: Das Fensterpapier war aus dem Bast von Sorghumhalmen hergestellt worden. Und Klopapier musste man von der Anstalt kaufen. Das Geld, das Cheng Pinzhi bei sich hatte, als sie festgenommen wurde, war glücklicherweise hierher überwiesen worden. Damit kaufte sie hundert Blatt. Die brachte der Gruppenwärter in Gestalt eines Stapels von siebzig Zentimeter Höhe. Cheng Pinzhi stellte den Stapel neben Shao Ling unter den Fensterrahmen. Er reichte bis zum Fenster. »Wer weiß«, sagte Katia, »bis zu welchem Jahr wir hier leben müssen? Das war nicht leicht zu bekommen, damit müssen wir sparsam umgehen.« Die Blätter hatten Oktavformat, Cheng Pinzhi ließ sich eines geben, zerriss es in sechzehn Teile, jeder handtellergroß und so dick wie Pappe, und teilte jeder drei Stück zu. »Nutzt sie sparsam«, sagte sie, »nur fürs große Geschäft.« Das Papier war schwarz und hart, ganz anders als das Fensterpapier.

Shao Ling zog die Brauen hoch und verzog den Mund: »Was für Papier ist das denn? Da kleben noch verfaulte Stofffetzen dran.«

Luo Cui kratzte ein Stückchen Kohleschlacke heraus. »Dieses Papier trägt Dolche bei sich! Mit äußerster Vorsicht zu nutzen, dass ja kein Blut fließt!«

»Man weiß«, sagte Shao Ling, »dass es als Klopapier dienen soll. Man weiß nicht, ob es auch als Folterinstrument dient.«

»Also ob ihr's nun gern verwendet oder gar nicht«, sagte Cheng Pinzhi, »ein offenes Wort vorweg: Falls wer diesem Klopapier zum Opfer fällt, mit meinem Leben hafte ich dafür nicht!«

»Auch wenn es das Leben kostet«, seufzte Ding Yi, »wenn wir das nicht nehmen, was dann? Ich hab schon daran gedacht, zwei kaputte Kleidungsstücke zu zerreißen, aber auch um die wär's schade, man kann ja was drin einwickeln.«

»Die männlichen Häftlinge nehmen Lehmklumpen, weiß der Himmel, wo sie die herhaben!« Auf so was konnte nur Katia kommen.

Shao Ling zwinkerte: »Hast du Männer Lehmklumpen verwenden sehen?«

Lachend sahen alle auf Katia.

»Was lacht ihr denn? Habt ihr nicht gesehen, dass immer Lehmklumpen auf der Abortgrube schwimmen?« Unter den fünf Frauen stammte Katia aus den bescheidensten Verhältnissen, und sie war es auch, die sich diesen Umständen hier am besten anpassen konnte.

Katia blieb nicht lange in dieser Anstalt, dann kam sie fort. Außer der schwarzen Decke vom Gefängnis hatte sie nichts, sie trug Wollkleidung, die ihr Cheng Pinzhi in Linfen gegeben hatte, und als sie ging, wollte sie die ausziehen. Cheng Pinzhi winkte ab: »Kühles Wetter, und draußen ist's kalt!«

Einen Monat später erhielt Cheng Pinzhi mit der Post ein Paket, das geöffnet worden war. Der Gruppenwärter, der das Paket brachte, fragte verwirrt: »Lebt ihr auf dem Dorf?« »Doch, doch«, bejahte sie ebenso verwirrt. Das Paket enthielt vier Stück *Lux*-Seife, eine Packung Waschpulver, vier neue Handtücher, vier Rollen Klopapier und einen neuen Anzug aus wirklich gutem, gewiss nicht billigem Khakistoff. Sie durchsuchte alles, fand aber keinen Brief ihrer Mutter.

Ein paar Worte hatte Mutter ihr gewiss beigelegt. Der Brief war wohl irgendwo einbehalten worden.

Angespornt von den drei anderen, probierte sie den neuen Anzug an; aber hallo! Er saß wie angegossen, schien maßgeschneidert! Sie steckte die Hand in die Hosentasche, wollte das Modell spielen, um die anderen zu amüsieren, und zog aus der Tasche ein Tüchlein hervor, in dessen eine Ecke ihre Schwiegermutter eine Lotusblüte gestickt hatte. Es war das Taschentüchlein, das sie Katia gegeben hatte! Das Paket war in ein Tuch eingepackt gewesen. Sie drehte das Tuch um und erfuhr aus der darauf hingekrakelten Adresse, dass sie sich in der Untersuchungshaftanstalt der Stadt Changzhi, Provinz Shanxi befand. Eine derart primitive Ecke war also tatsächlich eine Stadt. Ganz unten stand: »Peking, westlich vor der Stadt, Weigong cun – ›Dorf fürs Öffentliche‹ – Nr. 31, Cheng Weidong«. Sie seufzte bewundernd angesichts der Gerissenheit dieser Absenderangabe und musste dabei lächeln: Wegen dieses »Dorfes fürs Öffentliche« hatte der Gruppenwärter angenommen, dass sie vom Land kam. Nun ja, das heutige Weigong cun hieß schon immer *cun*, »Dorf«, wenn auch nicht Weigongcun gleich »Dorf fürs Öffentliche«, sondern Weigongcun gleich »Dorf des Herzogs von wie«, und lag tatsächlich westlich der Stadt – der Pekinger Innenstadt.

Sie verteilte Seife, Handtücher und Klopapier an ihre vier Genossinnen und wusch das Tuch, in dem das Paket eingepackt gewesen war, um für alle Fälle das »Dorf fürs Öffentliche« herauszuwaschen, damit Katia draußen keinen Ärger bekommen konnte.

Luo Cui drückte sich das weiche Klopapier aufs Gesicht und rieb es sanft hin und her, gleich als ob sie einen Schwan im Arm hielt.

»Bei euch zu Hause scheinen sie zu wissen, dass wir hier zu viert sind«, sagte Shao Ling, »alles ist viermal drin.«

»Das Jahr hat vier Jahreszeiten«, sagte Cheng Pinzhi. »Auf die nächste Sendung müssen wir hier bis nächstes Jahr warten. Geht also sparsam mit den Sachen um!«

Ding Yi sagte bewundernd: »Schade, dass es nur ein Anzug ist! Was für eine Marke ist das denn? So elegant!«

»Nach dem Schnitt ist er entweder von Lantian oder von Leimeng«, sagte Luo Cui.

»Woran erkennst du das?«, fragte Shao Ling.

»Die Pekinger Schneider machen keinen Unterschied zwischen Anzügen für Männer und Anzügen für Frauen. In Shanghai dagegen sitzen die Knopflöcher bei Männern links, bei Frauen rechts. Deshalb ist das mit Sicherheit Shanghaier Arbeit. In Peking gibt es nur zwei Shanghaier Schneiderfirmen, Lantian und Leimeng. Darum sage ich, der Anzug muss von einem von beiden sein.«

Shao Ling sah genauer hin. Tatsächlich, bei Luo Cui saßen die Knopflöcher rechts. Bei den drei anderen saßen sie links.

»Meine Schwester hat den für mich machen lassen«, sagte Cheng Pinzhi amüsiert. »Sie hat die gleiche Figur wie ich, sie ist meine Kleiderpuppe.«

Als sie sich abends hinlegten, konnte Cheng Pinzhi nicht einschlafen. Sie dachte an Katia, und von Katia kam sie auf Lao Liu. Lao Liu, das war ein Kerl, der konnte einen Schuppen bauen und ein Haus abstützen und selbst in solchen Zeitläufen sich und die Familie aus einem solchen Fall schuldlos herausbringen, der erfüllte seine Aufgabe als Ehemann und Vater! In dunkler Nacht sah sie einen lichten Streifen am Horizont dämmern. Katias Entlassung war ein gutes Zeichen.

31 HÄRESIE

Außer Wärtern hatte die Untersuchungshaftanstalt von Changzhi auch Soldaten auf dem Wachturm. Die Wärter hießen Gruppenwärter, die Soldaten Gefreite; den Straftätern gegenüber standen lauter Staatsdiener mit klarer Arbeitsteilung: Ein Gruppenwärter trug einen großen Schlüsselbund, ein Gefreiter schulterte ein Gewehr mit aufgesetztem Bajonett. Der Abortgang verlief in Changzhi anders als in Linfen. Die Türen der Höhlen, an denen man vorbeikam, waren sämtlich geöffnet. Täglich wurden die feuchten Höhlen nur in dieser Zeit gelüftet, und dann konnte man auch die Decken und Bettunterlagen ausschütteln, konnte sich zum Abfallauskippen melden. Der Abfallhaufen lag am Fuß der Mauer, dem Ausgang des Gangs mit der Frauenzelle gegenüber. Die vier Frauen drängten sich in dieser Zeit an der Tür ihrer Höhle zusammen, um die Pekinger Häftlinge zu beobachten, die Kehrschaufeln mit Abfall vor sich her zum Abfallhaufen trugen. Der dabei wachhabende Gruppenwärter überblickte den ganzen Hof, aber in die Höhlen konnte er nicht hineinsehen. Der Gefreite sah vom Wachturm die Reihe Höhlen, aber nicht den Fuß der Mauer mit dem Abfallhaufen.

Für einen jungen Brillenträger aus der benachbarten Zelle Nr. 9 interessierten sich die Frauen besonders. In seiner Höhle waren sonst lauter alte Männer. Jedes Mal beim Abortgang stützte er einen Alten bis zum Abort, dann rannte er zurück und holte den Urineimer, und wenn er damit fertig war, kippte er den Abfall aus, ganz der Lei Feng – der in vielen Geschichten für seinen Dienst am Volk gerühmte Mustersoldat –, wie er im Buche stand.

Einmal kippte er den Abfall aus und warf auf dem Rückweg zur Frauenzelle hin ein Papierknäuel weg. Das Knäuel blieb keine zwei Meter von der Tür liegen. Die vier Frauen verzweifelten, sie konnten ihn nicht erreichen. Cheng Pinzhi nahm den Rutenbesen und die Kehrschaufel, stellte sich an die Höhlentür, erstattete Meldung und ging, nachdem sie die Erlaubnis des Gruppenwärters erhalten hatte, mit klopfendem Herzen, nicht schnell, nicht langsam zum Fuß der Mauer, bückte sich unterwegs plötzlich, nahm den Rutenbesen, fegte was in die Kehrschaufel und ging nicht schnell, nicht langsam weiter.

»Cheng Pinzhi!«, rief der Gruppenwärter – das Herz schlug ihr bis zum Hals; sie wollte noch die paar restlichen Schritte rennen, um den ganzen Inhalt der Kehrschaufel auszukippen, drehte sich aber unwillkürlich zum Gruppenwärter um –, »lauf ein bisschen schneller! Abortgang für Zelle 10!« Eilends lief sie die letzten Schritte, kippte die Kehrschaufel aus, behielt dabei das Papierknäuel in der Hand, lief in die Höhle zurück, schob es in die Seifenschale unter die Seife, drückte den Deckel drauf, nahm eine Schüssel dreckiges Wasser und trug sie hinter den anderen her. »Gelaufen?«, zischten die drei anderen im Abort. Sie nickte lächelnd, kippte den Urineimer aus, kippte die Schüssel Schmutzwasser aus, wischte sich sauber; auch die anderen standen auf. Sie kam nicht mehr dazu, sich zu erleichtern, nahm mit einer Hand die Waschschüssel, mit der anderen den Urineimer, und lief etwas schneller zurück. In Zelle Nr. 9 drängten sich die Insassen an der Tür, der Lei Feng mit kreideweißem, angespanntem Gesicht. Im Vorbeigehen zwinkerte sie ihm lächelnd zu.

Die Höhlentür wurde verriegelt, keine sagte ein Wort. Ding Yi streckte sich hoch, bohrte ein winziges Loch ins Fensterpapier, linste eine Ewigkeit hindurch und sagte dann: »Er ist weg, durch die Außentür raus.« Cheng Pinzhi holte das Papierknäuel aus der Seifenschachtel und glättete es. Es standen nur wenige Schriftzeichen drauf: »Lin geflohen in Äußerer Mongolei Flugzeug zerstört Menschen tot«. Die vier waren völlig überrascht. Hier drin bekamen sie keine Zeitung zu Gesicht, hörten kein Radio, waren gänzlich von der Welt geschieden. »Jetzt wird Bai Lian rehabilitiert!«, meinten die drei anderen. Cheng Pinzhi aber fürchtete, dass Bai Lian diesen Tag nicht mehr erlebt hatte.

Als sie am nächsten Tag an Zelle Nr. 9 vorbeikamen, flüsterte Cheng Pinzhi in Richtung der Tür: »Schönsten Dank! Wünsche euch baldige Freiheit!«

Die Abortgrube war ein großer Teich von Exkrementen, über den sich mehrere, gut dreißig Zentimeter dicke Steinbalken spannten. Wenn die Insassen von Zelle Nr. 9 zurück und die Frauen an der Reihe waren, schien das Cheng Pinzhi jedes Mal wie ein Gang über den Ort eines Massakers. Die Exkremente des alten Mannes, den der Lei Feng stützte, waren voll Blut. Und das Sorghummehl hatte sich in den Därmen in rote Kackebällchen verwandelt, das kollektive Produkt der unter Verstopfung leidenden Strafgefangenen, das als eine ganze Schicht oben auf der Grube schwamm und vermischt mit dem Blut des alten Mannes ein außerordentlich sattes Rot ausstrahlte. Der alte Mann litt nicht unter Verstopfung, regelmäßig machte er in die Hose. Lei Feng meldete dann mit lauter Stimme dem Gefreiten auf dem Wachturm, dass der Alte Blut geschissen habe, und er die Hose waschen müsse. Der Gefreite unterrichtete den diensthabenden Gruppenwärter, der Gruppenwärter nahm den Schlüsselbund und kam, gefolgt von einem Strafgefangenen aus der Gegend, der in der Küche arbeitete und einen Eimer halb voll Wasser hielt. Lei Feng wusch die Hose und kippte eine große Schüssel Schmutzwasser in die Abortgrube. So allmählich wurde das zu einem festen Programm: Blut scheißen, Wasser verlangen, Wasser auskippen.

Dann starb der Alte. Vier Gefangene aus der Gegend legten ihn in einen Sarg aus dünnem Holz und trugen ihn hinaus. Wie sie durch das Tor des Gangs kamen, hörten die Frauen einen von ihnen rufen: »Melde dem Gefreiten!«, und den Gefreiten auf dem Wachturm fragen: »Wie viele? Melden!« Und die Gefangenen aus der Gegend meldeten: »Fünfe: Eins! Zwei! Drei! Vier!« »Noch einer?«, fragte der Gefreite. »Einer, der sich nicht mehr meldet«, antwortete einer der Gefangenen aus der Gegend.

Das war nur der Unheil verheißende Anfang. Keine zwei Monate, und auch aus Zelle Nr. 7 wurde einer hinausgetragen. Wenn dann die Frauen das »Eins! Zwei! Drei! Vier!« hörten, wussten sie, wieder war einer gestorben. Die Meldung kam immer häufiger, fast jeden Monat wurde einer hinausgetragen, und in manchen Monaten holten sie mehrere. Die Pekinger Strafgefangenen wurden alle innen am Fuß der Mauer begraben, als Gefangene gestorben, auch tot nicht frei.

Zählt man die Tage, vergehen sie langsam, aber die Jahre – mit einem Mal war wieder ein ganzes Jahr vorbei. Sorghum und Feuchtigkeit zehrten an den vier Frauen. Vor allem Luo Cui ging es nicht gut, sie hatte Magenschmerzen, brachte das Essen nicht runter. Auf der Krankenstation gab es nur dünne Sorghumnudeln, die sie wieder erbrach, zusammen mit einer halben Schüssel voll dunklem Blut. Cheng Pinzhi galt noch als die Stärkste der vier; wenn etwas war, trat sie auf den Plan. Sie bat den Gruppenwärter um einen Arzt für Luo Cui. Der Arzt unter den Strafgefangenen sei verurteilt und aus der Anstalt ins Gefängnis gebracht worden, sagte der Gruppenwärter. Im Augenblick habe man keinen Arzt.

Die Regierung konnte das aufschieben, die Kranke konnte nicht warten. Es ging nicht mehr, wirklich nicht mehr, es brannte. Cheng Pinzhi rief es dem Gefreiten zu, und der schickte den Gruppenwärter.

»Sie wird schon nicht sterben«, sagte der Gruppenwärter. »Morgen! Morgen bringen wir sie in die Klinik zur Untersuchung.«

»Gruppenwärter«, sagte Cheng Pinzhi leise, »ich fürchte, Luo Cui überlebt diese Nacht nicht mehr. Wenn Sie nur irgendwie können, bringen Sie sie rasch in die Notfall-Ambulanz, vielleicht ist sie noch zu retten.«

»Bist du Arzt?«, fragte der Gruppenwärter unwillig.

»Luo Cui hat seit sieben Tagen nichts gegessen, bringt nicht mal Wasser runter, jetzt liegt sie bewusstlos da und ist nicht wachzukriegen. Hören Sie doch, sie bläst nur noch die Luft aus sich heraus. Gruppenwärter, es muss ein Wagen her, sie muss schleunigst in die Klinik!« Ungeduldig und erregt stampfte sie auf.

Der Gruppenwärter maß sie mit einem Blick und ging.

Cheng Pinzhi hatte mehrmals gehört, wie Han Yuan die Symptome von Schwerkranken schilderte. Sie schob vorsichtig Luo Cuis Lider nach oben und wusste, die Frau war am Ende, beide Pupillen waren stark geweitet! Shao Ling und Ding Yi sagten beide: Wir müssen nach dem Gefreiten rufen, die Zuständigen müssen das sehen! Cheng Pinzhi sagte: »Erst versuch ich's allein, wenn das niemand beachtet, schreien wir zusammen.«

Cheng Pinzhi rief: »Melde dem Gefreiten!«

Vom Wachturm: »Was'n los?«

»Mit der Kranken geht's zu Ende!«

»Wagen ist schon gerufen, abwarten!«

Da atmete Cheng Pinzhi tief aus, kam zur Ruhe. »Dieser Gruppenwärter ist doch nicht so übel, Himmel und Erde sei Dank!«

Luo Cui wurde hinausgetragen. Sie kam nicht wieder. Nach drei Tagen kam der Gruppenwärter und holte ihr Bettzeug und ihre Sachen.

Die drei sahen auf Luo Cuis Platz. Keine sagte etwas. Shao Ling durchbrach schließlich die Totenstille. »Ich muss auch gehen wie Luo Cui, ich will euch lebend verlassen. In euren Herzen können wir beide weiterleben.« Shao Ling war schon lang nicht mehr hungrig. Sie aß immer weniger, war abgemagert bis auf die Knochen, ihre großen Augen stachen hervor. Sie verlor sogar die Kraft zu sprechen.

Und sie tat, was sie gesagt hatte. Sie ging. Es war hier nicht wie in Peking, wo man durch einen Schlauch zwangsernährt wurde, wenn man mehrere Mahlzeiten nicht aß. Im Gegenteil, dass man länger nicht mehr essen mochte, war die Bedingung dafür, dass man in die Klinik kam. Shao Ling kam in die Klinik und nicht mehr zurück. In Zelle Nr. 9 waren nur noch Cheng Pinzhi und Ding Yi übrig.

Wegen einer Null kam Shao Ling nicht lebend zurück. Wegen eines Schriftzeichens magerte Luo Cui ab bis zum Tod. Waren je

»Schriftenfälle« derart harsch bestraft worden wie die von Shao Ling und Luo Cui? Cheng Pinzhi dachte: Sollte sie in diesem Leben Mao Zedong noch einmal wiedersehen, könnte sie ihn fragen: »Vorsitzender, gedenken Sie wirklich *wanshou wujiang* – zehntausend Leben grenzenlos zu leben?«

Und Ding Yi fiel es nun immer schwerer, sich zu bewegen. Musste sie derart gequält werden, nur weil sie unbewusst auf seinem Foto herumgekrakelt hatte? »Sterbende können nicht ins Leben zurückkehren, Strafende können keine Ruhe geben.« Schade, dass der Führer der Kommunistischen Partei nicht so viel Verantwortungsbewusstsein besaß wie jener Feudalherrscher Xuan, der achte Kaiser der Han-Dynastie, der mit diesem Tadel schon vor zweitausend Jahren unbarmherzige Beamte zur Milde gemahnt hatte.

Bald konnte Ding Yi ihre wie Adlerschnäbel verkrümmten Finger nicht mehr strecken. Schon das Laufen fiel ihr schwer, sie stützte sich auf einen Knüppel und schob beide Füße quer zur Gehrichtung voran, brauchte eine Ewigkeit für kaum einen Schritt. Zum Abort musste Cheng Pinzhi sie auf dem Rücken tragen und sie dort mehrmals ermahnen, erst dann erleichterte Ding Yi sich in den Urineimer. Sie wollte aber hinaus, um, wie sie sagte, Sauerstoff zu tanken. Jeden Tag konnten die männlichen Häftlinge beobachten, wie die beiden letzten Pekingerinnen aufeinander gestützt ihr Leben fristeten und, die eine huckepack auf dem Rücken der anderen, dessen Ende entgegenstrebten.

Cheng Pinzhi konnte laufen, aber nicht sitzen. Setzte sie sich hin, schmerzte die Hüfte ihr bis ins Herz. Sun, der Arzt in Linfen, hatte diesen Schmerzen mit seiner Nadel damals bereits fast gänzlich abgeholfen. Die Jahre in Changzhi hatten seinen Erfolg zunichtegemacht. Als sie an Sun dachte, dachte sie auch an ihren Vater und sagte leise das *Invictus* auf.

Wie sie das hörte, brach es aus Ding Yi heraus: »This poem is really wonderful!« Auch sie kannte das Gedicht und seinen Verfasser, William Ernest Henley. »Henley hatte als Junge Knochentuberkulose, deshalb wurde ihm ein Bein unterm Knie amputiert. Während der jahrelangen Rekonvaleszenz im Krankenhaus hat er Gedichte geschrieben, um sich die Zeit zu vertreiben und nicht an die Schmerzen zu denken; daraus wuchs ihm der Wille, sich zu stählen. Auch *Invictus* hat er damals im Krankenhaus geschrieben, da war er gerade fünfundzwanzig. Wir beide haben's noch schwerer als er.«

Zusammen rezitierten sie daraufhin, Ding Yis Gesicht glühte, ihre Augen funkelten:

Out of the night that covers me,
Black as the Pit from pole to pole,
I thank whatever gods may be
For my unconquerable soul.
In the fell clutch of circumstance
I have not winced nor cried aloud.
Under the bludgeonings of chance
My head is bloody, but unbowed.
Beyond this place of wrath and tears
Looms but the Horror of the shade,
And yet the menace of the years
Finds, and shall find, me unafraid.
It matters not how strait the gate,
How charged with punishments the scroll,
I am the master of my fate,
I am the captain of my soul.

Tagsüber saß Ding Yi die ganze Zeit auf dem *Kang*, an ihr zusammengerolltes Bettzeug gelehnt, und Cheng Pinzhi lief die ganze Zeit vor dem *Kang* hin und her. Abends schlief die eine nicht ein, weil ihr die Beine schmerzten, und die andere konnte vor Hüftschmerzen nicht schlafen. »Ach, alte Ding, wie es aussieht, muss ich einen Schritt vor dir gehen«, sagte Cheng Pinzhi.

»Klein Cheng, du darfst nicht gehen. Wenn du fortgehst, wer nimmt mich huckepack? Ich geh zuerst. Wann immer du dann gehen willst, hol ich dich ab.«

»Ich möcht jetzt gehen, leben ist nicht wie sterben, es hat keinen Sinn.« Cheng Pinzhi hatte noch mehr Angst davor, in der Höhle allein zurückzubleiben, beim Sterben völlig allein zu sein.

Ding Yi sagte: »Jetzt brauchen wir wirklich *Invictus*! Klein Cheng: We are the masters of our fate, we are the captains of our soul!«

Cheng Pinzhi dachte an ihren Vater. Sie hoffte nur, er war schon freigekommen.

Endlose Tage, endlose Nächte, und beide wussten, viele Tage hatten sie nicht mehr. Sie redeten immer mehr. Wenn sie nicht schliefen, redeten und redeten sie, solange sie wach waren.

Ding Yis Arbeit im Amt für fremdsprachige Publikationen war es gewesen, die *Worte des Vorsitzenden* ins Englische zu übertragen. Gleich in welche Sprache man übersetzte, die Übertragung und Herausgabe des roten Büchleins war für sie alle die ihnen von der Zentralen Propagandaabteilung fest zugewiesene Aufgabe, um die sie rotierten, Chinesen, Ausländer, alle. »Der Erhabene Führer, das war der Vater und die Mutter, der unseren ganzen Haufen kleidete und nährte! In den acht Monaten vom Oktober 1966, als die Zentrale Propagandaabteilung die Ausfuhr genehmigt hat, bis zum Mai 1967 sind in vierzehn Sprachen über 800 000 Exemplare der *Worte* gedruckt worden – aber nicht verkauft, alle verschenkt, das Porto kam zu den Kosten noch dazu. Die Japaner waren noch eifriger als die Chinesen, die japanische Ausgabe des Amts für fremdsprachige Publikationen war noch keinen Monat herausgekommen, da hatte Japan seine eigene Übersetzung, und keine zwei Monate später kamen noch drei weitere Übersetzungen hinzu, gedruckt in 300 000 Exemplaren.«

Cheng Pinzhi wunderte sich. »Was wollten denn die Japaner damit?«

»Sich für Yan'ans Gnade bedanken.«

»Wieso das denn?«, fragte Cheng Pinzhi, ratlos und zugleich begierig zu hören, was Ding Yi da wohl in englischsprachigen ausländischen Quellen gelesen hatte.

»Die Kommunistische Partei hat in Yan'an Opium angebaut, und Ren Bishi war der dafür verantwortliche Leiter. Der Opiumverkauf finanzierte das Revolutionäre Basisgebiet Nord-Shaanxi. Acht Jahre Kampf gegen Japan waren acht Jahre Opiumanbau. Abwarten, bis die Guomindang die japanischen Truppen zerschlagen hatte, dann kam der alte Mao und sammelte das Land ein. So haben die Japaner dem alten Mao geholfen.«

Cheng Pinzhi ging ein Licht auf. »Ach so, als die Zhou Fohais in Chiang Kai-sheks Hand fielen, da sind sie alle erschossen worden. Pu Yi und die Seinen sind in des alten Mao Hand gefallen und wurden alle freigelassen. Das war also der Dank für acht Jahre großer Gnade!«

»Yan'an hat auf den Meister gehört. Als der Zweite Weltkrieg begann, hat die Sowjetunion mit Japan einen Neutralitätsvertrag geschlossen und China verkauft.«

Ding Yi war zwölf Jahre älter als Cheng Pinzhi. 1945, im Jahr des Sieges gegen Japan, hatte sie an der Yanjing-Universität – die im Krieg vor den Japanern nach Chongqing ausgewichen war – ihr Anglistikstudium abgeschlossen; drei Jahre hatte sie in Chongqing verbracht und miterlebt, wie die kommunistischen Studenten die Guomindang-Regierung angriffen, während diese Regierung gegen Japan kämpfte, sie hatte genug davon gesehen, um die internationalen Beziehungen in diesem Krieg zu verstehen. »In diesem ›Japanisch-Sowjetischen Neutralitätsvertrag‹ hat Japan garantiert, dass es nicht die Sowjetunion angreifen, und die Sowjetunion, dass sie nicht in Japans Invasion in China eingreifen und die Integrität des Territoriums von Mandschukuo achten und nicht verletzen werde.«

Das hörte Cheng Pinzhi zum ersten Mal, sie bezweifelte es aber nicht, sie ärgerte sich nur, dass sie sich so viele Jahre hatte täuschen lassen. »Ist die Sowjetunion damit nicht Japans Verbündeter geworden?«

Ding Yis Antwort verwunderte sie sehr: »Na ja, Stalins Strategie war schon verständlich. Zwischen zwei Faschismen, einem im Westen, einem im Osten, blieb Stalin nichts anderes übrig, als die eine Seite zu stabilisieren, um alle militärische Macht auf der anderen einzusetzen!«

»Aber Ding, wie kannst du so reden?«

»Selbst Roosevelt hat gesagt, wenn er Stalin wäre, würde er ebenso handeln. Roosevelt verstand was von Strategie. Nur seine Taktik war falsch.«

Selbst ganz die Strategin, handelte Ding Yi die Ereignisse vom Ausbruch des Deutsch-Sowjetischen Kriegs über die Invasion der Alliierten in der Normandie bis zur Kapitulation Japans ab. Nach Ding Yi hatten sich die USA von Anfang an entschieden, die Sowjetunion mit aller Kraft zu unterstützen, und Ding Yi hielt das, gleich ob man es vom europäischen Kriegsschauplatz, vom asiatischen Kriegsschauplatz oder vom Eigeninteresse der USA her sah, für eine falsche Entscheidung. »Nur von der Geografie her gesehen wurden die USA von Japan bedroht und nicht von Deutschland, mussten sie ihre militärische Macht also auf den asiatischen Kriegsschauplatz konzentrieren, der Guomindang-Regierung dabei helfen, die Truppen des japanischen Okkupators vom chinesischen Territorium zu vertreiben, und nicht der sowjetischen Roten Armee helfen, Deutschlands Armee anzutreiben, in Westeuropa ein Chaos anzurichten. Auf dem europäischen Kriegsschauplatz Faschisten und Kommunisten aufeinander einschlagen zu lassen, während die demokratischen Kräfte sich ausruhten, das wäre die beste Politik gewesen. Die Bildung dieser amerikanisch-europäischen Allianz gegen die Faschisten, die hat der Sowjetunion außerordentlich geholfen und die von den japanischen Banditen und der chinesischen KP in die Zange genommene chinesische Armee in größte Bedrängnis gebracht. Erst als plötzlich, von Flugzeugträgern der japanischen Kriegsmarine aus, Pearl Harbor überfallen wurde, da ist Roosevelt endlich aufgewacht, wieder und wieder hat er Stalin gedrängt, seine Hauptkräfte gegen Japan einzusetzen, und Stalin hat ihn wieder und wieder vertröstet, unter dem Vorwand, erst wolle er Hitler vernichten, dann Japan angreifen. Im Mai 1945 hat Nazideutschland kapituliert, und Stalin hat sich immer noch nicht gerührt. Am 26. Juli haben China, die USA und England dann in der ›Erklärung von Potsdam‹ Japan zur Kapitulation gedrängt, aber Stalin hat sich weiter nicht gerührt. Am 6. August haben die USA dann die erste Atombombe über Hiroshima abgeworfen, und in dieser aussichtslosen Lage hat die japanische Regierung ihre Hoffnung auf den Verbündeten gesetzt und die Sowjetunion gebeten, einen Waffenstillstand zu vermitteln. Darauf hat Stalin zwei Tage später Japan geantwortet: Kämpft weiter, lehnt die Annahme der ›Erklärung von Potsdam‹ ab. Damit hatte der Vorschlag, die Sowjetunion um Vermittlung zu bitten, jede Grundlage verloren. Und da, plötzlich ganz hart, berief sich die Sowjetunion auf ihre Pflicht gegenüber den Vereinten Nationen, deren Forderung sie sich zu beugen habe, erklärte am 9. August Japan den Krieg und marschierte in Nordostchina ein, also in das Gebiet von Mandschukuo – die gleiche Sowjetunion, die seinerzeit, im Neutralitätsvertrag mit Japan, Mandschukuo anerkannt und sein Territorium garantiert hatte; und die USA warfen am gleichen Tag über Nagasaki die zweite Atombombe ab. Dem japanischen Kaiser blieb nur der Kapitulationserlass. Im Westen hat die Sowjetunion Ostpreußen und so weiter geschluckt, im Osten die vier Inseln nördlich von Hokkaido und ist so das größte Reich der Welt geworden!«

Ding Yi trug das eifrig, Punkt für Punkt vor; Punkt für Punkt tiefer beeindruckt und erschüttert hörte Cheng Pinzhi zu. Ding Yi wurde immer eifriger; sie blätterte für Cheng Pinzhi den dritten Band von Maos *Ausgewählten Werken* auf und zeigte auf einen Absatz auf Seite 918. Da stand: »Ursprünglich wollten sie bei der Guomindang die Sowjetunion allein mit Hitler fertigwerden lassen und die japanischen Banditen aufhetzen, die Sowjetunion anzugreifen, also einen sozialistischen Staat sich übernehmen oder doch zu Schaden kommen lassen, und England und die USA veranlassen, in Europa keinen zweiten oder dritten Kriegsschauplatz zu eröffnen, sondern mit ihrer ganzen Macht zunächst Japan zu schlagen und dann die chinesischen Kommunisten zu schlagen und dann weiterzusehen. Dass sie erst gelärmt haben ›Zunächst Asien, dann Europa!‹, und es dann hieß ›Europa und Asien gleichermaßen!‹, das hatte dieses Ziel, das sie aber nicht laut aussprechen wollten!«

»Der alte Mao hatte da im großen Ganzen recht, aber dass er letztlich Erfolg hatte, dafür gibt's noch einen Grund. Und der eben war Roosevelts Fehler. Chiang Kai-shek hat tatsächlich Roosevelt geraten, dem europäischen Kriegsschauplatz fernzubleiben, Hitler und Stalin sich dort die Köpfe einschlagen zu lassen; wer immer dabei unterlag, gut war das im Ergebnis auf jeden Fall. Roosevelt solle seine ganze Macht auf den asiatischen Kriegsschauplatz werfen, gegen die KP und die japanischen Faschisten. Leider ist Roosevelt diesem Vorschlag nicht gefolgt und hat damit den Riesenfehler gemacht, Stalin das sozialistische Lager errichten zu lassen. Nur eine einzige Kraft hätte die Gewichte verschieben können, die USA. Die hat sie falsch verschoben, und damit verschob sich das Zentrum. Der Abwurf der Atombomben konnte zu diesem Zeitpunkt nichts mehr retten. Jammerschade!«

Cheng Pinzhi hörte sich das alles staunend an; noch nie hatte sie jemanden erlebt, der aus dem Studium von Maos *Ausgewählten Werken* solche Dinge herausholte! »Alte Ding, du hast es drauf, du hast den Durchblick! Du stehst turmhoch über den Geschichtsprofessoren der Beida! Alte Ding, du bist meine Lehrerin!«

»So solltest du nicht reden«, sagte Ding Yi verlegen. »Das hat alles schon der alte Chiang klar gesagt; da bin nicht erst ich draufgekommen. Außerdem hab ich ja diesen Absatz übersetzt, und deshalb hat er mich besonders beeindruckt.«

»Warum hab ich das nicht auch gesehen?«, sagte Cheng Pinzhi. »Seit fünf Jahren lese ich täglich diese *Ausgewählten Werke*, sehenden Auges blind. Deine Augen sehen viel, viel klarer als meine.«

»Ach was! Ich hab weiter nichts getan als meine Arbeit beim Amt für fremdsprachige Publikationen, nur öfter mal mit beiden Augen hingesehen.«

»Aber die westlichen Spezialisten, die da bei euch gearbeitet haben, warum haben die nicht mal was zu diesen klaren Worten gesagt?«

Bei dieser Frage fiel Ding Yi die »Erste marxistisch-leninistische Wandzeitung von Ausländern« der vier Amerikaner bei ihrem Amt ein, in der sie die Sonderbehandlung und zu hohe Bezahlung der Ausländer im Amt kritisiert hatten. »Lautstark rebellieren, weil man zu viel Geld bekommt – sag, Klein Cheng, kommt dir das nicht merkwürdig vor?«

Cheng Pinzhi dachte an Sha Bih. »Das sind doch keine hehren Idealisten«, sagte sie abschätzig, »wenn sie ihre Bescheidenheit derart hinausposaunen, steckt ja wohl noch was anderes dahinter. Will sagen, der Sinn von Wandzeitungen ist, dass man sich aufspielt und jemanden angreift. Im rechten Moment, um den Leitern eures Amtes, wenn sie in den Brunnen fallen, noch Steine nachzuwerfen. Das ist erbärmlich!«

»Ganz richtig. Sie klagen an: Ausländische Revolutionäre in China werden korrumpiert, der proletarische Internationalismus wird zerschlagen!«

»Und was sonst noch alles? Die Leiter eures Amts sind doch naiv, wenn sie solche Typen noch loben. Längst hätten die zur Wandlung aufs Dorf gejagt gehört!«

»Ach, Klein Cheng, aufs Dorf geschickt werden wir Chinesen. Die Fremden werden alle gehegt und gepflegt, dabehalten als Werkzeug der Weltrevolution! Wie anders kann man glühen als röteste rote Sonne im Herzen der Völker der ganzen Welt?«

Cheng Pinzhi konnte nur noch aufstöhnen.

»Sowie die Erste marxistisch-leninistische Wandzeitung Internationaler Freunde unterstützend Stellung bezog, haben sich die fremden Teufel alle der Rebellion angeschlossen, eine ›Rebellentruppe des Maozedong-Denkens Bethune-Yan'an‹ gebildet und haben den niedergeschlagen, und den niedergeschlagen und die Macht ergriffen, viel fachmännischer noch als die Chinesen.«

Cheng Pinzhi schniebte. »Das also war das Rebellenziel? Um was für eine Behandlung herauszuholen? Wäre doch aufrichtiger gewesen, einfach zu sagen, man wolle dies oder jenes Amt selber leiten. Hätte freilich nicht so amerikanisch ausgesehen, da hätte man nicht den Doktor Bethune vor sich herzutragen brauchen, Yan'an-Rebellentrupp wäre auch viel einfacher gewesen.«

»Yan'an – das Wort stinkt doch nach Opiumfeld.«

»Und was sagst du zu Strong, Snow, Hinton, all diesen maobegeisterten englischsprachigen Journalisten?«

»Was soll ich zu denen schon noch sagen«, winkte Ding Yi verächtlich ab.

Cheng Pinzhi verstand das alles nicht. »Im Westen haben die alle das Brot der Demokratie gegessen. Haben es weggeworfen und sind zu uns gelaufen. Heißt das nicht: einen Phönix fliegen lassen, um sich einen Spatz zu schnappen?«

»Bei einer 6-Sigma-Qualitätsprüfung ihrer Arbeitsabläufe wären die im Westen doch sämtlich unten durchgefallen. Manche sind Idealisten, andere werden daheim steckbrieflich gesucht, und hier duften sie alle, wie sie wollten! Die Hinton, deren Unterschrift als Erste unter dieser Wandzeitung steht, die hat an der Chicago University im Manhattan-Projekt unter Fermi an Testreaktoren mitgearbeitet – und dann den Kommunisten hier die Geheimnisse der Atombombenproduktion mitgebracht. Tja. Auf jedem Boden gedeihen die Menschen grad für diesen Boden, bei uns gedeiht der Abschaum der Welt, gedeihen internationale Schurken und Verräter.«

»Abschaum der Welt, internationale Schurken und Verräter«, das hörte Cheng Pinzhi zum ersten Mal. »Das trifft es haargenau! Wir hier sind der Räuberberg, flüchtige Gangster der ganzen Welt, die drängt es alle zu uns, Schurken und Verräter aus den USA, Deutschland, England, Japan – alle treiben sie Unzucht mit Chinas KP!«

Auch Ding Yi lachte. »Wie denn nicht, jeden Schurken und Verräter drängt's auf den Räuberberg. Und der Erhabene Führer nimmt ihre Ergebung in Gnaden an. Um sie dann zurückzuschicken, dass sie Sturm säen und Feuer legen. Für seinen Traum von der Weltrevolution ist ihm kein Opfer zu hoch. Mein Mann arbeitet beim Zentralkomitee in der Internationalen Abteilung. Da verteilen sie den Zaster an die Büros für Westeuropa und Nordamerika, und wer von denen was bekommt und wer nicht, das hängt davon ab, ob hinter seinem Namen in Klammern noch ML steht, Marxisten-Leninisten. Ausgegeben wird das über Albanien, und wenn dieser Leuchtturm des Sozialismus sich Geld holen will, heißt es hier entschlossen: Nicht revolutionär genug, hängt noch 'ne Null dran!«

Cheng Pinzhi dachte an ein großes Zeitungsfoto von einem Haufen Ausländer beim Studium der *Worte des Vorsitzenden* und an den Schwarm westlicher kommunistischer Parteien, die das eingeklammerte Anhängsel »Marxisten-Leninisten« zu Boden zog. Sie stellte sich vor, wie die vom Erhabenen Führer aufgezogenen fremden Rotgardisten über die Welt ausschwärmten, und es schauderte sie. Vor ihrem inneren Auge tauchte die dichte grüne Schmeißfliegenwolke auf, die an jenem Tag im kleinen Hof der Familie Han aufgeflogen war und den Himmel verdeckt hatte; tauchten die alles zukleisternden Wandzeitungen an der Antiimperialistischen Klinik auf, tauchten ihre Schwiegermutter, ihr Mann, ihr noch nicht abgestilltes Söhnchen auf, alle von Rotgardisten ermordet, dazu der totgetretene Klein Li, die gefesselt in den Tod gegangene Yuan Viertkind, der Klassenkampf in Daxing … »Frevel! Fremder Frevel!«, schrie sie unwillkürlich auf.

»Vermittler des Frevels – das sind diese angeberischen Lügner und Betrüger, die fremden Experten. Die laden sich bei uns mit der Häresie des Mao-Zedong-Denkens das Hirn voll, propagieren im Westen damit Gewalt, widerlicher geht es nicht. Glauben an Maos Häresie und werden wie die Rotgardisten, Messer und Knarre dürfen nicht ruhen gegen alles und jeden anderen Stammes! Im Westen geht alle Politik den kapitalistischen Weg, wer den kapitalistischen Weg geht, ist zu bekämpfen bis aufs Messer, bis in den Tod!« Ding Yi ereiferte sich immer mehr, schien prophetische Sängerin hereinbrechender Katastrophen. »Die Weltrevolution, das ist der weltweite Umsturz, der Umsturz allen Lebens der Menschen auf dieser Welt. Chinas Rotgardisten rasen bereits in die selbst gegrabene und ausgemauerte Hölle, die Maoisten im Westen starten zu ihrem erhofften Paradies. Sehenden Auges erblickt des Ostens blutdürstiger Glaubensfürst, wie in der kapitalistischen Welt, die er nie sah, Menschen sterben werden, kneift die Augen zusammen und lacht sich schief.«

Cheng Pinzhi konnte nur hoffen, dass Ding Yi die Zukunft allzu schwarz malte.

32 MONSTER UND GESPENSTER – ENE, MENE, MU UND …

Die Tür ging auf, und herein kam eine hagere alte Frau mit einem Bündel unterm Arm. Cheng Pinzhi sah Ding Yi an, Ding Yi sah Cheng Pinzhi an, vollkommen überrascht beide. Nach all den Jahren eine neue Leidensgefährtin?

Die Frau legte ihr Bündel ab und rief: »Cheng Pinzhi!« Jetzt erst erkannten Cheng und Ding die dunkle mollige Chen Jing, mit der sie in Linfen in der gleichen Zelle gesessen hatten. Sie war überhaupt nicht mehr mollig. Die Knochen stachen durch ihre allzu weite Bluse hervor. Das runde Gesicht hatte scharfe Kanten bekommen, nur die eingesunkenen Augen schienen hervorzuquellen. Ihre schütteren weißen Haare hatte sie am Hinterkopf zu einem dünnen Rattenschwänzchen gebunden.

»Alte Chen, erkennst du mich nicht mehr?«, sagte Ding Yi; sie klang traurig und erschüttert.

Chen Jing starrte sie eine Weile forschend an, dann sagte sie: »Du bist doch Ding Yi, wenn ich dich so anseh, könnt ich dich ja für den

Irregulären halten, der aus diesem Gefängnis die Leben herausholt. Alte Ding, was hast denn du alles durchmachen müssen?«

Ding Yi sah auf Chens kreuz und quer zerfurchtes Gesicht. »Ach, alte Chen«, sagte sie, noch mehr erschüttert, »auch du hast wohl genug durchgemacht. Der lebend Irreguläre, der ich bin, verlangt dein Leben gewiss nicht. Denn in unser beider Leben gibt es noch diese eine Seite, und deshalb hat der Totenfürst mich auf dich warten lassen. Ich muss gehen, wenn ich dich seh.« Sie lachte keckern, bitter.

Chen Jing keckerte ebenso und legte achtungsvoll die Handflächen vor der Brust zusammen. »Der Irreguläre sei auch von mir kleinem Gespenst begrüßt!«

Cheng Pinzhi schnitt das traurige Spiel tief ins Herz. Um das Thema zu wechseln, fragte sie, was aus den anderen Leidensgenossinnen ihrer Zelle in Linfen geworden sei.

Chen Jing schüttelte langsam den Kopf. »Sie sind alle dahingegangen, ich bin als Einzige übrig geblieben. Mein Greisenleben ist nicht kleinzukriegen. Dreimal hab ich das Gefängnis gewechselt, hab allen, zu denen ich gekommen bin, den Tod gebracht, und nun hab ich euch gefunden. In meinem Schicksal lebt ein weißer Tiger, wohin ich komme, dort sterben sie. Ihr solltet mich rechtzeitig erwürgen, dann könnt ihr leben, sonst müsst ihr sterben, und ich muss wiederum den Ort wechseln und Menschen den Tod bringen.« So redend und redend, brach sie in lautes Weinen aus. Die schütteren weißen Haare auf ihrem Kopf bebten, sie schien wirklich ein ins Elend geratener alter Tiger.

Eine alte Kommunistin, die angesichts ihres Schicksals den Glauben an den Materialismus verloren hatte. »Seit dem Aufbruch aus Linfen«, sagte sie, »lief es unglücklich. Auf halbem Weg blieb der Wagen stehen, und auf Befehl der Soldaten, die Angst hatten, die Leute könnten uns sehen, mussten wir uns auf den Boden legen. Als es wieder weiterging, kam Liu Jianxin nicht mehr hoch.«

»Die alte Kader, die in Linfen an der Tür schlief?«, fragte Ding Yi.

»Genau, die alte Jianxin, die Schuld für andere auf sich genommen hatte«, sagte Chen Jing. »Sie lag gelähmt auf dem Laster und kam nicht mehr hoch. Ein Soldat brüllte sie an, aber das nutzte nichts. Ich konnte es nicht mehr mit ansehen und wollte ihr helfen, aber der schob mich mit dem Gewehrkolben von ihr weg, der ließ nicht zu, dass ich mich um sie kümmerte. Sie stand nicht auf, und zwei Soldaten konnten sie auch nicht hochziehen. Man sah, es war aus mit ihr. Ein schrecklicher Tod. Ihr ganzer Hals war faulig, gelber Eiter hatte ihren Kragen ganz durchnässt. Die Leiche ist mit uns zu diesem Gespensterort gefahren, bis heute weiß ich nicht, wie der hieß, jedenfalls ein Ort allen Unheils, sagte jemand, das sei Fengdu gewesen, die Geisterstadt, so glaub ich's sofort.«

Und weiter?

»Ye Xiu, diese Studentin von der Beida, war dann derart verängstigt, gleich um Mitternacht hat sie sich am Fensterrahmen erhängt. Was du auch anfingst, nichts ging da gut. Die alte Frau Yu Huayun hat uns als Nächste verlassen, abgemagert auf Haut und Knochen. Hat ein paar Tage nichts mehr gegessen und getrunken, da hat der Gruppenwärter sie auf der Bahre in die Klinik gebracht – Krebs der Speiseröhre, Endstadium, nicht mehr zu behandeln. Hat fürchterlich gelitten, der Tod war eine Erlösung für sie. Qin Shuhui: Herzinfarkt, hat nicht viel gelitten, sagte, ›ich geh‹, und ist gegangen. Acht Monate haben vor meinen Augen vier Menschenleben gekostet! Bei den Männern sind noch mehr gestorben. Große wie kleine, einen nach dem andern haben sie hinausgetragen. Menschen verdorrt wie das Laub im Frost, es hieß, der stirbt, und er starb, jeden Monat auf dem Brett welche hinausgetragen, an den Fuß der Mauer, warten, bis Verwandte sie holen. Dieser Gespensterort ließ Menschen nur sterben, die in den Frauenzellen sind außer mir alle gestorben, von den Männern kaum ein paar übrig geblieben. Wir sind dann alle von dort verlegt worden, und ich als Einzige nach Jincheng. Dort waren noch zwei weibliche Gefangene am Leben. Ich war da noch kein Jahr, da waren beide tot.«

»Wie hießen die?«, fragte Ding Yi.

»Eine hieß Sun Wenying, und dann gab es noch eine Chu Li. Das waren schon Persönlichkeiten! Sun Wenying war alte Kämpferin der Roten Armee, leider waren wir nur ein paar Tage zusammen, dann ist sie gestorben. Chu Li war eine der Kandidatinnen für Pu Yis Palast, wäre fast Majestät geworden. Sagte sie zumindest. Nervte von morgens bis abends: Li Shuxian, die wär nichts als eine Tänzerin gewesen, eine Hure. Sie klang, als hätte das alles Hand und Fuß, sie wusste

Zeiten, Orte, Zeugen. Ich wunderte mich nur, die Mandschukuo-Kriegsverbrecher, die sind doch so bevorzugt behandelt worden, und der armen Chu Li erging es so schlecht? ›Ja, die Li Shuxian und der ihre Weiberclique, die waren eifersüchtig auf mich‹, sagte sie, ›die haben mich weggedrängt und übel verleumdet.‹«

Ding Yi lachte, sie hatte Chu Li erlebt: »Platte Nase, Gesicht wie ein Kürbis, kaum eine Muttersau wär auf die eifersüchtig! Aber wenn sie sich wirklich um einen Landesverräter beworben hat, war ein bisschen Einsitzen auch nur gerecht.«

Cheng Pinzhi wunderte sich nur, dass sich tatsächlich noch jemand um Pu Yi bemüht hatte. »Welch zartes Alter hatte diese duftende Schönheit denn erreicht?«, fragte sie.

Ding Yi prustete. »Duftende hundert, das verfaulte Gemüse! Alt und potthässlich. Wenn die sich auf den Weg stellt, machen die Leute 'nen Bogen.«

»Zumindest«, sagte Chen Jing, »gab's bei ihr keinen falschen Schein. Außen ebenso ekelhaft wie innen. In Jincheng hat sie mich immer wieder mit kleinen Meldungen angeschwärzt. Sun Wenying hatte auch unter ihr zu leiden.«

Ding Yi hatte auch Sun Wenying gekannt. »Sie kam aus Yunnan, aus einer bedeutenden Familie. Ihr Vater war Abgeordneter im Nationalparlament der Republik – von 1947, nicht zu verwechseln mit dem Nationalen Volkskongress –, sie ist mit gerade zwanzig in die KP eingetreten, ihre Parteibeiträge hat sie mit Goldstäben bezahlt. In Shanghai hat sie unter der Guomindang im Gefängnis gesessen. Immer hat sie Pech gehabt! Sie ist nach Moskau gegangen und bekam da Zwangsarbeit in Sibirien aufgebrummt. Da ist sie beim Holzfällen von einem Baum bald getroffen worden, der hat ihr ein Bein gebrochen. Mit ihrer Biografie hätte sie fürs Politbüro gereicht. Aber sie hat's in der Beamtenkarriere nur bis zur stellvertretenden Abteilungsleiterin gebracht. Sie bezog längst ihr Ruhegeld, als man sie in der Kulturrevolution ausgegraben und ihr Spionage für die Guomindang angehängt hat.«

Cheng Pinzhi fragte dazwischen: »Alte Chen, mit wem hast du noch gesessen?« Sie wollte hören, ob Chen etwas Neues über alte Bekannte aus Gongdelin, Banbuqiao oder Linfen wusste.

Chen fuhr mit der Geschichte ihrer Wanderungen fort. »Ich bin dann noch nach Yangcheng gekommen. Da waren zwei weibliche Gefangene, eine alte Frau, und die kümmerte sich um eine entsetzlich stinkende Verrückte. Ich war grad zwei Tage dort, da war die alte Frau tot, ist in den Abort gestürzt und umgekommen. Ich bringe Unglück, Unglück, Unglück, wo ich hinkomm, da sterben sie.«

»Alte Chen«, sagte Cheng Pinzhi, »nun fang doch nicht schon wieder an! Auch bei uns sind Luo Cui und Shao Ling gestorben. Liegt das deiner Ansicht nach daran, dass Ding Yi und ich sie am Leben gehindert haben?«

Plötzlich fragte Chen Jing: »Die Großnase, ist die nicht mit euch zusammen gekommen?«

»Du meinst Katia? Ja, die ist mit uns gekommen, und das ist der erste Hoffnungsschimmer, seit ich im Gefängnis bin. Katia ist frei!«

Ding Yi zweifelte. »Warum bist du so sicher, dass sie Katia freigelassen haben und nicht verurteilt?«

Sollte sie von dem Inhalt des Pakets erzählen? Aber wenn das nach außen drang, konnte Katia Ärger bekommen. So sagte sie nur: »Sie ist ohne Verhör fortgekommen. Da kann sie doch nicht verurteilt worden sein.« Sie fürchtete eine weitere Diskussion und brachte die Rede zurück auf Chens Bericht. »Alte Chen, wie hieß denn die alte Frau, von der du eben erzählt hast?«

»Ach«, seufzte Chen Jing, »die arme Frau; ich kann mich nicht mal mehr an ihren Namen erinnern. Ich hab die Verrückte gefragt, die sagte, das sei ihre zweite ältere Schwester, heiße Li Na. Die Verrückte fraß Kot und trank Urin; den ganzen Tag hing sie am Zellenfenster zum Gang herum und brüllte: »Dem Vorsitzenden Mao zehntausend Jahre«, oder: »Mao Yuanxin, ich liebe dich!«, und dann schlug sie den Schädel gegen die Wand, als wollte sie sich todwummern. Die konnte einem wirklich leidtun, und wirklich unerträglich war die auch. Wenn die ihre Birne so gegen die Wand knallte, kamen ihr jede Menge Flöhe, Läuse und Wanzen aus den Haaren. Ach, es gibt wahrhaftig Menschen jeder verdammten Art und Sorte!«

»Und wie hieß die Verrückte?«, fragte Cheng Pinzhi.

»Das war so ein Verrätername«, sagte Chen Jing. »Der Gruppenwärter nannte sie ›Li Renmei, Li Menschenschönheit, und zuletzt hat er auch zu mir gesagt: ›Such Li Renmeis Sachen zusammen.‹«

Nicht Li Renmei, Li Menschenschönheit, sondern Li Renmei, Li Zähe Aprikose also, dachte Cheng Pinzhi. So hat dich der Himmel gestraft!

Li Renmeis Opfer fiel ihr ein. Sie fragte Chen Jing, ob sie Bai Lian gesehen hatte.

»Begegnet bin ich ihr nicht«, sagte Chen Jing, »aber den Namen hab ich gehört. Sie soll in Linfen umgekommen sein, dieses Monster, Sha Bih, Sandgrün, nennt die sich, die hat sie in den Tod getrieben.«

»Hast du Sha Bih denn gesehen?«

»Gesehen nicht, aber das war doch in Linfen die Zellenleiterin in der Nachbarzelle. Die haben alle eine Meiguo Shahbi genannt, eine blöde Ami-Fotze.«

Die also! Schon damals war Cheng Pinzhi die Stimme bekannt vorgekommen.

»Da war noch so ein Ding«, sagte Chen Jing. »Von der Verrückten hab ich gehört, die blöde Ami-Möse, die habe auch in Yangcheng gesessen, und da habe sie sich von einem Gefreiten aus Sichuan einen dicken Bauch besorgt, sei weggekommen und nicht wieder zurück, hätte ihm den Rauschmiss aus der Armee eingebrockt. Sie sagte auch, die blöde Ami-Möse sei mit ihrem Gefreiten nach Sichuan. Einer Verrückten braucht man nicht zu glauben; für Peking ist der Fall damit ja nicht erledigt, lebend oder tot, Yangcheng muss jedenfalls Peking unterrichten, stimmt doch, oder?«

Ding Yi befand: »Sha Bih war in Untersuchungshaft. Da hatten sie nicht das Recht, die Sache endgültig zu entscheiden. Im Gefängnis sich ein Kind machen zu lassen ist eine schwere Verletzung der Gefängnisregeln. Das lässt sich nicht einfach damit erledigen, dass man die Betroffenen dorthin zurückschickt, wo sie hergekommen sind. Die beiden haben tatsächlich den nächsten Fall produziert. Deshalb wird, glaube ich, wo Sha Bih hingekommen ist, sich daraus ergeben, dass dieser Soldat als ihr Mittäter behandelt wird; vielleicht ist sie in eine andere Untersuchungshaftanstalt gekommen, jedenfalls nicht raus aus Shanxi.«

Cheng Pinzhi wünschte sich nur, dass Sha Bih bei einer schweren Geburt im Krankenhaus draufging. Die Sorte, dachte sie, lebt auf der Welt nur, um anderen zu schaden. Sie dachte wieder an Lude, an Bai

Lian, diese zwei wahrhaft guten Menschen, Frauen rein wie frisch gefallener Schnee, waren sie beide dieser aus Amerika hergelaufenen Sha Bih zum Opfer gefallen, die hatte ihnen völlig ungerechte Strafen eingebrockt, sie womöglich in den Tod gejagt! Unerträglich, unvorstellbar unerträglich war diese Welt, ohne jede Logik. Die Große Kulturrevolution hatte die Welt aus den Gleisen geworfen!

Als sie nach Changzhi gekommen war, gab es hier 110 Gefangene aus Peking. Der Tod hatte von ihnen keine zwanzig übrig gelassen. In den letzten Tagen waren nochmals Pekinger Gefangene aus allen möglichen Orten in Changzhi konzentriert worden. Die Höhlen waren nun wieder voll. Cheng Pinzhi hatte gehofft, den Vater zu Gesicht zu bekommen. Wenn sie draußen Bewegung hörte, hatte sie durch ein Loch im Fenster gespäht, hatte auf dem Weg zum Abort immer den Hals verdreht, um in die Männerzellen zu sehen. Doch der Vater war nicht gekommen. Sie fürchtete, dass er nicht mehr unter den Lebenden war. Junge Leute hielten hier kaum viele Jahre lang durch, wie dann ein alter Mann von bald achtzig?

Auf einen Schlag kamen dann noch drei Pekingerinnen in ihre Zelle. Eine war die Studentin der Parteigeschichte, die mit ihr und Yuan Viertkind in Banbuqiao in einer Zelle gesessen hatte, immer noch mit der schwarzen Decke. Die Decke war saudreckig, und auch die Frau war saudreckig. Ihre Haare waren lang gewachsen und verfilzt. Sie erkannte Cheng Pinzhi nicht, sie war völlig verändert, sah niemanden an, sprach nicht. Der Unterkiefer klebte ihr am Hals, die eine Hand hielt sie den ganzen Tag über in den Schritt der Hose geschoben. Cheng Pinzhi versuchte, mit ihr zu kommunizieren, vergeblich; sie war nicht mehr auf dieser Welt, hatte stets beide Augen geschlossen und lächelte dümmlich zufrieden.

Die beiden anderen kannte Cheng Pinzhi nicht. Die eine kam aus Qinyuan, die andere aus Wuxiang, beide waren letzte Überlebende. Sie berichteten von einer ganzen Reihe anderer, Cheng Pinzhi kannte einige davon, andere waren Bekannte von Ding Yi, von einigen wussten sie beide, und von einigen beide nicht.

Die Gefangene aus Qinyuan hieß Dong Enhui. Sie kannte Lude, war ihre Glaubensgenossin; Cheng Pinzhi erfuhr von ihr viel über Lude und ihre Familie. Ludes Eltern waren aus Tianjin. Ihr Vater handelte mit Häuten, die Mutter kam aus einer Ärztefamilie; vor der Befreiung gehörte ihrem Vater, Ludes Großvater, die chirurgische Klinik von Tianjin. Als sie Christen geworden waren, hatten Ludes Eltern ihr Vermögen aufgegeben und waren in die Westberge von Peking gegangen, um zu missionieren, Kranke zu behandeln und ihnen Arzneien zu bringen. Ludes älterer Bruder studierte Theologie an der theologischen Fakultät der Yanjing-Universität. Als die Fakultät aufgelöst wurde, kam er in die Westberge zurück, um ebenfalls zu missionieren. Im Licht einer kleinen Öllampe las die ganze Familie die Bibel. Alle wurden als Spione der USA und Chiang Kai-sheks beschuldigt, der Vater wurde »unterdrückt«, die Mutter zu lebenslänglich, der Bruder zu zwanzig Jahren Arbeitslager und Lude am leichtesten zu nur drei Jahren Arbeitserziehung verurteilt. Diese drei Jahre waren fast herum, als sie in Untersuchungshaft kam, weil sie unter den anderen in der Arbeitserziehung missioniert hatte.

»Die Gute lernt einfach nicht aus bösen Erfahrungen«, sagte Cheng Pinzhi. »In Untersuchungshaft hat sie's wieder versucht, ausgerechnet bei Sha Bih und Li Renmei, und sich grund- und sinnlos noch fünfzehn Jahre Arbeitslager eingehandelt.«

Dong Enhui kannte auch Sha Bihs Familie. »Auch Sha Bihs Vater hat mit Häuten gehandelt, er war mit Ludes Vater befreundet. Kurz vor der Befreiung ist er in die USA gegangen. Sha Bih ist hier in China aufgewachsen, er hat sie dann mit großer Mühe in die USA geholt. Sie hat sich in Amerika nicht eingewöhnen können und ist wieder zurückgekommen. Sie bringt alles Mögliche fertig, damals ist sie über die Sowjetunion und die Mongolei ins Land gekommen. Bei der Rückkehr hat sie nichts verbrochen, sie unterstand dann der Einheitsfrontabteilung der KP. In der Kulturrevolution wollte sie wieder los und ist an der mongolischen Grenze verhaftet worden. Es heißt, als sie in Haft kam, hatte sie acht große Koffer dabei, mehrere Männer mussten die reintragen.«

Während sie zuhörte, schüttelte Cheng Pinzhi nur den Kopf. »Zwischen China und den USA gibt es keinen Weg für Kontakte; mal abgesehen von General Li Zongrens Rückkehr mit seiner Frau konnte erst Nixon hier herumreisen. Wer ist denn Sha Bih, dass ihr das so leichtfällt? Kommt und geht, wann immer es ihr einfällt ...«

»Wenn sie wirklich alles Mögliche fertigbringt«, sagte Ding Yi, »warum ist sie nicht freigekommen, als Nixon kam? Vielleicht ist sie überhaupt nicht in den USA gewesen?«

»Ich glaub das eigentlich auch nicht«, sagte Dong Enhui. »Vielleicht ist sie nur an die mongolische Grenze gefahren. Sie hat viele westliche Kleider, ich nehme an, die hat sie aus Hongkong geschickt bekommen. Wenn sie sehr clever sein will, dann ist sie's, und wenn sie sehr dumm sein will, dann ist sie's auch. Ich hab mit ihr in einer Zelle gesessen. Sie weiß immer alles, kann viele Sprachen, hat ein großes Mundwerk und erzählt alles Mögliche. Manches kann man glauben, zum Beispiel das über ihre und Ludes Familie. Anderes kann Angeberei sein.«

»Sie ist wirklich zu allem fähig«, sagte Chen Jing zu Dong Enhui. »In Yangcheng hat sie ein Kind bekommen, und jetzt ist sie Militärangehörige.«

»Nun nimm mich nicht auf den Arm, red keinen Blödsinn«, sagte Dong Enhui.

»Die alte Chen sagt die Wahrheit. Aber bei dem, was Sha Bih dir da alles erzählt hat, lässt sich schwer entscheiden, was wahr ist und was nicht«, sagte Cheng Pinzhi.

Dong Enhui hörte sich die ganze Geschichte von Sha Bihs Kind an und schüttelte immer wieder den Kopf. »Irre, wirklich irre, absolut hirnrissig!«, sagte sie.

Die Frau aus Qinyuan hieß Mo E. Sie hatte schon vor Langem von Cheng Pinzhi gehört, sagte sie, von anderen Gefangenen.

»Wieso hast du dir denn meinen Namen gemerkt?«, fragte Cheng Pinzhi.

»Weil es uns beiden ähnlich geht. Auch nach mir fragt keiner, auch um mich kümmert sich niemand. Bis zum heutigen Tag weiß ich nicht, wie lang das noch so weitergehen soll.«

Sie berichtete Cheng Pinzhi, was sie über das weitere Schicksal der Frauen erfahren hatte, die in Gongdelin ihre und Chengs Leidensgenossinnen gewesen waren: Song Shuhua war lebenslänglich verurteilt, ihre beiden Söhne waren erschossen worden. Nachdem Li Fangs Mann freigelassen worden war, hatte ein Haufen Leute aus der Akademie der Wissenschaften unter seiner Führung vor der Haftanstalt

Krach geschlagen. Darauf war die »kleine Leader« von Gongdelin drei Monate lang in Banbuqiao eingesperrt und dann freigelassen worden. Der Chen mit dem fetten Mörderhintern hatten sie aber die Strafe erhöht, sie war nach Tiantanghe gekommen, das Pekinger Frauengefängnis in Daxing. Von den sechs Frauen, die sich in der Zelle in Gongdelin zusammengedrängt hatten, war die Oberschülerin Fan Chuxin in Banbuqiao freigelassen worden. »Von später Reingekommenen hab ich dann gehört«, erzählte Mo E, »dass sie nach ihrer Freilassung erschlagen worden ist, freigelassen und dann erschlagen worden, in ihrer Schule. Und dabei hatte sie wirklich nichts, aber auch gar nichts verbrochen, nur in ihrem Tagebuch mit so ein paar Sätzen gemeckert. Wäre besser für sie gewesen, sie wär nicht rausgekommen.«

Cheng Pinzhi fragte auch nach ihren und Yuan Viertkinds Leidensgenossinnen in Banbuqiao. Mo E berichtete, dass die Apothekerin im Polizeikrankenhaus gestorben war, nach einem weiteren Schlaganfall. Die Medizinstudentin war in Wuxiang abgeurteilt worden, zu lebenslänglich, und ins Vierte Gefängnis von Yuci zur ›Wandlung durch Arbeit‹ abtransportiert worden. Ihr älterer Bruder war erschossen worden, der jüngere zum Tod auf Bewährung verurteilt. Die Zeitung hatte über den Fall der Familie berichtet, sie seien eine konterrevolutionäre Gruppe gewesen und hätten im Einvernehmen mit dem Ausland die Diktatur des Proletariats stürzen wollen. Die Südkoreanerin und die Frau mit der dicken Nase waren nach Qincheng gekommen, ins Pekinger Gefängnis für Staatsverbrecher; was aus ihnen dann geworden war, wusste Mo E nicht. Die Malerin namens Jin war in Banbuqiao bald gestorben, nachdem sie Blut erbrochen hatte. Es hieß, im Gefängnis habe sie eine Vorzugsbehandlung genossen. Sie war nicht zur Untersuchung gegangen und hatte nur gegessen, was man ihr von daheim geschickt hatte.

In Qinyuan war eine Komponistin gestorben. Cheng Pinzhi war ihr weder draußen noch im Gefängnis jemals begegnet, kannte aber ihren Namen und trauerte um die Kollegin und Leidensgenossin. Sie schloss die Augen, legte die Finger auf die Knie und spielte Mozarts *Requiem* für sie.

Sie dachte wieder an den Vater und fragte Chen Jing, Dong Enhui und Mo E, ob sie unter den männlichen Häftlingen anderer Haftanstalten einen schlanken, gebildet wirkenden alten Herrn gesehen hätten; sie sagte, er sei ihr Lehrer gewesen.

Wie alt, fragte Chen Jing. Als sie hörte, bald achtzig, schüttelte sie nur wieder und wieder den Kopf. »In all diesen Löchern bekommst du nur Abfall zu essen, nur Spreu und Kleie und davon nicht satt, und dann die ewig feuchten Zellen, wer in solch hohem Alter wird das lang überleben?«

Auch Dong Enhui und Mo E sagten, so jemanden hätten sie nicht gesehen und auch nie von so jemandem reden hören.

Cheng Pinzhi fröstelte es bis ins Herz. Wahrscheinlich war der Vater bei der Verschickung unterwegs gestorben, wie Jianxin.

Eine ganze Reihe von Tagen fühlte sich Cheng Pinzhi mit einem Mal wie von der Welt geschieden. So rasch geht doch der Übergang vom Menschen zum Gespenst, man sagt: Ist nicht mehr da – und schon ist der nicht mehr. Der Tod war ihr egal. Manchmal dachte sie sehnsüchtig daran, wie es sein würde, wenn sie dann die Augen schließen und mit dieser Welt nichts mehr zu tun haben werde. Doch noch sorgte sie sich und wollte sich nicht ergeben – sorgte sich um ihre alte Mutter und Shanshan, wollte sich nicht darein ergeben, einfach so dahinzugehen, ohne Klarheit zu haben. Ohne den Schuft zu finden, der sie in diese Hölle gestürzt hatte, konnte sie nicht friedlich die Augen schließen.

33 SONNENUNTERGANG

Chen Jing und die anderen sprachen noch über weitere, Cheng Pinzhi unbekannte Tote. Mo E hatte von einer Oberschülerin gehört, dass der junge Arbeiter Yu Luoke, der Verfasser des Traktats gegen die »Abstammungslehre«, der in einer Männerzelle in Banbuqiao gesessen hatte, erschossen worden war, nachdem Mao Zedong selbst seinen Namen abgehakt hatte.

Cheng Pinzhi war erschüttert. Mao hatte wohl kaum von Shao Ling und Luo Cui gewusst, das mochte ihm als mildernder Umstand angerechnet werden. Aber den Tod dieses jungen Mannes hatte Mao eigenhändig herbeigeführt, und Yu Luokes Verbrechen hatte nur in dem bestanden, was er gesagt und geschrieben hatte, Yu war für Worte gestorben – und das im 20. Jahrhundert, eine Schande für diese Zeit. So etwas war nur in Maos China, nur unter Maos Herrschaft möglich! Das Band zwischen Cheng Pinzhi und diesem ihr einst so vertrauten Mann war zerrissen, endgültig. Selbst wenn sie ihn eines Tages wiedersehen würde, brauchte sie ihn nicht mehr zu fragen, was das alles sollte; die Antwort war überdeutlich: Mao Zedong hatte die Kulturrevolution nicht aus gläubiger Überzeugung in Gang gesetzt, auch nicht gedrängt von den Verhältnissen im Land, sondern allein, um verlorene Macht zurückzugewinnen. Mit dieser Macht in der Hand konnte er dann tun und lassen, was er wollte. Mao Zedong war nicht dumm und auch nicht in Unkenntnis der Zustände unter seiner Herrschaft. Er war der typische Gewaltherrscher. Gehorsam? Glück dein Leben lang! Widerspruch? Dein Untergang!

Auch Ding Yi packte große Wut, mit ungewöhnlich lauter Stimme schimpfte sie los: »Ein Gedankenverbrechen, ein Schriftenfall! Kalt lächelnd mordet der Alte die Jungen. Der Himmel wird's ihm vergelten!«

Mo E sagte: »Später Reingekommene haben dann erzählt, es heiße, Yu Luoke sei nicht wegen der ›Abstammungslehre‹ hingerichtet worden, sondern weil er geplant habe, den Oberbefehlshaber hinterrücks zu ermorden, also ein Kapitalverbrechen. Der Beweis war, dass bei einer Hausdurchsuchung bei ihm zwei Handgranaten gefunden worden sind. Na ja, ob man was tut oder nicht, man wird durchsucht. Wer weiß, was sie und wann sie bei unserer Familie Mordwerkzeuge herausdurchsuchen.« Etwas schien Mo E zu bedrücken.

»Blödsinn!« Chen Jing schnaubte verächtlich durch die Nase. »Weiß doch jeder, Handgranaten sind im Nordosten *das* Lokalprodukt! Dort hat es wilde bewaffnete Fraktionskämpfe gegeben, wer im Nordosten war, der hat auch Handgranaten; mein Sohn hat acht zurückgebracht und dann an der Schule verteilt. Die acht aus meiner Familie allein hätten gereicht, um die Ermordung des halben Politbüros zu planen. Hätte da nicht mein Kopf schon achtmal fallen müssen? Der Erhabene Oberbefehlshaber scheint ja ganz besonders ängstlich zu sein. Lächerlich!«

»Alte Chen«, sagte Mo E, »sei doch nicht immer so schrecklich laut. Wenn dich irgendwann mal jemand hört, der nichts Gutes im Sinn führt, bekommste du einen Haufen Ärger. Du predigst dich noch um Hals und Kragen!«

Chen Jing dämpfte die Lautstärke. »Unter uns Mäusen aus einem Loch fürchten wir das Dunkel doch nicht«, sagte sie, »solang's nur nicht in des Erhabenen Höhen gelangt, passiert schon nichts. Der Vorsitzende der Militärkommission fürchtet mich altes Weibsbild, ohne dass ich auch nur das kleinste Messerchen in der Hand hätte! Völlig daneben! Was verdammt noch mal ist da kaputt?«

»Von vorn bis hinten *paranoid*!« Der fremde Begriff brach aus Ding Yis Mund, wohl als Antwort auf Chen Jings Frage.

»Was sagst du, alte Ding?«, fragte Chen Jing verwirrt.

»Ich finde das Wort nicht ...«, Ding Yi lächelte verlegen.

Cheng Pinzhi sah, dass auch Mo E und Dong Enhui nicht verstanden, was Ding Yi gesagt hatte. Sie erklärte: »Das Fremdwort, das Ding Yi verwandt hat, bedeutet ›Verfolgungswahn‹. Das ist eine Art Geisteskrankheit. Wer daran leidet, fürchtet ständig, von jemandem verfolgt und ermordet zu werden, darum gibt es für ihn stets jemanden, der seine Ermordung planen könnte.«

»Du weißt Bescheid, bist ja schließlich aus einer Arztfamilie«, nickte Ding Yi. »Ich wusste nicht, wie man das auf Chinesisch nennt.« Sie lächelte Cheng Pinzhi dankbar zu.

Arztfamilie. Das Wort machte sie traurig. Tränen brannten Cheng Pinzhi in der Nase, sie schluckte mehrmals und atmete tief durch. Ding Yi begriff, dass sie an eine Wunde gerührt hatte. Sie strich Cheng Pinzhi mit der Hand ein paar Mal sanft über den Rücken. Cheng Pinzhi zwang sich ein schwaches Lächeln ab, ein Lächeln voller Tränen.

»So sehr fürchtet der Oberbefehlshaber den Tod?«, höhnte Chen Jing. »Hat vor einem jungen Arbeiter solche Angst, fest nehmen reicht nicht, nein, auch noch umbringen muss er ihn! Wahrhaftig geisteskrank! Die Volksbefreiungsarmee bringt Gefangene nicht um. Wenn einer mit einem andren nicht unter dem gleichen Himmel leben will – na schön, vom Westen lernen heißt siegen lernen, faires Duell mit gleichen Waffen? Keineswegs! Der Junge steht im Licht, der

Alte lauert im Dunkel, und um den jungen Menschen zu vernichten, hängt der alte Schädling ihm ein Verbrechen an!«

»Schädling«, das traf es zu gut. Alle grinsten. »Chen Jing! Du also«, sagte Ding Yi und lachte dabei, »unverbesserlich und reuelos bis in den Tod, verleumdest die röteste rote Sonne im Herzen der Völker der ganzen Welt als Schädling, man stelle dich sofort an den Pranger, auf der Stelle erschießen!«

Chen Jing stimmte ein: »Alte Ding, dein Lobgehudel dröhnt noch nicht genug! Nur auf tot reimt sich rot, je töter, umso röter, nicht wahr? ›Rote Sonne von acht, neun Uhr‹, so musst du trommeln!«

»*Morning Sun*«, lachte Ding Yi, »alte Chen, wahrhaft dröhnend getrommelt, viel gebildeter leuchtend als diese nie sinkende Sonne, die sie draußen jetzt ständig besingen!«

»*Morning Sun – Mao stinkt-stank*, also: *Mao verstank*«, lachte auch Chen Jing. »Die alte Ding ist wahrhaft gebildet, versteht sich wahrlich aufs Schimpfen! Ich trommel dem gern auf den stinkenden Arsch, hau dem alten Vieh drauf und schau, wie es dann nach hinten ausschlägt. Und an dem Tag, an dem ich *Mao stinkt-stank* seh, wenn Mao endlich verstunken ist, dann liegt das Reich in Frieden.«

»*Morning sun, Zhendan …*«, summte plötzlich die Studentin der Parteigeschichte. – Zhendan ist in buddhistischen Schriften ein alter indischer Name für Aurora, die Morgenröte, aber auch für das Land östlich von Indien, also für China.

»Richtig! *Zhendan*!«, rief Cheng Pinzhi, hocherfreut, dass die Studentin wieder sprach. Die anderen hatten nicht gehört, was sie gesagt hatte, und sie lag weiter so da wie bisher, mit geschlossenen Augen, eine Hand in den Schritt der Hose geschoben, wieder abgetaucht in ihre abgeschiedene Welt.

Chen Jing schimpfte wieder los. »*Zhendan* dich selbst!« – So ausgesprochen, meinte das Wort einen Vibrator. – »*Mao verstank*! Verstunken deine heimtückischen Tricks!«

Dong Enhui bekam es mit der Angst, sie flehte: »Seid ihr zwei lebensmüde? Ihr seid ja wie besoffen, haltet doch den Mund!«

Chen Jing hörte nicht auf sie, fing stattdessen Streit mit ihr an: »Wer ist hier lebensmüde? Du willst doch wohl nicht sagen, der Tod kommt, weil die Menschen ihn suchen? Alle von uns, die gestorben sind, haben selber den Tod gesucht? Hat euer Gott euch das beigebracht? Bringt euer allliebender Gott euch bei, andere Menschen auf diese Weise zu lieben? Was zieht sich euer Gott die gleichen Hosen an wie menschenverderbende Teufel?«

Cheng Pinzhi beschwichtigte, Ding Yi mahnte: »Alte Chen, wohin verirrst du dich? Was hat das mit Gott zu tun?«

Dong Enhui schloss sich an: »Alte Chen, ich bin keine Rednerin, ich hab mich falsch ausgedrückt, nimm es als nicht gesagt, nur sprich nicht so von Gott, versündige dich nicht!«

Chen Jing wurde nur noch wütender, lärmte auf Dong Enhui los: »Euer Gott lässt Mao Zedong Menschen morden, brandschatzen, unsinnig quälen, für was will euer Gott sich an China rächen? Fragt euren Gott doch, allliebend hin, allliebend her, und warum liebt er nicht die Chinesen?«

»Weil die Chinesen nicht an Gott glauben«, sagte Dong Enhui, »das wird vergolten.«

»Aber du glaubst doch an ihn, wieso bist du dann hier?«, gab Chen Jing höhnisch zurück.

»Gott hat mich hierher geschickt, das Evan…«, sie schloss plötzlich den Mund und verschluckte den Rest, ihr kleines Gesicht war kreideweiß geworden.

Cheng Pinzhi fühlte sich gekränkt: Diese Christin hatte Angst, von ihnen verraten zu werden, fürchtete, dass sie meldeten, Dong Enhui missioniere.

»Wie kleinmütig!« Cheng Pinzhi hatte noch nichts gesagt, da nahm ihr Ding Yi das Wort aus dem Mund.

Chen Jing lachte kalt: »Was redest du nicht weiter? Wieso hat euer Gott dich nicht ins Zhongnanhai geschickt, das Evangelium zu verkünden? Geprüft und für sündig befunden sind wir paar Menschen hier? Hausdurchsuchungen, Festnahmen, Morde – alles auf Weisung eures Gottes?«

Dong Enhui machte den Mund nicht mehr auf, schloss die Augen und betete schweigend. Ihre lammfromme Art erinnerte Cheng Pinzhi an Lude. Sie sagte nichts, nur innerlich schimpfte sie voller Verachtung: Christen, die ihr den Tod nicht kommen seht! Christen, die ihr das Messer schon am Hals spürt und euch immer noch nicht zu wehren wisst! Christen, die ihr die Schandtaten des Tyrannen damit noch unterstützt! Dann bedachte sie sich, sah sich selber: Hatte nicht den Mumm, mit den Wölfen zu kämpfen, konnte sich nur mit den Lämmern anlegen. »Schluss jetzt!«, mahnte sie Chen Jing; auch Ding Yi sagte: »Sie hat doch niemandem was getan – religiöse Glaubensfreiheit, bitte!«

Von Chen Jing kam wieder nur ein kaltes Lachen. »Leere Reden hältst du für bare Münze? Religiöse Glaubensfreiheit! Wann hätte es in China je religiöse Glaubensfreiheit gegeben?«

»Mit der Verfassung«, sagte Ding Yi. »Bürger der Volksrepublik China haben die Freiheit religiösen Glaubens, sagt die Verfassung.« Cheng Pinzhi merkte, sie wollte Chen Jing reizen.

»Ach, und was die Verfassung sagt, das glaubst du?«, fragte Chen Jing.

Dong Enhui, die die ganze Zeit geschwiegen hatte, machte jetzt den Mund wieder auf. »Der Untersuchungsbeamte«, sagte sie, »der hat die Verfassung genommen und mir vorgelesen: ›Bürger der Volksrepublik China haben die Freiheit religiösen Glaubens, und sie haben auch die Freiheit, nicht an Religion zu glauben und Atheismus zu propagieren.‹ Der Untersuchungsbeamte hat gesagt, mir ist nur erlaubt, an Religion zu glauben, aber nicht, sie zu propagieren. Das Evangelium weiterzugeben ist immer rechtswidrig, auch wenn es nur in der Familie geschieht.«

»Also glauben darfst du«, spottete Chen Jing, »aber weitergeben darfst du es nicht, eine tolle Freiheit ist das! Das heißt ja, wenn eure Generation Christen gestorben ist, gibt's in China kein Christentum mehr, richtig?«

Dong Enhui nickte. »Aber wir sollen immer noch das Evangelium weitergeben, also bin ich hier reingekommen.«

Niemand wollte die Diskussion mit ihr fortsetzen. Sie war reingekommen, weil sie das Evangelium weitergegeben hatte, weitergegeben auch noch an die eigenen Kinder. Keine wollte noch aufklären, ob Gott sie hierher geschickt hatte, um das Evangelium weiterzugeben.

Chen Jing brachte das Gespräch auf *Mao stinkt-stank* zurück. »Mein verstorbener Mann war aus Hunan, er ist auf das Erste Gymnasium von Changsha gegangen, demnach sozusagen Mitschüler des Erhabenen Oberbefehlshabers gewesen.«

Ding Yi hatte eine Gruppe ausländischer Experten nach Changsha zu den »Klarwasserteichen« (dem geheimen Sitz des von Mao 1921 errichteten ersten Provinzbüros der KP) und zum Ersten Gymnasium begleitet. »Alte Chen«, sagte sie, »dann erzähl doch mal, wieso der Erhabene Mitschüler, bei der Aufnahmeprüfung Bester aller Bewerber aus der Provinz, dann nach einem halben Jahr die Schule gewechselt hat?«

Die Frage freute Chen Jing. Sie räusperte sich und fragte zurück: »Möchtest du die offizielle Erzählung hören, die vom Erhabenen Mitschüler selber, wie er sie in Edgar Snows *Red Star over China* verbreitet hat? Oder die des Ersten Gymnasiums von Changsha?«

»Ich hab schon gelesen, was der Erhabene Mitschüler dazu gesagt hat«, sagte Ding Yi. »Er mochte den Lehrplan der Schule nicht, der sei ihm zu überladen mit Kleinkram gewesen. Da sei er zur Ersten Pädagogischen Hochschule gewechselt. Ich hab mich nur gewundert, wie viel Kleinkram so ein Provinzgymnasium unterrichten konnte? Wenn dein Mann auf das Erste Gymnasium in Changsha gegangen ist, muss er ja den Lehrplan kennen.«

»Mein Mann war Ende der 1930er auf dem Ersten Gymnasium. Da hatten sie Unterricht in Ethik, Chinesisch und Geschichte, ferner Mathematik, Physik, Chemie, Biologie, Musik, Kunst und Leibesübungen. Mehr Fächer hatte auch der Erhabene Mitschüler nicht. Erst als Snows Buch herauskam, haben die Schüler an diesem Gymnasium erfahren, dass sie einen derart Erhabenen Mitschüler gehabt hatten, und ihren Direktor gefragt, warum man den nicht behalten habe. Der Direktor hat gesagt, was heiße hier zu viel Unterricht in zu viel Kleinkram; dieser Schüler habe in mehreren Fächern das Klassenziel nicht erreicht, daher habe er abgehen müssen. Auf der Ersten Pädagogischen habe er ebenso geglänzt; weiß der Himmel, wie er da einen Abschluss geschafft habe. Dem Amerikaner gegenüber habe dieser Mao stinkt-stank geprahlt, dass er in der Aufnahmeprüfung der Beste gewesen sei, aber nichts davon gesagt, dass sie ihn rausgeschmissen haben, und dann auch noch gelogen, dass er die Schule gewechselt habe, weil ihm der Lehrplan zu überladen mit Kleinkram gewesen sei.«

»Tatsächlich also ein verkrachter Gymnasiast!«, sagte Ding Yi. »Mao stinkt-stank und Schulen, das passt zusammen wie die Faust aufs Auge. Erziehung ist ihm in tiefster Seele verhasst. Also zerschlägt er die Schulen und jagt alle Schüler zur Umerziehung durch arme und untere Mittelbauern aufs Dorf.«

Chen Jing klatschte Beifall. »Bravo! Des Erhabenen Führers Erziehungsreform in drei Sätzen zusammengefasst! Scheiß der Hund auf Mao stinkt-stank versaut das Land, versaut das Volk!«

Cheng Pinzhi sagte nichts. Sie erinnerte sich, dass Mao Zedong gesagt hatte, in ihm stecke nicht nur der Tiger, auch etwas der Affe; armes China, dachte sie, einem Strolch in die Hände gefallen, und der zerquetscht es.

34 VERGILBENDE HALME, GRÜNENDES GRAS

Der Studentin der Abteilung für Parteigeschichte ging es zunehmend schlechter. Den ganzen Tag lag sie nur noch da, aß und trank nicht mehr. Cheng Pinzhi und die anderen redeten ihr gut zu, ermahnten sie, aber sie hörte nicht; wenn sie sie fütterten, aß sie ein paar Bissen, aber dann machte sie nicht mehr den Mund auf. Sie hätte psychologische Betreuung gebraucht. Aber der Gruppenwärter hielt ihr Verhalten für krankhaftes Denken, Widerstand gegen die Umerziehung. Ihre Mitgefangenen fürchteten, ihre Lage noch zu verschlimmern, und wagten nichts mehr zu sagen. Cheng Pinzhi hegte sie und dachte an Yuan Viertkind; damals war diese Studentin in der gleichen Zelle gewesen, eine Frau wie eine Teichbinse, schlank, groß, biegsam, beweglich; jetzt zur leeren Hülle geworden, längst schien ihre Seele entflogen.

Diese Hülle wusch Cheng Pinzhi täglich vor dem Frühstück, wusch ihr das Gesicht und die Hand, die einem kleinen Bambusbesen glich; wäre nicht noch ein schwacher Hauch von warmem Atem gewesen, hätte man sie für vertrocknete Bambusreiser halten können. Schließlich kam ein Tag, an dem der warme Hauch erlosch. Lautlos war die Studentin gegangen. Sechsundzwanzig Jahre war sie alt, vor fünf Jahren und vier Monaten hatte sie die Universität verlassen.

Aus Peking kamen welche und verhörten zwei Tage lang; Dong Enhui und Mo E wurden hinausgerufen.

Dong Enhui war Arbeiterin in einem Betrieb des Straßenbüros gewesen und hatte wie Lude das Verbrechen der Missionierung begangen, aber nur an Familienangehörigen, nicht wie Lude an jedem, der ihr in die Quere kam. Bei einer Haussuchung in der Kulturrevolution fanden die Rotgardisten bei ihnen eine Bibel und verbrannten sie. Als Dong Enhui klein war, hatte ihr, sobald sie sprechen konnte, die Mutter aus der Bibel vorgelesen; so hatte sie die vier Evangelien Wort für Wort im Gedächtnis behalten und brachte sie nun ihrer eigenen sechsjährigen Tochter bei. Nachbarn meldeten das, und das Straßenbüro hieß die Kleine kommen und etwas aus der Bibel auswendig aufsagen. »Denkt nicht, ich sei gekommen, um Frieden auf die Erde zu bringen«, sagte das Kind. »Ich bin nicht gekommen, um Frieden zu bringen, sondern das Schwert.« »Du sollst etwas aus der Bibel aufsagen, nicht so was«, sagte einer vom Blockkomitee. »Das steht in der Bibel, der Herr Jesus hat das gesagt«, sagte das Kind. Die vom Blockkomitee glaubten ihr nicht und fragten sie, was ihr Jesus noch so gesagt habe. »Der Herr Jesus hat noch gesagt«, sagte das Kind: »Denn ich bin gekommen, um den Sohn mit seinem Vater zu entzweien und die Tochter mit ihrer Mutter und die Schwiegertochter mit ihrer Schwiegermutter; und die Hausgenossen eines Menschen werden seine Feinde sein.« Die Leute vom Blockkomitee staunten, wie ein so kleines Kind so bösartig die Große Kulturrevolution angreifen konnte, und das auch noch in Jesu Namen. Das musste das Teufelswerk ihrer Mutter sein.

Dong Enhuis Verbrechen hieß also nicht nur Missionierung, sondern auch noch Verunglimpfung des Erhabenen Führers und der Großen Proletarischen Kulturrevolution. Selbst die aus Polizei, Staatsanwaltschaft und Gericht zusammengefasste Justiz war der Ansicht, dass die Worte des Kindes auf den Vorsitzenden Mao und die Kulturrevolution abzielten.

Mo E war Grundschullehrerin im Stadtbezirk Chongwen. Und wie Cheng Pinzhi wusste sie nicht, was sie verbrochen haben sollte.

Dong Enhui war zu zehn Jahren verurteilt worden und der Ansicht, dass ihr Handeln im Rahmen der von der Verfassung erlaubten religiösen Glaubensfreiheit geblieben war. Deshalb hatte sie Berufung eingelegt. Innerhalb von nicht einmal zehn Tagen wurde die Berufung zurückgewiesen und wegen »Verunglimpfung der Verfassung«

ihre Strafe um weitere fünf Jahre erhöht. Sie wurde zur »Wandlung durch Arbeit« abtransportiert nach Yuci ins Vierte Gefängnis der Provinz Shanxi, ein Frauengefängnis. Da sie kein Schuldbekenntnis abgelegt hatte, wurde sie eigens für die Fahrt vorher an Händen und Füßen gefesselt. Ebenso wie seinerzeit Lude streckte sie den Bewachern brav ihre Arme hin, damit die sie in Fesseln schließen konnten.

Mo E hatte danach schreckliche Angst. Egal zu wie viel Jahren sie verurteilt würde, Berufung werde sie keinesfalls einlegen, sagte sie. Alle redeten ihr gut zu, sagten, bei ihr liege die Sache anders als bei Dong Enhui; dass dem Verhör kein Urteil gefolgt sei, bedeute, dass bei ihr die »Richtlinien durchgeführt«, also Ungerechtigkeiten während der Jahre des Terrors korrigiert werden sollten. Chen Jing bat sie noch, nach der Freilassung ihrer Familie einen Brief zu bringen; Ding Yi und Cheng Pinzhi nannten ihr ebenfalls die Adressen ihrer Familien. Mo E prägte sich die drei Adressen ein und murmelte sie zwei Tage lang immer wieder vor sich her, um sie ja nicht zu vergessen, wiederholte sie auch immer wieder den anderen, um zu kontrollieren, ob sie sich richtig erinnerte.

Als der Gruppenwärter kam und Mo E ihre Sachen zusammenpacken ließ, konnten die anderen ihre Freude kaum unterdrücken. Als die Tür sich hinter ihr schloss, klebte sich Ding Yi an das Löchlein im Fenster. »Sie ist aus dem Tor! Fährt zurück nach Peking!«

Cheng Pinzhi nahm plötzlich eine Seifenschachtel und sagte: »Schnell, melde dem Gruppenwärter, Mo E hat was vergessen!«

Ding Yi verstand und schrie mit aller Kraft: »Melde dem Gruppenwärter, Mo E hat was liegen gelassen!«

Mo E wurde zurückgebracht und nahm noch Cheng Pinzhis Seifenschachtel, ein Handtuch von Chen Jing und ein eigenes Unterhemd mit.

Mo E fuhr tatsächlich nach Peking, und die anderen begannen zu hoffen.

Drei Tage, fünf Tage, zehn Tage, zwanzig Tage, ein Monat verging …

Mo E sei ein unzuverlässiger Mensch, sagte Chen Jing. »Ach, in diesen Zeiten«, sagte Ding Yi, »da ist es doch schon was, wenn einer den anderen nicht verkauft.« »Kann ja auch sein«, meinte Cheng Pinzhi, »dass das Straßenbüro sie im Auge hat. Mo E ist ein sehr vorsichtiger Mensch, lieber hält sie sich ruhig, dass sie nur keinen Ärger bekommt. Sie meint es auch gut mit uns, wenn sie nicht noch die Monster beschwört.«

Tag um Tag verging, wie es aussah, gab es wohl keine Hoffnung mehr. Allmählich vergaßen sie Mo E.

Das Untersuchungsgefängnis abonnierte nun für die Häftlinge auch eine *Renmin ribao*, vielleicht war das von oben bestimmt worden. Als die Zeitung kam, ging sie zuerst bei den Wärtern und ihren Familien herum, erst dann, nach einem Monat, kam sie in die Hand der Gefangenen, an jede Zelle für einen Tag; als die Frauen sie erhielten, war sie schon vierzig Tage alt.

Der Gruppenwärter warf ihnen die zerknitterten Blätter auf den *Kang*, als er ihnen die Tür zum Abortgang aufschloss.

Vom Abort zurück, nahm Chen Jing die Zeitung und überflog die Überschriften. Als sie zur vierten Seite kam, sagte sie: »In Peking haben sie wieder eine öffentliche Urteilsversammlung abgehalten.« Ding Yi und Cheng Pinzhi baten sie, laut vorzulesen.

»US-Chiang-Agentengruppe aufgedeckt und festgenommen. Polizei, Staatsanwaltschaften und Gerichte der Stadt Peking führen öffentliche Urteilsversammlung von 100 000 Menschen durch. Xinhua-Nachrichtenagentur, Telegramm vom 7. Das Revolutionskomitee der zusammengefassten Polizei, Staatsanwaltschaften und Gerichte der Stadt Peking hat heute Vormittag im Arbeitersportpalast eine öffentliche Urteilsversammlung einberufen, an der 100 000 revolutionäre Massen teilgenommen haben. Die Versammlung hat die Anführer der US-Chiang-Agentengruppe Mei Xuzhi und Mo E zum Tod verurteilt, das Urteil wurde sofort vollstreckt …«

»Was, Mo E?«, unterbrach Ding Yi.

»Jemand anders gleichen Namens?«, fragte Cheng Pinzhi.

Chen Jing überflog einige Zeilen und las dann: »Mittäterin Mo E, 34 Jahre, Grundschullehrerin.«

»Das ist sie!«, schrie Ding Yi auf. »Wie ist das möglich? Alte Chen, lies weiter!«

Chen Jing las nicht weiter, sie gab Ding Yi das Blatt.

Ding Yi las nicht, ihr Gesicht war totenblass, ihre Schläfenadern pulsierten heftig.

Cheng Pinzhi nahm schließlich das Blatt, auf dem weißen Papier fletschten die schwarzen Schriftzeichen sie an: »Mei Xuzhi und Mo E hielten sich auf Weisung Taiwans und des amerikanischen Imperialismus lange Zeit verborgen und hörten heimlich Feindsender. Im August 1968 warben Mei und Mo die zwei jüngeren Brüder Meis, Mei Yanzhi und Mei Youzhi, sowie Mei Yanzhis Ehefrau Shi Yuan'an zum Eintritt in ihre Agentenorganisation an; sie planten den Umsturz der Volksrepublik China und die Unterstützung der Guomindang-Banditen bei deren Angriff auf das Festland.«

Die Schriftzeichen verschwammen ihr immer mehr vor den Augen, gleichzeitig wurde ihr immer deutlicher, was, ja was denn? Da hatte wer ganz privat, in der Familie ein paar unzufriedene Bemerkungen gemacht, und dieser Mei Youzhi hatte das angezeigt. Den großen Bruder und seine Frau hatte das ihr Leben gekostet, der andere Bruder und dessen Frau waren mit Tod auf Bewährung kaum besser davongekommen, und dieser Kerl war an Ort und Stelle freigelassen worden, gnädig hatte man Milde walten lassen.

»Dreckskerl! Hat der Scheiße gefressen? Der gleichen Mutter aus dem Bauch gekrochen, und dann quasselt er über die Brüder?« Rot vor Zorn, hatte sich Chen Jing in ihrer Wut derart in die Lippe gebissen, dass alles Blut daraus entwichen war – als wolle sie diesem Mei Youzhi das Ohr abbeißen.

Ding Yi presste vier Finger auf jede Schläfe. Sie war leichenblass.

Mehrere Tage lang blieb es in der Frauenzelle vollkommen still. Schließlich durchbrach Ding Yi das Schweigen: »Hoffentlich gibt es in unseren Familien keinen von Mei Youzhis Sorte!«

»Auch dafür kann man sich nicht verbürgen«, sagte Chen Jing. »Ich bin vor fünf Jahren reingekommen. Meine zwei Sprösslinge haben mir nie was geschickt.«

»Über wen beschwerst du dich denn?«, sagte Cheng Pinzhi.

»Ich hab sie geboren, und die Sorge um sie hat mir das Herz zerrissen. Jetzt ist mir klar geworden: Wenn sie sich von mir losgesagt haben, heißt das wohl: Sie zwitschern nicht unbedingt das gleiche Lied wie die Mutter! Schlimmstenfalls werd ich auch so eine Mo E, und wenn mein Urteil öffentlich gefällt wird, ruf ich, im Angesicht des Todes, aller Welt zu: Geht dem alten Mao nicht nochmals auf den Leim! Die Kulturrevolution revoltiert gegen das eigene Leben, der Klassenkampf kämpft gegen die eigenen Leute – beides bringt Unheil, über das Land, über das Volk …«

»Alte Chen«, mahnte Ding Yi, »kannst du dein Mundwerk nicht hüten? Du redest dich noch um Hals und Kragen. Schweigen ist Gold! Wenn der Gruppenwärter oder der Gefreite dich hören, ist der Teufel los!«

Doch Chen Jing wollte nur weiter predigen: »Einfach drauflos! Und wenn der Kopf fällt, ist der Pott halt hin. Nicht so brav wie Dong Enhui! Und wenn man stirbt, soll's auch seine Art haben!«

»Du hast ja einen Vorteil«, sagte Cheng Pinzhi, »du bist Parteimitglied, trägst das schwarze Kleid und schützt den schwarzen Herrn.«

Chen Jing wurde noch wütender. »Auch du verachtest mich! Ja! Scheiß auf das Parteimitglied! Wenn ich was verbrochen haben soll, dann, dass ich Parteimitglied bin, das ist mein Verbrechen!«

Entsetzt legte ihr Cheng Pinzhi die Hand auf den Mund; Chen Jing schob sie beiseite und beschimpfte sich selbst: »Gewissenlos und blind hab ich mich der Bande angeschlossen, habe dreiundzwanzig Jahre lang Gangstern als Büttel gedient. Ich hab keinen guten Tod verdient.«

Die beiden anderen baten sie inständig, vor Wärtern und Untersuchungsbeamten nicht so zu reden; Ding Yi, kaum noch bewegungsfähig, wäre bald vor ihr hingekniet. Bevor Cheng Pinzhi ihre Hand packen konnte, hieb Chen Jing sich selbst eine klatschende Ohrfeige, die auf ihrer Wange einen roten Handabdruck hinterließ.

Das Türschloss klirrte. Die drei Gesichter erstarrten. Die Tür ging auf, der Gruppenwärter zeigte auf Chen Jing: »Du kommst raus!«

Chen Jing verließ die Zelle. Ding Yi und Cheng Pinzhi sahen sich an. Ding Yi presste ihre Hände auf die pochenden Schläfenadern. Cheng Pinzhi öffnete weit ihren Mund und atmete tief durch, ein kaltes Rauschen durchfuhr sie. Gewiss würde der Gruppenwärter sie beide ausfragen. Sie überlegten, wie sie Chen Jing herausreden, was sie auf alle möglichen Fragen antworten sollten, stimmten sich ab, der Schweiß trat ihnen auf die Stirn vor Anspannung und Angst.

Der Gruppenwärter brachte Chen Jing zurück – und ging gleich wieder. Chen Jing war sehr zufrieden. Aus Peking waren welche gekommen und hatten sie verhört. »Nichts als Verleumdungen hatten sie, lauter Quatsch. Ich hab denen ordentlich den Kopf gewaschen!«

Ding Yi und Cheng Pinzhi erschraken und mahnten sie wieder, beim Verhör am nächsten Tag sich brav zu verhalten; lasse sie ihrem Mundwerk allzu freien Lauf, könne das nur böse ausgehen.

Doch am nächsten Tag gab es kein Verhör. Der Gruppenwärter ließ Chen Jing ihre Sachen packen. Die Pekinger nahmen Chen Jing mit. Auch Mo E war so fortgekommen.

In der Zelle waren wieder nur Cheng Pinzhi und Ding Yi verblieben. Viele Tage lang sorgten sie sich um Chen Jing, versuchten, dem Gesichtsausdruck von Gruppenwärtern und Gefreiten irgendeine Nachricht abzulesen. Hätte etwas in der Zeitung gestanden, hätten die es wohl gesehen. Aber die blickten drein wie immer, stur wie Schuldeintreiber, jahraus, jahrein.

Die beiden Frauen zählten die Tage an den Fingern ab. Ab dem dreißigsten Tag achteten sie, wenn die Tür auf war, auf das Verhalten der männlichen Gefangenen, wenn die den Abfall wegbrachten; beim Abortgang warfen sie verstohlene Blicke in die einzelnen Zellen, um die Reaktionen zu sehen; das führte dazu, dass in den Männerzellen dann immer jemand an der Tür stand und sie grüßte.

Auch nach vierzig Tagen hatte in den alten Zeitungen, die sie bekamen, nichts von Chen Jing gestanden. Auch nach fünfzig Tagen nichts. Am Abend des 53. Tages brachte der Gruppenwärter ein Bündel Sachen: »Cheng Pinzhi, deine Mutter hat in ihrem hohen Alter den weiten, weiten Weg nicht gescheut, dir ein paar Sachen zu bringen. Dich so zu unterstützen, das ist schon hart für die alte Frau!«

Cheng Pinzhi nahm die Sachen in Empfang; »Gruppenwärter«, fragte sie, »und meine Mutter?«

»Ist weg, man konnte sagen, was man wollte, sie wollte wieder zurück.«

Cheng Pinzhi bat, flehte: »Meine Mutter ist 78, Gruppenwärter, lassen Sie meine Mutter übernachten, dass ich sie noch mal sehen kann, gleichwie.«

»Ist schon am Vormittag weg.«

»Gruppenwärter, haben Sie gesehen, ob meine Mutter allein gekommen ist?«

»Mit noch einer Frau, vom Straßenbüro.«

»Wie alt war die?«

»Ich hab sie nicht gesehen, jedenfalls ist deine Mutter nicht allein gekommen.«

Das war bestimmt meine Schwester, dachte Cheng Pinzhi, sie muss Ärger in ihrer Einheit gefürchtet haben, da hat sie sich dies Märchen ausgedacht.

Sie sah die Kleidungsstücke, die die Mutter gebracht hatte, eins ums andere durch; Ding Yi rief plötzlich: »Diese gestreifte Bluse, die sieht ganz so aus wie die von Chen Jing!«

Cheng Pinzhi hielt die alte Bluse hoch: »Meine Mutter und meine Schwester sind nicht so dick, die könnten das nicht tragen. Das ist die Bluse, die Chen Jing getragen hat! Dank sei Himmel und Erde, sie ist frei! Nie hat sie sich schuldig bekannt und trotzdem ist sie freigelassen! Sie muss rehabilitiert worden sein.«

Zwei Tage darauf erhielt auch Ding Yi ein Paket. Ihr Mann hatte es geschickt. Auch darin war so eine breite gestreifte Bluse.

Die Tage wurden wärmer, junges Gras grünte im Hof an der Mauer. Ständig kamen nun Leute aus Peking zu Verhören. Der »Lei Feng« aus Nr. 8 war auch schon fort, auch aus anderen Höhlen wurden Leute verhört und kamen fort. Einem Friedhof hatte die Untersuchungshaftanstalt geglichen; jetzt wurde sie lebendig.

Schließlich wurde Ding Yi verhört. Cheng Pinzhi trug sie huckepack hin und huckepack wieder zurück in die Zelle und schrieb für sie auch ihre Aussagen nieder; denn einen Federhalter konnte sie schon nicht mehr halten. Ding Yi kam fort, und Cheng Pinzhi trug sie huckepack auch zum Tor, wo zwei aus Peking auf sie warteten. Der eine, ein älterer Mann, fragte Cheng Pinzhi, wie sie denn heiße. Sie ergriff die Gelegenheit wie ein Ertrinkender den letzten Strohhalm, sagte, was sie sechs Jahre lang nirgends hatte sagen können: »Ich heiße Cheng Pinzhi, bin Komponistin am Zentralen Ballett und, seit ich reingekommen bin, nur einmal befragt worden. Bis heute habe ich keinen Haftbefehl zu Gesicht bekommen, jetzt sind es sechs Jahre. Mein Vater, Cheng Wendao, pensionierter Professor an der Beida, ist vor neun Jahren festgesetzt worden, der Grund ist unklar.« Ding Yi, schon wie erstarrt, riss die Augen auf, als hätte wer eine Glocke geläutet, halb offen blieb ihr der Mund stehen.

35 HEIMKEHR

Tief schmerzt seit alters das Scheiden vom innig Geliebten. Cheng Pinzhi litt sehr unter diesem Verlust. Niemanden hatte sie mehr, der ihr das Gestrüpp der Parteipropaganda auseinanderschob und den Blick auf das freigab, was wirklich vor sich ging, niemanden, der ihr die ständig schmerzende Hüfte stützte, wenn sie sich vor Schmerzen nicht mehr hinsetzen konnte. Je länger sie an all das dachte, was sie Ding Yi verdankte, umso schwerer wurde ihr ums Herz – bis sie sich gegen Abend an den Kopf fasste: Was für ein Unsinn! Freuen musste sie sich, dass Ding Yi draußen war, ihre Krankheit endlich behandelt werden konnte! Sie legte sich hin, konnte aber nicht einschlafen: Nun war sie schon so alt und war noch nie allein gewesen. In Moskau waren auf jedes Zimmer zwei Studentinnen gekommen, in der Fremdsprachenhochschule, während der Gehirnwäsche, waren es sechs gewesen, danach, im »Kuhstall«, noch mehr und erst recht dann im Gefängnis. Nun aber war sie auf dem großem *Kang* als Einzige übrig geblieben. Als schwebte sie verlassen zwischen Himmel und Erde.

Es waren kaum noch Gefangene übrig, die meisten waren gestorben oder fortgekommen. Die Untersuchungshaftanstalt war wieder still wie ein Friedhof, die leere Zellenhöhle schien ihr offenes Grab.

Nach einiger Zeit – es schienen ihr Jahrzehnte, tatsächlich war es nicht einmal ein Monat – kam die Reihe auch an Cheng Pinzhi, sie wurde zum Verhör geholt, von den gleichen zwei Pekinger Beamten wie bei Ding Yi. Verhört wurde sie von eben dem Untersuchungsbeamten, der sie damals nach ihrem Namen gefragt hatte, der andere führte Protokoll. Als Ding Yi fortkam, hatte Cheng Pinzhi wohl wirklich eine rettende Hand ergriffen. Sie war aufgeregt, und das Verhör geriet in eine Sackgasse. Sie wusste nicht, wann, und erst recht nicht, wie sie den Oberkommandierenden angegriffen haben sollte. Der Verhörende sagte: »Auf diese Weise können wir deinen Fall nicht abschließen. Und dafür ist jetzt Gelegenheit – hier ist der letzte Ausweg! Arbeite mit uns zusammen, das ist das Vernünftigste.« Ja gern, dachte sie, aber wie? Sie konnte doch nichts aus der leeren Luft heraus erfinden. Sie bat den Verhörer um einen Hinweis, wie sie's anfangen sollte.

Der zitierte auswendig aus dem roten Büchlein: »Der Erhabene Vorsitzende Mao lehrt uns: ›Wir müssen an die Massen glauben, wir müssen an die Partei glauben, das sind die zwei Grundprinzipien‹«, und wurde dann konkret: »Als die Massen dich eingeliefert haben, da haben sie gemeldet, dass du den Erhabenen Führer auf das Übelste angegriffen hast. Das steht in den Unterlagen. Die Massen können nichts aus der leeren Luft heraus erfinden.«

Das sollte ein Hinweis sein? Sie verzweifelte fast. »Eben da liegt doch die Schwierigkeit. Die Massen haben mir nur diese große Mütze aufgesetzt, wie soll ich die mit konkretem Inhalt füllen?«

»So den revolutionären Massen gegenüberzutreten ist falsch. Kristallklar sind die Augen der Massen, sie können keinem guten Menschen Unrecht tun und auch keinen schlechten Menschen davonkommen lassen.«

»Grundlos konntet ihr mich sechs Jahre einsperren und mir großes Unrecht tun, und jetzt soll ich was gestehen«, hätte sie gern geantwortet.

Ihr Gegenüber schlug hart auf den Tisch, Cheng Pinzhi zuckte zusammen, erwartete ein Gewitter mit Hagel und Blitz.

Doch das kam nicht, sanft sagte der Beamte: »Was ist denn da so schwer? Wir lassen dich doch nicht wiederholen, was du gegen den Oberkommandierenden gesagt hast. Wieder Gift zu spucken ist nicht erlaubt. Entscheidend ist deine Haltung zu deinem Verbrechen. Geh zurück in die Zelle und schreib auf, dass du dein Verbrechen erkennst; und morgen gibst du uns das.«

Sie waren tatsächlich gekommen, um den Fall abzuschließen. Dazu leistete sie gern ihren Beitrag, hob die Regierung auf ein erhabenes Podest, schrieb ihr ein perfekt zerknirschtes Sündenbekenntnis, gab zu, dass sie den Erhabenen Führer auf das Übelste angegriffen und verleumdet, die Fürsorge von Partei und Volk, die Hoffnungen des Erhabenen Führers auf das Schlimmste enttäuscht hatte.

Der Untersuchungsbeamte las sich das Bekenntnis durch und sagte dann: »Cheng Pinzhi, du hast den Kernpunkt vergessen! Der Vorsitzende Mao hat dich die Musikhochschule besuchen lassen, und wie hast du ihm die Gnade der Musikhochschule vergolten?«

Als er das sagte, las der gute Mann »Muskel-« statt »Musik-«, sprach von der »Gnade der Muskelhochschule«; Cheng Pinzhi wäre beinahe in Lachen ausgebrochen, beherrschte sich mit Mühe, machte ein ernstes Gesicht und bat ergebenst um Nachsicht für diesen ihren schweren Fehler.

Nach zwei Monaten kamen zwei vom Volksgericht der Mittelstufe der Stadt Peking und lasen ihr das abschließende Urteil vor. Sie behielt nur den letzten Satz im Gedächtnis: »Es handelt sich um einen Widerspruch im Volk, Freilassung wird gewährt.«

Damit verließ die letzte Gefangene aus Peking die Untersuchungshaftanstalt von Changzhi.

Draußen wartete ihre Schwester, weiße Strähnen durchzogen ihre Haare; die beiden umarmten sich lange, konnten kaum voneinander lassen, Tränen netzten ihre Schultern. Die Leute vom Gericht mussten noch zu weiteren Gefangenen im Süden. Die beiden Schwestern fuhren gleich nach Peking zurück. Endlich frei! Cheng Pinzhis Gefühle hingen in dem ihr so lange verbotenen Blick auf das, was draußen vor den Zugfenstern vorbeiglitt, dem blauen Himmel, den weißen Wolken, den grünen Bäumen. Die Schwester setzte mehrmals an, mit ihr zu reden, aber Cheng Pinzhi legte stets den Finger auf die zusammengepressten Lippen – sie hatte tatsächlich Angst, immer noch die Angst der Gefangenen.

Heimgekehrt – wie war Shanshan gewachsen! Ein großes Mädchen war sie geworden, das sie ganz schüchtern ansah. Und Mutters Haar glich einem Büschel Schafwolle, es war vollkommen weiß; ihre Augen waren tief in die Höhlen gesunken, die Wangen eingefallen; bald hätte sie die alte Frau nicht wiedererkannt; sie fiel ihr um den Hals und sagte mit erstickter Stimme: »Mutter, was habe ich dir angetan!«

Die Mutter schniefte, schluckte nach Kräften die Tränen hinunter und sagte: »Was soll ich dir denn vorwerfen? Dem, der dir das angetan hat, dem ist das nicht gut bekommen; wie du festgenommen wurdest, hat deine Schwester sich von ihrem Wang scheiden lassen, und der Sohn will auch nichts von ihm wissen. Deine Schwester weiß, was sie falsch gemacht hat, wirf's ihr nicht vor.«

Sechs Jahre Albtraum und jetzt erst ging Cheng Pinzhi ein Licht auf: Wang Bodan hatte sie ans Messer geliefert! Alles war leise – seit sechs Jahren so still und leise –, aber mit einem Mal brüllte sie nun ihre Wut heraus: »Der beschissene Herr Professor! Der Scheißparteigenosse! Wang Bodan – Am Po dran: Scheißdreck! Scheißdreck von oben bis unten! Stünde er vor mir, ich polierte ihm die Fresse mit beiden Fäusten!«

Die Schwester seufzte, immer noch leise, sie schluckte ihren Hass hinunter. »Am Po dran. Scheißdreck, kein Mensch, der Mann«, sagte sie. »Hat sinnlos sein Leben lang Scheiße gefressen. Was der im Kopf hat, taugt höchstens als Hundefutter. Ständig hat er mit mir herumgezeckt, weil er unseren Wang Cheng aufs Dorf jagen wollte. Ich hab mich aufgeregt, hab ihm gesagt: Für Wang Cheng hat der Vorsitzende ein Hintertürchen geöffnet, wenn du dich traust, geh doch zum Vorsitzenden und fang mit dem Streit an! Er hat's nicht geglaubt. Ich verleumde den Erhabenen Führer, das hat er gesagt. Unbesonnen hab ich in meinem Ärger die Geschichte mit Doktor Lin herausgequatscht, das kam ihm gelegen. In der Fakultät haben sie da grad gegen Eigennutz gekämpft und Revisionismus kritisiert, da hat der Am-Po-dran dich und mich als Kampfobjekte gemeldet. Mir hat das abgesonderte Überprüfung eingetragen, aber das ist nichts im Vergleich zu dem, was sie dir angetan haben. Im Revolutionskomitee der Universität wurden sie sich aber nicht einig, der vereinigte Justizapparat konnte da kein Verfahren eröffnen, da haben sie die Massen eben dich einliefern lassen.«

Cheng Pinzhi war wütend, und gleichzeitig wunderte sie sich. »Wenn das so ist, woher kamen dann diese revolutionären Massen, als die mich eingeliefert haben? Und alle haben Losungen gerade gegen mich gerufen!«

»Das ist so ein Haufen von Berufsmassen«, sagte die Schwester, »aus der Nachbarschaft der Untersuchungshaftanstalt. Wenn es was gibt, lässt man die kommen und Losungen rufen. Denen braucht man nur den Namen zu sagen, das genügt. Gibt genug hier, die gern Krach schlagen, mit ein bisschen Geschrei andere zu Boden brüllen, das macht denen sogar noch Spaß.«

»So haben mich die Massen eingeliefert?«

»Ganz genau so«, sagte die Mutter. »Beim Ballett wussten sie lange nicht, was eigentlich mit dir los war. Anfangs habe ich geglaubt, dass sie mir was vormachen. Erst als deine Schwester aus der abgesonderten Überprüfung freikam, habe ich erfahren, dass da dieser Scheißdreck Am-Po-dran völlig übergeschnappt war.« Sie seufzte und nahm sich dann Pinzhi vor. »Damals konnte ich ja sagen, was ich wollte, du hast nicht drauf gehört. Und wie hat es geendet, wer hat was für dich getan? Nur einen Satz hätte es damals den Herrn Mao gekostet, und dir wäre nichts geschehen, nichts! Und auch all die Jahre danach hat er nicht nach dir gefragt. Als hätte es dich nie gegeben.« Die alte Dame schüttelte heftig den Kopf, ihr weißer Schopf flog hin und her, als wollte er den anklagen, der an all dem Elend schuld war.

»Was kümmert's den? Der kümmert sich doch nicht mal um die eigene Familie«, sagte die Schwester. »Was sollte er sich da um Pinzhi kümmern?«

Das stimmte. Seit Jahrzehnten schon hatte ihm Jiang Qing als sein treuer Hund gedient; und nach der fragte er auch schon lang nicht mehr. Merkwürdig, dachte sie, sechs Jahre lang ist mir gar nicht bewusst geworden, wie kalt, ja wie herzlos er ist. Dumm bin ich ins Loch geschoben worden, dumm wieder rausgekrochen, ohne Sinn und Verstand!

Sie sah den Vater nicht, fragte die Mutter, ob er geschrieben hatte.

Die Mutter schüttelte den Kopf.

»Lang kann es nicht mehr dauern«, sagte Cheng Pinzhi, »den Untersuchungsbeamten habe ich vom Vater erzählt.«

In den trüben Augen der Mutter glomm kurz ein Funke auf und erlosch gleich wieder. »Wer weiß, ob er überhaupt noch unter den Lebenden ist. Und auch wenn er noch lebt, weiß man doch nicht, ob er jetzt noch lang durchhält.«

Cheng Pinzhi fragte nach ihrem Besuch in Changzhi. Die Mutter berichtete: »Chen Jings zwei Jungen haben uns ein Hemd gebracht und einen Zettel mit der Adresse der Untersuchungshaftanstalt in Changzhi. Deine Schwester wollte allein hinfahren, aber ich hab gesagt, ich fahr auf jeden Fall mit, da hat sie zwei Bahnfahrkarten gekauft. Wir sind mitten in der Nacht angekommen und haben uns im Bahnhof hingehockt. Wie es hell wurde, haben wir uns zur Haftanstalt durchgefragt. Die Soldaten am Tor haben uns nicht geöffnet, wir haben bis nach zehn Uhr gewartet, dann ist einer gekommen und hat uns die Sachen abgenommen, aber reingelassen haben sie uns nicht. In meinem hohen Alter habe ich den weiten, weiten Weg nicht gescheut, nur um einmal meine Tochter zu sehen, aber nein, das ging nicht, da konnte ich die anflehen, so lange ich wollte. Da erst hab ich verstanden, was das heißt: Herzen aus Stein.«

Lautlos weinend, umarmte Cheng Pinzhi die Mutter.

»Grad ging es Mutter wieder einigermaßen«, mahnte die Schwester, »und jetzt machst du ihr das Herz wieder schwer. Du bist ja endlich zurück, nun wein doch nicht mehr!«

Cheng Pinzhi fragte nach Chen Jing. Die Mutter berichtete: »Ihre zwei Jungen sagen, sie ist dann nach Henan in eine 7.-Mai-Kaderschule gekommen, und als sie auch da raus und wieder zu Hause war, ist sie keine zwei Tage später verschieden. Die Jungen sind beide noch nicht volljährig. Einer ist nach Ningxia, der andere in die Innere Mongolei. Vorher haben sie mir von ihrer Mutter noch die Adresse in Changzhi gebracht. Ach, die arme Chen Jing. Es ging ihr so erbärmlich schlecht, und trotzdem hat sie noch an dich gedacht.«

Ob sonst noch wer gekommen sei, fragte Cheng Pinzhi.

Sonst niemand, sagte die Mutter.

An der Fremdsprachenhochschule besuchte Cheng Pinzhi den alten Schüler ihres Vaters, der Shakespeare-Stücke zu Pekingopern umgearbeitet hatte. Er hatte sich überraschenderweise kaum verändert; gefragt, wie er sich so gut gehalten habe, lachte er nur: »Shakespeare sei dank!«, sagte er.

Sie erkundigte sich bei ihm nach Katia; hauptsächlich deshalb war sie zur Fremdsprachenhochschule gekommen.

»Vor zwei Jahren ist sie nach Australien gegangen«, sagte der Professor. »Wie ich gehört habe, mit einer Einladung von Verwandten. Da hilft sie Rindvieh hüten, Rindvieh schlachten und Rindfleisch verkaufen. Ihr Mann, das ist schon einer! Hat mir nichts, dir nichts Frau und Kinder, die ganze große Familie, außer Landes gebracht. Egal, was man arbeitet, Hauptsache: Freiheit!«

Cheng Pinzhi besuchte auch Ding Yis Mann, den alten Herrn Wu. »Sie sind doch noch gekommen!«, sagte er weinend. »Ding Yi und ich waren Ihnen so dankbar. Ohne Sie hätte ich Ding Yi nicht mehr lebend gesehen. Ding Yi hat ständig von Ihnen gesprochen. Nun sind Sie auch heimgekommen. Unter den Neun Quellen wird Ding Yi aufatmen.«

Ding Yis Tod war zu erwarten gewesen, dennoch traf er Cheng Pinzhi hart. Sie weinte und weinte. Ding Yi war, wie ihr Mann berichtete, nach ihrer Rückkehr sofort in die Jishuitan-Klinik aufgenommen worden. Doch ihr Knochenkrebs war schon im Endstadium, nach wenigen Tagen hatte sie Metastasen im Gehirn. Darum hatte sie wenigstens beim Sterben nicht sehr zu leiden. Beim Abschied suchte der alte Herr noch ein englisches Buch heraus. »Ding Yi hat mir aufgetragen, Ihnen dieses Buch zu geben, wenn ich Sie sehe.«

Es war eine Sammlung von William Ernest Henleys Gedichten. Auf dem Titelblatt standen zwei Reihen zittriger Schriftzeichen:

Unvergessliche Pinzh
Unvergessliches Changzhi

– und als Unterschrift nur dieser feine waagerechte Strich, 一, das Zeichen für »Yi«.

Cheng Pinzhi war frei, aber ohne Arbeit und Einkommen. Das Ballett hatte sie längst aus der Liste seines Personals gestrichen. Im Zentralen Orchester hatten sie ihre Personalakte nicht. Die sei bei der Polizeibehörde der Stadt Peking. Dann wäre die also jetzt ihre Einheit? Sie lief zu allen städtischen Stellen, die irgendwas mit Musik zu tun hatten. Überall hieß es, man werde sich drum kümmern und sich melden. Sie wartete und wartete, doch es meldete sich niemand. Sie fragte beim Orchester, ob es bei ihrer Akte denn irgendwelche Fragen gebe. Ja also, hieß es darauf, die Akte reiche ja nur bis zum September 1969. Für die Zeit danach fehle jede Angabe. Das sei ja eine Lücke von sechs Jahren! Sie legte das Urteil des Pekinger Volksgerichts der Mittelstufe vor. »Das«, sagte sie, »ist das abschließende Urteil über diese sechs Jahre. Genügt das nicht, um diese Lücke zu füllen?« Doch für die Füllung einer derartigen Lücke die Verantwortung zu übernehmen und sie wieder im Orchester einzugliedern, das wagte keiner.

Die Akte ist der Schatten des Chinesen. Diesen Schatten hatte Cheng Pinzhi verloren. Keinen Schatten werfen nur Gespenster. Sie war zu furchteinflößendem Geist geworden.

Das Haus der Familie hatte man der Mutter genommen. All die Jahre hatte sie sich und die kleine Shanshan mit dem Kleben von Streichholzschachteln durchbringen müssen. Jetzt war es noch ein Mund mehr, der gefüttert werden wolle; wie sollte das weitergehen? Und das Gehalt der Schwester war von 56 auf 30 Yuan gesenkt worden; mit ihren beiden Kindern war das für sie auch schon äußerst knapp. Wang Bodan, der in Henan, seiner Heimatprovinz, umerzogen wurde, hatte faktisch kein Einkommen. Um der Mutter beizustehen, wollte auch Cheng Pinzhi Streichholzschachteln kleben, doch im Straßenbezirk gab es viele, die wie sie Arbeit suchten, es war aber kaum welche zu bekommen; auch die Mutter hatte längst nicht mehr so viel Arbeit wie bisher; die übernahm nun zumeist Cheng Pinzhi und ließ die Mutter sich ausruhen.

Kurz nach Neujahr 1976 starb Zhou Enlai. Und Mao Zedong erschien nicht einmal zur Trauerfreier. »Wie kann ein Mensch derart jedes menschliche Gefühl verloren haben!«, sagte Cheng Pinzhi tief erschüttert. »Wo gibt's denn im Machtkampf Gefühle!«, kommentierte kühl ihre Mutter. Cheng Pinzhi bewunderte den klaren Blick der alten Dame und schämte sich, dass sie selbst immer nur an die paar Bissen dachte, die man ihr zugeworfen, nicht an die Schläge, die sie eingesteckt hatte, schämte sich, dass sie selbst sich immer noch in ihren Gefühlen verstrickte.

So schlichen die Tage dahin, auch chinesisch Neujahr – das Frühlingsfest – ging vorüber. Die Suche nach Arbeit hatte Cheng Pinzhi längst aufgegeben, sie klebte nur noch ihre Streichholzschachteln; mit denen mochte etwas mehr Licht ins Dunkel kommen.

Vier Tage nach dem Frühlingsfest riss mittags der Ruf der Mutter sie aus dem Halbschlaf, in den sie eingenickt war. »Schnell, ein Anruf für dich!«

»Cheng Pinzhi, Telefon! Cheng Pinzhi, Telefon!«, schepperte draußen im Lautsprecher am Blockkomitee die Stimme der diensthabenden alten Dame. Sie rannte hinüber, die Diensthabende hielt ihr den Hörer durchs Fenster, er klebte ihr am Ohr. Der Anrufer war

Old Bill, einst Schüler ihres Vaters, jetzt Professor an der Fremdsprachenhochschule. Sie erkannte seine vom Apparat verzerrte Stimme, vergaß, wie schmierig dieser Hörer war, und presste ihn ans Ohr, die zehn Minuten ihres Gesprächs schüttelten für sie die öligen Spuren alter Telefonate ab. Sie gab ihn der Diensthabenden zurück und rannte nach Hause. Die Mutter, in der Hand eine Streichholzschachtel, die sie gerade beklebte, hielt inne, als sie sah, wie die Tochter keuchte.

»Ist was passiert?«, fragte sie leise, ängstlich.

»Ja!«

»Was Schlimmes?«

»Was Gutes!«

»Nun sag schon, spann mich nicht auf die Folter! Was für Gutes? Wer hat angerufen?«

»Old Bill. Er sagt, ein Lehrer aus ihrer Englisch-Fachschaft ist als Simultan-Dolmetscher an die UNO abgestellt worden. Er hat mich gefragt, ob ich für drei Monate dessen Klassen übernehmen möchte.«

»Du sollst an der Hochschule Englisch unterrichten? Der spinnt wohl! Dieses Manna fällt doch nicht für dich vom Himmel!«

»Das hab ich ihm auch gesagt. Aber er sagt, die Hörer, das sind alles Arbeiter-Bauern-Soldatenstudenten« – die nach Schließung aller Hochschulen 1966 bei deren allmählicher Wiedereröffnung ab 1970 auf Empfehlung ihrer »Einheit« als politisch des Studiums würdig aufgenommen worden waren –, »die können kaum richtig Chinesisch schreiben, mit denen zurechtzukommen ist nicht viel schwerer als mit den Kleinen im Kindergarten, die lässt du sich brav in Reih und Glied aufs Töpfchen setzen und ihr Geschäft verrichten. Und das wird gut bezahlt! Neunzig Minuten für zwei Unterrichtsstunden à 1,50 Yuan, zehn solche Stunden die Woche, im Monat also gut dreißig Yuan, sind für drei Monate gut hundert Yuan! Wo findest du sonst derart einträgliche Arbeit?«

»Wann soll's denn losgehen?«

»Nächsten Dienstag. Ich hab noch zehn Tage für die Vorbereitung.«

Die alte Dame nahm die über lange Zeit aufgesparten Lebensmittelmarken für Gebäck, ging zur Reisblütendorf-Konditorei und erwarb sieben nicht sehr große, aber exquisite Schachteln mit unterschiedlichem Inhalt: Piniennuss-Dattelkuchen, Lotusnuss-Plätzchen, Ochsenzungenkuchen, Goldschweinchenkuchen, Tigerhaut-Eiertörtchen, Grüntee-Kekse, grüne Yam-Kuchen, von jeder Sorte ein halbes Pfund, und packte alles in einen unauffälligen alten Beutel. Ungeduldig rief Cheng Pinzhi sogleich Old Bill an und verabredete einen Besuch bei ihm um halb neun am nächsten Tag. Am Morgen, die alte Dame hatte den Beutel schon sorgfältig auf dem Gepäckträger verschnürt, schwang Cheng Pinzhi sich aufs Rad, fuhr gen Westen und steckte bald im Fluss des morgendlichen Berufsverkehrs fest. Für die zehn Kilometer brauchte sie gut zwei Stunden, um sieben Uhr war sie losgefahren, um halb zehn hatte sie glücklich ihr Ziel erreicht. Old Bills Wohnung und die Englisch-Fakultät befanden sich beide im Westhof der Fremdsprachenhochschule, den Cheng Pinzhi von ihrem ersten Besuch bei Old Bill kannte. Schon von fern sah sie ihn an der Haustür stehen. Sie stieg vor ihm ab und entschuldigte sich vielmals für die Verspätung. Er lachte nur. Drinnen öffnete Cheng Pinzhi ihren alten Beutel und überreichte, sich verneigend, eine Schachtel nach der anderen. Er nahm jede ehrfürchtig in beide Hände, öffnete sie dann und bewunderte den Inhalt. »Sieben mal sieben, alle Wünsche hienieden«, sagte er »welch glückliche Zahl! Herzlichen Dank!«

»Nicht mir gebührt der Dank, ich hab für den Altar diese Blumen nur geliehen, von meiner Mutter, mit den besten Wünschen für den alten Herrn!«

»Um Himmels willen, der Gattin meines Lehrers hätte ich einen Besuch abstatten müssen, um alles Gute zum neuen Jahr zu wünschen! Jetzt hab ich diese Pflicht versäumt, und die alte Dame hat sich auch noch meinetwegen in Unkosten gestürzt! Aber sie befindet sich hoffentlich noch bei guter Gesundheit?« Dann erkundigte er sich auch nach dem alten Herrn Cheng, seinem Lehrer.

»Im Gefängnis von Linfen in Shanxi konnte ich über den Gefängnisarzt mit dem Vater Botschaften austauschen. Dann wurden die Gefangenen weiterverlegt. Seitdem hab ich von ihm keine Nachricht.«

»Da ist doch Hoffnung. Ihren Zug hat er nicht erreicht, aber weitere werden folgen. Mein alter Lehrer hat ein großes Herz – wohin es ihn immer verschlagen mag, er kommt unter jedem Himmel zurecht. Ich glaube fest, dass ich ihn bald wiedersehe!«

»Ihr Wort ins Ohr der Götter!«, sagte Cheng Pinzhi und fragte ihn dann, was ihre Hörer denn bisher an der Hochschule für Unterricht bekommen hätten.

»Die sind jetzt ein Semester hier und haben nur Politikunterricht gehabt. Ihr Englischlehrer, der kam aus der Armee zu uns, da ist er Politoffizier gewesen, der hat ihnen *Long live Chairman Mao* beigebracht. Die sind unbeschriebene Blätter, warten nur, was du draufschreibst.«

»Gibt es denn irgendwelches Lehrmaterial?«

»Aber ja, jeder hat das kostbare Rote Büchlein in Englisch.«

»Könnten Sie mir auch eins beschaffen?«

»Heutzutage fehlt es ja an allem, nur daran nicht.« Old Bill zeigte auf einen Stapel von Büchlein in rotem Plastik auf dem Bücherbord. »Greif zu, nimm, so viele du willst. Das Amt für fremdsprachige Publikationen wird sie nicht mehr los, wenn sie die ins Ausland schicken, müssen sie die Rücksendegebühren erstatten; und die KPs mit dem ML hintendran, ganz klar, die verlangen noch ihren Preis dafür. Wir kriegen die umsonst, wenn sie nicht zuzahlen müssen, schicken sie dir jede Menge. Jeder hat bald ein Dutzend.«

Worauf sie achten solle?

»Reden bringt Unheil, schweige vom Staat!«, wandelte Old Bill die alte Weisheit ab und fügte hinzu: »Sprich nur Englisch im Unterricht; und nach der Stunde, nichts wie weg!«

36 RAUS AUS DEM CHAOS, ZUR ORDNUNG ZURÜCK!

Cheng Pinzhi bereitete sich eine Woche lang vor. Als Lehrmaterial notierte sie sich so ein Dutzend Sprüche, alle so, wie ihr Old Bill geraten hatte: im Präsens, immer ohne Nebensätze, nie ohne Mao – Today we learn a quotation from Chairman Mao … Great leader Chairman Mao teaches us … We are all good students of Chairman Mao … We love Chairman Mao … We closely follow Chairman Mao … Chairman Mao is our red hearts reddest red sun …

Ihr Kurs sollte vormittags von Viertel nach zehn bis zwölf Uhr stattfinden, mit zehn Minuten Pause gegen elf. Für diese Zeiten war sie der Fachschaft von Herzen dankbar; so brauchte sie sich nicht zu nachtschlafender Zeit in den Berufsverkehr zu stürzen. Am nächsten Tag fuhr sie um neun zu Hause los und war ohne große Eile um halb zehn da. Sie schaute bei der Fachschaft rein, die Sekretärin zeigte ihr den Hörsaal und die Toilette; Mittagessen könne sie in der Mensa der Mitarbeiter im Osthof bekommen; ob sie Essensmarken kaufen wolle? Sie bedankte sich: Nein, sie habe es nicht weit, komme daheim gerade zum Mittagessen wieder an. Was sie nicht sagte: Als sie vor fünfzehn Jahren aus der Sowjetunion zurückgekommen war, hatte man sie zum »kollektiven Studium« in ebendiesem Osthof untergebracht, jeden Tag hatte sie dort in der Mensa gegessen. Damals Verlobte, kurz vor der Hochzeit, jetzt arbeitslose Witwe … Sie mochte das nicht weiter verfolgen, zwang ihre Gedanken zurück in den Hörsaal.

Da saßen nun fünfundvierzig Studenten vor ihr, unterschiedlichen Alters, nicht mal aus der gleichen Generation, einige, unrasiert, voller Bartstoppel die Gesichter, waren wohl über vierzig, der jüngste dagegen hatte ein Kindergesicht, schien höchstens fünfundzwanzig zu sein. Was Cheng Pinzhi besonders verwunderte: Die Hälfte des Himmels fehlte, keine einzige Frau war darunter. Eine Klasse von lauter Junggesellen, und ausgerechnet sie sollte die unterrichten. »Good morning! My name is Cheng.«

»Good morning, teacher Cheng!«

Schien durchaus ein netter Verein. Sie trat zu Kindergesicht, vorn in der ersten Reihe ganz links, und fragte: »What's your name? Where are you from?«

»My name is Liu Gang. I am from Chengdu.«

»Thank you!«

Sie wandte sich zu seinem Nachbarn. »And your name?«

»My name is Liang Weidong. I am from Hangzhou.«

Die anderen warteten ihre Frage nicht ab; vergnügt und lebhaft nannten sie Name und Herkunft; alle Eigennamen atmeten den allerrevolutionärsten Geist: Yongzhong – Ewig Treu; Yongge – Ewige Revolution: Xiangdong – Folge Mao Zedong; Weidong – Mao Zedongs Wächter des Ostens; Sixin – Vierfach Neu; Naxin – Das Neue Aufnehmen; Zhihong – Roter Wille; Yonghong – Ewig Rot, und so weiter, und so fort, manche Namen waren mehrfach vertreten, so gab es eine ganze Anzahl von Weidong, Wächtern des Ostens, darunter zwei Sun Weidong, die aber leicht zu unterscheiden waren: Der alte Sun hätte der Vater des kleinen Sun sein können; er kam aus Laiwu in Shandong, war Klassenältester und beeindruckte Cheng Pinzhi besonders. »Bei uns in Laiwu kann jeder zwei Sätze Englisch«, behauptete er. »Gudao maoni? A' Laifu you!« Das hieß so viel wie: »Spiele gerade mit der Katze. Wir in Laiwu haben da was.«, und klang wirklich so ziemlich wie: »Good morning! I love you!« Die ganze Klasse brach in Gelächter aus, auch Cheng Pinzhi musste mitlachen. Schließlich hatten alle sich vorgestellt, und es klingelte, die Stunde war um, und Cheng Pinzhi fiel ein: Den Chairman Mao hatte sie ganz vergessen.

Danach gab es zu Fragen an Einzelne keine Gelegenheit mehr. Cheng Pinzhi stand an der Tafel, schrieb einen ihrer Sprüche auf, las ihn vor, und die ganze Klasse wiederholte ihn wie ein fünfundvierzig Mann starker Männerchor, kein Spruch ohne Chairman Mao, nur wurde der Chairman Māo in der eigenartigen Aussprache dieses Chores zu *Tjiänmen Maó*, Vordertor-Katze, es klang, als riefe der Chor nach dieser Vordertor-Katze, dazu kam noch der Wolf *Láng*: *Láng! Laifu Tjiänmenmaó* – Wolf! Komm, hilf der Vordertor-Katze! »Long live Chairman Mao«, sollte das heißen. Und »Chairman Mao teaches us« wurde zu *Tjiänmenmaó títjǐ yasǐ*: Vordertor-Katze spricht vom Todquetschen, und so fort, immer ging es um die Katze, und die Kinder aus den Familien im Westhof, die den Chor draußen hörten, nannten diese Klasse bald den Katzenchor und miauten vorm Fenster zur Antwort. Cheng Pinzhi schalt sie ein paarmal, doch es nützte nichts, man musste sie miauen lassen. Sie fragte sich nur, wie ihr Vorgänger in diesem Kurs wohl übersetzte, jetzt bei der UNO? Und das auch noch simultan! Sie und ihr Chor hatten jedenfalls ihren Spaß, sie verstanden sich ausgezeichnet, und die zwanzig Kilometer hin und zurück jeden Tag waren ein guter Ausgleichssport, sie war damit ganz zufrieden.

Täglich glitt sie auf ihrem Weg, hin und zurück, wie ein Windhauch am Tor des Himmlischen Friedens vorüber, ohne einen Blick auf das große Bild, das am Torgebäude hing. Über dreißig Jahre jünger war der Porträtierte darauf. Unter verhangenem Himmel in strömendem Regen tauchten Anfang April auf dem Platz Blumenkränze auf, es wurden mehr und mehr, und es kamen auch immer mehr Menschen auf den Platz. Auf dem Rückweg an einem Freitag konnte sie ihre Neugier nicht mehr bezwingen, stieg vor dem Tor von ihrem Rad ab und sah sich um. Überall auf dem Platz lagen Kränze, alle für Zhou Enlai. Vor dem Historischen Museum flammte ein Feuer auf, ein Polizeifahrzeug brannte. Cheng Pinzhi hatte das Gefühl, in der Kommunistischen Partei könne es Umwälzungen geben; reden konnte sie darüber nur mit der Mutter. Sie machte, dass sie von diesem Ort gefährlicher Ungewissheit weg- und nach Hause kam.

Die Mutter hielt gar nichts von Zhou Enlai, ein großer Schuft sei das gewesen, der den Getreuen spielte, ein niedriger Mensch, der insgeheim Verderben säte. Peng Dehuai habe ihn eine Hündin genannt. »Mich wundert das auch«, sagte Cheng Pinzhi, »er ist doch schon vier Monate tot, wie kommen jetzt mit einem Mal so viele mit Kränzen für ihn?«

Die Mutter hielt auch davon nichts. »Chinesen werden in der Familie von Verwandten und Freunden betrauert. Da bringt nicht so leicht einer Kränze. Woher kommen dann die vielen Kränze auf dem großen Platz? Hast du irgendwelche Namen auf den Schleifen entziffern können?«

»So ein Dutzend hab ich mir genauer angesehen. Alle waren von irgendwelchen unklaren Organisationen. Aber es waren viele Leute auf dem Platz, und als die Polizei kam und die Kränze einsammeln wollte, haben sie sie nicht gelassen, sie haben sich geprügelt und das Polizeifahrzeug in Brand gesteckt.«

»Der olle Mao hat immer ohne Mitgefühl und Anstand gehandelt, und Zhou hat sein Leben lang für ihn als braver Hund auf Herrchens Andeutungen hin so viele in Unheil und Tod gestürzt, und dann ist das Herrchen nicht mal zur Trauerfeier erschienen. Das hat auch das Volk empört, hetzt dann noch wer im Hintergrund, dann brennt's.«

»Ja, da steuert jemand im Hintergrund, nutzt diesen Vorwand für ganz was andres. Ein Polizeifahrzeug abfackeln, das traut sich doch keiner ohne verlässlichen Rückhalt.«

»Kämpfe in der Partei – da wird's noch einiges geben! Vermeide bloß diesen unheimlichen Platz, wenn du am Montag zur Hochschule fährst!«

Am Wochenende wurde es immer wilder, es gab zahlreiche Festnahmen; auf dem Platz des Himmlischen Friedens galt der Ausnahmezustand, und am Montag musste sie ihn in weitem Bogen umfahren. An der Hochschule erfuhr sie dann: Auf Hinweis von oben wurden die Kurse jetzt »konsolidiert«; sie war umsonst gekommen.

Während der Konsolidierung kam der zur UNO delegierte Lehrer zurück; Cheng Pinzhi erfuhr nicht, ob er seiner Aufgabe nicht gewachsen gewesen war oder zurückkam, um mit zu »konsolidieren«. In dem Monat, den sie den Kurs gehalten hatte, waren sie und die fünfundvierzig Teilnehmer einander nahegekommen, diese plötzliche Trennung schmerzte beide Seiten. Sie kam nach Hause und fühlte sich vereinsamt und hilflos. Die Mutter sah es und mahnte: »Bleib nicht stehen, wo Hunde sich beißen, gleich auf welcher Seite, sonst musst du schon Glück haben, dass du nichts abbekommst. Kleb mit mir Streichholzschachteln, da klebst du dir kein Unheil zusammen. Das gibt einen wüsten Herbst. Wenn Große sterben, bricht Chaos im Reich aus. Bei dieser Bande von Tattergreisen, da flackern die Kerzen nur noch, ein Hauch, und schon es ist dunkel.«

Das hatte sie richtig vorhergesehen. Am 9. September kam Trauermusik aus den Lautsprechern. Untergegangen war die rote, nie untergehende Sonne, wie eine Sternschnuppe plötzlich weg. In Peking weinten sie, manche wirklich, manche taten nur so. Tränen sind wertlos, sie den Umständen gemäß zu vergießen ist ganz einfach. Cheng Pinzhi dachte an »Mao stinkt-stank – Mao verstank!« Und an Chen Jing. Wäre die jetzt hier, sie würden einen drauf trinken! Cheng Pinlan und ihr Sohn kamen von der Beida angeradelt mit einer Flasche hochprozentigem Maotai, die Mutter kratzte die über Jahre aufgesparten Mehlmarken zusammen, kaufte damit schönes weißes Mehl, und die ganze Familie verputzte zur Feier des Tages Unmengen daraus handgemachter Nudeln; und sie waren nicht die Einzigen. Vor den Mehlläden bildeten sich lange Schlangen, weißes Mehl war bald in der ganzen Hauptstadt ausverkauft.

Ein sonderbarer September war das; alle Ämter, groß und klein, mit Flaggen auf Halbmast, waren wegen Trauer geschlossen. Im Oktober aber lachte auf einmal der Himmel, und Maos Hinterbliebene und ihr getreuer Anhang, dazu sein Neffe Mao Yuanxin, wurden sämtlich als »parteifeindliche Viererbande« festgesetzt. Die Freude darüber war allgemein, und jetzt konnte man's öffentlich feiern. Wieder kam Cheng Pinlan mit ihrem Sohn Wang Cheng, und kaum waren sie zur Tür herein, schickte sie ihn zur »Gesamtheit versammelter Tugend«, um einen Tisch zu bestellen; er war bald zurück: »Für einen Monat ausgebucht; bestellen wir einen Tisch in einem Monat?« »Bestell, einen Monat können wir warten!« Die alte Dame freute sich: »Beeil dich! Bis du zurück bist, ist's für drei Monate ausgebucht!« »Ich lauf zum Blockkomitee und telefonier die Reservierung durch«, sagte Cheng Pinzhi, »das geht am schnellsten.« »Ich hab ja schon von der Fakultät aus dort angerufen«, sagte ihre Schwester, »aber sie nehmen keine telefonischen Reservierungen an. Drum hab ich Wang Cheng hier gleich hinlaufen lassen. Kleiner Dummkopf, warum hast du nicht gleich noch ein Huhn gekauft und mit zurückgebracht?«

Da dröhnte der Lautsprecher am Blockkomitee: »Cheng Pinzhi, Telefon! Cheng Pinzhi, Telefon!« »Macht euch keine Gedanken mehr, das ist die ›Gesamtheit versammelter Tugend‹«, lachte Cheng Pinzhi, rannte hinüber und kam bald zurück, die Augen gerötet. Alle warteten, sie lächelte nur. »Mutter, was war das für ein Anruf?«, traute sich Shanshan schließlich zu fragen.

»Morgen Abend in der ›Gesamtheit versammelter Tugend‹!«

Alle staunten. »Wie das denn, hattest du doch schon bestellt?«, fragte Cheng Pinlan ihre Schwester, sah dabei aber ihren Sohn an.

Wang Cheng schüttelte heftig den Kopf. »Mir wird ja schwindlig, alles dreht sich, ich kapier's nicht – Tante, hast du wirklich bestellen können?«

»Ich nicht, Old Bill lädt uns ein.«

Völlig perplex, starrte Wang Cheng sie an, dass ihm fast die Augen aus dem Kopf fielen. »Ja, wie früh hat der denn bestellt? Überhaupt versteh ich das alles nicht – nach nicht mal einem Tag haben sie dort erst in drei Monaten einen freien Tisch ... Konnten all die Leute denn in die Zukunft sehen?«

»Ich weiß nicht, wie die alle bestellt haben. Für Old Bill und uns hat ein Freund von Old Bill bei der Reservierung geholfen, einer seiner Shakespeare-Fans. Der hat drei Jahre lang die ›Gesamtheit versammelter Tugend‹ gefegt, dann fünf Jahre im Qincheng-Gefängnis gesessen und, wieder freigelassen, hat er jetzt sein Amt zurückbekommen, ist wieder stellvertretender Direktor des Handelsamts.«

»Uns ist es ja ähnlich ergangen«, sagte die Mutter ganz gerührt, »verständlich, dass er mit uns zusammenkommen möchte!«

»Old Bill hat mich gefragt, ob ich eine Chen Jing kenne, und so hab ich nun erfahren, dass dieser Freund von Old Bill Chen Jings Ehemann war. Sie hat überhaupt nur einmal ihren Mann erwähnt, und erzählt, dass der am 1. Gymnasium von Changsha Maos Mitschüler gewesen ist. Kein Wunder, dass sie im Gefängnis jetzt keinen Brief, überhaupt nichts von zu Hause bekommen hat.«

»Was ist denn jetzt aus ihren Jungen geworden?«, fragte die Mutter bekümmert.

»Sein Freund hat ihm nur erzählt, dass er Chen Jing nicht mehr lebend gesehen hat.«

»Was ist denn das für eine Geschichte?«, fragten Shanshan und Wang Cheng fast gleichzeitig.

Cheng Pinzhi erzählte, wie Chen Jing *Morning Sun* übersetzt hatte als »Mao stinkt-stank, kurz: Mao verstank!« »Prophetisch!«, sagte ihre Mutter. »Schade, dass sie den heutigen Tag nicht mehr erlebt hat!« »Einen Schädling hat sie Mao auch genannt«, sagte Cheng Pinzhi. »Schädling, das trifft es sehr gut!«, meinte die Mutter. »Mit Schädlingen wird man schwer fertig. Deshalb haben sie jetzt erst zugeschlagen. Und hätten sie's nicht getan, dann hätten Schadinsekten wieder gewagt, Massen in Bewegung zu setzen, die jede Scheiße fressen, und als Futter für die wieder ganz China als Scheißhaus mit Scheiße gefüllt.« Cheng Pinzhi rechnete nach. Seit Mao endlich verschissen hatte, war erst ein Monat vergangen. So langsam hatten die gar nicht zugeschlagen.

Punkt für Punkt wurde nun klargestellt. Gleich nach dem Frühlingsfest am 18. Februar erging Mitteilung der Propagandaabteilung des ZK: »Ab heute werden in Geschäften der Xinhua-Agentur und der Internationalen Buchhandlung keine noch vorhandenen Exemplare der *Worte des Vorsitzenden Mao* in Chinesisch, Minderheiten- oder Fremdsprachen mehr ausgegeben.« Man konnte sie als Altpapier verkaufen; infolgedessen sank der Ankaufspreis für Altpapier um die

Hälfte, für zwei Kilo *Worte* gab's einen Fen, für einen ganzen Armvoll keine zwei. Verkäufer beschwerten sich, das sei zu billig, Aufkäufer erklärten: »Der Plastikeinband wird nicht mitgerechnet. Wenn es euch zu wenig ist, nehmt es wieder mit heim und bewahrt es auf als Kulturdokumente!« Die Mutter und Cheng Pinlan suchten auch einen Haufen Mao-Plaketten zusammen, warfen sie in einen großen Beutel und gaben ihn den beiden Kindern. Sie sollten das Zeug verkaufen und den Erlös halbe-halbe teilen. Begeistert rannten die Kinder los, bekamen einen Jiao dafür und gaben den der Großmutter. Die drei Erwachsenen wussten nicht, sollte man lachen, sollte man seufzen – des Erhabenen Kopf auf Blech war noch weniger wert als seine Worte auf dem Papier. »Im Ergebnis«, sagte die alte Dame, »kommt da ja doch viel Rohmaterial zusammen. Zurück aus dem Ofen wird noch ein gutes Küchenmesser daraus geschmiedet. Und die Leute sind den Schrott los, der ihnen die Wohnung verstopft.« »Mutter versteht sich auf Dialektik!«, lobte ihre ältere Tochter, und ihre Schwester pflichtete ihr bei: »Und das von hoher Warte aus; sie denkt an den Staat, will die Mühen des Volkes erleichtern!« Wang Cheng sah, wie die alte Dame sich stillschweigend freute. »Oma«, sagte er, »wir sind für den einen Jiao gerannt, weil wir uns bei euch Großen beliebt machen wollten!« »Solche Schmeichelei kostet ja nichts«, sagte Shanshan, »aber der Jiao für Oma, der ist trotzdem echt, ein Jiao für all die Schweinsköpfe!« »Kinder, hättet ihr noch vor einem halben Jahr gewagt, von Schweinsköpfen zu reden«, erschreckte sich die alte Dame, »dann hätte mich das wohl meinen alten Kopf gekostet!«

Doch in Wirklichkeit wurde nicht jeder Punkt gleichermaßen klargestellt. Von überall im Land strömte ein Haufen von Architekten in Peking zusammen, um auf der Hauptachse der Stadt dem Urheber des ganzen Unheils ein Grab zu errichten. »Direkt gegenüber dem Tor des Himmlischen Friedens? Das ist ungeheuerlich!«, sagte Großmutter Cheng. »Das Tor des Himmlischen Friedens ist das Haupttor der Purpurnen Verbotenen Stadt, einst hieß es das Tor zum Empfang des Himmels: um das Schicksal, das Leben vom Himmel zu empfangen und auf den Weg zu bringen! Welche dahingegangene Majestät der Ming- oder Qing-Dynastie hätte man auf dieser Achse zu bestatten gewagt? Keine Ahnung von Fengshui! Architekten sollten wissen, was gegen Yin und Yang verstößt!«

»Wie sollte diese Bande von Analphabeten so was begreifen?«, sagte Cheng Pinzhi. Die alte Dame wurde noch wütender. »Analphabeten, ja, Analphabeten wagen es tatsächlich, den Geist unserer alten Kultur herauszufordern! Werfen nicht nur eine Leiche auf die zentrale Achse der Hauptstadt, nein, bauen für einen Toten ein Denkmal höher als das Tor des Himmlischen Friedens! Wartet nur auf die Antwort, die der Himmel darauf geben wird!«

»Mutter, sich über diese Typen Gedanken zu machen, das bringt überhaupt nichts. Wenn die einen Toten in den Himmel heben wollen, ohne Grund unter den Füßen zu haben, muss uns das anspornen, genau hinzusehn, was los ist, was drängt! Für uns dringend ist Papas Sache, um die müssen wir uns bemühen! Er ist alt, wir dürfen keine Zeit verschwenden!«

Des Vaters Sache war noch nicht erledigt, da regelte sich die Sache der Tochter. Die alte Leitung des Orchesters wurde rehabilitiert und holte Cheng Pinzhi zurück. Die bisherige kulturrevolutionäre Gruppe trat ab, statt der kulturrevolutionären Symphonien *Shajiabang* und *Mit List den Tigerberg erobern* spielte das Orchester wieder Beethovens *Neunte*, Mozarts *Flötenkonzert in D-Dur* und Debussys Klavierstücke; Cheng Pinzhi spürte, wie sehr sie zurückgefallen war, und kämpfte in jeder Minute, jeder Sekunde, um zurückzugewinnen, was sie in diesen zehn Jahren verloren hatte. Orchestrieren ließ man sie schon wieder, damit war sie schon glücklich.

Vom dritten Plenum des 11. ZK der Kommunistischen Partie Chinas, Ende Dezember 1978, wurde die Kulturrevolution in Gänze verdammt. Anschließend revidierte dieses ZK, das ZK Deng Xiaopings, ungerechte, falsche und fehlerhaft entschiedene Fälle: Ließ zuerst die 1976 am Totengedenktag, dem 4. April, auf dem Platz des Himmlischen Friedens Festgenommenen frei und nahm sich dann großer und wichtiger Fälle und fehlerhafter Entscheidungen an. Cheng Pinzhi lief wegen ihres Vaters nun von der Polizeibehörde zur Staatsanwaltschaft, von dort zum Gericht – und endlich wurde im Frühjahr 1979 auch sein Fall revidiert, Professor Cheng Wendaos Unschuld wurde festgestellt, er wurde freigelassen. Sein Fall war nicht groß, nicht wichtig genug gewesen, um als großer oder wichtiger Fall zu gelten, er beruhte auch nicht auf einem Fehlurteil. Denn es gab gar kein Urteil. Man hatte ihn schlicht vergessen, es war ein namenloser, vergessener Fall gewesen. Am 13. März fuhren Cheng Pinzhi und ihre Schwester zusammen mit zwei Richtern und einem Sekretär des Pekinger Volksgerichts der Mittelstufe nach Gaoping, wo der Vater zuletzt gefangen gehalten worden war, um ihn abzuholen. Die Formalien dort dauerten ihre Zeit, es wurde spät. Die zwei vom Gericht nahmen im Ort Quartier; sie müssten, sagten sie, noch nach Yuci, um zwei weitere Fälle zu erledigen. Vater und Töchter nahmen den Bus nach Changzhi, aber dort war der Zug nach Peking grad abgefahren. Der nächste fuhr erst um Mitternacht.

Der alte Herr war sehr aufgeregt, kam die ganze Nacht nicht zur Ruhe, redete abwechselnd mal mit der einen, mal mit der anderen Tochter; auch als sie in Peking ankamen, war noch lange nicht alles gesagt, was sich in den zwölfeinhalb Jahren seiner Haft aufgestaut hatte. Ausgestiegen, vom Bahnhof nach Hause gefahren und endlich wieder bei seiner Frau angekommen, redete der alte Herr noch viel mehr, bis tief in die Nacht hinein. Frau und Töchter mahnten ihn besorgt und liebevoll, sich doch erst einmal auszuschlafen. Er sei ja auch todmüde, sagte er, legte sich hin, schlief gleich ein. Und erwachte nicht mehr.

~ Dritter Teil ~

37 GEGEN KORRUPTION!

All das Elend, all den Kummer hatte unsere Lehrerin Frau Cheng lebend überstanden. Verwandte, Freunde und Kollegen hofften, ja erwarteten nun, dass sie nochmals eine Familie gründen würde. Auch meine Mutter und meine Oma versuchten im Bekanntenkreis jemand Passenden für sie aufzutreiben. Aber unsere Lehrerin lehnte das alles ab. Ihre Schwester war nach Australien ausgewandert. Dort hatte sie einen Cellisten gefunden, geschieden, kinderlos und im richtigen Alter für Cheng Pinzhi; er hätte sie gern mal kennengelernt. Die Schwester hatte ihr und ihrer Mutter auch schon längst die nötigen Einladungen geschickt, für die Anträge auf Pässe und Visen war alles parat. Doch Lehrerin Cheng wollte diesen Weg nicht einschlagen. Erstens konnte sie die Toten nicht vergessen, zweitens mochte sie sich nicht vom Zentralen Orchester trennen.

Großmutter Cheng fand, die Tochter brauche Han Yuan und dem Zentralen Orchester nicht in alle Ewigkeit die Treue zu wahren. »Han Yuan ist tot«, sagte unsere Lehrerin, »aber das Orchester lebt. Ich will ihm nicht ewig die Treue wahren, ich kann nur ohne das Orchester nicht leben.«

Großmutter Cheng sah das nicht ein. »Da gab's doch einen in diesem Orchester, der sich in der großen Zeit sogar umgenannt hat, in Chengzhong, ›Treuefest‹; und ist nicht eben der grad ab nach Amerika? Und dir haben sechseinhalb Jahre hinter Schloss und Riegel noch nicht gereicht? Wenn da wer treuefest sein soll, dann wärst du ja wohl zuletzt an der Reihe!«

»Das muss jeder selber entscheiden«, sagte unsere Lehrerin. »Er ist er, ich bin ich. Er geht nach Amerika, kann sich da besser entwickeln. Ich bleibe ruhigen Gewissens ganz selbstverständlich hier.«

Großmutter Cheng beherrschte sich mühsam. »Auch Konfuzius«, belehrte sie ihre Tochter, »auch Konfuzius sagt: ›Ist der rechte Weg nicht gangbar, lass ich mich auf kleinem Floß übers Meer treiben.‹ Verpflanzte Bäume sterben, verpflanzte Menschen leben. Du erhängst dich an diesem Baum hier, was soll das? Lass dich treiben und lebe!«

Die Tochter verstand es anders. »In der Kulturrevolution mag das Sinn ergeben haben. Jetzt ist der rechte Weg wieder gangbar, lass ich mich nun über das Meer treiben, handle ich da nicht dem Wort des Konfuzius gerade entgegen?«

Ihre Mutter kam mit ihr nicht weiter. Also nahm sie das Ding selbst in die Hand, besorgte sich bei der Stadtverwaltung in der Zhengyi-Straße zwei Formulare für Anträge auf Pässe wegen Familienangelegenheiten, füllte das eine für sich, das andere eigenmächtig für die Tochter aus; der sagte sie, sie wolle ein schönes Familienbild von ihnen beiden zusammen haben, und ging mit ihr zum Fotografen in der Wangfujing, den sie vorher instruiert hatte, außer dieser Aufnahme von Mutter und Tochter nebenbei auch ein Passbild der Tochter zu knipsen. Als sie dann die Pässe in den Händen hielt, fühlte sie sich sicherer. Jetzt gab es einen Fluchtweg für die nächste Katastrophe. Denn so alle zehn Jahre kommt ja in China wieder ein Weltuntergang. Ihr konnte es egal sein, ihre Kerze war fast heruntergebrannt; aber die Tochter hatte noch einen langen Weg vor sich und musste unbedingt geschützt werden.

Im Sommer 1988 kam Cheng Pinzhis Schwiegervater aus Taiwan erstmals wieder nach Peking, um die Verwandtschaft zu besuchen. Unsere Lehrerin und Shanshan begleiteten ihn in den kleinen Hof der Familie Han, um ihrer dort umgekommenen Angehörigen zu gedenken. Vor seiner Rückkehr nach Taiwan schrieb der alte Herr drei Briefe, an den Leiter des Oststadtbezirks, an den Pekinger Oberbürgermeister und an den Kanzler Li Peng, und verlangte sein Eigentum in der Maor-Gasse zurück. »Der Blick in den Hof zerreißt mir das Herz«, sagte Cheng Pinzhi, »bekäme ich ihn zurück, ich könnte da nicht leben. Lieber Schwiegervater, mach dir doch keine Mühe deshalb.« »Wie könnte ich auf unser Familieneigentum verzichten?«, sagte der alte Herr. »Wenn ich wiederkomme, werde ich für Frau und Sohn und den Enkel, den ich nie gesehen habe, einen Schrein errichten, damit die Seelen der schuldlos Ermordeten zur Ruhe kommen.«

Unsere Lehrerin brachte ihn dann zu ihrer Mutter. Die beiden alten Leute sprachen über ihren Mann und seine Frau und beweinten zusammen die Toten. Großmutter Cheng hätte ihn gern auch gebeten, der Tochter zu helfen, brachte das aber nicht fertig. Das Herz des alten Herrn war voll von Shanshan, seiner Enkelin. Sein zweiter Sohn war Professor in den USA. Shanshan solle doch dort studieren, meinte ihr Opa. Großmutter Cheng war begeistert. »Das wäre wunderbar! Ihre Mutter hat so viel gelitten. Dem Kind soll es besser gehen! Shanshan spielt schon recht gut Klavier, hat an zwei internationalen Wettbewerben teilgenommen und Preise in beiden gewonnen.«

»Freilich, wenn sie in die USA geht, wird das etwas kompliziert«, sagte Herr Han, »damit muss man sich abfinden. Zunächst muss sie sich einschreiben, damit sie eine Aufenthaltsgenehmigung bekommen kann. Wenn sie die bekommt, kann sie sich erst mal als Sprungbrett einen angemessenen Job suchen.«

Ein halbes Jahr später ging Shanshan an die Musikhochschule der University of Indiana. Ihr Onkel war Mathematikprofessor an dieser Universität, sie konnte bei ihm wohnen, und der Opa zahlte 20 000 US-Dollar jährlich für Studiengebühren, Lebenshaltungskosten und Versicherung. Siebenundzwanzig war sie in diesem Jahr geworden und hatte noch keinen Freund. Großmutter Cheng machte sich Gedanken deshalb, sie diskutierte mit meiner Oma, wie man für die Enkelin einen Freund finden solle. Auch meine Oma hielt das für ein Problem. Was für einer das denn sein müsse? »Muss nur ein guter Kerl sein«, meinte Großmutter Cheng. »Und am besten ein Koch. Unsere Shanshan kann nicht kochen.« Meine Oma wusste, das war nicht alles ganz ernst gemeint. Sie sagte: »Wenn ein Koch abends nach Haus kommt, kocht er nicht. Aber aus guter Familie sollte er sein, das ist wahr. Und geht doch mal was schief, kann sie sich ja auf die Familie daheim verlassen.« Ich musste innerlich lachen, wie ich da die alten Damen so über ungelegte Eier gackern hörte.

Shanshan war kaum fort, da wurde in Peking die Fernheizung abgestellt, in Erwartung der Frühjahrswärme. Tatsächlich kam aber ein Frühjahrsfrost. Beim Unterricht in der Wohnung unserer Lehrerin waren ihre Finger auf dem Flügel klamm vor Kälte. »Ob es bei Shanshan in Amerika auch so kalt sein mag?«, fragte meine Oma.

»Shanshan hat schon geschrieben, dort kann man im Zimmer die Heizung so warm einstellen, wie man mag«, sagte Großmutter Cheng, »das ganze Jahr lang, wann immer man will. Nicht so wie bei uns hier, wo sie Jahr für Jahr und in jeder Wohnung pünktlich zum 15. März abgedreht wird.«

Ich beneidete Shanshan, als ich das hörte. Allein schon deshalb hatte sie recht, fortzufliegen!

Der April mit seinen Wechselbädern von Warm und Kalt war unerträglich; und plötzlich starb Hu Yaobang, die »kleine Kanone«, wie sie ihn nannten. Keine Krankheit, kein Unfall, drehte sich plötzlich um und atmete nicht mehr. In Wirklichkeit aber war er weg- und zu Tode gesäubert worden; ein Säuberer hatte sein Amt übernommen und war Parteivorsitzender geworden, ein berühmter Bodenreformspezialist, den meine Oma ganz besonders unausstehlich fand; kam aus einer Grundherrenfamilie, hatte zunächst seines Vaters Vermögen vergesellschaftet und seines Vaters Land verteilt und so Ruhm als großer Linker errungen, dann Anfang der Fünfziger in Guangdong weiter Privateigentum vergesellschaftet und dabei Menschen dahingemäht wie Gras.

Der in den Tod gesäuberte Hu Yaobang war ein guter Mensch, das haben die Erwachsenen alle gesagt. Wenn ein guter Mensch stirbt, beweint ihn der Himmel mit Wolkenbrüchen. Die Pekinger haben ein weiches Herz; gewohnt, dass ihnen übel mitgespielt wird, erwarten sie gar nicht, dass es auch mal besser kommt, und so wurde ihnen der tote Hu Yaobang zum Manjushi-Buddha, weisesten Lehrer letzten Glücks; Zehntausende trotzten dem strömenden Regen und gingen zu seinem Haus in der Nanchang-Straße, um ihre Trauer zu bekunden. Wenn Hu Yaobang eine Seele hatte, wird ihn das unter den Neun Quellen getröstet haben.

In unserer Familie und in der unserer Lehrerin Cheng achteten wir Hu Yaobang hoch, weil er die Inhaftierten, die in den Tod Gesäuberten der Kulturrevolution rehabilitiert und mit einem Schlag allen »rechten Elementen« die Mütze der Schande abgenommen hatte. Als Kommunist, der unter Mao Zedong selbst wirklich gelitten hatte, wusste er jetzt sehr gut, wofür seinen Landsleuten Abbitte zu leisten war; er rehabilitierte, er entschädigte, wen er nur konnte. Unter denen, die gingen, um ihre Trauer um ihn zu bekunden, waren ihm viele zu Dank verpflichtet. Von uns und den Chengs ging aber niemand hin; wir wollten nicht zu dem Aufruhr vor dem Haus seiner Familie beitragen.

Junge Leute, die nicht gelitten hatten, achteten Hu Yaobang hoch, weil er saubere Hände hatte. Auch seine Familie hatte sich nicht bereichert. Aber solche gab es nicht viele in der KP. Das fiel auf, wenn man den toten Hu Yaobang verglich mit dem lebenden Machthaber, der ihn aus dem Amt getrieben hatte. Bei dem war die ganze Familie korrupt. Alle nutzten seine Macht für ihre Geschäftemacherei. Es gab niemanden in China, der das nicht wusste; die Trauer um Hu Yaobang sprach das aus. Manche legten ihre Trauerkränze auf dem Platz des Himmlischen Friedens am Fuß des Denkmals für die Helden des Volkes ab, direkt vor dem Haupteingang der Großen Halle des Volkes. In Wahrheit war die Große Kommunistische Partei ja längst zur Großen Korrupten Partei geworden. Als sie 1949 in die Stadt einmarschiert war, hatte sie das Staatsvermögen in das Vermögen der einen Partei verwandelt, ihre Oberen machten es zu ihrem Familienvermögen und die Staatsbeamten zu ihrem Dienstpersonal; und in den letzten Jahren hatten sie unter dem Deckmantel von Reformen mit List und Gewalt sich immer mehr unter den Nagel gerissen, und das völlig schamlos. KP war ein Synonym für Korruption geworden; in Peking gab es dazu die Anekdote vom Gedrängel im Bus: Ein alter Mann tritt da versehentlich einer jungen Frau auf den Fuß. »Strolch!«, schreit die, er entrüstet sich: »Entschuldigung, bin aber erstens kein Dieb, zweitens kein Räuber, drittens nicht in der Partei, wieso nennst du mich Strolch?«

Die Studenten verglichen den Toten mit den Lebenden und sahen, wie es stand, sie nahmen die Trauer um Hu Yaobang zum Anlass für Demonstrationen gegen die Korruption der Herrschenden. Die Studenten der Beida waren die Ersten, ein Zug von über dreitausend brach um Mitternacht von Haidian auf und wälzte sich geradenwegs bis zum Tor des Himmlischen Friedens, sie setzten sich still vor die Große Halle des Volkes, blockierten den Eingang und verlangten, dass der Ständige Ausschuss des Parlaments sie empfinge, übergaben eine Schrift mit einem Haufen von Forderungen, verlangten Demokratie und Freiheit. All das klappte sehr schön, und danach wollten die Studenten über die Fuyoujie durch das Westtor ins Zhongnanhai, um auch dort Kränze niederzulegen, wurden aber nicht reingelassen. Sie brüllten: »Komm raus, Li Peng!« Aber der Kanzler Li Peng kam nicht raus, die Studenten drängten nach vorn, wurden von der Bewaffneten Polizei zurückgedrängt, Szenen wie im Film. Einen halben Monat lang ging es hoch her in der Stadt. Das Wetter war mild geworden, niemand sprach mehr von Hu Yaobang.

Dann wurde die Regierung milder und sprach mit den Studenten; die Studenten wurden auch milder und gingen zurück in ihre Vorlesungen. Der 1. Mai verlief friedlich, und auch der 70. Jahrestag der großen Pekinger Studentendemonstration vom 4. Mai 1919 verlief ohne weltbewegende Erschütterungen. Die Studentenführer überreichten dem Staatsrat eine Eingabe, erhoben einen Haufen Forderungen, besonders amüsant war die Forderung nach einem Auftritt im Fernsehen; die verschwand dann stillschweigend in der Versenkung. Wieder kehrten die Studenten in die Vorlesungen zurück, im Stadtzentrum gab es nichts mehr zu sehen, ich hatte das Gefühl, es war sonderbar ruhig geworden. Doch den alten Leuten ging es anders. Jedes Mal, wenn wir zum Unterricht mit unserer Oma in die Wohnung unserer Lehrerin kamen, flehten unsere Oma und Großmutter Cheng zu Buddha: Nur keine neuen Unruhen, wieder so ein Weltuntergang, und China ist erledigt! Das war wohl der Graben zwischen den Generationen.

Ein paar Tage blieb es friedlich, wenn auch nicht gar zu friedlich, ein paar besonders engagierte Studenten waren enttäuscht und wollten erneut Gespräche. Nach Ansicht der Regierung konnte das nicht endlos so weitergehen, man ging nicht darauf ein. Wer auf den anderen nicht eingeht, gibt ihm recht und stinkt ihm ganz besonders. Die Studentenführer, demnach im Recht, scheuchten also ihre Kommilitonen aus den Hörsälen wieder auf den Platz. Was konnten die Studenten tun? Demonstrieren konnten sie! Losungen rufen! Still Blockade sitzen! Die Nahrung verweigern? Die Nahrung verweigern, na bittschön! Die Regierung kümmerte das nicht. Aber den Bürgern der Stadt taten die Studenten leid, meine Mutter und andre aus ihrer Schule brachten ihnen Milchpulver und Traubenzuckerpillen, die aus der Einheit meines Vaters transportierten Aborteimer hin und her. Mein Vater sagte, das sei wohl noch wichtiger als Essen und Trinken; wenn mehrere Zehntausend viele Tage auf dem Platz saßen, mussten sie sich ja irgendwohin entleeren können. Und Chen Sidongs Vater brachte jeden Tag nach der Arbeit auf seinem Kleinbus ein Blaulicht an, fuhr damit auf den Platz und holte ohnmächtig umgekippte Studenten raus.

Die Blockade sitzenden Studenten drängten sich alle vor dem Heldendenkmal und der Großen Halle des Volkes und blockierten deren Haupteingang. Die Regierung regte das nicht auf. Hier konnte man also nicht rein, das war alles. Gorbatschow kam und musste auch durch den Hintereingang. Wenn die Leute vor dem Denkmal Blumen niederlegten, entsprach das der Sitte. Die Regierung war durch die Leute nun der Erfüllung dieser sittlichen Pflicht enthoben! Meine Oma und ihre Freundinnen regten sich darüber ganz besonders auf. Eine Schande sei das für den Staat, sagte sie. Mir schien das Faulheit zu sein. Die Regierung kümmerte sich nicht um ihre Aufgaben. Was saß sie untätig da und fraß sich voll?

Diese Herumtrödelei führte zu weiter gar nichts; zwar wollte der Leiter der Einheitsfrontabteilung des ZK einen Dialog mit den Studenten führen, deren Elite aber blieb bei ihren sieben, acht Hauptpunkten ganz hart. Freilich wollte auch sie den Dialog, aber mit den Oberen und auf Augenhöhe. Blöd war jedoch, dass sie jetzt auf einmal keine Fernsehaufnahmen verlangten, und ohne Fernsehen gab es keinen Dialog. Ergebnis: Keine Gesprächspartner, kein Gespräch. Zehntausende Studenten hatten bereits bezahlt, und der Kellner kam nicht. Meine Mitschüler und ich fanden das erbärmlich. Noch kein Studienabschluss, aber ohne Rücksicht auf Verluste über die Köpfe der Kommilitonen weg ins Rampenlicht trampeln, das war wahrhaftig zu blöde!

Da kam Zhao Ziyang hervor. Ihm vor allem galt der Protest gegen die Korruption. »Lin Biaos Sprössling hat ’nen Putsch geplant, Zhao Ziyangs Bubi Farbfernseher abgesahnt« – diesen Spruch kannte jeder.

Die Farbfernseher waren mit Papis Genehmigung durch den Zoll gekommen, und grad dieser Papi kam nun heraus an die Front, sprach zu den Studenten auf dem Platz des Himmlischen Friedens, legte dann die Handflächen ehrerbietig vor der Brust zusammen und verneigte sich. Die Studenten klatschten, brachen in Beifallsrufe aus, als hätten sie gesiegt; manche weinten erschüttert; vergaßen, dass er der Hauptmacher war, vergaßen, wer Hu Yaobang beiseitegeräumt hatte. Ach ja, Schwerter zu Pflugscharen – die Zauberkünste der Politik!

Am nächsten Tag verkündete Li Peng den Ausnahmezustand. Das wurde nicht auf Zhao Ziyangs Konto gesetzt, er galt als dafür nicht verantwortlich. Schon vor Verkündung des Ausnahmezustands war Wind aufgekommen. Wer sich zunächst Zhao Ziyangs Rat angeschlossen und den Studenten geraten hatte, nach Hause zu gehen, feuerte jetzt alle zum Bleiben an, möglichst viele Menschen sollten auf den Platz kommen und sich an der Sitzblockade beteiligen! Ausnahmezustand – der Trick stank doch zum Himmel! Schlagartig flammte im ganzen Land Zorn auf. Sogar die Zentrale Parteischule und der Allchinesische Frauenverband demonstrierten. Alle zentralen Einheiten in der Hauptstadt unterstützten die Studenten. Sämtliche Medien waren auf ihrer Seite, sprachen für sie. Im Nahverkehr brauchten die Studenten nicht zu bezahlen. Selbst die Bewaffnete Polizei war ihnen freundlich gesinnt, schaute nur mit halbem Auge hin. Diese Regierung war dermaßen widerwärtig! Korrupt und unvernünftig, dazu stur bis dorthinaus.

Dann sah man, dass der Ausnahmezustand nur ein Spielchen war, um die Leute einzuschüchtern. Den Truppen, die ihn durchsetzen sollten, wurde vom Volk am Stadtrand der Weg blockiert. Der Ausnahmezustand war verkündet und wurde nicht durchgesetzt, die Regierung war vor dem Volk eingeknickt, so regelte sie nun nicht mal mehr den Verkehr. Zehntausende demonstrierten auf den Straßen, und das Volk kontrollierte das selber. In diesen Tagen ging es in Peking ganz besonders gesittet einher, es gab keine Verkehrsunfälle und keine Schlägereien, die Leute vertrugen sich, auf den Bauernmärkten wurde nicht mehr gefeilscht, Verkäufer und Käufer wetteiferten geradezu, einander entgegenzukommen. In dieser großen Zeit wollte jeder sich gut benehmen, selbst die Taschendiebe stellten den Betrieb ein. Tatsächlich! Von keiner Regierung gezügelte Anarchie, das tauge nichts, hatte es immer geheißen, aber jetzt lief es in Peking ohne Regierung wirklich besser als mit ihr.

Den ganzen Mai durch gingen meine Schwester und ich weiter zum Klavierunterricht. »Politik ist was für Politiker«, sagte unsere Lehrerin Cheng, »wir müssen weiterkommen.« Meine Schwester hörte auf sie, lernte gewissenhaft und übte eifrig. Für sie ging es mit Schwung auf die Aufnahmeprüfung für das Gymnasium der Musikhochschule zu, und jetzt grade übte sie Chopin, hatte nichts außer Chopin im Kopf. Ich war allzu gern dabei, wenn in der Stadt was los war, schaffte meine Übungen nicht und bekam von Lehrerin Cheng einiges zu hören.

Die beiden Omas waren anders als unsere Lehrerin. Wie sie zusammenhockten, redeten sie über die Studenten; wenn ich ihnen zuhörte, verging die Zeit wie im Flug, im Handumdrehen war die Stunde meiner Schwester vorbei und ich an der Reihe, getadelt zu werden. Anders als sonst biss sich jetzt unsere Oma ihre Zähne nicht an der Regierung aus, sondern an den Studenten. Die trieben es entschieden zu weit, sagte sie, die störten die Arbeit der Regierung.

»Was wissen denn diese Kinderchen schon, was das heißt, Demokratie?«, sagte Großmutter Cheng. »Dass man zur Knarre greift! Bei jedem Machtkampf in ihrer verehrten Partei geht das so. Die Fraktion, die die Macht verliert, mobilisiert die Massen als Kanonenfutter; der olle Mao hat damals die Rotgardisten benutzt, um das Reich ins Chaos zu stürzen, heute benutzen sie die Studenten, damit die sich selbst opfern. Erbärmlich! Ich seh bei dem Zirkus kein gutes Ende, und zuletzt leidet wieder das Volk.«

»Verehrte Frau Mutter unserer Lehrerin«, sagte unsere Oma, »Sie haben den Durchblick! Lässt man diese Schar namhafter Denker mal aufs Podium, dann wird aus der Volksherrschaft sehr bald die Herrschaft über das Volk, und völlig richtig, am Ende leidet immer das Volk.«

Großmutter Cheng ereiferte sich immer mehr. »Da pusten sie Seifenblasen von Demokratie in die Luft, fordern den lieben langen Tag lang den Dialog und können nicht mal sagen, über was eigentlich, haben nicht mal ein Ziel, was für hohles Theater!«

Was waren diese zwei alten Damen so reaktionär? Traten sie da nicht für Korruption und für Diktatur ein? Ich verstand wirklich nicht, wie Menschen, die die entsetzliche Katastrophe der Kulturrevolution durchlitten hatten, zu solchen Ansichten gelangen konnten.

Unsere Oma redete nur nach, was Großmutter Cheng sagte, aber der kam's von Herzen und war noch mit feudalem Aberglauben verknüpft. Die alte Dame glaubte an die Drei Reinen Heiligen des Tempels der Weißen Wolken und pilgerte nun eigens dorthin, zum Xibian-Tor, im Westen der Stadt, um auf der Windfang-Brücke hinter dem Tempeltor den Göttern ein Gelübde und ihre Gebete vorzutragen. Durch das Loch in der unter der Brücke hängenden großen metallisch lackierten Nachbildung einer alten Münze warf sie ein Geldstück, das mit lautem Geräusch das kupferne Glöckchen darin traf; die Umstehenden bewunderten den geschickten Wurf der alten Dame und zollten ihr lauten Beifall. Sie erfüllte sogleich ihr Gelübde, indem sie dem Tempelverwalter fünfhundert Yuan überreichte. Fünfhundert Yuan, das war eine große Spende, damals mehr als das Halbjahresgehalt einer Grundschullehrerin. Der Verwalter sprach noch etwas mit ihr über ihr Leben; in Peking gehe es gar zu wild her, sagte er und riet ihr, die Stadt zu verlassen und auf Reisen zu gehen.

Als Großmutter Cheng nach Hause kam, berichtete sie, was der Tempelverwalter gesagt hatte, und unsere Lehrerin stimmte diesem Rat sofort zu. Sie wollte die Mutter begleiten, mit ihr zusammen dem Chaos der Stadt entgehen. In jenem Jahr hatten sie und Han Yuan mit der Schwiegermutter nach Chengde fahren wollen, um zur Ruhe zu kommen. Sie waren nicht fortgekommen, aus dieser Hoffnung war nichts geworden. Jetzt wollte sie der eigenen Mutter nicht wieder so etwas schuldig bleiben, wollte jetzt, solange die alte Frau noch gesund und bei Kräften war, mit ihr nach Yunnan auf Reisen fahren. Jener Tempelverwalter war aus Yunnan zum Tempel der Weißen Wolken gekommen, von dem berühmten daoistischen Tempel auf dem Weibaoshan, dem »Berg hoher Kostbarkeit, im »alten Land Nanzhao« bei Dali. Dorthin wollte sie nun die Mutter begleiten, um da Räucherstäbchen zu opfern und dann mit ihr den großen buddhistischen Tempel auf dem Hühnerfußberg besuchen. Sie selbst hing keinem Glauben an, meinte aber, dass jede Religion ihre sinnvollen

Bestandteile habe. Sie musste nicht zu festen Zeiten ins Büro; sie würde also ein Pensum von zwei Monaten vorweg erledigen, beim Orchester vorbeigehen, zwei Wochen Urlaub nehmen und meiner Schwester und mir hinreichend Aufgaben zum Üben hinterlassen. Sie bestellte Tickets für den Flug Peking–Chengdu im Juli; in Chengdu mussten sie das Flugzeug wechseln, für den Flug nach Kunming, von Kunming mit der Bahn nach Dali fahren und von dort mit dem Bus nach Weishan. Schon dieser Reiseplan war verlockend, selbst meine Schwester wäre gern mitgefahren.

38 ÖFFNE DIE TÜR UM MITTERNACHT – AHNE DAS GRAUEN DES MORGENS …

Der Kindertag am 1. Juni war ein Feiertag, und meine Schwester übte keinen Chopin, sie zog ihr rotes Lieblingskleid an und ging mit uns in die Stadt, zum Platz des Himmlischen Friedens, um die Göttin der Demokratie zu bewundern, ein Standbild, das soeben errichtet worden war – mit dem Rücken zum Heldendenkmal und zu der Gedächtnishalle, die den Leichnam des alten Mao bewahrte. Vollkommen und blendend weiß, hielt die Göttin dem Tor des Himmlischen Friedens mit beiden hoch erhobenen Händen eine Fackel entgegen, rief das Volk auf, das Dunkel der Diktatur zu durchbrechen, das Morgengrauen der Demokratie willkommen zu heißen. Hinter ihr, um das Heldendenkmal herum, saßen ruhig Studenten, Abordnungen jeder Hochschule unter ihren im Wind flatternden Fahnen, aber es waren nicht mehr so viele bei den einzelnen Fahnen, sie waren wohl nur noch geblieben, um die Stellung zu halten. Die Hungerstreiker waren in den letzten Tagen sämtlich in ihre Hochschulen zurückgekehrt.

Die Göttin der Demokratie war das Werk von etwa zwei Dutzend Studenten der acht großen Kunsthochschulen der Stadt, das sie an der Zentralen Kunstakademie in vier Tagen und vier Nächten ununterbrochener Arbeit geschaffen und dann noch vor dem 1. Juni zu seinem Platz transportiert hatten. Vor dem Heldendenkmal stehend beherrschte sie das Bild. Mit der Göttin und den Studenten am Denkmal als Hintergrund fotografierten sich nun alle Leute, auch wir machten viele Bilder. Ich machte Aufnahmen von Vater und Mutter zusammen und auch von Mutter allein, mir schien, dass diese Göttin als Bild einer Mutter geschaffen worden war. Die schlanke große Gestalt, ihre eng anliegende kurze Pagenkopffrisur, ihre aufrechten, rechtschaffenen Züge, den Blick unbeirrt auf ihr Gegenüber gerichtet – wie ich sie so eingeengt sah, vom Heldendenkmal vor sich und der Leichenhalle hinter sich und dem Tor gegenüber, da überkam mich plötzlich ein unbehagliches Gefühl – als solle Mutter zur Märtyrerin werden.

Auch meine Schwester wollte fotografiert werden, aber sie war so klein, darum ging ich Schritt um Schritt immer weiter zurück und kniete mich noch hin, um sie und die Göttin beide zusammen ins Bild zu bekommen. Da warf sie einen Arm hoch und rief: »Lang lebe die Freiheit!« Der hochgereckte Arm verringerte den Größenunterschied zwischen ihr und der Göttin, jetzt sah das viel harmonischer aus. »So ist es gut«, sagte ich, »ruf noch mal mit aller Kraft, und ich drück auf den Auslöser.« Die Schwester riss den Arm hoch und rief laut: »Lang lebe die Freiheit! Lang lebe die Demokratie! Lang lebe das Volk!«, und ich knipste und knipste und knipste. Als wir fertig waren, merkten wir, dass sich um uns herum die Leute geschart hatten, »Lang lebe das Volk!«, nahmen manche den Ruf auf, der den größten Beifall fand. »Lang lebe das Volk!«, wenn es hier verhallte, klang es dort wieder auf, wurde ein brausendes Wogen. Stolz stand meine Schwester vor dem Denkmal, das lebende Bild einer Führerin im Sinn des Volkes. Wie sie uns gefiel! Sie sprach: »Wann immer der Tag meines Märtyrertods – noch vor den Gewehren der Henker werde ich rufen: Lang lebe das Volk!« Das gefiel allen um uns herum, sie klatschten lauten Beifall. »Da soll noch einer sagen, meine Schwester schert sich nicht um Politik«, sagte ich zu den Eltern, »übt nur immer Chopin – wahrhaftig, sie atmet revolutionäres Bewusstsein!« »Chopin – das ist Revolution!«, sagte meine Schwester, »Chopin strebt zum Licht empor! Kleine Knirpse verstehen das nicht und sollten nicht quatschen.«

Am 2. Juni setzten Hou Dejian, Liu Xiaobo und noch zwei andere – die »Vier Edlen«, wie man sie genannt hat – sich zum Hungerstreik auf den Platz. Ununterbrochen dröhnten die Lautsprecher der Beida und riefen die Kommilitonen auf, zum Tor des Himmlischen Friedens zu eilen, um den historischen Kampf zu Ende zu führen. Auch unsere Eltern beteiligten sich, aßen ganz früh zu Abend und liefen dann auf den Platz; für Notfälle bei Hungerstreikenden nahmen sie Kleidung und Traubenzucker mit. Die Truppe meines Vaters gab vor dem Heldendenkmal Benefizaufführungen für die Studenten; das taten so viele Gruppen, dass sie Schlange stehen mussten, um auftreten zu können.

Meine Schwester spielte mit Kopfhörern über den Ohren die ganze Nacht durch Klavier, ich konnte nicht ruhig liegen oder sitzen, rannte immer wieder hinunter zum Hauseingang und hielt Ausschau. Erst als es hell war, tauchten unsere Eltern auf. Sie hätten eigentlich etwas früher gehen wollen, sagte Vater, aber dann hätten einige vom Wirtschaftsreforminstitut über Megafone dazu aufgefordert, unbedingt auf dem Platz zu bleiben und die gerechte Aktion der Studenten zu unterstützen, deshalb seien auch sie noch geblieben. Bis sie gegangen seien, sei dann aber nichts passiert. Viele Maler und Kalligrafen, erzählte der Vater, hätten auf dem Platz für die gute Sache ihre Werke verkauft und den Erlös den hungerstreikenden Studenten gegeben. Ein Werk des Kalligrafen Huang Miaozi, die Zeichen *Guang ming*, Licht, sei von einer auf beiden Augen erblindeten jungen Frau gekauft worden. Viele hätten mehr geboten als sie, aber der Kalligraf habe es ihr gegeben – er hoffe, das tiefste Dunkel der Nacht durchdringe ihr damit ein erster Strahl der Morgendämmerung!

»Geht ihr morgen wieder hin?«, fragte ich. Ich wollte mitgehen.

»Auf dem Platz passiert nichts«, sagte der Vater, »es reicht, wenn ich morgen allein hingeh.«

»Es ist ja schon morgen«, sagte die Mutter, »nun geht mal schleunigst ins Bett.«

Am 3. Juni lief ich nach der Schule mit Chen Sidong zum »Dreieck« auf dem Beida-Campus, um die Wandzeitungen zu lesen. Das war für uns schon Teil unsres Tagesprogramms. Wir hatten viel zu lesen, der Dreiecksplatz war zum Platz des Himmlischen Friedens von Haidian geworden.

Wir aßen wieder sehr früh zu Abend, und Vater ging dann allein zum Platz des Himmlischen Friedens. Mutter schaltete den Fernseher für die Nachrichten an. Es kam der Befehl des Ausnahmezustandskommandos, den Platz zu räumen, in scharf drohendem Ton: »Zur Durchführung sind die Ausnahmetruppen, die Polizei und die Truppen der Bewaffneten Polizei berechtigt, jede Zwangsmaßnahme zu ergreifen; Rädelsführer und Aufwiegler verantworten sämtliche Folgen!«

Mutter begann sich Sorgen zu machen um Vater. Wir schlugen vor, zusammen mit ihr auf den Platz zu gehen und ihn zu suchen. »Wie denn?«, sagte sie. »Da drängen sich bald eine Million Menschen, wir suchen nach der Nadel im Heuhaufen, wenn wir da euren Vater finden wollen!«

Dann rief Oma an: Ob wir alle zu Hause seien? »Wir sind daheim, alle vier!«, beeilte sich Mutter, sie zu beruhigen.

Zehn Uhr vorbei, gaben die Pekinger Stadtregierung und das Ausnahmezustandskommando gemeinsam in nochmals schärferem Ton bekannt: »Die Ausnahmezustandstruppen werden auf jeden Fall plangemäß ihre Pflichten erfüllen, niemand darf Widerstand leisten, begegnen sie Widerstand, werden sie zur Selbstverteidigung Maßnahmen jeder Art ergreifen und Widerstand auf jede Weise brechen!«

Mutter konnte nicht mehr ruhig sitzen bleiben, lief hin und her. Auch meine Schwester spielte jetzt nicht mehr Klavier, rannte mit mir immer wieder zur Haustür hinunter. Lautlos flehte ich immer wieder vor mich hin: »Lass Vater rasch heimkommen! Lass Vater heil und gesund zurückkommen!«

Und das wirkte! Elf war gerade vorbei, da kam unser Vater durch die Tür. Ihm war nichts passiert. »Großer Gott und himmlischer Vater, Jadekaiser!«, dankte ich schweigend den Seelen des Himmels und bat: »Lass unsere Familie nicht wieder getrennt werden, schütze meine Mutter, meinen Vater, meine Schwester, gewähre allen in unsrer Familie Ruhe und Frieden!«

»Sind denn Soldaten in die Stadt gekommen?«, fragte die Mutter.

»Befreiungsarmee ist auf dem Platz«, sagte mein Vater, »auch sie haben sich zu den Studenten gesellt, sitzen mit ihnen zusammen und knacken Melonenkerne, ganz vertraut, sind ja schließlich die Armee der Söhne und Brüder des Volkes. Wenn Armee und Volk wie eine Familie sind, ist es nicht mehr wichtig, ob wir morgen wieder hingehen.«

Was der Vater sagte, klang völlig anders als das, was im Fernsehen gekommen war. Wir bedachten alle nicht, wann er den Platz verlassen haben musste: Vom Tor des Himmlischen Friedens bis zu unserem Haus waren es fünfzehn Kilometer. Busse und U-Bahn fuhren nicht, er war zu Fuß zurückgekommen. Wir vertrauten seinem Bericht, fürchteten nicht mehr um die Studenten und legten uns beruhigt schlafen. Meine Schwester hatte den ganzen Tag über geübt, dann solche Angst ausgestanden, schlief jetzt todmüde ein und wäre nicht mehr wach zu prügeln gewesen. Ich sah im Traum die Soldaten der Volksbefreiungsarmee, wie sie mit den Studenten zusammen feierten, sie sangen: »Armee und Volk sind wir eine Familie«, und die Studenten: »Lernen vom großen Vorbild, unserem Bruder Lei Feng!«

Das Telefon schrillte und riss mich aus dem Traum. Wer rief denn um diese Uhrzeit an? Ich rannte ins Zimmer der Eltern, auch meine Schwester kam, Mutter hatte schon den Hörer am Ohr, ihr Gesicht verzerrte sich; schließlich sagte sie nur: »Hier ist alles ruhig, bitte passen Sie und Ihre Frau Mutter gut auf sich auf!« Sie legte auf und sagte: »Das war Frau Lehrerin Cheng. In Muxidi wird gekämpft. Und Kollegen von ihr wohnen beim Tuanjie-See und sagen, da kommen sie auch von Osten her, rollen mit Panzern wie Trecker, die Straßen krachen, manchmal fallen auch einzelne Schüsse, wie von Scharfschützen aus dem Hinterhalt.«

»Verdammt!«, fluchte Vater. »Auf dem Platz sind doch noch so viele Studenten!«

Mutter schaltete das Fernsehen ein. Dort wiederholten sie nur ständig den Räumungsbefehl des Truppenkommandos.

Durch unsere Gegend kamen keine Panzer, und man hörte auch keine einzelnen Schüsse, aber es wurde chaotisch laut. Wir gingen alle vors Haus. Einige Schüler des Gymnasiums an der Volksuniversität waren gerade vom Platz zurückgekommen, Kopf und Brust blutüberströmt. Sie sagten, Panzer hätten die Zelte auf dem Platz überrollt, plattgewalzt, drinnen hätten Studenten geschlafen; sie sagten, Soldaten hätten sie verfolgt, auf sie geschossen. Es klang wie in Berichten über die japanischen Teufel im Krieg.

Wir gingen weiter bis zur großen Xiyi-Straße. Sie war voller Studenten und Oberschüler, die aus der Stadt zurückkamen. Viele von ihnen waren verletzt. Wir fassten uns an den Händen, um uns im Gedränge nicht zu verlieren, liefen mit ihnen mit und hörten, was sie berichteten: Die Befreiungsarmee habe in die Menschenmasse geschossen, sogar Ärzte und Sanitäter nicht verschont, die Verletzten helfen wollten. Eine warme Juninacht war es, aber Kälte ergriff mein Herz, ich hatte je eine Hand von Vater und Mutter gefasst, auch die waren eiskalt. Armee der Söhne und Brüder des Volkes? Eine Mördertruppe von Tigern und Wölfen war das!

Wir erreichten die Beida, hörten Studenten auch von den Kämpfen in Muxidi reden, wo Bewohner wie Studenten verletzt worden und umgekommen waren. Als es hell wurde, gingen wir wieder nach Hause.

Als wir durch die Tür kamen, klingelte schon das Telefon. Ich drängte mich ins Zimmer der Eltern und nahm ab. Es war Chen Sidongs Mutter. Onkel Chen war die ganze Nacht nicht nach Hause gekommen. Ich gab meiner Mutter den Hörer. Unser Telefon hatte Chen Sidongs Vater angeschlossen, grade im letzten Halbjahr. Er kannte Gott und die Welt und hatte Beziehungen beim Fernsprechamt genutzt, um für uns eine Nummer zu bekommen. Mutter fragte Tante Chen, ob Onkel Chens Kumpel, mit denen er Klaviere transportierte, zu Hause seien. »Ich hab überall angerufen«, sagte Tante Chen, »sie sind alle zu Hause. In diesen wüsten Tagen ist er ja ständig zwischen dem Platz und verschiedenen Krankenhäusern hin- und hergefahren, wenn da nichts passiert ist, wär das schon ein Wunder!«

Mutter bewahrte eine erstaunliche Ruhe. Sie überlegte. Onkel Chen könnte sich in die Wohnung von Lehrerin Cheng geflüchtet haben. Ob Tante Chen die Nummer von Lehrerin Cheng habe, fragte sie. Tante Chen verneinte. Mutter gab ihr die Nummer und versuchte, sie etwas zu beruhigen. Sie solle um Himmels willen nicht vor die Tür gehen. Mutter hatte gerade aufgelegt, da klingelte das Telefon wieder. Oma rief an, fragte nochmals, ob wir auch alle zu Hause seien. Ja, sagte Mutter, wir seien alle im Haus, aber Meister Chen, der beim Klaviertransport geholfen habe, der sei die ganze Nacht durch nicht nach Hause gekommen. Ich sagte Oma noch, Meister Chen sei Chen Sidongs Papa. Dann rief Mutters Schuldirektor an, heute solle sie nicht zur Schule kommen, solle überhaupt nicht vor die Tür gehen.

Kurz darauf der Chef von Vaters Pingju-Truppe: Ob bei ihm alles in Ordnung sei? Er solle jetzt zwei Tage zu Hause bleiben, würden Proben oder Aufführungen angesetzt, werde es mitgeteilt. Den ganzen Vormittag hingen meine Eltern am Telefon, wurden angerufen, riefen selber an. Mittags erst kam Mutter dazu, Lehrerin Cheng anzurufen. Tante Chen hatte gleich morgens bei ihr angerufen; unsere Lehrerin hatte Onkel Chen jedoch nicht gesehen und war nun sehr beunruhigt. Sie hatte wiederholt Tante Chen angerufen und für sie auch mit der Xinghai-Klavierfabrik, den Pianogeschäften in der Xisi-Straße und am Vorderen Tor, dem Zentralen Symphonieorchester, dem Minderheitenorchester und dem Rundfunkorchester telefoniert – aber niemand hatte Onkel Chen gesehen.

Mutter rief jetzt selbst Tante Chen an, sie wollte mit ihr reden, »denn jetzt braucht sie Beistand!« Niemand meldete sich, auch bei nochmaligen Anrufen nicht. Vater meinte: »Sie wird wohl mit Chen Sidong zusammen losgegangen sein, um ihren Mann zu suchen.« Mutter erregte sich: Unter solchen Umständen könne sie doch unmöglich mit dem Kind noch draußen herumlaufen! Auch ich bekam Angst um Chen Sidong, ärgerte mich, dass ich nicht rauskonnte, um ihn zu suchen. Mutter rief nochmals unsere Lehrerin an, vereinbarte mit ihr, ständig in Kontakt zu bleiben und Nachrichten von Familie Chen sofort zu melden.

Mich quälte die Angst um den Freund. Immer wenn das Telefon mal ruhig war, rief ich die Chens an. Jedes Mal ertönte nur ein langes Freizeichen, wie eine eintönige Trauermelodie. Draußen knallten von Zeit zu Zeit einzelne Schüsse. Keiner fand Ruhe, keiner konnte helfen.

Am Spätnachmittag rief Oma wieder an: Stiefopa hatte sich umgehört. Die letzte Nacht Verhafteten wurden alle im Volkskulturpalast festgehalten. Mutter gab diese wichtige Nachricht sofort an Lehrerin Cheng weiter, die nach Meister Chens persönlichem Namen fragte. Mutter fragte mich. Ich wusste den Namen auch nicht, ich wusste nur, dass bei Sidongs Geburt sein Großvater ihn schon fast so genannt hatte: Sīdōng, »Denk an den Osten«; nur ein ganz klein wenig anders ausgesprochen: Sǐdōng, »Stirb Dong«. Darum war sein Kindername Sǐdōngzi, kleiner Sǐdōng. Denn er wurde knapp zwei Monate nach mir geboren, am 9. September 1976, und am gleichen Tag starb Mao Zedong. Wenn der Junge irgendwo lag, konnten sie mit diesem Geburtstag vielleicht wenigstens ihn besser finden.

Beim Fernsprechamt hatten sie keine Liste privater Anschlüsse. Bei der Polizeistation war Dienstschluss. Kurz, wir kamen nirgends weiter. Meine Mutter hatte auch die Telefonnummern seiner Kumpel nicht, es war zum Verrücktwerden. Den ganzen Tag hatten wir uns abgemüht und nichts herausgefunden.

In der Nacht hörte ich das Telefon klingeln, stand auf und lief zum Zimmer der Eltern. Vater sagte, ich sei wohl im Schlaf gewandelt. Ich sah auf die Uhr, es war halb drei. Ich dachte auch, um die Zeit ruft doch niemand an.

Ganz früh am nächsten Morgen rief Lehrerin Cheng an. Chen Sidong und seine Mutter seien um Mitternacht zu ihr gekommen und wollten nun unbedingt wieder zurück; sie bat, dass wir uns mit um sie kümmerten. Vater sprach mit Tante Chen. Er wollte die beiden hierhaben, und Tante Chen wollte das keinesfalls zulassen. Mutter nahm den Hörer und sagte: »Dann gehen Sie bitte einfach in die Wohnung meiner Mutter. Wir haben hier zwei Wohnungen, und hier ist es auch sicher. Chen Sidong ist ja schon oft hier gewesen, er kennt den Weg und die Tür. Nun kommen Sie schon, lassen Sie mich nicht wieder die halbe Welt absuchen!« Sie beendete das Gespräch und machte sich ans Kochen. Meine Schwester und ich räumten für die Gäste die Wohnung auf. Vater ging einkaufen.

Er lief die ganze Gegend ab und kam mit leeren Händen zurück. Alle Läden waren geschlossen, sogar auf dem Bauernmarkt war niemand. Mutter verzweifelte, weil sie die Getreidemarken für diesen Monat noch nicht verbraucht hatte. »Kein Grund zur Aufregung«, sagte mein Vater. »Kommst du bis zum Berg, findet dein Wagen schon die Straße hinüber; wenn das Schiff die Brücke erreicht, zieht der Fluss es grad unten durch. Auch als die Japaner kamen, mussten sie die Leute essen lassen; die Chinesen haben kein Verbrechen begangen, um den Hungertod zu verdienen.«

Es war bald zehn Uhr, als Chen Sidong und seine Mutter endlich eintrafen, Dreck im Haar und mit schlammverschmierten Gesichtern, als wären sie aus Gräbern hervorgekrochen. Kein Bus fuhr, sie waren zu Fuß gekommen. Warum sahen sie nun aus, als hätten sie durch feindliche Linien sich durchschlagen müssen? Waren die Japaner etwa wirklich zurück?

Mutter dachte an alles. Sie fürchtete, dass Onkel Chen oder jemand mit Nachricht von ihm zu Hause anrufen könnte, darum schickte sie Vater mit mir und Chen Sidong in Chens Wohnung, um einen solchen Anruf abzuwarten. Bevor wir gingen, steckte sie Chen Sidong noch eine große Schachtel mit Essen zu.

Wir trauten uns nicht, direkt über Huangzhuang nach Haidian zu laufen, wir nahmen hinter dem Wohnheim einen Umweg durch kleine Hintergassen.

Unterwegs fragte ich Chen Sidong: »Wo seid ihr denn alles gewesen?«

»Mein Vater hat die Tage doch als freiwilliger Helfer Notfälle vom Platz geholt, also wollten wir zum Platz. Die ganze Chang'an-Allee war abgeriegelt, schon bei Muxidi kamen wir nicht mehr durch. Da sind wir in die Krankenhäuser und haben gesucht, alle Krankenhäuser in der Nordhälfte der Stadt haben wir abgesucht, sogar die Leichenhallen. Die Krankenhäuser waren vollgestopft mit Verwundeten, Studenten und Oberschüler und auch gewöhnliche Bürger, über und über blutverschmiert, wie aus der Schlacht herausgeholt. Auf den großen Straßen drohten in Brusthöhe überall Gewehrmündungen ... Mutter hat mehrmals zu Hause angerufen, niemand hat abgenommen. Es wurde dunkel, da waren wir noch im Jishuitan-Krankenhaus. Überall hieß es, Haidian sei besonders schwer betroffen. Wir haben uns nicht zurückgetraut. Dann hat meine Mutter Lehrerin Cheng angerufen, sie hat uns ihre Adresse gesagt, nicht weit vom Jishuitan-Krankenhaus. Da sind wir also dahin.«

Ich hörte ihm staunend zu, war bald neidisch. An einem Tag hatte er so viel gesehen und erlebt wie ich im ganzen Leben noch nicht.

Wir waren gerade bei ihnen am Tor angelangt, da klingelte drinnen das Telefon. Chen Sidong öffnete behende das Schloss und rannte zum Apparat.

»Hallo, Papa! ... Mutter ist bei Frau Lehrerin Mei im Haus. Mann, wir sind bald verrückt geworden! Wo hast du denn gesteckt? ... Warum hast du denn nicht Frau Lehrerin Mei angerufen? Alle haben sich die größten Sorgen gemacht … Uns ist nichts passiert. Gestern Nacht sind wir vom Jishuitan-Krankenhaus zu Frau Lehrerin Cheng in die Wohnung und jetzt heimgekommen, das heißt, ich bin mit Onkel Shi und Shi Sun in unserer Wohnung, komm rasch heim!« Dann gab er meinem Vater den Hörer. »Mein Vater möchte mit Ihnen sprechen.«

Ich wollte gleich wissen, was geschehen war. »Wo steckt denn dein Vater? Ist ihm nichts passiert?«, fragte ich Chen Sidong.

»Mein Vater hat in jener Nacht einen Mann ins Krankenhaus gebracht, den ein Schuss getroffen hatte. Jemand von der Akademie für Sozialwissenschaften. Das Krankenhaus hat meinen Vater nicht gehen lassen. Er sagt, es ist zu kompliziert, er erzählt es, wenn er zurück ist. Er hat die ganze Zeit herumtelefoniert, um uns zu finden. Eure Nummer hatte er nicht dabei. Und sein Wagen springt nicht an. Jetzt wartet er, dass die von der Akademie ihn zurückbringen, das heißt, zuerst zu euch, um Mutter mitzunehmen …« Er redete und redete, und dabei kippte ihm der Kopf auf die Schulter – er war eingeschlafen. Mein Vater und ich schleppten ihn aufs Bett, mühten uns ab, aber der Bursche wachte dabei nicht auf, er hing uns wie ein nasser Sack in den Armen. Vater rief zu Hause an und sagte Tante Chen, dass ihrem Mann nichts passiert sei und dass er auf dem Heimweg vorbeikomme, um sie zu holen.

So kamen Onkel und Tante Chen also wieder nach Hause. In diesen vierundzwanzig Stunden waren sie alte Leute geworden, als hätten sie in einem Tag und einer Nacht meinen Vater um ein Dutzend Jahre überholt. Vater wechselte noch ein paar beruhigende Worte mit ihnen, dann fuhr er mit mir im Wagen der Akademie zu uns zurück.

Daheim rief er zuerst Lehrerin Cheng an, um ihr zu sagen, dass Onkel Chen heimgekommen war.

»Eben haben auch die Chens angerufen«, sagte unsere Lehrerin. »Dank sei Himmel und Erde, dass er heil zurückgekommen ist! Meine Mutter hat überall herumgefragt, und schließlich hieß es, jemand dieses Namens sei vor dem Heldendenkmal festgenommen worden, schwerwiegende Umstände! Der sei ins Qincheng-Gefängnis für Staatsverbrecher verlegt worden. Wenn sie ihn nur im Kulturpalast festgehalten hätten, wär's ja nicht so wild gewesen.« Dann fragte sie, wie es bei uns aussah, und gab auch gleich meiner Schwester und mir

Aufgaben für eine Woche. »Den Anfang von *Opus 48* muss die rechte Hand sanft spielen«, sagte sie meiner Schwester, »als Hintergrund für die Melancholie der linken«, und uns beide ermahnte sie: »Kümmert euch nicht um das Chaos draußen. Das Klavier darf nicht ruhen!« Die nächste Stunde allerdings falle aus. »Wir warten mal ab, bis es wieder ruhig ist«, sagte unsere Lehrerin.

Meine Schwester hörte auf sie und suchte sofort den Chopin heraus. Mir ging nur Onkel Chen im Kopf herum, was er wohl zu berichten hatte. Ich ärgerte mich, dass Vater die Chens so rasch verlassen hatte. »Hast du denn nicht gemerkt, wie erschöpft er war?«, sagte er. »Ich möchte auch mehr erfahren, morgen können wir uns zu ihnen durchschlagen, da werden wir noch genug zu hören bekommen.«

Am nächsten Tag nervte ich Vater schon am frühen Morgen, wir sollten zu Onkel Chen. Doch wir waren noch nicht aus dem Haus, da kam er schon zu uns.

39 DIE LETZTE STUNDE

In jener Nacht hatte Onkel Chen jemanden ins Sonnenaltar-Krankenhaus gebracht und wollte zurückfahren, aber die Chang'an-Allee war abgeriegelt. Er wechselte die Richtung, fuhr von der Dabeiyao-Kreuzung nach Süden zum Jinsong-Viertel und von dort zum Hauptbahnhof, kam aber wieder nicht auf die Chang'an. Wer aus den Zügen ausgestiegen war, traute sich aus dem Bahnhof nicht heraus; nur einer rannte aus dem Gebäude ohne Rücksicht auf Verluste Richtung Chang'an los, kam aber nicht weit, ein schriller Schrei ertönte, dann fiel er vornüber aufs Gesicht. Onkel Chen ließ die Sirene seines Rettungswagens aufheulen, trug den Mann ins Fahrzeug, fuhr an, und ein Hagel von Schüssen kam geflogen, knatternd wie Bohnen im Öl in der Pfanne.

Onkel Chen trat das Gaspedal durch, drehte scharf ab in eine Gasse neben dem Bahnhof und kam um sieben, acht Ecken wieder zum Sonnenaltar-Krankenhaus. In der Notaufnahme drängten sich die Verwundeten. Der blutüberströmte Mann, den Onkel Chen gerettet hatte, atmete kaum noch. Onkel Chen trug ihn durch das Gedränge in einen Gang. Ein Arzt untersuchte ihn und stellte fest, dass die Kugel durch die Brust eingetreten und im Rücken ausgetreten war und einen Lungenflügel durchbohrt hatte. »Das war ein Dumdum-Geschoss«, sagte der Arzt, »ein Glück, dass es glatt durchgegangen ist! Wär's in der Brust explodiert, der Mann wär rot aufgeblüht!«

Später habe ich über Dumdum-Geschosse nachgelesen. Sie wurden seit 1896 in einem Arsenal in Indien hergestellt, ein wahrhaft unmenschliches Produkt: Die Spitze ist aus Blei, gewöhnlich explodiert das Geschoss, wenn es in den menschlichen Körper eindringt. Darum nennt man sie auch »aufblühende« Geschosse. Die Haager Konvention von 1899 hat ihren Gebrauch verboten, selbst Hitler hat sie nicht zugelassen und die Nazi-Wehrmacht hat es untersagt, Dumdum-Geschosse zu verwenden oder andere Geschosse in Dumdum-Geschosse umzubauen. Aber in jener Nacht haben die Ausnahmezustandstruppen tatsächlich Dumdum-Geschosse eingesetzt, das haben sie auch selber zugegeben. Ihre Ausrede war, sie hätten nicht genug normale Patronen gehabt. Jener Arzt hatte wohl bereits durch Dumdum-Geschosse Verletzte behandelt, daher wusste er, was da »aufblühen« konnte; aber ich bezweifle, dass der Mann, den Onkel Chen gerettet hat, wirklich von einer Dumdum-Patrone getroffen worden war, denn dann wäre sie eben nicht durchgegangen, sondern in der Lunge »aufgeblüht«.

Ärztlich versorgt, war der Mann außer Gefahr. Aber der Arzt nahm an, dass Onkel Chen zur gleichen Einheit gehörte wie der Verletzte, und ließ darum Onkel Chen nicht fort. Er solle die Einheit anrufen, damit die Leute schickte, die abwechselnd am Bett Wache hielten. Denn wenn die Soldaten jemanden mit einer Schussverletzung zu Gesicht bekämen, würden sie ihn mit Sicherheit festnehmen, deshalb müssten ständig mindestens zwei Mann bei ihm sitzen und für ihn aussagen, wenn Soldaten auftauchten. Am besten würde er schleunigst verlegt. Aber wohin? Am Leib hatte er nur seine Fahrkarte. Onkel Chen hatte ihn nur eilends aus der Schusslinie geholt und sich nicht noch um sein Gepäck kümmern können.

Jetzt musste er also abwarten, bis der Mann zu Bewusstsein kam und reden konnte. Das war erst am nächsten Morgen, nach acht Uhr. Dann erfuhr Onkel Chen, dass sein Schützling Zhou hieß, Zhou Shao, und zum Institut für Soziologie der Chinesischen Akademie für Sozialwissenschaften gehörte. Zhou Shao hatte in Yunnan Unterricht in seinem Bereich unterstützt und sollte darüber nun Bericht erstatten. Als er ankam, dröhnte in den Lautsprechern im Bahnhof der Befehl, den Platz des Himmlischen Friedens zu räumen, und er war sofort losgerannt, wollte über die Chang'an zum Platz, um Leute zu retten. Glücklicherweise hatte Onkel Chen ihn fallen sehen, sonst wäre es mit ihm aus gewesen.

Onkel Chen ließ sich die Telefonnummern vom Büro seines Instituts und von der Zentralvermittlung der Akademie geben. Beim Institut nahm niemand ab, die Zentralvermittlung stellte ihn automatisch durch zum Diensthabenden, und dort konnte er nur auf Band sprechen. Dienstbeginn sei um neun. Eine Institution mit gut dreitausend Leuten und kein Hauch einer lebenden Seele. Für den Arzt war Onkel Chen die Einheit von Zhou Shao und für ihn verantwortlich, und auch Onkel Chen sah niemanden, dem er diese Verantwortung hätte übertragen können. Er fragte Zhou Shao nach den Nummern des Instituts- oder Akademieleiters. Er sei neu ins Institut gekommen, sagte Zhou, und gleich nach der Einstellung nach Yunnan gefahren, kenne niemanden im Institut und in der Akademie erst recht nicht. Ob er mit seiner Familie Verbindung aufnehmen wolle, fragte Onkel Chen schließlich. Zhou Shao war noch nicht verheiratet, Eltern und Freundin lebten in Nanking, natürlich wollte er sie jetzt mit seiner schwierigen Lage nicht behelligen.

Endlich war es neun Uhr, aber in der Akademie immer noch keiner aufgewacht, sooft er dort auch anklingelte. Onkel Chen beschloss, selbst hinzugehen, sah an sich herab – er hatte sich über und über mit Blut verschmiert. Ginge er so auf die Straße, böte er sich den Ausnahmezustandsgewehren als Zielscheibe an. Nichts zu machen, er konnte nur weiter anrufen. Jetzt endlich nahm jemand ab; kaum hatte er zwei, drei Worte gesagt, gab es einen Knall, dann war es still. Er brüllte in den Hörer, dann kam eine Stimme, die ihm eine Nummer gab, die solle er anrufen. Das tat er, kam auch durch, doch niemand nahm ab. Er rief wieder die erste Nummer an, auch dort nahm niemand ab. Da bekam er Angst. Was war da geschehen? Er rief wieder die erste Nummer an. Jetzt nahm jemand ab, der gleiche, der auch vorher mit ihm gesprochen hatte – und sagte, er sei auf den Anruf eben hergerannt, da sei schon aufgelegt worden. Was denn passiert sei, fragte Onkel Chen. Von der Straßenüberführung her sei ein Schuss gefallen, sagte der andere, auf dem Glas hätten sich Sprünge ausgebreitet, aber das Fenster auf dieser Seite sei heil, nichts passiert.

Onkel Chen sagte ihm, dass Zhou Shao letzte Nacht verletzt worden und jetzt im Sonnenaltar-Krankenhaus war, und bat, mehrere Leute zu schicken. Der andere ließ sich sagen, in welcher Abteilung Zhou war, versprach, sofort zu kommen, und legte auf.

Binnen Kurzem erschienen fünf Mann, einer um die vierzig, die anderen jünger; einige umringten den blutverschmierten Onkel Chen; wo er denn verletzt sei? »Ich bin unverletzt«, sagte er, »hier liegt euer Kollege, dem hat ein Dumdum-Geschoss die Lunge durchschlagen. Früh am Morgen war er eine Zeit lang wach, jetzt ist er wieder weggedämmert.«

»Wir haben grad miteinander telefoniert«, sagte der Ältere, »ich heiße Zhang.«

»Ich hol den Arzt«, sagte Onkel Chen, der keine Zeit mit Reden vergeuden mochte.

Der Arzt kam, immer noch der gleiche, der in der Nacht Zhou Shao versorgt hatte. An Dienstschluss war nicht zu denken, wirklich hart! Er sagte, wie es um Zhou Shaos Verletzung stand, erklärte die Schwierigkeiten im Krankenhaus und bat sie, einen Weg zu finden, Zhou in ein anderes Krankenhaus zu schaffen.

»Gut«, sagte Zhang, »wir sehen zu, was sich machen lässt. Angesichts seiner schweren Verletzung reden Sie doch mit der Aufnahme, dass er erst mal hier bleiben kann.«

»In der Notaufnahme kann er nicht über Nacht bleiben«, sagte der Arzt. »Hier im Gang kann er auch nicht auf Dauer liegen. Wir müssen von beiden Seiten her eine Lösung finden. Aber wie auch immer, ihr müsst ein paar Mann abstellen, die ihn ständig bewachen. Er hat eine Schussverletzung, wenn Soldaten kommen, nehmen sie ihn mit Sicherheit fest.«

»Dafür übernehme ich selbst die Verantwortung«, sagte Zhang, »und im Institut wird er reihum bewacht. Wenn die sich rühren, wird er sofort verlegt.«

Nachdem er sich mit dem Arzt abgesprochen hatte, redete er mit Onkel Chen, der ihm sagte, wie sich Zhous Rettung abgespielt hatte. Zhang bedankte sich im Namen des Instituts. Dessen ganze Leitung sei gegenwärtig nicht in Peking, sagte er, sie werde sich später noch erkenntlich zeigen. Dann fragte er nach Onkel Chens Einheit und Adresse. Onkel Chen wollte jetzt nach Hause, rief an, niemand nahm ab, er bekam Angst. Das Telefon hing im Gang. Leute, die auch telefonieren wollten, standen schon Schlange. Zhang ließ drei Mann zu Zhous Bewachung da und wollte Onkel Chen mitnehmen, damit er vom Institut aus anrufen konnte. Onkel Chen bedankte sich, wollte aber gleich nach Hause fahren. Zhang, umsichtig, hieß ihn seine blutbeschmierten Kleidungsstücke wegwerfen und gab ihm seine eigene Jacke, damit er keinen Ärger bekäme, dann begleitete er ihn hinaus. Wie er den Wagen sah, sagte er: »Der fährt nicht. Unser Fahrer, der junge Hu, der bringt Sie nach Hause. Lass die Autoschlüssel da, wir übernehmen die Reparatur.«

Onkel Chen war zutiefst gerührt und dankbar. »Sie haben dem jungen Zhou das Leben gerettet«, sagte Zhang, »was brauchen Sie sich noch zu bedanken, wenn wir Ihnen das Auto reparieren?«

Onkel Chen fuhr also mit Zhang zur Akademie für Sozialwissenschaften. Für die paar Schritte vom Krankenhaus bis zur Akademie in der Jianguomennei-Allee brauchten sie eine gute halbe Stunde. Laster der Ausnahmezustandstruppen fuhren von Osten her auf der Allee zum Stadtzentrum. Die Soldaten auf den Lastern überzogen beide Straßenseiten mit Salve um Salve.

Wie er vor der Akademie die Wache stehenden Soldaten sah, krampfte sich Onkel Chen das Herz zusammen. Zhang wechselte ein Wort mit ihnen, und sie konnten einfahren. Später erfuhr er, dass es Sicherheits- und Brandschutzleute waren, keine Soldaten der Ausnahmezustandstruppen.

Sie fuhren mit dem Aufzug in den elften Stock. Wie sie in Zhangs Büro kamen, sah Onkel Chen im Fenster sofort ein Loch, von dem Sprünge ausgingen. »Ich bin noch nicht dazu gekommen, nach der Patrone zu suchen«, sagte Zhang. Onkel Chen hatte scharfe Augen, verfolgte die mutmaßliche Schussbahn und sah das tiefschwarze Geschoss zwischen zwei dicken Bänden auf dem Bücherregal stecken;

auf den Buchrücken hatte es einen schwarzen Kreis eingebrannt. Er fischte es heraus und gab es Zhang. »Aus einer Maschinenpistole«, sagte der, »das war knapp. Als ich den Hörer abnahm, saß ich gerade am Fenster und hatte den Kopf nach unten, hab in der Schublade nach was zum Schreiben gesucht. Hätte ich den Kopf gehoben, aus wär's gewesen.« Onkel Chen lief es kalt über den Rücken.

In der Akademie war außer denen im Magazin und von der Versorgung niemand zum Dienst gekommen. Zhang ließ Onkel Chen aus dem leeren Büro gegenüber anrufen, er musste null vorwählen, dann kam er durch. Zhang selbst organisierte die Ablösung für das Krankenhaus und rief den Fahrdienst an, um jemanden zu finden, der Onkel Chens Wagen reparierte. Das war nicht einfach. In der Stadt waren letzte Nacht unzählige Fahrzeuge zu Schaden gekommen, und das Ausnahmezustandskommando hatte befohlen, nur Militärfahrzeuge zu reparieren. Aber Zhang war demobilisierter Offizier und setzte sich mit seiner alten Truppe in Verbindung. Die saß weit außerhalb, an der Großen Mauer in Gubeikou. Er solle den Wagen hinbringen, dann würden sie ihn reparieren. Er schilderte den Kameraden, was in der Stadt los war. Sie sagten ihm sofort Hilfe bei der Reparatur zu, wollten einen Truppführer schicken, der sich auf Autos verstand. Verpflegung und Unterkunft übernahm selbstverständlich der alte Zhang. »Der alte Zhang kommt mit allen gut aus«, sagte Onkel Chen, »und ist nicht zu bremsen, wenn es nottut! ›Wie viele kommen, wie lang sie bleiben, spielt keine Rolle‹, hat er gesagt.«

Und sie sind wirklich aus Gubeikou mit einem Armeefahrzeug voll Ersatzteilen, Material und Werkzeug gekommen und haben Onkel Chen den Wagen repariert, sogar das Glas ausgetauscht. Und eben repariert, ist er sofort eingesetzt worden.

Meine Oma rief an: Sie wolle meine Schwester und mich zu unserer Lehrerin mitnehmen. Erst als wir einstiegen, erfuhren wir, dass wir uns von unserer Lehrerin und von Großmutter Cheng verabschieden sollten. Die ältere Schwester unserer Lehrerin hatte aus Australien angerufen. Sie hatte für Mutter und Schwester für die Reise nach Yunnan Flugtickets bestellt, für heute Nachmittag, sie seien gerade bestätigt worden. Sie galten aber nur für diesen Flug, auf los ging es also los! Meine Oma hatte zugesagt, für Großmutter Cheng auf ihre Wohnung aufzupassen, und fuhr mit, um die Schlüssel zu übernehmen.

Als wir in Sanlihe ankamen, hatten Großmutter Cheng und unsere Lehrerin schon gepackt. Onkel Klein Zhang war bereits mit Stiefopas Armeejeep gekommen; er fragte, was zum Flughafen sollte, und trug dann in jeder Hand einen Koffer nach unten. Lehrerin Cheng rief wie üblich erst meine Schwester zum Unterricht; meine Oma protestierte, das sei heute doch nicht nötig, sie würden noch ihren Flug verpassen. Unsere Lehrerin beruhigte sie: »Wir kommen gut hin, nach dem Unterricht ist noch viel Zeit!«

Ach je, ich hatte angenommen, wir sollten uns nur verabschieden, müssten nicht noch mal zum Unterricht, und hatte nur so pro forma den *Czerny* 599 dabei, an dem ich schon seit Jahren klimperte, war jedoch absolut nicht vorbereitet. Ich schnappte mir das Aufgabenheft – was hatte ich seit dem letzten Mal üben sollen? War noch was zu retten? Acht Takte, wusste ich ja; bevor es losging, musste ich das jedenfalls mal durchspielen, tat das mit beiden Händen auf dem Oberschenkel, und da merkte ich das Problem: Von den fünf Kreuzen der Noten dieses Stücks mal abgesehen, lagen im zweiten Takt der dritten Zeile alle Töne auf schwarzen Tasten; da die Finger richtig zu setzen, das war gar zu mühsam!

»Ihr müsst eine halbe Stunde vor Abflug auf dem Flughafen sein«, sagte meine Oma, »schafft ihr das?«

»Der Flug ist erst am Abend«, sagte Großmutter Cheng, »ich hab euch früher kommen lassen, damit wir uns noch unterhalten können. Ich weiß nicht, ob dazu später noch Zeit ist.«

Ich hörte mit halbem Ohr den beiden Omas zu und übte dabei auf dem Oberschenkel den Fingersatz für die schwarzen Tasten.

»Verehrte Frau Mutter unserer Lehrerin – bald fliegen Sie ab, reden wir doch etwas über glückliche Vorzeichen!«

»Nun ja; ich in meinem Alter …«

Eine Kette mit der linken Hand gespielter tiefer Oktaven drang in den Raum: Meine Schwester spielte Chopins *Nocturne* op. 48, Nr. 1.

»Warum spielt sie das denn?« Großmutter Cheng runzelte die Brauen; wen sie fragte, blieb unklar.

Verwundert sah mich meine Oma an. Ich sagte: »Das ist das Stück, das meine Schwester für die Aufnahmeprüfung des Gymnasiums an der Musikhochschule geübt hat.« Die letzten Tage hatte sie kaum geschlafen und gegessen, nur noch ständig dieses Stück gespielt. Ungeheuerliches geschah im Reich, sie focht das nicht an, man mochte sagen: Sie versank in dieser Musik bis zur höchsten Vollkommenheit.

»Was spielt sie solch düstere Töne? Das ist doch was für uns Alte, wie kann man ein junges Mädchen solch Greisenkram spielen lassen!« Großmutter Cheng war mit ihrer Tochter offensichtlich unzufrieden.

Meine Schwester übte daheim gewöhnlich mit Kopfhörern, andere hörten sie nicht, auch mir war das Stück neu. Wie ich es jetzt hörte, schien mir, Großmutter Cheng hatte nicht ganz unrecht, es klang sonderbar schwermütig, wie das Seufzen eines alten Menschen, das Stöhnen eines Kranken.

Die beiden Omas sagten nichts mehr, sie hörten still zu. Unsere Lehrerin unterbrach nicht, die Schwester spielte das Stück in einem Zug bis zum Ende durch – Stöhnen, dann Verzweiflungskampf, Illusionen, Hilflosigkeit; doch sie drang weiter und weiter nach oben, verfolgte und fand einen Moment des Lichts. Linke und rechte Hand ergänzten sich wunderbar, ruhelose Trommelwirbel zu reichen Harmonien arbeiteten Stimmungen heraus, ließen Gefühle aufbranden. Und plötzlich – der Absturz, lasset alle Hoffnung fahren; dann wieder Stärke, wieder Schwäche.

Großmutter Chengs Augen leuchteten auf, ihre Haltung straffte sich, sie nickte wieder und wieder. »Ja! Diese zweigestrichenen Oktaven haben Kraft, treiben hohe Wogen vor sich her … Gut so! Genau richtig. Chopin ist kein Held, aber er strebt nach dem Licht. Dies Stück ist nicht leicht zu spielen, kaum vorstellbar, dass ein so junger Mensch, ein Kind noch, diesen so komplizierten Chopin erfassen kann, das ist viel größer als diese Studenten auf dem Platz, die in ihrer kindlichen Unschuld glauben, wenn sie ein paar Tage lang nichts essen, dann kommt die Demokratie. So ist Chopin nicht. Obwohl es schließlich als Tragödie endet, strebt er durchweg nach dem Licht, gibt bis zuletzt nicht auf.«

Großmutter Cheng hatte es wirklich drauf! Mir schien, diese *Nocturne*, die hatte Chopin eigens für sie geschrieben. Hin- und herschwankend im extremen Auf und Ab der Wechselfälle des Lebens, aber mit dessen ganzer Kraft stets gradlinig den schwachen Funken Licht verfolgend. Voll Ehrfurcht sah ich auf diese alte Frau, kostbarer noch wurde sie mir mit diesem Abschied heute. Ich hoffte auf ihre baldige Rückkehr, ich wollte von ihr lernen.

Beide Omas lobten meine Schwester sehr: »Ein derart schwieriges Stück überhaupt spielen zu können, ist schon viel. Und dann hat sie es noch so tiefgreifend interpretiert, sie versteht Chopin besser als wir Alten«, sagte Großmutter Cheng.

»Wer versteht sich in unserer Familie schon auf das alles!«, sagte meine Oma. »Das verdankt das Kind dem Unterricht von Frau Lehrerin Cheng!«

»Bei manchem nutzt aller Unterricht nichts«, sagte Großmutter Cheng, »diesem Kind hat's der Himmel gegeben, dazu kommt noch eigene harte Arbeit; pflegt es und hegt es!«

Hatte Großmutter Cheng da etwa so nebenbei mich im Auge? Ich war heute schlecht vorbereitet, in diesen Tagen, wo sie im Ausnahmezustand Menschen ermordeten, wie hätte ich da noch die Energie für den öden *Czerny* aufbringen können? Ich stellte mir gerade vor, was ich gleich zu hören bekommen würde, da kam meine Schwester heraus, und unsere Lehrerin rief mich zum Unterricht.

Ich verbeugte mich tief, als ich zur Tür hereinkam; unsere Lehrerin fragte: »Hast du gehört, wie deine Schwester eben gespielt hat?«

»Hab ich; Großmutter Cheng hat ihr Spiel sehr gelobt.«

Überrascht und erfreut strahlte die Lehrerin auf; hielt sich die Hand vor die Augen, um das zu verbergen, und ließ mich an den Steinway.

Ich öffnete die Aufgabe vom letzten Mal, *Czerny* 599, Nr. 99.

»War etwas schwer beim Üben?«

»Diese fünf Kreuze bei H-Dur, die kann und kann ich mir nicht merken.«

»Wenn du es dir umgekehrt merkst, dann ist es einfach: Merk dir nur die nicht erhöhten Töne.« Sie spielte das Stück einmal durch, mit der rechten Hand auf H und E. »Du siehst, außer Si und Mi, also H und E, liegen alle Töne auf den schwarzen Tasten.«

Ich achtete darauf, wie sie die Finger setzte, und spielte das Stück dann selber einmal durch.

»Shi Sun, nun mal ehrlich: Wie oft hast du das Stück geübt?«

Ich senkte den Kopf und sagte so leise, dass ich es kaum selber hörte: »Ich hab nicht geübt.«

»Warum?«

»Weil meine Schwester das Klavier in Beschlag hatte, um sich auf die Prüfung vorzubereiten.« Das war gelogen, und ich wartete darauf, dass sie mir das auf den Kopf zusagen und mich schelten würde.

Doch sie schalt mich nicht, stattdessen lobte sie: »Dass du das jetzt ohne zu üben herunterspielen konntest, das zeigt, dass die zwei Jahre Arbeit nicht umsonst gewesen sind. Nein, falsch, aus der 599 übst du jetzt ja schon drei Jahre, oder?«

»Ja, seit wir bei Ihnen zu Hause Unterricht haben, spiel ich die 599, gut drei Jahre sind das jetzt.«

»In diesen drei Jahren hast du dir immerhin schon eine Grundlage erarbeitet. Das Stückchen eben hat zwar nur acht Takte, es fasst aber alle Techniken zusammen, die du in den drei Jahren gelernt hast. Beidhändiges Arpeggio und das Zusammenspiel beider Hände bei Tonleitern machst du gut. Der Übergang von Zweiunddreißigsteln zu Triolen war zu rasch, üb ihn zuerst mal langsamer, und wenn du den Rhythmus beherrschst, dann kannst du ihn beschleunigen. Dein Fingersatz für die schwarzen Tasten ist nicht schlecht, aber noch nicht geläufig, das musst du noch viel üben.«

»Zu Hause werde ich bestimmt viel üben!«, wiederholte ich wieder und wieder.

»Na gut, heute plag ich dich nicht weiter, gehen wir zur nächsten Aufgabe!«

Sie spielte die Nr. 100 einmal herunter und erklärte dann: »Dieses Stück ist in b-Moll, und das musst du dir ebenfalls umgekehrt einprägen: Merk dir nur die nicht erniedrigten Töne, C und F sind nicht erniedrigt, liegen auf den weißen Tasten«, sie schlug C und F an, »erniedrigt sind Töne auf fünf schwarzen Tasten, du musst dir merken, wo jeder von ihnen liegt, also die fünf Bs dazu im Kopf haben. Jetzt versuch es mal.«

»Halt!«, sagte sie, als ich gerade mal zwei Takte gespielt hatte. »Beim Übergang von der Triole im ersten Takt zum zweiten Takt darfst du den Rhythmus nicht forcieren.« Sie spielte das zweimal vor und ließ es mich mehrmals wiederholen, bis der Rhythmus stimmte.

Beim zweiten Teil spielte sie mir mehrmals die beidhändigen Arpeggios vor. Das Zusammenspiel der beiden Hände sei bei mir zu weich, sagte sie. Ich solle angefangen vom Mittelfinger der linken Hand durchweg den Einklang mit der rechten Hand bewahren und darauf achten, mit dem Daumen nicht zu kräftig anzuschlagen.

»Nicht so herunterleiern!«, sagte sie, als ich die letzten vier Takte gespielt hatte. »Sonst wirkt das wie ein plattes Gesicht ohne Nase und Augen.« Sie spielte die vier Takte nochmals und schlug mit beiden Händen die Töne deutlich weniger kräftig an als in den Takten zuvor, aber in den letzten beiden Takten verstärkte sie den Anschlag wieder.

Ich spielte es ihr einmal nach. »Jetzt hört es sich viel besser an«, sagte sie. »Das ist wie beim Sprechen. Du sprichst mal laut, mal leise. Wenn du stattdessen nur so in einem Zug daherredest, klingt das, wie wenn was in der Pfanne vor sich hin brutzelt – wenn du endlich ausgeredet hast, weiß der Zuhörer immer noch nicht, was du eigentlich sagen willst. Beim Klavierspiel gilt das Gleiche: Es muss melodisch klingen, mal leiser, mal lauter, mal rhythmisch, mal fließen, mal stocken, sein Thema einleiten, ausführen, wenden, zusammenfassen.«

Ich spielte das Stück noch einmal. Sie korrigierte meine Unart, beim Abdrehen der rechten Hand zum Schluss das Handgelenk hochspringen zu lassen, statt mein Spiel würdig abzuschließen. Zuletzt schrieb sie mir ins Aufgabenheft:

> Nr. 99 vierzigmal, Schwerpunkte: Übung beidhändiger Arpeggios, rechte Hand: Tonleitern und Arpeggios, jedes # gut einprägen, auf den Fingersatz bei den schwarzen Tasten achten!
> Nr. 100 dreißigmal, Schwerpunkte: Bei beidhändigen Arpeggios das Zusammenspiel der Hände im Einklang üben, jedes *b* gut einprägen, auf Fingersatz der linken Hand und Rhythmus achten!

Und sagte: »Gut, für heute bis hierher. Und wenn ich wieder da bin und prüfe, wie du geübt hast, dann red dich nicht wieder mit der Prüfung deiner Schwester heraus!«

»Frau Lehrerin, machen Sie sich keine Sorgen: diesmal werde ich bestimmt gut üben!«

Sie klopfte mir auf die Schulter: »Gut üben also! Bis zum nächsten Mal!«

Großmutter Cheng hatte meiner Oma schon alle notwendigen Instruktionen gegeben, zuletzt übergab sie ihr nun die Wohnungsschlüssel. Wir gingen zusammen die Treppe hinunter zum Hauseingang, Onkel Klein Zhang riss die Wagentür auf, ließ sie einsteigen und brauste ab. Als sie weg waren, kamen Oma die Tränen: »Wie auf der Flucht vor einer Katastrophe. Großmutter Cheng hatte schon recht: In einem Land im Aufruhr bleibst du nicht.«

Oma überprüfte jedes Zimmer, schloss fest alle Fenster. Meine Schwester saß am Steinway und übte Chopin. Ich stand auf dem Balkon und sah auf die Fahrzeuge und Fußgänger auf der Straße hinab. Militärfahrzeuge fuhren kreuz und quer, jeder Bus musste ihnen weichen, Radfahrer flohen auf den Gehweg. Ein von Osten kommender Militärjeep hielt plötzlich vor unserem Haus. Ich trat sofort ins Zimmer zurück und sagte zu Oma: »Soldaten kommen!« Auch sie bekam Angst; sie befahl: »Falls die das Haus bis hier oben durchsuchen, dann sagt ihr: Wir sind hereingekommen, um unsere Oma zu besuchen; und ich sage: Ich wohne hier. Habt ihr verstanden?«

Wir nickten.

»Und wenn sie fragen, ob ihr bei den Unruhen mitgemacht habt …«

Ich unterbrach sie: »Nein, haben wir nicht, wir haben uns an so was nicht beteiligt.« Ich fühlte, mein Herz klopfte wie wild.

»Nicht so aufgeregt!«, schärfte uns Oma ein. »Macht Pausen, redet möglichst wenig. Wenn ihr nichts sagen müsst, haltet den Mund.«

40 KOMMST DU BIS ZUM BERG, FINDET DEIN WAGEN SCHON DIE STRASSE HINÜBER

Die Tür ging auf, herein kam Großmutter Cheng, ihr folgte unsere Lehrerin Cheng, mit einem Beutel in der Hand, und zuletzt Onkel Klein Zhang, der die zwei Koffer trug.

Wir starrten sie fassungslos an. Oma fragte: »Was ist denn nun los? Haben sie euch nicht fliegen lassen?«

»Die Flugtickets sind noch nicht angekommen«, sagte unsere Lehrerin, »heute klappt das nicht mehr. Shi Zhu, komm, spiel noch mal Opus 48, ich nehme das auf Band auf, wenn es gut wird, kannst du dich damit gleich bei der Schule anmelden.«

Großmutter Cheng rief in Australien an, um herauszubekommen, was mit den Tickets los war.

Onkel Klein Zhangs Frau hatte an dem Tag ein Kind geboren, Oma ließ ihn erst mal zur Klinik fahren, er solle abends zurückkommen, um uns nach Hause zu bringen.

Nach bald einer Stunde kam der Rückruf aus Australien: Sie hatten dort inzwischen in Hongkong angerufen, wo die Tickets bestellt worden waren; jetzt seien sie bereits in Peking auf dem Flughafen, man müsse beim Einchecken nur die Nachweise vorlegen, das reiche. Abflug war nachmittags um 6 Uhr 25 Pekinger Zeit, jetzt war es halb vier, Großmutter Cheng hatte vorher allzu früh zum Abflug gedrängt.

Aber Klein Zhang war weg. »Macht nichts«, sagte Großmutter Cheng, »wir rufen ein Taxi, das reicht auch.« Doch bei einer Taxinummer nach der andren hieß es: Keiner wolle zum Flughafen. Das sei zu gefährlich. Oma bereute, dass sie Klein Zhang hatte gehen lassen. In diesen Tagen gab es nur für Militärfahrzeuge keine Gefahr.

Mir fiel Onkel Chens Wagen ein. Aber niemand von uns hatte die Nummer seiner Wohnung. Oma rief Mutter an und bat sie, sich mit Onkel Chen in Verbindung zu setzen. Wenig später rief Mutter zurück: Onkel Chen sei schon auf dem Weg zu uns. Alle atmeten auf.

In Onkel Chens Wagen war viel Platz, neun Sitze in drei Reihen. Meine Schwester schlug Oma vor, wir beide könnten doch mit zum Flughafen fahren und dann mit Onkel Chen zurück nach Haidian. Oma stimmte zu, also stiegen wir beide mit ein.

Auf der Chang'an-Allee war es unheimlich still, alle paar Schritte ein Kontrollposten rund um den von Eisengittern umgebenen Platz des Himmlischen Friedens, der wie eine Arena für Gladiatorenkämpfe wirkte, verschwunden war die Göttin der Demokratie. Die Straßenüberführung an der Jianguomen-Kreuzung war abgeriegelt. Auf dieser Überführung liege eine Leiche, sagte Onkel Chen, das habe er von oben im Hochhaus der Akademie gesehen. An der Sanyuan-Brücke bogen wir auf die Flughafenstraße ein. Auf der fuhr niemand. Die Kontrollposten waren hier noch dichter. Manchmal waren plötzlich einzelne Schüsse zu hören. Kein Wunder, dass keine Taxis auf die Flughafenstraße wollten. Mir machten die Schüsse aber keine Angst, ich genoss das Gefühl: Keiner vor uns, niemand folgte uns, die schöne Straße hatten wir ganz allein für uns! Wir waren einzigartig, ungefähr das war mein Eindruck.

Die bis dahin schnurgerade Straße bog vor uns in einer Kurve etwas nach links, und eben an dieser Kurve stand eine riesige Tafel mit dem Bild eines Autos und einem Werbeslogan, zwei Reihen großer Schriftzeichen: »Kommst du bis zum Berg, findet dein Wagen schon die Straße hinüber, hat er die Straße gefunden, ist es bestimmt ein Toyota!« Je näher man kam, umso größer erschien das Auto, bald so groß wie in Natur, deutlich war die Marke TOYOTA zu erkennen. Also wirklich! Sollte das Hohn sein, gab es denn keine Autos aus China?

Als wir um die Kurve bogen, knallten plötzlich wieder Schüsse, Onkel Chen hätte nach links steuern sollen, doch der Wagen drehte ab – direkt auf die TOYOTA-Werbung zu, ich fiel zur Seite, stieß mit dem Schädel gegen die Wagendecke, stürzte weiter, fiel links, rechts, nach oben, unten, in einem Zug wild hin und her. Ein ungeheures Geräusch, unser Wagen war mit dem Toyota zusammengeknallt.

Als ich zu mir kam, stach mir Sonnenlicht in die Augen. Ich lag auf einem Bett. Meine Eltern, meine Oma und mein Stiefopa und noch ein alter Herr, den ich nicht kannte, standen um mich herum. Chen Sidong und seine Mutter waren auch da.

»Mutter, wo bin ich hier?«, fragte ich.

Mutter beugte sich über mich und sagte mit ganz leiser Stimme: »Sun, mein Kind, wir sind im Krankenhaus 301. Wo tut es dir weh?«

Ich schüttelte den Kopf hin und her, er tat entsetzlich weh; ich wollte mich auf die Seite drehen, auch das schmerzte, als bissen mir überall Schlangen in den Leib. Der linke Arm lag über dem Hals, und der Hals ebenso wie der Kopf waren straff gestreckt; ich hob die rechte

Hand, der Arm tat grässlich weh dabei, ertastete Binden über Hals und Kopf. Krampfhaft dachte ich nach: Wo hatte ich mich denn geprügelt, fragte dann, als es mir plötzlich wieder einfiel: »Wo ist meine Schwester? Und Frau Lehrerin Cheng? Wo sind Großmutter Cheng und Onkel Chen?«

Meine Frage schob eine dunkle Wolke auf Vaters Gesicht. Mutters Augen liefen über. Alles schniefte und schluckte. Chen Sidong fing zu weinen an.

Oma stöhnte. »Alle machen mir Vorwürfe. Ich hätte Klein Zhang nicht weglassen sollen. Auf einen Heeresjeep hätten die Scheißkerle nicht zu schießen gewagt. Banditen! Arschlöcher! Scheißkerle! Jagen einfach so ein paar Salven in einen Wagen voll Menschen!« Die alte Frau schluchzte leise, verstummte dann. Seit ich denken konnte, nie, über niemanden, hatte ich je solche Ausdrücke von ihr gehört.

Der alte Herr hatte freundliche Augen; er seufzte: »So sollten Sie nicht denken! Da ist doch meine Schuld größer. Hätte ich nicht den Steinway verkauft, die ganze daraus folgende Kette von Ereignissen hätte es nie gegeben. Keiner von denen, die er zusammengebracht hat, hätte den anderen kennengelernt, nie wären sie alle zusammen umgekommen. Dieser Flügel bringt Unheil! Wer immer an ihn gerät, für den geht das übel aus. Schon so viele Menschenleben hat er vernichtet.«

Der Unbekannte war also General Li, der Arzt, der uns den Steinway verkauft hatte! Dankbar nickte ich ihm zu. Dass ich überlebt hatte, war bestimmt sein Verdienst. Normalerweise wäre ich niemals ins 301 gekommen. Jetzt packte er mein rechtes Handgelenk und schüttelte dabei unwillkürlich den Kopf. »So ein Kind noch und schon an der Front schwer verletzt! Wie ist so etwas nur möglich.«

Die Tür ging auf, herein kam jemand ganz in Weiß. Chen Sidongs Blick glitt von den weißen Schuhen nach oben; der weiße Mantel stand oben offen, darunter – der Schock umnebelte Sidongs Blick, undeutlich nur sah er die grüne Uniformjacke, die roten Kragenspiegel hervorlugen, er schrie: »Volksbefreiungsarmist, ich fick dir …«

Tante Chen erschrak, und noch bevor er seinen Satz zu Ende sprechen konnte, zog sie ihn zurück und legte ihm die Hand auf den Mund.

Der Mann wurde zornrot, erstarrte, grüßte General Li und den Stiefopa militärisch und trat dann an mein Bett. »Ist der junge Freund aufgewacht?«, fragte er.

Ich starrte ihn wütend an, wollte Chen Sidongs Vorbild folgend losschimpfen, »Volksbefreiungsarmee …«, fing ich an, da unterbrach mich der Stiefopa: »Sun, das ist Doktor Liang. Gestern Abend wärst du ohne den rettenden Einsatz von Doktor Liang nicht mit dem Leben davongekommen«, und zu Doktor Liang sagte er: »Haben Sie denn immer noch Dienst?«

»Ich wollte gerade gehen, aber vorher noch mal nach dem jungen Freund schauen. Er hat aber keine großen Probleme mehr, es ist nur noch gute Nachsorge für die Wunden nötig.«

»Doktor Liang«, entschuldigte Tante Chen ihren Sohn, »das Kind ist unverständig, bitte verzeihen Sie es!«

»Der Vater des Jungen«, erklärte Stiefopa, »das war der Fahrer des Wagens, mit dem das gestern passiert ist. Nehmen Sie sich nicht zu Herzen, was das Kind gesagt hat.«

»Tu ich nicht«, sagte Doktor Liang, »nur darf man ihn nicht draußen so blind drauflosschimpfen lassen, sonst macht er sich erheblichen Ärger.«

Erst später erfuhr ich, dass es von uns fünf Onkeln Chen am schrecklichsten getroffen hatte, sein Kopf zerschmettert. Großmutter Cheng, unsere Lehrerin und meine Schwester hätten, rechtzeitig gerettet, vielleicht überlebt. Aber wen hatte es gekümmert? Erst als Tante Chen abends meine Mutter anrief, die darauf sich an Oma wandte, erfuhr unsere Oma, dass wir nicht nach Hause gekommen waren. Der Stiefopa hatte dann nicht einen Wagen seines Wohnquartiers für pensionierte hohe Kader angefordert, sondern über Generalarzt Li einen Rettungswagen des Krankenhauses 301, der mit Blaulicht und Sirene die ganze Flughafenstraße langgefahren war, bis sie die umgefahrene Reklametafel sahen und im Maisfeld dahinter dann unseren Wagen fanden.

Der Wagen war Schrott. Mehrere Militärärzte konnten nur zusammen und mit größter Anstrengung seine Tür öffnen, um uns dann einen nach dem anderen herauszuholen. Onkel Chen musste auf der Stelle tot gewesen sein. Unsere Lehrerin Cheng und ihre

Mutter, beide blutüberströmt, waren schon kalt. In meiner Schwester schien noch ein Hauch von Leben, aber der war verflogen, als sie im Krankenhaus ankamen. Nur mein Leben war stärker. Eine Nacht durch haben sie um mich gekämpft, Wunden an Kopf und Leib mit Dutzenden von Stichen genäht, mir drei Liter Blut gegeben, dann war ich zurück in der Welt der Lebenden. Der Himmel hatte mich als Zeugen dieser Untat verschont.

Als am Abend die Leichen von Onkel Chen und den anderen ankamen, hatte Stiefopa die Pathologie gebeten, sie zur Feststellung der Todesursachen zu obduzieren. Auf den vier Obduktionsberichten stand dann:

Chen Huazhong, männlich, geb. 5. März 1940, eingeliefert am 9. Juni 1989, um 3 Uhr. Bereits 8 bis 12 Stunden tot. Gesicht nicht mehr zu erkennen, Blut und Fleisch vermischt. 2 cm über dem linken Ohr zwei Schusslöcher, Durchmesser 9 mm. Schädel zersprungen, Oberarmknochen beider Arme gebrochen, Knöchel am linken Bein gebrochen.
Jiang Yu, weiblich, geb. 1897, eingeliefert am 9. Juni 1989, 3 Uhr. Bereits 8 bis 12 Stunden tot. Stoßverletzungen am Kopf. Risse der Augenhöhlenknochen rechts und links. Blutaustritt aus linker Lunge. Dritte Rippen gebrochen.
Cheng Pinzhi, weiblich, geb. 25. Dezember 1936, eingeliefert am 9. Juni 1989, 3 Uhr. Bereits 8 bis 12 Stunden tot. An der linken Wange und links am Hals je ein Durchschussloch, Durchmesser 9 mm. Dritte und vierte Rippen erheblich verschoben.
Shi Zhu, weiblich, geb. 25. September 1974, eingeliefert am 9. Juni 1989, 3 Uhr. Kein Puls mehr. Wiederbelebungsversuche erfolglos. Leichte Schürfwunden im Gesicht. Erheblicher Blutaustritt aus Magen und Milz.

Der obduzierende Arzt hatte nicht gewagt, seine Berichte zu unterschreiben und damit die Verantwortung für sie zu übernehmen. Also unterschrieb Stiefopa diese Totenscheine – je zwei, insgesamt also acht – mit eigenem Namen und Titel: *Senior Oberst, Militärarzt Shi Weiqiang*. Für jeden Toten übergab er ein Exemplar dem Krematorium, das andere legte er nach der Kremierung in die Urne.

Nach der Übergabe der Toten an das Krematorium führte er auch für sich selber eine Übergabe durch: Er übersandte dem Parteikomitee der Logistikabteilung die Erklärung seines Austritts aus Partei und Armee und legte auch die Kragenspiegel und das Wappen an der Mütze seiner Uniform in den Umschlag. Stiefopa gehörte somit nicht mehr zur Logistikabteilung, die ihre Wohnung in der Jadequellenstraße zurücknahm. Das alte Ehepaar zog in die Wohnung Nr. 201 in unserem Haus und lebte von Omas Ruhegeld. Oma war völlig verwandelt, sie machte sich nichts mehr aus Geld. Die Eheleute gaben ihre gesamten Ersparnisse Tante Chen. Oma konnte sich nicht verzeihen, dass sie mit einem voreiligen Satz vier Menschen in den Tod geschickt hatte. Sie ließ nicht zu, dass die Asche meiner Schwester auf den Friedhof in Babaoshan kam. Mutter stellte die Urne auf den kleinen Schreibtisch im Zimmer meiner Schwester, in dem sonst alles so blieb, wie es war.

Auf die Nachricht von der Katastrophe kamen Cheng Pinlan, die ältere Schwester unserer Lehrerin, aus Australien, ihr Schwiegervater, der alte Herr Han, aus Taiwan und ihre Tochter Han Shanshan aus den USA eilends nach Peking, um Großmutter Cheng und Lehrerin Cheng würdig zu verabschieden. »In unserer Familie Han«, sagte der alte Herr Han, »gibt es nun noch einen Geist, der durch Unrecht verschied. Als Trost bleibt uns nur, dass von Cheng Pinzhi uns wenigstens die Asche geblieben ist. Den kleinen Hof der Familie Han bekomme ich doch nicht zurück, sonst hätte ich für alle vier dort einen Schrein errichtet.« Mit Shanshans Einverständnis brachte er die Urne mit der Asche unserer Lehrerin zunächst nach Taiwan, um später einmal dort oder auf dem Festland alle zusammen in einem Familiengrab beerdigen zu können. Bevor er nach Taiwan zurückkehrte, half er Shanshan, den Abtransport des Steinway zu organisieren. Dabei tauchte eine Bandaufnahme auf, die sie einmal abspielten und kopierten; als Andenken an Lehrerin Cheng behielten er und seine Enkelin Shanshan jeder ein Exemplar.

Das habe ich alles von meiner Mutter gehört, als ich aus dem Krankenhaus heimgekommen war. Der alte Herr Han, Pinlan und Shanshan wollten kommen und mich sehen, aber Oma verhinderte das; alle sind sie tieftraurig, sagte sie, da braucht man sich nicht zu sehen, spart sich Weinen und Jammern.

Pinlan kam mit Shanshan überein, Tante Chen einzuladen, in die Wohnung in Sanlihe zu ziehen; mit Shanshans Einverständnis übertrug sie das Eigentumsrecht am Hof an der Yinding-Brücke zu vier gleichen Teilen Shanshan, Chen Sidong und ihren zwei eigenen Kindern und ließ das beurkunden. Sie beauftragte Tante Chen – und ließ das ebenfalls beurkunden –, die Durchsetzung der Richtlinien zur Anerkennung des Eigentumsrechts an diesem Hof zu übernehmen.

Ich blieb zwei Wochen im Krankenhaus 301 und hatte den Hals noch im Gips, als ich nach Hause kam. Stiefopa besuchte uns täglich und brachte mir meine Medizin. General Li kam ebenfalls, sah nach mir und besuchte meinen Stiefopa. Dass ein General jemanden besuchte, der nicht in der Partei und der Armee war, das hat uns alle tief beeindruckt und sehr berührt.

Stiefopas Kranke suchten ihn auch in Haidian auf. Oma richtete einen kleinen Raum als Sprechzimmer ein, das Gästezimmer wurde zum Wartezimmer. Es kamen immer mehr Patienten, täglich bald über vierzig; es baten mehr Leute um Termine als bei einem Arzt im Krankenhaus. Oma assistierte, rief die Patienten auf, desinfizierte und zog die alten Nadeln heraus. Stiefopa nahm von seinen Patienten niemals Geld an, so war bei uns bald alles voll von ihren Geschenken, die gespendeten Delikatessen konnten wir gar nicht alle aufessen, und auch für anderes hatten wir nicht immer Verwendung, also gaben wir es dann an Tante Chen weiter.

Chen Sidong bestand die Aufnahmeprüfung für das Betriebswirtschaftsstudium und änderte seinen Namen. Aus Sidōng, an den Osten denkend, wurde Sidòng, an Gebäude denkend! Cheng Pinlan in Australien finanzierte ihm das Studium. Nach dem Abschluss startete er mit dem Hof an der Yinding-Brücke seine Chen-Sidòng-Immobiliengesellschaft. Heute hat jeder der vier Eigentümer einen Anteil im Wert von fünf oder sechs Millionen Yuan. Da hat Pinlan das große Los gezogen.

Nur wo der kleine Hof der Familie Han an der Maor-Gasse war, da steht jetzt das Gebäude einer Behörde. Mithilfe des Ausschusses für die Angelegenheiten der Auslandschinesen verlangte Herr Han von der Regierung eine Entschädigung und bekam schließlich 150 000 Yuan ausgezahlt, das waren damals keine 10 000 US-Dollar. Er bekam einen Wutanfall und überwies auf der Stelle die ganze Summe dem *Project Hope*, das Schulen in besonders armen Dörfern unterstützt.

41 WANN KOMMST DU WIEDER, MEIN FREUND, MEIN HELD?

Shanshan hatte in Indiana noch kein Jahr studiert, da ging sie schon als begleitende Pianistin mit dem Steinway nach New Orleans. Dort lernte sie Simon kennen, einen vier Jahre jüngeren Schweizer Cellisten. Die beiden feierten eine ungewöhnliche Hochzeit: Sie mieteten einen Mississippidampfer, luden gut zwanzig Straßenmusiker ein und gaben mit ihnen auf dem Fluss ein völlig neuartiges Konzert. Der Cellist spielte hervorragend und fand in Salzburg eine bessere Stelle; Shanshan und der Steinway kamen mit. Simon und sie gingen nun zusammen in Österreich, Deutschland und der Schweiz auf Tournee, sie nahmen zwei CDs auf und gewannen damit zweimal den *Echo*, der nach den Verkaufszahlen, also dem Urteil der Zuhörer, vergeben wird.

Im zweiten Jahr meines Universitätsstudiums schickte mir Shanshan die Studienzulassung einer Salzburger Sprachschule, eine Bürgschaft für alle entstehenden Kosten, den Nachweis der Krankenversicherung, die sie für mich eingegangen war, und ein Flugticket. Damit erhielt ich ohne Schwierigkeit Pass und Visum und kam auch nach Salzburg. Ich hatte Shanshan nie kennengelernt, sah sie nun am Flughafen zum ersten Mal und stand fassungslos da. Die noch nicht 49-Jährige hatte schon ganz weißes Haar und glich meiner Lehrerin Cheng, so wie ich sie von ihrem ersten Besuch bei uns in Erinnerung hatte: dieselbe Figur, dasselbe Gesicht, derselbe Ausdruck der Augen, ich hätte fast geglaubt, unsere Lehrerin hier lebend und gesund wiederzusehen.

Abends holte sie eine CD hervor: »Jetzt hör dir mal diese *Nocturne* von Chopin an!«

Im Kerzenschimmer kam das Rollen in tiefen Oktaven, wie eine düstre Strömung – ja, tatsächlich, das war meine Schwester, wie sie die *Nocturne* spielte! Die Töne des Klaviers trugen mich die sieben Jahre zurück, an die Seite von Großmutter Cheng und meiner Oma …

Das Klavier verstummte, Shanshan sagte: »Das hat meine Mama gespielt, wir haben es auf CD brennen lassen und hören es uns oft an.«

»Nein«, sagte ich, »das hat meine Schwester gespielt, Chopin op. 48, Nr. 1, eine halbe Stunde, bevor sie zum Flughafen gefahren sind, Frau Lehrerin Cheng hat das auf Band aufgenommen. Meine Schwester wollte sich damit im Gymnasium an der Musikhochschule anmelden und hat es mitzunehmen vergessen.«

Simon hatte mein gebrochenes Englisch verstanden. »Wo ist denn deine Schwester jetzt?«, fragte er.

Ich biss mir auf die Lippen, um die Tränen zurückzuhalten.

»Sie war das Mädchen«, sagte Shanshan leise zu Simon, »das mit Mama zusammen umgekommen ist.«

»Was für eine Begabung!«, rief Simon aus. »Die haben ein solches Talent ermordet!«

Er nahm die Gitarre und fing an zu spielen. Er spielte, völlig überraschend, den Anfang von *Wann kommst du wieder, mein Freund, mein Held?*, dann packte Shanshan meine Hand und sang: »Den schönsten Blüten lässt die Welt keinen Raum, die lieblichsten Bilder bleiben ein Traum …«

Ich sah mich und meine Schwester unten im Haus unserer Lehrerin stehen, wie wir, uns abwechselnd, »Wann kommst du wieder, mein Freund, mein Held?« sangen, ich öffnete den Mund, aber die Stimme zitterte mir derart, dass ich keinen Ton herausbrachte.

Shanshan sang zu Ende: »Wann kann man im Leben sich schon mal besaufen! Freu dich doch, worauf wartest du noch?«, fasste meine Hand fester und blickte mich gefühlvoll an.

Mit zitternder Stimme presste ich den gesprochenen Text heraus: »Los, los, los, trink das Glas aus …«, ich brachte ihn nicht zu Ende, Tränen erstickten mir die Stimme. Shanshan nahm mich in den Arm, meine Wangen waren nass vom Weinen.

Simon spielte das Intermezzo, und ich hörte die zarte Stimme meiner Schwester:

Nun singt er nicht mehr, wie die Ferne ihm lacht,
weiße Jade das Glas – wieder trinkt er mir zu!
Sagt wieder und wieder so liebliche Worte,
wie er so fest in den Armen mich hält!
Wenn wir uns trennen nach dieser Nacht,
wann kommst du wieder, mein Freund, mein Held?
Ist das Glas leer, bring den Nachtisch her!
Wann kann man im Leben sich schon mal besaufen!
Freu dich doch, worauf wartest du noch?

Unwillkürlich seufzte ich ein »Ach«, worauf – ich wusste schon nicht mehr, war es Shanshan oder meine Schwester – unendlich sanft erklang: »Trink doch dies Glas noch, trink's bis zur Neige.« Shanshan wischte mir die Tränen aus dem Gesicht; nun war in seinem fremdartigen Chinesisch auch Simon dabei und wir sangen zu dritt: »Wenn wir uns trennen nach dieser Nacht, wann kommst du wieder, mein Freund«, und als wir ausgesungen hatten, war uns allen bewusst, wir hatten soeben mit meiner Schwester, mit Großmutter Cheng, mit Lehrerin Cheng und mit Onkel Chen im Himmel geredet.

Nur wenn Himmel und Mensch getrennt sind, lässt sich dieser ewige Abschied in *Wann kommst du wieder, mein Freund* verstehen. Wir Kinder sängen das überall so blind daher, hatte damals meine Oma gesagt. Nach jener Katastrophe aber hatte ich nie wieder den Mut aufgebracht, dieses Lied zu singen. Wegen meiner Schwester war ich nun zu Shanshan gekommen und hatte irgendwie das Gefühl, auch sie hier wiederzusehen.

Danach bin ich dann nach Wien gegangen. Shanshan und Simon wollten mich auf die Wiener Musikhochschule gehen lassen, versprachen, für Versicherung, Unterkunft und Verpflegung zu sorgen. Doch leider bin ich nicht ehrgeizig, hatte nicht die Energie, mich weiter zu vervollkommnen. Über *Czerny* 599 sind meine Klavierkünste nie hinausgekommen. Nicht einmal die Hausaufgaben, Nr. 99 und Nr. 100, hat Frau Lehrerin Cheng von mir noch zu hören bekommen. Nur eines habe ich gut gelernt, nämlich das Klavierstimmen. Und das ist gerade in Wien eine sehr gefragte Kunst, damit hatte ich bald jeden Tag genug zu tun. Jedes Jahr fuhr und fahre ich im Juni nach Salzburg, um zusammen mit Shanshan und Simon der Großmutter Cheng, unserer Lehrerin, ihrer Tochter, meiner Schwester und Onkel Chens zu gedenken – und Shanshan zu helfen, den alten Steinway zu stimmen. Für eine sprudelnde Quelle nur ein Tropfen Wasser: das Einzige, womit ich zu den Leistungen ihrer Familie etwas beitragen kann. Erst in späteren Leben kann ich meine Dankesschuld ganz abtragen.

Außer Klavierstimmen habe ich auch noch das Fotografieren gelernt – gedankenlos einen Weidenzweig in den Boden gesteckt, nun ist es ein Schatten spendender Baum geworden. Ich bekomme immer mehr Aufträge; das Klavierstimmen habe ich darüber nach und nach aufgegeben. Bei mir zu Hause hängen im Vorzimmer an allen vier Wänden Fotos, die ich aufgenommen habe. Die Tür zur Toilette ist vollgepinnt mit meinen Schnappschüssen der Minister zweier Regierungen. Nur in meinem spartanisch eingerichteten und vollkommen weiß gestrichenen Schlafzimmer sind die Wände bis auf zwei Bilder leer. Am Kopfende des Bettes hängt eingerahmt das Foto, das ich an jenem 1. Juni von meiner Schwester vor der Göttin der Demokratie auf dem Platz des Himmlischen Friedens aufgenommen habe. Hell und klar sind die Farben: der blaue Himmel, die weiße Göttin, meine Schwester in Rot. Das ist mein liebstes, mein kostbarstes Bild: Meine Schwester hebt hoch ihre Arme, ruft laut: »Lang lebe das Volk!«, so unschuldig, so unbekümmert in die Zukunft schauend.

Gegenüber hängt ein zwei mal zweieinhalb Meter großes Foto von einer Frau am Klavier. Das Klavier ist immer noch der Steinway, die Pianistin ist Shanshan; ich habe sie gebeten, für dieses Foto Modell zu stehen. Sie sitzt absichtlich nicht grade, so von hinten aufgenommen gleicht sie dadurch ihrer Mutter. In der Dämmerung glänzt der Steinway auf, der rasche Tanz der Finger auf den Tasten bringt Chopins Seufzen, Stöhnen, Rufen zu Gehör.

~ *Epilog* ~

Zum 60. Jahr der Republik

Diese Geschichte habe ich vor fünf Jahren abgeschlossen. In ihrer damaligen Fassung war sie viel milder. Sogar Oma hat sie durchgewinkt. Mutter ließ mich zwei Kapitel mit allzu direkten Beschreibungen streichen. Shanshan half mir bei der Korrektur einiger Fehler, die aus den großen Lücken meines musikalischen Wissens herrührten. Stiefopa hat den Text geglättet und bei zwölf Verlagen eingereicht – hintereinander, nicht etwa gleichzeitig. Alle waren ihm von Kranken und von guten Bekannten empfohlen worden, die Empfänger gehörten sämtlich zu den Herausgebern dieser Verlage. Sie hatten einen guten Ruf, es fehlte ihnen nicht an Verständnis, und sie antworteten rasch. Alle Antworten waren voll des ermutigenden Lobes, keiner aber nahm das Manuskript an, mit der immergleichen Begründung: Höheren Orts war vorgeschrieben worden, alles abzulehnen, was die Kulturrevolution berührt.

Stiefopa fürchtete, ich könnte mir diesen Rückschlag allzu sehr zu Herzen nehmen. Er zitierte Chinas größten Geschichtsschreiber, Sima Qian, der sich auf das allgemeine Unverständnis gegenüber seiner epochalen Chronik hin, wie er im Vorwort schrieb, mit ihr »in den schönsten Bergen barg, begriffen wird sie eines andren Tags«.

Rückschläge nahm ich mir nicht zu Herzen, ich hatte nur nicht die Geduld, mich als Einsiedler in die Berge zu verkriechen, also gab ich Chen Sidong das Manuskript und bat ihn um Rat. »Wenn das nicht erscheint«, sagte er nach der Lektüre, »kannst du dir das gegenüber dir selbst nicht verzeihen, geschweige denn gegenüber meinem Vater, deiner Schwester, deiner Lehrerin und Großmutter Cheng. Kann es nicht verlegt werden, machen wir es eben ohne Verlag.« Er übernehme alle Kosten für den Kauf einer ISBN, die Herausgabe und den Druck. Buchhändler zeigten großes Interesse; aber als sie das Thema des Buches erfuhren, winkten sie doch ab. Der Weg über bedrucktes Papier war uns also versperrt. Wir überlegten: Stellen wir es doch einfach ins Netz und lassen die Leute dort sehen, was da steht!

Chen Sidong fand eine von Verlegern und Reportern begründete Website und stellte dort Tag für Tag ein Kapitel ins Netz. Kommentare kamen schon nach drei Tagen. Ich erinnere mich noch an den ersten, von jemandem, der sich »Verblödet-Platsch!« nannte; er schrieb kurz, aber eindringlich: »Ein Projekt zur Rettung der Geschichte! Gib nicht auf! Stell diesen Bericht fertig!« Unter Chen Sidongs registriertem Pseudonym dankte ich allen Lesern von Herzen und beantwortete jeden Kommentar. Nach zwei Wochen mit Tag für Tag einem Kapitel war die Seite bereits über zwanzigtausendmal angeklickt worden, die Kommentare umfassten gut ein Dutzend Seiten.

Dann brach mit einem Schlag alles weg, ohne Spuren zu hinterlassen – als hätte es meine Geschichte ebenso wie »Verblödet-Platsch!« und all die andren eifrigen Kommentatoren nie gegeben. Mehr noch, ich wurde zum »gänzlich abgeschalteten User«. Das war noch viel majestätischer als eine Wohnungsbeschlagnahme in der Kulturrevolution: nicht nur rausgeworfen, auch noch abgewürgt. Insgeheim verriet bei der Website mir ein wohlmeinendes Schilfrohr im Wind: Das war die Netzkontrolle gewesen, dagegen kamen sie nicht an, zu groß war der Druck von oben.

Dann half mir Chen Sidong, einen Blog eigens für Geschichten bei Yahoo zu starten. Ich hatte schon ein Dutzend Kapitel eingestellt, aber erst wenige andre Geschichtenerzähler angelockt, da kam ich selber nicht mehr durch die Tür. Diesmal war ich nicht nur abgewürgt, sondern sauber niedergebrannt worden. Ein halber Monat Herzblut, dazu die freundschaftliche Aufmerksamkeit so vieler User, alles Opfer der Flammen und weg, sogar die Stätte des Brandes spurlos verschwunden. Yahoo ist eine amerikanische Firma und kann dennoch nicht einmal die User der eignen Domäne schützen. Mir blieb keine Stätte des Gedenkens, ich hätte weinen mögen und hatte doch keine Tränen.

Chen Sidong fand das indessen ganz normal und nahm es gelassen: Hast du in der Netzwelt an einem Ort keine Schutzgeister, musst du dir halt einen Ort mit Schutzgeistern suchen! Diesmal führte er mich durch Buddhas Tor, registrierte mich auf einer Website namens *Lotuspark*, und ich stellte gleich viele Kapitel ein. Die Schilfrohre dort waren so gütig, mir dabei zu helfen, siebten sensible Begriffe heraus und sagten mir, dass Kommentare nicht den Grenzen für sensible Begriffe unterlagen. Doch als es zu »Klavierbegleitung« kam, dem vierzehnten Kapitel, mischte sich wieder die Netzkontrolle ein und stoppte das Ganze. Schließlich lag das reine Land hinter Buddhas Tor, hier wurde nicht gemordet, sie hatten alle eingestellten Geschichten und Kommentare aufbewahrt. Der Laie nennt das »abbinden«: Man nimmt Verfasser und Lesern nur die Zeugungsfähigkeit, so schien es zumindest. Ich verharrte einige Tage vor dem Computer und sah zu, wie meine Kinderchen im Aquarium der Website Tag für Tag immer tiefer versanken und schließlich verschwanden; zuletzt durchwühlte ich noch mal alles, was auf dieser Website von ihrer Eröffnung an eingestellt worden war, und konnte nichts mehr herausfischen. Die Kinder waren weg; Buddhas Mordverbot setzt man in China auch hinter seinem eigenen Tor schon mal aus, verbrennt die Leichen und beseitigt ihre Spuren.

Jetzt war Chen Sidong mit seiner Weisheit am Ende. Er schlug mir vor, das Buch auf Englisch oder Deutsch zu übersetzen und die Übersetzung zu veröffentlichen. Aber Englisch konnte ich nur ansatzweise, und Deutsch sprach ich zwar fließend, kam damit aber schriftlich nicht gut zurecht.

Und meine Geschichte spielt ja in China. Chinesen verstehen sie. Soll sie aber auch im Westen erscheinen, muss ich wie die China-Restaurants beachten, was westlichen Zungen zusagt. In Ländern deutscher Zunge zum Beispiel hat man mit den Nazis zwar längst so ziemlich aufgeräumt. Doch die maoistischen Achtundsechziger aus der Zeit der Kulturrevolution sitzen nun in Ämtern, sie nehmen, bis hinauf in die Regierungen, Parlamente und Universitäten, wichtige Positionen in Politik, Kultur, Bildung und den Medien ein. Mein Bericht aus der Kulturrevolution kann da nur mit Mühe Gehör finden, es konnte nur eine schwere Geburt werden und dann womöglich ein früher Tod.

Lehrerin Cheng, Großmutter Cheng, meine Schwester, Onkel Chen und alle die anderen, denen zur Befriedung jenes Platzes des Himmlischen Friedens das Leben genommen wurde, haben diese

Welt vor genau zwanzig Jahren verlassen. Seit dem Beginn der Kulturrevolution sind bis heute dreiundvierzig Jahre vergangen. Die Kommunistische Partei Chinas, die diese beiden menschlichen Katastrophen ebenso wie so viele andere – Bodenreform, Unterdrückung der Konterrevolutionäre, Anti-Rechts-Kampagne und so weiter und so fort – herbeigeführt hat, ist jetzt ununterbrochen seit sechzig Jahren an der Macht. In diesen sechzig Jahren sind durch ihre Gewalttätigkeit, ihre Unterdrückung Hunderte Millionen Chinesen zu Tode gekommen, und weit über einer Milliarde Chinesen fehlen auch heute die elementarsten Menschenrechte. Durchforscht man die Geschichte menschlicher Zivilisationen, findet man dafür kein Vorbild, weder der Erste Kaiser der Qin noch das Mittelalter noch die Nazis sind Chinas Kommunisten in der schieren Anzahl der Tode, die sie zu verantworten haben, auch nur nahegekommen.

Wie viele Leben hat der Mensch? Das Bleiweiß, mit dem dieses Thema immer überschminkt werden soll, habe ich vollkommen weggewischt und hier eine wahre chinesische Geschichte aufgeschrieben, nackt und roh, wie sie ist, als Gabe für den Leser und die Leserin, die etwas über diesen Abschnitt unserer Historie wissen möchte.

Erste Auflage Berlin 2022

MSB Matthes & Seitz Berlin Verlagsgesellschaft mbH
Göhrener Straße 7, 10437 Berlin
info@matthes-seitz-berlin.de

Umschlaggestaltung: Dirk Lebahn, Berlin
Satz und Layout: Monika Grucza-Nápoles, Berlin
Druck und Bindung: GGP Media GmbH, Pößneck
Printed in Germany
ISBN 978-3-7518-0091-4
www.matthes-seitz-berlin.de